Buchwissenschaftliche Beiträge

Herausgegeben von Christine Haug,
Vincent Kaufmann und Wolfgang Schmitz

Begründet von Ludwig Delp

Band 97

Harrassowitz Verlag · Wiesbaden · 2018

„in Wollust betäubt“ – Unzüchtige Bücher im deutschsprachigen Raum im 18. und 19. Jahrhundert

Herausgegeben von
Johannes Frimmel, Christine Haug und Helga Meise

Harrassowitz Verlag · Wiesbaden · 2018

Gedruckt mit Unterstützung der Waldemar-Bonsels-Stiftung.

Bibliografische Information der Deutschen Nationalbibliothek
Die Deutsche Nationalbibliothek verzeichnet diese Publikation in der Deutschen Nationalbibliografie; detaillierte bibliografische Daten sind im Internet über http://dnb.dnb.de abrufbar.

Bibliographic information published by the Deutsche Nationalbibliothek
The Deutsche Nationalbibliothek lists this publication in the Deutsche Nationalbibaliografie; detailed bibliographic data are available on the internet at http://dnb.dnb.de.

Informationen zum Verlagsprogramm finden Sie unter
http://www.harrassowitz-verlag.de

Gedruckt auf alterungsbeständigem Papier
Druck und Verarbeitung: Hubert & Co., Göttingen
Printed in Germany

ISSN 0724-7001
ISBN 978-3-447-11018-1

Inhalt

Einleitung
Herstellung und Distribution von erotisch-pornographischen Lesestoffen im europäischen Raum zur Zeit der Aufklärung – zwischen kirchlicher und staatlicher Repression und transnationalen Wirtschaftsräumen

Johannes Frimmel, Christine Haug, Helga Meise

Der vorliegende Band bündelt die Ergebnisse eines Forschungsaufenthalts von Christine Haug als »Senior Researcher in Residence« am Center for Advanced Studies (CAS) an der Ludwig-Maximilians-Universität München im akademischen Jahr 2015 / 2016.[1] Das komfortable Förderformat ermöglichte die Einrichtung einer international besetzten Forschergruppe und bot außergewöhnlich gute Arbeitsbedingungen. Während des Forschungsaufenthaltes fanden insgesamt drei Workshops statt, die das Projektthema »Zur Herstellung und Distribution erotisch-pornographischer Lesestoffe im Zeitalter der Aufklärung« aus interdisziplinärer Perspektivierung behandelten. Im Fokus standen die Fragen nach den transnationalen Netzwerken, nach den Im- und Exportgeschäften im Bereich der erotisch-pornographischen Lesestoffe sowie die Frage nach der ökonomischen Evidenz des erotisch-pornographischen Markts im 18. Jahrhundert. Ein Ziel des Forschungsvorhabens war es, eine Topographie der Produktionsstandorte und Handelsnetze für erotisch-pornographische Lesestoffe im Europa von 1650 bis 1850 zu erstellen und die länderübergreifenden verlagswirtschaftlichen Verflechtungen und Distributionsstrategien offenzulegen, die diesen Spezialmarkt geprägt haben – parallel zur Zunahme von Diskursen über Sexualität[2] auf der einen und der expansiven Entfaltung des Marktes mit schöngeistiger Literatur auf der anderen Seite.[3]

Mit Blick auf Distribution und Rezeption von erotisch-pornographischen Lesestoffen zeigte sich auch die von den Verantwortlichen oftmals tolerierte Wirkungslosigkeit von

1 http://www.cas.uni-muenchen.de/rir/senior_rir/ehemalige_senior_rir/haug_christine/index.html

2 Vgl. dazu u.a. Michel Foucault: Histoire de la sexualité, I: La volonté de savoir. Paris: Gallimard 1976, dt.: Der Wille zum Wissen. Sexualität und Wahrheit I. Frankfurt / M.: Suhrkamp 1983 (stw 716), vgl. auch Faramerz Dabhoiwala: Lust und Freiheit. Die Geschichte der ersten sexuellen Revolution. Stuttgart: Klett-Cotta 2014; Franz X. Eder: Kultur der Begierde. Eine Geschichte der Sexualität. München: C. H. Beck ²2009 (beck'sche reihe 1453); vgl. ebenso Eders in diesem Kontext unverzichtbare Datenbank *Sexbiblio – bibliography of the history of western sexuality*; Robert Muchembled: Die Verwandlung der Lust. Eine Geschichte der abendländischen Sexualität. München: C.H.Beck 2008; Peter Wagner: Lust & Liebe im Rokoko. Nördlingen: GRENO Verlagsgesellschaft 1986.

3 Vgl. Siegfried J. Schmidt: Die Selbstorganisation des Sozialsystems Literatur im 18. Jahrhundert. Frankfurt / M.: Suhrkamp 1989.

kirchlichen und staatlichen Zensurregelwerken. Die transnationale Erschließung von Handelsräumen für erotische Druckschriften ging mit eigens entwickelten verlegerischen Geschäfts- und Finanzierungsmodellen einzelner Verlage sowie deren kreativen Vermarktungsstrategien einher. Dazu gehörte insbesondere die Kodierung erotisch-pornographischer Lesestoffe durch spezielle Paratexte auf Seiten der Verleger und deren sachkundige Dekodierung durch Kenner und Leser, die dieses Marktsegment beständig im Blick hatten. Dies wirft die Frage nach der – in einzelnen Ländern differierenden – ökonomischen Evidenz des Geschäfts mit Erotika hinsichtlich der literarischen Gesamtproduktion im Europa des Untersuchungszeitraums auf. Von Interesse ist insbesondere, ob erotisch-pornographische Lesestoffe auch hierzulande wie bspw. in Frankreich eine Katalysatorfunktion im subversiven Raum übernommen und dadurch möglicherweise in einem bestimmten Umfang zur Finanzierung der deutschsprachigen Radikalaufklärung beigetragen haben. Ganz anders stellt sich dann der Erotika-Markt zwischen 1800 und 1850 dar, zeichnet er sich doch durch seine vollkommene Kommerzialisierung aus.

Neben die makrohistorische Untersuchung von grenzübergreifenden Märkten und Handelsräumen für Erotika in den verschiedenen europäischen Ländern von 1650 bis 1850 treten in dem Sammelband mikrohistorische Studien zu einzelnen territorialen Räumen des deutschen Sprachgebiets. Der Handel mit verbotenen Lesestoffen fand hier – im Gegensatz etwa zu Frankreich – nicht im literarischen Untergrund statt, sondern bildete sich im semiöffentlichen Raum heraus. Dies ist eine Besonderheit, die auf die Vielzahl von Einzelterritorien im Heiligen Römischen Reich Deutscher Nation und damit verbunden einer kaum zu unterschätzenden Durchlässigkeit von Grenzen zurückzuführen ist und die in ihren literatur- und buchwissenschaftlichen Funktionszusammenhängen noch immer nicht hinreichend erforscht ist. Von besonderem Interesse sind etwa Brandenburg-Preußen und die Residenz- und Garnisonstadt Berlin, deren Handelsbeziehungen mit Sachsen und Thüringen, seinen unmittelbaren Nachbarn, aber auch das katholische Bayern mit dem Verlagsstandort München und den Provinzen Altbayerns und deren Rolle im Handel mit Erotika im 18. Jahrhundert; die Untersuchung regionaler Fallbeispiele zielt auf die Erstellung einer Typologie von Verlegern, die im Geschäft mit erotisch-pornographischen Lesestoffen tätig waren. Damit stellt sich auch die Frage nach der weiteren Entwicklung dieses Spezialmarkts und seiner Akteure bis 1850.

Quellensituation und Forschungslage

Erotisch-pornographische Lesestoffe im 17. und frühen 18. Jahrhundert und ihre Handelsräume waren ein transnationales Phänomen. Diese Lesestoffe erschienen in den europäischen Zentren, u.a. in London, Paris, Amsterdam, Prag oder (im 19. Jahrhundert) Budapest, und fanden ihren Weg in den deutschsprachigen Raum zunächst in Gestalt von Nachdrucken und Übersetzungen.[4] Der Handel mit diesen Druckwerken funktionierte

4 Vgl. Yong-Mi Quester: Frivoler Import. Die Rezeption freizügiger französischer Romane in Deutschland (1730–1800). Mit einer kommentierten Übersetzungsbibliographie. Tübingen: Niemeyer 2006; Christine Haug: »Die kleinen französischen Schriften gehen zur Zeit ungleich stärker als aber andere solide Werke ... «. Der Buchhändler Johann Georg Esslinger (1710–1775) in Frankfurt am Main und sein Handel mit Geheimliteratur. In: Jahrbuch für Kommunikationsgeschichte 4 (2002), S. 104–135;

innerhalb Europas vornehmlich im literarischen Untergrund, dessen kreative Ausgestaltung im vorrevolutionären Frankreich Gegenstand u.a. der Studien von Robert Darnton ist.[5] Ein Blick auf die einschlägige Forschung in europäischen Nachbarländern offenbart schnell, dass in Frankreich und England in diesem Bereich sehr viel intensiver geforscht wird als in Deutschland. Umfassende Bibliographien für englische und französische Erotika[6] verweisen bereits für das 18. Jahrhundert auf eine beachtliche Produktionsdichte und die stets transnationale Ausrichtung dieses Spezialmarkts, der vor dem Hintergrund von Industrialisierung, Urbanisierung und Globalisierung der Buchmärkte seit der zweiten Hälfte des 19. Jahrhundert eine neue verlagswirtschaftliche Dimension erleben wird.

Sexualität dagegen hat als Forschungsobjekt auch im deutschen Sprachraum längst Eingang in die Geschichts- und Kulturwissenschaften gefunden. Wegweisende Studien entstanden hauptsächlich in den Kulturwissenschaften, aber auch in der Sozial- und Wirtschaftsgeschichte.[7] Eine Grundlage für die hier anvisierten Fragen sind Foucaults Studien *Sexualität und Wahrheit* (1976ff.),[8] gilt es das Forschungsfeld doch auch einer diskursanalytischen Vermessung zu unterziehen. In den Literaturwissenschaften wurden in jüngerer Zeit vermehrt Studien über Liebe, Sexualität und Literatur veröffentlicht,[9] und nicht zu-

dies.: »Schlimme Bücher, so im Verborgenen herumgehn, thun mehr schaden, als die im öffentlichen Laden liegen ...«. Literarische Konspiration und Geheimliteratur in Deutschland zur Zeit der Aufklärung. In: Leipziger Jahrbuch zur Buchgeschichte 11 (2001 / 2002), S. 11–63; Peter Wagner: Nachwort zu John Cleland: Fanny Hill (Memoirs of a Woman of Pleasure). 2. Aufl. München: dtv 1990 (dtv 2212); ders.: Eros Revived. Erotica of the Enlightenment in England und America. London: Paladin Grafton Books 1988.

5 Vgl. Robert Darnton: Literaten im Untergrund. Lesen, Schreiben und Publizieren im vorrevolutionären Frankreich. Frankfurt / M.: S. Fischer 1988; ders.: The Religious Origins of the French Revolution. From Calvin to the Civil Constitution 1560–1791. New Haven / London: Yale University Press 1996; Jeffrey Freedman: Books Without Borders in Enlightenment Europe: French Cosmopolitanism and German Literary Markets (Penn Press Series on Material Texts). Philadelphia: University of Pennsylvania Press 2012; Gudrun Gersmann: Im Schatten der Bastille. Die Welt der Schriftsteller, Kolporteure und Buchhändler am Vorabend der Französischen Revolution. Stuttgart: Klett-Cotta 1993; Jean-Marie Goulemot: Gefährliche Bücher. Erotische Literatur, Pornographie. Leser und Zensur im 18. Jahrhundert. Reinbek bei Hamburg: Rowohlt 1993; Lynn Hunt (Hg.): The Invention of pornography. New York: Zone Books 1993, dt.: Die Erfindung der Pornographie. Obszönität und die Ursprünge der Moderne. Frankfurt / M.: S. Fischer 1994.

6 Vgl. Patrick J. Kearney: The private case: an annotated bibliography of the private case erotica collection in the British Library. London: Landesman 1981; Thomas Liebenzell: Smut in the British Library. Register zu Kearneys Private case. Hamburg: Bell 1986 (Arcana bibliographica 8); Pascal Pia: Les livres de l'enfer: bibliographie critique des ouvrages érotiques dans leurs différentes éditions du XVIe siècle à nos jours. Paris: Coulet et Faure 1978. Jean-Pierre Dutel: Bibliographie des ouvrages érotiques publiés clandestinement en français. vol. 3. Entre 1650 et 1880. Paris: Dutel 2009.

7 Vgl. Dagmar Herzog: Die Politisierung der Lust. Sexualität in der deutschen Geschichte des 20. Jahrhunderts. München: Siedler 2005; Sybille Steinbacher: Wie der Sex nach Deutschland kam. Der Kampf um Sittlichkeit und Anstand in der frühen Bundesrepublik. München: Siedler 2011.

8 Vgl. Michel Foucault: Die Hauptwerke. Mit einem Nachwort von Axel Honneth und Martin Saar. Frankfurt / M.: Suhrkamp [3]2013.

9 Vgl. u.a. Günter Dammann (Hg.): Johann Gottfried Schnabels *Cavalier*-Roman. Vermessung eines lange unterschätzten Werkes. Würzburg: Königshausen & Neumann, 2016; Lessing, The European Enlightenment, and the First Sexual Revolution. Lessing, die europäische Aufklärung und die erste

letzt erscheinen anlässlich von Jahrestagen wissenschaftliche Biografien, etwa zum 200. Todestag von Donatien Alphonse François Marquis de Sade (1740–1814).[10]

Einen evidenten Beitrag zur Zensur der römisch-katholischen Kirche leistete die Forschergruppe um Hubert Wolf in Münster. Im Rahmen des DFG-Langfristvorhabens »Römische Inquisition und Indexkongregation von 1542 bis 1966« erschienen 2009 / 2010 die ersten Untersuchungen zum 18. Jahrhundert;[11] der Umgang der Indexkongregation mit erotisch-pornographischen Lesestoffen wird hier allerdings nur am Rande thematisiert. Das von Christine Haug 1998–2003 geleitete Teilprojekt »Herstellung, Vertrieb und Rezeption von Geheimliteratur im deutschsprachigen Kulturraum zur Zeit der Aufklärung« im Rahmen des DFG-Schwerpunktprogramms »Ideen als gesellschaftliche Gestaltungskraft im Europa der Neuzeit« lieferte entscheidende Impulse für die Erforschung von literarisch-philosophischen Untergrundräumen im deutschen Sprachraum.[12] Das 2009 an der Universität Erfurt etablierte Graduiertenkolleg »Religion und Aufklärung – Heterodoxie, Dissidenz und Subversion 1600–1800« und das an die Universität Erfurt angeschlossene Forschungszentrum Gotha brachten in den letzten Jahren eine Vielzahl von Publikationen hervor, die die Untergrundkultur mit Schwerpunkt auf der Frühaufklärung in allen ihren Facetten durchleuchteten. Allerdings wird in diesen Studien der Begriff der Klandestini-

---

sexuelle Revolution. Hg. von Carl Niekerk, Heidi M. Schlipphacke und Monika Nenon. Lessing Yearbook XLICV (2017); Hans-Edwin Friedrich: Pornographie in der deutschsprachigen Literatur: Problemaufriss und Forschungsperspektiven. In: Pornographie in der deutschen Literatur. Hg. von Hans-Edwin Friedrich, Sven Hanuschek und Christoph Rauen. München: belleville 2016, S. 277–375; Stephan Leonhard: Liebe im Ancien Régime. Eros und polis von Corneille bis Sade. München: Fink Verlag 2014; André Schwarz: Lustvolles Verschweigen und Enthüllen. Eine Poetik der Darstellung sexuellen Handelns in der Literatur der Wiener Moderne. Marburg: Verlag LiteraturWissenschaft.de 2012.

10 Vgl. u. a. Volker Reinhardt: De Sade oder die Vermessung des Bösen. Eine Biographie. München: C.H. Beck 2014.

11 Hubert Wolf (Hg.): Inquisition, Index, Zensur. Wissenskulturen der Neuzeit im Widerstreit. Paderborn, u.a.: Schöningh ^{2}2003 (Römische Inquisition und Indexkongregation, Bd. 1); ders. (Hg.): Verbotene Bücher. Zur Geschichte des Index im 18. und 19. Jahrhundert. Paderborn, u.a.: Schöningh 2008 (Römische Inquisition und Indexkongregation 11); ders. / Bernward Schmidt (Hgg.): Benedikt XIV. und die Reform des Buchzensurverfahrens. Zur Geschichte und Rezeption von *Sollicita ac provida*. (Römische Inquisition und Indexkongregation 13), Paderborn 2010; Hubert Wolf: Buchzensur im Zeitalter der Aufklärung. (Römische Inquisition und Indexkongregation 16), Paderborn u.a.: Schöningh 2011; ders. (Hg.): Römische Inquisition und Indexkongregation. Römische Bücherverbote. (Edition der Bandi von Inquisition und Indexkongregation 1701 – 1813). Paderborn: Schöningh 2009; Bernward Schmidt: Virtuelle Büchersäle. Lektüre und Zensur gelehrter Zeitschriften an der römischen Kurie 1665–1765. Paderborn u.a.: Schöningh 2009 (Römische Inquisition und Indexkongregation 14); Christine Haug: »Literatur aus dem Giftschrank«. Kontexte und Mythen. Buchmarkt- und zensurpolitische Strategien im literarischen Untergrund im Zeitalter der Aufklärung. Ein Forschungsbericht. In: Archiv für Geschichte des Buchwesens 71 (2016), S. 185–226.

12 Vgl. Haug: Esslinger; Haug: Literarische Konspiration (wie Anm. 4); dies.: Einleitung. Topographie des literarischen Untergrunds im Europa des 18. Jahrhunderts: Produktion, Distribution und Konsumption von »verbotenen Lesestoffen«. In: Geheimliteratur und Geheimbuchhandel in Europa im 18. Jahrhundert. Hg. von Christine Haug, Franziska Mayer und Winfried Schröder. Wiesbaden: Harrassowitz 2011 (Wolfenbütteler Schriften zur Geschichte des Buchwesens, Bd. 47), S. 9–48.

tät geradezu inflationär gebraucht,[13] dennoch liefert der Sammelband *Subversive Literatur. Erfurter Autoren und Verlage im Zeitalter der Französischen Revolution*[14] einen wichtigen Beitrag auch zur Verlagsgeschichtsschreibung in dieser Region.

Aufgabe des Münchner Forschungsvorhabens war es vor diesem Hintergrund, die ökonomische Evidenz von Subversion in der deutschen Verlagsbranche des 18. Jahrhundert erstmals aus buchwissenschaftlicher Sicht kritisch zu diskutieren. Der Fokus wird dabei erstmals auf das Segment der erotisch-pornographischen Lesestoffe gerichtet, die zwar auch religionskritische oder philosophische Vermittlungsmedien, in erster Linie aber doch Handelsware waren. Dieser Zugang ist nicht nur für die Buchwissenschaft innovativ, sondern auch für andere Disziplinen, die das Forschungsfeld Sexualität und Liebe erkunden. Denn erst die Einbeziehung der ökonomischen Evidenz der erotisch-pornographischen Lesestoffe einerseits und die Verortung der verschiedenen Diskurse über und um Sexualität in ihren ökonomischen Funktionszusammenhängen andererseits eröffnet die Möglichkeit, gerade die Momente zusammenzudenken, die allen Texten über Diskursgrenzen und Textgattungen hinweg gemeinsam sind, nämlich einerseits »Käuflichkeit« und andererseits das Vermögen, »sexuelle Stimulation zu erzeugen«.[15] Damit verlagert sich der Fokus von der Untersuchung rein diskursiver, sozial-, kultur- und literaturgeschichtlicher oder -wissenschaftlicher Aspekte auf die Analyse ihres direkten Zusammenspiels mit ›Käuflichkeit‹ und ›Lust‹. Es sind diese Momente, die die Akteure des Buch- und Verlagswesens antreiben, aber auch die Konsumenten und Rezipienten dieser Lesestoffe, seien es Sammler oder Liebhaber, Lesegesellschaften oder einzelne Leser.

Eine wichtige Zäsur in der Beschreibung erotisch-pornographischer Lesestoffe, die sich unmittelbar auf den Umgang mit dieser Art Literatur durch die Zensur auswirkte, ist zweifelsohne im Übergang vom 18. zum 19. Jahrhundert zu verzeichnen. In ihrem grundlegenden Aufsatz in dem Sammelband *The Invention of Pornography* (1993) hatte Lynn Hunt die Zeit um 1800 zu Recht als Epochenschwelle in der Geschichte der Pornographie bezeichnet.[16] Demnach wurde im 19. Jahrhundert als Reaktion auf die Demokratisierung der Lektüre Pornographie als eigenständige abgegrenzte Kategorie überhaupt erst erfunden. Erst

13 U.a. Martin Mulsow: Die unanständige Gelehrtenrepublik. Wissen, Libertinage und Kommunikation in der Frühen Neuzeit. Stuttgart: J. B. Metzler 2007; ders.: Prekäres Wissen. Eine andere Ideengeschichte der Frühen Neuzeit. Frankfurt / M.: Suhrkamp 2012; ders. / Michael Multhammer (Hgg.): Kriminelle – Freidenker – Alchemisten. Räume des Untergrunds in der Frühen Neuzeit. Köln-Weimar-Wien: Böhlau 2014; Jonathan Israel / Martin Mulsow: Radikalaufklärung. Frankfurt / M.: Suhrkamp 2014 (stw 2035).

14 Dirk Sangmeister / Martin Mulsow (Hgg.): Subversive Literatur. Erfurter Autoren und Verlage im Zeitalter der Französischen Revolution. Göttingen: Wallstein 2014. Mit Spannung darf der Tagungsband von Dirk Sangmeister und Martin Mulsow (Hgg.): Deutsche Pornographie in der Aufklärung. Göttingen: Wallstein 2018 (erscheint im Herbst) erwartet werden. Der Sammelband geht aus der Internationalen Tagung "Deutsche Pornographie in der Aufklärung" am Forschungszentrum Gotha auf Schloss Friedenstein vom 21.-23.10.2015 hervor (Link: https://www.uni-erfurt.de/fileadmin/public-docs/FGE/Programme_und_Weiteres/Pornographie-Programm.pdf).

15 Lynn Hunt: Obszönität und die Ursprünge der Moderne (1599–1800). In: dies. (Hg.): Die Erfindung der Pornographie (wie Anm. 5), S. 7–44, hier S. 7.

16 Ebd.

die Entstehung des aus einem sozial undifferenzierten Publikum bestehenden Massenbuchmarkts machte aus der Pornographie einen Kampfbegriff im öffentlichen Diskurs.[17] Verloren ging damit zugleich die politische Sprengkraft der pornographischen Literatur, die ihren Höhepunkt zur Zeit der Französischen Revolution erreicht hatte.[18] Nach den Napoleonischen Kriegen verlagerte sich der Hauptkommissionsplatz von Leipzig nach Stuttgart, somit auch der internationale Handel mit erotisch-pornographischen Lesestoffen, u.a. durch den Verleger Johann Scheible (1809–1866). Spätestens seit der Mitte des 19. Jahrhunderts hatte sich auch im deutschsprachigen Verlagsgewerbe der Handel mit Erotischem und Pornographischem zu einem durchkommerzialisierten Handelszweig entwickelt.

Das Münchner Projekt: Untersuchungszeitraum, Forschungsprofil, Leitfragen

Im hier zugrunde gelegten Untersuchungszeitraum von etwa 1650 bis 1850 mit Schwerpunkt auf dem 18. Jahrhundert erfolgten die entscheidenden Paradigmenwechsel, Zäsuren und Brüche in der medialen Darstellung von Erotischem und Pornographischem und ihrer zeitgenössischen Bewertung durch konfessionelle und staatliche Institutionen. Der Untersuchungszeitraum umfasst die Entwicklung erotisch-pornographischer Lesestoffe von der libertinen Literatur (1650–1750) bis hin zu volksaufklärerisch intendierten Ratgebern zu Eheführung und Sexualhygiene und medizinischer Fachliteratur über sexuelle Abnormitäten (1750–1850). Während im 17. Jahrhundert noch ein freimütigerer, unverhüllter Umgang mit Sexualität vorherrschte, geprägt von einer relativen Toleranz gegenüber dem »Unzüchtigen und Unziemlichen«, änderte sich dies im bürgerlichen Zeitalter im Zuge der Ausbildung der bürgerlichen Kleinfamilie. Vor dem Hintergrund des sich etablierenden merkantilistischen Wirtschaftssystems mit seinen bevölkerungspolitischen Analysen wurde Sexualität auf Fortpflanzung innerhalb der Familie reduziert. Nicht regelkonforme und gesetzeswidrige Sexualität fand ihren Raum jetzt im Bordell.[19] Im Laufe des 19. Jahrhunderts wurde Sexualität, die sich nicht der Fruchtbarkeit unterordnete, verstärkt als abnormales Verhalten diskreditiert und entwickelte sich zunehmend zu einer Angelegenheit der Medizin. Sexuelle Abweichungen wurden erfasst und kategorisiert, die Ergebnisse in Sexualhandbüchern publiziert.

Die Erforschung des erotisch-pornographischen Buchmarkts im europäischen Raum mit Schwerpunkt auf dem 18. Jahrhundert erfordert sowohl transnationale wie auch interdisziplinäre Perspektivierungen. Folglich galt ein Augenmerk des Münchner Forschungsvorhabens der vergleichende Buch- und Verlagsgeschichtsforschung. Die komparatistische

17 Vgl. dazu u.a. Isabell Lisberg-Haag: »Die Unzucht – das Grab der Völker«. Die Evangelische Sittlichkeitsbewegung und die sexuelle Moderne (1870–1918). Münster: LIT Verlag 2002.

18 Vgl. Michael Titzmann: Sexualität und Anthropologie in der französischen Aufklärung. Der philosophisch-pornographische Roman. In: ders.: Anthropologie der Goethezeit. Studien zur Literatur- und Wissensgeschichte. Hg. von Wolfgang Lukas und Claus-Michael Ort. Berlin, Boston: de Gruyter 2013, S. 433–484; Christoph Rauen: Krise der Ideen-Pornographie? *Denkwürdigkeiten des Herrn von H. eines teutschen Edelmanns* und andere pornographische Romane der Spätaufklärung. In: Pornographie in der deutschen Literatur (wie Anm. 9), S. 3–17.

19 Vgl. neben zahlreichen anderen Darstellungen u.a. Lotte Van de Pol: Der Bürger und die Hure. Das sündige Gewerbe im Amsterdam der frühen Neuzeit. Frankfurt / M. / New York: Campus 2006.

Buchwissenschaft hat im deutschen Sprachraum bislang nur wenig Beachtung gefunden, ist aber für die Erforschung von landesspezifischen Produktionsstandorten und der länderübergreifenden Zirkulation von erotisch-pornographischen Lesestoffen im Kontext von differierenden buchhändlerischen Geschäftsusancen und verlagswirtschaftlichen Strategien unerlässlich. Flankiert wird der komparatistische Zugriff von soziologischen Verfahren, die Interaktionssysteme in semiöffentlichen regionalen und städtischen Räumen und Modelle von ›Kommunikation unter Anwesenden‹ erfassen.[20] Die historische Rekonstruktion von Handelsräumen und Distributionssystemen sowie verlegerischen Geschäftsmodellen in einzelnen Territorien, Regionen und Städten stützt sich auf die systematische Erschließung von Quellen zur Verlagsgeschichtsschreibung. Dazu gehören Konzessions- und Zensurakten, Verlagsverzeichnisse oder Kataloge von Privatbibliotheken wie z.B. derjenige des Marburger Medizinalrates und Radikalaufklärers Ernst Gottfried Baldinger (1738–1804), dessen Spezialbibliothek in ihrer inhaltlichen Zusammensetzung über einen (von der Marburger Universitätszensur konfiszierten) Auktionskatalog exakt dokumentiert ist,[21] und der des bayerischen Staatsmanns und Historikers Franz von Krenner (1762–1819), dessen handschriftliches Bibliotheksverzeichnis überliefert ist.[22] Während Ernst Gottfried Baldinger seinen Bedarf an erotischen Werken hauptsächlich über seinen Marburger Buchhändler Johann Christian Konrad Krieger (1776–1825) stillen konnte, scheint von Krenner seine Erotika-Sammlung – diesbezügliche Notizen im handschriftlichen Verzeichnis sprechen dafür – über eine Vielzahl von Agenten und Buchhändler ergänzt zu haben, die ihn über Kommissionshändler in den Handelsplätzen, u.a. Nürnberg, erreicht haben.

Von besonderem Forschungsinteresse sind Bedeutung und Rolle des deutschsprachigen Verlagsgewerbes für die länderübergreifende Distribution, wurde doch die fortschreitende Globalisierung von Buchmärkten durch die Etablierung des Kommissionsbuchhandels – eines speziell für das deutsche Verlagsgewerbe entwickelten, grenzübergreifenden Auslieferungssystems – entscheidend befördert. Dieses Distributionsmodell erschwerte zugleich die polizeiliche Ausforschung der eigentlichen Produzenten und Konsumenten dieser Lesestoffe, zumal dann, wenn innerhalb des Vertriebs noch Zwischenhändler agierten, die für den Inhalt der Warensendung rechtlich ohnehin nicht zur Verantwortung gezogen werden konnten. Im deutschsprachigen Raum muss die Aufmerksamkeit deshalb den oft sehr kleinteiligen Territorien gelten, in denen sich ein dichtes Netz von Druckern, Verlegern und Buchhändlern – diese ungewöhnliche Dichte von literarischen Netzwerken ist

20 Vgl. u.a. André Kieserling, André: Kommunikation unter Anwesenden. Studien über Interaktionssysteme. Frankfurt / M.: Suhrkamp 1999; Markus Schroer: Räume, Orte, Grenzen. Auf dem Weg zu einer Soziologie des Raums. Frankfurt / M.: Suhrkamp ^{4}2012 (stw 1761); Martina Löw: Raumsoziologie. Frankfurt / M.: Suhrkamp ^{7}2012 (stw 1506).

21 Christine Haug: Das Verlagsunternehmen Krieger 1725–1825. Die Bedeutung des Buchhändlers, Verlegers und Leihbibliothekars Johann Christian Konrad Krieger für die Entstehung einer Lesekultur in Hessen um 1800. Frankfurt / M.: Buchhändler-Vereinigung GMBH 1998, S. 121ff.

22 Vgl. Sven Hanuschek: »Die Liebe – nur eine unter den civilisierten Völkern eingeführte schöne Hülle des in der thierischen Natur liegenden Geschlechtstriebs.« Franz von Krenners ›erotische‹ Sammlung in der Bayerischen Staatsbibliothek München. In: Pornographie in der deutschen Literatur (wie Anm. 9), S. 211–231.

ein deutsches Spezifikum – entfalten konnte. Die Entwicklung von buchhändlerischen und verlegerischen Geschäfts-, Finanzierungs- und Vertriebsmodellen im semiöffentlichen Raum, die darauf zielten, den wirtschaftlich so attraktiven Markt vollständig auszuschöpfen, und Vertuschungsstrategien sowie Distributionsdichte und Reichweite von Vertriebsnetzen von erotisch-pornographischen Lesestoffen stellen sich in deutschen Territorialstaaten völlig anders dar als im benachbarten europäischen Ausland. Innovationspotential und Leistungsfähigkeit im Verlagsgewerbe können in einem föderalen Staatensystem an kaum einem besseren Beispiel als an dem Handel mit »unzüchtigen«, »unziemlichen« Lesestoffen aufgezeigt werden; hier können Erfolg und Wirkkraft der ausgeklügelten Verschleierungs- und Zensurumgehungsstrategien, insbesondere die Herausbildung eines buchhandelsinternen Verhaltenskodex im Falle obrigkeitlicher Vernehmungen und die Kodierungstechniken bei der Gestaltung von Paratexten und dem Zusammenspiel von Text und Illustration herausgearbeitet werden. Die literarischen und intellektuellen Untergrundräume erfuhren seit 1750 mit dem Erstarken frivoler Lesestoffe augenscheinlich einen enormen Modernisierungs- und Innovationsschub; speziell Paratexte avancierten zum geschickt eingesetzten ›Verpackungsmaterial‹ für erotisch-pornographische Lesestoffe. Eine deutliche ›marketingtechnische‹ Aufwertung erfuhren diese, wenn ihre Verleger Verlagsorte wie Boston oder Baltimore nannten, mit italienischen Städtenamen wie Rom oder »gedruckt in der Druckerei des Vatikans« provozierten; zu den marketingstrategischen Kennzeichen gehören auch die speziellen Illustrationspraktiken – bspw. der Einsatz der ›enthüllten‹ bzw. ›verhüllten‹ Illustration von erotischen Szenen. Die paratextuelle und inhaltliche Erforschung pornographischer Lesestoffe im ausgehenden 17. und 18. Jahrhundert offenbart zudem eine Forschungslücke in der Frage des Verhältnisses der französischen Originale zu deutschen Übersetzungen bzw. Adaptionen. Aber auch die sich mit Blick auf den in Europa zirkulierenden Kanon erotisch-pornographischer Lesestoffe nur langsam entwickelnde deutschsprachige pornographische ›Original-Literatur‹ ist erst noch in Umfang wie in formaler und inhaltlicher Ausrichtung zu erschließen.

Eine weitere wichtige Grundlage für die Erforschung der Produktion erotisch-pornographischer Lesestoffe sind Verlagsbibliografien (wie für das Unternehmen Gebauer, gegründet 1733 in Halle, bereits erstellt[23]) oder die akribische Auswertung der eingegangenen Druckaufträge, die für die Hofbuchdruckerei in Rudolstadt zur Verfügung steht.[24] Die Studie von Claudia Taszus über die Aktivitäten der Rudolstädter Hofbuchdruckerei zeigt eindrücklich, dass Rudolstadt vor dem Hintergrund seiner politischen Rahmenbedingungen ein Eldorado der Zensurfreiheit und somit auch für den Druck von erotisch-pornographischen Lesestoffen war. Verleger erotisch-pornographischer Lesestoffe, etwa

23 Vgl. Daniel Fulda / Christine Haug (Hgg.): Merkur und Minerva: der Hallesche Verlag Gebauer im Europa der Aufklärung. Wiesbaden: Harrassowitz 2014 (Buchwissenschaftliche Beiträge 89); Datenbank (http://www.gebauer-schwetschke.halle.de/gs/home/).

24 Vgl. Claudia Taszus: Die Fürstlich privilegierte Hofbuchdruckerei Rudolstadt (1772–1824). Ihre Beziehung zum Verlag Johann Friedrich Hartknoch d.J. und ihre Stellung im literarischen Deutschland. 2 Bde. Eutin: Lumpeter & Lasel 2011; dies.: Ein Refugium freisinniger Bücher. Die zensurfreie Rudolstädter Hofbuchdruckerei als Produzent maskierter Literatur. In: Subversive Literatur (wie Anm. 14), S. 252–276.

Gottfried Vollmer (1768-1815), August Hennings (1746-1826) aus Hamburg[25] oder Christian Friedrich Himburg (1733-1801) aus Berlin, ließen ihre pikanten Druckschriften in Rudolstadt drucken und auch über die Hofbuchdruckerei ausliefern.

Zwischenergebnisse des Münchner Forschungsprojekts

In der zweiten Hälfte des 17. Jahrhunderts entfalteten sich – das zeigen die Forschungen der niederländischen Buchhistorikerin Inger Leemans – die Niederlande mit ihrem literarischen Zentrum Amsterdam als ›Sexshop‹ Europas. Bereits um 1700 existierten stabile Geschäftsbeziehungen zwischen Amsterdamer und Leipziger Verlagen, schon um 1700 erschienen Sexualratgeber und als solche maskierte Romanliteratur in den Amsterdamer Verlagen Jan Bouman (1706–1776) und Timotheus ten Hoorn (1644–1715) – die prominentesten Vertreter des niederländischen Handels mit erotisch-pornografischen Texten – in deutscher Übersetzung in Leipziger Verlagshäusern wie Johann Friedrich Gleditsch (1653-1716) oder Moritz Weidmann (1658–1693). Die Niederlande hatten sich schon im frühaufklärerischen Buchmarkt zu einem wirkmächtigen Zwischenhändler (nicht nur) für Romanliteratur entwickelt und die Verleger richteten an den deutschen Messeplätzen Niederlassungen ein, um sich von hier aus weitere Absatzgebiete im europäischen Raum zu erschließen und diese über Deutschland aus zu bedienen.

Die niederländische Buchhistorikerin Inger Leemans hat in ihrer instruktiven und stark quellenbasierten Studie *Het woord is aan de onderkant. Radicale Ideeen in Nederlandse pornografische Romans 1670–1700* (2002) dezidiert herausgearbeitet, dass die Niederlande und ihr literarisches Zentrum Amsterdam sich um 1700 als europäischer Hauptumschlagplatz für erotische Werke präsentierten. Als eigentlichen Höhepunkt des Handels mit erotisch-pornographischen Lesestoffen veranschlagt Leemans das Zeitfenster 1680 bis 1700, als zahlreiche französische erotische Romane nach Amsterdam geschmuggelt und hier entweder im Original oder als Übersetzung über ganz Europa ihre Verbreitung fanden. Namhafte Amsterdamer Verleger in diesem Marktsegment waren Jan Boumann – u.a. Verleger der ersten niederländischen Übersetzung der *Venus im Kloster* (1694) – und Timotheus tem Hoorn, die mit traditionellen Texten, u.a. *Ragionamenti* und *La puttana errante* sowie französischen Klassikern wie *L'Académie de Dames* oder *Fanny Hill* ein attraktives Textkorpus für die Liebhaber dieser Lektüre bereithielten, zunächst als Nachdrucke in französischer Sprache, dann als Übersetzungen. Erotische Druckschriften, die auch nach London geschmuggelt wurden; von hier aus wurde auch offenbar die verstärkte Nachfrage nach dieser Art Lesestoffe im Nordamerika befriedigt. So orderte der Bostoner Buchhändler John Usher zwei Exemplare der erotischen Druckschrift *The London Jilt*, ein Kurtisanenroman, der 1683 anonym in London erschienen war[26], eine Nachbestellung weiterer Exemplare

25 Vgl. hier die vorzüglichen Bibliografien von Franz-Ulrich Jestädt: Verlagsverzeichnis Gottfried Vollmer 1790-1806; Thomas Kaminsiki: Verlagsverzeichnis Wilhelm Hennings 1797-1806. Erfurt: Ulenspiegel-Verlag 2011. Vgl. außerdem die sorgfältig erstellten Verzeichnisse auf der Webseite des Antiquariats: http://wordpress.buchhandlung-am-waidspeicher.de/?page_id=22.

26 The London Jilt. Hg. von Charles H. Hinnant. London: Broadview Editions 2007.

konnte schließlich nicht mehr bedient werden.[27] Die erotisch-pornographischen Texte wurden in den Katalogen der Verleger und Buchhändler angeboten, die aber an die sehr spezielle Zielgruppe der Liebhaber erotischer Literatur adressiert waren. Leemans konnte auf Grundlage ihrer intensiven Quellenrecherchen in Amsterdam 24 Besitzer von erotisch-pornographischen Sammlungen aufspüren. Eine wichtige Rolle spielte in diesem Kontext die zunächst von Jan Boumann, schließlich von Timotheus ten Hoorn herausgegebene Druckschrift *T'Amsterdamsch*, in der offenbar ebenfalls fremdsprachige erotische Klassiker ihren Abdruck fanden. Die Bezieher dieses Textes waren zugleich häufig die Besitzer von einschlägig erotischen Privatbibliotheken. Als Jan Boumann 1686 starb, fanden sich in seinem Lager noch 643 Exemplare von *T'Amsterdamsch* wie auch 220 Exemplare der niederländischen Ausgabe von *Venus im Kloster*.[28] Immerhin einige Zahlen, die auf die möglichen Auflagenhöhen dieser Texte Auskunft geben.

Die verlegerischen Beziehungen zwischen den Niederlanden und Deutschland waren bereits im ausgehenden 17. Jahrhundert relativ eng. Niederländische Verleger besuchten regelmäßig die Frankfurter und Leipziger Buchmessen und errichteten Niederlassungen an den Messeorten, die eine wichtige Mittlerfunktion für die Erschließung neuer Absatzgebiete im süd- wie osteuropäischen Raum spielten. Zwischen 1740 und 1750 verzeichnete der niederländische Buchmarkt eine Gründungswelle deutscher Verlagsniederlassungen u.a. in Amsterdam. Einen intensiven literarischen Austausch mit niederländischen Verlagen pflegten die Leipziger Traditionshäuser Johann Ludwig Gleditsch oder Moritz Georg Weidmann, Verleger, die im Handel mit deutschsprachigen Romanen eine herausragende Rolle spielten, gleichwohl noch nicht hinreichend erforscht sind. Dieses gilt auch für Verleger in Hamburg (Christian Liebezeit) oder Wien (Johann Gabriel Grahl). Immerhin ist eine Geschäftsbeziehung zwischen Timotheus ten Hoorn und Johann Friedrich Gleditsch in Leipzig nachzuweisen und diese gerade hinsichtlich des niederländischen Bestsellers *Die belägert- und entsetzte Venus. Das ist Chirurgische Abhandlung Der sogenannten Frantzoßen Auch Spanischen Pocken-Krankheit Drüpper Sjankert klap-Ohren*, ein Sexualratgeber mit erotisch-pornographischen Details angereichert, der in deutscher Übersetzung 1689 erschien, ein Titel, der auch im Leipziger Ostermeß-Katalog 1712 angekündigt worden war.

Die Handelsnetzwerke zwischen den Niederlanden und dem deutschsprachigen Raum verdichteten sich im Laufe der ersten Hälfte des 18. Jahrhunderts, flankiert vom Ausbau hugenottischer Netzwerke, die sich zwischen Frankreich, den Niederlanden und Preußen sowie Sachsen ausbreiteten. Während vor 1750 deutschsprachige Immigranten auf den niederländischen Buchmarkt drängten und sich hier auf die Produktion von französischsprachiger und lateinsprachiger Literatur fokussierten, wuchs nach 1750 das niederländische Interesse an deutschsprachiger Literatur. Jetzt engagierten sich niederländische Verleger im Import von deutscher Literatur und ihrer Übertragung ins Niederländische. Leemans sieht diesen Befund auch im speziellen Bereich der erotisch-pornographischen Lesestoff gespiegelt, denn es erscheinen jetzt verstärkt original niederländische erotische Druckschriften.

27 Inger Leemans: Het Woord is aan de Onderkant. Radicale Ideen in Nederlandse Pornografische Romans 1670–1700. Nijmwegen: Uitgeverij Vanthilt 2002, S. 214.
28 Ebd. S. 212–213.

Allerdings konnten politisch provozierende Schriften, an denen Nachbarländer Anstoß nahmen, mit denen die Niederlanden gute wirtschaftliche Beziehungen unterhielten, trotz der recht liberalen Zensurbedingungen zu einer heiklen Angelegenheit werden. Daher war Köln eine probate Ausweichmöglichkeit. Zahlreiche niederländische Verleger wählten in Verbindung mit einem fiktiven Verlagsnamen Köln als Verlagsort, um die eigentliche Herkunft des Druckes zu verschleiern. Allein der Besitz von Druckschriften mit dem Verlagsimpressum ›Pierre Marteau in Coelln‹ konnte Druckern, Verlegern und Lesern gefährlich werden.

Neben diesen Handelsnetzwerken zwischen den etablierten Verlagsunternehmen Europas schien gerade mit Blick auf den Handel und Vertrieb von aus religiösen, politischen und frivolen Aspekten brisanten Lesestoffen das transnationale Distributionsnetz über den Hausier- und Kolportagehandel gewährleistet. Während für den deutschsprachigen Raum die Rekonstruktion des ambulanten Buchgewerbes längst noch nicht erschöpfend aufgearbeitet wurde, ja über regional bedeutsame Studien nicht hinausreichen, haben Buchhistoriker in den Niederlanden, Frankreich und England das grenzübergreifende, hochprofessionell und effizient organisierte Handelssystem der ›pedlars‹ in den letzten Jahren verstärkt zum Gegenstand der transnationalen Buchforschung gemacht. Auf diese ambulanten Handels- und Distributionssysteme transnationaler Reichweite gilt es insbesondere mit Blick auf die Rekonstruktion der Publikations- und Distributionsgeschichte des erotischen Klassikers *Venus im Kloster* zu achten.

Spätestens seit Vorlage der voluminösen Studie von Olaf Simons *Marteaus Europa oder Der Roman, bevor er Literatur wurde* (2001) ist deutlich geworden, dass der europäische Buchmarkt um 1700 einerseits von transnationalen Distributions- und Handelsnetzwerken geprägt war, andererseits von der Praxis des anonymen und pseudonymen Publizierens, der Maskierung von Lesestoffen und der Verschleierung von Druck- und Verlagsorten sowie vom heimlichen Schmuggel über Landesgrenzen.[29] Neben den offiziellen literarischen Distributions- und Handelswegen existierte ein europaweites ›graues‹ Handelsnetz, das von Kolporteuren und Hausierern bedient wurde, und brisante Lesestoffe jeglicher Art nebst ihrem vielfältigen Sortiment an Haushalts- und Apothekerwaren auch in die weniger bewohnten Landstriche auslieferte. Distribution und Handel mit populären Lesestoffen jeglicher Couleur über ambulante Händler waren ein nicht zu unterschätzender Gewerbezweig bereits im frühneuzeitlichen Europa.[30] Eine engmaschige Literaturversorgung im späten 17. und 18. Jahrhundert über Kolportage- und Hausiernetzwerke sind einerseits für Preußen und Sachsen, aber auch für den süddeutschen Raum (im Fokus Altbayern) nachgewiesen. Während die Aufarbeitung von gewerblichem Umfang und ökonomischer Relevanz des Kolportage- und Hausierhandels für den deutschsprachigen Raum als stark vernachlässigt gelten darf, erschienen in den letzten Jahren vermehrt Studien über den Hausierbuchhandel in England, Frankreich und den Niederlanden und dessen grenzüber-

29 Olaf Simons: Marteaus Europa oder Der Roman, bevor er Literatur wurde. Eine Untersuchung des deutschen und englischen Buchangebots der Jahre 1710 bis 1720. Amsterdam / Atlanta: Rodopi 2001 (Internationale Forschungen zur Allgemeinen und Vergleichenden Literaturwissenschaft, Bd. 52).

30 Vgl. Jeroen Salman: Pedlars and the Popular Press. Itinerant Distribution Networks in England and the Netherlands 1600-1850. Leiden / Boston: Brill 2014 (Library oft he Written Word, Vol. 29).

greifende Handelswege, über die zweifelsohne auch frivol-erotische Druckschriften an der Zensur vorbei quer durch Europa geschmuggelt wurden. Jüngere Untersuchungen, u.a. *Pedlars and the Popular Press. Itinerant Distribution Networks in England and the Netherlands 1600–1850* von Jeroen Salman (2014), gehen von einer unmittelbaren Wechselwirkung zwischen einer fortschreitenden Verdichtung und Professionalisierung von Hausiernetzwerken und der Herausbildung von Konsumverhaltens im 18. Jahrhundert – auch im Bereich der Lesestoffe – aus.[31] Laurence Fontaine zeigt in ihrer Studie *History of Pedlars in Europe* (1996) eindrücklich, dass der Hausier- und Kolportagehandel im 17. und 18. Jahrhundert ein internationales Phänomen darstellte und nicht nur in Frankreich – wofür bereits Robert Darnton zahlreiche Belege geliefert hat – wichtigste Vermittlungsinstanz für illegitime Druckschriften war, ja verschiedene Kolporteure sich auf den Handel mit verbotenen Lesestoffe spezialisiert hatten.[32]

Der Hausierhandel verknüpfte Handelsnetzwerke zwischen den europäischen Zentren, über das Kolportagesystem gelangten blasphemische und frivole Lesestoffe quer durch Europa. Obgleich dem Hausier- und Kolportagehändler der Ruf des unseriösen Geschäftsmanns vorausging, so handelte es sich dennoch um ein legales und vor allem ausdifferenziertes, hochprofessionalisiertes literarisches Handelssystem mit europäischer Wirkkraft. Verleger und Buchhändler in den städtischen Zentren unterhielten vielfach Kolportagenetzwerke, um eine flächendeckende Distribution ihrer Verlagsproduktion auch in den Provinzen sicherzustellen. Kolporteure und Hausierer waren entweder für die Verlagshäuser unmittelbar tätig oder erwarben eine gewisse Stückzahl aus deren Verlagsangebot auf Kommissionsbasis oder auf eigene Rechnung. Über diese Buchhausierer erreichten politisch und religiös brisante oder frivole Lesestoffe auch die städtischen Leser, gewährleistete der Hausierhandel doch die Beschaffung von Literatur an der Zensur vorbei. Die Effizienz dieses grauen Buchmarkts spiegelt sich in den Bemühungen der Polizei, Hausierer und Kolporteure zu überwachen und zu kontrollieren.[33] Die ökonomische Bedeutung und Wirkkraft von Hausiernetzwerken darf im 18. Jahrhundert keinesfalls unterschätzt werden, zumal diese für etablierte Verleger und Buchhändler oftmals den einzigen Zugang zum Markt für populäre Lesestoffe darstellten.[34]

Zu klären ist sicherlich (und grundsätzlich) der ökonomische Stellenwert dieses Produktionsbereichs in einem Verlagsunternehmen und in welcher Weise die an diesem Handelszweig partizipierenden Drucker, Verleger und Buchhändler von kirchlichen und staatlichen Repressionen betroffen und in ihrem wirtschaftlichen Handeln eingeschränkt waren. Die Frage nach der ökonomischen Evidenz von Subversion in der europäischen Verlagsbranche soll im Rahmen des Münchner Forschungsprojekts – wo es die denn Quellenlage zulässt – wenigstens für einzelne Territorien und Regionen beantwortet werden. Denn die Tendenz in der Forschung, von Untergrundhandel und subversivem Ideenaus-

31 Ebd., S. 4.

32 Laurence Fontaine: History of Pedlars in Europe. Cambridge: Dukeupress 1996, S. 40-43, 190-191.

33 Salman: Pedlars and the Popular Press (wie Anm. 30), S. 21.

34 Ebd., S. 24–25.

tausch zu sprechen, ist vor dem Hintergrund der schwierigen Quellensituation oft gewagt und es gilt zugleich einer möglichen Mythenbildung vorzubeugen.

Die Etablierung von distributionshemmenden Maßnahmen und Instanzen, beispielsweise Zollämter und Zensurinstitutionen, führte unweigerlich und unverzüglich zur Entfaltung von kreativen und effiziente Schmuggelstrategien, die ein Territorium oder eine Region mit Waren versorgen konnten, auch wenn diese entweder wegen hoher Zölle unerschwinglich teuer oder wegen ihres Inhalts, so bei Druckschriften, verboten waren. So war die Handels-, Zoll- und Akzisepolitik bspw. in Brandenburg-Preußen ausgesprochen komplex, das Land in eine Vielzahl von kleinen Territorien zersplittert, die nicht einmal eine gemeinsame Grenze zum Kernland besaßen. Im Heiligen Römischen Reich existierten diverse Klein- und Kleinstterritorien, oftmals sehr liberal regiert, die sich zu kleinen Eldorados für den Handel mit verbotener Literatur entfalteten. Gleichwohl – zahlreiche politische Territorien waren außerstande, ihren grenzübergreifenden Handelsverkehr zu überwachen, der zudem durch die Vielzahl an Grenz- und Zollstellen eine deutliche Beeinträchtigung erfuhr und wegen der Zölle zu einer massiven Verteuerung der gehandelten Produkte führte. Die geopolitisch und handelspolitisch komplexe Situation rief den professionellen Schmuggel auf den Plan. Schmuggler installierten Schleichwege, die an den Zollstationen vorbeiführten, und organisierten Schmuggelrouten, über die Handelsprodukte aller Art, somit auch Druckschriften, ihre Verbreitung fanden. Der organisierte Schleichhandel galt im letzten Drittel des 18. Jahrhunderts als ein auch ökonomisch nicht zu unterschätzendes städtisches Gewerbe, das am Beispiel von Brandenburg-Preußen besonders eindrücklich herausgearbeitet werden kann.

Die preußische Residenz- und Garnisonstadt Berlin rückte daher unmittelbar in den Fokus des Münchner Projekts. Der Großraum Berlin-Potsdam avancierte im Laufe des 18. Jahrhunderts zu einem führenden verlagswirtschaftlichen Zentrum. Das stete Anwachsen der preußischen Armee, insbesondere die Garnisonen, wirkte sich auf die Herausbildung städtischer Zentren positiv aus, und in Berlin bildeten die Soldaten mit ihren Familien eine neue Konsumentenschicht, gerade für das Buchhandelsgewerbe und die Vielfalt neuer Leseeinrichtungen. Offiziere und Soldaten stimulierten außerdem das Bordellwesen in der Stadt. Kriegsinvalide und desertierte Soldaten suchten ihr Auskommen häufig im Hausierhandel oder betätigten ich wegen ihrer herausragenden geographischen Kenntnisse im Schmuggelgeschäft, das entlang der preußischen Grenzen, u.a. für Luxusgüter und verbotene Lesestoffe, in der zweiten Hälfte des 18. Jahrhunderts besonders gut florierte. Christine Haug ist es gelungen diese Schmuggelwege sukzessive aufzudecken und auf Grundlage von ungedruckten und gedruckten Quellen insbesondere des Geheimen Preußischen Staatsarchivs und der Staatsbibliothek Preußischer Kulturbesitz wenigstens einen der im Geschäft mit erotisch-pornographischen Lesestoffen ambitionierten Verleger auszumachen, die in Berlin einen gutgehenden Handel mit dieser Art Lesestoffen unterhielten: Christian Friedrich Himburg arbeiteten diverse Skandal- und Enthüllungsjournalisten sowie namhafte Verfasser erotischer Romane zu, etwa Johann Christian Siede (1765–1806), Johann George Scheffner (1736–1820) und Ludwig Theodor Kosegarten (1758–1818). Die systematische Durchsicht von Zensurakten und Reiseberichten, Zeitungen und Städteführern erlaubte hier die Aufdeckung des geschickten Zusammenspiels von Autoren, Druckern,

Verlegern, Buchhändlern, Lesegesellschaften und Rezipienten bis hin zur Einbeziehung von Postmeistern und Zollbeamten in der Provinz, thematisiert u.a. in der Korrespondenz Heinrich von Kleists (1777–1811).

Himburg ist auch ein Verleger, der schon ab Mitte der 1770er Jahre erotisch-pornographische Lesestoffe aus dem Ausland in Übersetzungen und Bearbeitungen gezielt in sein Sortiment eingliederte und sich parallel dazu aktiv darum bemühte, deutschsprachige Autoren und Texte zu requirieren. Die lokal günstigen Bedingungen schufen die Voraussetzungen für den prosperierenden Handel mit erotisch-pornographischen Lesestoffen: auf der einen Seite ein sich als »aufgeklärter Monarch« begreifender König, der berühmte Philosophen aus Europa anzog und intellektuelle Kreise bei Hofe wie in der Stadt stimulierte, auf der anderen Seite ein Militärwesen, das Population und Probleme mit sich brachte – so verfügte Friedrich II. (1712–1786) z.B. die Errichtung städtischer Bordelle, um die Sexualität der Soldaten zu steuern. Alles begünstigte die starke Zunahme von Buchhandlungen und Verlagen, das Anwachsen und die Erweiterung des Lesepublikums, die Ausbreitung von Lesegesellschaften und Leihbibliotheken und nicht zuletzt die Diversifizierung des eigenen Sortiments, in dem Himburg neben erfolgreichen pädagogischen bzw. literarischen Modeerscheinungen wie Erziehungsschriften und Romanen zunehmend auch sexuelle Ratgeber und eben erotisch-pornographische Lesestoffe platzieren konnte. Himburg und andere Verleger operierten in Berlin und von Berlin aus, bedienten aber auch die außerhalb des Kernlandes liegenden Territorien – zu erinnern ist in erster Linie an Königsberg und Autoren wie Johann George Scheffner (1736–1820) und Theodor Gottlieb Hippel (1741–1796), aber auch an den aus Berlin nach Posen versetzten E. T. A. Hoffmann (1776–1822), man denke nur an die in der Forschung sich hartnäckig haltende Zuschreibung der Verfasserschaft der *Schwester Monika* (1815) an Hoffmann. Darüber hinaus verweisen die Vertriebs- und Distributionsnetze der Berliner Verleger und Buchhändler auch auf die benachbarten Territorien, vor allem Sachsen (mit seiner Residenzstadt Dresden) und Thüringen.

Die intensive Lektüre von Verlegerbriefwechseln, bspw. der Briefverkehr zwischen dem Berliner Verleger Daniel Sander (1759–1825) und dem Weimarer Publizisten Karl August Böttiger (1760–1835), um nur ein prominentes Beispiel zu nennen, offenbart überdies den engen Austausch zwischen den Residenzstädten, u.a. die Entfaltung von homoerotisch geprägten Netzwerken innerhalb der preußischen Garnisonstadt seit der zweiten Hälfte des 18. Jahrhunderts. Als ergiebige Quelle erweisen sich, wie Wolfgang Burgdorf am Beispiel des Historikers und Publizisten Johannes von Müller (1752–1809) vorführt, auch autobiografische Niederschriften und Briefe. Müller bekannte sich in seinem Briefwechsel mit Graf Louis Batthyány Szent-Iványi (1802 / 1803) ungewöhnlich offen zu seinen homoerotischen Neigungen, allerdings ohne zu diesem Zeitpunkt zu wissen, dass der Graf eine böswillige Fiktion seines Schülers Friedrich von Hartenberg (1781?–1822) war. Obgleich sich in Berlin im 18. Jahrhundert noch keine homoerotische Szene im eigentlichen Sinne herausgebildet hatte, scheinen sog. Freundschaftsbünde und Schwurgemeinschaften geeignete, von der Polizei nur schwer aufzuspürende Nischen für das Ausleben homoerotischer Beziehungen bereitgestellt zu haben. Zeitgenössische Ego-Dokumente, u.a. Briefkorrespondenzen, Tagebücher und Autobiografien, legen zudem nahe, dass zwei Ereignisse sich gegenseitig befeuerten: die mit großem medialen Interesse verfolgte Ausgrabung der antiken Stadt Pompeij und die Dynamisierung des Geschäfts mit erotisch-pornographischen Lesestoffen seit den 1750er Jahren.

Ebenso kundig und umtriebig nutzten Verleger in anderen topographischen Räumen die ihnen gesetzten Bedingungen. Jeffrey Freedman zeichnet am Beispiel des Handlungsradius der Schweizer ›Société Typographique de Neuchâtel‹ (STN) und eines ihrer Reiseagenten die systematische Überwindung der europäischen Grenzen beim Absatz von ›livres philosophiques‹ nach. Norbert Bachleitners Vergleich der Zensursysteme Frankreichs und Österreichs verdeutlicht, dass beide Länder sich zwar bei der Verfeinerung und Durchsetzung ihrer Zensurbestrebungen wechselseitig inspirierten, aber inkriminierte Bücher nicht dauerhaft unterdrücken konnten.

Für den Raum Bayern, insbesondere das katholische Bayern mit dem Verlagsstandort München und dessen ökonomische Bedeutung im Handel mit erotisch-pornographischen Schriften betrifft, gewannen Drucker und Verleger ein Profil, die in den Provinzen Altbayerns entweder als Lieferanten für Münchner Buchhändler fungierten oder aber von der Provinz aus (u. a. in Coburg) einen raumübergreifenden Handel mit erotisch-pornographischen Lesestoffen aufbauten. Aufschlussreich sind die von Johannes Frimmel u.a. aus Ratsprotokollen rekonstruierten Aktivitäten des Schweinfurter Buchhändlers Jakob Samuel Riedel. Riedels Vertrieb erotisch-pornographischer Lesestoffe rief die Münchner Zensurbehörden auf den Plan, wurde aber auch in der Region geahndet. Der Fall des in der protestantischen Enklave inmitten des Bistums Würzburg ansässigen Buchhändlers wurde als Konflikt zwischen Stadtregierung und Bistum ausgetragen und wirft damit nicht nur von neuem die Frage nach den unterschiedlichen Topographien auf, die Buchhändler, Verleger und Drucker nutzten, um ihre Geschäfte dem Zugriff staatlicher Kontrollen zu entziehen, sondern auch nach dem Verhältnis von Peripherie und Zentrum überhaupt. Es scheint lohnend, dieses komplexe Problem für die deutschsprachigen Länder systematisch anzugehen. Angesichts der von unterschiedlichen Kontexten abhängigen Vielfalt der Fallbeispiele und des bisher erreichten Forschungsstandes scheint es zielführender, statt einer Gesamttopographie der Produktionsstandorte und Handelsnetze für erotisch-pornographische Lesestoffe in Europa im Zeitraum von 1650 bis 1750 die exemplarische Rekonstruktion dieses Spezialmarktes mit seinen eigenen Gesetzmäßigkeiten für einzelne ausgewählte Territorien und Regionen anzustreben. Fragen nach der ökonomischen Evidenz von Subversion und der Entwicklung besonderer Geschäfts- und Vertriebsmodelle für den Handel mit erotisch-pornographischen Lesestoffen lassen sich allenfalls (und in Abhängigkeit von der jeweiligen Quellenlage) für einzelne Territorien und Regionen beantworten. Für diesbezügliche Untersuchungen eignen sich bspw. die Regionen Hamburg, Glückstadt und Itzehoe, aber auch das Dreiländereck Frankreich, Schweiz (mit der Verlagsstadt Genf) und Deutschland oder Altbayern mit seiner gemeinsamen Grenze zur Habsburgermonarchie, an der sich bereits im frühen 18. Jahrhundert ein florierendes Schmuggelgeschäft mit protestantischer Literatur etabliert hatte.

Die zentrale Annahme, dass erotisch-pornographische Lesestoffe und ihre Handelsräume im Untersuchungszeitraum von 1650 bis 1850 ein transnationales Phänomen darstellten, legte es nahe, deren Distribution im europäischen Raum an einem prominenten Schlüsseltext der erotisch-pornographischen Literatur systematisch zu verfolgen. Gewählt wurde die 1683 anonym auf französisch und unter fiktiver Verlagsadresse erscheinende *Vénus dans le cloître, ou la religieuse en chemise*. Um an diesem Text exemplarisch zu verfolgen, in welchen europäischen Ländern und in welcher Gestalt er zirkulierte, ob als Original oder Nachdruck, Übersetzung oder Adaption, setzte sich die Münchner Forschungsgruppe im Februar 2017 bei einem international besetzten Workshop am Lichtenberg-Kolleg Göttingen unter der Leitung von Bill Bell eingehend mit Fragen nach Verbreitungsradius, Distributionsdichte und Rezeptionsintensität dieses Textes auseinander. Im vorliegenden Band zeichnet Bill Bell nun die Geschichte von Publikation, Vertrieb und Rezeption des ins Englische übersetzten Textes nach. Er kam 1724–1725 bei dem Londoner Verleger Edmond Curll (1675–1747) heraus und wurde als »unzüchtiges« Buch sofort zum umkämpften Objekt nicht nur der öffentlichen Moral, sondern auch Anlass, die Kommerzialisierung des Buchgewerbes in der englischen Metropole zu kritisieren. Aber auch die in Europa stark rezipierte *Aloisia Sigaea* eignet sich für eine Rekonstruktion ihrer Publikations- und Rezeptionsgeschichte im 17. und 18. Jahrhundert.[35]

Vorreiter und Modell für den transnationalen Handel mit erotisch-pornographischen Lesestoffen sind – wie die bereits genannten Studien u.a. von Inger Leemans eindrücklich gezeigt haben – die Niederlande, genauer die Buchhandelsstadt Amsterdam, die um 1700 von der in Frankreich ausgeübten Zensur profitierte. Amsterdam brachte die im Nachbarland unterdrückten Texte auf den Markt und führte diese anschließend nicht nur wieder nach Frankreich ein, sondern verbreitete sie in ganz Europa, wobei die unzüchtigen Bücher zunehmend in das Buchhandelsgewerbe integriert wurden. Die Untersuchung der wirtschaftlichen Aspekte, insbesondere der verlegerischen und vertrieblichen Maßnahmen zur Bewerbung der anfänglich nur im Geheimen zirkulierenden Texte macht deren ›Aufstieg‹ nachvollziehbar. Konnten sie anfänglich nur im Untergrund gehandelt werden, wurden seit der Mitte des 18. Jahrhunderts Titel und Paratexte der erotisch-pornographischen Lesestoffe immer eindeutiger, bis sie ab 1800 ganz offensiv beworben werden konnten. Erotisch-pornographische Lesestoffe waren Teil des ›normalen‹ Buchhandelsgeschäfts und damit Marktsegment geworden. Helga Meise verfolgt Ausbau und Handhabung dieses Systems bis hin zum offensiv beworbenen pornographischen Werk an Paratexten und Metazeichen deutschsprachiger ›Original-Romane‹ von 1690 bis 1875; Wulf D. von Lucius zeichnet die Stationen nach, die analog dazu die besonderen Illustrationspraktiken für erotisch-pornographische Lesestoffe von der Antike bis in die 60er Jahre des 19. Jahrhunderts durchliefen.

Ökonomisierung und Dynamisierung des erotisch-pornographischen Buchmarkts im 18. Jahrhundert und die Entwicklung erotisch-pornographischer Lesestoffe zur in das Buch- und Verlagsgewerbe vollständig integrierten Handelsware vollzogen sich parallel zu der expansiven Entfaltung des Markts mit schöngeistiger Literatur. Diese setzte spätestens in der Mitte des 18. Jahrhunderts ein und löste eine streitbar geführte Debatte über Vielleserei, Lesesucht und Leseseuche aus. Die Gegner dieser neuen Lektüre prognostizierten

35 Vgl. Norbert Merten: Aloisia Sigaea – eine Bestsellerautorin aus dem 16. Jahrhundert? Eine Bibliographie der deutschsprachigen Ausgaben. In: Erotische Literatur. Mitteilungen zu Erforschung und Bibliographie. Newsletter for the study and bibliography of Erotic Literature 1 (1992), S. 6–19; ders.: Aloisia Sigeae Satyra sotadica de arcanis. In: Erotische Literatur. Mitteilungen zu Erforschung und Bibliographie. Newsletter for the study and bibliography of Erotic Literature 5 (2000), S. 99-243.

ihren Konsumenten physische und seelische Erkrankungen und forderten eine spezielle Gesundheitspolizei. Diese Form von ›Fürsorge‹ galt insbesondere weiblichen Leserinnen und jugendlichen Lesern, die wegen ihrer vorgeblich nicht kontrollierbaren Imaginationskraft als besonders gefährdet eingestuft wurden. Ein Forschungsdesiderat ist noch immer die Verschränkung von literarisch-medialen und medizinischen Diskursen am Beispiel der Lesesucht-Debatte, insbesondere mit Blick auf die Wirkkraft erotischer Lesestoffe. Die genauen Beziehungen zwischen Lesen und Krankheit sind in diesem Kontext noch längst nicht erschöpfend aufgearbeitet. Dabei kann angesichts der Erstarkung der bürgerlichen Schichten Foucaults Annahme von der Vervielfältigung und Verdichtung der Diskurse über Sexualität als Ausgangspunkt dienen, wobei die massive Unterdrückung von gesetzeswidrigen sexuellen Praktiken als Kehrseite erscheint. Das nun einsetzende permanente Sprechen über Sexualität, über sexuelle Intimitäten, Praktiken und Ausschweifungen prägte zum einen ganz unterschiedliche literarische Gattungen, von der Bekenntnisliteratur über Mätressenromane bis hin zu Kloster- und Räuberromanen, zum anderen auch belehrende Werke wie die medizinische und volksaufklärerische Ratgeberliteratur und führte insgesamt zu einer regelrechten Überflutung des europäischen Buchmarkts mit erotisch-pornographischen Lesestoffen.

In diesem Zusammenhang fällt die große Affinität zwischen buchhändlerischer und medizinischer Profession im Handel mit erotisch-pornographischen Lesestoffen ins Auge. In der ersten Hälfte des 18. Jahrhunderts bildete sich ein spezieller Typus von Erotika-Distributoren heraus, der gleichermaßen im Arzneigeschäft wie im Handel mit erotischen Druckschriften (primär Ratgeberliteratur) aktiv war.[36] Für England haben diese berufliche Affinität Paul Baines und Pat Rogers in ihrer Studie *Edmund Curll Bookseller* (Neudruck 2013) bereits eindrücklich nachgewiesen. Die Verbindung von Erotika-Sammlerleidenschaft und medizinischen Berufen zeigt sich außerdem bei Angehörigen der medizinischen Fakultät und praktizierenden Ärzten wie etwa dem bereits erwähnten Marburger Medizinalrat und Radikalaufklärer Ernst Gottfried Baldinger (1738–1804). Gleichzeitig waren es Ärzte, die mit düsteren Prognosen und Forderungen nach polizeilicher Überwachung jeden verdächtigen Lesekonsum bekämpften und mit medizinisch geprägten Metaphern wie »schleichendes Gift«, »Seuchengefahr« und »Schädlingsbekämpfung« auch die Gegner von erotisch-pornographischer Literatur versorgten. Dieser Verschränkung von literarisch-medialen und medizinischen Diskursen wird am Beispiel der erotisch-pornographischen Lesestoffe und mit Blick auf deren Wirkkraft in einer gesonderten Studie noch dezidiert nachgegangen. Festzuhalten ist, dass das Verlagsgewerbe von der Expansion und Dynamisierung des Buchmarkts insgesamt zweifach profitierte, weil es – oftmals innerhalb eines Verlags – erotische Romanliteratur und vor den Folgen übermäßiger sexueller Aktivitäten warnende Ratgeber gleichermaßen im Programm führte.

Das Phänomen der Transnationalität der erotisch-pornographischen Lesestoffe bestimmt auch die formalen und inhaltlichen Strukturen der Texte. Es prädestinierte die erwähnte *Vénus dans le cloître ou la religieuse en chemise* gerade dazu, den einschlägigen Ka-

36 Für England vgl. Paul Baines / Pat Rogers: Edmund Curll Bookseller. Oxford: Clarendon Press 2007 (Neudruck Oxford University Press 2013).

non im Europa des 18. Jahrhundert mit zu begründen und als erotisch-pornographischer Lesestoff bis heute in allen Ländern präsent zu sein. Eines der frühesten, lange nicht zur Kenntnis genommenen Textdokumente für einen original deutschsprachigen erotisch-pornographischen Text ist Johann Gottfried Schnabels *Der im Irr-Garten der Liebe herum taumelnde Cavalier* aus dem Jahr 1738. Die im Jahre 2014 erschienene neue Edition des Textes und ein Kolloquium zur Erschließung des Romans[37] verdeutlicht die Transnationalität als Phänomen der Grenzübertretung im wörtlichen wie im übertragenen Sinn, und zwar mittels einer Dynamisierung, die die Übertragung als Hin- wie als Her-Bewegung in beide Richtungen verdeutlicht. Der Erzähler richtet Handlung und Figurengestaltung an dem bereits etablierten erotisch-pornographischen Kanon aus und lehnt sich dabei in Personal und literarischen Strukturen nicht nur an die französischen Texte des 17. Jahrhunderts an, sondern geht bis auf Aretinos *Ragionamenti* (1534/36) zurück.[38] Schnabel schickt seinen *Cavalier* aus der deutschen Provinz nach Italien, wo ihn gleich mehrere Damen aus den verschiedenen Ständen der italienischen Gesellschaft, aus Adel, Bürgertum und Landbevölkerung, in der Liebe unterweisen. Er lässt ihn nach Deutschland zurückkehren, um geläutert zu einer moralisch unantastbaren Lebensführung zurückzufinden, allerdings nicht ohne zuerst sein erotisches Wissen praktisch und theoretisch an die Damen seiner Umgebung weiterzugeben, die ebenfalls unterschiedlichen Ständen angehören. Schnabel beruft sich nicht auf die *Vénus dans le cloître*, sondern auf die *Académie des dames* (1659/60), ein Werk, das wie der *Cavalier* in der sich nun auch in deutscher Sprache ausbildenden Tradition immer wieder zitiert werden wird.[39]

Eine deutliche Konjunktur erlebte Romanliteratur, die sexuelle Episoden spannungsreich mit Gewaltexzessen verflocht und in Gestalt von Kloster-, Schauer- und Räuberromanen vor allem in kommerziellen Leihbüchereien um 1800 reißenden Absatz fand.[40] Reinhard Wittmann untersucht in seinem Beitrag bairische Klosterromane, die von den 1770er Jahren bis zum Anfang des 19. Jahrhunderts erschienen sind. Ausgehend von dem Roman *Venus im Kloster Oder Die biss aufs Hembd ausgezogene geistliche Nonne* (1689), einer leicht kenntlichen deutschen Adaption der *Vénus dans le cloître*, fragt er danach, wie und in welchen Funktionen in den Klosterromanen Sexualität und Eros zur Sprache kommen. Parallel zum Angebot in England etablierte sich das Romanformat für erotisch-frivole, nicht zwangsläufig auch pornographische Lesestoffe in den folgenden zwei Jahrzehnten auch in den deutschsprachigen Ländern. Es eröffnete alternative Denk- und Fantasieräume zu den zahlreichen repressiven Maßnahmen und Verboten, die die Diskussionen des öffentlichen Raums beherrschten. Literarische Verarbeitung fanden außereheliche Eskapaden, sexuel-

---

37 Dammann: Johann Gottfried Schnabels *Cavalier*-Roman (wie Anm. 9).

38 Vgl. Carolin Fischer: Education érotique. Pietro Aretinos *Ragionamenti* im libertinen Roman Frankreichs. Stuttgart: M und P. Verlag für Wissenschaft und Forschung 1994.

39 Vgl. Urszula Bonter: Einige Anmerkungen zur Wirkungsgeschichte von Schnabels *Der im Irr-Garten der Liebe herum taumelnde Cavalier*. In: Johann Gottfried Schnabels *Cavalier*-Roman. Vermessung eines lange unterschätzten Werkes. Hg. von Günter Dammann. Würzburg: Königshausen & Neumann 2016, S. 17–31.

40 Holger Dainat: »Die Rache schläft nicht«. Über die Räuberromane von Albrecht und Arnold. In: Sangmeister / Mulsow (Hgg.): Subversive Literatur (wie Anm. 14), S. 454–478.

le Zügellosigkeit und Begierde, Ehebruch und Bordellerlebnisse. Im Mittelpunkt standen sexuelle Kontakte, die eben nicht allein der Fortpflanzung des Menschen dienten. Brisant ist der Umstand, dass offenbar Verlage für Erziehungsschriften, etwa Heinrich Gräff oder Christian August Leberecht Crusius in Leipzig, ihr Angebot an Pädagogik- und Schulliteratur um sog. Verbrecherromane erweiterten und dabei auf eigene Autoren zurückgriffen, die ein schmales Einkommen im Dienst an Schule oder Gemeinde mit der Anfertigung von erotisch aufgeladener Unterhaltungsliteratur aufzubessern suchten. Diese doppelbödige Unternehmensmoral war besonders prekär, weil diese Verleger auch die Schriften des Philanthropins in Dessau verlegten, eine produktive Quelle für Druckschriften über die schädlichen Folgen von Onanie. Dass Käuflichkeit die entscheidende Schnittstelle zwischen offiziellem Buch- und Verlagshandel auf der einen und dem semiöffentlichen bzw. klandestinen Handel mit unzüchtiger Literatur auf der anderen Seite ist, wird neuerlich durch Forschungen greifbar;[41] die Grundlagen dieses Zusammenspiels, die in den zeitgenössischen Diskursen gelegt wurden, prägen unsere Begriffe von Sexualität und Pornographie bis heute. Dies führt Vincent Kaufmann anhand einer fiktiven Begegnung zwischen Adam Smith (1723–1790) und dem Marquis de Sade vor, bei dem beider Vorstellungen von marktgesteuerten Tauschhandlungen zur Diskussion stehen.

Die durch die stete Diskursivierung erzeugte Omnipräsenz von Sexualität und Erotik belegt auch die dem europaweit bekannten Zürcher Pfarrer Johann Caspar Lavater (1741–1801) von seinem vormaligen Freund und Vertrauten, dem Arzt Johann Georg Zimmermann (1728–1795), zugeschriebene »affair«. Deren Verlauf und Auswirkungen rekonstruiert Ursula Caflisch-Schnetzler aus ungedruckten und gedruckten Zeugnissen detailliert. Ebenso bestimmend ist das Thema für die Darstellungs- und Inszenierungsstrategien, die Simon Bunke an Johann George Scheffners seit den 1770er Jahren mehrfach überarbeiteter erotischer Lyrik herausarbeitet. Der bereits erwähnte preußische Autor, Publizist und politische Berater, der häufig in Berlin weilte und sich 1795 in Königsberg niederließ, nutzte bewusst-provokativ die Möglichkeiten der Gedichtform, zum einen, um sexuelles Handeln gleichsam direkt erlebbar zu machen, zum anderen, um die Identität von sexuellem und literarischem Handeln selbst auszustellen.

Wilhelm Heinses (1746–1803) *Ardinghello* (1787) kann für die zeitgenössische Hochliteratur stehen. Leonhard Herrmann geht den erotischen Motiven des Romans und ihrem Nachleben in der Literatur des 19. Jahrhunderts nach; Sven Hanuschek untersucht am Beispiel von Johann Heinrich Voß' (1751–1826) *Brautnacht* überschriebener vierter Idylle aus dem Epos *Luise* von 1795 die Rolle des Sexuellen, indem er sie mit der Form der Idylle abgleicht, die im 18. Jahrhundert vermeintlich Eros und Sexualität einhegt und so auch in den folgenden Jahrzehnten rezipiert wird. Urszula Bonter analysiert den heute vergessenen Roman von Friedrich Clemens Gerke (1801–1888) *Memoiren einer Prostituierten oder die Prostitution in Hamburg* (1847), der einen Skandal auslöste, wobei sie besonderes das In-

41 Vgl. Christine Haug / Johannes Frimmel : Zwischen Moral und Kommerz – Herausbildung, Expansion und Marktstrategien des erotisch-pornographischen Buchmarkts. Eine Einführung. In: Christine Haug / Johannes Frimmel / Anke Vogel (Hgg.): Das Geschäft mit Erotik und Pornographie im deutschen Sprachraum vom 18. Jahrhundert bis zur Gegenwart. Wiesbaden: Harrassowitz 2015 (Buchwissenschaftliche Beiträge 88), S. 1–36.

teresse aufzeigt, das der Buchhandel der Hansestadt an ihm hatte. Zuallererst frappiert, dass der Text auf dem literarischen Markt sowohl als medizinisch-wissenschaftliche Studie als auch als Prostituiertenroman gehandelt wird. Hans-Edwin Friedrich zeigt an der Abfolge der unterschiedlichen Lese- und Rezeptionsweisen, die *Josefine Mutzenbacher oder die Geschichte einer wienerischen Dirne von ihr selbst erzählt* von ihrem ersten Erscheinen 1906 bis zur Gegenwart heraufbeschwor, wie der Roman bei der literarischen Kritik und in literaturwissenschaftlichen wie in sozial- bzw. gesellschaftspolitischen Diskussionen aufgenommen wurde. Es wird evident, dass der erotisch-pornographische Lesestoff in den deutschsprachigen Ländern im 20. Jahrhundert im öffentlichen Raum angekommen ist, mehr noch, dass er der Weltliteratur zugeschlagen und damit kanonisiert wird.

Forschungsperspektiven

Der erotisch-pornographische Buchmarkt um die Mitte des 19. Jahrhundert in Deutschland war trotz einschlägiger und hochproduktiver Produktionsstätten u.a. in Sachsen (u.a. Ernst Fürst in Nordhausen, Gottfried Basse in Quedlinburg) – im Vergleich zu anderen europäischen Ländern – stark von Importen aus dem benachbarten Ausland geprägt. Erotisches und Pornographisches wurde weiterhin über Paris, London, Amsterdam, aber nun auch über Budapest und Wien nach Deutschland gebracht und fand hier in Originalausgaben, Übersetzungen und in Gestalt von Prachtausgaben oder Buchreihen Verbreitung. Hier stellt sich die Frage, inwieweit es bei dem kulturellen Transfer zu Anpassungen an die Zielkultur mittels Paratexten, Illustrationen, Übersetzungen und Bearbeitungen kam bzw. inwieweit die erotisch-pornographischen Lesestoffe bereits internationale, standardisierte Massenprodukte waren.

Seit 1850 hatte die Medizin mehr und mehr die Kontrolle über Fragen zur Sexualität übernommen, eine Entwicklung, die sich in der Publikation von sexualmedizinischen Handbüchern und Nachschlagewerken, Büchern und Zeitschriften zur ihrer Funktion in Ehe und Ehehygiene spiegelte.[42] Da diese Werke meist aufwendig illustriert waren, insbesondere der Genitalbereich der Ehepartner eine realistische Darstellung erfuhr, kursierten diese Produkte – in diesem Fall maskiert als Ratgeberliteratur – auch in Liebhaberkreisen für Erotisches und Pornographisches. Die mediale Vielfalt, die den erotisch-pornographischen Markt insgesamt prägte, wird im 19. Jahrhundert um weitere Elemente ergänzt. Dazu zählt neben der Lithographie insbesondere die Fotografie, wie Wulf D. von Lucius in seinem Beitrag ausblickend unterstreicht. Das Medium der Bildpostkarte, ein im Buch-, Papier- und Schreibwarenhandel des 19. Jahrhunderts wirtschaftlich keinesfalls gering zu schätzendes Handelsprodukt, fand vor allem über den Straßen- und Kioskhandel in den Großstädten massenhaften Absatz. Jan Stojanovic hat sich im Rahmen seiner Münchner Masterarbeit den Postkartenverlagen in Deutschland zwischen 1890 und 1914 zugewandt, ein Zeitraum, der von Wissenschaftlern und Sammlern als Blütezeit des Mediums der Post-

42 Vgl. u.a. Alfred Messerli: Zur Geschichte der Medien des Rates. In: Fragen Sie Dr. Sex! Hg. von Peter-Paul Bänzinger, Stefanie Duttweiler und Philipp Sarasin. Frankfurt / M.: Suhrkamp 2010, S. 30–57; Rudolf Helmstetter: *Der stumme Doctor* als guter Hirte. Zur Genealogie der Sexualratgeber. In: ebd., S. 58–93; Philipp Sarasin: Reizbare Maschinen. Eine Geschichte des Körpers 1765–1914. Frankfurt / M.: Suhrkamp 2001 (stw 1524).

karte bezeichnet wird. Als wichtige Quellen haben sich das *Börsenblatt für den deutschen Buchhandel* sowie Fachblätter des Papier- und Schreibwarenhandels sowie die vielfältigen Sammler-Zeitschriften erwiesen, die – obgleich in Kurznachrichten – den internationalen Markt des Postkartenhandels kommentieren.[43]

Die wichtigsten Verlagszentren für erotisch-pornographische Lesestoffe und ihre Vertriebswege von Amsterdam, Brüssel, Paris, London, Budapest und Wien nach Deutschland von der Reichsgründung bis zur Machtübernahme der Nationalsozialisten hat Johannes Frimmel in seiner gerade veröffentlichten Studie *Das Geschäft mit der Unzucht. Die Verlage und der Kampf gegen Pornographie in Kaiserreich und Weimarer Republik* – basierend auf bislang unveröffentlichtem Quellenmaterial – akribisch nachgezeichnet.[44] Das erotisch-pornographische Verlagswesen um 1900 fand im Vergleich zum subversiven Buchhandel des 18. Jahrhunderts gänzlich geänderte ideologische, territoriale, produktions- und kommunikationstechnische Rahmenbedingungen vor. Parallel zum kommerziellen Massengeschäft mit Erotika bildete sich mit Privatdrucken und bibliophilen Sammlungen ein separater, in wirtschaftlicher Hinsicht nicht unbedeutender Markt heraus, der sich über spezielle Vertriebs- und Bezugsmodelle an einen begrenzten Leserkreis richtete. Selbst wenn Gesellschaftskritik und politische Subversion bei diesen auf den ersten Blick rein kommerziellen Spekulationen keinerlei Rolle mehr spielen, bargen sie aber um nichts weniger als ihre Vorgänger hohe soziale Brisanz. Es ist genau dieser Umstand, der erotisch-pornographische Lesestoffe bis heute zu umstrittenen Objekten des öffentlichen Raums macht.

An dieser Stelle gilt unser Dank allererst dem »Center for Advanced Studies« (CAS) an der Ludwig-Maximilians-Universität München. Ein Forschungsjahr als »Senior Researcher in Residence« ermöglichte es überhaupt, sich mit einer kleinen Forschergruppe intensiv mit dem Thema »Zur Herstellung und Distribution erotisch-pornographischer Lesestoffe im Zeitalter der Aufklärung« auseinanderzusetzen. Wir möchten uns daher nochmals sehr herzlich bei den Kolleginnen und Kollegen des CAS, insbesondere bei Dr. Annette Meyer, Dr. Julia Schreiner, Dr. Susanne Schaffrath, Andrea Cors und Isabella Schopp, bedanken, die uns als Forschergruppe den Aufenthalt in jeglicher Hinsicht sehr komfortabel gestaltet haben. Professionelle Unterstützung haben wir nicht nur bei der Organisation und Durchführung von drei Workshops erfahren dürfen. Viele Gespräche und eine ausgesprochen angenehme, anregende Arbeitsatmosphäre haben maßgeblich zum Gelingen des Forschungsvorhabens beitragen – Dank an alle Mitwirkenden! Unser ausdrücklicher Dank geht zudem an Theresa Lang und Herbert Schauer, die sich der Redaktion des Sammelbandes angenommen haben. Herbert Schauer verdanken wir zahlreiche Quellenhinweise, Literaturtipps und Korrekturen im »erotischen Gestrüpp« von Autoren, Verlegern und Druckorten, von Anonymi und Pseudonyme. Auch dafür ganz herzlichen Dank!

München, im April 2018

43 Jan Stojanovic: Bunte Welt auf kleinem Karton. In: Leipziger Jahrbuch zur Buchgeschichte 26 (2018) (in Druck).

44 Johannes Frimmel: Das Geschäft mit der Unzucht. Die Verlage und der Kampf gegen Pornographie in Kaiserreich und Weimarer Republik. München: bellville-Verlag 2018 (erscheint Juni 2018).

Venus in the Cloister: Edmund Curll und ein erotischer Klassiker

Bill Bell

Die 1724–1725 erschienene englische Ausgabe von *Venus im Kloster* wird seit langem als Meilenstein für die englische Gesetzgebung zum Schutz der öffentlichen Moral betrachtet. Zwar war dies sicherlich nicht das erste Werk aus dem 18. Jahrhundert, das gegen die gesetzlichen Vorgaben für unzüchtige Veröffentlichungen verstieß, allerdings war seine Wirkung viel weittragender als die der meisten anderen. Die Geschichte der Publikation, des Vertriebs und der Rezeption des Textes ist von der Komplexität der zeitgenössischen Bedingungen und den fatalen Verwicklungen einer Reihe von Personen und Institutionen gekennzeichnet.[1] Solche Texte sind Paradebeispiele für die Entstehung einer zunehmenden Kommerzialisierung des Buchhandels im 18. Jahrhundert. Unabhängig von weiteren Funktionen der damaligen unzüchtigen Publikationen sind der Fall des Herausgebers Edmund Curll (1675–1747) und die Veröffentlichung und der Vertrieb eines seiner berüchtigtsten Werke beispielhaft für die Stellung von obszönen Schriften in einer von politischen, kommerziellen und gesetzlichen Umwälzungen geprägten Zeit.

Edmund Curll beauftragte Robert Samber (1682–1745) mit der Übersetzung von *Venus in the Cloister, Or the Nun in Her Smock*, einem 1683 erschienenen französischen Werk mit dem Titel *Vénus dans le cloître, ou la religieuse en chemise*,[2] dessen Autorschaft alternativ Jean Barrin (1640–1718) und François de Chavigny de la Bretonnière (pseudo. Abbe

1 Zu den wichtigsten Untersuchungen zur obskuren Welt der englischen pornographischen Literatur im 18. Jahrhundert zählt die Pionierarbeit von David Foxon: Libertine Literature in England, 1660–1745. New York: University Books 1965. Weitere hilfreiche Studien sind Karen Harvey: Reading Sex in the Eighteenth Century. Bodies and Gender in English Erotic Culture. Cambridge: Cambridge University Press 2004 (= Cambridge social and cultural Histories; 3); Lynn Hunt: The Invention of Pornography. Obscenity and the Origins of Modernity, 1500–1800. New York: Zone Books 1996; und Robert Darnton: The Forbidden Best-Sellers of Pre-Revolutionary France. New York: Norton 1996.Es gibt eine Reihe von detaillierten Kommentaren zu der *Venus*-Affäre, von denen der wichtigste Paul Baines / Pat Rogers: Edmund Curll, Bookseller. Oxford: Clarendon Verlag 2007 ist. In Kapitel 8, »Trials« (1722–1788), liefern Baines und Rogers die beste Darstellung der Vorgeschichte und der Folgen der Gerichtsverhandlung um *Venus in the Cloister*. Siehe auch Ralph Strauss: The Unspeakable Curll. London: Chapman and Hall 1927, S. 98–121; Donald Thomas: A Long Time Burning. The History of Literary Censorship in England. London: Routledge & Kegan Paul 1969; Patrick J. Kearney: A History of Erotic Literature. London: Macmillan 1982, S. 46–52. In seinem Kapitel »Venus in the Marketplace« von The Whore's Story. Women, Pornography, and the British Novel, 1684–1830. New York: Oxford University Press 2000 liefert Bradford K. Mudge zusätzliche Informationen zum Kontext des Werkes und die beste Exegese zum Text selbst.

2 Auf der Titelseite werden Jacques Durand als Verleger und Köln als Publikationsort vermerkt, aber dies scheint zweifelhaft. Die Publikationsgeschichte des Werkes ist von falschen Zuschreibungen und

Abbildung 1: Venus in the Cloister, Ausgabe von 1725. ©The British Library Board (PC.25.a.63)

Du Prat) (1652–1705) zugeschrieben wird.[3] Robert Darnton betrachtet *Vénus* als Teil der ersten Welle der »galanten« oder »philosophischen« Literatur, die eine Revolution des Druckes unter dem Ancien Régime auslöste und den Grundstein für die von ihm »second wave« genannte Phase, kurz vor der Französischen Revolution, legte. Laut Darnton sei der Text in den 1740ern eines der »most popular sex books« in Frankreich gewesen und manche seiner Leser hätten ihn für einen anerkannten Klassiker der erotischen Literatur gehalten.[4] Curlls berüchtigte Publikation von Sambers Übersetzung liegt zwischen der ersten und der zweiten der von Darnton beschriebenen Phasen, als in England die Szene eine ganz andere war.

Sambers Übersetzung war nicht die erste englische Version des Textes, denn eine anonyme Übersetzung war bereits 1683, dem Jahr der Veröffentlichung des französischen Originals, in London vom Buchhändler Henry Rhodes aus der Fleet Street herausgegeben worden. Das Schicksal dieses Textes scheint weniger abenteuerlich gewesen zu sein. In ihrer Studie der zahlreichen antikatholischen Propagandatexte, die in England während des Bürgerkriegs erschienen sind, behauptet Sarah Toulalan, dass Rhodes' *Venus*, erschienen nach dem Tode Karls II., auf keinen Widerstand seitens der Regierung oder der Kirche

verfälschten Titelseiten geprägt. Es ist eher wahrscheinlich, dass die meisten der frühen Ausgaben wie viele andere in den Niederlanden hergestellt wurden.

3 Chavigny de la Bretonnière: La Religieuse en Chemise et le Cochon mitré. Présentés et édités par Jean Sagard. Saint-Étienne. Publications de l'Université de Saint-Étienne 2009.

4 Vgl. Darnton: Forbidden Best-Sellers (wie Anm. 2), S. 84, 72.

gestoßen sei. Dank der auf die »Papistenverschwörung« von 1678 und auf die »Exclusion Crisis« folgenden moralischen Panik seien die Autoritäten gewillt gewesen, Nachsicht für potentiell orthodoxe, anti-papistische Propaganda zu zeigen. Während im späten 17. Jahrhundert das protestantische geistliche Establishment auf ähnliche Weise verhöhnt worden sei, bemerkt Toulalan, «an attack on clericalism would have different meanings in the two different contexts«.[5] Wie ich allerdings in meinem Schlusswort behaupten werde, muss man die verzweigten Wege der englischsprachigen *Venus* über die Jahre in mehr als zwei Kontexten situieren.

Die sonderbare Karriere des Edmund Curll

Zurzeit des Erscheinens seiner Ausgaben von *Venus in the Cloister* hatte der 40-jährige Curll bereits eine schwierige Geschichte als Verleger hinter sich. In den 1720er Jahren war er in seiner Zunft bereits für Bücher zweifelhaften Inhalts, u.a. obszöne Literatur, unautorisierte Memoiren und Gedichte sowie Geschichtsverfälschungen bekannt. Defoe (1660–1731) war es, der den Ausdruck »Curllism« als Bezeichnung für solche Publikationen prägte.Es ist bereits viel über diesen notorischen Förderer unzüchtiger Literatur geschrieben worden: zuerst von ihm selbst und seinen Zeitgenossen in einem langen Publikationskrieg zwischen Curll und den Mitgliedern des Scriblerus Clubs und später in wissenschaftlichen Abhandlungen über seine komplexe Karriere. Die meisten hiervon tendieren dazu, seine Verdienste zu unterschätzen und übermäßig zu schmälern.

In der Literaturgeschichte des 18. Jahrhunderts spielt Curll die Rolle des Bösewichts. John Brewer zählt ihn zu den wenigen, die »abused their position and the writers they employed« in einem vorwiegend von »honest and conservative men« geführten Beruf.[6] James Raven spiegelt diese Ansicht in *The Business of Books* (2007) wider, wo er Curll nur kurz in einer Anmerkung zu den »adolescent high spirits and brutal camaraderie of the print world of Curll and Hogarth«[7] erwähnt.

Die erste nennenswerte Biographie, von Ralph Strauss, erschien 1927 und trug wesentlich dazu bei, einige Missverständnisse über das Leben Curlls, den Strauss immerhin als »a rather scandalous, but very remarkable, person«[8] ansah, aus dem Weg zu räumen. Seit-

5 Sarah Toulalan: Imagining Sex. Pornography and Bodies in Seventeenth-Century England. Oxford: Oxford University Press 2007, S. 101. Es gibt deutliche Unterschiede zwischen der Version von Curll und der früheren von Rhodes 1683. Die Ausgabe Curlls enthält ein kurzes zusätzliches Vorwort und fünf Dialoge, von denen drei nach der Ausgabe von Rhodes erschienen waren. Rhodes' Version verfügt über kein Titelbild, während Curll eins hinzufügt, das an das französische Original angelehnt ist, allerdings mit einigen Veränderungen. Curlls Version ist anständiger: In der französischen Version sind Agnes' entblößte Brüste zu sehen. Die Bücher in ihrem Regal in ihrer Zelle sind zeitgenössischer und die religiöse Ikonographie wird reduziert. So wird der Rosenkranz durch eine neunschwänzige Peitsche ersetzt. Samber ergänzte einige Fußnoten in seiner Übersetzung, manche mit Bezug auf religiöse Praktiken, andere scherzhaft.

6 John Brewer: The Pleasure of the Imagination. English Culture in the Eigtheens Century. London / New York: Routledge 2013 ([1]1997), S. 132 f.

7 James Raven: The Business of Books. Booksellers and the English Book Trade 1450–1850. New Haven u.a.: Yale University Press 2007, S. 206.

8 Strauss: The Unspeakable Curll (wie Anm. 1), S. 3.

dem hat Curll kontinuierlich die Aufmerksamkeit der Wissenschaftler auf sich gezogen, die sich seines Lebens und seiner Karriere über seine Konflikte mit prominenten Autoren, hauptsächlich mit Alexander Pope (1688–1744), annahmen. 1963 schreibt Alec Craig in einem kurzen Bericht über die *Venus*-Affäre, dass der Verleger »an interesting rascal«, aber zugleich ein Mann seiner Zeit, in einem »literary jungle«[9] tätig, gewesen sei. Der *ODNB*-Eintrag zu Curll beschreibt ihn als einen Schöpfer des »modern literary market place«, der trotz seiner zweifelhaften Geschäftsmethoden zugleich »also inventive, energetic, and always alive to the value of publicity« war. Diese Meinung wird in Paul Baines und Pat Rogers' detaillierter Biographie, *Edmund Curll, Bookseller* (2007), der wichtigsten Studie zu Curll bis dato, geteilt. Ihnen gelingt es, überstürzte Urteile über Curll als »a negative icon«[10] zu widerlegen.

Für Generationen sorgte Popes Satire über Grub Street, *The Dunciad* (1728), für Curlls Reputation als Anbeter am Thron der Dummköpfe (»Throne of Dulness«). Ironischerweise könnte es sein, dass Curll für seine Feinde gerade durch seinen Anspruch auf Anständigkeit gefährlich war. Trotz seiner Betrügereien war er kein einfacher Händler von armseliger Grub-Street-Literatur (wie Pope ihn gerne darstellt), sondern einer der vielfältigsten Verleger seiner Zeit, dessen Publikationsliste eine hohe Anzahl seriöser wissenschaftlicher, theologischer und klassizistischer Werke enthielt und der selbst in klassischen Sprachen bewandert war. Als unverbesserlicher Selbstdarsteller und Vertreter einer ehrgeizigen und intelligenten Bourgeoisie, die finanzielle Interessen vor moralische Skrupel stellte, verkörperte er eine sehr moderne Version des Verlegers. Er war offenkundig gefährlich genug, um von den lautesten seiner Gegner ernst genommen zu werden. So gab Jonathan Swift (1667–1745) in einem Brief an Pope zu, dass Curll «one of the tools in my opinion as necessary for a good writer, as pen, ink, and paper«[11] sei. Sie waren, in anderen Worten, so etwas wie Boxkämpfer, obgleich nicht an der Schule des Marquis of Queensberry. Die Beziehungen zwischen Curll und seinen einflussreichen literarischen Gegnern scheinen die von »adversaries in collusion«[12] gewesen zu sein, wie Pierre Bourdieu in einem anderen Kontext schreibt.

9 Alec Craig: Suppressed Books. A History of the Conception of Literary Obscenity. Cleveland: World Publishing 1963, S. 26.

10 Paul Baines / Pat Rogers: Edmund Curll (wie Anm. 1), S. 5.

11 The Correspondence of Alexander Pope. 5 Bände. Hg. von George Sherburn. Oxford: Clarendon Press 1959. Hier Band I: S. 359.

12 Pierre Bourdieu: The Production of Belief. Contribution to an Economy of Symbolic Goods. In: Richard Nice (Hg.): Media Culture Society, Vol. 2: 1980, S. 261–293, hier S. 266. Bourdieu schreibt natürlich über einen späteren Zeitpunkt, aber die Romantik führte zu einer Mystifizierung der Beziehungen zwischen Verlegern. In der Ellenbogengesellschaft des 18. Jahrhunderts war das Konzept vom Desinteresse an den kommerziellen Seiten des Literaturgeschäfts noch nicht geboren. Aber man kann Bourdieus Metapher erweitern, um sie auf einflussreiche Verleger des 18. Jahrhunderts zu beziehen, die in einer ähnlichen Atmosphäre des gegenseitigen Selbstinteresses agierten.

Venus in the Cloister (1724–1725)

Obwohl die juristischen Schwierigkeiten, in die Curll verwickelt war, sich gleich auf mehrere Publikationen bezogen, konzentrierte der hier besprochene Fall sich hauptsächlich auf zwei »obszöne« Werke, *A Treatise of the Use of Flogging in Physical and Venereal Affairs*, das bereits 1718 erschienen war, und die neueren Ausgaben von *Venus in the Cloister* (1724 und 1725).[13] Die zweite Ausgabe führte im April 1725 zu einem Durchsuchungs- und Beschlagnahmebefehl in den Räumlichkeiten John Leakes, der für den Druck von Ausgaben von *Venus in the Cloister or the Nun in her Smock in five dialogues adorn'd with Curious Copper Plates*[14] bekannt war.

Venus in the Cloister ist in Form von fünf Dialogen zwischen Sister Angelica und einer-Novizin, Sister Agnes, geschrieben, in der Angelica die 16-Jährige in verschiedene heterodoxe Ideen und Praktiken initiiert. *Venus* ist als Textgattung mit dem Hurendialog vergleichbar, allerdings vor dem Hintergrund der autoritären Kontrolle der Kirche. Es wird eine Breite an Sexualpraktiken erkundet, für die sich die anfänglich zurückhaltende Agnes allmählich begeistert: Masturbation, Flagellation und andere sadomasochistische Handlungen, Lesbianismus, Voyeurismus und Geschlechtsverkehr zählen dazu. Im Laufe der Dialoge und in Folge der gesammelten körperlichen Erfahrungen, die oft in einer quasi-theologischen Sprache erfasst werden, geht Agnes von ihrer ursprünglichen Naivität zu einer Vorliebe für fleischliche Gelüste und eher weltliche ›religiöse‹ Praktiken über.

Curlls *Humble Representation*

Als im Oktober 1724 Curlls *Venus in the Cloister* erschien, war das Gesetz bezüglich unzüchtiger Publikationen ziemlich unübersichtlich. Der »Licensing Act« von 1662, laut dem alle Bücher bei der »Stationers Company« (ehemals Londons Kontrollorgan in der Branche) eingetragen werden mussten, war 1695 abgelaufen. Nach diesem Datum »pre-publication censorship was replaced by post-publication prosecution«,[15] eine Regelung, unter der in den vorangegangenen Jahren einige Werke mit mehr oder minder Erfolg vor Gericht gebracht worden waren.

Obwohl Curll, wie für ihn typisch, seine Rolle bei der Publikation des Buches leugnete, hatte er sich viele Feinde gemacht, sowohl in seiner Zunft als auch an höheren Stellen. Er wurde oft zum Informanten und verriet andere Herausgeber und ihre Bücherbestände in

13 Mir war nicht möglich, ein Exemplar von Curlls erster Ausgabe von 1724 ausfindig zu machen; die British Library besitzt möglicherweise ein Einzelexemplar des Druckes von 1725 mit der Signatur P.C.25.a.93. Abgesehen vom Titelbild sind keine der angekündigten Kupferplatten eingebunden.

14 Vgl. Foxon: Libertine Literature (wie Anm. 1), S. 16. Von Curlls beiden Ausgaben ist nur die von 1725 erhalten, wovon die British Library ein Mikrofiche besitzt. Dieser enthält keine Hinweise auf die Identität des Druckers, die auf der Titelseite ausgestrichen wurden. Obwohl die Verbindung zwischen Leake und Curll »remains obscure«, wie Foxon, ebd., behauptet, war sie laut Foxon definitiv vorhanden. Leake war beteiligt am Druck von Curlls späteren Werken, *The Natural History of the Frutex Vulvaria* und *Merryland* (Foxon, S. 17 f.). Baines und Rogers bestätigen die Verbindung aufgrund eines notariellen Dokuments, in dem John Leake Jr. erwähnt, dass das zweite der beiden Werke eins der ersten war, die in der Familiendruckerei gedruckt worden waren (Baines / Rogers: Edmund Curll (wie Anm. 1), S. 368 f).

15 Harvey: Reading Sex (wie Anm. 1), S. 37.

der Hoffnung, auf diese Art und Weise die Gunst der Obrigkeiten und Immunität für sich zu gewinnen. Anscheinend verloren aber doch alle Beteiligten die Geduld und die Behörden, von denen ihn manche schon seit Jahren im Visier hatten, nahmen ihre Jagd auf Curll auf. Als Curll im Februar 1725 für die Publikation vierer »Lewd & infamous Books« verhaftet wurde, war das weder das erste noch das letzte Mal, dass er nach dem Belieben seiner Majestät für seine Vergehen festgenommen wurde.[16]

Während die Staatsanwaltschaft die Anklage vorbereitete, kam Curll auf Kaution frei und versuchte auf verschiedenen Wegen, das Verfahren zu verhindern. So bestand er darauf, an der Übersetzung von *Venus* nicht beteiligt gewesen zu sein, die er angeblich lediglich zum Verkauf auf Lager hatte. In der Wartezeit, als die Justiz ihren nächsten Schritt plante, stellte Curll in typisch kühner Manier seine Verteidigung auf, und zwar in einem Pamphlet namens *The Humble Representation of EDMUND CURLL, Bookseller and Citizen of London, Concerning FIVE BOOKS, complained of to the Secretary of State.*[17] Die betreffenden fünf Werke waren *The Treatise of the Use of Flogging in Physical and Venereal Affairs, Venus in the Cloister, The Praise of Drunkenness* (1723), *Three New Poems* (1721), und *De Secretis Mulierum* (1725).

Die von Curll in seiner *Humble Representation* aufgeworfene Polemik ist aus vielfältigen Gründen aufschlussreich, von denen manche auffällig modern erscheinen. Erstens diskutiert er die Unterscheidung zwischen literarisch wertvollen Werken und den schlicht obszönen; zweitens unterstreicht er die wichtige Rolle, die bei dieser Unterscheidung der Mentalität des Lesers zufällt; drittens liefert er eine Rechtfertigung für die Demokratisierung des Lesens durch den niedrigen Preis der Bücher; und fünftens stellt er die Frage nach dem religiösen Sektierertum.[18] Aus diesen Gründen kann man den Text nicht nur als einen Selbstverteidigungsversuch eines Verlegers sehen, sondern auch als ein Traktat über einige der wichtigsten Aspekte der Zensur zu Curlls Zeit.

Das Pamphlet beginnt mit einer Verteidigung eines vor einigen Jahren erschienenen Werkes, *A Treatise of the Use of Flogging in Physical and Venereal Affairs ... To which is ad-*

16 »The House of Lords was taking an interest in Curllian smut as early as 1721. Most recently, Curll had been taken up in May 1724 for publishing a libellous pamphlet [...].« (Baines / Rogers: Edmund Curll (wie Anm. 1), S. 156–157).

17 The Humble Representation of EDMUND CURLL, Bookseller and Citizen of London, Concerning FIVE BOOKS, complained of to the Secretary of State. (12 ff.) Das genaue Erscheinungsdatum ist unbekannt. Auch wenn Strauss das Pamphlet auf eventuell Januar 1725 datiert, scheint das zu früh. Das wahrscheinlichere Datum ist der Sommer nach seiner Verhaftung im Februar, denn »in January complaints against the publications in question may not by then already have been laid« (Baines / Rogers: Edmund Curll (wie Anm. 1), S. 159 f).

18 Zu diesem Zeitpunkt in seiner Karriere spielte Curll die antikatholische Karte, eventuell um zu bewirken, dass die Anklage gegen ihn vor einem geistlichen Gericht statt unter der Common Law erhoben werden sollte. Allerdings warnt Pat Rogers davor, den konfessionsgebundenen Aspekten von Curlls Handlungen zu viel Bedeutung beizumessen, insbesondere in Bezug auf Pope. Professor Rogers erinnert mich daran, dass Curlls Publikationen zwar dem »Jakobinischen« Homer von Pope feindlich gegenüberstanden. Allerdings kritisiert Curll kaum die katholische Liturgie, das Ritual oder das Dogma, sondern er konzentriert sich auf die englische Verfassung, die Thronfolge und die Bedrohung der Anglikanischen Kirche. (E-Mail an den Autor, Juni 2016).

ded a Treatise of HERMAPHRODITES (1718). Curll identifiziert den ersten Text als ein lateinisches Original, «Written to the famous Christianus Cassius, Bishop of Lubeck, and Privy-Councellor to the Duke of Holstein, by John Henry Meibomius, M. D.« (S. 1). Der Begleittext, so Curll, stammte 1570 aus Frankfurt und war auch im Original auf Latein. Auf diese Ausführungen folgt noch eine lange Reihe von bekannten Namen und klassischen Autorschaftszuschreibungen.

Curll gibt das Vorwort zu *Treatise on the Use of Flogging* vollständig wieder, in dem behauptet wird, der Text sei das Werk eines »Man of great Reputation« (S. 3). Abgesehen davon, »A Bishop desired him to write it, and took care to spread it into as many Hands as Printing could«. (S. 4) Curll argumentiert, dass Hochgeistiges von der sozialen Schicht unabhängig sei und dass die Wiedergabe des Textes in der Sprache des Volksmunds der Nachweis seines hohen Anspruches sei. Der Satz »The Devil of the flesh works in *Black* as well as *Red*« (S. 4) ist mehr als eine Anspielung auf die hohen Kosten der Rubrizierung. Er enthält eine Zweideutigkeit für die Initiierten und, noch mehr, ein couragiertes und witzelndes Bekenntnis Curlls.

Curll richtet danach seine Anklage auf die Wirkung solcher Texte auf manche Leser und gibt deren schmutzigen Fantasien die Schuld für das ihm angelastete Vergehen und das Missverständnis seiner unschuldigen Intentionen: »the Fault is not in the subject Matter, but the inclination of the Reader, that makes these pieces offensive«. Er beleidigt seine feindlich gesinnte Leserschaft weiter, indem er das Werk als medizinischen Text empfiehlt, mit dem Argument, dass Auspeitschen als nachgewiesenes Heilmittel gegen Impotenz eingesetzt werden könne:

> That the Use of *Strokes* and *Stripes* should have an effect upon the languid Organs after the Author's Manner of Reasoning, is no wonder at all to the Learned, though the Ignorant perhaps may be startled at the Assertion. (S. 5)

Curlls *Humble Representation* sollte demnach eindeutig kein Akt der Selbstdemütigung sein, sondern eher eine öffentliche Auspeitschung seiner ›impotenten‹ Kontrahenten, die von dieser Rüge genauso »startled« (ebd.) werden sollten. Die Euphemismen und die Ironie werden mit einem Zitat aus dem *Treatise on Hermaphrodites* fortgeführt, in dem er sogar die Maskulinität der Feinde des Buches hinterfragt:

> I shall make no Apology for my Subject, notwithstanding an impudent Libeller has endeavoured to load Authors and Publishers of Works of this Nature with the utmost Infamy; and herein I admire at the Front of the Fellow, to pretend to chastise others for Writing only, when he practices a great deal more Iniquity, than any Book extant can prompt him to, every Day that comes over his Head.--------I fear not the Censure of *Hermaphrodites*, nor of those that would be such to satisfy their vicious Inclinations; neither am I under any Apprehensions from the Censure of our reforming zealots. (S. 5 f.)

Bei der Verteidigung von *Venus in the Cloister* fasst sich Curll etwas kürzer und gründet sie auf zwei einfache Argumente. Zuerst, dass der Text zu dem humanistischen Kanon gehöre, ganz in dem Stile und nach dem Modell von Erasmus von Rotterdam (um 1467–1536) in seinen hochgelobten *Colloquia familiaria* (1518); zweitens, dass *Venus* einer Tradition entstamme, die, wie der angesehenste europäische Humanist selbst, bezwecke, »to lay open the Abuses and Corruptions of the Church of Rome.« (S. 7) An diesem Punkt appelliert Curll an die Kirche und vergleicht seine eigene anstehende Anklage mit der Grausamkeit der Inquisition selbst:

> For which Reasons, I think, neither their respective Translators, nor Publishers, can be any way culpable. And certainly, it would be strange to imagine, that condemning of the lewd Practices of *Nuns* and *Fryars* in Monasteries and Convents, should be a Reflection on the *Reformation*, which was founded on their Ruin and Dissolution; as the Arraigning of Cruelty, in a *Bonner*, a *Gardiner*, or the bloody *Inquisition*, should be a Reflection on our Bishops who by Principle are professed Enemies to all Manner of Persecution, and consequently abhor, detest, and loath it. (S. 7 f.)

Die anderen drei Werke, von denen die *Humble Representation* handelt, spielten bei seiner Anklage letztendlich keine Rolle, auch wenn sie auf ihre Art und Weise auch interessant waren. An dieser Stelle sei lediglich gesagt, dass die nächsten Seiten an die Obrigkeiten appellieren, den Bedarf an kostengünstigen Auflagen für das Volk unterstreichen und diejenigen anklagen, die nicht intelligent genug waren, zwischen klassischer und schmutziger Literatur zu unterscheiden. Er gibt auch Beispiele von »genuine« (ebd.) zeitgenössischen Werken, die der Verfolgung entkommen waren.

So bezieht er sich zum Beispiel auf die Veröffentlichung von »THREE new Poems«, u.a. *Family Duty ; Or, The Monk and the Merchant's Wife*; *being The Shipman's Tale from Chaucer modernized. By Mr. John Markland of St. Peter's College Cambridge*; und *The Curious Wife, a Tale devised in the Manner of Chaucer. By Mr Fenton*. Er setzt Pope und Tonson in Verbindung mit der Produktion einer modernen Version vom *lewd Prologue* der Geschichte *The Wife of Bath* und erinnert den Leser daran, dass eine komplette Chaucer-Ausgabe kurz zuvor erschienen war, und zwar »in their *native* Obscenity, after the most *correct Manner* … in a pompous Folio Edition, published by Mr. *LINTOT*' for the benefit of Christ Church College.« (S. 11)

Wenn der Vater der englischen Dichtung selbst sich mit dem einheimischen Volksmund zufrieden gab, war er nicht gut genug für die allgemeine gebildete Leserschaft? Womöglich ist es kein Zufall, dass eines der Hauptthemen von Curlls Pamphlet eine große Ähnlichkeit mit dem Anfang von Chaucers (1342/43–1400) berühmter Selbstrechtfertigung in *The Canterbury Tales* (1387 / 88) aufweist:

> Now I pray to all who hear or read this little treatise, that if there is anything in it that they like, they thank our Lord Jesus Christ for it, from whom proceeds all wisdom and goodness … For our book says, 'All that is written is written for our doctrine,' and that is my intention.

Das Leitmotiv ist ›Don't shoot the messenger‹. Der ironische Widerruf, mit dem sich Chaucer verabschiedet, in seiner Entschuldigung für die Werke, die »tend towards sin … and many a lecherous lay«, war zu diesem Zeitpunkt noch nicht Teil von Curlls Repertoire.

Während die *Humble Representation* als scheinheiliger, gar ungeschickter und übermütiger, selbstgefälliger Akt interpretiert worden ist, betrachte ich den Text als die bravouröse Vorstellung eines klugen Rhetorikers, besonders wenn man bedenkt, dass Curll den Text in großer Eile und unter enormem Druck geschrieben haben muss. Seine Antwort auf die Obszönitätsanklage ist ein selbst als unzüchtige Darbietung konzipiertes Pamphlet, dessen Performativität Curll den Status eines der größten Satiriker seiner Zeit verleiht.

Venus am Pranger

Curll hatte offenkundig bei dem Versuch, den Spieß gegen seine Gegner zu drehen, etwas weit über das Ziel hinaus geschossen. Mit seinen nicht ganz bescheidenen Ausführungen in der *Humble Representation* goss er lediglich Öl ins Feuer. Eine noch größere Frechheit war, dass sein Traktat für sich noch im Druck befindende Texte praktisch Werbung machte.

Im November kam es zur Gerichtsverhandlung und Curll wurde für die Publikation von *The Treatise on the Use of Flogging* und *Venus in the Cloister* schuldig gesprochen. Sein Verteidiger versuchte, den Vollzug des Strafmaßes aufzuschieben, mit dem Argument, dass Vergehen gegen die öffentliche Moral nicht in die Zuständigkeit der Zivilgerichte fielen, welches auf dem Präzedenzfall ›Regina v. Reid‹ (1707) basierte. Da keine Verleumdung vorgelegen habe, sollte, falls überhaupt eine Anklage erhoben werden würde, diese vor einem geistlichen Gericht erfolgen. Auch wenn er in der Klemme saß, konnte Curll geschickt verhandeln, und man muss sich tatsächlich fragen, wie gut er in solchen Kreisen vernetzt gewesen sein und womit er sie unter Druck gesetzt haben muss, um zu versuchen, einen Freispruch zu bewirken.

Obgleich er seine Beteiligung an der Produktion der beiden Werke sowohl öffentlich als auch privat geleugnet hatte, war Curll bewusst, dass das Spiel aus war. In einem letzten Versuch gab er ein schriftliches Geständnis und eine Entschuldigung heraus. In der Hoffnung, sich doch noch dem Gerichtsurteils entziehen zu können, behauptete er am 6. Dezember, er sei

> [...] fully convinced of my *Error;* and having complied with the *Terms of the Church* in publickly declaring both my *Repentance* and *Resolution of Amendment,* I hope therefore this *Act of Contrition* will appease the Resentment of my *Prosecutors.* [19]

Sein Appell war an die Obrigkeiten der Kirche gerichtet, auf deren Mitgefühl er setzte. Allerdings dümpelte das Verfahren weitere drei Jahre vor sich hin und am Ende wurde ein Verfahren vor einem geistlichen Gericht abgelehnt, mit der Begründung, ein unzüchtiges Werk störe die Moral oder den Frieden der Zivilgesellschaft.[20]

In dem Fall ›King v. Curll‹, der mit Curlls erneuter Verhaftung und endgültiger Verurteilung endete, war viel mehr auf dem Spiel als Curlls Ruf als Vertreiber unzüchtiger Bücher. Er hatte sich schon seit Jahren die Werke anderer angeeignet und sie mehr oder weniger berechtigt verkauft. Bücher über Flagellation und wollüstige Nonnen waren nur ein

19 Zit. nach Baines / Rogers: Edmund Curll (wie Anm. 1), S. 160.

20 Thomas: A Long Time Burning (wie Anm. 2), S. 79–83; auch Harvey: Reading Sex (wie Anm. 2), S. 37.

Teil seines Kerngeschäfts mit schmutzigen Büchern. Diese und andere Vergehen setzten sich in der Zwischenzeit fort, aber seine Ankündigung einer Reihe von verleumderischen und politisch gefährlichen Memoiren, *Ker Memoirs*, die er von einem seiner Mithäftlinge bekommen hatte, scheint für die Behörden der letzte Tropfen gewesen zu sein.

Tatsächlich war sein Erscheinen vor dem Gericht für die Ankündigung des Urteils ganze drei Jahre nach Erhebung der Anklage der Höhepunkt einer Karriere des Betrugs und der Wahrheitsverdrehung, während derer Curll mehr Feinde als Freunde sowohl in seiner Zunft als auch an hohen Stellen gesammelt hatte. Seine Anklage war vorauszusehen und die Behörden, die seit dem Ablauf des »Licensing Act« schwach aussahen, mussten endlich Muskeln zeigen. Sie wollte ein Exempel statuieren und Curll war ein dankbares Opfer.

Am 13. Oktober 1728 wurde das Urteil für die Publikation von zwei obszönen, verleumderischen Werken, *Treatise on Flogging* und *Venus in the Cloister* (wofür Curll jeweils eine Geldstrafe von 25 Mark bezahlen musste) und für die *Ker Memoirs* (20 Mark) gesprochen. Aber viel vernichtender war die Entscheidung, ihn für eine Stunde an den Pranger am Charing Cross zu stellen, damit er für seine Vergehen öffentlich büßen sollte, eine Erniedrigung, der er vergebens versuchte zu entgehen.[21]

Dies ist allerdings nicht das Ende der Geschichte. Curll sollte weiterhin verheerende Schwierigkeiten als Verleger über die Jahre haben, aber der Fall von *Venus in the Cloister* endete weniger erniedrigend, als sich seine Gegner erhofft hatten. Curll hatte noch zehn Tage, bevor er an den Pranger gebracht wurde, und er nutzte diese Zeit, um eine Anrede *To the Spectators* zu verfassen, die am betreffenden Tag verteilt werden sollte. Darin erklärte er seine Unschuld und erwähnte, auch wenn nicht ganz faktentreu, dass der »Gentleman«, der vor ihnen stand, sein ihm von einer ungerechten Justiz auferlegtes Schicksal lediglich seiner Treue zur verstorbenen Queen Anne schuldete. Die Folgen waren

> to have such an effect on the mob, when it would have been dangerous to have spoken against him; and when he was taken down out of the pillory, the mob carried him off, as it were in triumph to a neighbouring tavern.[22]

Interessanterweise erwähnt er hier die beiden Bücher gar nicht, die ihn in solche Schwierigkeiten gebracht hatten. Dies ist ein weiterer, wenn auch überflüssiger Beweis dafür, dass Curll wegen der *Ker Memoirs*, und nicht wegen der Traktate über die Vorteile der Flagellation oder die Geheimleben von Nonnen, an den Pranger gestellt wurde.

Venus in the Cloister mag einen gewissen anzüglichen Geschmack bedient haben, allerdings suggerierte Curll in seiner *Humble Representation*, welche weiteren Funktionen solche Texte noch erfüllen könnten. Der Titel des Werkes selbst, *Venus in the Cloister*, hat Symbolwert, da er auf die beiden Welten hinweist, zwischen denen sich Curll üblicherweise bewegte: eine höchstvertrauliche Form des Diskurses einerseits und seine öffentliche Ver-

21 Heutzutage haben wir uns an den Sturz von Gnade bekannter Publizisten aus dem Prominentengeschäft gewöhnt. Man braucht sich nur an die Reaktionen auf die Verhaftung Max Cliffords im Rahmen der Operation Yewtree 2012 erinnern, der jahrelang als Großbritanniens größter Händler von Prominenten Klatsch-und-Tratsch galt, um eine Vorstellung von der Schadenfreude zu gewinnen, die Curlls Erniedrigung am Pranger erweckt haben muss.

22 Zitiert in Baines / Rogers: Edmund Curll (wie Anm. 1), S. 168.

breitung andererseits. *Venus in the Cloister* kann weder nur als obszöne Literatur noch, wie Curll öffentlich behauptete, als eine seriöse Geschichte über Missbrauch innerhalb der Kirche gelesen werden, sondern als vollwertige Satire. Darnton identifiziert ähnliche, «galante« Intentionen in der französischen freizügigen oder «philosophischen« Literatur[23], während Bradford K. Mudge behauptet, *Venus* enthalte »intentions as once political, philosophic, and literary« und »like the cloister it describes, enacts a masquerade [...] Is *Venus in the Cloister* an anti-ecclesiastical satire, an obscene sexual fantasy, or a literary experiment?«[24]

Verkaufskataloge aus dem späten 18. Jahrhundert weisen auf den ambivalenten Status von *Venus* unter seinen Lesern hin. Das Buch erscheint 1731 beim gemeinsamen Verkauf der Bibliotheken von keinem Geringeren als dem verstorbenen Daniel Defoe und dem Rev. Philips Farewell, Fellow am Trinity College Cambridge, wo es zusammen mit einer ganzen Reihe seriöser religiöser Titel aufgelistet wird.[25] Hier wird es auf 1728 datiert, wahrscheinlich ein Druckfehler, und findet Platz zwischen *Remarks on Dr. Clarke's Church Catechism* (1730) und *Collier's Sermons* (1726) unter vielen anderen angesehenen theologischen Werken. Der Richter in Curlls Gerichtsverfahren soll später bemerkt haben: »far from being subject to prosecution, *The Nun in her Smock* ought ›rather to be published to expose the *Romish* Priests, the Father Confessors, and Popish Religion‹«.[26] Anti-Katholizismus war immer noch angesagt in gewissen Kreisen und man muss sich fragen, in wie vielen protestantischen Predigten Beispiele aus dem Buch zitiert wurden, um die geheimen Leben der katholischen Kleriker zu illustrieren.

Im Frühjahr 1773 wurde die Bibliothek des prominenten Bibliophilen James West bei einer Auktion in London versteigert. Wests umfangreiche Bibliothek spiegelte seine antiquarischen Interessen und seine Beschäftigung mit edlem Druck, insbesondere den Produktionen von Caxton, wider. *Venus in the Cloister* erscheint als Nummer 1110 im Verkaufskatalog zusammen mit einer einsamen zweiten Ausgabe von *Memoirs of a Woman of Pleasure* (1749), obgleich es noch vor Anfang der Auktion zurückgezogen worden zu sein scheint – eventuell entwendet? Man kann nur darüber spekulieren, warum der ernsthafte West Exemplare dieser beiden Bücher besaß. Aber wir werden nie erfahren, ob der Verstorbene selbst die zwei Bücher zusammen auflistete oder ob dies das Werk des Katalogherstellers war.[27] Der Vertrieb und Besitz des Buches müssen weiter untersucht werden, aber eine Analyse von Verkaufskatalogen wird sicherlich Licht auf den Bestand der Bibliotheken werfen, unter denen es einen Platz fand, und auf die Lesegewohnheiten seiner Besitzer.

Weder *Treatise on Flogging* noch *Venus in the Cloister* wurden jemals wieder von Curll veröffentlicht, noch habe ich Nachweise über eine weitere englische Übersetzung in den

23 Darnton: Forbidden Best-Sellers (wie Anm. 4).

24 Mudge: Whore's Story (wie Anm. 1), S. 170 f.

25 Olive Payne: Librorum ex bibliothecis Philippi Farewell, D. D. et Danielis de Foe, gen. catalogus. London 1791.

26 Baines / Rogers: Edmund Curll (wie Anm. 1), S. 167.

27 Für eine Darstellung des Verkaufs von Wests Bibliothek siehe R. Charles Lucas: Book-Collecting in the Eighteenth Century. The Library of James West. In: *The Library,* 5th ser. III, 1949, S. 265–278, hier S. 276.

nächsten zwei Jahrhunderten gefunden. Strengere Gesetze sowie die veränderte Einstellung zur Sexualität unter den Viktorianern spielen sicherlich dabei eine große Rolle. Die Ankündigung auf der Titelseite einer französischen Version, das Buch sei »A LONDRE« von VAN DER HOEK gedruckt, ist eindeutig falsch. Sowohl die Typographie als auch der Einband scheinen französischen Ursprungs zu sein, obwohl sie auch niederländisch sein könnten. [28]

Das französische Original hingegen scheint seit seiner Ersterscheinung 1683 so gut wie nie vergriffen gewesen zu sein. Die Authentizität der Titelseiten zweier französischen Versionen von 1737 und 1793, die behaupten, von englischen Verlagen gedruckt worden zu sein, scheint ebenso zweifelhaft. Kurioserweise tauchte 2010 Sambers *Venus in the Cloister* wieder auf, in einer Ausgabe, die vorgibt, »based on Curll's 1725 edition« zu sein. Birchgrove, ein kleiner Verlag aus London, der für sich als Herausgeber von »Victorian Erotica, Flagellant and Libertine Literature« wirbt, verkauft es heutzutage in Druckform und als Kindle-Ausgabe. Im Vorwort wird behauptet, man habe den Text unwesentlich verändert, mit dem Ziel »to preserve the character of the original text«. Eine neue englische Übersetzung des französischen Originaltextes erschien 2012 und wurde 2013 bei Hesperus Press erneut herausgegeben; ihr deklariertes Ziel ist es, «to publish neglected and out of print classics that are so good they deserve a new lease of life«.[29]

Als ein Klassiker der erotischen Literatur des 18. Jahrhunderts wird Curlls *Venus* oft als Vorgänger von John Clelands (1709–1789) *Memoirs of a Woman of Pleasure* betrachtet, das aufgrund des Präzedenzfalls Curll unter der Common Law verurteilt wurde. Der Fall von *Venus in the Cloister* wurde auch schon als wichtiger Vorläufer für den Prozess um *Lady Chatterley* (1928) betrachtet, das unter dem neuen Obscene Publications Act von 1959 angeklagt wurde. Man kann darüber spekulieren, ob solche Texte darauf abzielen, eine Leserschaft mit einem gewissen Geschmack zu erreichen, während sie zugleich eine hohe kulturelle Bedeutung haben und als kanonische Texte ihrer Gattung gelten. Zweifelsohne leben wir in liberaleren, um nicht zu sagen, freizügigen Zeiten, in denen die sogenannten »erotischen Klassiker« neues Ansehen erworben haben. Angesichts der kommerziellen Vorteile solcher Publikationen ist das eine Entwicklung, die den unerhörten Herrn Curll sicherlich erfreut hätte.

Der Beitrag wurde übersetzt von Anca-Raluca Radu

28 Sgard: Chavigny de la Bretonnière (wie Anm. 3), S. 50.

29 http://www.hesperuspress.com/hesperus-classics.html/ (zuletzt aufgerufen: 9. Juni 2016). Abbe du Prat, *Venus in the Cloister or The Nun in a Chemise*, transl. by Andrew Brown with a foreword by Matthew Sweet (London: Hesperus, 2012). Während Curlls veröffentlichte Übersetzung in der Einleitung kurz erwähnt wird, wird im Klappentext zwischen ihr und der französischen Originalausgabe nicht mehr unterschieden: »Written in 1683 [...] *Venus in the Cloister* was considered so shocking at the time ... that it was responsible for the first trial for obscenity in the United Kingdom«.

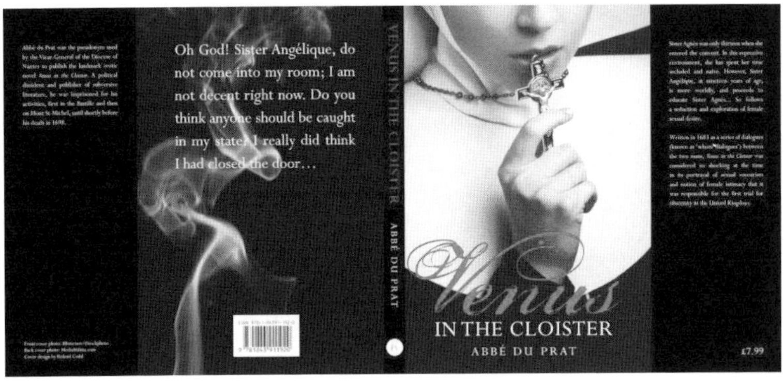

Abbildung 2: © Hesperus Press, 2012.

Die Zensursysteme in Frankreich und Österreich im Vergleich (ca. 1740–1790)

Norbert Bachleitner

Die Zensursysteme, die in Frankreich und Österreich im 18. Jahrhundert zum Einsatz kamen, weisen Ähnlichkeiten und Unterschiede auf, die die Frage aufwerfen, wo Zensur effizienter bzw. strenger ausgeübt wurde. Bei beiden Zensursystemen – wie bei Zensurmaßnahmen generell – erhebt sich der Verdacht, dass sie vor allem symbolische Bedeutung hatten und keine absolute Herrschaft über die Zirkulation auf dem Buchmarkt verliehen. Hin und wieder stößt man in Österreich zudem auch auf Übernahmen von französischen Zensur-Usancen, die als spezielle Form von kulturellem bzw. juristisch-polizeilichem Transfer gelten können.

In beiden Reichen wurden Druckschriften kaiserliche bzw. königliche Privilegien, die Schutz gegen unautorisierten Nachdruck gewährten, schon seit dem Beginn der frühen Neuzeit verliehen. Bereits 1723 erließ Ludwig XV. (1710–1774) einen *Arrêté du conseil d'état du Roi* (auch als *Code de la librairie* bekannt), der den Buchhandel regelte und strenge Zensurprozeduren vorsah.[1] Noch im 18. Jahrhundert ist die Zensur in Frankreich wie auch im Heiligen Römischen Reich weiterhin mit der Vergabe von Druckprivilegien durch die Herrscher verbunden. In beiden Ländern ist die Zensurmacht andererseits auf mehrere Instanzen aufgeteilt und umstritten. Die Kirche, die Universität, in erster Linie die Sorbonne, und das sogenannte Parlement, eine Art Höchstgericht, übten in Frankreich Zensur. Um 1700 war die Verlagerung der Zensurmacht hin zum König jedoch weitgehend abgeschlossen, die Zensur insbesondere dem Klerus entzogen.[2] Im 18. Jahrhundert verlieh der Monarch, unterstützt vom Siegelbewahrer (*garde des sceaux*), die Druckprivilegien auf der Grundlage von Gutachten (*approbations*) der Zensoren. Die Zulassung kleinerer und von vorne herein meist unbedenklicher Texte wie Plakate, Anzeigen, Broschüren und ähnlichem wie auch die Überwachung von Theateraufführungen lagen in der Verantwortung des Polizeileutnants. Die aus dem Ausland, vor allem aus den Niederlanden, Großbritannien, Deutschland und der Schweiz nach Frankreich importierten Bücherpakete wurden von der Standesvertretung der Buchhändler, insbesondere von ihrem Vorsteher (*directeur de la librairie et de la littérature*), geöffnet und kontrolliert; die bei dieser Kontrolle zugelassenen Bücher wurden in einem Register verzeichnet (*Registre des livres d'impression étrangère présentez pour la permission de débiter*). Bei der Visitation der Buchhandlungen

1 Vgl. Gudrun Gersmann: Im Schatten der Bastille. Die Welt der Schriftsteller, Kolporteure und Buchhändler am Vorabend der Französischen Revolution. Stuttgart: Klett-Cotta 1993, S. 20.

2 Vgl. Daniel Roche: Censorship and the Publishing Industry. In: Robert Darnton / Daniel Roche (Hg.): Revolution in Print. The Press in France 1775–1800. Berkeley, Los Angeles, London: University of California Press 1989, S. 3–26, hier S. 6.

wurde die Standesvertretung der Buchhändler von der Polizei unterstützt. Das Parlement übte weiterhin Nachzensur, der Gerichtshof konnte Bücher, die bei der Vorzensur fälschlich durchgerutscht waren, bzw. ihre Autoren verurteilen.

Bei der Überprüfung von Manuskripten waren verschiedene Beurteilungsformeln vorgesehen.[3] In Frankreich waren das:

1.) Die bereits genannte offiziöse königliche Druckgenehmigung, das *privilège général et exclusif*, das eine Art staatliche Approbation des Inhalts signalisierte, nebenbei auch ein Qualitätssiegel bezüglich der schriftstellerischen Qualität darstellte[4] und Schutz gegen Nachdruck inkludierte;

2.) Die *permission tacite*, die keine offizielle Approbation bedeutete, sondern nur die Nichtverfolgung zusagte; diese stillschweigende Genehmigung, die – zum Unterschied vom Privileg – im Buch nicht aufschien, diente dazu, wegen ihres Inhalts in irgendeiner Hinsicht zwar suspekte, aber doch tolerierbare Bücher dennoch zirkulieren zu lassen; um jede Identifikation der Inhalte mit dem Staat zu vermeiden, mussten mit diesem Zensurentscheid in Frankreich gedruckte Manuskripte oder Nachdrucke auf dem Titelblatt einen fingierten ausländischen Druckort nennen; darüber hinaus wurde diese Genehmigung für den Vertrieb genuin ausländischer Bücher in Frankreich ausgesprochen; die zwischen ca. 1715 und 1772 häufig verliehenen *permissions tacites* (allein zwischen 1750 und 1760 wurden 714 gezählt)[5] werfen ein etwas schiefes Licht auf die königliche und staatliche Autorität: Sie implizierten das Eingeständnis, dass der Inhalt einer Schrift fragwürdig war, der König und seine Institutionen aus wirtschaftlichen und / oder taktischen Gründen, insbesondere im Dienst der Rücksichtnahme auf einflussreiche Personengruppen und Einrichtungen des Reiches bzw. der Kirche, aber darüber hinwegsahen;

3.) die (mündliche) *permission simple* oder auch *simple tolérance* durch die Polizei hatte ganz ähnliche Wirkung wie die *permission tacite*, war aber informell und weniger verlässlich;[6]

4.) die definitiven Verbote von Büchern, die auf einer Liste aufgeführt wurden und nach denen die Polizei auch fahndete.

Ein königliches Privileg war nur für wissenschaftliche oder das, was wir im Bereich der Belletristik ›hohe‹ Literatur nennen, vorgesehen, keinesfalls aber für bloße Unterhaltungsliteratur. Triviale oder den herrschenden literarischen Standards vorauseilende Literatur wurde allenfalls stillschweigend zugelassen. Der erwähnte, im Rahmen der still-

3 Vgl. Hans-Christoph Hobohm: Roman und Zensur zu Beginn der Moderne. Vermessung eines sozio-poetischen Raumes, Paris 1730–1744. Frankfurt / Main, New York: Campus 1992, S. 150–154; Edgar Mass: Literatur und Zensur in der frühen Aufklärung. Produktion, Distribution und Rezeption der *Lettres persanes*. Frankfurt / Main: Klostermann 1981, S. 30–32 u. 279–281.

4 Robert Darnton formuliert diesen Sachverhalt folgendermaßen: »Censorship was not simply a matter of purging heresies. It was *positive* – a royal endorsement of the book and an official invitation to read it.« (Robert Darnton: Censors at Work. How States Shaped Literature. New York, London: Norton 2014, S. 9).

5 Gersmann: Im Schatten der Bastille (wie Anm. 1), S. 23.

6 Mass: Literatur und Zensur (wie Anm. 3), S. 31–32, nennt hier noch eine weitere Kategorie von Büchern, bei der keine Toleranz zugesagt worden war, die aber gleichwohl nicht verfolgt wurden.

schweigenden Zulassung anbefohlene zusätzliche Makel der Angabe eines ausländischen Druckorts betraf etwa die berühmte *Encyclopédie*. Die Druckorte Amsterdam, Londres, Genève oder gar Pékin und Verlagsnamen wie Pierre Hammer markierten Werke, die in Frankreich nicht offiziell erscheinen konnten.[7] Der Drang, Anstößiges auszudrücken und zu konsumieren, sollte nach dem Willen der Machthaber und ihrer Administration nicht gänzlich unterdrückt, sondern kanalisiert werden. Auch sprachen ökonomische Argumente, die Rücksicht auf das Gedeihen der Buchbranche, dafür, auch weniger wertvolle und in gewissen Grenzen anstößige Werke zuzulassen. Schriften, bei denen von vorne herein klar war, dass sie die Zensur nicht passieren würden, wurden der Zensur gar nicht erst vorgelegt, sondern klandestin hergestellt und vertrieben.

Auch in Österreich waren die Zensurkompetenzen auf mehrere Instanzen verteilt: Seit dem zweiten Drittel des 18. Jahrhunderts wurde ein langwieriger Streit zwischen den staatlichen (Hof, Landesregierung) und kirchlichen Stellen (Bischöfe) bzw. den von den Jesuiten beherrschten Universitäten (und da wiederum speziell den Fakultäten für Theologie) um die Zensurmacht ausgetragen und während der Regierungszeit Maria Theresias zugunsten des Staates entschieden. 1751 setzte sie eine aus weltlichen und geistlichen Zensoren zusammengesetzte Kommission ein, in der Gerard van Swieten, ihr Leibarzt und Kustos der Hofbibliothek, den Vorsitz führte. Die Zensurbefugnis über theologische und philosophische Bücher blieb vorerst bei der Universität, die übrigen Fächer wurden aber fortan von weltlichen Zensoren betreut. 1764 wurde der letzte verbliebene Jesuit aus der Kommission verdrängt, 1772 schließlich eine reine Beamten-Kommission eingesetzt, die auch die theologischen Bücher zensurierte.

Die Kommission trat durchschnittlich einmal monatlich zusammen. In den Sitzungen referierten die Mitglieder über die ihnen zur Beurteilung zugesandten Manuskripte und in Österreich noch unbekannten Bücher, die über die Grenzen der Monarchie eingeführt worden und über das Zollamt in das Bücherrevisionsamt gelangt waren. Eventuell las man einzelne fragliche Stellen aus den Schriften vor, dann wurde über die Beurteilung abgestimmt. Bei einstimmigem Urteil war der Fall erledigt, Anträge auf Verbote wurden an die Kaiserin (de facto die Hofkanzlei) zur Bestätigung weitergeleitet. Bei unterschiedlichen Urteilen wurde der Fall vertagt, alle Zensoren mussten die fragliche Schrift lesen und sich eine Meinung bilden. Wenn dann noch immer keine einhellige Beurteilung erzielt werden konnte, wurden alle Meinungen zu Protokoll genommen und dieses ebenfalls der Kaiserin zur Entscheidung übergeben. Die verbotenen Titel wurden in Form von ungefähr monatlich zusammengestellten Consignationen in die Provinzen versandt und am Jahresende als Nachtrag zum *Catalogus librorum prohibitorum* zusammengefügt.[8] Etwa 60% der

7 »[I]l s'agit de déguiser l'illégalité de la nouvelle jurisprudence sous le couvert de l'importation.« (François Furet: La ›librairie‹ du royaume de France au 18e siècle. In: Geneviève Bollème / Jean Ehrard / François Furet / Daniel Roche / Jacques Roger: Livre et société dans la France du XVIIIe siècle. Paris, La Haye: Mouton 1965, S. 3–32, hier S. 7).

8 August Fournier: Gerhard van Swieten als Censor. In: Sitzungsberichte der Kaiserlichen Akademie der Wissenschaften. Philosophisch-historische Klasse 84 (1876), Heft 3, S. 387–466, hier S. 419.

Verbote dienten dem Schutz von Religion und Moral, Politik war für ca. 15% der Verbote ausschlaggebend, die übrigen 25% verteilten sich auf diverse Sachgebiete.[9]

Das Privilegienwesen wie die Zensur insgesamt schaffte Ungleichheit in der literarischen Welt. Wie Darnton bemerkt: »The book epitomized the entire regime«.[10] Wenig überraschend waren die königlichen Privilegien äußerst konservativer Literatur vorbehalten. Wie Guillaume Lamoignon de Malesherbes (1721–1794), der von 1750 bis 1763 die *librairie* und damit die Zensurgeschäfte leitete, schrieb, wäre jemand, der nur königlich sanktionierte Bücher las, seiner Zeit um hundert Jahre hinterhergehinkt. Sowohl Unterhaltung wie auch neueste Erkenntnisse im Bereich des Wissens blieben auf der Strecke.[11]

Die französischen Zensoren unterstrichen in ihren Gutachten, die zuweilen im Vorspann eines Buches abgedruckt wurden, die Nützlichkeit als Entscheidungskriterium für die Zulassung zum Druck. Dasselbe Kriterium spielte eine wichtige Rolle in den österreichischen Zensurrichtlinien. In Gerard van Swietens Denkschrift *Quelques remarques sur la censure des livres* von 1772 kommt das Wort »(in)utile« sechsmal vor. Wenig später, nämlich 1781, schreibt Joseph II. in seiner Zensurverordnung vor, dass populäre Literatur strenger als wissenschaftliche behandelt werden solle; insbesondere müsse man alle »ungereimte[n] Zotten« strikt verbieten, alles, was »Gelehrsamkeit, Kenntnisse und ordentliche Sätze« enthalte, aber mit Nachsicht behandeln.[12]

In beiden Ländern waren die Zensoren nur nebenberuflich mit der Beurteilung von Manuskripten beschäftigt. In Frankreich wie in Österreich waren geistliche Zensoren, auch wenn sie zunehmend verdrängt wurden, in die Zensurierung religiöser Literatur eingebunden. Die übrigen wissenschaftlichen Fächer wurden von Fachgelehrten betreut; auch Schriftsteller wurden zunehmend, naturgemäß in erster Linie im Bereich der Belletristik, eingebunden. Daneben finden sich in Frankreich als Zensoren tätige Bibliothekare, Beamte, Rechtsgelehrte und Angehörige des Militärs.[13]

Aus dem Ausland eingelangte Bücher wurden in Frankreich im *dépot légal* bzw. in der Standesvertretung der Verleger und Buchhändler in der grenznächsten Stadt auf Nachdrucke und verbotene Schriften hin untersucht. Die Polizei unterstützte dabei die Selbstkontrolle der Buchhändler, indem sie die Plombierung und den Abtransport der meist auf

9 Vgl. Norbert Bachleitner: Von Teufeln und Selbstmördern. Die Mariatheresianische Bücherzensur als Instrument der Psychohygiene und Sozialdisziplinierung. In: Johannes Frimmel / Michael Wögerbauer (Hg.): Kommunikation und Information im 18. Jahrhundert. Das Beispiel der Habsburgermonarchie. Wiesbaden: Harrassowitz 2009, S. 201–215, hier S. 204.

10 Darnton: Censors at Work (wie Anm. 4), S. 29.

11 »Il [le Gouvernememnt] l'a refusée [i. e. la permission] non-seulement à ceux [aux livres] qu'on desire pour l'amusement ou par une sorte de libertinage d'esprit qui est à présent très-commun en France, mais encore à ceux qui sont reconnus nécessaires pour l'instruction; en sorte qu'un homme qui n'aurait jamais lu que les livres qui, dans leur origine, ont paru avec l'attache expresse du Gouvernement, comme la loi le prescrit, serait en arrière de ses contemporains d'un siècle.« (Lamoignon de Malesherbes: Mémoires sur la librairie et sur la liberté de la presse. Paris: Agasse 1809; Nachdruck Genève: Slatkine 1969, S. 299–300).

12 Noch nachdrücklicher wird Nützlichkeit als Kriterium für Zulassung oder Ablehnung eines Werkes in den Zensurrichtlinien von 1803 und 1810 herausgearbeitet.

13 Vgl. Roche: Censorship (wie Anm. 2), S. 13.

dem Wasserweg nach Paris gelangten ausländischen Bücherballen in die Zunftkammer überwachte. Verbotswürdiges wurde aussortiert und beschlagnahmt, hochgestellten Persönlichkeiten wurden beschlagnahmte Bücher dennoch zuweilen ausgefolgt. Auch persönlicher ›Import‹ verbotener Bücher scheint für sie kein Problem gewesen zu sein, da Prominente bei der Einreise nicht kontrolliert wurden.[14]

In Österreich existierten schon früh Bücherrevisionskommissionen, und zwar 1723 in Prag und 1732 in Graz. Sie waren für die Überwachung des Buchmarkts zuständig, insbesondere für Visitationen der Druckereien und Buchhändler und für die Sichtung von aus dem Ausland eingetroffenen Büchern. Auch hier war die Zensur nicht zuletzt Sozialzensur. In die 1760er Jahre reicht die Praxis zurück, Gebildeten bzw. Angehörigen der Oberschicht Scheden (Erlaubnisscheine) für verbotene Bücher zu genehmigen. 1766 wurde zum Beispiel Christian Thomasius' Werk *Institutiones juris divini* (1688) den Gelehrten gestattet. »Professoren wird so ziemlich alles in die Hand gegeben«, schrieb Joseph von Sonnenfels an Christian Adolph Klotz im Dezember 1768.[15] Ähnlich wurden Ch. M. Wielands *Beyträge zur Geheimen Geschichte des menschlichen Verstandes und Herzens* (1770) zwar nicht in den *Catalogus librorum prohibitorum* aufgenommen, sie durften von den Buchhändlern aber nur an Gelehrte bzw. gegen Erlaubnisschein ausgegeben werden,[16] desgleichen des Trierer Bischofs Hontheim *Justini Febronii de statu ecclesiae et legitima potestate Romani pontificis* (1763).[17]

Ab 1781 existierten auch in Österreich verschiedene Zensurformeln, die allerdings nur im Hinblick auf allfälligen Nachdruck ausländischer Werke von Bedeutung waren, und zwar »admittitur«, »permittitur« und »toleratur«. Mit »admittitur« erledigte Werke konnten ohne weiteres gedruckt bzw. nachgedruckt werden, »permittitur« erinnert nicht nur von der Terminologie her an die *permission tacite*, das Dezisum bedeutete auch, dass wegen heikler Stellen ein fingierter Druckort genannt werden musste, »toleratur« schloss jeden Nachdruck und auch die Übersetzung in eine erbländische Sprache aus. 1784 wurde ein neuer Beurteilungsgrad »typum non meretur« (verdient die Drucklegung nicht) eingeführt, der auf Trivialliteratur zugeschnitten war und wohl weniger einen Befund über stilistische Mängel als über inhaltliche Bedeutungslosigkeit darstellte.

Einzelne Titel erregten in beiden Ländern Anstoß, so Montesquieus *Esprit des lois* (1748), der in Frankreich eine *permission tacite* bekam, aber von Seiten der Jansenisten und der Sorbonne heftig attackiert wurde und Verbotsforderungen von allen Seiten auslöste. Auch in Österreich brach ein Eklat um das Werk aus: Die Jesuiten hatten das Werk bereits 1750 verboten und bekämpften es weiterhin in der Zensurkommission, deren Mitglieder befürworteten aber mehrheitlich seine Zulassung. Schließlich entschied die Kaiserin im

14 Vgl. Hobohm: Roman und Zensur (wie Anm. 3), S. 158.

15 Zit. bei Fournier: Gerhard van Swieten als Censor (wie Anm. 5), S. 423.

16 Vgl. Friedrich Walter: Die zensurierten Klassiker. Neue Dokumente theresianisch-josephinischer Zensur. In: Jahrbuch der Grillparzer-Gesellschaft 29 (1930), S. 142–147, hier S. 144.

17 Vgl. Fournier: Gerhard van Swieten als Censor (wie Anm. 5), S. 432–436. Über die Praxis der Schedenvergabe in der maria-theresianischen Epoche ist, abgesehen von solchen punktuellen Belegen, leider bisher so gut wie nichts bekannt.

Sinn der Mehrheit. Es handelt sich um ein frühes Beispiel für eine Zensurentscheidung, bei der sich die staatlich-laizistische Meinung gegen die kirchliche durchsetzte.[18]

Sowohl in Österreich wie auch in Frankreich wurden Voltaire (1694–1778) (der meistverbotene Autor in Österreich, er taucht im maria-theresianischen Verbotskatalog 92-mal auf),[19] Rousseau (1712–1778) (*Émile* (1762), *La nouvelle Héloïse* (1761), der *Contrat social* (1762)), Thomas Paines (1737–1809) *The Age of Reason* (1794) und die *Encyclopédie* (1772) sowie Romane wie Fieldings (1707–1754) *Joseph Andrews* (1742) und Richardsons (1689–1761) *Pamela* (1740) verboten.[20] Helvétius' (1715–1771) *De l'esprit* (1758) war in Frankreich zwar mit königlichem Privileg erschienen, die folgenden heftigen Angriffe von allen Seiten zeigten aber die unklare Verteilung der Zensurkompetenzen zwischen den Instanzen auf. Das Werk wurde vom Parlement verboten und in der Folge die gesamte Auflage beschlagnahmt. Die Theologen der Sorbonne, die Jesuiten und der Papst protestierten vehement gegen die Verbreitung des Buches. Helvétius wurde daher gedrängt, das Werk zu widerrufen, was er, im Vertrauen auf die Intelligenz seiner Leser, die Vorgänge richtig zu deuten, auch tat. Gleichzeitig klagte das Parlement den Zensor Jean-Pierre Tercier (1704–1767), der das Buch genehmigt hatte, an – er wurde suspendiert. Helvétius und sein Drucker hatten den Zensor regelrecht düpiert und ihm nie das vollständige für den Druck vorgesehene Manuskript vorgelegt, sondern nur harmlose Passagen.[21] Robert Darnton zählt die Aktionen gegen das Buch auf: »[A]n edict from the Parlement of Paris, a resolution from the General Assembly of the Clergy, a mandement from the archbishop of Paris, similar outbursts from other bishops, a rebuke from the Sorbonne, a brief from the pope, and prescription by the King's Council«.[22]

In Wien war 1772 durch Maria Theresias Buchhändlerordnung ein Buchhändlergremium eingerichtet worden, das zwar einen Vorsitzenden wählte, aber nur für organisatorische Fragen des Buchhandels zuständig war. Mit ungleich mehr Kompetenzen, insbesondere der Selbstkontrolle des Buchhandels und des Verlagswesens, war der Direktor der *librairie* ausgestattet. Malesherbes reklamierte unter anderem, dass der König uneingeschränkte Oberhoheit in Zensurfragen erhalten und künftig zum Schutz der Zensoren ein feststehendes Reglement, nach welchen Gesichtspunkten Manuskripte und Bücher zu beurteilen seien, erstellt werden sollte. Beide Projekte scheiterten. Die Kompetenzen blieben, zum Unterschied von Österreich, bis zu einem gewissen Grad unklar, und man konnte sich nicht zur Formulierung verbindlicher Regeln für die Zensoren durchringen.

Malesherbes vertrat liberale Grundsätze: es sollten so wenig Verbote wie möglich ausgesprochen werden, da diese nur Anreiz zur Übertretung gäben und das Ausweichen in

18 Vgl. Grete Klingenstein: Staatsverwaltung und kirchliche Autorität im 18. Jahrhundert. Das Problem der Zensur in der theresianischen Reform. Wien: Verlag für Geschichte und Politik 1970, S. 177–178.

19 Vgl. die in der Datenbank »Verpönt, Verdrängt – Vergessen? Eine Datenbank zur Erfassung der in Österreich zwischen 1750 und 1848 verbotenen Bücher« (http://univie.ac.at/zensur) dokumentierten Verbote.

20 Vgl. Hobohm: Roman und Zensur (wie Anm. 3), S. 230 u. 252.

21 Vgl. Gersmann: Im Schatten der Bastille (wie Anm.1), S. 27–28.

22 Darnton: Censors at Work (wie Anm. 4), S. 56.

die Klandestinität bzw. ins Ausland förderten.[23] Daniel Roche bezeichnet ihn als »symbol of the monarchy's ambiguous policies«.[24] Von der Zentralmacht mit der Wahrung von Gesetz und Ordnung beauftragt, setzte er sich gleichzeitig im Sinn der Aufklärung für die Meinungsfreiheit der Autoren ein und behielt nicht zuletzt die Prosperität der Buchindustrie im Auge. Die Qualitätsurteile über Form und Ton von Schriften könne man getrost dem Publikum überlassen. Das Parlement solle die erteilten Privilegien sammeln und dokumentieren und im Übrigen gemeinsam mit der Polizei die Einhaltung der Genehmigungspflicht überwachen, die Entscheidungen über Verbot oder Zulassung aber allein dem König überlassen. Erstaunlich liberal fällt seine Äußerung über die Verbindlichkeit wissenschaftlicher Aussagen aus: In keiner Wissenschaft (mit Ausnahme der Theologie) gäbe es Sicherheiten, daher wären auch philosophische Publikationen als Meinungsäußerung aufzufassen, deren Wahrheitsgehalt immer nur relativ sein könne.[25]

Kritik an Höflingen, Militärs, Ministern und Beamten sollte erlaubt sein, der König sollte sogar besonderes Interesse an Informationen darüber haben, was in diesen Kreisen vor sich gehe. Ähnliches gelte für Äußerungen über fremde Potentaten und Regierungen; bei Verstößen gegen Gesetze könne man immer die Autoren zur Verantwortung ziehen. Obszöne Schriften müssten verboten werden; im weiten Feld der frivolen Schriften (*livres licencieux*) sei es aber schwierig, Grenzen des zu Tolerierenden festzulegen, daher solle hier im Zweifelsfall Milde walten. Auch die vielen Anspielungen auf Personen, die von diesen oft als Beleidigungen empfunden werden, sollten keine Angelegenheit der Zensur sein, schon allein deshalb, weil kein Einzelner dieses Feld überblicken, alle Anspielungen zu erkennen und alle Verkleidungen zu durchschauen vermöge. Nur Jansenismus und Molinismus müssten als gefährliche zeitgenössische Strömungen streng überwacht werden, ähnlich rigoros sollten Angriffe auf die Regierung beurteilt werden, da sie zu Auseinandersetzungen, Krieg und Anarchie führen könnten.[26]

Mit dieser Einstellung erinnert Malesherbes an sein österreichisches Gegenstück van Swieten, der die treibende Kraft der 1751 eingesetzten Zensurkommission und verantwortlich für ihre Organisation und Grundsätze war und das Geschehen in Sachen Zensur in Österreich ab der Jahrhundertmitte dominierte. Zum Unterschied von Malesherbes, der von seinen Vorschlägen nur die Liberalisierung der Verleihung von *permissions tacites* durchsetzen konnte,[27] bestimmte Van Swieten ab der Jahrhundertmitte die Geschicke der Zensur in Österreich. Er trieb erfolgreich die schon erwähnte Laizisierung der Zensur voran und trat ähnlich wie Malesherbes für Toleranz bei allen ernsthaften wissenschaftlichen

23 »Un libraire à qui on refuse la permission pour les trois quarts des livres qu'il présente, et précisement pour ceux que le public goûte le plus, n'a que l'alternative d'être fraudeur ou ruiné.« (Malesherbes: Mémoires (wie Anm. 11), S. 46).

24 Roche: Censorship (wie Anm. 2), S. 9.

25 »Chaque philosophe, chaque dissertateur, chaque homme de lettres doit être considéré comme l'avocat qu'on doit toujours entendre, lors même qu'il avance des principes qu'on croit faux.« Malesherbes: Mémoires (wie Anm. 11), S. 72.

26 Vgl. ebd., S. 70–71.

27 Vgl. Raymond Birn: Malesherbes and the Call for a Free Press. In: Robert Darnton / Daniel Roche (Hg.): Revolution in Print. The Press in France 1775–1800. Berkeley, Los Angeles, London: University of California Press 1989, S. 50–66, hier S. 61.

Schriften ein. Wie Malesherbes vertrat er liberale Standpunkte, nur in Fällen von radikaler Infragestellung der christlichen Religion plädierte er für rigoroses Vorgehen. Er soll zwar Rousseau gegenüber Meinhard, einem guten Freund Nicolais, anlässlich des Romans *Émile* als »mauvais sujet« bezeichnet haben,[28] auch legte er sich mit Voltaire an,[29] er nahm aber mit seinen Anschauungen den Josephinismus vorweg, der Kritik an Personen erlaubte, und zwar »vom Landesfürsten bis zum Untersten«,[30] sofern sich der Verfasser namentlich dazu bekannte. Ähnlich hatte Malesherbes argumentiert, dass der König von Nachrichten über allfällige Missstände in seiner Regierung und Verwaltung nur profitieren könne.

Die Organisation des österreichischen Buchhandels wurde, wie bereits erwähnt, 1772 durch die sogenannte Buchhändlerordnung vorgenommen. Als Voraussetzung für die Verleihung einer Buchhändlerlizenz (Befugnis) werden dort genannt: eine sechsjährige Lehre und vier Jahre Praxis, eine Prüfung der Allgemeinbildung (»genugsame Känntniß von den besten Schriftstellern in den verschiedenen Wissenschaften«)[31] durch die Universität sowie ein Vermögen von 10.000 Gulden. Neue Befugnisse mussten bewilligt werden, damit »ohne Noth die Buchhandlungen nicht vermehret« würden, nur bei Todesfällen könne automatisch die Witwe oder ein Sohn das Geschäft weiterführen. Unbefugte, auch Buchdrucker und Buchbinder, dürften weder auf Märkten noch in Dörfern (Kolportage) mit Büchern handeln. Die Sparten Druck, Handel und Buchbinderei wurden damit erstmals klar getrennt. Privilegien wurden weiterhin vergeben, sie schützten aber nur gegen Nachdruck und waren keine Bestätigung der Unbedenklichkeit. An Orten mit mehreren Buchhändlern sollten Standesvertretungen gegründet werden, die die Einhaltung der gesetzli-

28 Friedrich Nicolai: Beschreibung einer Reise durch Deutschland und die Schweiz im Jahre 1781. Bd. 4. Berlin, Stettin: Nicolai 1784, S. 854.

29 Voltaire rächte sich für die zahlreichen Verbote seiner Werke in Österreich mit Spottversen auf Van Swieten, die in der *Epitre au roi de Danemarck VII. sur la liberté de la presse accordée dans tous ses états* (1771) enthalten waren. Voltaire bezeichnet ihn dort als von Hippokrates abgefallenen Scharlatan, der zwar Kranke, aber niemals gute Bücher umzubringen vermöge: »Un certain charlatan, qui s'est mis en crédit, / Prétend, qu'à son exemple, on n'ait jamais d'esprit. / Tu n'y parviendras pas, apostat d'Hippocrate: / Tu guérirais plutôt les vapeurs de ma rate. Va, cesse de vexer les vivans et les morts; / Tyran de ma pensée, assassin de mon corps, / Tu peux bien empêcher les malades de vivre, / Tu peux les tuer tous, mais non pas un bon livre. / Tu les brûles, Jérôme; et de ces condamnés / La flamme en m'éclairant, noircit ton vilain nez.« Zit. nach Fournier: Gerhard van Swieten als Censor (wie Anm. 5), S. 425. (Ein gewisser Scharlatan, der sich Einfluß verschafft hat, gibt vor, daß nur er Geist besitze. Dazu wirst du nicht gelangen, Abtrünniger des Hippokrates; du könntest eher die Dünste meiner Milz heilen. Geh', höre auf, die Lebenden und die Toten zu quälen; Tyrann meines Denkens, Mörder meines Körpers, du kannst wohl deine Kranken am Leben hindern, du kannst sie alle töten, nicht aber ein gutes Buch; du verbrennst sie, Jérome, und die Flamme dieser Verurteilten – mich beleuchtend – schwärzt deine Schurkennase. Zit. nach Hermann Rafetseder: Bücherverbrennungen. Die öffentliche Hinrichtung von Schriften im historischen Wandel. Wien, Köln, Graz: Böhlau 1988, S. 244).

30 Zensurverordnung Josephs II., ausgegeben am 1. Juni 1781. In: Handbuch aller unter der Regierung des Kaisers Joseph II. für die K. K. Erbländer ergangenen Verordnungen und Gesetze in einer Sistematischen Verbindung. Enthält die Verordnungen und Gesetze vom Jahre 1780 bis 1784. Erster Band. Wien: Moesle 1785, S. 517–524.

31 Ordnung für die Buchhändler in den Kaiserl. Königl. Erblanden (Archiv der Corporation der Wiener Buch-, Kunst und Musikalienhändler, 1772, No. 1).

chen Regelungen überwachten und als Ansprechpartner der Obrigkeit dienten. Insgesamt lief die Verordnung auf Regulierung und Kontrolle des Buchhandels hinaus.

Es ist sehr wahrscheinlich, dass dieser Akt zur Regulierung des Buchhandels in Österreich auf französische Anregungen zurückgriff. Die Kontrolle des Buchverkehrs war in Frankreich, wie oben bemerkt, Teil der Aufgaben der Polizei, die europaweit als führend galt und höchstes Lob als Speerspitze der Aufklärung und Zivilisation fand.[32] Insbesondere herrschte auch dort ein striktes Privilegienwesen, das die etablierten Buchhändler schützte und eine Ausweitung der Zahl der Betriebe und eine Ankurbelung der Geschäfte durch Konkurrenz stark einschränkte.[33] Sich an den Verhältnissen in Frankreich zu orientieren, lag nahe.[34] 1768 forderten Maria Theresia und Joseph II. genaue Informationen über die Organisation und Aufgaben der französischen Polizei ein, worauf sich der Kommissar Le Maire im Auftrag des Polizeigeneralleutnants Antoine-Gabriel de Sartine an die Arbeit machte und ein *Mémoire sur l'administration de la police en France. Contenant les* éclaircissements *demandés à ce sujet par M. l'ambassadeur de Vienne de la part de LL. MM. impériales et royales à M. de Sartine* verfasste. Die erst 1771 fertiggestellte Schrift hatte 277 Seiten Umfang und wurde mit Verspätung auch ins Deutsche übersetzt.[35] Das *Mémoire* enthält eine ganze Reihe von Instruktionen zum Umgang mit Büchern.[36] Voraussetzung für die Erteilung eines königlichen Privilegs sei die Überprüfung des Buches durch einen Zensor.[37] Auch die Druckereien und Buchhandlungen müssten zugelassen und registriert werden, niemand dürfe ohne Genehmigung Druckerpressen, Lettern und andere Druckutensilien besitzen oder mit Büchern handeln. Auffällig ist, dass das Buchgewerbe wie in Österreich in die Gruppe der freien Wissenschaften und Künste zusammen mit Universitätsprofessoren und deren Unterricht, mit Ärzten und Chirurgen sowie Apothekern, die mit gefährlichen Stoffen handeln, eingeordnet wird.

Schließlich ist in beiden Ländern die archaische Form der Zensur durch Verbrennung von Büchern verbreitet. Frankreich wurde von Zeitgenossen vielfach sogar als »Hochburg« der Bücherverbrennung bezeichnet.[38] Entgegen den Erwartungen bezüglich fort-

32 Darnton: Censors at Work (wie Anm. 4), S. 61: »The Parisian police enjoyed a reputation for perfecting the most modern and well-organized services. In fact, its administration seemed so advanced that it served as a model for treatises on the police, which can be considered as contributors to the literature of Enlightenment.«

33 Vgl. Birn: Malesherbes and the Call for a Free Press (wie Anm. 27), S. 55.

34 Die Verbindung zwischen Wien und Paris intensivierte sich nach der Eheschließung Marie-Antoinettes mit Ludwig XVI. im Jahr 1770 noch weiter. Joseph II. sah sich im April / Mai 1777 sechs Wochen lang persönlich (inkognito unter dem Namen Graf von Falckenstein) in Paris um.

35 Abhandlung von der Polizeyverfassung in Frankreich. Wien: Rehm 1790.

36 Jean-Dominique Mellot: »L'axe Paris–Vienne« et la police du livre à la fin du XVIIIe siècle. In: Marie-Elizabeth Ducreux / Martin Svatoš (Hg.): Libri prohibiti. La censure dans l'espace habsbourgeois 1650–1850. Leipzig: Leipziger Universitätsverlag 2005, S. 73–88.

37 »Ces privilèges ne s'obtiennent qu'après que les ouvrages ont été examinés et approuvés par des censeurs choisis à cet effet, qui vérifient s'ils ne contiennent rien de contraire à la religion, aux lois, aux saines maximes et au respect dû aux puissances«. (La police de Paris en 1770. Mémoire inédit composé par ordre de G. de Sartine sur la demande de Marie-Thérèse. In: Mémoires de la société de l'histoire de Paris et de l'Ile-de-France, t. V. Paris: Champion 1879, S. 19).

38 Vgl. Rafetseder: Bücherverbrennungen (wie Anm. 29), S. 228.

schreitender Zivilisation bildet die Zeit bis zur Mitte des 18. Jahrhunderts in Frankreich den Höhepunkt der Bücherverbrennungen, aber auch danach finden sich Beispiele für dieses Ritual, das unter anderem auch im Dienste der Aufklärung, meist aber im Zusammenhang mit der Verteidigung der Religion und der Kirche gegen aufklärerische Kritik oder zum Schutz von Personen gegen Angriffe in Pasquillen veranstaltet wurde. Prominente Opfer sind Voltaires *Lettres philosophiques* (1734), Diderots *Pensées philosophiques* (1746), Rousseaus *Émile* (1762) und d'Holbachs *Système de la nature* (1770).[39]

Am 1. Juli 1766 wurde auf Anordnung des Pariser Parlements in Abbeville Voltaires *Dictionnaire philosophique* zusammen mit seinem zuvor enthaupteten Besitzer, dem Chevalier de la Barre, verbrannt. Schon zuvor war Schriften der Enzyklopädisten und *philosophes* zu Verbrechen gegen die Religion anstiftende Wirkung nachgesagt worden.[40] Voltaire hatte bei dem Pariser Parlement bereits wiederholt Anstoß erregt, zuletzt mit seinem Eintreten für den irrtümlich als Mörder seines zum Katholizismus konvertierten Sohnes hingerichteten Jean Calas. Daraufhin wurde bereits 1765 sein *Dictionnaire philosophique* zum ersten Mal durch den Henker zerrissen und verbrannt. Die Schrift enthielt Angriffe auf die Religion, aber auch Beleidigungen des Parlaments. Voltaire geriet in Panik, verurteilte das Buch als Teufelswerk und verleugnete die Autorschaft, da er Schritte gegen seine Person bis hin zur Hinrichtung und Verbrennung befürchtete, und zog sich sicherheitshalber in die Schweiz zurück.

Bald darauf wurde Jean François Chevalier de la Barre der Prozess gemacht. Der siebzehnjährige Adelige sollte mit Freunden ohne den Hut abzunehmen und niederzuknien an der Fronleichnamsprozession mit dem Allerheiligsten vorüber gegangen sein. Im Verlauf des Prozesses kamen andere ruchlose Taten, Lieder und Reden zur Sprache. Unter anderem besaß de la Barre eine ansehnliche Bibliothek von philosophischer Literatur, wobei es sich sowohl um Religionskritik wie auch um Pornographie handelte (erwähnt werden neben dem *Dictionnaire philosophique* Helvétius' *De l'esprit*, *Thérèse philosophe*, der *Sultan Misapouf* und der *Portier des Chartreux*). Das anstößige Verhalten bei der Prozession gab de la Barre zu, auch das Singen unzüchtiger Lieder und möglicherweise, unter Alkoholeinfluss, Beschimpfungen der Heiligen Jungfrau als Dirne und Gottes als »Jean foutre«.[41] Auch gestand er, vor den in seinem Zimmer aufgestellten Büchern gekniet und sie wie einen Tabernakel angebetet zu haben. Die diversen Delikte genügten dem Parlement, de la Barre zum Tode zu verurteilen – wie erwähnt, wurde er zusammen mit dem *Dictionnaire philosophique* verbrannt. Nach einer weiteren Quelle wurden bei dieser Gelegenheit überdies Diderots *Pensées philosophiques*, Crébillons *Sopha*, Friedrichs II. Bayle-Ausgabe und einige andere Bücher verbrannt.[42]

In Österreich ist die Hochzeit von Bücherverbrennungen die Epoche vom späten 16. Jahrhundert bis ca. 1750. Aktenkundig ist zum Beispiel ein Fall von Bücherverbrennung im frühen 18. Jahrhundert in Teschen in Schlesien. Dort wurde 1714 eine Lieferung von

39 Vgl. Gersmann: Im Schatten der Bastille (wie Anm. 1), S. 40–41.

40 Eduard Hertz: Voltaire und die französische Strafrechtspflege im achtzehnten Jahrhundert. Ein Beitrag zur Geschichte des Aufklärungszeitalters. Stuttgart: Enke 1887, S. 243.

41 Ebd., S. 251.

42 Ebd., S. 259.

52 aus Leipzig von dem Buchhändler Weidmann versandten, für die lutherische Gemeinde bestimmten protestantischen Büchern beschlagnahmt und verbrannt. Zwar hätte nach dem Abkommen von Altranstädt im Jahr 1707, in dem der Kaiser den schlesischen Protestanten Glaubensfreiheit zugesichert hatte, Toleranz gegen protestantische Literatur geübt werden sollen, aber die jesuitischen Gutachter, die zur Beurteilung herangezogen wurden, befanden die Bücher als infam und skandalös, worauf der Landeshauptmann Graf Tenczin »diese Bücher den 14. August 1714 als an seinem Geburtstag« vom Rathaus abholen, überprüfen und abzählen ließ. Weiters wird berichtet, dass er sie durch

> [...] 4 Henkers Knechte an den Pranger bey einem ohngefähr fünf Schritte von demselben gemachten Feuer schleppen ließ, da denn der Henkers-Knecht [sic?] erstlich die kleinen Bücher jedes auf einer hölzernen Gabel, hernach die größeren verbrannt, Zuvor aber allerley *Ceremonien* mit Henkers Sprüchen, Abreißung derer Kupferstiche derer Lutherischen Christlichen und schimpfliche Art derer Zuschauer gemacht, welche *execution* von 10 bis 2 Uhr gewähret, und der Herr Graff von Anfang bis zu Ende beygewohnet, Dabey insonderheit von den *Jesuiter* Schülern viel Gespött getrieben und die Bibeln, *Formula Concordiae* sehr verhöhnet worden. Der Henker habe endlich die Asche auf den Schinder Anger geführet und selbige in das dabey fließende Wasser geschüttet, der Schulbediente *Mevius*, so die Bücher verschrieben, da er erstlich der *execution* beywohnen müssen, sey mit seiner Familie der Kayserlichen Lande verwiesen worden.[43]

Es handelte sich um Predigtsammlungen, Postillen, Erbauungsliteratur, Bibeln, Gebetbücher und ähnliches, aber auch einige Werke, deren Verfasser der zeitgenössische Kommentator als »Controversisten« einstuft.

Eine Aufsehen erregende Schrift tauchte 1748 in Prag auf, und zwar die unter dem Pseudonym Rochezang von Isecern publizierte *Historische und Geographische Beschreibung des Königreiches Böhmen* (Freyburg=Erfurt: Jungnickel 1742; Franckfurt und Leipzig 1746).[44] Sie kritisierte die von Maria Theresia bei der Kaiserwahl für ihren Gemahl Franz Stephan von Lothringen abgegebene böhmische Stimme, weil sie als Frau bei der Kaiserwahl eigentlich keine Stimme gehabt habe; zudem erregten Berichte über die aktuellen Kriegsaktivitäten Anstoß. Da die Stimmung in Böhmen aufgeheizt war und man insbesondere Bauernunruhen befürchtete, wurde das Buch im November 1749 in Wien verbrannt und der Name des mutmaßlichen Verfassers am Galgen angeschlagen.[45]

Dies war die letzte öffentliche Bücherverbrennung durch den Scharfrichter in Österreich. Zwar fanden hin und wieder Bücherverbrennungen auf kaiserliche Anordnung statt,

43 [Friedrich] K.[app]: Beiträge zur Geschichte der österreichischen Bücherpolizei. In: Archiv für Geschichte des Deutschen Buchhandels 8 (1883), S. 303–309, hier S. 304–305. Vgl. dazu auch: Friedrich Hermann Meyer: Zur Geschichte der österreichischen Bücherpolizei III. In: Archiv für Geschichte des Deutschen Buchhandels 14 (1891), S. 366–370.

44 Als Verfasser nennt August Fournier F. Zschackwitz; wahrscheinlicher ist jedoch die Autorschaft des Juristen Johann Jakob Moser aus Frankfurt / Oder (vgl. Rafetseder: Bücherverbrennungen (wie Anm. 29), S. 220 u. 224).

45 Vgl. Rafetseder: Bücherverbrennungen (wie Anm. 29), S. 223.

so in Ungarn (Pressburg) 1765 und in Frankfurt 1766; auch ist von nicht-öffentlichen Verbrennungen die Rede, zum Beispiel innerhalb von Van Swietens Zensurkommission, wo das eine oder andere Buch im Kamin der Präfektur in der Hofbibliothek bzw. in Van Swietens Wohnung landete.[46] Es geht fortan aber nur noch ganz sachlich um die ›Vertilgung‹ der Bücher hinter verschlossenen Türen. Mit der rituellen und nur zeremoniell-symbolischen öffentlichen Verbrennung durch den Henker ist es in Zeiten der vordringenden Aufklärung und Rationalisierung aller Lebensbereiche vorbei, und das, etwas überraschend, in Österreich bereits dreißig Jahre früher als in Frankreich.

Das Spektrum der unter dem Begriff ›Zensur‹ zusammengefassten Maßnahmen ist breit. Es reicht in beiden Ländern von Toleranz gegen fragwürdige Inhalte in Druckschriften bis hin zu absolutem Verbot und in Einzelfällen der Todesstrafe für Autoren und Besitzer verbotener Schriften, vor allem im Bereich der Religion bzw. ›Ketzerei‹. Auffällig ist die Wandelbarkeit der Grundsätze, die sowohl auf die Einstellung der jeweiligen Herrscher und der für Zensurentscheidungen zuständigen Personen wie auch auf die Verschiebung der Macht zu anderen Institutionen zurückzuführen ist. In Frankreich wurde unter dem *directeur de la librairie* (1750–63) Malesherbes eine liberale Linie verfolgt, ein ähnliches Klima herrschte in Österreich unter Gerard van Swieten (1751–72) und noch mehr unter Joseph II. (1781–90). Der hier angestellte Vergleich der Zensursysteme ermöglicht keine Entscheidung, welches System effizienter war oder strenger agiert hat. In Frankreich war aufgrund der zentralen Verwaltung die Überwachung der Buchproduktion und -distribution leichter zu etablieren, als im aus vielen Staaten mit eigener Regierung zusammengesetzten ›Alten Reich‹.[47] Die grenzüberschreitende Verbreitung von Büchern war durch Verbote kaum effizient zu verhindern, sie wurde allerdings auch in Frankreich zur hauptsächlichen Quelle für verbotene Werke. Die österreichische Zensur hat zum Unterschied von der französischen zumindest – vorsichtig formuliert – dazu beigetragen, eine Revolution zu verhindern. Dabei ist in Rechnung zu stellen, dass die französischsprachige Kultur viel stärker von der Literaturproduktion geprägt war als die österreichische, was eine gewisse Rücksichtnahme auf die Prosperität der Buchwirtschaft nahelegte, die europaweit Absatz fand. Wenn das österreichische Buchwesen auch nicht zu unterschätzen ist,[48] hatte es ohne Zweifel einen vergleichsweise geringeren Wirkungsgrad. Unter dem Strich gilt wohl, dass es der Zensur, entgegen den hochfliegenden Intentionen der sie anordnenden und ausübenden Organe, nie gelang, die Buchproduktion und -distribution flächendeckend zu überwachen, sondern dass sie hauptsächlich symbolische Bedeutung hatte. Sie

46 Von der Verbrennung von Büchern durch die Wiener Zensoren berichtet Nicolai: Beschreibung einer Reise. Bd. 4, S. 858–859.

47 Zu diesem Schluss kommt Wilhelm Haefs, der sich vor allem auf die Zensurverhältnisse in Bayern stützt. Wilhelm Haefs: Zensur und Bücherpolizei. Zur Kommunikationskontrolle im Alten Reich und in Frankreich im 18. Jahrhundert. In: Christine Haug / Franziska Mayer / Winfried Schröder (Hg.): Geheimliteratur und Geheimbuchhandel in Europa im 18. Jahrhundert. Wiesbaden: Harrassowitz 2011, S. 49–66.

48 Vgl. Peter R. Frank: »Es ist fast gar nichts da ...«. Der deutschsprachige Verlagsbuchhandel in Österreich vom 18. zum 19. Jahrhundert. Versuch eines Panoramas. In: Leipziger Jahrbuch zur Buchgeschichte 5 (1995), S. 201–232, und Norbert Bachleitner / Franz M. Eybl / Ernst Fischer: Geschichte des Buchhandels in Österreich. Wiesbaden: Harrassowitz 2000.

bestätigte die Macht der Herrscher und ihrer staatlichen Organe und gab dem bücherkonsumierenden Publikum die Normen, nach denen dieses seine Lektüre gestalten sollte, vor. Sie diente somit weniger der konsequenten Verhinderung gewisser Publikationen, sondern griff in den Markt im Sinn einer orientierenden und gestaltenden – der anachronistische Terminus sei gestattet – Kulturpolitik ein.

Bücher ohne Grenzen: Die länderübergreifende Verbreitung von *livres philosophiques* in der Spätaufklärung

Jeffrey Freedman

Aus Sicht des französischen Buchhandels im Ancien Régime stellten jene Bücher, die wir heutzutage als pornographisch einstufen würden, keine eigene Literaturgattung dar. Wie Robert Darnton in seinen Studien zum französischen Buchhandel zeigt, gehörten pornographische Bestseller wie *Thérèse Philosophe*, *Vénus dans le cloître* und *Fille de joie* der allgemeinen Kategorie verbotener Bücher an. Während die Behörden sie als *mauvais livres* bezeichneten, verwendeten die Buchhändler einen eher gehobenen Ausdruck: In ihren Briefwechseln sprachen sie häufig von *livres philosophiques*.[1]

Französische Buchhändler und ihre Lieferanten im Ausland unterschieden ganz deutlich zwischen *livres philosophiques* und allen anderen Buchgattungen. Sie bedienten sich beim Versenden von *livres philosophiques* besonderer Vorsichtsmaßnahmen, um diese an Zunftbehörden und Polizeiinspektoren vorbeizuschmuggeln. Aufgrund der erhöhten Gefahr, die mit dem Vertrieb verbotener Bücher verbunden war, verlangten sie zudem höhere Preise, die mitunter doppelt so hoch waren wie die für andere Bücher. Außerdem führten sie die Titel von *livres philosophiques* in einem besonderen Katalog auf, den sie nur vertrauenswürdigen Empfängern zukommen ließen. Die Société Typographique de Neuchâtel (1769–1793), ein in den 1770er und 80er Jahren bedeutsames schweizerisches Verlagshaus und eine Buchgroßhandlung, hielt für ihre Kunden zwei Kataloge bereit: einen gedruckten, in dem vor allem Nachdrucke in Frankreich geschützter und von den Zensoren gebilligter Ausgaben enthalten waren, und einen handschriftlichen, der ausschließlich den *livres philosophiques* gewidmet war. Aus den Abbildungen 1-4 wird ersichtlich, dass die *livres philosophiques* ein breites literarisches Spektrum abdeckten, das von den philosophisch-materialistischen Abhandlungen eines Baron d'Holbach und den Werken Rousseaus bis hin zu den oben erwähnten pornographischen Bestsellern reichte.

Dank der zahlreichen Forschungsarbeiten von Robert Darnton haben die Buchhistoriker ein ziemlich genaues Bild vom illegalen Buchhandel im Frankreich des späten 18. Jahrhunderts. Anders als Darnton, der sich hauptsächlich mit dem französischen Markt befasste, möchte ich im Folgenden den Versuch einer transnationalen Perspektive auf die Verbreitung von *livres philosophiques* – mit Schwerpunkt auf den Transfer entsprechender Werke von Frankreich nach Deutschland – unternehmen. Als Quellen dienen mir dabei

---

1 Alle zitierten Originalquellen stammen aus den Unterlagen der Société Typographique de Neuchâtel (STN) in der Bibliothèque publique et universitaire de Neuchâtel. Bei Briefen an die und von der STN werden nur die Namen der Korrespondenten angegeben. Robert Darnton: The Forbidden Bestsellers of Pre-Revolutionary France. New York u.a.: Norton 1995.

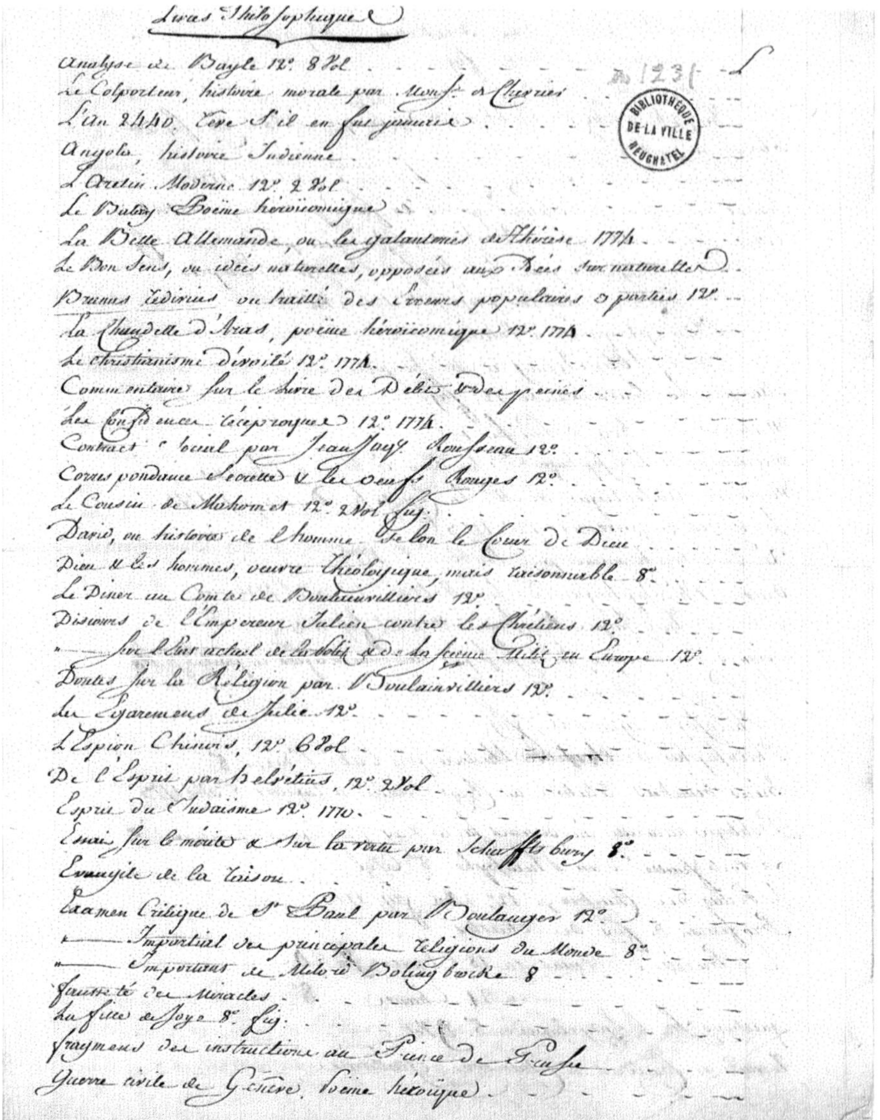

Livres Philosophiques

Analyse de Bayle 12°. 8 Vol.
Le Colporteur, histoire morale par Monsr. de Chevrier
L'An 2440. Rêve s'il en fut jamais
Angola, histoire Indienne
L'Aretin Moderne 12°. 2 Vol.
Le Balai Poëme héroicomique
La Belle Allemande, ou les galanteries de Thérèse 1774.
Le Bon Sens, ou idées naturelles, opposées aux idées surnaturelles
Bruxus Ledirius ou traité des Erreurs populaires 3 parties 12°.
La Chandelle d'Aras, poëme héroicomique 12°. 1774.
Le christianisme dévoilé 12°. 1774.
Commentaire sur le livre des Délits & des peines
Les Confidences réciproques 12°. 1774.
Contract social par Jean Jaq. Rousseau 12°.
Correspondance Secrette & les oeufs Rouges 12°.
Le Cousin de Mahomet 12°. 2 Vol. fig.
David, ou histoire de l'homme selon le Coeur de Dieu
Dieu & les hommes, oeuvre théologique, mais raisonnable 8°.
Le Diner du Comte de Boulainvilliers 12°.
Discours de l'Empereur Julien contre les Chrétiens 12°.
——— sur l'état actuel de la Politique & de la Science Militaire en Europe 12°.
Doutes sur la Religion par Boulainvilliers 12°.
Les Egaremens de Julie 12°.
L'Espion Chinois, 12°. 6 Vol.
De l'Esprit par Helvétius, 12°. 2 Vol.
Esprit du Judaisme 12°. 1770.
Essai sur le mérite & sur la vertu par Schafftsbury 8°.
Evangile de la raison
Examen Critique de St. Paul par Boulanger 12°.
——— Impartial des principales Religions du Monde 8°.
——— Important de Milord Bolingbroke 8
Fausseté des Miracles
La fille de Joye 8°. fig.
Fragmens des instructions au Prince de Prusse
Guerre civile de Genève, Poëme héroique

Abbildung 1:
Handgeschriebener Livres-philosophiques Katalog der S.T.N

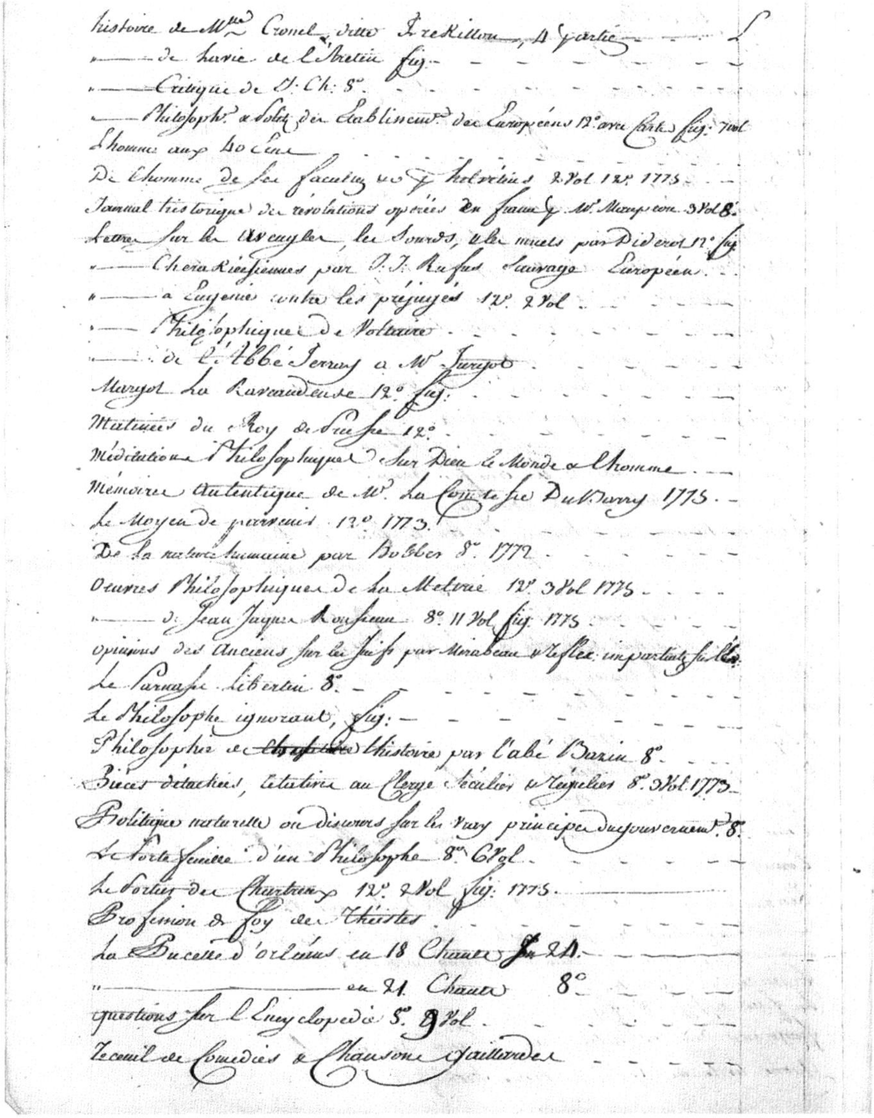
histoire de Mlle Cronel dite Frétillon, 4 partie
—— de Marie de l'Aretin fig.
—— Critique de J. Ch. 8°
—— Philosoph. & Polit. des Etablissem. des Européens 12° avec Carte fig. 7 vol
L'homme aux 40 Ecus
De l'homme de ses facultés &c d'Helvetius 2 Vol 12° 1773
Journal historique des révolutions opérées en France p. M. Maupeou 3 Vol 8°
Lettre sur les aveugles, les sourds, & les muets par Diderot 12° fig.
—— Cherakéesiennes par J. J. Rufus Sauvage Européen
—— à Eugenie contre les préjugés 12° 2 Vol
—— Philosophique de Voltaire
—— de l'Abbé Terray à M. Turgot
Margot la Ravaudeuse 12° fig.
Matinées du Roy de Prusse 12°
Méditations Philosophiques sur Dieu le Monde & l'homme
Mémoires Autentiques de Mme la Comtesse Du Barry 1775
Le Moyen de parvenir 12° 1773
De la nature humaine par Hobbes 8° 1772
Oeuvres Philosophiques de la Mettrie 12° 3 Vol 1775
—— de Jean Jaques Rousseau 8° 11 Vol fig. 1775
Opinions des Anciens sur les Juifs par Mirabeau & Reflex. impartiales
Le Parnasse Libertin 8°
Le Philosophe ignorant, fig.
Philosophie de l'Histoire par l'abé Bazin 8°
Pièces détachées, relatives au Clergé Séculier & Regulier 8° 3 Vol 1773
Politique naturelle ou discours sur les vrais principes du gouvernement 8°
Le Porte feuille d'un Philosophe 8° 6 Vol
Le Portier des Chartreux 12° 2 Vol fig. 1775
Profession de foy des théistes
La Pucelle d'orléans en 18 Chants 8° 24
—— en 21 Chants 8°
questions sur l'Encyclopédie 8° 9 Vol
Recueil de Comedies & Chansons gaillardes

Abbildung 2:
Handgeschriebener Livres-philosophiques Katalog der S.T.N

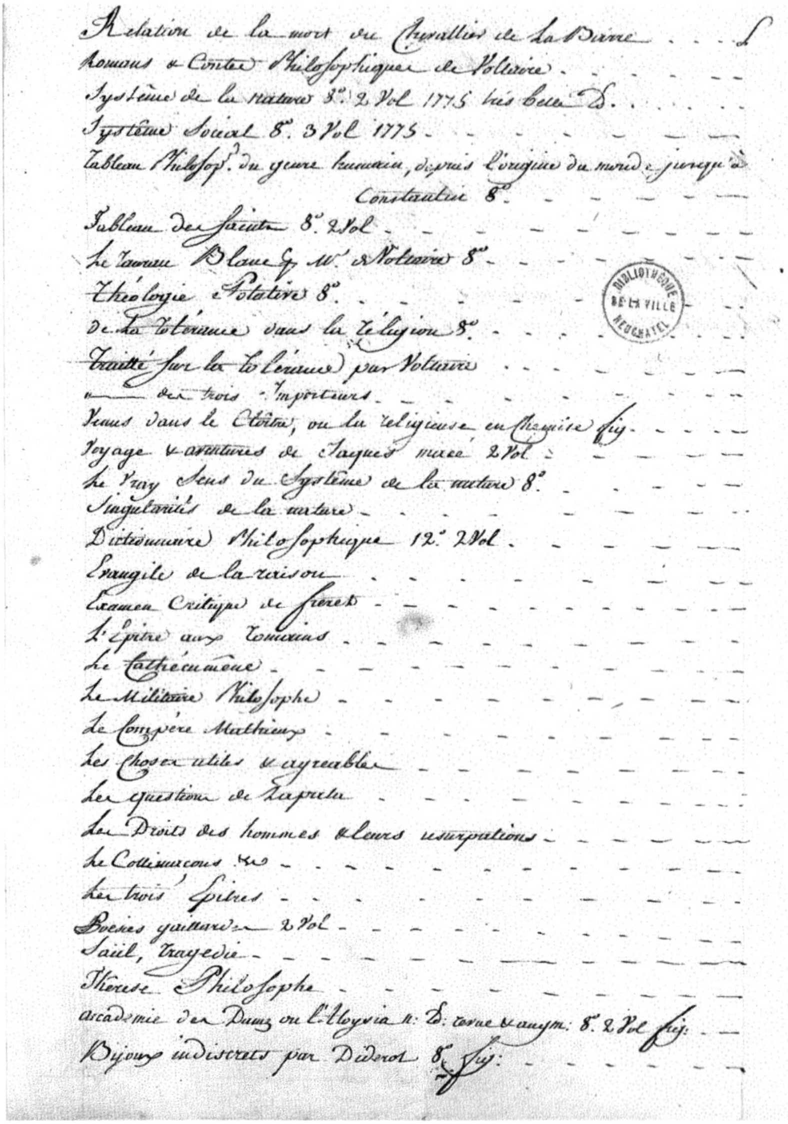
Relation de la mort du Chevallier de la Barre . . . L
Romans & Contes Philosophiques de Voltaire
Système de la nature 8°. 2 Vol 1775 très belle E.
Système Social 8°. 3 Vol 1775
Tableau Philosop. du genre humain, depuis l'origine du monde jusqu'à Constantin 8°.
Tableau des Saints 8°. 2 Vol
Le Taureau Blanc by M. de Voltaire 8°
Théologie Portative 8°.
De la tolérance dans la religion 8°.
Traitté sur la tolérance par Voltaire
— des trois Imposteurs
Vénus dans le Cloître, ou la religieuse en chemise fig.
Voyage & avantures de Jaques Massé 2 Vol
Le Vray Sens du Système de la nature 8°.
Singularités de la nature
Dictionnaire Philosophique 12°. 2 Vol.
Evangile de la raison
Examen Critique de Fréret
L'Epitre aux Romains
Le Catéchumène
Le Militaire Philosophe
Le Compère Mathieu
Les Choses utiles & agréables
Les questions de Zapata
Les Droits des hommes & leurs usurpations
Le Colimaçons &c
Les trois Epîtres
Poésies gaillardes 2 Vol
Saül, tragédie
Thérèse Philosophe
Académie des Dames ou l'Aloysia n: E. revue & augm: 8°. 2 Vol fig.
Bijoux indiscrets par Diderot 8° fig.

Abbildung 3:
Handgeschriebener livres philosophiques Katalog der S.T.N

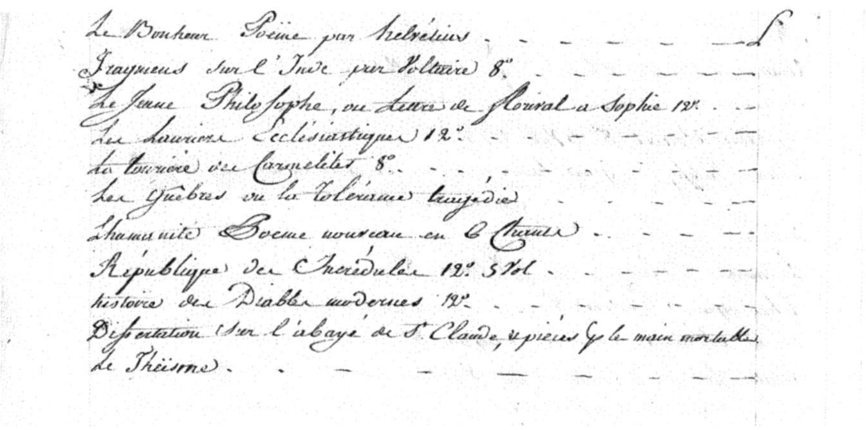
Le Bonheur Poëme par helvetius — f
Fragments sur l'Inde par Voltaire 8°.
Le Jeune Philosophe, ou Lettres de Floval a Sophie 12°.
Les Lauriers Ecclesiastiques 12°.
La Tourière des Carmelites 8°.
Les Guèbres ou la Tolérance tragedie
L'humanité Poeme nouveau en 6 Chants
République des Incrédules 12°. 5 Vol
histoire des Diables modernes 12°.
Dissertation sur l'abaye de S. Claude, ses pieces & la main mortable
Le Theisme.

Abbildung 4:
Handgeschriebener Livres-philosophiques Katalog der S.T.N

die Geschäftsunterlagen der Société Typographique de Neuchâtel (STN) – des einzigen Verlagshauses im 18. Jahrhundert, dessen Unterlagen fast vollständig erhalten geblieben sind. Drei Fragen stehen bei dieser Untersuchung im Vordergrund: Wie wurden *livres philosophiques* über die zahlreichen Grenzen im zersplitterten Heiligen Römischen Reich Deutscher Nation transportiert? Über welche Vermittler gelangten sie an ihre Bestimmungsorte? Und inwiefern wurden sie auch von Buchhändlern im Reich als eigenständige Literaturkategorie aufgefasst?

1. Kleinstaaterei und Buchhandel im Rheinland

Im Alten Reich gab es keine einheitliche Zensur und daher auch kein einheitliches Verzeichnis verbotener Bücher. Die verschiedenen Territorien im Reich gestalteten und verwalteten die Zensur unterschiedlich; mancherorts unterlag der Buchhandel gar keiner Zensur. Dies führte dazu – wie Christine Haug und die anderen Mitarbeiter am Tagungsband zum *Geheimbuchhandel* gezeigt haben –, dass ein und dasselbe Buch im einen Territorium verboten und in einem angrenzenden erlaubt sein konnte.[2] Schon einige Kilometer oder sogar Meter konnten hier einen großen Unterschied ausmachen. Das galt insbesondere im Rheinland, einer Region im Reich, die politisch am stärksten zersplittert war.

In der Freien Reichsstadt Köln etwa, die im 18. Jahrhundert als das »deutsche Rom« bezeichnet wurde, führte der dort residierende Nuntius in den 1770er Jahren einen regelrechten Kreuzzug gegen den Handel mit sittlich anstößigen und religionskritischen Wer-

2 Vgl. Geheimliteratur und Geheimbuchhandel in Europa im 18. Jahrhundert. Hrsg. von Christine Haug, Franziska Mayer, Winfried Schröder. Wiesbaden: Harrassowitz 2011 (Wolfenbütteler Schriften zur Geschichte des Buchwesens 47).

ken. Dieser gipfelte 1776 in einem groß angelegten Autodafé: Mehrere hundert Bücher, deren Titel denen im *livres-philosophiques*-Katalog der STN ähnelten, wurden verbrannt. Die meisten gehörten einem Buchhändler namens Simonin, der sie wiederum von Samuel Fauche, einem früheren Teilhaber der STN, erworben hatte.[3] Nur wenige Jahre später konnte Louis-François Mettra, ein aus Paris stammender Buchhändler und Zeitungsverleger, in Münz – einer an Köln angrenzenden Ortschaft – einen Handel mit *livres philosophiques* aufbauen.[4] Münz war der Autorität der kurfürstlichen Regierung in Bonn unterworfen und entzog sich deshalb der Gerichtsbarkeit der Kölner Nuntiatur. Von diesem Standort aus war Mettra in der Lage, mehr als 300 Exemplare *livres philosophiques* aus Neuchâtel zu beziehen.[5]

In einem Brief an die STN erklärte Mettra, dass sich sein Buchladen nur hundert Schritte von den Stadtmauern Kölns entfernt befinde.[6] Politisch betrachtet war die Distanz jedoch wesentlich größer. Die STN konnte *livres philosophiques* an Mettra liefern, ohne sich der trickreichen Schmuggelmethoden zu bedienen, die beim illegalen Handel in Frankreich üblich waren. Die *livres philosophiques* wurden in denselben Kisten verschifft wie die Bücher aus dem gedruckten Katalog der STN, die Mettra bestellt hatte, und mit denselben Frachtschiffen von Basel über den Rhein nach Münz gebracht. Im Handel zwischen Mettra und der STN war der wesentliche Unterschied, der in Frankreich zwischen den *livres philosophiques* und anderen Bücherkategorien gemacht wurde, kaum noch von Bedeutung.[7]

Die Koexistenz von verhältnismäßig toleranten und intoleranten Regierungen im politisch zersplitterten Reich machte es unmöglich, die Verbreitung von *livres philosophiques* zu verhindern oder auch nur teilweise zu kontrollieren, zumal die meisten Regierungen davon absahen, den Transithandel in ihren Territorien einzuschränken. Selbst die intolerantesten Regierungen wollten eine solch ergiebige Einnahmequelle nicht zum Erliegen bringen. Besonders die Territorien entlang des Rheins erzielten den Großteil ihrer Steuereinnahmen aus dem Transithandel. Und von diesen Territorien gab es viele. In der zweiten Hälfte des 18. Jahrhunderts – fünfzig Jahre vor Gründung des Deutschen Zollvereins – wurden Waren, die von Basel entlang des Rheins nach Rotterdam gingen, an nicht weniger als 38 Zollstellen angehalten.[8] In der Folge war die kommerzielle Schifffahrt auf dem Rhein zwar

3 Vgl. Johann Goldfriedrich: Geschichte des deutschen Buchhandels vom Beginn der klassischen Litteraturperiode bis zum Beginn der Fremdherrschaft (1740 –1804). Leipzig : Börsenverein 1909 (Geschichte des Deutschen Buchhandels 3), S. 391.

4 Vgl. Karin Angelike: Louis-François Mettra. Ein französischer Zeitungsverleger in Köln (1770–1800). Köln u.a.: Böhlau 2002.

5 Die Zahlen zu den Lieferungen der STN an Mettra wurden auf Basis ihrer *livres de commission* rekonstruiert, Ms. 1020–21.

6 Louis-François Mettra an die STN, 13. Mai und 22. August 1782.

7 Vgl. den ausführlichen Bericht über Mettras Handel mit der STN : Jeffrey Freedman: Books without borders in Enlightenment Europe: French cosmopolitanism and German literary markets. Philadelphia: Univ. of Pennsylvania Press 2012, S. 62–75.

8 Vgl. François-G. Dreyfus: Sociétés et mentalités à Mayence dans la seconde moitié du XVIIIe siècle. Paris: Colin 1968, S. 174.

äußerst langsam, doch die Büchersendungen liefen nicht Gefahr, beschlagnahmt zu werden. Selbst in Köln verzichteten die Zollbeamten darauf, die Bücherkisten zu durchsuchen.

Um zu veranschaulichen, wie mühelos *livres philosophiques* die Grenzen im Rheingebiet überqueren konnten, möchte ich ein zweites Beispiel aus den Geschäftsbeziehungen der STN heranziehen, bei dem es sich um einen in Kleve ansässigen Buchhändler namens Johann Georg Bärstecher handelt.

Da Kleve als preußischer Regierungsbezirk am Niederrhein der Regierung Friedrich des Großen, eines Freidenkers und »Philosophen« unterstand, durfte Bärstecher in seinem Geschäft ungehindert *livres philosophiques* führen. Dass diese Bücher auch uneingeschränkt an ihn geliefert werden konnten, geht aus seinem Briefwechsel mit der STN hervor. 1771 ließ das schweizerische Verlagshaus Bärstecher 200 Exemplare der philosophischen Abhandlung *System der Natur* (*Système de la Nature*) von d'Holbach in zwei Sendungen zukommen. Bei diesem Werk handelte es sich zwar nicht um ein pornographisches, wohl aber um eines der berüchtigtsten und aufsehenerregendsten Bücher im Katalog der *livres philosophiques*. Eine der beiden Sendungen brauchte fast drei Monate für die Reise von Neuchâtel nach Kleve, so langsam war die kommerzielle Schifffahrt auf dem Rhein. Zudem verursachte die Reise hohe Fracht- und Zollkosten, was die Buchhändler damals als *faux frais* (Unkosten) bezeichneten. Dennoch gelangten beide Sendungen an ihren Bestimmungsort.[9] Selbst ein religionsfeindliches Werk wie das von d'Holbach konnte das Kerngebiet des katholischen Rheinlands also problemlos durchqueren.

Der Kontrast zur Situation in Frankreich sticht sofort ins Auge. Dort gehörten *livres philosophiques* unmissverständlich dem illegalen Handel an. Die Schmuggler, Händler und Kolporteure, die auf diesem Markt tätig waren, gingen reale und ernsthafte Gefahren ein. Die Strafen, die ihnen drohten, reichten von der Beschlagnahmung der verbotenen Ware bis hin zur *embastillement*. Auch wenn die französische Regierung nicht in der Lage war, den Handel mit verbotenen Büchern zu unterbinden, konnte sie ihn beeinflussen und bis zu einem gewissen Grad lenken und einschränken. Dies lässt sich an den Auswirkungen der Maßnahmen ablesen, die der französische Außenminister Comte de Vergennes im Jahre 1783 zur Bekämpfung der Einfuhr illegaler Bücher verhängte. Vergennes ging es vor allem darum, den Import der vielen anstößigen, ehrenrührigen und gegen hohe Staatsbeamte sowie das königliche Ehepaar gerichteten *libelles* und *chroniques scandaleuses* einzudämmen. Zu diesem Zweck versuchte er, die Geschäftsbeziehungen der Buchhändler in der französischen Provinz zu ihren Lieferanten in Holland und der Schweiz abzuschneiden. Er bediente sich hierzu eines geschickten administrativen Schachzugs: Er erließ einen Befehl, wonach alle im Königreich eintreffenden Büchersendungen unabhängig von ihrem Bestimmungsort zur Kammer der Buchhändlerzunft (*chambre syndicale*) nach Paris geschickt werden mussten. Die daraus resultierenden Umwege verursachten so hohe Unkosten (*faux frais*), dass die Provinzbuchhändler es sich nicht mehr leisten konnten, Bücher

9 Bärstecher erhielt insgesamt 306 Exemplare des *Système de la nature*, 200 im Jahr 1771 direkt von der STN und 106 im folgenden Jahr von J. J. Boubers, dem Korresponenten der STN in Brüssel. Ms. 1033, *Brouillard A,* folio 111, 133, 262. In seinem Brief an die STN vom 18. September 1771 bestätigte Bärstecher den Empfang der Bücher.

aus Holland oder der Schweiz einzuführen. Die meisten der holländischen und schweizerischen Buchhändler, die im 18. Jahrhundert lukrative Geschäfte entlang der französischen Ostgrenze machten, stürzten daraufhin in eine tiefe Krise, von der sie sich nie wieder erholten.[10]

Im Zuge des von Vergennes angeordneten Erlasses musste auch die STN ihre Verlagstätigkeit drastisch einschränken. Dadurch kam ihre Geschäftstätigkeit jedoch nicht zum Erliegen: Im Lager hielt sie noch immer einen großen Vorrat an Büchern. Da sie nun von den meisten ihrer Handelspartner in Frankreich abgetrennt war, bemühte sie sich, Handelsbeziehungen in anderen Teilen Europas zu knüpfen. Besondere Bedeutung kam dabei dem Büchermarkt in Wien zu. In der letzten Phase ihres Bestehens, von etwa 1786 bis 1790, schickte die STN fast 5.000 Exemplare an Wiener Buchhändler – weit mehr, als sie im selben Zeitraum an fast allen anderen Orten verkaufte. Nur in Lausanne und Lyon kamen in dieser Zeit mehr Bücher des Großhändlers an. Allerdings dienten diese Städte hauptsächlich dem Zwischenhandel, denn die meisten Bücher, die nach Lausanne und Lyon gesendet wurden, blieben nicht dort, sondern wurden in andere Städte weiterversendet. Am Vorabend der Französischen Revolution hatte sich Wien faktisch zum wichtigsten Absatzmarkt der STN entwickelt.

Lediglich ein Bruchteil – vielleicht ein Viertel oder Fünftel – der von der STN nach Wien versendeten Bücher waren jedoch *livres philosophiques*, wobei die Quellenlage allerdings keine genaue Bestimmung dieser Zahl zulässt. Dennoch kann man aufgrund der erhalten gebliebenen Unterlagen mit Sicherheit annehmen, dass wenigstens 800 bis 1.000 der berüchtigtsten, religionsfeindlichsten und sittlich anstößigsten Bücher der zeitgenössischen französischen Literatur in den letzten Regierungsjahren Josephs II. von der Schweiz nach Wien versendet wurden.[11] Warum Wien?

2. Die Rolle des *commis voyageur*

Auf die Frage »Warum Wien?« kommen wir später noch einmal zurück, wollen uns zunächst jedoch dem Mann zuwenden, der es der STN Ende der 1780er Jahre ermöglichte, ihren Handel mit der österreichischen Hauptstadt auszubauen, obwohl es ihr früher nie gelungen war, dort geschäftliche Beziehungen zu knüpfen. Es handelt sich dabei um den »reisenden Kommissionär« (*commis voyageur*) des Verlagshauses – einen 24-jährigen gelernten Buchhändler namens Victor Durand l'aîné, der einem protestantischen Pastorenhaus in Lausanne entstammte.[12]

10 Robert Darnton: Reading, Writing, and Publishing. In: Ders.: The Literary Underground of the Old Regime. Cambridge: Cambridge University Press 1982, S. 191–199.

11 Die letzte Tätigkeitsphase der STN ist nicht annähernd so ausgiebig dokumentiert wie die früheren Perioden. Allerdings ist es zwei britischen Wissenschaftlern, Mark Curran und Simon Burrows, gelungen die meisten Lieferungen der STN in dieser Zeit zu rekonstruieren. Vgl. die Datenbank (FBTEE Project): Simon Burrows, Mark Curran, Vincent Hiribarren, Sarah Kattau, Henry Merivale: The French Book Trade in Enlightenment Europe Project, 1769–1794 (http://fbtee.uws.edu.au/main/ Zugriff 1.11.2017)

12 Vgl. Jeffrey Freedman: Publishing Wars and the End of the French Enlightenment: Les Oeuvres posthumes de Frédéric II. In: Leipziger Jahrbuch zur Buchgeschichte 18 (2009), S. 109–148.

Durand war zwar nicht der erste *commis voyageur*, der im Auftrag der STN reiste, im Gegensatz zu seinen Vorgängern war er jedoch hauptsächlich außerhalb von Frankreich unterwegs.[13] Er unternahm zwei lange Reisen: Die erste erstreckte sich von 1786 (wann genau er abreiste, ist nicht überliefert) bis Anfang 1787, und die zweite vom Frühjahr 1787 bis zum Herbst 1788. Diese letzte Reise – die einzige, von der die Briefe Durands an seinen Auftraggeber in Neuchâtel erhalten geblieben sind – war eine Art *Grand Tour*. Sie führte von der Schweiz nach Lyon, entlang des Rhonetals bis nach Marseille und von dort aus nach Italien, die italienische Halbinsel hinunter bis nach Neapel und wieder hinauf bis nach Triest. Von dort setzte Durand seine Reise in die Habsburgermonarchie nach Wien, Pest, Preßburg und Prag fort. Anschließend reiste er in den Norden von Deutschland nach Dresden, Leipzig und Berlin und schließlich in den Westen nach Frankfurt und Neuwied, bevor er nach 18 Monaten vollkommen erschöpft die Rückreise in die Schweiz antrat. Diese lange Reise setzte ihm ordentlich zu. Häufig beschwert er sich in seinen Briefen nach Neuchâtel über die Schmerzen, die ihn plagen, und die Unfälle, die ihm zugestoßen sind. Dennoch hat er anscheinend wahre Freude daran gehabt, auf seiner Reise die menschliche Komödie in ihrer ganzen Vielfalt beobachten zu können. Diese Freude geht etwa aus seinem Bericht aus Wien hervor, dessen Stil an den von Chronisten des Pariser Großstadtlebens wie Louis-Sébastien Mercier oder Restif de la Bretonne erinnert. In der folgenden Passage beschreibt er die Reaktionen der Österreicher auf den Türkenkrieg:

> On ne parle ici que guerre—selon les gazettes de ce pays 60 Autrichiens battent toujours 600 Turks. Vous voyez bien Messieurs que tous les Gascons ne s'abreuvent pas des eaux de la Garonne, mais ceux du Danube ont un petit désavantage sur les premiers, c'est d'être infiniment moins spiritual. Rien de plus amusant que d'entendre les déraisonnements politiques des Héroes Autrichiens à 5 Kreuzer par jour. Peu accoutumés aux grandes choses, leur forces imaginatives ne s'éntendent guère au-delà du brutot qui repose continuellement sur leurs moustaches. Je croirais presque que ces Messieurs se ressentent encore de Rossbach. Quoiqu'il en soit, cette guerre est toujours très interéssante parce qu'elle fournira un chapitre de plus au Journal des Modes. Les Dames portent ici des Chapeaux à la Sultane favorite, à la prise de Belgrade, etc--moi qui ai le malheur de ne pas croire aux miracles, quand je vois ces énormes coiffures, présage très incertain, d'une victoire plus incertaine encore, je me souviens du Vaudeville de la Laitière— »Ne vendez pas la peau de l'ours qu'après l'avoir couché par terre«. Du reste ce superbe étalage orne très bien la tête d'une belle, grand point pour un jeune homme. Ici on ne sait rien du tout, mais par contre on est inondé d'un tas de mensonges périodiques. Honneur à leurs auteurs, car --Bienheureux sont les pauvres d'esprit![14]

Gleichwohl ließ das Leben eines *commis voyageur* nur wenig Zeit für derartige Ablenkungen. In der Hauptsache hatte Durand sich um seine geschäftlichen Aufgaben zu kümmern.

13 Vgl. Robert Darnton: Edition et sedition. L'univers de la littérature clandestine au XVIIIe siècle. Paris: Gallimard 1991, S. 48–52.

14 Victor Durand in Wien an die STN, 22. Juni 1788.

Er musste Buchhändler aufsuchen, Kataloge verteilen, Bestellungen aufnehmen und die bestellten Buchtitel an seine Auftraggeber in Neuchâtel weitergeben. Bei seiner Ankunft in der österreichischen Hauptstadt im Juni 1788 witterte er sofort das große Geschäft: »Ce pays-ci me promet une ample moisson«, schrieb er zuversichtlich nach Neuchâtel.[15] Seine Erwartungen sollten sich erfüllen. An keinem anderen Ziel seiner Reise nahm er so viele Bestellungen entgegen wie in Wien.

3. *Livres philosophiques* an der Donau

Es ist nicht verwunderlich, dass die Nachfrage nach französischen Büchern in Wien besonders hoch war, residierten dort doch der Habsburger Hof und eine begüterte Adelsschicht ebenso wie Gesandte und Diplomaten aus anderen Teilen Deutschlands und Europas – genau die Publikumsgruppen also, die traditionell ein besonderes Faible für die Lektüre französischer Bücher hatten.[16] Allerdings wurden der Markt für französische Bücher und der Buchhandel insgesamt zur Regierungszeit Maria Theresias durch die strenge Zensur gehemmt. Um 1775 umfasste der von der österreichischen Zensurkommission zusammengestellte *Catalogus librorum prohibitorum* rund 4.500 Titel. Auf dem Index standen Werke von Voltaire, Rousseau, Diderot und anderen Philosophen. Eine Lockerung der österreichischen Zensurpolitik bahnte sich erst mit dem Regierungsantritt Joseph II. im Jahre 1780 an. In der Folge wurde die Zensurkommission neu besetzt und die Zahl der verbotenen Bücher verringert. Dennoch blieben etwa 900 Titel verboten, darunter fast das gesamte Korpus der *livres philosophiques*.[17] Die Liberalisierung der Zensur bedeutete also nicht deren Abschaffung. Exemplare der Verzeichnisse, in denen die verbotenen Bücher aufgelistet waren, wurden weiterhin an die Mautstellen Wiens und anderer Städte verteilt. Dort waren Buchinspektoren beschäftigt, deren Aufgabe es war, die aus dem Ausland eingeführten Bücher mit dem Verzeichnis der verbotenen Titel abzugleichen und die verbotenen Bücher zu beschlagnahmen.

Die Briefe Durands lassen keinen Zweifel daran, dass *livres philosophiques* in Wien tatsächlich verboten waren. Um ihrer Beschlagnahmung vorzubeugen, drängte er darauf, dass beim Versand von *livres philosophiques* besondere Vorsichtsmaßnamen ergriffen wurden (siehe Abbildung 5). Zwei Taktiken spielten dabei eine besonders wichtige Rolle: Die erste Taktik, zu der Durand in Bezug auf die Bestellung eines Buchhändlers namens Jean-Baptiste Mangot riet, zielte darauf ab, die *livres philosophiques* vor den Buchinspektoren zu

15 Victor Durand in Wien an die STN, 11. Juni 1788.

16 Vgl. Hans Wagner: Der Höhepunkt des französischen Kultureinflusses in Österreich in der zweiten Hälfte des 18. Jahrhunderts. In: Österreich in Geschichte und Literatur 5 (1961), S. 507–517.

17 Vgl. Oskar Sashegi: Zensur und Geistesfreiheit unter Joseph II. Beitrag zur Kulturgeschichte der habsburgischen Länder. Budapest: Akademiai Kiadó 1958 (Studia historica / Akademiae Scientiarum Hungaricae 16), S. 114–118. Allerdings behandelte die Zensurkommission nicht alle Personen gleich: Sie machte Ausnahmen für qualifizierte Gelehrte, denen es erlaubt war, verbotene Bücher zum persönlichen Gebrauch zu verwenden. Vgl. zur Entwicklung der österreichischen Zensur: Norbert Bachleitner: Verpönt, Verdrängt – Vergessen? Eine Datenbank zur Erfassung der in Österreich zwischen 1750 und 1848 verbotenen Bücher. (http://www.univie.ac.at/censorship / info.php, Zugriff 1.11. 2017) und die Monographie: Norbert Bachleitner: Die literarische Zensur in Österreich von 1751 bis 1848. Mit Beiträgen von Daniel Syrovy u.a. Wien u.a.: Böhlau 2017.

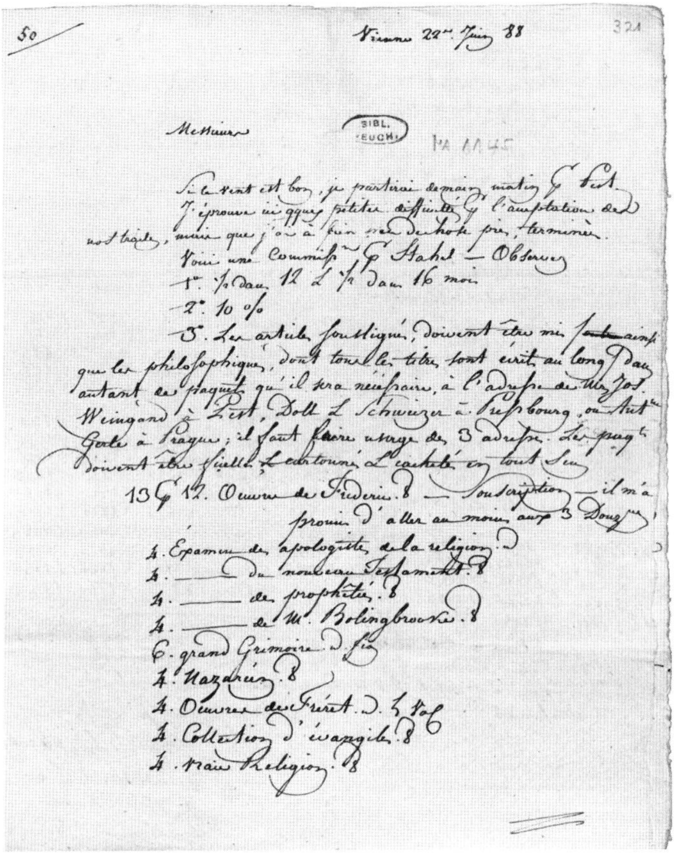

50

Vienne 22e Juin 88

Messieurs

Si le vent est bon, je partirai demain matin p. Pest.
J'éprouve quelques petites difficultés p. l'acceptation de
nos traités, mais que j'ai à [illegible] terminer.
Voici une Commiss.on p. Stahel – Observez
1°. 1/2 dans 12 & 1/2 dans 16 mois
2°. 10 %
3°. Les articles soulignés doivent être mis ainsi
que les philosophiques, dont tous les titres sont écrits au long, dans
autant de paquets qu'il sera nécessaire, à l'adresse de Mr. Jos.
Weingand à Pest, Doll & Schweizer à Pressbourg, ou Ant.
Gerle à Prague; il faut faire usage des 3 adresses. Les paquets
doivent être ficellés & cartonnés & cachetés en tout sens
13 p. 12. Oeuvres de Frederic. 8 – Souscription – il m'a
promis d'aller au moins aux 3 Douzaines
4. Examen des apologistes de la religion. 8
4. —— du nouveau Testament. 8
4. —— des prophéties. 8
4. —— de M. Bolingbroke. 8
6. grand Grimoire. 8 fig
4. Nazarenus. 8
4. Oeuvres de Fréret. 8. 4 vol
4. Collection d'évangiles. 8
4. vraie Religion. 8

Abbildung 5:
Brief Durands an die S.T.N. bezüglich der von Josef Stahel in Wien getätigten Bücher-Bestellung

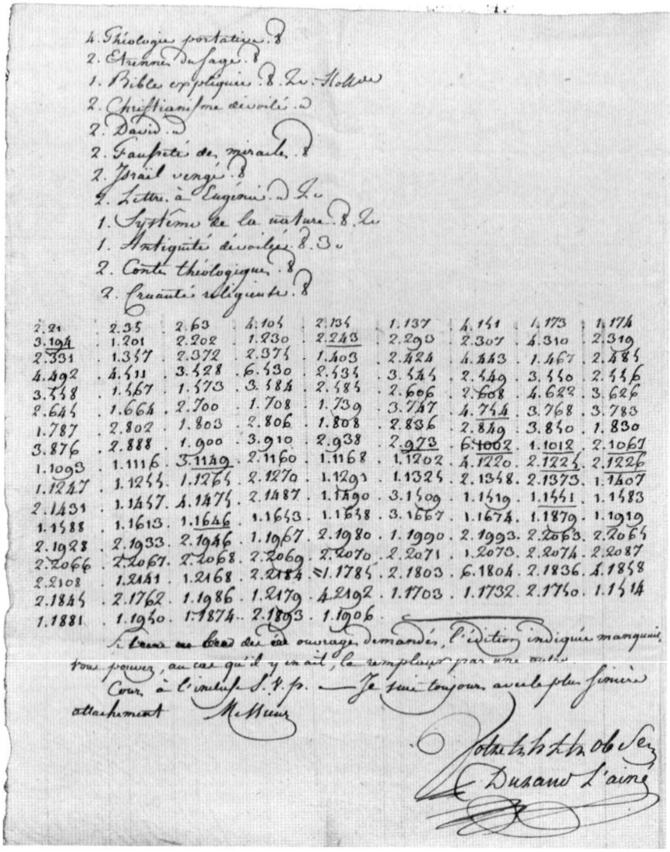

4. Théologie portative. 8
2. Étrennes du sage. 8
1. Bible expliquée. 8 2e Hollde
2. Christianisme dévoilé. D
2. David. D
2. Fausseté des miracles. 8
2. Israël vengé. 8
2. Lettre à Eugénie. D 2e
1. Système de la nature. 8 2e
1. Antiquité dévoilée. 8 3e
2. Conte théologique. 8
2. Cruauté religieuse. 8

2.21	2.35	2.63	4.105	2.135	1.137	4.151	1.173	1.174
3.194	1.201	2.202	1.230	2.243	2.290	2.307	4.310	2.319
2.331	1.357	2.372	2.375	1.403	2.424	4.443	1.467	2.485
4.492	4.511	3.528	6.530	2.535	3.545	2.549	3.550	2.556
3.558	1.567	1.573	3.584	2.585	2.606	2.608	4.622	3.626
2.645	1.664	2.700	1.708	1.739	3.747	4.754	3.768	3.783
1.787	2.802	1.803	2.806	1.808	2.836	2.849	3.850	1.830
3.876	2.888	1.900	3.910	2.938	2.973	6.1002	1.1012	2.1067
1.1093	1.1116	3.1149	2.1160	1.1168	1.1202	4.1220	2.1225	2.1226
1.1247	1.1255	1.1265	2.1270	1.1291	1.1325	2.1358	2.1373	1.1407
2.1431	1.1457	4.1475	2.1487	1.1490	3.1509	1.1519	1.1551	1.1583
1.1588	1.1613	1.1646	1.1653	1.1658	3.1667	1.1674	1.1879	1.1919
2.1928	2.1933	2.1946	1.1967	2.1980	1.1990	2.1993	2.2063	2.2065
2.2066	2.2067	2.2068	2.2069	2.2070	2.2071	1.2073	2.2074	2.2087
2.2108	1.2141	1.2168	2.2184	1.1785	2.1803	6.1804	2.1836	4.1858
2.1845	2.1762	1.1986	1.2179	4.2192	1.1703	1.1732	2.1750	1.1514
1.1881	1.1950	1.1874	2.1893	1.1906				

Si [...] des ouvrages demandés, l'édition indiquée manquait, vous pouvez, au cas qu'il y en ait, la remplacer par une autre.
Cour. à l'inclus S. 4. fr. — Je suis toujours avec le plus sincère attachement Messieurs

Durand l'aîné

Abbildung 6:
Brief Durands an die S.T.N. bezüglich der von Josef Stahel in Wien getätigten Bücher-Bestellung

verstecken. Da es damals noch üblich war, Bücher nicht in gebundener Form, sondern als lose Blätter zu versenden, konnten die ungebundenen Lagen von verbotenen Büchern unauffällig zwischen die legaler Bücher gesteckt und die anzüglichen Kupferstiche am Boden des Stapels verborgen werden. Durand ging davon aus, dass die Inspektoren sich mit einem flüchtigen Blick auf die oberen Blätter begnügen und den Stapel nicht auspacken würden: »Je vous recommande surtout les soins les plus scrupuleux pour bien cacher dans d'autres les ouvrages libres, et si les estampes faisaient un volume trop considérable, vous pourriez les cacher en les cachant au fond de la balle entre des cartons«, schrieb er.[18] Die zweite Taktik nutzte auf geschickte Weise die innere Teilung der Habsburgermonarchie aus, um die Kontrollen an der Wiener Mautstelle zu umgehen. In Ungarn – das geht aus den Briefen Durands hervor – gab es gar keine Zensur, während sie in Böhmen recht locker gehandhabt wurde. Man konnte die verbotenen Bücher also an Zwischenhändler in Preßburg, Pest oder Prag schicken, die sie dann nach Wien weiterleiteten. Büchersendungen, die aus anderen Teilen der Habsburgermonarchie nach Wien kamen, galten nicht als Importware und wurden deshalb an der Mautstelle nicht durchsucht. Dieser Taktik bediente sich etwa der Wiener Buchhändler Josef Stahel, der bei Durand *livres philosophiques* bestellt hatte (siehe Abb. 5–6).[19]

Nach Empfang seiner Bücher im September 1788 beklagte sich Stahel über deren hohe Preise. Der Mannheimer Buchhändler Matthias Fontaine habe auf der Leipziger Osterbuchmesse dieselben *ouvrages philosophiques* lediglich zur Hälfte des Preises verkauft. Darüber hinaus beschwerte sich Stahel über die mangelhafte Bearbeitung seiner Bestellung. Offenbar fehlten einige der bestellten Bücher – vermutlich, weil die STN sie nicht vorrätig hatte.[20] Fest steht jedoch, dass die Büchersendung an ihrem Ziel angekommen war – die Schmuggeltaktik war also aufgegangen. Vor diesem Hintergrund lässt sich feststellen, dass sich die Öffnung des Wiener Marktes für die Bücher aus Neuchâtel eher trotz als wegen der josephinischen Zensurpolitik vollzog. Viel wichtiger als die relativ zaghafte und begrenzte Liberalisierung der Zensur war für die STN die wirtschaftliche Liberalisierung des Buchhandels. »Zum Bücherverkauf braucht es nicht mehr Kenntnisse, als um Käse zu verkaufen«[21], sagte der Kaiser in einem viel zitierten Satz. Dementsprechend schaffte er fast alle bis dahin geltenden Hürden für den Einstieg in den Buchhandel ab. Infolge dessen stieg die Zahl der in Wien tätigen Buchhändler sehr schnell an. 1772 lag sie offiziell bei nur zwölf. Sechzehn Jahre später war allein die Zahl der »befugten Buchhändler« auf 28 angestiegen, zu denen noch eine schwer zu bestimmende Menge an unbefugten Buchhändlern hinzugerechnet werden muss.[22] Im Gegensatz zu den privilegierten und geschützten

18 Victor Durand in Wien an die STN, 11. Juni 1788.

19 Victor Durand in Wien an die STN, 22. Juni 1788.

20 Josef Stahel in Wien an die STN, 3. September 1788.

21 Zitiert nach Hugo Durstmüller: 500 Jahre Druck in Österreich. Die Entwicklungsgeschichte der graphischen Gewerbe von den Anfängen bis zur Gegenwart. Bd. 1. 1482–1848 Wien : Hauptverband der Graphischen Unternehmungen Österreichs, S. 177.

22 Zu den wirtschaftlichen Aspekten von Josephs Buchhandelspolitik vgl. Norbert Bachleitner, Franz M. Eybl, Ernst Fischer: Geschichte des Buchhandels in Österreich. Wiesbaden: Harrassowitz 2000 (Geschichte des Buchhandels 6), S. 123–125. Josephs nicht sehr schmeichelhafter Vergleich von

Buchhändlern des theresianischen Zeitalters mussten die des josephinischen Zeitalters auf einem hart umkämpften Markt um ihre Existenz ringen. Angesichts dessen war es ihnen kaum möglich, auf den lukrativen Handel mit verbotenen Büchern zu verzichten.

Von den insgesamt sieben Wiener Buchhändlern, zu denen Durand Geschäftsbeziehungen aufbaute, waren nicht alle Neulinge. Zwei von ihnen – Johann Thomas von Trattner und Rudolph Gräffer – gehörten zur alten Garde des Wiener Buchhandels. Alle anderen haben sich erst im Zug der Wirtschaftsreformen Josephs II. als Buchhändler etabliert, darunter der bereits erwähnte Jean-Baptiste Mangot aus Toul in Frankreich, der seinen Handel im Verborgenen auf dem illegalen Markt betrieb.[23]

Mit seiner Buchhandelspolitik verfolgte Joseph II. zwei Ziele: Zum einen wollte er durch die Abschaffung alter Vorschriften und Hemmnisse dem Buchhandel als Wirtschaftszweig zu neuer Kraft verhelfen und zum anderen eine gemäßigte Zensur aufrechterhalten – *laissez-faire*, aber nicht *laisser-passer*. Dieser Plan ging jedoch nicht auf. Die Ausweitung des Wiener Buchhandels – das zeigen die Briefe Durands – erschloss neue Märkte für den Handel mit *livres philosophiques*, die von den österreichischen Behörden nicht effektiv kontrolliert werden konnten.

4. Handelswege: Vom Rheinland über die Schweiz bis nach Wien

Ob die Zollpolitik der rheinischen Staaten oder die Förderung des Buchhandels durch liberale Marktreformen im Josephinismus – die wirtschaftlichen Interessen der Regierungen wirkten einer effektiven Zensur entgegen. Dies führte dazu, dass *livres philosophiques* vom Rheinland bis nach Wien ohne große Schwierigkeiten verbreitet werden konnten.

Um diese allgemeine Tendenz zu veranschaulichen, möchte ich zum Schluss die Publikations- und Handelsgeschichte eines einzelnen *livre philosophique* beschreiben. Es handelt sich dabei um *Les Exercices de dévotion de M. Henri Roche*, eine ironisch betitelte Erzählung aus der Feder des Abbés de Voisenon, eines in Paris lebenden Mitglieds der Académie Française und Freundes von Voltaire. Das Werk erschien 1786 im kleinen Fürstentum Wied am Mittelrhein und beschreibt die wechselseitigen Verführungen der Duchesse de Condor, einer 20 Jahre alten schönen Frau, die gegen ihren Willen mit einem alten Mann verheiratet

---

Büchern mit Käse stammt aus einem kaiserlichen Reskript aus dem Jahr 1788. Ich verdanke meine Informationen über die Zahl der Wiener Buchhändler einer persönlichen Mitteilung von Dr. Peter R. Frank, der das Forschungsprojekt »Topographie des Buchwesens in der Habsburger Monarchie« leitet und dem ich für die Auskunft herzlich danke. (Vgl. http://www.buchforschung.at/content_de/projekte.php (Zugriff 1.11. 2017).

23 Neben Rudolph Gräffer und Johann Thomas von Trattner, den beiden etablierten Buchhändlern aus der Regierungszeit Maria Theresias und Jean-Baptiste Mangot, dem Untergrundhändler, erhielt Durand Bestellungen von vier Buchhändlern, die unter Joseph II. die Genehmigung erhalten hatten, sich in Wien als Buchhändler niederzulassen: Johann Hörling, August Gräffer, Josef Stahel und Christian Friedrich Wappler. Für Informationen zu allen diesen Wiener Buchhändlern vgl. Peter R. Frank, Johannes Frimmel: Buchwesen in Wien 1750–1850. Kommentiertes Verzeichnis der Buchdrucker, Buchhändler und Verleger. Wiesbaden: Harrassowitz 2008 (Buchforschung. Beiträge zum Buchwesen in Österreich 4); Johannes Frimmel: Geheimliteratur im josephinischen Wien: Akteure und Programm. In: Christine Haug, Franziska Mayer, Winfried Schröder (Hrsg): Geheimliteratur (wie Anm. 2), S. 201–214.

ist, und eines galanten jungen Herrn namens Henri Roche. Über mehrere Tage widmen die beiden sich ganz und gar der Liebe unter dem frommen Vorwand, es würde sich dabei um Andachtsübungen (*exercices de dévotion*) handeln. Herausgegeben worden war das Buch von Louis-François Mettra, dem wir oben schon als Buchhändler im Kurfürstentum Köln begegnet sind. Angelockt von der Pressefreiheit, die in dem kleinen Fürstentum herrschte, hatte Mettra seinen Sitz im Jahre 1785 nach Wied verlegt. In einem Brief an die STN pries er das Werk Voisenons mit einem Augenzwinkern als *charmant badinage* an.[24] Durand traf sich auf seiner Reise mit Mettra und kaufte ihm 1.027 Exemplare – wahrscheinlich die gesamte Auflage – dieses *charmant badinage* ab.[25] Mittlerweile hatte die österreichische Zensurkommission *Les exercices* auf die Liste der verbotenen Bücher gesetzt.[26] Doch wie schon bei den anderen *livres philosophiques* stand das Verbot dem Verkauf des Buches nicht im Weg. In Wien nahm Durand Bestellungen für das Werk Voisenons entgegen. Kurz darauf wurden 25 Exemplare des Titels von Neuchâtel über Schaffhausen und Ulm die Donau hinunter an Buchhändler in Wien versendet.[27]

Fassen wir noch einmal zusammen: Ein Pariser Autor gibt bei einem französischen Verleger, der im deutschen Rheinland ansässig ist, ein religionsspöttisches, pornographisch angehauchtes Werk heraus. Ein *commis voyageur* aus der Schweiz kauft dem Verleger im Auftrag eines schweizerischen Verlagshauses über 1.000 Exemplare ab und akquiriert während seines Aufenthaltes in Wien Bestellungen bei dortigen Buchhändlern. Schließlich werden mehrere Exemplare des Titels vom Rheinland in die Schweiz und von dort aus nach Österreich versendet. Damit wird *Les exercices de dévotion de M. Henri Roche* zum Symbol für den transnationalen Handel mit *livres philosophiques*.

24 Louis-François Mettra an die STN, 6. März 1788. Die Ausgabe aus dem Jahr 1786 von Voisenons Werk hat das Impressum »Aux Dépens de la Compagnie, Amsterdam.« Mettras Bemerkungen gegenüber STN weisen allerdings darauf hin, dass er das Werk in Neuwied veröffentlicht hat.

25 Victor Durand in Frankfurt an die STN, 18. September 1788; Mettra in Neuwied an die STN, 15. Dezember 1788.

26 Vgl. Bachleitner, Verpönt, Verdrängt – Vergessen? (wie Anm. 17).

27 Der Hinweis auf die STN-Lieferung von *Exercises de dévotion* entstammt der Datenbank von Curran und Burrows (Vgl. Anm. 11).

Der Handel mit erotisch-pornographischen Drucken in der Provinz: Der Buchhändler Jacob Samuel Riedel und *Lyndamine*

Johannes Frimmel

Am 10. Februar 1794 erlebte der Schweinfurter Buchhändler Jacob Samuel Riedel eine unangenehme Überraschung. Am Vormittag begab sich der Städtische Gerichtsschreiber in Riedels Buchladen, wo der den Inhaber selbst antraf und ihm »den obrigkeitlichen Befehl eröffnet[e]«[1] das Haus nach Exemplaren des Romans *Lyndamine oder die beste Welt in warmen Landen* zu durchsuchen. Bei dem inkriminierten Werk handelte es sich um eine Übersetzung des 1778 erschienenen französischen Romans *Lyndamine ou l'optimisme des pays chauds*. Das Original erschien wie die 1783 verlegte deutsche Übersetzung mit dem Impressum »London« und wird manchmal Gervaise de Latouche (1715–1782) zugeschrieben, der auch im Verdacht steht, Verfasser eines der berüchtigsten erotisch-pornographischen Romane des 18. Jahrhunderts zu sein, nämlich *L'Histoire de Dom B***[ougre], portier des Chartreux* (1741), der Lebensbericht des Mönches B***[ougre=Päderast] alias Saturnin, in dem dieser seine sexuellen Ausschweifungen und Tabubrüche schildert, unterbrochen von kirchen- und gesellschaftskritischen Reflexionen.

In der Einleitung der *Lyndamine*, einer Bordellerzählung in Ich-Form nach dem Muster von *Fanny Hill*, bekennt die Erzählerin ihr philosophisches Programm: Ziel ihres Berichts ist es nicht, wie Voltaire in seinem *Candide* den Leibnizschen Optimismus lächerlich zu machen, der postulierte, wir lebten in der besten aller möglichen Welten. Stattdessen stellt sie dem Glauben an Vernunft und Moral einen auf Sinnlichkeit und Lustgewinn abzielenden Optimismus gegenüber: »so versichere ich auch das geehrte Publikum, [...] dass meine Welt durchaus nicht des Candide seine, noch auch die [...] beste Welt der sogenannten rechtschaffenen Leute sei, über welche man vor langer Weile sterben mögte. [...] Die warmen Lande, die ich besinge, sind diejenigen der Natur und die beste Welt die ich besinge ist die so meine werthe[n] Leser am meisten wünschen«.[2]

Die junge Frau schildert in dem Roman zunächst ihre sexuelle Initiation in einem Nonnenkloster. Nach ihrem Hinauswurf aus dem Kloster wird sie in einem Bordell aufgenommen; ihre dortigen Erlebnisse werden detailreich und sehr explizit beschrieben. Der wesentlich kürzere zweite Teil enthält die sexuellen Abenteuer, die Lyndamine erlebt, nachdem sie das Bordell verlassen hat und schließlich eine offene Beziehung zu einem jungen Geistlichen eingeht. Am Ende steht keine moralische Läuterung, sondern ein libertiner Lobpreis der »warmen Landen«, eine Metapher für die Geschlechtsorgane, und ihrer

---

1 Stadtarchiv Schweinfurt, Reichstädtisches Archiv, Ratsprotokolle (RP) 148, 94/R: Actum in Curia Svinfirthensi Nachmittags den 10.2. 1794.

2 Lyndamine oder die beste Welt in warmen Landen. 1. Theil. Londen 1783, S. 6.

lustvollen Aktivitäten. In einem Nachtrag teilt Lyndamine dem geneigten Leser mit, wo in dem fiktiven Ort Frouilleaune er sie aufsuchen könne, um »den schönen Teil meiner warmen Lande zu durchlaufen«.[3] Eingestreut in die fortlaufende Handlung sind Exkurse und Reflexionen, die reichlich Platz für Religionskritik, aber auch für erotologische Abschweifungen bieten, so etwa die Statuten des Bordells, Elogen auf primäre und sekundäre Geschlechtsmerkmale oder ein obszöner Katechismus, den Lyndamine bei ihrem Eintritt in das Freudenhaus der Madame Jolicon lernen muss. Inhaltlich folgt die deutsche Bearbeitung dem französischen Original, wobei der deutschen Zielkultur mit gelegentlich eingestreuten Anmerkungen entgegengekommen wird.[4] Sprachlich ist bei der Übertragung eine gewisse Neigung zur Metaphorisierung zu beobachten, während das französische Original die erotischen Begebenheiten meist nüchterner schildert und tendenziell mit weniger Bildern und kleinerem Vokabular auskommt. So heißt es etwa über eine Liebesnacht mit einem Soldaten kurz und bündig: »Une partie de la nuit fut entrecoupée par des dépenses amoureuses et par des restaurans«.[5] Die deutsche Version schmückt die Stelle hingegen metaphorisch aus: »Ein Teil der Nacht war mit verliebter Schwelgerey, wobei es meinem Krieger nie an Pulver fehlte, der andere mit Ausruhen und Laden zugebracht«.[6] Generell kennzeichnet aber die französische wie die deutsche Version, wie Sven Hanuschek bemerkt hat, eine nicht unbeträchtliche sprachliche Kreativität.[7] Die französischen Verserzählungen im Anhang, die den Großteil des zweiten Bandes ausmachen, wurden in der Übersetzung allerdings kurzerhand weggelassen. Zusätzlich enthielt die deutsche Ausgabe 22 Kupfer, bei denen es sich um Nachstiche und Variationen derjenigen 21 Kupferstiche handelt, die im französischen Original nicht der *Lyndamine* (die keine Kupferstiche enthielt) sondern einer *Dom Bougre*-Ausgabe aus dem Jahr 1776 beigebunden waren.[8]

Kehren wir zurück zu der Suche nach Exemplaren des *Lyndamine*-Romans in Schweinfurt, die in dem Ratsprotokoll genau geschildert wird. Zunächst versiegelte man Riedels Buchladen, der das gesamte Erdgeschoß umfasste. Danach begab sich der Aktuarius in den dritten Stock, in dem sich das Wohnzimmer des Buchhändlers befand. Während dort nichts entdeckt wurde, fanden sich in dem benachbarten Zimmer, in dem der Lehrjunge schlief, mehrere Ballen zusammengebundene Bücher, worauf man den Raum alsbald ebenfalls versiegelte. Nachdem er daraufhin auch den ersten Stock und den Dachboden

3 Ebenda, Theil 2, Nachrede, unpag.

4 Z.B. Ebenda, Theil 1, S. 112: »Der Narr nennt sich Pilecon« (*F-Zermalmer), S. 131 »Clitoris« (* »Ein kleiner Fleischtheil, welcher rund und an dem erhabensten Fleck der weiblichen Schaam ist«).

5 Lyndamine ou l' optimisme des pays chauds. Deuxième Partie. Londres M DCC LXXV III, p. 15.

6 Lyndamine, Theil 2, S. 199 (wie Anm. 2).

7 Vgl. Sven Hanuschek:»[...]Dieses Zapffenförmige Stück Fleisch« – Geschlechterdifferenz in der deutschsprachigen Pornographie um 1800. In: Erotisch-pornografische Lesestoffe. Das Geschäft mit Erotik und Pornografie im deutschen Sprachraum von 18. Jahrhundert bis zur Gegenwart. Hrsg. von Christine Haug, Johannes Frimmel, Anke Vogel. Wiesbaden: Harrassowitz 2015 (Buchwissenschaftliche Beiträge 88), S. 97-111, hier S.104.

8 Histoire de Dom B***, Portier des Chartreux, Ecrite par lui-même. Avec 21 figures en taille-douce. Tome 1-2- À Rome 1776 / 1777. Vgl. die Notiz zu *Lyndamine* in dem hs. Katalog von Franz von Krenner, Staatsbibliothek München Cbm Cat. 597d, fol. 113: »Mit 22 Kupfern, welche aber zu Dom Bougre gehören«.

ohne weiteres Ergebnis nach Büchern durchsucht hatte, begab sich der Gerichtsschreiber am Nachmittag mit dem Ratsbuchbinder Kämpf und dessen Sohn in Riedels Buchladen, brach die Siegel ab und durchsuchte Stück für Stück die sich in den Paketen befindlichen Werke, bei denen es sich um Lehrbücher handelte. Verdächtiges kam hier ebenso wenig zutage wie im Zimmer des Lehrjungen im 3. Stock, wo sich bloß zusammengebundene Ballen der von Riedel 1789 verlegten zweibändigen *Urkunden und Zeugnisse v. achten Seculo bis auf gegenwärtige Zeiten worinnen die wichtigsten das hochf. Burggrafthum Nürnberg und [...] beide [...] Häuser, Brandenburg-Anspach und Baireuth betr. hohe Vorrechte, Freiheiten [...] und dgl. mehr enthalten* von Johann Heinrich von Falckenstein fanden.[9]

Am darauffolgenden Tag wurden die Ermittlungen fortgesetzt. Der Stadtdeputierte verlangte von Riedel ein Exemplar aller Buchhandels- und Lesebibliothekskataloge, insgesamt nicht weniger als neun verschiedene Verzeichnisse aus den Jahren 1793 und 1794, die er nach dem Roman *Lyndamine* durchforstete. Die Suche in den Katalogen blieb allerdings ebenfalls ergebnislos; Riedel reagierte entsprechend verärgert und beklagte wortreich das geschäftsschädigende Vorgehen der Behörden:

> Er seye zwar seiner hohen Obrigkeit allen Respekt schuldig und müsse sich allen Befehlen unterwerfen, allein er habe doch vor und während der Untersuchung nicht nur nichts zusammenpacken und fortschicken können, sondern auch einige Bücher, die verlangt worden seyen, nicht verkaufen können, wodurch er nicht sowohl einen großen Schaden erlitten, sondern auch leichtlich um seines Kredits habe kommen können, weil Jeder der in sein Hauß gekommen, oder zu seiner dabei wohnenden Hausfrau gegangen wäre, die angelegt gerichtlichen Siegel an seinem Laden hätte sehen müssen, welche heutigen Tags gleich Gelegenheit zu einer schlimmen Vermuthung geben.[10]

Der Stadtdeputierte verwies den Buchhändler mit seiner Beschwerde an den Magistrat, wo Riedels Proteste ungehört verhallten. Schließlich war dieser kein unbeschriebenes Blatt mehr, was den Handel mit sittenverderbenden Büchern betraf. Dass die Behörden Riedels Laden diesmal einer besonders intensiven Durchsuchung unterzogen, lag auch an Schweinfurts exponierter Situation als protestantische Enklave: Denn die Klage über Riedels unziemlichen Handel mit *Lyndamine* war von außerhalb der Stadtmauern gekommen. Niemand geringer als die Regierung des mächtigen Reichsfürsten Franz Ludwig von Erthal (1730–1795), Bischof zu Bamberg und Würzburg, hatte bei der kleinen Reichsstadt Protest eingelegt.

Die Interventionen des benachbarten Territoriums und die wiederholten Untersuchungen gegen Riedel wegen des Verkaufs erotisch-pornographischer Verlagsprodukte, die sich aus den Ratsprotokollen im Stadtarchiv Schweinfurt rekonstruieren lassen, illustrieren die komplexen Arbeitsbedingungen eines Buchhändlers in den zersplitterten fränkischen Territorien des ausgehenden 18. Jahrhunderts. Hierbei stellt sich die Frage, ob und inwie-

9 Stadtarchiv Schweinfurt, RP 148, 12. Februar Actum in Curia Svinfirthensi Nachmittags den 10.2.1794.

10 Ebenda, Continatu Vormittag den 11ten eiusdem.

fern Riedel – gerade auch als Händler mit erotisch-pornographischen Verlagsprodukten – im ausgehenden 18. Jahrhundert einen bestimmten Verlegertypus in der buchhändlerischen Provinz repräsentiert. Denn in den fränkischen Städten im Allgemeinen sowie in der Reichsstadt Schweinfurt im Besonderen hatte das Buchgewerbe einen schweren Stand. Wie Hans-Otto Keunecke betont, waren dafür vor allem zwei Faktoren ursächlich: Die überragende wirtschaftliche Bedeutung Nürnbergs sowie die Folgen des Dreißigjährigen Krieges, von denen sich die Region erst langsam erholte. Eine Folge ihrer prekären Situation war der häufige Ortswechsel der Drucker und Verleger, die immer wieder von neuem ihre Hoffnung begraben mussten, genügend Kunden und Aufträge zu erhalten.[11] Dazu kam der spezielle Status der protestantischen Reichsstadt Schweinfurt: Sie war wie Maria Hahn schreibt, ein »Fremdkörper inmitten des mächtigeren Fürstbistums Würzburg«: Die geographische Lage der Reichsstadt »wirkte sich infolge des politischen und konfessionellen Gegensatzes zu diesem, später wegen merkantilistischer Bestrebungen der Fürstbischöfe, in einer Drosselung der wirtschaftlichen Expansionskraft Schweinfurts aus.«[12] Während Bamberg und insbesondere Würzburg im 18 Jahrhundert einen enormen Aufschwung erfuhren, erlebte Schweinfurt eine weitgehende städtebauliche, infrastrukturelle und ökonomische Stagnation. Dies beeinträchtigte auch die Verleger- und Druckerbranche wie Maria Hahn hervorhebt: »[...] bis zum Ende der Reichstadtzeit blieb das Druckereigewerbe, das wohl scharfer obrigkeitlicher Zensur unterworfen, aber zu keiner Zeit subventioniert wurde, im Gegensatz zu seiner Verstaatlichung in den Fürstentümern weitgehend privater Initiative überlassen.«[13] So lag der Schweinfurter Buchhandel noch lange in Händen der sogenannten Auchbuchhändler: Neben den Buchbindern verkauften auch Pfarrer, Apotheker, Lehrer oder Trödler Bücher, daneben unterhielten auswärtige Buchhändler in der Reichsstadt Bücherniederlagen, in denen aber nur gelegentlich gehandelt wurde. Erst 1787 eröffnete der Buchhändler Grießbach das erste konzessionierte Geschäft mit Leihbibliothek in der Reichsstadt.[14]

Bevor Jacob Samuel Riedel sich in Schweinfurt als Buchhändler ansiedelte, hatte er sich nach Tätigkeiten in Hof und Bayreuth als Kommis (Handlungsgehilfe) im Jahr 1780 in Neustadt an der Aisch als Buchhändler niedergelassen. Neustadt hatte als Sitz einer Amtshauptmannschaft sowie als Superindendentur mit zahlreichen zugehörigen Pfarren eine durchaus bedeutende Position im Fürstentum Bayreuth. Insofern konnte die Kleinstadt einem Drucker oder Buchhändler als Standort sehr wohl attraktiv erscheinen. Diese Hoffnung erfüllte sich, wie Hans-Otto Keunecke bemerkt, aber für Riedel ebenso wenig wie für etliche andere, die dort ihr Glück im Buchgewerbe suchten. Riedels nachweisbares Verlagsprogramm war klein, und das bunte Programm konnte kaum auf überregionale Aufmerksamkeit hoffen; unter den sechs bekannten Titeln finden sich zwei epigonale Werke

11 Vgl. Hans-Otto Keunecke: Zum Buchgewerbe in Neustadt an der Aisch 1677-1792. In: Festschrift Werner K. Blessing. Jahrbuch für fränkische Landesforschung 66 (2006), S. 83-102, hier S. 83-84.

12 Maria Hahn: Schweinfurts Drucker, Buchbinder und Buchhändler. Zur Geschichte des Handwerks und Handels der Stadt. In: Archiv für Geschichte des Buchwesens 10 (1970), Sp. 461-644, hier Sp. 463 / 464.

13 Ebenda, Sp. 502.

14 Vgl. Ebenda, Sp. 605 / 606.

mit literarischem Anspruch, das Prosagedicht *Der Tod Mosis* (1785), und das Riedel gelegentlich selbst zugeschriebene Werk *Die Aufklärung nach der Mode oder eine komisch tragische Geschichte wie sie die Welt aufstellet* (1790). Dazu kam neben einer Gedächtnisschrift für den Neustädter Rektor Georg Christoph Oertel und der *Erneuerten Feuer-Ordnung der Stadt Neustadt an der Aisch* (1783) noch die bereits erwähnte zweibändige Urkundensammlung des Hochfürstlich-Brandenburg-Anspachischen Hofraths Johann Heinrich von Falckenstein (1788 / 89).[15]

1787 heiratete Riedel die Tochter des Ratsmitgliedes und Gotteshauspflegers Johann Thomas Düll, und im Jahr 1792 sah er dann offenbar die finanzielle Notwendigkeit gekommen, mit seiner nun bereits mehrere Kinder zählenden Familie anderswo sein Glück zu versuchen. Er zog weiter nach Schweinfurt, wo er die Grießbach'sche Buchhandlung und Leihbibliothek übernahm und ein Ladenlokal in der Langen Zehntgasse einrichtete. Grundsätzlich schien die protestantische Reichsstadt kein ungünstiges Pflaster für buchhändlerischen Erfolg zu sein, existierte hier doch immerhin eine Stadtbibliothek und seit 1774 eine Lesegesellschaft. Doch Riedel sollte offenbar auch hier unternehmerisch nicht wirklich auf einen grünen Zweig kommen. Zwar titulierte sich der ehemalige Handelsgehilfe im Impressum seiner Bücher und bei seinen Eingaben an den Stadtrat hochtrabend als »Hochfürstlich Brandenburg-Gerolzbachischer-Commerzien-Commisarius zu Neustadt an der Aisch«; allerdings musste die städtische Behörde den hochfürstlichen Commisarius mehrmals dazu auffordern, das geschuldete Bürgergeld zu bezahlen. Riedel entfaltete einen umtriebigen Unternehmergeist: Er bat im Namen eines Schauspielers vergeblich um die Genehmigung, dass dieser in Schweinfurt seine Stücke aufführen dürfe, betrieb neben Sortiment und Leihbibliothek auch einen Papier- und Schreibwarenhandel und erwarb später sogar eine Bücherniederlassung in Schwabach.[16] Dazu kam ein weiterhin bescheidener Verlag, mit dessen Titeln Riedel eine gewisse Breitenwirkung zu erreichen versuchte: Als Schwerpunkt lässt sich einerseits geistliche Literatur ausmachen, wie nicht nur ein eigens von ihm veröffentlichtes *Verzeichniß einiger theologisch-protestantischer Bücher* zeigt, sondern auch Titel wie Friedrich Traugott Heerwagens *Literatur-Geschichte der geistlichen Lieder und Gedichte neuer Zeit* (1797) oder Johann Michael Schröders *Philosophisch-theologische Winke und Rathschläge fürs gesellschaftliche Leben in den gegenwärtigen bedenklichen Zeiten* (1795). Andererseits spezialisierte sich Riedel auf volksaufklärerische Schriften und frühe Formen von Ratgeberliteratur wie eine *Vollkommene Büttner- oder Küferlehre* (1794), eine *Vollständige Getrank-, Getraid-, Maas-, Gewicht- und Zins-Berechnung* (1794) oder das laut Titelblatt immerhin in drei Auflagen erschienene Werk *Das galante und in der Oekonomie geübte Frauenzimmer* (1797 / 1798).

Doch nach den bereits nicht allzu produktiven Anfangsjahren scheint Riedels verlegerische Tätigkeit in Schweinfurt weitgehend zu versiegen, außerdem war der Buchhändler von Anfang an in eine ganze Reihe unangenehmer Affären verstrickt. So protestierte im November 1792 sogar der preußische Staatsrat und Minister Hardenberg beim Schwein-

15 Vgl. Keunecke: Neustadt an der Aisch, S. 101 (wie Anm.11).

16 Vgl. Johann Kaspar Bundschuh: Beschreibung der Reichsstadt Schweinfurt. Ein historisch-topographisch-statistischer Versuch. Ulm: 1802, S. 52; Hahn, Schweinfurts Drucker, Sp. 610 (wie Anm. 12).

furter Stadtrat gegen Riedel: Dieser hatte dem Berliner Buchhändler Friedrich Nicolai angedroht, zweier seiner Verlagswerke nachzudrucken, eine französische Grammatik und Johann Matthias Schröckhs *Lehrbuch der Allgemeinen Weltgeschichte.* Riedel rechtfertigte sich damit, dass er dies nur getan habe, da sich Nicolai geweigert hätte, ihm einige Exemplare zuzuschicken. Der Schweinfurter Buchhändler wurde daraufhin beim Stadtrat vorgeladen und ihm ein ernstliches Nachdruckverbot samt Strafandrohung mitgeteilt, welches Riedel »gehorsamtlich zu achten heilig versichert«[17] habe. Trotz dieses Lippenbekenntnisses drohte er aber bereits ein knappes Jahr später dem hallenser Verlag Gebauer und Schwetschke mit Nachdruck, sollte ihm dieser die Zusendung von Justus Gottfried Reinhardts *Der Mädchenspiegel oder Lesebuch für Töchter in Land- u. Stadtschulen* gegen Tausch verweigern: »Wann Sie mir obiges Büchlein versagen, so wäre ich genöthigt Ihnen solches nachzudrucken. [...] Ist Ihnen denn von meinem Verlage nichts gefällig.«[18] Der Vorgang wiederholte sich 1794, als Riedel Gebauer gegenüber behauptete, man habe ihn aufgefordert einen Nachdruck von Friedrich Eberhard Boysens *Die Allgemeine Welthistorie. Die in England durch eine Gesellschaft von Gelehrten ausgefertiget worden. In einem vollständigen und pragmatischen Auszuge* zu machen, worauf er erwidert habe, »daß ich keinen Spitzbuben machen sollte, ich sollte lieber dem Verlag schreiben, er sollte einen billigen Preis machen«.[19] Die Drohungen mit Nachdruck hatten finanzielle Gründe: Riedel versuchte damit zu erreichen, dass er die Werke entweder zu einem verbilligten Preis oder im überkommenen Tauschhandel erwerben konnte – allerdings vergeblich.[20] Trotz der Spannungen blieb Riedel mit Gebauer in regem geschäftlichem Kontakt und übersandte ihm unter anderem vier Exemplare des ersten Bandes von *Amors Wege oder Liebe und Genuß* (Amsterdam 1794), einer Sammlung auf langatmige Weise erzählter erotischer Abenteuer.[21]

Ebenso gründlich schief wie seine Versuche, billig an absatzstarke auswärtige Literatur zu kommen, gingen Riedels Bemühungen, mit volksaufklärerischen medizinischen Schriften Erfolg zu haben: Im Oktober 1794 meldete sich die Würzburgische Regierung verärgert beim Schweinfurter Stadtrat zu Wort und beklagte sich über Johann Krauses bei Riedel erschienenes Buch *Der medizinische Landpfarrer* (1794).[22] Es handelte sich um ein zunächst 1792 in Landau verlegtes Werk, das von Riedel und anderen Buchhändlern alsbald nachgedruckt wurde. Die Würzburger Regierung übersandte die Abschrift eines

17 Stadtarchiv Schweinfurt RP 147, Num 94 / R, 20.11.1792.

18 Verlagsarchiv Gebauer / Schwetschke, A 6.2.6 Nr. 28625 (Kartonnr. 91). Brief von Jakob Samuel Riedel an Johann Jacob Gebauer, Schweinfurt, 24.10.1793.

19 Ebenda, A 6.2.6 Nr. 29135 (Kartonnr. 92). Brief von Jakob Samuel Riedel an Johann Jacob Gebauer, Schweinfurt, 22.1. 1794.

20 Zur Auseinandersetzung mit Hardenberg vgl. Stadtarchiv Schweinfurt RP 147, 937 / 938.

21 Verlagsarchiv Gebauer Schwetschke, A 6.2.6 Nr. 32185 (Kartonnr. 98). Brief von Jacob Samuel Riedel an Johann Jacob Gebauer, Schweinfurt, 8.5. 1794.

22 Der Medizinische Landpfarrer, oder medizinische Abhandlung und Heilart derjenigen Krankheiten, welche am meisten auf dem Lande vorkommen. Allen Herrn Volkslehrern, Wundärzten und vernünftigen Bürgern, in den Orten in welchen keine Aerzte wohnen, zu ihrem Gebrauche und Wiedergenesung der Kranken redlichst gewidmet von J. Krause, der Weltweisheit und Arzneikunde Doktor, kurpfälzischem Oberamts-Arzt zu Neustadt an der Haard. Schweinfurt 1794.

an alle im fürstbischöflichen Territorium befindlichen Buchhandlungen ergangenen Befehls, in dem man anordnete, dass einige Rezepte keinesfalls, wie zu befürchten stehe, durch Abschriften in die Hände des Landmannes geraten dürften – Grund seien die wegen »leicht vorhergehenden gefährlichen Irrthums und Folgen heraus besorglichen schädliche Folgen.«[23] Die Regierung des als mustergültigen Aufklärer geltenden Franz Ludwig von Erthal stellte fest, dass das Buch auf »keine Weise als ein Volksbuch in hiesigen Landen geduldet, und dessen Verkauf gestattet werden könne; als wird solches von den dahiesigen Buchhandlungen mit dem Befehle andurch wissen gemacht daß falls sie von diesem Buch ein oder mehrer Exemplarien zugeschickt erhalten haben, sie solches alsbald wieder zurück senden und nicht das mindeste davon, an wen es auch sey [...] [bei einer Strafe von 20 fl] verkaufen sollen.«[24] Riedel wurde vom Schweinfurter Stadtrat untersagt, das Buch weiter zu verkaufen, und er sah sich gezwungen, eine Seite mit dem fatalsten Fehler neu zu setzen und den Buchhändlern nachzusenden. Nicht besser verlief ein zweiter Versuch mit populärmedizinischer Literatur einige Jahre später: Im Jahr 1805 wurden von der nunmehr zuständigen kurfürstlichen Landesdirektion 1000 Exemplare einer von Riedel verlegten medizinischen Broschüre eingezogen. Grund war, dass nach dem Verfasser wegen unberechtigter Führung eines Doktortitels gefahndet wurde.[25]

Zu Nachdruckstreitigkeiten, finanziellen Schwierigkeiten und Problemen mit Kurpfuschern und gefährlichen Druckfehlern kamen die Affären mit unsittlichen Büchern, die Riedel noch 100 Jahre später in der Buchhandelsgeschichte von Johann Goldfriedrich das Verdammungsurteil einbrachten, er habe es »als Produzent pornographischer Literatur in weiten Kreisen zu trauriger Berühmtheit«[26] gebracht. Auslöser der ersten Untersuchung gegen Riedel war ein unmittelbarer Konkurrent: Der »herumvagirende Buchhändler« Johann Adolph Hermstaedt, der sich zeitgleich mit Riedels Ankunft aus Neustadt ebenfalls in Schweinfurt aufhielt. Riedel hatte zwar bei seinem Erwerb der Schweinfurter Buchhandlung darum ersucht, dass »auf die Zukunft den fremden Buchhändlern das Hausiren nicht erlaubt werde«, der Antrag auf ein exklusives Buchhändlerpivilegium in Schweinfurt wurde aber abschlägig behandelt, wodurch sich der neuzugezogene Buchhändler bereits zu Beginn mit einem unliebsamen Konkurrenten herzumzuschlagen hatte. Offenbar auf Riedels Initiative wurde Hermstaedt im Oktober 1792 dann wegen des Verkaufs von »allerlei Religion und gute Sitten verderbende Bücher und Broschüren an junge Leute« angezeigt. Der Rat beschloss Hermstaedt auszuweisen, dieser schoss aber zurück und zeigte seinerseits Riedel wegen des Verkaufs sittenverderbender Bücher an. Tatsächlich

23 Auf Seite 201 war in den ersten Exemplaren des Buches ein falsches Gewicht für den Brechreizstein (statt zwei Gramm zwei Quentchen) angegeben worden. Vgl. Stadtarchiv Schweinfurt RP 147, 8. 10. 1794, 17.10. 1794.

24 Ebenda.

25 Vgl. Hahn, Schweinfurts Drucker, Sp. 607 (wie Anm. 12).

26 Johann Goldfriedrich: Geschichte des deutschen Buchhandels vom Westfälischen Frieden bis zum Beginn der klassischen Litteraturperiode (1648-1740). Leipzig: Verl. des Börsenvereins der Dt. Buchhändler 1908 (Geschichte des deutschen Buchhandels 2), S. 508.

erreichte Hermstaedt damit, zunächst bis zum Abschluss der alsbald in Gang gesetzten Untersuchung weiterhin geduldet zu werden.[27]

Der Ratsbuchbinder erwarb die von Hermstaedt angezeigten Titel bei Riedel und brachte sie in das Rathaus. Neben dem religionskritischen Werk von Karl Heinrich Georg Venturini *Biographien aus der Bibel: Ein Gegenstück zu Niemeyers Charakteristik, von einem Türken*[28] handelte sich um drei Bücher des erotisch-pornographischen Genres. Außer der bereits erwähnten *Lyndamine* waren dies *Jesuitenliebe und Jesuitenränke. Oder skandalöse Anekdoten, aus dem Leben des Pater La Chaise, Beichtvater Ludwig XIV.*, eine Bearbeitung des 1693 erstmals erschienenen französischen Originals, in dem der prominente Jesuit als notorischer Frauenheld dargestellt wird, und schließlich der Roman *Pfaffengalanterien* mit dem fiktiven Impressum »Frankfurth und Leipzig 1792«. Es handelt sich dabei um eine freie Bearbeitung des Werks *Jesuiten und Mönche bey guter Laune* (erstmals erschienen mit Impressum »Cölln am Rheine« 1736), seinerseits eine Übertragung aus dem Französischen von *Les Jésuites de la maison professe de Paris en belle humeur et leurs intrigues galantes avec diverses dames de la cour* (1696).[29] Sven Hanuschek verortet bei diesem Werk insbesondere in der Konzentration auf Geistliche als sexuell nimmersatte und mit beträchtlicher krimineller Energie ausgestattete Liebhaber den französischen Einfluss und charakterisiert es folgendermaßen: »Kleriker werden als unersättliche Maniacs gezeigt [...] die sich wegen ihres geistlichen Status besonders als Geliebte wohlhabender Frauen eignen und auch nichts anderes im Sinn haben. Sie planen gruppenweise ihr sexuelles Leben, und sie sind ein dankbares Objekt, über das man sich in der Art der Boccaccio-Schwänke lustig machen kann«.[30] Angesichts des Inhalts mag es vordergründig erstaunen, dass Riedel das Buch im Katalog der Leipziger Michaelismesse 1792 ganz offiziell als Kommissionär angezeigt hatte.[31]

Nachdem Hermstaedt ebenfalls der Verbreitung sittenverderbender Bücher angeklagt war, erfuhr man von ihm bei einer späteren Befragung ein interessantes Detail zur Rezeption der *Pfaffengalanterien*: Es war sein Lehrjunge (»Pursch«) der das Buch von Riedel erworben hatte. Der Bursche seinerseits hatte sie dann einem jungen Lebküchner weiterverkauft. Ein junger Mann war es auch, der im Jahr 1799 in Landshut dem dortigen Buchbinder und Buchhändler ein Exemplar *Pfaffenliebschaften* [sic] gegeben hatte, um es binden zu lassen. Der Buchbinder hatte die heiße Ware jedoch beim Rat vorbeigebracht, der das Buch einzog und dem Münchner Zensurkollegium von dem sittenverderblichen Vorfall

27 Vgl. zum vorigen: Stadtarchiv Schweinfurt, RP 147, 809, 847, 854 / 855, 859, 864, 9.– 21.10. 1792.

28 Es erschien mit dem Untertitel »Aus dem Französischen« und mit dem vielsagenden Impressum »Häresiopel, im Verlag der Ecclesia pressa«.

29 Vgl. zur den *Pfaffengalanterien* und ihrer Vorlage den Aufsatz von Reinhard Wittmann in diesem Band.

30 Hanuschek: Dieß Zapffenförmige Stück Fleisch, S.103 (wie Anm. 6).

31 Pfaffengalanterien. 8°. Schweinfurt, in Komm. bei J.S. Riedel. Angezeigt im Katalog Michaelismesse, Leipzig 1792 S. 243. Vgl. Allgemeines Verzeichnis der Bücher, welche von Ostern bis Michaelis von Michaelis bis Ostern neu gedruckt oder aufgelegt worden sind. Leipzig: Weidmann, 1760–1850 Digitale Ausgabe: Hildesheim / München / Göttingen: Olms; Münchener Digitalisierungszentrum; Niedersächsische Staats- und Universitätsbibliothek 2007. http://www.olmsonline.de/dms/toc/?IDDOC=12308 (Zugriff 3.1. 2018).

berichtete.[32] Das Zensurkollegium forderte umgehende weitere Untersuchungen, wie der Mann in den Besitz des Buches gelangt sei, leider schweigen die Akten von dem Fortgang der Untersuchung.

Der Schweinfurter Rat beschloss nach Prüfung des Inhalts der vier bei Riedel beschlagnahmten Bücher, diesem aufzutragen, sämtliche noch vorhandenen Exemplare abzuliefern. Sollte er weiterhin »solche elende und sittenverderbende Scharteqen«[33] verkaufen, wurden ihm Entzug des Bürgerrechts und Ausweisung angedroht. Weiters forderte man Riedel auf, künftig jedes Manuskript, das er zu veröffentlichten beabsichtigte, und jeden Buchhandels- und Leihbibliothekskatalog vor Veröffentlichung dem Rat zuzuschicken. Umso schärfer musste der Stadtrat reagieren, als nur etwa ein Jahr später die Beschwerde aus dem mächtigen benachbarten Fürstbistum Bamberg und Würzburg gegen Riedel eintraf. Der Fürstbischof hatte am Beispiel des Bamberger Buchhändlers Tobias Göbhart bereits 1781 deutlich gemacht, dass er gegen den Verkauf moralisch und politisch unliebsamer Schriften künftig vorgehen werde. Bei einer großangelegten Durchsuchung der Buchhandlung von Tobias Göbhardt waren insgesamt 90 Titel beschlagnahmt und verboten worden.[34] Der Schweinfurter Rat musste nun verärgert zur Kenntnis nehmen, dass sich die Geheimen Hof- und Regierungsräte über Riedels Handel mit ebenjener *Lyndamine* beschwerten, die der Rat doch konfisziert und danach Riedel das Versprechen abverlangt hatte, sie nie wieder zu verkaufen. Im aktuellen Fall war man auf Riedel durch einen seiner Verlagskataloge aufmerksam geworden, in dem er die *Lyndamine* zum Verkauf angeboten hatte. In dem Brief bezeichnete die fürstbischöfliche Regierung das Buch als »Schande dieses Jahrhunderts der Buchdrucker und KupferstecherKunst [sic]«[35] da es nichts anderes, »als eine äußerst schmutzig erzehlte Geschichte eines Bordells« sei, dessen »Kupfer im höchsten Grade abscheüliche Vorstellungen enthalten«.[36] Die Regierung beklagte, dass durch die Nähe Schweinfurts die Verbreitung des Buches in den Hochfürstlichen Ländern »schwer zu verhindern« sei; überdies »der Buchhändler Riedel dem sicheren Vernehmen nach dasselbe benachbarten Buchhändler aufzudringen gesucht hat«. Tatsächlich stand Riedel zumindest mit Göbhardt in geschäftlichem Kontakt,[37] sodass wahrscheinlich ist, dass dieser auch Riedels Kataloge in Bamberg verbreitet hatte. Abschließend äußerte man Befremden, »dass das »schmutzige, und sittengefährliche Buch« die vorgeschriebene Zensur passiert haben könnte und offenbar sogar den Verkauf eines solchen Buches begünstigt habe. Im ausdrücklichen Auftrag des Fürstbischofs verlangte man von dem Schwein-

32 Hauptstadtarchiv München Zensurkollegium 771, Landshut den 23. September 1799.

33 Stadtarchiv Schweinfurt, RP 147, 855, 10. 10. 1792.

34 Vgl. dazu Klaus Karl Walther: »Eine kleine Druckerei, in welcher manche Sünde geboren wird«: Bambergs erster Universitätsbuchhändler. Die Geschichte der Firma Göbhardt. Bamberg: Universitätsverlag 1999. Die Listen vgl. Stadtarchiv Bamberg Msc. misc. 79 VII, 4; Diözesan-Archiv Bamberg A 447.

35 Bamberg, Geheime Hof und Regierungsräte des Reichsfürsten Franz Ludwig, Bischof zu Bamberg und Würzburg. Stadtarchiv Schweinfurt, RP 148, Num 94 / R, 3.2. 1794.

36 Stadtarchiv Schweinfurt RP 148, Num 94 / R, 3. 2. 1794

37 Er hatte im Zuge einer Untersuchung bezüglich Göbhart gestohlener Büchern angegeben, 1791 von dem Bamberger Buchhändler Bücher erhalten zu haben. Vgl. Stadtarchiv Schweinfurt RP 148, 18.12.1793.

furter Rat eine »unvermuthete Überfallung des Riedelschen Ladens, und Confiscation des fraglichen Buches« und ersuchte »freundnachbarlich« um Rückantwort und Bericht.[38] Die daraufhin durchgeführte Dursuchung brachte zwar, wie hier einleitend berichtet, keine Exemplare der *Lyndamine* zutage; auch die aktuellen Kataloge von Riedel führten das Buch nicht auf. Riedel, der einem Verhör unterzogen wurde, leugnete auch, das Buch jemals in Schweinfurt oder im Würzburgischen verkauft zu haben. Er gab aber immerhin zu, mit dem Buch gehandelt zu haben und offenbarte interessante Details zum Vertrieb erotisch-pornographischer Literatur:

> Man fragte also den Herrn Riedel ob er die Lyndamine nicht schon verkauft habe? Worauf derselbe antwortete: Hier in der Stadt habe er sie nicht verkauft, wohl aber fremden und solchen Leuten, welche es ausdrücklich von ihm begehrt und ein solches Buch auch zu beurtheilen wüßten. Diese thue jeder Buchhändler zu Leipzig, Berlin, Frankfurt und Nürnberg und Jeder setze dasselbe sogar in sein Bücherverzeichnis ohne einer Verantwortung unterworfen zu seyn. Er selbst habe kein Exemplar in seinem Laden, es sey aber zu Nürnberg im Jahr 1783 gedruckt worden und wenn wie schon obenbeschriebener Kundmann ein Exemplar von ihm verlange; so verschreibe er es von Nürnberg, wie jeder andere Buchhändler.[39]

Riedel verwies also auf Nürnberg als Druck- bzw. Verlagsort, was zwar eine reine Schutzbehauptung gewesen sein kann, aber immerhin mit zeitgenössischen Angaben übereinstimmt, die als Impressum »Nürnberg 1783« nennen. Laut Hamberger / Meusels *Gelehrtenlexikon* von 1798 war der Autor der Übersetzung Anton Wilhelm Schmidt, ein im Hildburghausischen Königssee geborener ehemaliger Preußischer Leutnant, der nach seiner Konversion zum Katholizismus zunächst in Erlangen und dann in Nürnberg als Sprachlehrer lebte und dort im März 1795 starb.[40] Dies ist immerhin wahrscheinlicher als die Angabe in der großen Erotica-Bibliographie von Hugo Hayn, die Schmidt als Übersetzer übernimmt, aber eindeutig falsch »Schweinfurt: Riedel 1783« schreibt[41] – schließlich war Riedel erst seit 1792 in Schweinfurt tätig.

Riedel Rechtfertigung lief darauf hinaus, das Buch nur an diejenigen verkauft zu haben, die es auch richtig beurteilen könnten. Er konnte sich damit auf die zeitgenössischen Zensurpraxis berufen, die etwa auch im Fürstbistum Bamberg und Würzburg existierte und verschiedene Verbotsgrade kannte, die differenzierten, ob der potentielle Käufer eines Buchs ein Gelehrter und Eingeweihter oder ein Ungebildeter sei. Konkret gab Riedel zu Protokoll: »Es sey in der Apotheke Arzney und auch Gift, und so wäre es eben bey dem

38 Vgl. zum vorigen.

39 Stadtarchiv Schweinfurt RP 148, 10.2. 1794.

40 Vgl. Georg Christoph Hamberger, Johann Georg Meusel: Das Gelehrte Teutschland Oder Lexikon der jetzt lebenden teutschen Schriftsteller 5. Ausg. Bd. 7. Lemgo: Meyer 1798, S. 213 / 214.

41 Vgl. Bibliotheca Germanorum Erotica & Curiosa. Verzeichnis der gesamten Deutchen erotischen Literatur mit Einschluß der Übersetzungen, nebst Beifügung der Originale. Hrsg. v. Hugo Hayn und Alfred N. Gotendorf. Bd. IV (L-M) Hanau – München: Müller & Kiepenheuer 1913, S. 332.

Buchhandel; so wie man das Gift daselbst nicht jedermann gäbe, als demjenigen, welcher mit umzugehen wisse; so verhalte sichs auch mit dem Buche Lyndamine.« [42]

Bereits am 18. Februar 1794 konnte der Schweinfurter Stadtrat der Würzburger Regierung berichten, dass die geforderte Durchsuchung wunschgemäß und mit aller Gründlichkeit durchgeführt worden war, nicht ohne darauf zu verweisen, dass man bereits 1792 einige Bücher Riedels konfisiziert hatte. Man berichtete, dass man trotz der ergebnislosen Untersuchung Riedel nochmals scharf ermahnt hatte, »weder dahier, noch auswärts solche verbottenen Sittenlose Bücher zu führen, zu verbreiten, oder nur für andere zu verschreiben, in Betrettungs-Falle er sonsten sogleich seines Bürgerrechts und Gewerbes verlustig gehen müßte. [...] Wir verhoffen daher, daß er sich auch in der Zukunft für allen Anstoß hüthen werde, um sich nicht unglücklich zu machen.«[43] Dies waren unmissverständliche Worte. Riedel scheint die Warnung verstanden zu haben, denn in der folgenden Jahren schweigen die Aufzeichnungen des Ratsprotokolls von weiteren Untersuchungen gegen ihn.

Christine Haug hat darauf hingewiesen, dass der Handel mit erotisch-pornographischen Lesestoffen in den deutschen Territorien nicht wie in Frankreich im literarischen Untergrund stattfand, sondern in einem »semi-öffentlichen Raum«.[44] Dies resultierte aus der Vielzahl von Einzelterritorien einerseits und der Durchlässigkeit von Grenzen andererseits. So konnte, wie Claudia Taszus gezeigt hat, dank der lokalen Zensurliberalität die Hofbuchdruckerei Rudolstadt zu einem überregionalen Produktions- und Vertriebsort für Erotika werden, den etwa auch der Berliner Verleger Himburg nützte.[45] Diese unterschiedliche Aufmerksamkeit der territorialen Obrigkeiten auf die Buchproduktion erklärt auch, dass Riedel die *Pfaffengalanterien* und *Lyndamine* ganz offiziell in Katalogen und Bücherverzeichnissen anzeigte und sich damit rechtfertigte, dass die Ankündigung derartiger Bücher unter Buchhändlerkollegen gängige Praxis sei. Ein semi-öffentlicher Raum blieb aber stets eine Gratwanderung, schließlich konnte die territoriale Obrigkeit eben doch jederzeit einschreiten und dem unzüchtigen Handel ein Ende bereiten. Dies macht es auch nachvollziehbar, dass Tobias Göbhardt forderte, einen offiziellen Katalog verbotener Bücher herauszugeben, wie er etwa in der Habsburgermonarchie mit ihrer zentralisierten Zenurpraxis existierte.[46] Nicht nur beim Nachdruck schwankte die Position der Regierungen in Schweinfurt und dem Fürstbistum Würzburg und Bamberg zwischen Duldung und Verbot. Der Schweinfurter Stadtrat fackelte im vorliegenden Fall nicht lange, als er von dem Verkauf unsittlicher Literatur erfuhr und beschlagnahmte die Bücher des soeben zugezogenen Buchhändlers Riedel, der nur knapp einer Ausweisung entging. Hinzu kam

42 Stadtarchiv Schweinfurt RP 148, 11.2. 1794.

43 An die Hochfürstl. Wirzburgische Regierung Expedirt den 18. Febr. 1794. Stadtarchiv Schweinfurt RP 148 18.2.1794.

44 Vgl. Christine Haug: »Literatur aus dem Giftschrank« – Kontexte und Mythen. Buchmarkt- und zensurpolitische Strategien im literarischen Untergrund im Zeitalter der Aufklärung. Ein Forschungsbericht. In: Archiv für Geschichte des Buchwesens 71 (2017), S. 185-225, hier S. 212-214.

45 Vgl. Claudia Taszus: Die Fürstlich privilegierte Hofbuchdruckerei Rudolstadt (1772–1824).Ihre Beziehung zum Verlag Johann Friedrich Hartknoch d. J. und ihre Stellung im literarischen Deutschland. 2 Bde. Eutin: Lumpeter & Lasel, 2011. Vgl. zu Himburg auch den Beitrag von Christine Haug in diesem Band.

46 Vgl. Walther: Göbhardt (wie Anm. 34), S. 102.

die besondere Lage der kleinen protestantischen Enklave Schweinfurt, auf die das benachbarte Fürstbistum politischen Druck ausübte, unter anderem auch dahingehend, den Export missliebiger Literatur zu verhindern.

Aus den hier eingesehenen Archivquellen lässt sich nicht belegen, dass Riedel nicht nur Händler, sondern auch Verleger der *Pfaffengalanterien*, der *Lyndamine* (bei der er wie andere Zeitgenossen allerdings ausdrücklich auf die Herkunft aus Nürnberg verwies), des *Pater de la Chaise* und anderer erotisch-pornographischer Schriften war. Dass Riedel stets angab, nur Händler gewesen zu sein, ist hierbei kaum aussagekräftig, sondern war eine typische Schutzbehauptung, um sich der Verantwortung als Verleger zu entziehen. Auffällig bleibt, dass Jakob Samuel Riedel nur mit aktuellen deutschsprachigen Erotika handelte, etwa im Gegensatz zu dem Bamberger Göbhardt. Dessen Handel mit französischen Erotika, den *livres philosophiques*, im katholischen Nachbarterritorium zeigt zugleich, dass in der Region die Konfession bei dem Handel mit erotisch-pornographischen Büchern keine Rolle spielte.

Subversion oder gar Verbindung zu radikalaufklärerischen Kreisen scheinen Riedel fern gelegen haben. Erotika machen vielmehr neben regionalgeschichtlicher Literatur, Lehrbüchern, theologischen und volksaufklärerischen Schriften nur ein Segment seines Handels aus, von dem er sich Absatz erhoffte. Das große fürstbischöfliche Nachbarterritorium mit seinen wohlhabenden und aufklärungsfreundlichen Residenzen Bamberg und Würzburg bot hierbei bessere Verkaufsmöglichkeiten als das kleine, isolierte und wirtschaftlich geschwächte Schweinfurt. Dass Riedel als Händler und möglicherweise auch Verleger erotisch-pornographischer Lesestoffe auftrat, war Teil der Überlebensstrategie eines dem buchhändlerischen Prekariat angehörigen Buchhändlers in der fränkischen Provinz.

»Wer obige Schriften zusammen kauft, erhält solche sehr billig« [...]. Der Berliner Verleger Christian Friedrich Himburg und sein florierendes Geschäft mit erotisch-frivolen Lesestoffen im 18. Jahrhundert

Christine Haug

1. Einleitung

Brandenburg-Preußen umfasste ein großräumiges Territorium, das vom Niederrhein bis weit an die Grenzen Litauens reichte, doch das Kernland Preußen besaß zu seinen Enklaven im Westen und Osten keine gemeinsame Grenzen. Diese geographisch-politische Anordnung Brandenburg-Preußens beeinflusste und hemmte einerseits die Entfaltung eines gemeinsamen Handels- und Wirtschaftsraums, andererseits erfuhr Brandenburg-Preußen nachhaltige Impulse aus den Niederlanden und hatte über seine niederrheinischen Enklaven unmittelbaren Kontakt zu Westeuropa und seinem radikalfrühaufklärerischen Ideengut, das über Nachrichten- und Kommunikationsnetzwerke seinen Eingang ins Kernland Preußen fand; diese Enklaven boten Spielräume für Verleger, die fern von Verwaltung, Bürokratie und Zensurgesetzgebung Schriften produzierten und vertrieben, die über vielfältige Wege – vom offiziellen Import bis hin zum Schmuggel – zurück nach Berlin gefunden haben. Einen kaum zu unterschätzenden Einfluss auf das wirtschaftliche und literarisch-kulturelle Leben in Berlin hatte der Zuzug hugenottischer Flüchtlinge nach der Aufhebung des Edikt von Nantes und die Herausbildung einer französischen Kolonie, deren Bewohner noch stark an der französischen Erziehung und Bildung orientiert waren. Das Zusammenspiel dieser unterschiedlichen Faktoren führte zur Herausbildung von speziellen wirtschafts- und handelspolitischen Rahmenbedingungen, die von handelshemmenden Zoll- und Mautstationen innerhalb des preußischen Territoriums bis hin zu einem systematisch-professionellen Ausbau von Nachrichten- und Transportsystemen führten, die einen gemeinsamen Kommunikationsraum sicherstellten. Für die politische und wirtschaftliche Entwicklung von Brandenburg-Preußen waren zuverlässig funktionierende und professionell organisierte Kommunikationssysteme für die Durchsetzung von politischer Macht und von wirksamen Verwaltungsmaßnahmen substanziell, zudem das Land nicht allein von Potsdam und Berlin aus regiert wurde, sondern auch von anderen Residenzstädten zwischen Niederrhein und der Grenze zu Litauen.

Die Region Potsdam-Berlin barg ein produktives Spannungsfeld, weil sich im Laufe des 18. Jahrhunderts in Potsdam eine höfisch geprägte und in Berlin eine von Wirtschaftsbürgertum sowie Militär getragene Aufklärung herausgebildet hatte. Berlin war zudem Garnisonstadt mit einer starken Militärpräsenz, die auf das gesellschaftliche Leben in der

Residenzstadt massiv einwirkte. Gebildete Soldaten und Offiziere avancierten zu einer wichtigen Zielgruppe auch von Buchhändlern und Verlegern und nicht zuletzt beförderte die Stationierung von Soldaten das lokale Bordellwesen mit allen seinen negativen Auswirkungen auf die Wehrtauglichkeit der Militärangehörigen, denn die Infizierung ihrer Soldaten mit Geschlechtskrankheiten stellte die preußische Regierung vor eine immer größere werdende Herausforderung. Auch deshalb galt Berlin als ein Ort lebhaft-kontroverser sexual-medizinischer Diskurse und Debatten, die sich in der Verlagsproduktion u.a. von Berliner Verlegern niederschlugen. So erschienen in Berlin zahlreiche sexualmedizinische Schriften, die sich – in Anlehnung an den niederländischen, in London publizierenden Arzt Bernard Mandevilles (1670–1733) *Die Bienenfabel oder Private Laster, öffentliche Vorteile* (1723)und *Eine Bescheidene Streitschrift für Öffentliche Freudenhäuser Oder ein Versuch über die Hurerei wie sie jetzt im Vereinigten Königreich praktiziert wird* (1726) – mit den Vor- und Nachteilen von staatlich kontrollierten Bordellen auseinandersetzten.

Alle diese Faktoren spielten eine wichtige Rolle bei Entstehung und Ausbreitung von aufklärerischen Ideen unterschiedlicher Ausprägung und unterschiedlichen Radikalitätsgrads in Brandenburg-Preußen im 18. Jahrhundert. Eine wichtige Zäsur stellte zweifelsohne der Regierungsantritt von Friedrich II. von Preußen (1740) dar, der für eine gewisse Liberalisierung in der Zensurpolitik verantwortlich war. Friedrich II. hatte zwar ein rigides Überwachungs- und Kontrollsystem im eigenen höfischen Umfeld installiert, doch Schriften, die sich mit religionskritischen oder gar atheistischen Ansichten im europäischen philosophischen Diskurs positionierten, und Druckwerke erotisch-frivoler Prägung konnten im 18. Jahrhundert im Raum Potsdam-Berlin relativ uneingeschränkt zirkulieren. Die Zensur griff allerdings massiv ein, galt es Kritik an der Person Friedrichs II. und seiner von militärischer Aggression geprägten Regierungspolitik abzuwehren. Die freie Entfaltung von radikalen Aufklärungsideen, flankiert von der Praktizierung sexueller Freizügigkeiten im Intellektuellenmilieu, wurden durch die großzügige Aufnahme von Gelehrten, bevorzugt aus Frankreich und den Niederlanden, gefördert, die in ihren Schriften politische, philosophische und religiöse Radikalität mit erotisch-pornographischen Einlassungen verknüpften. Nicht zuletzt ebneten die Berufung des französischen Arztes und Philosophen Julien Offray de la Mettrie (1709–1751) an den Potsdamer Hof und sein publizistisches Wirken den Boden für eine offene Debatte über das Sexualverhalten, über sexuelle Praktiken und Präferenzen, einschließlich über den Konsum von erotisch-pornographischen Lesestoffen und deren möglichen Auswirkungen auf die Sittlichkeit der Bevölkerung.

Im Raum Potsdam-Berlin offenbart sich eine enge Verflechtung von öffentlicher und subversiver Kommunikation, verflochten mit militärischer Geheimdiplomatie, mit Agenten- und Spionagesystemen und literarischen Gesellschaften und Zirkeln, die die Herausbildung von subversiven Kommunikationsräumen und zensurfreien literarischen Distributionssystemen begünstigte. In diesem geographisch begrenzten Raum waren zahlreiche personelle Überschneidungen festzustellen, d.h. aufgeklärte Adelige, Minister, Geheimdiplomaten, Schriftsteller und Verleger verkehrten in denselben Kreisen.[1] Eine besondere

1 Johannes Bronisch: Der Mäzen der Aufklärung. Ernst Christoph von Manteuffel und das Netzwerk des Wolffianismus. Berlin: de Gruyter 2010, hier S. 33–42.

Ausformung von literarisch-militärisch-strategischer Subversion zeigte sich während des Siebenjährigen Krieges, in dem selbst Friedrich II. die Kontrolle über die Distribution seiner eigenen Schriften verlor, indem die hier geäußerten radikal-religionskritischen Ideen im Kriegsverlauf gegen ihn eingesetzt werden sollten.[2]

Will man die geheimen Kommunikationsstrategien sowie Handels- und Distributionsnetzwerke eines politischen Territoriums, einer Region oder einer Stadt Schritt für Schritt aufhellen, gilt es, die offiziellen Handelssysteme wie auch die sie einschränkenden Zollgrenzen und Schutzzölle aufzudecken und auf ihr Wirkungspotenzial hin zu untersuchen.[3] Die Einrichtung von distributionshemmenden Instanzen, beispielsweise Zollämter und Zensurinstitutionen, führte gleichzeitig zur Entfaltung von kreativen Schmuggelstrategien, die ein Territorium oder eine Region mit Waren versorgten, die entweder wegen der hohen Zollgebühren für die Bevölkerung unerschwinglich teuer (u.a. Kaffeehandel in Preußen) oder – bei Druckschriften – wegen ihres Inhalts verboten waren. Die Handels-, Zoll- und Akzisepolitik in Brandenburg-Preußen im 18. Jahrhundert gestaltete sich komplex. In Preußen existierten um die Mitte des 18. Jahrhunderts 67 unterschiedliche Zolltarife und Gebührenordnungen allein in den einzelnen Binnenhäfen entlang der Wassertransportwege. Brandenburg-Preußen sah sich nicht in der Lage, seinen grenzübergreifenden Handelsverkehr (und somit auch den Buchmarkt) effektiv zu überwachen. Diese Ausgangssituation führte dazu, dass Schmuggler eine Vielfalt von Schleichwegen installierten, die geschickt an den zahlreichen Zollstationen vorbeiführten. Es wurden effizient organisierte Schmuggelrouten eingerichtet, über die Handelswaren jeglicher Couleur, somit auch Druckschriften, ihre Verbreitung fanden. Johann Kaspar Riesbeck (1754–1786) stellte 1783 in seinen *Briefen eines reisenden Franzosen* geradezu lapidar fest: »Wenn gleich die privilegirten Hurenwirthe so gut, als die Brennholzgesellschaft, ihren Alleinhandel auf alle Art zu vertheidigen berechtigt sind, so ist die Waare doch zu schlüpfrig, als daß man dem Schleichhandel wehren könnte.«[4] Der organisierte Schleichhandel galt im letzten Drittel des 18. Jahrhunderts als ein ökonomisch kaum zu unterschätzendes städtisches Gewerbe in Brandenburg-Preußen.[5]

Diese vielschichtige und komplexe Ausgestaltung des Raums Potsdam-Berlin stellte im 18. Jahrhundert den Anspielungshorizont, vor dem sich das Buch- und Verlagsgewerbe in Berlin entfalten und Verleger wie beispielsweise Christian Friedrich Himburg (1733–1801) zu den umtriebigsten und kreativsten Händlern von erotisch-pornographischen Le-

2 Thomas Biskup: Die Schlacht von Sanssouci. Der ›roi-philosophe‹ und die klandestine Literatur im Siebenjährigen Krieg. In: Stefanie Stockhorst (Hrsg.): Krieg und Frieden im 18. Jahrhundert. Kulturgeschichtliche Studien. Hannover: Wehrhahn-Verlag 2015, S. 75–92.

3 Vgl. hier auch Christine Haug: Der Untergrundbuchhandel und seine Handelsnetzwerke für verbotene Druckschriften in Preußen um 1800. In: Joachim Bahlcke / Anna Joisten (Hgg.): Wortgewalten. Hans von Held. Ein Staatsdiener zwischen Preußen und Polen. Potsdam: Deutsches Kulturforum östliches Europa e.V. 2018, S. 196–218.

4 Johann Kaspar Riesbeck: Briefe eines reisenden Franzosen. Zürich: Orell 1783, Bd. 2, 54. Brief, S. 239.

5 Christine Haug: Der Untergrundbuchhandel und seine Handelsnetzwerke (wie Anm. 3), S. 196. Vgl. auch Erich Hobusch: Auf Schleichpfaden. Schmuggleraffären und Paschergeschichten zwischen 1730 und 1930. Berlin: Neues Leben 1988.

sestoffen avancieren konnten. Brandenburg-Preußen, speziell Berlin, bot augenscheinlich ideale Rahmenbedingungen für die Herausbildung dieses Spezialangebots im Buchmarkt der Aufklärung.

2. Brandenburg-Preußen im 18. Jahrhundert – Wirtschaftsraum, Handelsraum und Raum der literarisch-kulturellen Vielfalt

Für die preußische Regierung waren stabile und sich den geographischen Besonderheiten anpassende Nachrichtensysteme ein unverzichtbarer Bestandteil ihrer Wirtschafts- und Handelspolitik. Es lag im originären Interesse der preußischen Regierung, die Verkehrswege zwischen Kleve und Potsdam / Berlin über die traditionellen Wege Amsterdam und Hamburg unabhängig von militärischen Auseinandersetzung ebenso offenzuhalten wie die nach Königsberg, Danzig und weiteren Handelsstädten entlang von Memel und Weichsel. Mit dem Westfälischen Frieden gelang Friedrich Wilhelm von Brandenburg (1620–1688) in der zweiten Hälfte des 17. Jahrhunderts ein Durchbruch mit der Einrichtung einer durchgängigen Verkehrs- und Nachrichtenverbindung von Königsberg über Potsdam / Berlin nach Kleve. Dieser Postkurs wurde von Berlin aus bis zu zweimal wöchentlich bedient.[6] Mit Beginn des Schlesischen Kriegs galt es fortan auch Breslau in das Kommunikations- und Nachrichtensystem einzubinden, zumal die Wege nach Schlesien witterungsbedingt nur in den wärmeren Jahreszeiten befahrbar waren, ein Reisender für die Bewältigung der Distanz Berlin – Breslau um 1780 bei einer täglichen Reisezeit von bis zu 12 Stunden drei bis vier Tage benötigte. Insgesamt war Breslau international recht gut angeschlossen, hiervon profitierte vor allem das Breslauer Verlagsgewerbe. Ein wichtiger Vermittler von Korrespondenzen und Bücherlieferungen war der Verleger Wilhelm Gottlob Korn (1739–1806), der auch die zahlreichen Journal- und Lesezirkel der Stadt regelmäßig mit in- und ausländischen Zeitungen, Zeitschriften und Buchnovitäten versorgte. Eine exzellente Verbindung bestand zudem zur Messestadt Leipzig.[7] Spätestens nach dem Ende des Siebenjährigen Kriegs stand die Residenz- und Garnisonstadt Berlin im Zentrum der preußischen Kommunikations- und Nachrichtennetzwerke und über Berlin waren wichtige Universitäts- und Residenzstädte sowie Handels- und Verlagsstädte wie bspw. Königsberg und Halle in einen regelmäßigen Nachrichtenaustausch eingebunden. Für die Durchsetzung von radikalaufklärerischen Ideen, für den Import von Aufklärungsschriften aus Frankreich und den Niederlanden spielte die preußische Enklave Jülich-Kleve eine nicht zu unterschätzende Rolle, weil Intellektuelle und Verleger von den Nachrichten- und Transportsystemen, die von der preußischen Regierung etabliert worden waren, nachhaltig partizipierten, ja profitierten.

---

6 Vgl. Joachim Kundler: Kommunikation als Instrument der Durchsetzung von Herrschaftsinteressen. Die Post in Brandenburg-Preußen 1646–1713. In: Wissen ist Macht. Herrschaft und Kommunikation in Brandenburg-Preußen 1600–1850. Hrsg. von Ralf Pröve und Norbert Winnige. Berlin: Berlin-Verlag 2001 (Schriftenreihe des Forschungsinstituts für die Geschichte Preußens e.V., Bd. 2), S. 33–48, hier S. 36–37.

7 Vgl. Anne-Margarete Brenker: Breslau und Brandenburg-Preußen zwischen 1740 und 1800: Thesen zur Kommunikation mit einer neueroberten Provinzhauptstadt. In: Wissen ist Macht (wie Anm. 6), S. 121–136, hier S. 122.

2.1 Brandenburg-Preußen als geographisch-politisch uneinheitlicher Wirtschafts- und Handelsraum im 18. Jahrhundert

Berlin war im 18. Jahrhundert ein Zentrum des Handels und Gewerbes. Berlin besaß ansehnliche Wechselkontore, die auf allen wichtigen Plätzen Europas Wechsel ziehen konnten. Große Handelsunternehmen und Manufakturen unterhielten internationale Geschäftsbeziehungen und hatten Preußen mit unternehmenseigenen Speditionssystemen überzogen, die gegen Entgelt auch zuverlässig Bücherballen transportierten.[8] Ein wichtiger Impuls für die Entfaltung der preußischen Residenzstadt zur Handelsmetropole war die großzügige Aufnahme von hugenottischen Glaubensflüchtlingen aus dem benachbarten Frankreich. Über 5000 Hugenotten ließen sich in Berlin nieder, belebten und förderten Handel und Gewerbe, u.a. auch das Verlagswesen, und bereicherten das intellektuelle Leben in der Residenzstadt. Die Verbindung von Residenz- und Garnisonstadt (neben 150.000 Zivilisten lebten etwa 13.500 Offiziere und Soldaten in Berlin) stimulierte Handel und Gewerbe, nicht zuletzt den bereits im 18. Jahrhundert florierenden Bordellbetrieb mit an den einhundert Bordellen und knapp 1000 Prostituierten.[9] 1808 wird Friedrich von Coelln (1766–1820) in seinem Bericht *Wien und Berlin in Parallele, einem Seitenstück zum Werk Vertraute Briefe über die innern Verhältnisse am Preußischen Hofe seit dem Tode Friedrichs II.*, monieren, dass Berlin in zeitgenössischen Reiseberichten nur noch als *Hure Babylon* verunglimpft würde; es fehle nur noch, »daß man den Coitum auf öffentlichen Plätzen zur Mittagszeit exerzirt«.[10] Vor dem Hintergrund dieser Entwicklungen wandelte sich das literarisch-kulturelle Panorama der Stadt, die Residenzstadt orientierte sich mehr und mehr an den Standards westeuropäischer Handelszentren.[11]

Das Wirtschafts- und Bildungsbürgertum, das Berlin als Handelsstadt prägte, beförderte die Tendenzen einer fortschrittlichen, heterodoxen Aufklärung und partizipierte am kulturellen Leben durch die Mitgliedschaft in den vielfältigen Formen von Lesegesellschaften, Klubs und Cafés sowie durch den Erwerb der in den Berliner Buchhandlungen ausliegenden oder im semiöffentlichen Raum zirkulierenden pikanten Lesestoffe.[12] Berlin galt schon den Zeitgenossen wegen der starken Präsenz von Soldaten als eine moralisch be-

8 Vgl. hierzu – obgleich stark subjektiv eingefärbt – Friedrich Nicolai: Beschreibung der königlichen Residenzstadt Berlin. Eine Auswahl. Mit 229 zeitgenössischen Abbildungen. Reprint der Ausgabe von 1786. Leipzig: Reclam 1987.

9 Melanie Ehler: Daniel Nikolaus Chodowiecki. »Le petit Maître« als großer Illustrator. Berlin: Lukas-Verlag 2003, S. 158.

10 Friedrich von Coelln: Wien und Berlin in Parallele. Nebst Bemerkungen auf der Reise von Berlin nach Wien durch Schlesien über die Felder des Krieges. Ein Seitenstück zu der Schrift: Vertraute Briefe über die innern Verhältnisse am preußischen Hofe seit dem Tode Friedrichs II. 1808, S. 99.

11 Vgl. Aufklärung in Berlin. Hrsg. von Wolfgang Förster. Berlin: Akademie-Verlag 1989, S. 12.

12 Die für das 18. Jahrhundert typischen Stadtbeschreibungen, gerade über Berlin, die auch den fortschreitenden Verfall der Sittlichkeit monieren, stellen eine schier unerschöpfliche Quelle – auch mit Blick auf den Handel mit erotisch-frivolen Lesestoffen dar. Vgl. u.a. Julius Friedrich Knüppeln: Charakteristik von Berlin. Stimme eines Kosmopoliten in der Wüsten. Philadelphia (= Leipzig) 1784; Anton Balthasar König: Versuch einer Historischen Schilderung der Hauptveränderungen, der Religion, Sitten, Gewohnheiten, Künste, Wissenschaften etc. der Residenzstadt Berlin seit den ältesten Zeiten, bis zum Jahre 1786. Berlin 1800.

denkliche Stadt, als Ort der sexuellen Ausschweifungen. Die freizügige Sphäre trug nicht nur zur expansiven Entfaltung von Bordellen und speziellen Klubs für homoerotische Praktiken bei, sondern schlug sich auch auf den Konsum von erotisch-pornographischen Lesestoffen und Kupferstichen nieder, die längst nicht nur in den Kasernen zirkulierten.

2.2 Brandenburg-Preußen als Verwaltungs- und Militärstaat im 18. Jahrhundert

Ein Merkmal der preußischen Garnisonstadt Berlin war sicherlich die ›Kasernierung‹ der Stadtbevölkerung durch die strikte Überwachung der Ein- und Ausreise an den Stadttoren, die (14 an der Zahl) mit einer 14,5 Kilometer langen Stadtmauer 1705 anstelle der mittelalterlichen Festungsanlagen errichtet worden waren.[13] Die Abriegelung der Stadt und die massiven Kontrollen beförderten die Herausbildung eines regelrechten »erotischen Biotops« innerhalb der Stadtmauern und die Installation von literarischen Schmuggelsystemen, die auf vielfältige Weise die Kontrollen an den Stadttoren zu umgehen suchten.

Die Bereitstellung der Dienstleistung »Prostitution« gehörte seit jeher zu den Aufgaben des Militärs, denkt man nur an die Marketenderinnen, die zwar sozial gering geschätzt, gleichwohl ein unverzichtbarer Bestandteil mobiler Heere waren. Vor dem Hintergrund des starken Anstiegs von Syphiliserkrankungen ging die Regierung dazu über, staatlich kontrollierte Bordelle als Dienstleistung anzubieten, die mit Blick auf die medizinische Betreuung der Prostituierten ausgesprochen modern anmuten. Der Sorge, die Soldaten würden sich – dem kontrollierenden Blick ihrer Vorgesetzten entzogen – der Masturbation oder – was noch schwerer wog – homosexuellen Praktiken hingeben, wurde fortan durch die Einrichtung von polizeilich überwachten Bordellen begegnet. So lassen sich Quellenbelege finden, die darauf hinweisen, dass das preußische Militär den kontrollierten Bordellbesuch seiner Soldaten gegenüber der unkontrollierten Lektüre von erotisch-pornographischen Lesestoffen, flankiert von der Gefahr einer praktischen Anwendung, bevorzugte.

Die starke Militärpräsenz in der Residenzstadt Berlin förderte zudem die Militärschriftstellerei, zumal viele gebildete Militärs schlussendlich keine Option auf eine Offizierskarriere hatten. Die Entscheidung zahlreicher Militärangehöriger für die Schriftstellerei resultierte einerseits aus der schlechten Besoldung, andererseits entschieden sich viele wegen der geringen Aufstiegschancen für einen freie Schriftstellerkarriere. Zu ihnen gehörte auch Julius von Voss (1768–1832), der in einem Kaffeehaus vom Verleger Christian Friedrich Himburg geradezu ermutigt wurde, doch Bordell- und Mätressenromane, Satiren und Militärstücke zu schreiben, die er ihm mit fünf Dukaten stattlich honorieren wolle.[14] Nach anfänglichen Startschwierigkeiten schrieb Julius von Voss 82 Romane und Erzählungen, 288 Lustspiele und Possen sowie 37 historische und militärische Schriften.[15] Der Roman *Die Geschichte einer preußischen Marketenderin* entwickelte sich zu einem beachtlichen verlegerischen Erfolg.[16] Auch Julius von Voss schätzte den freizügigen, lockeren Lebenswandel und verkehrte gerne in den Berliner Bordellen. Zur Gruppe der jungen und gebildeten

13 Haug: Der Untergrundbuchhandel und seine Handelsnetzwerke (Anm. 3), S. 199–200.

14 Vgl. Rüdiger von Voss: Julius von Voss. Offizier, Aufklärer und Schriftsteller im Zeitalter der Revolution. Berlin-Brandenburg: Bebra-Verlag 2017.

15 Ebd., S. 129.

16 Ebd., S. 88.

Offiziere gehörten in Berlin auch Heinrich von Kleist, Dietrich von Bülow, Adalbert von Chamisso und Baron de la Motte-Fouqué. Am Beispiel der Begegnung zwischen Julius von Voss und Himburg wird deutlich, dass sich der Verleger an die Begebenheiten des Marktes anzupassen wusste, das Kriegsgeschehen als produktive Quelle für eine literarische Verarbeitung zu nutzen verstand. In seinem Verlag bildete sich während des Siebenjährigen Krieges eine eigene Rubrik für militärische Sach- und Unterhaltungsliteratur heraus.

In der deutschen Literatur des 18. Jahrhunderts finden sich verschiedene Beispiele für gelehrte, gebildete und belesene Soldaten und Offiziere, die sich (nicht nur) in der Residenz- und Garnisonstadt Berlin zu einer zunehmend attraktiven Zielgruppe für den Buchhandel herausbildeten.[17] Als ergiebige Quellen erweisen sich hier autobiographische Berichte von Militärs, die oftmals auch Aussagen über ihr Freizeit- und Konsumverhalten, über ihre Lektürepräferenzen und Besorgungspraktiken, u.a. für erotisch-pornographische Lesestoffen, treffen. Eine Fülle von Informationen bietet die Autobiographie des lesefreudigen Soldaten Friedrich Christian Laukhard (1757–1822), die unter dem Titel *F.C. Laukhards, vorzeiten Magister der Philosophie und jetzt Musketiers unter dem Thaddenschen Regiment zu Halle, Leben und Schicksale, von ihm selbst beschrieben und zur Warnung für Eltern und studierende Jünglinge herausgegeben* in Halle im Verlag Franz Heinrich Bispink (1792–1802) erschienen ist.[18] Franz Heinrich Bispink (1749–1820) war seit Studienzeiten mit Laukhard befreundet und brachte, wenn erforderlich, einschlägige Werke unter dem fiktiven Impressum *Wahrheitsburg: Gebrüder Ehrlich und Redlich* auf den Markt. Laukhard versorgte sich in Halle bei den beiden Schartekenhändler und Winkelleihbuchhändlern »Wolf und Schneider«, die zugleich mit erotisch-pornographischen Werken handelten. Laukhard erinnert sich in seiner Lebensbeschreibung: »Ich mag die Schriften nicht nennen, die von ihnen zum Lesen verborgt werden, und worin alle Arten von Wollust, sogar die Bestialität in Kupfern abgebildet sind«.[19] Laukhard verkörperte in seiner Eigenschaft als Literat und Soldat die Verflechtung von subversiven Praktiken im literarischen wie auch militärischen Raum, agierte, ja inszenierte sich, als Geheimdiplomat, als Spion und radikaler Denker. Laukhard war bereits in seinen Jugendjahren mit subversiver Lektüre in Kontakt gekommen, so galt sein Vater doch als exzessiver Leser der Werke von Baruch de Spinoza (1632–1677) und Johann Christian Edelmann (1698–1767); er war ein ausgewiesener Kenner der erotisch-pornographischen Literatur des 17. Jahrhunderts, u.a. des

17 Vgl. Dirk Rose: Lessings Krieg. Zum publizistischen und polemikgeschichtlichen Ort der Litteraturbriefe (1759–1765). In: Stefanie Stockhorst (Hg.): Krieg und Frieden im 18. Jahrhundert. Kulturgeschichtliche Studien. Hannover: Wehrhahn-Verlag 2015, S. 93–112; Michael Rohrwasser: Lessings Verhältnis zu Preußen. In: Gabriele Hundrieser / Hans Georg Pott (Hrsg.): Geistiges Preußen – Preußischer Geist. Bielefeld: Aisthesis 2003, S. 83–106.

18 F.C. Laukhards, vorzeiten Magister der Philosophie und jetzt Musketiers unter dem Thaddenschen Regiment zu Halle, Leben und Schicksale, von ihm selbst beschrieben und zur Warnung für Eltern und studierende Jünglinge herausgegeben. Ein Beitrag zur Charakteristik der Universitäten in Deutschland. 5 Teile. Halle: Bispink 1792–1802. Digitale Ressource: http://www.deutschestextarchiv.de/book/show/laukhard_leben01_1792.

19 Hier zit. nach Dirk Sangmeister: Vertrieben vom Feld der Literatur. Verbreitung und Unterdrückung der Werke von Friedrich Christian Laukhard. Bremen: edition lumière 2017, S. 21.

erotischen europäischen Bestsellers *Aloisia Sigaea*.[20] Sein Sohn, einschlägig lesesozialisiert, bewegte sich im Feld der gelehrten Libertinage, war Mitglied von diversen Leseklubs und Geheimgesellschaften und schien die subversiven Beschaffungssysteme für radikale und erotisch-pornographische Druckschriften zu kennen.[21] Während die gemeinen Soldaten sich mit Blick auf ihre Lektürepräferenzen und ihrer Sozialisierung meist im literarischen Submilieu orientierten, gehörten Offiziere zu einer ökonomisch kaufkräftigen Zielgruppe, die während ihres aktiven Kriegsdiensts zur Kompensation ihrer Felderlebnisse literarisch-ästhetische Lektüre favorisierten und über die aktuellen Trends im belletristischen Buchmarkt informiert sein wollten. Zweifelsohne prägten die Soldaten das Sexualwesen in der preußischen Residenzstadt, das von Eheregelungen bis zur Herausbildung des Typus der Soldatenfrau (Marketenderin) hin zu speziellen militärischen Dienstleistungen am Soldaten in Gestalt eines kontrollierten Bordellbetriebs reichte. Die einfachen Soldaten erwarben ihre zotigen, erotisch-pornographischen Lesestoffe in Winkelleihbüchereien oder unterm Ladentisch von fragwürdigen Buchbindern und Buchhändlern. Sie konsumierten Erotika, praktizierten Sexualität in den Bordellen, aber sie publizierten gemeinhin nicht über die sexualmedizinischen Diskurse ihrer Zeit, sondern waren allenfalls deren Untersuchungsgegenstand.

Das adelige Pendant zum einfachen Soldaten war dagegen Prince Charles-Joseph de Ligne (1735–1814), um nur ein prominentes Beispiel zu nennen, ein Militär und Freigeist, ein exzellenter Kenner des europäischen Adels und seiner sexuellen Freizügigkeiten sowie ein glänzend vernetzter Briefkorrespondent.[22] De Ligne führte den Diskurs über Sexualhygiene insbesondere in den Garnisonstädten weiter und plädierte dafür, innerhalb des Militärs Homosexualität zu legalisieren. In einem Gedicht *Zum Nutzen der Streitkräfte ihrer Majestät* versuchte er Friedrich II. von dieser Art von Prävention gegen Geschlechtskrankheiten zu überzeugen. Ebenso in seiner Schrift *Warum heißt es, Päderastie sei – gegen die Natur*, in der er nachzuweisen suchte, dass das Militär wegen Geschlechtskrankheiten, die es sich bei Bordellbesuchen zugezogen habe, zu zwei Dritteln nicht mehr wehrfähig sei.[23] Sein Appell an Friedrich II., Masturbation und Homosexualität im Militär doch zu legalisieren, basierte auf der Annahme, dass sich homosexuelle Neigungen im zunehmenden Alter zurückbilden würden. Eine weitere Schrift, die *Verteidigung der Unzucht*, fand offenbar große Resonanz und wurde sogar in den literarischen Salons vorgelesen. Für seine sexualmedizinische Ratgeberliteratur gründete de Ligne mit den *Roten Büchern* eine eigene Reihe. Neben seinen provokant-skandalierenden Sexualratgebern verfasste de Li-

---

20 Vgl. hierzu den jüngst erschienenen, lesenswerten Sammelband von Guido Naschert (Hrsg.): Friedrich Christian Laukhard (1757-1822). Schriftsteller, Radikalaufklärer und gelehrter Soldat. Paderborn: Schöningh 2017, hier ders.: Laukhard und die Radikalität. Eine Fallstudie über Gründe, Motive und Faktoren ›aufgeklärter‹ Radikalisierung, S. 71–95.

21 Naschert: Laukhard und die Radikalität (wie Anm. 20), S. 80–81.

22 Auch Charles-Joseph de Ligne hinterließ eine Autobiographie, in der er von seiner Lesesozialisierung berichtete. Frühe Lektüreerfahrungen machte er mit erotischen Texten, u.a. die europäischen Klassiker der erotischen Literatur *Thérèse Philosophe* (1748) und *Le Prince Apprius* (1728). Vgl. Philip Mansel: Der Prinz Europas. Prince Charles-Joseph de Ligne 1735–1814. Stuttgart: Cotta 2006, S. 17.

23 Ebd., S. 58.

gne zahlreiche Kurzgeschichten, die homoerotische Praktiken behandelten, u.a. die 1765 erschienene Erzählung *Les deux amis*, mutmaßlich einer der frühesten homoerotischen literarischen Texte der modernen Literatur.[24] De Ligne schlug spezielle Kommunikationscodes für Akteure in Homosexuellenkreisen vor, bspw. ein Händedruck, der Insider über die sexuelle Orientierung seines Gegenübers diskret informierte. Für den Dresdner Hofbuchhändler Georg Conrad Walther (1710–1778), der sich auf den Verlag französischer Aufklärungsliteratur spezialisiert hatte, wirkte er als literarischer Agent. Während des Siebenjährigen Krieges veröffentlichte de Ligne zahlreiche Kriegsberichte und Kriegserzählungen. Er unterhielt ein europaweites Korrespondenznetz und pflegte enge Kontakte zu den europäischen Regierungen, so dass er sich als Geheimdiplomat und Vermittler zwischen den Kriegsparteien qualifizierte.[25] Es verwundert nicht, dass de Ligne auch mit Giacomo Casanova (1725–1798) im Austausch war und ihm beratend zur Seite stand, als dieser 1789 / 1790 seine *Geschichte meines Lebens* verfasste. Er bestärkte Casanova nicht nur darin, die von erotischen Abenteuern geprägten Memoiren ›unkastriert‹ zu belassen, sondern empfahl seinen Freund an Walther in Dresden, um aus seinen amourösen Abenteuern maximal Kapital daraus zu schlagen: »Machen Sie es wie ich. Verkaufen Sie Ihr Leben an die Brüder Walther in Dresden für hundert Dukaten im Jahr«.[26]

Die im Militär und in den Garnisonstädten augenscheinlich ausgeprägte Präferenz für erotisch-pornographische Lesestoffe mag, dem studentischen Milieu vergleichbar, ein Kompensationsmechanismus gewesen sein, denn für Studenten und Militärangehörige war es gleichermaßen schwierig, eine legale sexuelle Beziehung zu unterhalten. Die Lust am Obszönen, an derber Komik und Erotisch-Pornographischem kann als eine Ausweich- und Kompensationsstrategie gewertet werden.[27] Im studentischen und soldatischen Milieu entfaltete sich nicht nur eine derb-komische Zotenkultur, sondern – in diesem Fall getragen von gelehrten Militärs – eine kluge Verflechtung von Sexualitätsdiskursen und radikalen philosophischen Systemen, die im »literarischen Souterrain« (Mulsow) wirkten.[28] In Berlin bildeten Militärangehörige mit ihren Familien eine neue, attraktive Zielgruppe für das Buchgewerbe und für die Vielzahl von Leseeinrichtungen. Kriegsinvalide oder desertierte Soldaten wiederum suchten ihr Auskommen im Hausierhandel oder verdingten sich – wegen ihrer herausragenden geografischen Kenntnisse sehr geschätzt – in Schmugglerbanden.[29]

---

24 Ebd., S. 59.

25 Ebd., S. 167.

26 De Ligne hatte 1794 selbst einen Verlagsvertrag bei Georg Conrad Walther in Dresden unterschrieben. Ebd. S. 259.

27 Vgl. hierzu die aufschlussreiche Studie von Stefan Brüdermann: Göttinger Studenten und akademische Gerichtsbarkeit im 18. Jahrhundert. Göttingen: Vandenhoeck & Rupprecht 1990, der die gerichtlich verfolgten studentischen Vergehen rekonstruierte, die hauptsächlich in sexuellen Verfehlungen bestanden (Prostitution, illegitime sexuelle Beziehungen, Alimente und Heiratsversprechen). Vgl. auch Naschert: Laukhard und die Radikalität (wie Anm. 20), S. 83.

28 Ebd.

29 Haug: Der Untergrundbuchhandel und seine Handelsnetzwerke (wie Anm. 3), S. 198.

2.3 Brandenburg-Preußen als Raum der intellektuell-gelehrten und literarisch-kulturellen Vielfalt im 18. Jahrhundert

Die preußische Residenz- und Garnisonstadt Berlin bot bereits um 1700 eine bemerkenswerte literarisch-kulturelle Vielfalt, ein ausgeprägt intellektuelles Leben und beide Erscheinungen sind ein Resultat der geographisch-politischen Besonderheiten von Brandenburg-Preußen, die Potsdam und Berlin als Region und Raum bis zur Gründung des Deutschen Bundes prägen werden.[30] Galt Berlin um 1700 noch als regionale Hauptstadt zweiten Ranges mit einer Bevölkerungszahl von etwa 35.000 Einwohnern, somit den Städten Dresden, Königsberg und Nürnberg (etwa 40.000 Einwohner) vergleichbar, und doch weit abgeschlagen von Handelsmetropolen wie Hamburg (ca. 70.000 Einwohner) oder Wien (114.000 Einwohner), konnte sich die preußische Residenz- und Garnisonsstadt in der zweiten Hälfte des 18. Jahrhunderts mit knapp 175.000 Einwohnern zwar noch immer nicht mit den europäischen Großstädten London (865.000 Einwohner) oder Paris (650.000 Einwohner) messen, doch Berlin rückte allmählich an die Spitze der bevölkerungsreichsten Städte in Deutschland. Mit steigender Bevölkerungszahl verdichtete sich nach und nach das Netz an Druckereien, Verlagen, Buchhandlungen und Leihbüchereien sowie literarischen Gesellschaften und Klubs. Vor dem Hintergrund, dass Nord- und Osteuropa (insbesondere die skandinavischen Länder, aber auch Russland) ihren Bücherverkehr verstärkt über Berlin abwickelten, avancierte die preußische Hauptstadt zu einem der wichtigsten Stapelplätze des norddeutschen Buchhandels. Neben Hamburg, Halle, Erfurt und Gotha zählte Berlin außerdem zu den bedeutendsten Zentren der Romanproduktion im deutschsprachigen Raum. Seit den 1770er Jahren stieg die Zahl der Verlagsgeschäfte von 15 auf 24 und Ende des 18. Jahrhunderts kamen auf etwa 150.000 Einwohner 26 privilegierte Buchhandlungen.[31] Im Zentrum des Berliner Verlagsgewerbes standen die Verlagshäuser von Christian Friedrich Voß (1724–1796), Friedrich Nicolai (1733–1811) und Haude & Spener (gegründet 1614), gefolgt von Gottlieb August Lange (gestorben 1795), Christian Friedrich Himburg, Gottlieb August Mylius (Wirkungsdaten 1763–1846) und Johann Samuel Oehmigke (1761–1827).[32] 1767 etablierte sich unter Federführung von Johann Wilhelm Gleim (1719–1803) die ›Typographische Gesellschaft‹, die sich mit buchgestalterisch ansprechenden Verlagsprodukten im Markt zu profilieren suchte. Die Geschäftsführung übertrug Gleim, in verlegerischen Unternehmungen und im Druckereiwesen unerfahren, dem Berliner Verleger Ch. F. Himburg.[33] Als aufstrebende Verlagsstadt mit exzellenter Verkehrsanbindung entwickelte sich Berlin zu einem attraktiven Wirkungsort für Autoren. Im letzten Drittel des 18. Jahrhunderts ließen sich zahlreiche Unterhaltungsschriftsteller in Berlin nieder und suchten von der

30 Vgl. hierzu Detlef Döring: Berlin als ein Zentrum intellektuellen Lebens um 1700. In: Brückenschläge. Daniel Ernst Jablonski im Europa der Frühaufklärung. Hrsg. von Joachim Bahlcke, Boguslaw Dybas und Hartmut Rudolph. Dößel: Verlag Janos Stekovics 2010, S. 86–101.

31 Johann Goldfriedrich: Geschichte des Deutschen Buchhandels vom Beginn der klassischen Litteraturperiode bis zum Beginn der Fremdherrschaft (1740–1804). Leipzig: Verlag des Börsenvereins der Deutschen Buchhändler 1909, S. 479–480.

32 Ebd. S. 481.

33 Ebd. S. 133.

zunehmend professionellen buchhändlerischen Infrastruktur zu profitieren. Conrad Wiedemann attestierte Berlin eine absolute Konkurrenzlosigkeit mit Blick auf die Kulturblüte der Residenzstadt.[34]

Zu einem wirkmächtigen Zentrum für den Austausch von Aufklärungsideen avancierte das ›Collège français‹ in Berlin, das seit 1696 regelmäßig öffentliche Disputationen u.a. über radikalreligiöse Themen veranstaltete, so dass allein deshalb die Einrichtung unter dem latenten Verdacht stand, häretisches Gedankengut zu verbreiten.[35] Eine wichtige Zäsur für Berlin in seiner Rolle als Zentrum der Frühaufklärung stellte auch die Berufung von Samuel Pufendorf (1632–1694) dar, dessen Schriften insbesondere in den französischen Gemeinden stark rezipiert wurden, sowie die Ernennung von Philipp Jakob Spener –(1635–1705) zum Pfarrer und Probst der Nicolaikirche im Jahr 1691.[36] Theologen und Philosophen wie Samuel Pufendorf, Hugo Grotius (1583–1645), Mathurin Veyssière La Croze (1661–1739), der 1725 am ›Collège français‹ den philosophischen Lehrstuhl übernommen hatte, sowie Friedrich Wilhelm Stosch (1648–1704) trugen zur Entfaltung einer progressiven, als radikalaufklärerisch eingestuften philosophischen Strömung in Berlin ebenso bei wie zur Herausbildung eines regen subversiven Handels mit radikalaufklärerischen Schriften. Die relativ ungehinderte Zirkulation des Werks *Concordia rationis et fidei* 1694 von Stosch in Berliner Intellektuellenkreisen führte schließlich zur massiven Intervention der Universität Frankfurt / Oder, die den brandenburgischen Kurfürsten aufforderte, diese ketzerische Schrift umgehend zu verbieten, so dass das Buch 1694 auf dem Neuen Markt in Berlin öffentlich verbrannt wurde.[37]

Seit den 1740er Jahre verzeichnete Berlin einen kontinuierlichen Zuzug von Gelehrten, die verstärkt einflussreiche Positionen in wissenschaftlichen Institutionen, in Akademien und in literarischen Gesellschaften, Leseklubs und Lesecafés einnahmen, u.a. Jean Deschamps (1707–1767), französischer Philosoph und preußischer Hofprediger, und Jean Henri Samuel Formey (1711–1797), führendes Mitglied der Berliner Akademie der Wissenschaften und Mitarbeiter an der *Encyclopédie* von Denis Diderot (1713–1784) und Jean-Baptiste le Rond d'Alembert (1717–1783). Die fortschreitende Profilierung der Residenzstadt als Zentrum frühaufklärerisch-intellektuellen Wirkens und Publizierens stimulierte auch die expansive Entwicklung des Verlagsgewerbes. Mit dem Verleger Johann Ambrosius Haude (1690–1748) gewann Berlin beispielsweise einen engagierten, einflussreichen und in internationalen Buchhandelsnetzwerken bestens verankerten Verleger und Buchhändler, der sich ebenso engagiert im internationalen Verlagsgeschäft wie im

34 Vgl. Martin Disselkamp / Claudia Sedlarz: Tableau de Berlin. Beiträge zur ›Berliner Klassik‹ (1786–1815). Hannover: Wehrhahn-Verlag 2005, S. 4. Die Forschungsergebnisse in Gestalt von vielfältigen Qualifikationsschriften und Tagungsbänden des mehrjährigen Akademieprojekts Berliner Klassik, initiiert und geleitet von dem Berliner Literaturwissenschaftler Conrad Wiedemann, gelten noch immer als wegweisend. Zu nennen sind außerdem die im Umfeld von Conrad Wiedemann entstandenen Untersuchungen von Iwan Michelangelo D'Aprile, von Stefanie Stockhorst und des unlängst verstorbenen Günther Lottes. Gleichwohl: Eine systematische historische Rekonstruktion des Berliner Verlags- und Buchhandelsgewerbes in seiner Gesamtheit ist noch immer Desiderat.

35 Vgl. Aufklärung in Berlin (wie Anm. 11), S. 13–17.

36 Ebd., S. 25–29.

37 Ebd., S. 33–41.

Handel mit verbotener Literatur betätigte.[38] Das hinterlistige Spiel mit der Zensur, mit der Provokation und Doppeldeutigkeit beherrschten auch Guillaume Thomas François Raynal (1713–1796) und seine Verleger und erzielten damit Aufmerksamkeit in den europäischen Intellektuellenkreisen. Sein prominenteste und umstrittenste Werk *Histoire philosophique et politique des établissements et du commerce des Européens dans les deux Indes* (1770) war bereits 1772 verboten worden; dennoch ging Raynal 1774 mit einer Neuausgabe unter dem Titel *Histoire de deux Indes* auf den Markt, auch diese Ausgabe wurde sofort auf den Index gesetzt. Für den widerspenstigen Autor kein Grund, sich nicht an die Vorbereitung einer dritten Auflage zu machen, die 1780 erschien. 1782 wurde Raynal zur Flucht gezwungen, die ihn über Frankreich und Belgien nach Mainz, Frankfurt / M. über Gotha und Weimar nach Potsdam führte, wo er Asyl am Hofe Friedrich II. erhielt. Obwohl Raynal in seiner *Philosophischen und politischen Geschichte der Besitzungen und des Handels der Europäer in beiden Indien* (Genf 1780) in einem Kapitel massive Kritik am preußischen Regenten übte, mutmaßlich von Denis Diderot verfasst, schätzte Friedrich II. Raynal und pflegte einen freundschaftlichen Austausch.[39] Präsenz und Duldung von Intellektuellen, die sich über ihre provozierende Widerspenstigkeit einen Namen gemacht haben, generierten innerhalb der europäischen Intellektuellenkreisen Aufmerksamkeit, die – kaum residierten diese am Hofe Friedrich II. – sich auch auf Berlin als Umschlagsplatz für subversive Lesestoffe richtete. Die starke Präsenz radikalaufklärerischer Kreise in Preußen sowie in der Residenzstadt Berlin bereitete in vielerlei Hinsicht den Boden für die Herstellung und Distribution von erotisch-pornographischen Lesestoffen, die je nach Radikalität in ihrer textlichen oder bildlichen Darstellungsweise recht ungestört im literarischen Raum zirkulierten oder in den semi-öffentlichen Raum verbannt wurden, von den Buchhändlern und Winkelleihbuchhändlern unter der Ladentheke aber kaum weniger gestört gehandelt wurden.

3. »Räume der Wollust« – Brandenburg-Preußen und seine territorialen Enklaven im 18. Jahrhundert

Will man die »Räume der Wollust« im Brandenburg-Preußen im 18. Jahrhundert aufhellen, gelte es, das Buch- und Verlagsgewerbe, seine öffentlichen und semi-öffentlichen Kommunikations- und Distributionsräume der territorialen Enklaven systematisch zu erforschen und das Zusammenspiel der Buchhändler und Verleger in den territorialen Enklaven mit der Verlagsstadt Berlin aufzudecken. Gerade der osteuropäische Raum stellte für Berliner Verleger einen bedeutenden Absatzmarkt dar. Zahlreiche Verleger versuchten sich diesen Markt sukzessive durch handelsstrategisch klug platzierte Filialgründungen in den ostpreußischen Enklaven zu erschließen. Die Vielzahl an Grenzen, die diese Enklaven vom Kernland trennten, boten kreative Impulse für die Entstehung von literarischen Submilieus. In den preußischen Gebieten herrschte gegenüber den Verwaltungsvorschriften, die über Statthalter in den Provinzen durchgesetzt werden sollten, ein ausgeprägter Wider-

38 Christine Haug: Art. Jakob Philipp Spener. In: Neue Deutsche Biografie 24 (2010). Internetressource: https://www.deutsche-biographie.de/sfz34620.html#ndbcontent

39 Nach neueren Forschungen stammte das fragliche Kapitel (S. 53–59) von Denis Diderot. Das Werk von Raynal erschien mit dem Titel *Die Geschichte beider Indien* 1988 in Der Anderen Bibliothek. Nördlingen: Greno 1988.

stand. Die von Berlin entsandten Bürokraten, die den effizient organisierten Beamtenstaat in den fernen Provinzen etablieren sollten, erlebten die Zuweisung ihrer neuen Wirkungsfelder als Strafversetzung und wurden von der latenten Verweigerungshaltung der Behörden vor Ort zermürbt. Julius von Voss, als Sekondeleutnant 1795 von Thorn nach Glogau versetzt, genoss hier lediglich das Nachtleben und seine Bordellbesuche, und resümierte in seinen Erinnerungen: »Betäubung, sinnliche Betäubung ward meine einzige Zuflucht«.[40] Die preußischen Provinzen entwickelten sich zu ›erotischen Exklaven‹, in denen die Prostitution, die Zahl der Bordelle und die der unehelichen Kinder drastisch stiegen. Militärpräsenz und Prostitution bildeten ein spezielles von Frivolität geprägtes Sozialmilieu. In den Wein- und Kaffeehäusern sowie Tanzhäusern verkehrten Studenten, Militärangehörige und Prostituierte gleichermaßen, häufig verbarg sich hinter dieser Art von Lokalen ein Bordellbetrieb.[41] Ein protypischer Vertreter dieses Lebenswandels war Friedrich Ludwig Zacharias Werner (1768–1823), der 1793 Kammersekretär in Südpreußen und schließlich in den verschiedenen neuen polnischen Provinzen wurde, zuletzt in Warschau arbeitete.[42] Werner verfasste Romane und Erzählungen, die auch Goethe als zu unanständig, frivol und lüstern kritisierte.[43] Warschau galt (nicht nur Werner) als Stadt der »hässlichen Huren«, wo auf etwa 60.000 Einwohner 11.000 preußische Soldaten kamen und kulturelle Veranstaltungen wie Theateraufführungen allenfalls von Soldaten und Freudenmädchen besucht wurden.[44] Die Provinzen in Süd- und Ostpreußen avancierten zu wichtigen literarischen Absatzgebieten, doch wegen der defizitären verlegerischen Infrastruktur etablierten sich hier insbesondere Verleger und Buchhändler, die u.a. auf das schnelle Geschäft mit erotisch-frivolen Schriften spekulierten, Verlagsunternehmen, die oftmals nur wenige Jahre existierten und schließlich nahezu spurlos wieder vom Markt verschwanden. Doch der Fokus gilt im Folgenden Berlin, eine Residenz- und Handelsstadt, Garnisonstadt und Kulturzentrum im 18. Jahrhundert, ausgestattet mit einem sich zunehmend verdichtenden Netz an Druckereien, Verlagen und Buchhandlungen sowie einem bereits in der zweiten Hälfte des 17. Jahrhunderts etablierten funktionalen subversiven Distributionssystems, über das die Druckschriften frühaufklärerischer radikaler Denker zirkulierten.

Das Verlagsunternehmen Ambrosius Haude (1640–1748) hatte sich – um nur ein Beispiel zu nennen – als ein wirkmächtiges Informations- und Kontaktzentrum in Berlin etabliert, das Haus des Verlegers war Ort für literarisch-philosophische Zusammenkünfte und wichtige Drehscheibe für den Handel mit verbotenen Schriften, eine Rolle, die das Verlagshaus unter dem Namen Haude & Spener noch in der zweiten Jahrhunderthälfte erfüllte. In der zweiten Hälfte des 18. Jahrhunderts zirkulierten in den vormals frühaufklärerisch-subversiven Netzwerken die Druckwerke der Mitglieder der Potsdamer Tafelrunde; auch hier spielte der im Untergrundbuchhandel erfahrene Ambrosius Haude eine herausragen-

40 Rüdiger Safranski: E.T.A. Hoffmann. Das Leben eines skeptischen Phantasten. Frankfurt / M.: S. Fischer 2014, S. 108.

41 Ebd., S. 38–42.

42 Günter de Bruyn: Sünder und Heiliger. Das ungewöhnliche Leben des Dichters Zacharias Werner. Frankfurt / M.: S. Fischer 2016.

43 Ebd., S. 113–114.

44 Ebd., S. 30, 35–36.

de Rolle, ebenso die medizinisch-sexualaufklärerischen und erotisch-pornographischen Texte – einerseits als über die Niederlande aus Frankreich importierte Originalschriften, andererseits als (und gemeinhin in Berlin angefertigte) Übersetzungen.

3.1 Zirkulation und Rezeption von radikalaufklärerischen Werken im Raum Potsdam-Berlin bis 1750

Für die Regierungsära Friedrichs II. findet die von Armin Biermann erstellte Maxime, »wo ›Macht‹ funktioniert, erübrigt sich Zensur« eine ihrer präzisesten Umsetzungen.[45] In kaum einer anderen Studie wird diese Allianz zwischen Machtanspruch und liberaler Zensur schonungsloser herausgearbeitet als in Ursula Pia Jauchs Buch *Friedrichs Tafelrunde & Kants Tischgesellschaft. Ein Versuch über Preußen zwischen Eros, Philosophie und Propaganda* (2014). Zwischen 1736 und 1756 war Preußen von einer ungewöhnlich freien und freizügigen Debattenkultur geprägt, ein Land, das europäische Freigeister und politisch verfolgten Schriftstellern Asyl bot, radikalen Denkern und Libertins am preußischen Hof einen Diskussionsraum bot.[46] Auf der einen Seite installierte Friedrich II. einen Überwachungsstaat mit maximaler Gesinnungskontrolle, auf der anderen Seite entfalteten sich klandestine Netzwerke weit über Potsdam und Berlin hinaus; dem international vernetzten Regenten gelang es mit einem effizienten Agenten- und Spitzelsystem auch die ostpreußischen Enklaven unter Kontrolle zu halten und über die Diskurse bspw. in Königsberg anhaltend informiert zu sein.[47] Folgt man Jauch, so errichtete Friedrich II. eine Art von »Denkgefängnis« in Potsdam, zumal der autoritäre, kontrollsüchtige Regent seinen prominenten Gästen gemeinhin jegliche Bewegungsfreiheit nahm, denn ohne seine Zustimmung durfte keiner seiner illustren Gäste den Hof verlassen.[48] Seine Ambitionen zielten auf eine Wiederbelebung des antiken Epikureismus in Sanssouci, deshalb lud er Gesinnungsgenossen aus ganz Europa ein, mit ihm zu diskutieren. In der Zeit von Friedrich II. Machtantritt bis zur Mitte des 18. Jahrhunderts war anonymes Publizieren in Potsdam und Berlin der Normalfall, ein Verfahren, das der Regent auch selbst praktizierte. So erschienen seine eigenen Schriften, bspw. der *Anti-Machiavel* (1740) und die *Œuvres du Philosophe de Sans-Souci* (1750) ohne Nennung von Autor und Druckort. Zehn Jahre später erfolgte schließlich die Indizierung der *Œuvres du Philosophe de Sans-Souci* auf Druck der römisch-katholischen Kirche, ein Verfahren, das den Verfasser als radikalen Denker seiner Zeit auszeichnete.[49] Eine Auszeichnung, die sich aber auch gegen den Regenten und in diesem Fall gegen den Kriegsherrn Friedrich II. wendete, denn im Januar 1760, während des Winterquartiers der Armeen, erschienen binnen vierzehn Tage zwei nicht autorisierte, nahezu identische, politisch hochbrisante Schriften aus den historischen und poetischen Werken Friedrich II. (unter der irreführenden Angabe des Verlagsorts Potsdam, tatsäch-

45 Armin Biermann: Gefährliche Literatur – Skizze einer Theorie der literarischen Zensur. In: Wolfenbütteler Notizen zur Buchgeschichte 13 (1988), S. 1–28, hier S. 11.

46 Ursula Pia Jauch: Friedrichs Tafelrunde & Kants Tischgesellschaft. Ein Versuch über Preußen zwischen Eros, Philosophie und Propaganda. Berlin: Mathes & Seitz 2014, hier S. 11–12.

47 Ebd. S. 19–21.

48 Ebd. S. 142–172.

49 Ebd. S. 44–47.

lich Lyon / Paris).[50] Dieser dementierte seine Autorschaft und bemühte sich um politische Schadensbegrenzung. Entscheidend an dieser gezielten Verflechtung von militärischer und publizistischer Kriegsführung ist, dass hier der preußische Regent als Kriegsgegner auf der Grundlage seiner radikalaufklärerischen und erotisch freizügigen Schriften moralisch diskreditiert werden und politisch geschwächt werden sollte.[51] Die Herausgabe einer vom Regenten autorisierten und inhaltlich bereinigten Neuausgabe der fraglichen Texte hatte längst nicht mehr die Wirkung wie die heimlich in Umlauf gebrachten Versionen.

Die in Preußen um 1750 ausgeprägte und von Friederich II. selbst beförderte Praxis des klandestinen Publizierens, die Installation von weitreichenden, über weite geografische Entfernungen hinweg funktionierenden subversiven Netzwerken sowie die Distribution und Rezeption von im literarischen Untergrund produzierten radikalen Schriften, insbesondere von erotisch-pornographischen Werken, erlebten mit dem publizistischen Wirken des französischen Radikalaufklärers Julien Offray de la Mettrie einen weiteren Höhepunkt. Die intensive medizinische Auseinandersetzung mit sexualhygienischen Maßnahmen und Seuchenmedizin, mit den Möglichkeiten einer körperlichen Übertragung von Seuchen und die metaphorische Übertragung von körperlicher Ansteckung und geistiger Infizierung, hier hinsichtlich religionskritischer oder ›unanständiger‹ Ideen, wie sie auch La Mettrie in seinen Werken formulierte, trugen zur Dynamisierung des Sexualitätsdiskurses und zum Debatte über erotisch-pornographische Lesestoffe und ihre Wirkung auf die Leser in Preußen seit der Mitte des 18. Jahrhunderts zweifelsohne bei.[52]

3.2 Zirkulation und Rezeption von »unzüchtigen« Lesestoffen im Raum Potsdam-Berlin nach 1750

Spätestens seit den 1760er Jahren schien sich Berlin auch mit Blick auf seine nicht als tadellos wahrgenommene Moral und Sittlichkeit mit europäischen Zentren, allen voran Paris, dem eigentlichen Ort der sexuellen Ausschweifungen, messen zu können. Der Übersetzer von Nicolas E. Retif de la Bretonnes Werk *Der verunglückte Bauer, oder die Gefahren der Stadt und Sucht nach Größe* (1785–1791) bemühte sich um eine Abmilderung des zeittypischen Vergleichs der beiden Stadtkulturen:

> Vielleicht wird man uns auch noch einwenden, daß die Lüderlichkeit bei uns noch nicht zu einem so hohen Grade gestiegen, als sie hier geschildert werde; daß Deutschland keine Stadt aufzuweisen habe, die hierinn Paris gleiche; allein wir fürchten, daß diejenigen, welche Berlin, Wien und sogar Breslau genau kennen; leider in vielem große Aehnlichkeit mit Paris und London finden werden.[53]

50 Biskup: Die Schlacht von Sanssouci. Der roi-philosophe und die klandestine Literatur im Siebenjährigen Krieg (wie Anm. 2), S. 75–92, S. 77.

51 Ebd., S. 75–92, S.79–82.

52 Vgl. Jauch: Friedrichs Tafelrunde & Kants Tischgesellschaft (wie Anm. 46), S. 11–13.

53 Nicolas-Edme Rétif de la Bretonne: Der verunglückte Bauer, oder die Gefahren der Stadt und Sucht nach Größe, nach dem Französischen des Retif de la Bretonne, umgearbeitet hauptsächlich für Deutschlands mittlere Volksklassen von Karl Christoph Nenke. 4 Bde. Gera: Rothe 1785–1791, hier Bd. 1, S. XV.

Eine besondere Konjunktur erlebten vor diesem Hintergrund Skandal- und Enthüllungsromane, Spottschriften auf die Mätresse von Friedrich Wilhelm II., Gräfin von Lichtenau (1753–1820), auf deren Produktion sich u.a. Johann Christian Siede (1765–1806) spezialisiert hatte. Insgesamt sechzehn Romane von Siede handelten von Prostitution, u.a. *Die schöne Diana, Berlins erstes öffentliches Mädchen* (Berlin: Schöne 1794–1796) oder *Biographien einiger merkwürdigen Berlinischen Freudenmädchen* (1782–1792), um nur zwei Beispiele zu nennen.

Neben den zahlreichen Bordellen machte sich Berlin auch einen Namen als Standort für spezielle homoerotische Klubs, deren rege Frequentierung sich auch in der einschlägigen Literatur spiegelte. Paul Derks, der vermutlich beste Kenner der Geschichte der Homosexualität im 18. und 19. Jahrhundert, geht in seiner Studie *Die Schande der heiligen Päderastie. Homosexualität und Öffentlichkeit in der deutschen Literatur 1750–1850* (Berlin 1990) davon aus, dass der Zeitraum von 1750 bis 1850 als Phase einer relativ ungestörten homosexuellen Identitätsfindung angesehen werden könnte.[54]

Eine besondere Ausprägung erfuhr dieses nicht normgerechte literarische und sexuelle Agieren wiederum und vornehmlich durch das Militär, dessen starke Präsenz die Herausbildung eines homosexuellen Submilieus förderte. Die preußische Regierung glaubte deshalb weniger im regulären Bordellbetrieb als vielmehr in den homoerotischen Zirkeln und Klubs die eigentliche Gefahr für den Sittenverfall zu erkennen. Johann Friedel (1755–1789), der Verfasser der *Briefe über die Galanterien von Berlin* (1782), widmete dieser Variante von Galanterien ein eigenes Kapitel,[55] und selbstverständlich distanzierte sich Friedel von diesem sodomitischen Treiben: »Wenn Ausschweiflinge zu entschuldigen sind, so sind es die Sodomiter gewis nicht«.[56] Dennoch folgt eine präzise Beschreibung der Örtlichkeiten, wo Homosexuelle in Berlin anzutreffen sind:

> Sie finden hier Häuser, die unter dem ehrsamen Titel einer Knabentabagie existiren, worinn sich Pürschchen von vierzehn, funfzehn, und mehrern Jahren zu diesem Zeitvertreibe einfinden; und sich nach Gelegenheit mit Mädchen entweder, oder mit warmen Brüdern unterhalten. Sie finden Kuppler und Kupplerinnen, die auf den Straßen herumwandern, und Kinder, auch wohl erwachsene Jünglinge aufsuchen, sie in dergleichen Häuser locken, und davon ihren Gewinn ziehen.[57]

Sodomie und Onanie galten als verwerfliche sexuelle Praktiken, denen eine staatszersetzende Wirkung unterstellt wurde, eine Form von Wehrkraftzersetzung implizierend.

54 Paul Derks: Die Schande der heiligen Päderastie. Homosexualität und Öffentlichkeit in der deutschen Literatur 1750–1850. Berlin: Rosa Winkel 1990, hier S. 10–11. Zielsetzung der Studie von Derks ist die Erforschung von aufklärerischen Alternativen zur auf die Ehe zielende heterosexuelle Monogamie und Aufhellung des Übergangs der Debatte über Homosexualität in einen medizin-psychiatrischen Diskurs seit der Mitte des 19. Jahrhundert.

55 Briefe über die Galanterien von Berlin auf einer Reise gesammelt von einem österreichischen Offizier 1782. Reprint der Ausgabe von 1782. Hrsg. von Sonja Schnitzler. Berlin: Eulenspiegel-Verlag 1987, S. 147.

56 Ebd. S. 152.

57 Ebd. S. 154.

Eine Gegenmaßnahme von homosexuellen Sexualpraktiken und Onanie – nicht zuletzt stimuliert durch die Lektüre von erotisch-pornographischen Texten – glaubten fortschrittliche Denker der Liberalisierung und in einem staatlich kontrollierten Zugang zu Bordellen zu erkennen, denn es galt Sodomie und Onanie, weil heimlich betrieben und sich der Aufsicht der Polizei entziehend, durch Legalisierung von Prostitution – gerade innerhalb des preußischen Militärs – in die Öffentlichkeit zu überführen, also ein unkonventionelles Plädoyer für eine staatlich geförderte Prostitution als wirkungsvolle Maßnahme gegen sexuelle und literarische Subversion! Berlin schien in seiner Verflechtung von Residenz- und Garnisonstadt somit ein idealer Ort für einen relativ liberalen Diskurs über Homosexualität, zumal in der Regierungsära Friedrich II. dem Regenten selbst homoerotische Neigungen zugesprochen wurden. Um 1750 wurde die Knabenliebe als griechische bzw. sokratische Liebe bezeichnet, Homosexualität als solche war noch nicht erkennbar, daher verwandten insbesondere die Kritiker den Begriff der Sodomie, die auch nach dem Allgemeinen Landrecht unter Strafe gestellt war.[58] Die von Voltaire bevorzugte Übersetzung von ›paederasta‹ als ›bougre‹ unterstreicht zugleich die engen Verbindungen von sexuell differierenden Orientierungen, Freigeist und Libertin. Johann Georg Hamann (1730–1788), der sich in den Aufklärungszirkeln in Königsberg bewegte, bezeichnete das friderizianische Berlin als *warmes B – im sokratisch-philanthropischen Israel.*[59] In seiner Rezension *Des Ritters von Rosencreuz letzte Willensmeynung* (1772) richtete er das Wortspiel der warmen Brüder an die Adresse des aufgeklärten Berlins:

> Jene warmen Brüder des menschlichen Geschlechts, die Sophisten zu Sodom-Samaria, welche sich an den Selbstgesprächen des Markantonin Aftokrator Tag und Nacht erbauen, haben zwar im dreizehnten Kapitel seines sechsten Buches gelesen, daß die Cheville virifique, worauf die ganze Erhaltung und Vermehrung der ames moutonniers, ihrer Schlachtheerden, ankommt in parui intestini affricone mucique excretione convulsiva bestehe: aber die spannen die Pferde hinter den Phaeton.[60]

Der Verfasser der *Briefe über die Galanterien* attestierte Berlin eine großstädtische Subkultur homosexueller Gesellschaften.[61] Die Affinität zwischen Homosexualität und Freigeisterei ergab sich aus der Einschätzung ihrer Kritiker, dass sexuelle Freizügigkeit und Sodomie als staatszersetzend einzustufen seien. Christoph Martin Wieland sah sein gesamtes literarisches Werk als unmoralisch und obszön denunziert, obgleich er seine eigene sexuelle Orientierung als aufgeklärt und unproblematisch einordnete. »Der heiligste Naturtrieb [sei allenfalls] durch Pfaffereien getadelt und verschrien worden«.[62]

Die subversiven Korrespondenznetzwerke, innerhalb derer radikale und erotisch-pornographische Lesestoffe zirkulierten, verbanden nicht allein Potsdam, Berlin und Königs-

---

58 Derks: Die Schande der heiligen Päderastie (wie Anm. 54), S. 25. Vgl. auch den Beitrag von Wolfgang Burgdorf im vorliegenden Band.

59 Derks: Die Schande der heiligen Päderastie (wie Anm. 54), S. 62.

60 Ebd. S. 90–91.

61 Ebd. S. 93.

62 Ebd. S. 232.

berg, sondern reichten weit in die hinsichtlich ihrer literarischen Infrastruktur weniger ausgebildeten west- und südpreußischen Provinzen hinein. Sicherlich, Königsberg gehörte zu den namhaften Zentren, das als Pendant zu Potsdam eine eigene Tafelrunde begründete, an der neben Johann George Scheffer auch Theodor Gottlieb von Hippel (1741–1796) verkehrte, ebenso Johann Daniel Funk (1721–1764), ein für seine sexuellen Ausschweifungen bekannter Freigeist, sowie Johann Georg Hamann (1730–1788), Autoren, die sich an der Produktion und am Handel mit subversiver Literatur aktiv beteiligten. Aber auch im westlichen Territorium bildeten sich erotisch aktive Enklaven heraus, beispielsweise in Kleve, wo der Verleger und Buchhändler Johann Georg Bärstecher (geb. 1749) in engem Austausch mit der *Société typographique de Neuchâtel* (STN) stand und sich über dieses Verlagshaus das komplette Angebot an ›livres philosophique‹ besorgte.[63] Kleve avancierte allein wegen seiner günstigen Verkehrslage zu einem wichtigen Umschlagsplatz für französische Aufklärungsliteratur, denn über die Rheinschifffahrt erreichten Bärstecher seine Bestellungen aus Neuchâtel zuverlässig innerhalb von drei Monaten über Basel. Kleve war über 600 Kilometer vom preußischen Kernland und seiner Hauptstadt Berlin entfernt, so dass sich hier ideale Bedingungen für die grenzübergreifende Distribution von erotisch-pornographischen Texten aus Frankreich und den Niederlanden boten.

Die Drucker und Händler von erotisch-pornographischen Lesestoffen in Berlin praktizierten die im europäischen Untergrund längst etablierten Produktions- und Vermarktungsstrategien: Die Werke der am Hofe Friedrichs II. weilenden französischen Freigeister sowie radikalaufklärerische Schriften zirkulierten in der Residenzstadt als Duodez- und Sedezformat, der Umfang der Texte betrug kaum mehr als einhundert Seiten und es wurde eine kreative ›Druckortlügenpraxis‹ (Jauch) praktiziert. Die Verschleierung der Residenzstadt Berlin als Druck- und Verlagsort für radikalaufklärerische und sittlich anstößige Schriften wurde entweder durch die Wahl ausländischer Verlagsorte (u.a. Amsterdam, London) vorgenommen, oder aber durch fiktive, oftmals aus der Antike stammenden, Bezeichnungen wie bspw. ›Cythère‹, die Insel der Liebe, nordwestlich von Kreta gelegen, in der Mythologie das Kultzentrum der Aphrodite.[64] Der fingierte Verlagsort Cythère für erotisch-pornographische Druckschriften war noch aus anderen Gründen anspielungsreich, denn Friedrich II. war ausgesprochener Liebhaber der Werke Antoine Watteaus (1684–1721), dessen bekanntes Bild *Einschiffung nach Cythère* seinen Weg an den preußischen Hof fand. Der Regent erwarb für seine Residenzen Potsdam und Berlin in großer Anzahl die Gemälde Watteaus. La Mettrie agierte bewusst und protegiert von Friedrich II. im Raum des Skandalösen, stets auf subtile Provokation bedacht, listig und doppeldeutig. Seine Texte, die medizinische und aufklärungsphilosophische Diskurse eng verflochten, thematisierten – maskiert als Sexualratgeber – mögliche Präventionsmaßnahmen gegen Geschlechtskrankheiten. La Mettrie äußerte sich (wie so oft und im Submilieu gerne praktiziert) im Schatten der eigentlichen Autorität, des Holländers Herman Boerhaave (1668–

63 Vgl. hierzu den Beitrag von Jeff Freedman in diesem Band.

64 Vgl. Norbert Elias: Watteaus Pilgerfahrt zur Insel der Liebe. Frankfurt / M. und Leipzig: Insel 2000, hier S. 13.

1738).[65] Generell von Bedeutung, die starke Affinität zwischen medizinischen, sexualhygienischen und erotisch-pornographischen Diskursen, die sich nicht zuletzt auch in den Verlagsprogrammen einschlägig im Bereich des Erotika-Geschäfts tätigen Verleger niederschlug. Eine wichtige Rolle spielte in diesem Kontext die Rezeption des wissenschaftlichen Werks von Adriaan Beverland (1650–1716), das La Mettrie ins Deutsche übersetzte und somit maßgeblich zur Verbreitung seiner Ideen in Preußen beitrug.[66] Zur anhaltenden Rezeption der Werke La Mettries trugen namhafte Autoren bei. Neben Christoph Martin Wieland gehörte Johann George Scheffner zu den intensivsten Rezipienten seiner Werke, insbesondere von dessen Glückstheorie und die Schrift *Kunst der Wollust* erregten Scheffners Aufmerksamkeit. Mit Blick auf die Rezeption von erotisch-pornographischen Lesestoffen schloss er sich La Mettrie an. Auch Scheffner hielt diese Art Literatur für ungefährlich, konstatierte aber, dass nur ›abgeschlaffte Wollüstige‹ schlüpfrige Texte und Kupferstiche benötigen. Doch diese Position hielt ihn nicht davon ab, mit *Ernst und Minette. Ein erotischer Roman mit einigen Beilagen und sieben lüsternen Kupfertafeln* (Cythère = Berlin 1791)[67] einen der bedeutendsten in deutscher Sprache verfassten erotischen Romane zu verfassen. Scheffners erotischer Roman gehört zu einer explizit deutschen Produktion, die auf keiner ausländischen Vorlage basiert, und bereits im Titel warb der Autor offen mit lüsternen Kupfertafeln für ein besonderes Lese- und visuelles Vergnügen. Johann George Scheffner wirkte in Königsberg, war langjähriger Freund von Immanuel Kant und Mitglied von dessen Tafelrunde.

Auf den französischen Radikalaufklärer und Erotiker La Mettrie gilt es näher einzugehen, denn für die öffentliche Thematisierung von sexuell-freizügigen Themen in Berlin scheinen dessen Werke einen besonderen Stellenwert einzunehmen. Gerade seine Ausführungen über die expansive Verbreitung von Geschlechtskrankheiten im Militär und die von ihm formulierten Präventionsmaßnahmen fielen in der Garnisonsstadt auf fruchtbaren Boden. Der Diskurs über die Vermeidung von Geschlechtskrankheiten und über homosexuelle Praktiken fand seine Verknüpfung dergestalt, dass La Mettrie für die Legalisierung von Homosexualität eintrat, die nachhaltigste Prävention gegen die Lustseuche. Seine sexualmedizinischen Ausführungen erlebten in Berlin eine große Resonanz und der Offizier und Schriftsteller Johann George Scheffner wird im letzten Drittel des 18. Jahrhunderts seine Thesen auf einer intensiven Rezeption der Werke des radikalen Franzosen aufbauen. Die Schriften u.a. dieser beiden Autoren, umrahmen die Auseinandersetzung über sexuelle Freizügigkeit, homosexuelle Praktiken und Zirkel im Kontext der Sexualhygiene.

65 Ursula Pia Jauch: Jenseits der Maschine. Philosophie, Ironie und Ästhetik bei Julien Offray de La Mettrie (1709–1751). München: Hanser 1998, S. 70–77.

66 Ebd. S. 67–77.

67 Vgl. die Neuausgabe dieses erotischen Textes Ernst und Minette. Ein erotischer Roman mit einigen Beilagen und sieben lüsternen Kupfertafeln. Hrsg. von Simon Bunke. Hannover: Wehrhahn-Verlag 2009 (Fundstücke, 23).

3.3 La Mettrie – wirkmächtige Kultfigur des literarischen Untergrunds im Berlin des 18. Jahrhunderts

Mit der Aufnahme von La Mettrie an den preußischen Hof 1748 wirkte fortan ein wirkmächtiger Bahnbrecher für erotische Liberalität in Preußen und Berlin. 1747 erschien La Mettries Werk *L'homme machine*, nach dessen Erscheinen der Autor mit Unterstützung seines Verlegers Élie Luzac (1721–1796) heimlich die holländische Grenze überschritt. La Mettries Präsenz in Potsdam und Berlin beförderte Druck und Handel mit radikalaufklärerischen Schriften. Der Potsdamer Hofbuchhändler Christian Friedrich Voß (1724–1796) brachte Ende 1748 La Mettries Seneca-Übersetzung *Traité de la vie heureuse par Séneque* heraus. 1750 und 1751 erschien das Werk in neuen Versionen unter Angabe der Druckorte Potsdam und Amsterdam unter dem Titel *Anti-Sénecque le souverain bien*. Das brisante Druckwerk erregte sofort die Aufmerksamkeit des preußischen Generalfiskals Johann Christian Uhden (1695–1783), der unter Berufung auf die Kabinettsorder vom 14. April 1748 gegen die Verbreitung vorging. Dem Verfasser des *Anti-Sénecque* wurde unterstellt, Amoral, Frivolität und sexuelle Ausschweifungen zu glorifizieren.[68] Der Verleger Voß dagegen berief sich auf die Zustimmung Friedrichs II., der die Veröffentlichung des Textes befürwortet habe.[69] Der Berliner Verleger Spener, der ebenfalls La Mettries ›pièce scandaleuse‹ herausgab, entschied sich dagegen, sich vor dem Druck bei der Regierung eine Genehmigung einzuholen.[70] La Mettrie unterstand augenscheinlich dem Schutz Friedrichs II., denn er verbat sich jeglichen Einspruch der weltlichen und kirchlichen Behörden gegen dessen Druckschriften. Die Zensurmaßnahmen des Regenten zielten nicht auf die Regulierung des Buchgewerbes, sondern primär auf Geheimhaltung von militärischen Informationen sowie auf Rücksichtnahme außenpolitischer Beziehungen.[71] So galt bereits in den 1740er Jahren die preußische Residenzstadt den Zeitgenossen als Hochburg radikaler Ideenzirkulation und Frivolität. Auch Lessing hatte Zugriff auf das als rar geltende Buch *Anti-Séneque*. Er berichtete in Briefen an seinen Vater davon, dass ihm dessen Druckwerke und die von Johann Christian Edelmann gleichermaßen in Berlin zugänglich seien.[72] Voltaire schrieb d'Alembert 1752 über das ›Sparta des Nordens‹: »Es gibt erstaunlich viel Bajonette und sehr wenig Bücher. Der König hat Sparta sehr verschönt, aber Athen nur in sein Arbeitszimmer übertragen«.[73] La Mettries Fokus galt der Erotik, der erotischen Literatur als imaginatives Beförderungsinstrument der menschlichen Glückseligkeit.[74] Der Autor plädierte für erotische Raffinesse, nicht für sexuelle Ausschweifungen, deshalb riet er auch von der Lektüre obszöner Lesestoffe ab, obgleich er diese als ungefährlich einstufte: »man kann die Dinger besser sagen, indem man sie verhüllt; so wie man die Sinne reizen kann, indem man die Neugier des Geistes mit etwas Halbverdecktem kitzelt, das

68 Vgl. Aufklärung in Berlin (wie Anm. 11), S. 251.
69 Ebd. S. 246–248.
70 Ebd. S. 248.
71 Ebd. S. 249–250.
72 Martin Fontius: Voltaire in Berlin. Zur Geschichte der bei G.C. Walther veröffentlichten Werke Voltaires. Berlin: Rütten u. Loening 1966, S. 279.
73 Hier zit. n. Aufklärung in Berlin (wie Anm. 11), S. 276.
74 Jauch: Jenseits der Maschine (wie Anm. 65), S. 359–361.

man nicht wirklich sieht und doch erkennen möchte«.[75] Zuzustimmen ist Jauch, wenn sie davon ausgeht, dass erotische Lesestoffe sich insbesondere als Transportmedium für innovative, provokante Ansichten und Einsichten eigneten, die zu diesem frühen Zeitpunkt gesellschaftlich noch nicht mehrheitsfähig waren.[76] Das raffinierte Spiel mit der Provokation, mit dem Verbergen und Verheimlichen von Ideen und von Druckschriften, die Entfaltung und Anwendung des gesamten Instrumentariums subversiven Wirkens im Schreib- und Distributionsprozess zielten in diese Richtung. La Mettries Lust an der Provokation, seine raffinierten Schachzüge, Manuskripte aus Potsdam herauszuschmuggeln und in Berlin drucken zu lassen, haben den Geheimbuchhandel in der Residenzstadt stimuliert und an der Entstehung eines subversiven Raums mitgewirkt. Die Drucklegung dieser Werke schien ohnehin die geringere Hürde, der Handel mit erotisch-pornographischen Schriften funktionierte in Berlin über ein geschlossenes Netzwerk von in Handel und Konsum dieser speziellen Literatur involvierten Autoren, Drucker, Verleger, Buchhändler und Winkelleseinstitute, die für die rege Zirkulation im Verborgenen sorgten. Die Entscheidung für schmale, kaum mehr als fünfzig Seiten umfassende und im Kleinformat publizierte Druckschriften orientierte sich an den Grundbedingungen des Geheimbuchhandels. La Mettrie avancierte zu einer Art Kultfigur des Geheimbuchhandels der Frühaufklärung, sein Konterfei zirkulierte als Kupferstich, von Georg Friedrich Schmidt (1712–1775) gefertigt, seit 1770 ebenfalls im literarischen Untergrund Berlins.[77]

4 »Bei Himburg bekömst du schönen Druck ...« – Christian Friedrich Himburg (1733–1801) in Berlin

Der Berliner Verleger Christian Friedrich Himburg gehört zu den wohl umtriebigsten Händlern mit erotisch-pornographischen Lesestoffen im deutschsprachigen Raum im 18. Jahrhundert. Dennoch ist die Material- und Quellenlage zu diesem Verlagsunternehmen, insbesondere zu seinem Spezialprogramm erotischer Werke, ausgesprochen dürftig. Ch. F. Himburg hatte 1770 eine Filiale des Königsberger Verlegers Johann Jacob Kanter (1738–1786) übernommen und führte diese seit dem 1. Januar 1770 unter eigenem Namen. Im Frühjahr 1818 wird der Berliner Verleger und Inhaber der Realschulbuchhandlung Georg Andreas Reimer (1776–1842) den größten Teil des Himburg-Verlags erwerben.[78] Die

75 Ebd. S. 361.

76 Ebd. S. 367.

77 Georg Friedrich Schmidt (1712–1775) gilt als wichtiger Vertreter des friderizianischen Rokokos und erste Erfolge verzeichnete der junge Kupferstecher mit einem Kupferstich-Porträt des Kronprinzen Friedrich in den frühen 1730er Jahren. Friedrich II. dankte es dem jungen Künstler nach Regierungsübernahme 1740 durch ein jährliches Stipendium während dessen weiterführender Ausbildung in Paris. Im Herbst 1744 kehrte Schmidt nach Berlin zurück und wurde Hofkupferstecher Friedrichs II. Vgl. Jürgen Overhoff und Vanessa de Senarciens: An meinen Geist – Friedrich der Große in seiner Dichtung. Eine Anthologie. Paderborn: Schöningh 2011, hier S. 311–312. Bildnis Julien Offray de La Mettrie vgl. digitale Ressource: https://skd-online-collection.skd.museum/Details/Index/969849.

78 Doris Reimer: Passion & Kalkül. Der Verleger Georg Andreas Reimer (1776–1842). Berlin / New York: de Gruyter 1999, S. 21.Vgl. auch Arthur Georgi: Die Entwicklung des Berliner Buchhandels bis zur Erfindung des Börsenvereins der deutschen Buchhändler 1825. Berlin: Paul Parey 1926, hier S. 120.

Übernahme des in Berlin eingeführten Verlagsunternehmens Kanter fiel in eine Zeit, in der sich im Verlagsgewerbe innovative buchhändlerische Geschäftsusancen durchsetzten, sich der Übergang vom Tausch- zum Nettohandel vollzog und sich die Entfaltung des norddeutschen Raums mit Sachsen und Preußen zu einem der wirtschaftlich bedeutendsten Absatzgebiete (nicht nur) des deutschsprachigen Buchhandels vollzog. Mit etwa dreißig Verlagshandlungen zählte Berlin nach Leipzig zum wichtigsten Literaturumschlagsplatz Deutschland. Neben den Verlagen Gottlob August Lange, Georg Jacob Decker, Friedrich Nicolai, Haude & Spener, Christian Friedrich Voß, Joachim Pauli und August Mylius gehörte Christian Friedrich Himburg zu den zehn bedeutendsten Verlegern in Berlin.

Einen Namen machte sich Himburg als innovativ-unternehmerischer Geschäftsmann und als Nachdrucker von Goethes Werken, die er in drei aufeinander folgenden Auflagen in je drei Bänden 1775 / 1776 und mit exzellenten Titelvignetten und elf Kupfern nach Daniel Chodowiecki auf den Markt brachte. Die dritte Auflage erschien 1779 in vier Bänden und der Verleger scheute sich nicht, Goethe gleich mehrere Freiexemplare zuzusenden, dabei auf die hochwertige Ausstattung seines Nachdrucks hinzuweisen.[79] Goethe reagierte verärgert auf den nicht autorisierten Nachdruck und brachte seine Verachtung für das rein kommerzielle Agieren des Berliner Verlegers in *Dichtung und Wahrheit* zum Ausdruck, wo er seinem Nachdrucker ein Spottgedicht widmete und die von Gewinnmaximierung bestimmte »Himburg-Welt« verhöhnte.[80] Das hinderte den Verleger nicht, den ausgesprochen absatzstarken Nachdruck ein weiteres Mal nachzudrucken und diesmal unter dem unverfänglichen Impressum »Frankfurt und Leipzig« herauszugeben. 1781 gab Himburg bei Daniel Chodowiecki einen Stich in Auftrag, der die nachteiligen Auswirkungen des Nachdrucks in der literarischen Öffentlichkeit anprangern sollte. Der Kupferstich zirkulierte unter dem Titel *Wercke der Finsternis oder Beytrag zur Geschichte des Buchhandels in Deutschland, eine allegorische Warnung aller ehrliebenden Buchhändler, zu finden bey C.F. Himburg in Berlin.* Der illegitime Nachdruck gehörte im 18. Jahrhundert allerdings zum Geschäft eines jeden Verlegers und Himburg selbst konnte ungehalten reagieren, wurde er selbst Opfer von Nachdrucken. So prozessierte er 1781 gegen einen Tübinger Verleger, den sein Verlagswerk *Hermes. Handbuch der Religion* (1780) unter dem unverfänglichen Impressum »Frankfurt und Leipzig« nachgedruckt hatte. Hochwertige Buchausstattung und Kupferstiche – diese beiden Kriterien zeichneten die Verlagsprodukte des Berliner Verlegers aus, zu einem regelrechten Geschäftsmodell entwickelte der Verleger die Ausstattung seiner Verlagswerke, ob Nachdrucke oder Übersetzungen, durch Illustrationen, die vor allem Berliner Kupferstecher herstellten. Die Kupferstiche verliehen seinen Büchern eine besondere Note, eine Art Markenzeichen des Verlags, das er auch bei seinem Spezialangebot an erotisch-pornographischen Lesestoffen pflegte. Ganzseitige Kupfer, Frontispize und Vignetten galten im 18. Jahrhundert als mediale Höhepunkte eines Buches; die Illustrationen erweiterten das Lektüreerlebnis und präsentierten einzelne Szenen und

79 Vgl. auch Walter Schleif: Christian Friedrich Himburg, der Raubdrucker von Goethes früheren Schriften und der Kampf der Schriftsteller jener Zeit um ihre Autorenrechte. In: Goethe, N.F. des Jahrbuchs der Goethe-Gesellschaft, Bd. 27, 1965, S. 256–258.

80 Nicholas Boyle: Goethe, der Dichter seiner Zeit. Bd. 1: 1749–1790; Bd. 2: 1791–1803. München: C.H. Beck 1995, hier Bd. 1, S. 313.

Handlungsmomente. Kupferstiche waren ein mobiles Element, denn er wurde entweder als integraler Bestandteil des Textes oder – hier mit Blick auf die zahlungskräftige Zielgruppe der Sammler – gesondert und in Großformat gehandelt.[81]

Ch. F. Himburg unterhielt Korrespondenznetzwerke im gesamten europäischen Raum, er stand mit zahlreichen Verlegern und Autoren in regelmäßigem Austausch, er unterstützte Autoren durch Subskription und Abnahme von deren Werke in hohen Stückzahlen und betrieb professionelle Buchwerbung, indem er in den bedeutenden Literaturjournalen des deutschsprachigen Raums Verlagsanzeigen platzierte.[82] Seine aktive Vermittlerrolle in den weitreichenden Subskriptionsnetzwerken des 18. Jahrhunderts, die in ihrer Wirkung als Distributions- und Absatzkanal keineswegs unterschätzt werden dürfen, verschaffte Himburg wichtige Autorenkontakte im gesamten deutschsprachigen Raum. Dem Berliner Verleger war es gelungen, von den Autorennetzwerken von Johann Wilhelm Ludwig Gleim – ohnehin einer der wirkmächtigsten Vermittler im Literaturbetrieb des 18. Jahrhunderts – und von Heinrich Christian Boie zu partizipieren, seine vielfältigen Kontakte zu literarischen Persönlichkeiten in verlegerisches Kapital umzuwandeln. Gottfried August Bürger berichtete am 5. Januar 1778 erfreut seinem Briefpartner Heinrich Christian Boie, dass der Berliner Verleger 30 Exemplare seiner Balladen pränummeriert habe: »Der Buchhändler Himburg in Berlin hat auf 30 Exemplare pränumerirt. Ich hatte doch kaum gedacht, daß ich so viel im wehrten teütschen Vaterlande gölte«.[83] Überhaupt gehörte G.A. Bürger zu den wichtigsten Informanten über das literarische Leben im nordwestlichen Raum. Die rege Briefkorrespondenz zwischen Bürger und Himburg unterstützte der Göttinger Verleger Johann Christian Dieterich (1722–1800), der als Universitätsbuchhändler das Privileg der Portofreiheit genoss:

> Apropos! Besorgt doch das Brieflein an Monsieür Himburg. Ich hab es offen gelassen, daß Ihrs lesen solt. Der meint Kuhscheisse solte Butter werden. Prosit die Mahzeit! Ja wenn wir weiter keine Subscr. hätten als Monsieür Himburg. Verstecke dich Himburglein! Du bist nur ein kleines Christlichtgen.[84]

81 Sandro Jung: Kleine artige Kupfer. Buchillustration im 18. Jahrhundert. Wiesbaden: Harrassowitz 2018 (Wolfenbütteler Hefte, Bd. 36), S. 9–10.

82 Ein Blick in die Datenbank Verlagsarchiv Gebauer &Schwetschke. Stadtarchiv Halle / Saale (gefördert von der Deutschen Forschungsgemeinschaft) verzeichnet 87 Briefe von Christian Friedrich Himburg an Gebauer & Schwetschke. Hierbei handelt es sich um verlegerische Geschäftsbriefe, Bestellungen, Subskriptionen, Reklamationen, aber auch Buchinserate in den Zeitschriften Gebauers. Das umfangreiche Verlagsarchiv wurde im Rahmen eines von der DFG geförderten Digitalisierungs- und Erschließungsprojekts (Projektleiter: Prof. Dr. Daniel Fulda, IZEA Halle und Prof. Dr. Christine Haug, Buchwissenschaft München) aufgearbeitet und der Forschung zugänglich gemacht. Vgl. http://www.gebauer-schwetschke.halle.de/gs/home/

83 Gottfried August Bürger an Heinrich Christian Boie am 5. Januar 1778. In: Gottfried August Bürger. Briefwechsel. Hrsg. von Ulrich Joost und Udo Wargenau. 2 Bde. Göttingen: Wallstein 2015, hier Bd. 2, S. 379.

84 Gottfried August Bürger an Heinrich Christian Boie am 5. Januar 1778 (wie Anm. 83), Bd. 2, S. 487.

Die beiden arbeiteten außerdem an gemeinsamen Verlagsprojekten. Einerseits sammelte Bürger für Himburgs Alain-Réne Lesage (4 Bde. 1715–1735) Subskribenten[85] und im Gegenzug offerierte ihm der Berliner Verleger im Januar 1779 die Übernahme der Übersetzung des *Ossian* gegen ein in dieser Zeit durchaus stattliches Honorar in Höhe von 100 Dukaten.[86] Die Briefe zeigen, dass hier zwei Geschäftsleute über die Konditionen verhandelten, denn der Autor bevorzugte die Mehrfachverwertung seiner Texte und pflegte bei entscheidenden Honorarfragen eine Zweitmeinung einzuholen. Bürger spekulierte auf den Vorabdruck seiner *Ossian*-Übersetzung zunächst in literarischen Zeitschriften, zumal er, so berichtet er wiederum in einem Schreiben an Anton Matthias Sprickmann am 14. Januar 1779, mit seinem Berliner Verleger noch keinen Vertrag geschlossen habe. Boie dagegen riet seinem Freund schon vierzehn Tage später, am 31. Januar 1779, dringend zur Annahme des generösen Vertragsangebots:

> Bei Himburg bekömst du schönen Druck. Aber warum nimst du Groß und nicht lieber Klein-Oktav? Wie Himb. in Absicht des Reellen ist, weis ich nicht. Sonst war nicht viel auf ihn zu rechnen; doch soll er jezt Vermögen haben.[87]

Auch Leopold Friedrich Günther Goeckingh drängte am 21. März 1779 zum Vertragsabschluss:

> Zwei Dukaten für den Bogen? Schlagt zu, Bürger! Wer in der Welt kann Euch mehr schaffen? Die Verleger können Eure Übersetzung des Ossian nicht gegen die von Denis, Harold und dem Reuter ohne Kopf halten, aber Euch wohl die Gefahr vorstellen, bei drei Übers. Die 4te zu verlegen. Warlich! wenn's Euer Nahme nicht thäte, würde Euch weder Himburg noch Limburg nur 1 Duk. bieten.[88]

Die *Ossian*-Übersetzung kam letztendlich nicht zustande, doch der Briefwechsel über das literarische Projekt zeigt, dass Himburg den Autoren als verlässlicher Geschäftspartner und Garant für gute Absätze galt. Goeckingh schrieb am 14. Dezember 1779 an Bürger, dass Berlin (und somit Preußen insgesamt) einen exzellenten, vielversprechenden Absatzmarkt darstelle und der Berliner Verleger offenbar keine Schwierigkeiten habe, von Bürgers Balladen bis zu 200 Pränumerationen zu sammeln.[89]

Bei Ch.F. Himburg handelte es sich um einen für die zweite Hälfte des 18. Jahrhunderts typischen Verlagsunternehmer, der mit Geschäftssinn, modernen Vermarktungsstrategien und Gewitztheit sich im norddeutschen Buchmarkt etabliert hatte, ein engmaschiges Kommunikationsnetzwerk unterhielt, stets über die aktuellen Entwicklungen und Trends im europäischen Markt informiert war und auf neue literarische Moden schnell und adäquat reagierte. Sein Verlagsprogramm setzte sich aus Belletristik und Wissenschaftsliteratur zusammen, wobei ein ausgewiesener Schwerpunkt auf populärmedizinischen Schriften

85 Ebd. Bd. 2, S. 666.
86 Ebd. Bd. 2, S. 668.
87 Ebd. Bd. 2, S. 674.
88 Ebd. Bd. 2, S. 688.
89 Ebd. Bd. 2, S. 763.

lag.[90] Ein weiterer Fokus des Verlags lag auf der Herausgabe von fremdsprachiger Literatur in deutscher Übersetzung und eine zeitnahe Übertragung eines europäischen Bestsellers gelang Himburg allein deshalb, weil er nicht nur eng mit dem professionellen Übersetzer Wilhelm Christhelf Sigmund Mylius zusammenarbeitete, sondern gleich seine Geschäftsräume im Haus der Familie Mylius untergebracht hatte.[91] Auf diese Weise schuf er sich nicht nur ein professionell und effizient arbeitendes Arbeitskollektiv, das im Übersetzungsmarkt des 18. Jahrhunderts eine entscheidende Voraussetzung für den Unternehmenserfolg darstellte, weil in diesem (zu dieser Zeit) noch rechtsfreien Raum derjenige seine Übersetzung im Markt erfolgreich durchsetzen konnte, der diese auch als erster vorlegte. Himburgs Übersetzungen zeichneten sich durch die Beigabe von eigens hergestellten Kupferstichen aus, während sich seine Konkurrenz oftmals auf den bloßen Nachdruck der Stiche in der Originalausgabe beschränkte. Ein Vorzug dieser Geschäftsadresse bestand darin, dass die Familie Mylius ihr Privathaus direkt am Schlossplatz bewohnte, wo die sog. Schlossfreiheit herrschte. Die Häuser standen hier auf einem sumpfigen Untergrund und bedurften deshalb besonderer und kostenintensiver Baukonstruktionen. Die Regierung gewährte den hier lebenden Bewohnern deshalb diverse Erleichterungen und Privilegien, u.a. waren sie von der Einquartierungspflicht von Militär befreit und sie genossen Gewerbefreiheit.[92]

Der Berliner Buchhandel versorgte in der zweiten Hälfte des 18. Jahrhunderts auch die benachbarten Städte Weimar und Halberstadt. Christoph Martin Wieland, selbst Liebhaber der erotischen Literatur, stand in einem freundschaftlichen Austausch mit Himburg in Berlin, bezog von diesem die aktuellen Messekataloge und literarischen Nachrichten und betätigte sich mutmaßlich als Vermittler von dessen Verlagswerken in Weimar.[93] Der Verleger inserierte wiederum regelmäßig im *Teutschen Merkur* (1773–1789) und lancierte Rezensionen für seinen Brieffreund Wieland.[94] Die Briefkorrespondenzen zwischen den Berliner Verlegern Himburg und Johann Daniel Sander (1759–1825) auf der einen Seite und Christoph Martin Wieland und Carl August Böttiger auf der anderen Seite dokumentieren eindrucksvoll, dass sie alle über exzellente Kenntnisse im Geschäft mit erotisch-pornographischen Lesestoffen verfügten, die skandalträchtigsten Novitäten in diesem

90 Verzeichniß von neuen Büchern, welche bey Christian Friedrich Himburg, Buchhändler zu Berlin zu haben sind. Berlin: Himburg 1772.

91 Dieter Hildebrandt: Christlob Mylius. Ein Genie des Ärgernisses. Berlin: Stapp 1981 (Preußische Köpfe 5).

92 Nicolai: Beschreibung der königlichen Residenzstadt Berlin (wie Anm. 8); vgl. auch D.G.A. Ludwig Helling: Geschichtlich-statistisch-topographisches Taschenbuch von Berlin und den nächsten Umgebungen enthaltend nach alphabetischer Folge in 2678 Artikeln in gedrängter Kürze die möglichst vollständige Auskunft über Alles, was in Bezug auf Ortsbeschreibung, Wissenschaft, Kunst, Gewerbe, Handel, Staats-, Geschäfts-, Volks- und Gemeinleben. überall mit genauer Berücksichtigung der geschichtlichen Entwicklung der Gegenstände, für Einheimische und Fremde wissens- und sehenswerth ist. Berlin: H.A.W. Logier 1830.

93 Christoph Martin Wieland an Johann Heinrich Merck am 26. Mai 1777. In: Johann Heinrich Merck: Briefwechsel. Hrsg. von Ulrike Leuschner in Verbindung mit Julia Bohnengel, Yvonne Hoffmann und Amélie Krebs. 5 Bde. Göttingen: Wallstein 2007, hier Bd. 1, Brief 234, S. 731.

94 Ebd. S. 734.

Marktsegment kannten. Die Briefpartner tauschten sich über erotische Angelegenheiten, über Skandalgeschichten in den beiden Residenzstädten aus, debattierten über literarische Novitäten sowie über Schlüsselromane, die das Berliner skandalträchtige Gesellschaftsleben karikierten. Es schien den Korrespondenzpartnern Freude zu bereiten, die in diesen Schlüsselromanen gewöhnlich satirisch überzeichneten Personen gemeinschaftlich zu enttarnten. Die hier einschlägigen Schriften, das *Berlinische Vademecum zur Beförderung der Verdauung* (Berlin: Schöne 1793 / 1796–1798) und Friedrich Schulz' *Standrede am Grabe der Madame Schuwitz. Ein Neujahrsgeschenk für Incroyables* (Rastadt=Leipzig: Gräff 1798), benennen im Übrigen auch Berliner Buchhändler und Verleger, die sich im unmittelbaren Umfeld der legendären Bordellwirtin Madame Schuwitz bewegt haben sollen. Diese Verleger waren von den Szenekennern ebenfalls schnell enttarnt – es handelte sich um Christian Friedrich Himburg, Samuel Ferdinand Oehmigke und die Witwe des Verlegers C. H. Schöne.[95]

Eine systematische Durchsicht der zahlreichen Autor-Verlegerbriefwechsel im 18. Jahrhundert unterstreicht nicht nur Himburgs Bekanntheitsgrad, sein unternehmerisches Renommee im deutschsprachigen Buchhandel zur Zeit der Aufklärung, sondern auch seine Fähigkeit, sich über Kontaktpersonen den Zugang zu verbotenen Lesestoffen zu erschließen. Das in Neuchâtel ansässige und auf ›livres philosophique‹ spezialisierte Verlagsunternehmen *Société typographique de Neuchâtel* (STN) versorgte beispielsweise in der zweiten Hälfte des 18. Jahrhunderts den gesamten europäischen Raum mit französischer radikalaufklärerischen und erotisch-pornographischen Druckschriften. Die Distributionsnetzwerke der STN reichten über eine Vielzahl von geschickt in den Handelszentren und literarischen Umschlagplätzen Europas platzierten Vermittlern und Agenten bis weit nach Osteuropa. Victor Durand war als Agent der STN in Europa unterwegs und besuchte 1787 / 1788 auch Norddeutschland, machte Station in Leipzig und Berlin. Es ist schwer vorstellbar, dass Durand bei dieser Gelegenheit nicht Ch. F. Himburg aufsuchte, um ihm einschlägige Verlagsverzeichnisse auszuhändigen. Der direkte Austausch zwischen Neuchâtel und Berlin wurde über den Verleger Samuel Pitra (1759–1791) abgewickelt. Samuel Pitra war 1770 von Friedrich II. damit beauftragt worden, die Bestände der Königlichen Bibliothek zu erweitern.[96]

Wirkmächtige Vermittler der Verlagsproduktion der STN im deutschsprachigen Raum waren aber auch der Frankfurter Verleger Johann Konrad Deinet (1735–1797) sowie der Darmstädter Verleger Johann Heinrich Merck (1741–1791), mit denen Himburg in regelmäßigem Austausch stand, deren Briefsendungen an Verlagskollegen, Kupferstecher und Schriftsteller der Verleger in Berlin direkt zustellte und somit seinen Geschäftspartnern die in dieser Zeit eklatant hohen Portokosten reduzierte. Die Bereitschaft Himburgs, innerhalb des postalischen Transfers zu vermitteln, befähigte ihn wiederum, regelmäßig in den

95 Johann Caspar Schulz: Standrede am Grabe der Madame Schuwitz. Ein Neujahrsgeschenk für Incroyables. Rastadt(= Leipzig: Gräff) 1798.

96 Friedrich Wilken: Geschichte der Königlichen Bibliothek zu Berlin. Berlin: Duncker & Humblot 1828, hier S. 90; und Jeffrey Freedman: Books Without Borders in Enlightenment Europe. French Cosmopolitanism and German Literary Market. Philadelphia: University of Pennsylvania Press 2012, hier S. 275–277.

für ihn wichtigen literarischen Kreisen in der preußischen Residenzstadt zu verkehren. Der Berliner Verleger orderte seine Bestellungen auf diese Weise relativ ungestört über seine Mittelsmänner, so dass die französischen Klassiker der erotisch-pornographischen Literatur, u.a. *La fille de joie*, *Thérèse philosophe*, *Histoire de Dom Bougre*, in der Residenzstadt bei Himburg jederzeit und problemlos zugänglich waren. Der Konsum von erotisch-pornographischen Lesestoffen aus dem Segment der ›livres philosophiques‹ war in der Residenzstadt Berlin auch deshalb so hoch, weil diese Werke erotisch-pornographische Darstellungen mit Religions- und Sozialkritik verflochten, bspw. *Vénus dans le cloître* (1683) oder *Thérèse philosophe* (1748), und die herrschende Klasse, das höfische Leben angegriffen und der sexuellen Ausschweifungen überführt wurden. Auch in Berlin war die Zahl von Mätressen- und Bordellromanen massiv angestiegen und das freizügige Leben der Gräfin von Lichtenau – die Mätresse von Friedrich Wilhelm II. – kreierte innerhalb der europäischen Mätressen- und Bordellromane eine eigene Rubrik.[97]

Die Rolle und Bedeutung des Berliner Verlegers Ch. F. Himburg im Geschäft mit erotisch-frivolen Lesestoffen offenbart auch die jüngst erschienene Studie von Norbert Bachleitner über die literarische Zensur in Österreich im Zeitraum von 1750 bis 1848, die auf der vom Verfasser und seinen Projektmitarbeitern akribisch erstellten Materialbasis *Verpönt, Verdrängt – Vergessen? Eine Datenbank zur Erfassung der in Österreich zwischen 1750 und 1848 verbotenen Bücher*[98] basiert. Über diese Datenbank lassen sich einerseits die meistverbotenen Autoren aus der Zeitspanne von 1754 bis 1791 und von 1792 bis 1848 erschließen, ebenso die in diesem Kontext meistgenannten Verlagsorte. Es verwundert nicht, dass die französischen Klassiker der erotisch-pornographischen Literatur die Listen dominierten; die Liste der meistverbotenen Verlage wiederum bestimmten hier neben Christian Friedrich Himburg die Berliner Verleger Christian Friedrich Voss (1722–1795), Friedrich Nicolai (1733–1811), Georg Jakob Decker (1732–1799) und August Gottlieb Mylius (1763–1846).[99] Berlin steht in der Zusammenstellung der häufigsten auf den Verbotslisten 1754 bis 1791 aufscheinenden Verlagsorte nach Frankfurt am Main, Leipzig, Amsterdam und London auf dem fünften Platz, wozu der Berliner Verleger Ch. F. Himburg zweifelsohne seinen Beitrag geleistet hat.[100]

---

97 Christine Haug: »Die Gattung Schriften sind eine Pest die im Finstern schleicht«. Distributionsnetzwerke für erotisch-pornographische Lesestoffe im deutschsprachigen Raum um 1800. In: Sven Hanuschek / Christoph Rauen (Hgg.): Pornographie in der deutschen Literatur. Texte, Themen, Institutionen. München: belleville 2016, S. 187–210.

98 Verpönt, Verdrängt – Vergessen? Eine Datenbank zur Erfassung der in Österreich zwischen 1750 und 1848 verbotenen Bücher http://www.univie.ac.at/zensur/info.php, vgl. auch den Beitrag von Norbert Bachleitner in diesem Band.

99 Norbert Bachleitner: Die literarische Zensur in Österreich von 1751 bis 1848. Mit Beiträgen von Daniel Syrovy, Petr Píša und Michael Wögerbauer. Wien / Köln / Weimar: Böhlau 2017, S. 87.

100 Ebd. S. 91.

4.2 Ch. F. Himburgs Produktion und Handel mit erotisch-pornographischen Lesestoffen im 18. Jahrhundert

Himburg gehörte wohl zu den exzellent vernetzten und wirtschaftlich erfolgreichsten Produzenten und Händlern mit erotisch-pornographischen Lesestoffen in der preußischen Residenzstadt und war in den einschlägigen Leser- und Sammlerkreisen hinlänglich bekannt. Der Berliner Verleger kannte sich in diesem speziellen Marktsegment aus, wusste um die Beschaffungsquellen für erotisch-pornographische Lesestoffe und darf als wichtiger Impulsgeber für die Entstehung von original deutschsprachiger Pornographie gesehen werden. Das erotisch-frivole Verlagsangebot Himburgs sowie anderer deutscher Verleger war nicht nur in Berlin bekannt. In der Satire *Neue Heringe, gefangen auf den pommerschen Küsten, geböckelt zu Berlin und zu Markte gebracht* (Leipzig: An der Ecke des Besengäßchens 1803)[101] von Johann Ernst Daniel Bornschein (1774–1838), selbst als Verfasser von erotisch-frivolen Romanen in diesem Geschäft aktiv, gilt die Aufmerksamkeit u.a. dem ›unsittlichen‹ Marktsegment.

Der Verfasser der *Neuen Heringe*, Johann Ernst Daniel Bornschein, war Dramatiker und Romanautor, verfasste hauptsächlich Unterhaltungsliteratur, arbeitete zudem als Buchhändler in Leipzig und als Korrektor in diversen Druckereien, bevor er sich 1802 mit einer eigenen Kunsthandlung in Gera selbständig machte. Seine Romane gerieten häufig auf die Verbotslisten der Zensur, weil Bornschein auf subtile Weise zensurpolitisch heikle, teilweise anstößige Szenen in seine Romane hineinschmuggelte, so beispielsweise den Hinweis auf verbotene Werke, die im *Verzeichniß der verbotenen Bücher in allen sächsischen Landen* aufgeführt waren, ein Verzeichnis, das im *Intelligenzblatt der jenaischen Literaturzeitung* abgedruckt worden war.[102] Bornschein schien alle Facetten der subversiven Kommunikationsformen zu beherrschen, die der Zensur jedoch nicht unentdeckt blieben. Bei Bornscheins Satire *Neue Heringe gefangen auf den pommerschen Küsten, geböckelt zu Berlin und zu Markte gebracht* handelt es sich um eine ausgesprochen interessante (und wenig bekannte) Quelle, die nicht nur Aufschluss über die literarischen Versorgungsmöglichkeiten in Leipzig im 18. Jahrhundert, über Lektürepräferenzen der Abonnenten von Lesekabinetten und deren Buchbestände gibt, sondern zugleich profund und feinsinnig in die Besonderheiten des Spezialmarkts der erotisch-pornographischen Lesestoffe, deren Akteure und Verlagsprodukte einführt.

Bei der Schrift *Neue Heringe, gefangen auf den pommerschen Küsten, geböckelt zu Berlin und zu Markte gebracht* – unter dem Pseudonym Tobias Schwalbe erschienen – handelt es sich um einen Text, der das literarische Geschehen im 18. Jahrhundert, insbesondere während der Leipziger Messe, persiflierte, dabei die Besucher und die Bestände der Lese- und Leihbüchereien aufs Korn nahm und auf sehr subtile Weise auf literarische Werke aufmerksam machte, die der Autor selbst vorgeblich als »außerordentlich gesalzen« mo-

101 Vgl. das Exemplar in der UB München. Sign. 0001 / 8 P.german. 1576.

102 Dirk Sangmeister: Die Linckesche Leihbibliothek in Leipzig. Zu Geschichte und Beständen eines früheren Leseinstituts und einer heutigen Sondersammlung. In: Archiv für Geschichte des Buchwesens 72 (2017), S. 23–148, hier S. 75.

nierte.[103] Bornscheins Protagonist bewegte sich zwischen ambulantem und stationärem Verlagsgewerbe; zur Messezeit agierte er von einem kleinen Standplatz und stand unter der Obhut des Verlegers Johann Christian Gädicke (1763–1837) aus Weimar. Sein Gesuch, doch in das offizielle Adressverzeichnis aufgenommen zu werden, damit ihn auch auswärtige Besucher fänden, schien stets abgewiesen worden zu sein. Für die Weidmann'sche Buchhandlung betätigte er sich als Ausrufer von Messenovitäten, die keinen Platz mehr im Messeverzeichnis gefunden hatten – bzw. hier aus zensurtaktischen Gründen gar nicht erst aufscheinen durften! Als ein von der prestigeträchtigen Verlagshandlung Weidmann autorisierter Vorleser der Supplemente zum Messekatalog pries er ungeniert u.a. den *Allmanach des Priapus* an, geschrieben von August Maurer (geb. ca. 1769) und Verfasser des ebenfalls als obszön diskreditierten Buches *Leipzig im Taumel*, das 1799 in der Messestadt für großes Aufsehen gesorgt hatte und von der Leipziger Polizei beschlagnahmt worden war.[104] Dabei informierte der Protagonist ebenso beiläufig wie subtil über die im Markt zirkulierenden neuesten erotischen Romane und verbarg den brisanten Lesestoff in harmlosen Alltagssituationen. So beobachtete Schwalbe, wie eine Dame ein Portefeuille (hier ein kleines Taschenbuch, das zugleich als Versteck für pikante Papiere fungierte) verlor, das er heimlich an sich brachte und neugierig durchstöberte. Er fand einen handgeschriebenen Zettel, dem Schwalbe entnehmen konnte, wie sehr die Besitzerin des Büchleins unter ihrer Ehe und darunter, von ihrem Ehemann als »feile Dirne« herabgewürdigt zu werden, litt.[105] Doch das Taschenbuch barg noch heiklere Papiere:

> Vors erste kam ein saubrer, illuminirter Kupferstich, eine englische Stimulationsmaschiene vorstellend, die der berühmte Kupferstecher Heinrich Müller in Leipzig seinem experimentalisch-physikalischen Taschenbuche beilegte, das er dem Amor dedizierte, und worinnen man die Quintessenz der schmutzigsten Kupfer extra fein finden kann.[106]

Bei der ›englischen Stimulationsmaschiene‹ handelte es sich um einen Dildo zur Steigerung des sexuellen Lustempfindens.[107] *Amors Experimental-physikalisches Taschenbuch*

103 Vgl. die Ankündigung im Intelligenzblatt der Allgemeinen Literatur-Zeitung, Nr. 113, 8. Juni 1803, S. 931.

104 Neue Heringe gefangen auf den pommerschen Küsten, geböckelt zu Berlin und zu Markte gebracht von Tobias Schwalbe. 2 Tonnen (= 2 Bände). Leipzig an der Ecke des Besengäßchens 1803, hier Bd. 1, S. 60–61.

105 Ebd. Bd. 1, S. 115.

106 Ebd. S. 115–116.

107 Die wohl früheste literarische Erwähnung des Begriffs ›Dildo‹ findet sich 1672 im Gedicht *Signor Dildo* von John Wilmot (1647–1680), Earl of Rochester, das 1702 in *Poems on Affairs of State* erschienen war. Der Besitz eines ledernen Dildos führte 1720 zur Strafverfolgung der sich als Mann ausgebenden Catharina Margaretha Linck (1787–1721), die sich selbst Anastasius Lagrantinus Rosenstengel nannte und 1721 wegen vorgeblicher Unzucht mit einer anderen Frau in Halberstadt hingerichtet wurde. Linck hatte für ihre sexuellen Kontakte mit Frauen einen Lederbeutel gefertigt, der dem männlichen Penis nachgebildet war. Vgl. hierzu Angela Steidele: In Männerkleidern. Das verwegene Leben der Catharina Margaretha Linck alias Anastasius Rosenstengel, hingerichtet 1721. Eine Biografie und Dokumentation. Köln: Böhlau 2004.

stand 1798 und 1799 auf der Liste der verbotenen Bücher in Kursachsen, eine Information, die von Bornschein subtil kommuniziert wird, und dieses nicht ohne Grund.[108] Das fragliche Werk warb vor allem mit seinen 15 obszönen Kupferstichen. Einen weitgehend identischen Nachdruck erfuhr der Text mit dem aufwendig gestalteten Skandalbuch *Papiere aus Lyndaminens Brieftasche* (1799), dem neben kolorierten Kupferstichen eine gefaltete grenzkolorierte Kupferstichkarte beigegeben worden war (sämtliche Illustrationen von Heinrich Müller), die ›Das Gelobte Land‹ in den Umrissen eines aus Kopf und Rumpf bestehenden Frauenkörpers darstellte, der in sieben Gebiete aufgeteilt war, teilweise reale Landschafts- und Ortsbezeichnungen nannte, die jedoch erotisch konnotiert waren. Die Kupferstichkarte wurde mehreren Drucken beigeben.[109] Die Zusammenstellung der bedeutendsten Verleger erotisch-pornographischer Lesestoffe im deutschsprachigen Raum und die namentliche Nennung ihrer Werke erfolgt in einer Szene, die den Besuch eines Münchner Geschäftsmanns im *Beygangschen Museum* beschreibt. Der Protagonist Schwalbe promenierte durch Leipzigs Straßen, stieß schließlich auf das *Beygangsche Museum* und betrat dieses von Neugier getrieben. Von einem Bediensteten des *Beygangschen Museum* wurde Schwalbe zunächst in das »buntschäckige Büchergeschäft« eingeführt und schließlich setzte er sich an einen der Lesetische, beobachtete und kommentierte aus der Position des Voyeurs aufmerksam den Publikumsverkehr.[110] Die Schlüsselszene beschreibt, wie ein Münchner Geschäftsmann – der sich mit dem Namen Graf Windhund dem Bediensteten vorstellte – einschlägige Messelektüre sich zu besorgen wünschte, indem er zwar etwas verschämt, dennoch dezidiert nach Galantem verlangte, dabei die Klassiker der deutschsprachigen Erotika aufzählte:[111]

> Hören Sie ... (sich umsehend). Es ist freilich nicht jedes Bibliothekar Sache, sich mit meiner Lektüre zu befassen. Aber ein Museum, dächt' ich, müßte alles haben. – Ich muß Ihnen also gestehen, daß ich gern etwas Galantes lese. Da hat man die vortreflichen Priapischen Romane, den Herrn von H*, die Lindamine, Ernst und Minette, das Frauenzimmer von Vergnügen, den Kleinen Omar, das experimentalisch-physikalische Taschenbuch, mit den herrlichen Kupfern u.a. Ich habe alle diese Sächelchen schon mehr als zwanzigmahl gelesen, aber wenn Sie solche besitzen, so les' ich sie wohl noch einmahl so oft.[112]

Der Bedienstete wies das Ansinnen empört zurück, nicht ohne den Diener des Grafen noch im Hinausgehen heimlich über die Beschaffungsquellen für diese Art Literatur während der Messezeit zu unterrichten:

---

108 Allgemeine Deutsche Bibliothek 1799. Vermischte Nachrichten. Bücherverbote in Chursachsens im Jahr 1798 und 1799, S. 303–304.

109 Ausführliche Beschreibung des Werks *Papiere aus Lyndaminens Brieftasche* (Cölln, Peter Hammer) 1799 in Auktion 59 vom 10. Mai 2012. Zisska & Schauer Buch- und Kunstauktionshaus. Versteigerung der Sammlung Karl Ludwig Leonhardt (1922–2007), S. 103.

110 Neue Heringe gefangen auf den pommerschen Küsten (wie Anm. 104), Bd. 1, S. 157–158.

111 Ebd. Bd. 1, S. 174–175.

112 Ebd. Bd. 1, S. 175.

> Sag er seinem Herrn, [...], wenn ihm mit jenen Büchern durchaus so viel gedient sey, er sie in den fremden Buchläden erhalten kann, die jetzt die Messen über offen stehen. Den kleinen Amor, das Frauenzimmer vom Vergnügen, und die Lindamine kann er bey dem Buchhändler Riedel aus Schweinsfurth, die Pripaischen Romane, Ernst und Minette in der Himburgschen Buchhandlung von Berlin, den adeligen Herrn von H* bey dem bürgerlichen H*** in der breiten Eckstube auf der hohen Lilie, das experimentalisch-physikalische Taschenbuch mit den schönen Kupfern aber, bey dem berühmten Kupferstecher Heinrich Müller im goldenen Hirsch, der viel zu klug ist, als daß er sich seine Fabrikate durch das Verbot der Polizey, die mehr wie er, auf gute Sitten hält, schmälern lassen sollte, – alle diese Bücher also, sag ich, kann er bey den genannten Herrn für Geld erhalten, und sich dann auf immer gewiß extragalanten Büchersammlung einverleiben.[113]

Neben dem Schweinfurter Verleger Riedel[114] firmiert wiederum und an prominenter Stelle der Berliner Verleger Himburg als Händler mit erotischen Werken. Von den bei Bornschein genannten Erotika waren einige bei Himburg erschienen, u.a. die *Priapischen Romane*, die in einschlägigen Leser- und Sammlerkreisen sich großer Resonanz erfreuten und insgesamt drei Nachauflagen erlebten. Die dreibändige Ausgabe der *Priapischen Romane* – mit Kupferstichen ausgestattet – vermittelt zugleich wichtige Einsichten in das Geschäftsmodell Himburgs, das auf die Zugänglichmachung von europäischen (nicht nur) erotischen Bestsellern in deutscher Sprache, auf die Ausstattung mit in Berlin gefertigten Kupferstichen und auf die Herausgabe von mehrbändigen Ausgaben setzte, wie beispielsweise bei der *Bibliothek der Romane* (1773–1794), die als Reihe konzipiert den Lesern im deutschsprachigen Raum eine Sammlung von kanonischen Texten aus Frankreich und England zu offerierten suchte, in die jeweiligen Romanauszüge kurz einführte, diese kommentierte und literarhistorisch einordnete. Die *Bibliothek der Romane* war dezidiert als Vermittlungsmedium auch für erotisch-pornographische Texte konzipiert und erfüllte wegen ihres Reihenkonzepts die Ansprüche an eine moderne Vermarktungsstrategie, die auf eine von Herausgeber und Verleger vorausgewählte Textzusammenstellung setzte und auf die Subskription der kompletten Buchreihe spekulierte. Die *Bibliothek der Romane* wurde von Heinrich August Ottokar Reichard (1751–1828) im Auftrag von Ch. Himburg betreut. Die Buchreihe, die sich konzeptionell an der in Paris herausgekommenen *Bibliothèque des Romans* orientierte, erschien in 21 Bänden. Zielsetzung der *Bibliothek der Romane* war es, fremdsprachige Literatur in Auszügen im deutschen Lesepublikum bekannt zu machen und dieses für die Lektüre, bestenfalls für den Erwerb der kompletten Romane in Buchausgabe zu animieren.

Hinsichtlich der Aufnahme von erotischen Texten in die *Bibliothek der Romane* zielte Himburg ebenfalls auf die Bekanntmachung der europäischen Bestseller der erotisch-pornographischen Literatur im deutschsprachigen Raum und auf die Stimulation der Nachfrage in diesem speziellen Marktsegment, die er mit seinem Verlagsprogramm und

113 Ebd. Bd. 1, S. 177–178.
114 Vgl. hier den Beitrag von Johannes Frimmel im vorliegenden Sammelband.

seiner Sortimentsauswahl zu befriedigen in der Lage war. Aufgenommen wurden in die *Bibliothek der Romane* u.a. das umfängliche Werk *Paysan perverti*[115] in mehreren Fortsetzungen, aber auch der Roman *Die Prinzessin von Clèves*. Dieser feierte unter seinem französischen Originaltitel *La Princesse de Clèves* in Frankreich vom Zeitpunkt des Erscheinens im Jahr 1678 an große Publikumserfolge. Der Text erlebte zahlreiche Übertragungen in die deutsche Sprache, u.a. unter den Titeln *Liebesgeschichte des Hertzogs von Nemours und der Printzesin von Cleve* (1711) und *Die Prinzessin von Cleve* (1790). Der Roman erschien außerdem im *Romanen-Kalender für das Jahr 1799*.[116] Auch Texte, die im eigentlichen Sinne gar nicht zur erotisch-pornographischen Literatur zu zählen waren, wurden durch ihre Aufnahme in die *Bibliothek der Romane* schließlich als solche in den Markt eingeführt. Dies zeigt eindrucksvoll die Durchsetzung des Romans von Johann Gottfried Schnabel *Der im Irrgarten der Liebe herumtaumelnde Cavalier*, der in Auszügen in der *Bibliothek der Romane* erschien (aber auch in einer Sammlung des Berliner Verlegers Maurer, die *Raritäten. Ein hinterlassenes Werk des Küsters von Rummelsburg* in 9 Bänden (1775–1785).[117] Die Paratexte geben Auskunft darüber, wie Herausgeber und Verleger freizügige Texte in die *Bibliothek der Romane* hineinschmuggelten und in den Einleitungen (nicht ohne Ironie) genau dieses Vorgehen einerseits zu legitimieren, andererseits zu verharmlosen suchten. Die Aufnahme der Novelle *Point de lendemain* rechtfertigte beispielsweise Reichard damit, dass diese »piquant und geistreich sei; vielleicht etwas frey, aber wir glaubten, was in einem Journal für Damen stehen könnte, würde sich eben so gut für eine Bibliothek der Romane schicken«.[118]

Zu diesem innovativen Geschäftsmodell gehörten nicht nur Buchreihen, auch mehrbändige thematische Zusammenstellungen waren ein bewährtes Vermarktungsinstrument im Buchgeschäft des 18. Jahrhunderts. Die sechsbändige Ausgabe *Kleine Romane, Erzählungen und Schwänke*, herausgegeben von Christhelf Siegmund Mylius, erschien von 1782–1785. Auf diese Weise konnten Romanauszüge, die zunächst in der *Bibliothek der Romane* publiziert wurden, für eine geplante Wiederverwertung in einem weiteren Publikationsformat ins Auge gefasst werden. Himburg sondierte über die *Bibliothek der Romane* den Markt und präparierte dessen Aufnahmebereitschaft für seine speziellen Verlagswerke. Diese Strategie verfolgte er mit der dreibändigen Ausgabe der *Priapischen Romane* (1792–1797), die allein schon durch die Verwendung von *priapisch* im Werktitel darauf aufmerksam machten, dass es sich um Romane handelt, die auf eine unanständig frivole Weise gegen die sittlichen Vorstellungen sexuellen Verhaltens ihrer Zeit verstoßen. Die dreibändige Ausgabe enthielt die erste vollständige Ausgabe von *Fanny Hill* in deutscher Übersetzung

115 Vgl. Yong-Mi Quester: Frivoler Import. Die Rezeption freizügiger französischer Romane in Deutschland (1730–1800). Mit einer kommentierten Übersetzungsbibliographie. Tübingen: Niemeyer 2006, S.160–161.

116 Ebd., S. 161.

117 Urszula Bonter: Einige Anmerkungen zur Wirkungsgeschichte von Schnabels *Der im Irr-Garten der Liebe herumtaumelnde Cavalier*. In: Günter Dammann (Hg.): Johann Gottfried Schnabels Cavalier-Roman. Vermessung eines lange unterschätzten Werks. Würzburg: Königshausen & Neumann 2017, S. 17–30.

118 Bibliothek der Romane, Bd. 1, 1782, S. 261.

Priapische Romane. 3 Bde. Mit je 1 obszönen Titelkupfer und 16 weiteren Kupfern und 3 Titelvignetten. Rom bey Seraph Cazzovulva (= Berlin: Himburg) 1791–1797. Enthält:Bd. 1: [Ohne Verfasser]: Das Frauenzimmer von Vergnügen, Rom (d.i. Berlin), Bei Seraph Cazzovulva (d.i. Himburg, 1791), in zwei Bänden mit sechs Kupferstichen. (Erste vollständige deutsche Ausgabe von Fanny Hill).

Bd. 2: Die Frauenzimmer-Schule in sieben Gesprächen nach Meursius (Chorier, Nicolas, 1612–1692). Berlin: Himburg 1792.

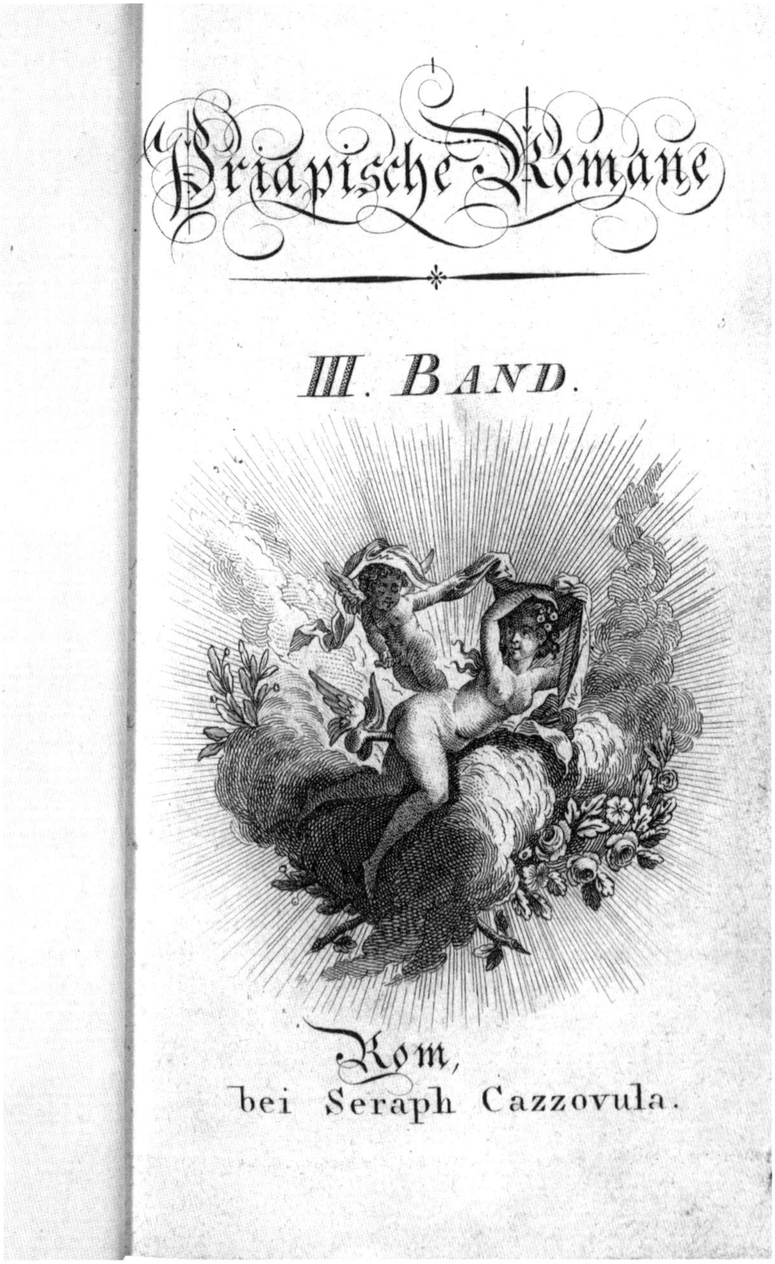

Bd. 3: Mein Noviziat (André Robert de Nerciat, 1739-1800). Berlin: Himburg 1797.

(*Das Frauenzimmer von Vergnügen*, 1792), sowie die Romane *Frauenzimmer-Schule in sieben Gesprächen nach Meursius* (1792) und *Mein Noviziat* (1797).

Die *Priapischen Romane* erschienen unter dem fiktiven Impressum »Seraph Cazzovulva in Rom« und Himburg entschied sich vorsorglich für die Vergabe des Druckauftrags an die Fürstlich privilegierte Hofbuchdruckerei in Rudolstadt, also außerhalb des Landes und des Zugriffs der preußischen Zensur. Die Hofbuchdruckerei in Rudolstadt war im 18. Jahrhundert bei Verlegern von politisch brisanten und erotischen Schriften zu einem Geheimtipp avanciert. Die Offizin erhielt zwischen 1772 und 1824 Druckaufträge von insgesamt 161 Verlagen, vor allem preußische Verleger aus den West- und Ostprovinzen nutzten die Druckerei, die einerseits von ihrer sehr günstigen Verkehrsanbindung (Rudolstadt lag an der Handelsstraße Leipzig-Nürnberg) profitierte, andererseits von einer höchst liberalen Zensurpolitik im Fürstentum Schwarzburg-Rudolstadt.[119] Die Druckaufträge von auswärtigen Verlegern wurden in Rudolstadt erledigt und die Offizin übernahm zugleich die Auslieferung der Druckbögen nach Leipzig, je nach Brisanz des Lesestoffes in Teilsendungen, damit im Falle einer Konfiszierung nicht die komplette Auflage verloren ging. Himburg griff immer wieder auf die besonderen Dienstleistungen der Rudolstädter Offizin zurück, galt es frivole, erotisch-pornographische Verlagsprodukte, wie bspw. die *Priapischen Romane* oder seine Sammlungen *Kleine Romane, Erzählungen und Schwänke. Aus verschiedenen Sprachen*, herausgegeben von Wilhelm Christhelf Siegmund Mylius (Berlin: Himburg 1782), an den preußischen Behörden vorbei auf den Markt zu bringen. Himburg ließ beispielsweise auch die frivolen Mätressen- und Bordellromane von Johann Christian Siede vorsorglich in Rudolstadt drucken.

Der Berliner Verleger verstand sich mutmaßlich auch als Impulsgeber, als Initiator für die Anfertigung von originär deutschsprachigen erotisch-pornographischen Texten. In seinem Verlag erschien nicht nur der Roman *Lina's aufrichtige Bekenntnisse oder die Freuden der Wollust* (um 1790), sondern auch eine bibliografisch und mengenmäßig bisher noch nicht zu erfassende Anzahl weiterer deutschsprachiger erotisch-pornographischer Roman. Obwohl die Bibliografie *Bibliotheca Germanorum Erotica & Curiosa* von Hayn / Gotendorf (1911–1968) ein unverzichtbares Nachschlagewerk darstellt, sind die Angaben in weiten Teilen doch revisionsbedürftig. Verlässlicher scheint hier der Auktionskatalog 59 von Zisska & Schauer vom 10. Mai 2012, zusammengestellt anlässlich der Versteigerung der Sammlung Leonhardt, der folgende erotisch-pornographische Verlagsartikel von Ch.F. Himburg aufführt:

- Amor und Komus. Padua: Pietro Tarone (= Berlin: Himburg) ca. 1790.
- J.G.B. Büschel: Kanthariden. Rom: G. Tossoni (= Berlin: Himburg) 1785.
- J.B.J. Willart de Grécourt: auserlesene Werke. Frey Übersetzt. 2 Bde. in 1 Bd. Paris: Bey der Wittwe Delaunoy (= Berlin: Himburg) 1787.
- Graf von Klingsberg: Aphorismen. Padua: Pietro Tarone (= Berlin: Himburg) um 1800.
- Nuditäten. Erste Fortsetzung. Padua: Pietro Tarone (= Berlin: Himburg) 1797.

119 Claudia Taszus: Die Fürstlich privilegierte Hofbuchdruckerei Rudolstadt (1772–1824). 2 Bde. Eutin: Lumpeter&Lasel 2011, hier Bd. 1, S. 11–57.

- Gedichte im Geschmack des Grecourt. Neue Auflage. Schaffhausen (= Berlin: Himburg) 1783.
- F.G. Schilling: Denkwürdigkeiten des Herrn von H., eines deutschen Edelmanns. Rom (= Berlin: Himburg) 1787.

Diese Werke erschienen sämtlich in den Formaten Kleinoktav bzw. Oktav, waren nahezu alle mit Titelvignetten und Kupferstichen illustriert und erlebten durchschnittlich zwei bis drei Nachauflagen.[120] Die Szenekenner erkannten in den fiktiven Impressen Germanien, Padua, Rom, usw. schnell die Identität des Verlegers und Ch.F. Himburg firmierte bevorzugt unter deutschen und italienischen fiktiven Impressen. Autoren wie Johann Christian Siede (1765–1806) und August Friedrich Cranz (1737–1801) waren eine Garantie für anstößige Bordellromanliteratur und skandalöse Chroniken und Stadtgeschichten. Jean-Baptiste de Grécourt (1683–1743) gehörte zu den Klassikern der erotischen Literatur und erlebte zahlreiche Übersetzungen und erschien in Auswahlbändchen bei unterschiedlichen Verlegern.

Geradezu unverfroren nutzte Himburg seine erotisch-pornographischen Lesestoffe als Werbefläche in eigener Sache. So verwies eine Verlagsanzeige in der Sammlung *Nuditäten* dezidiert beispielsweise auf die *Priapischen Romane*, auf die *Denkwürdigkeiten des Herrn von H.*, auf *Grecourts Gedichte*, *Amor und Komus*, sowie die *Berliner Nächte* oder *Eroberungen in der Residenz*.[121] Bemerkenswert nicht nur der dezidierte Hinweis auf erotische Literatur, sondern auch die Information »Wer obige Schriften zusammen kauft, erhält solche sehr billig«.[122] Kunden, die Texte wie die *Nuditäten oder Fantasien auf der Venus-Geige* erwarben, gehörten bereits zu seiner Ziel- und Käufergruppe, die hier mit dem Angebot eines Mengenrabatts besonders angesprochen waren. Himburgs Strategie, seine Verlagswerke mittels eigens angefertigter Titelvignetten und Kupferstichen vom Angebot seiner Konkurrenten abzuheben, wird deutlich, wenn man seine Zusammenarbeit mit Berlinern Kupferstechern, hier hauptsächlich mit dem populären Stecher Daniel Chodowiecki, eine näheren Betrachtung unterzieht.

4.3 Ch. F. Himburg und seine Zusammenarbeit mit den Illustratoren in Berlin

Organisation und Effizienz des Bilderhandels im Europa des 18. Jahrhunderts stellt noch immer ein Desiderat dar, obgleich doch ein substanzieller Bestandteil des Buchgewerbes dieser Zeit. Die jüngsten Studien von Sandro Jung haben gezeigt, dass der Handel mit Kupferstichen grenzübergreifend organisiert war und transnationale Bestseller, u.a. Daniel

120 Die Verfasserin ist sich bewusst, dass die Zuordnungen von Hayn / Gotendorf im Einzelnen überprüfungsbedürftig sind, viele der hier genannten Texte möglicherweise nicht die Kriterien eines erotisch-pornographischen Textes erfüllen. Die Verfasserin plant eine Publikation über die Berliner Buchhändler und Verleger von erotisch-pornographischen Lesestoffen, über Verleger dieser Art Lesestoffe in den preußischen Exklaven im 18. Jahrhundert und will sich in diesem Kontext um eine Bibliographie der Verlagsprodukte von Christian Friedrich Himburg bemühen.

121 Nuditäten oder Fantasien auf der Venus-Geige. Padua: Pietro Terone 1810 (Berlin: Himburg). Die dezidierte Werbung für erotische Literatur ist eingebunden zwischen dem ersten und zweiten Heft.

122 Ebd. Die dezidierte Werbung für erotische Literatur ist eingebunden zwischen dem ersten und zweiten Heft.

Defoes *Robinson Crusoe* oder James Thomsons *The Seasons* in zahlreichen Ländern einschließlich der Illustrationen nachgedruckt und vermarktet wurden.[123] Für einen Verleger wie Himburg, der eine erfolgreiche Vermarktungsstrategie in der Beigabe qualitativ ausgezeichneter Illustrationen erkannte, war eine internationale Vernetzung und Kontaktpflege im Illustrationsgeschäft obligatorisch. Im deutschen Sprachraum zirkulierten hauptsächlich Illustrationen aus Frankreich und England, wo transnationalen Bestsellern Kupferstiche beigeben wurden, die über die einzelnen Nationen hinaus eingesetzt werden konnten. Kupferstiche waren in ihrer Herstellung kostenintensiv, so dass gemeinhin nur Bücher damit ausgestattet wurden, die auf einen hohen, bestenfalls europaweiten Absatz hoffen ließen. Während Bücher mit Vignetten wegen des erforderlichen zweifachen Druckvorgangs besonders teuer waren, boten ganzseitige Kupfer die Möglichkeit der Mehrfachverwertung, denn die Illustration konnte ebenso in das Buch eingebunden wie separat verkauft werden.[124] Der Handel mit Kupferstichen zielte auf die Konsumentenschicht der Sammler und Kunstliebhaber. Die zahlreichen Bildergeschäfte in Berlin unterstreichen die Nachfrage nach illustrierten Produkten.

Das Geschäft mit Kupferstichen war, wie das gesamte Verlagsgewerbe, von den territorialen Besonderheiten des deutschen Sprachraums geprägt, wo – anders als in Frankreich und England – sich die Literaturproduktion nicht auf die Hauptstadt konzentrierte, sondern dezentral organisiert war. Verleger in deutschen Literaturzentren arbeiteten gemeinhin mit Druckern, Stechern und Künstlern aus anderen Regionen und Territorien zusammen. Im deutschsprachigen Buchhandel erlebten bspw. Vignettenbücher eine besondere Konjunktur und vielfältige Ausformungen. Besondere Popularität genossen die Vignetten von Salomon Gessner (1730–1788), die schnell zum Zielobjekt für Raubdrucker wurden; der Leipziger Verleger Johann Georg Löwe spezialisierte sich regelrecht auf die Raubkopie der Schweizer Vignetten. Die ganzseitigen Kupfer gliederten sich wiederum in Autorenporträts – eine Variante, die Himburg praktizierte – und interpretatorische Illustrationen mit Darstellung von Handlungsakteuren, Einzelszenen und Lokalitäten.[125]

Die weiterverbreitenden Neuausgaben von ausländischen Bestsellerromanen, bspw. von Alain René Le Sage, Daniel Defoe oder Samuel Richardson, implizierte gemeinhin auch den Nachdruck der Illustrationen. Verleger, die im internationalen Verlagsgeschäft etabliert waren, besaßen daher gewöhnlich exzellente Kenntnisse auch über modische Trends im Illustrationsbereich, waren über den Herstellungsprozess ausländischer Werke einschließlich deren Illustrationsteils informiert, so auch der Berliner Verleger Christian Friedrich Himburg. In seinem Verlag erschienen zahlreiche Nachdrucke und Übersetzungen ausländischer Bestseller mit nachgedruckten Illustrationen. Qualität und Zahl von Kupferstichen waren elementarer Bestandteil seiner erfolgreichen Vermarktungsstrategie, der Verleger versuchte sich über die Anzahl von Illustrationen gegenüber anderen Anbietern im Markt zu profilieren und überbot gelegentlich Konkurrenzprodukte gezielt durch

123 Vgl. Jung: Kleine artige Kupfer (wie Anm. 81); ders.: Packaging, Design und Colour. From Fine-Printedto Small-Format Editions of Thomson's The Seasons, 1793–1802. In: Sandro Jung: British Literatureand Print Culture. Cambridge: Brewer 2013, S. S. 95–124.

124 Jung (wie Anm. 81), S. 12–14.

125 Ebd., S. 22–24.

die Zahl der Illustrationen. So erschienen 1775 bei Himburg Henry Fieldings *Abenteuer Josephs Andrews und seines Freundes Abraham Adams* und hier warb der Verleger für seine Übersetzung unter dezidiertem Hinweis auf zwölf Kupfer. Diese waren zwar nur Nachdrucke der englischen Ausgabe von 1742/1743, doch deutsche Leser honorierten diese Beigabe. Bereits 1761, knapp fünfzehn Jahre zuvor, hatte der Berliner Verleger Johann Heinrich Rüdiger Fieldings Werk auf den Markt gebracht, aber lediglich mit sechs Kupfern ausgestattet.[126] Himburg entwickelte den Nachdruck von Illustrationen aus französischen und englischen Werken zu einem Geschäftsmodell und schöpfte klug und mit System aus der Vielfalt ausländischer Bildquellen. Üblicherweise erschienen die Kupferstiche in der deutschen Ausgabe im Kleinformat. Jung zeigt dies eindrücklich am Beispiel von James Thomsons *The Seasons*, ein Buch, das er 1789 in deutscher Übersetzung in seinem Verlagsprogramm führte.[127] Das Werk *Jahreszeiten* erschien in insgesamt drei Ausgaben bei Himburg (1789, 1796, 1805). Während in der Ausgabe von 1789 (Format 8° und ein Blatt mit 5 gefalteten Kupfertafeln) lediglich der Übersetzer Ludwig A. Schubart namentlich genannt wurde, entschied sich der Verleger bei der zweiten Ausgabe von 1796 bewusst für die namentliche Nennung des Stechers – »mit Tafeln nach Genelli«, um die Kupfer separat und mit Blick auf die Sammlerszene ein weiteres Mal zu vermarkten.[128] Seine Nachdruckpraxis unter Einbeziehung von Illustrationen aus den ausländischen Originalwerken war in der zweiten Hälfte des 18. Jahrhunderts ein durchaus gängiges Verfahren im deutschen Verlagsgewerbe. Doch der Berliner Verleger schien ein besonderes Gespür dafür zu haben, welche ausländischen Werke das Potenzial für einen transnationalen Bestseller hatten und besaß herausragende Kenntnisse über die Kunstszene der jeweiligen literarischen Zentren Europas.

Himburg favorisierte zwar allein aus Kostengründen den systematischen Nachdruck ausländischer Illustrationen, doch in Berlin arbeitete der Verleger häufig auch mit den namhaften Kupferstechern vor Ort zusammen, insbesondere mit Daniel Chodowiecki, und beauftragte diesen oftmals mit der Herstellung von Originalillustrationen für seine Verlagswerke. Auf diese Weise verlieh er seinem Angebot aus ausländischer Übersetzungsliteratur einen *Himburg-Nimbus*, der diese von den zahlreichen Konkurrenzprodukten abhob. Seine Schwerpunktsetzung auf Übersetzungen aus dem Englischen und Französischen hatte zudem einen ganz pragmatischen Grund, denn seine Verlagsräume befanden sich im Haus der Familie Mylius. Wilhelm Christhelf Siegmund Mylius gehörte zu den produktivsten Berufsübersetzern Berlins im 18. Jahrhundert und war Übersetzer eines Großteils von Himburgs Angebot an ausländischer Romanliteratur. So erschien bei Himburg das englische Werk von Tobias Smollett *Peregrine Pickle* 1789 in vier Bänden in einer Übersetzung von Mylius, ein Jahr später folgte Tobias Smolletts *Roderich Random* in zwei Bänden – jeweils mit Kupferstichen ausgestattet. Die Anpreisung eines Buches unter Zugabe von ›artigen Kupfern‹ in Werbetexten unterstrich die handwerklich solide Anfertigung der Kupferstiche, aber auch deren Tugendhaftigkeit. Zu speziellen Bestsellern avan-

126 Ebd., S. 28.
127 Ebd., S. 29–30.
128 Friedrich Genelli (1765–1793), Zeichner und Kupferstecher. Vgl. ebd. S. 29–30.

cierte sein Angebot erotisch-pornographischer Literatur mit dezidiert ›unartigen Kupfer‹, mit anstößigen und obszönen Bildbeigaben, die einen wichtigen Programmschwerpunkt seines Verlags ausmachte. Eine besondere Verlockung für Sammler waren die sog. unkastrierten Kupferstiche, die das Geschlecht der weiblichen und männlichen Protagonisten meist unbedeckt zeigten. Im zweiten Produktionsdurchgang wurden diese Bildstellen überzeichnet (›kastriert‹), womit die ›unbedeckten‹ Stiche [129] zu raren, daher begehrten Sammlerobjekten wurden.

Eine enge Zusammenarbeit entwickelte sich zwischen Himburg und dem Berliner Kupferstecher Daniel Chodowiecki. Der Illustrator und Kupferstecher Daniel Chodowiecki (1726–1801) hatte für Brandenburg-Preußen im 18. Jahrhundert eine kaum zu unterschätzende Bedeutung, markierten seine Werke doch den Übergang vom Import von englischen und französischen Bildvorlagen hin zu einer originären Bildproduktion in Deutschland.[130] Für Kupferstecher, die ihr Auskommen im Bereich von kunstgewerblichen Tätigkeiten suchten, war Berlin ein idealer und prosperierender Ort. In der preußischen Residenzstadt herrschte eine schier ungebrochene Nachfrage nach Miniaturen in Emailtechnik, die von Bilderhändlern verliehen und verkauft wurden, nach Email-Ladenschildern und nach verzierten Schmuckdosen aller Art. In Berlin gelang es ihm, sich als Miniaturmaler zu etablieren und sich eine eigene wirtschaftliche Existenz aufzubauen.[131] Seinen Durchbruch erlebte Chodowiecki 1766 / 1767 als Radierer mit dem Gemälde *Der Abschied des Jean Calas von seiner Familie*. Es schlossen sich erste Auftragsarbeiten für Almanache, Taschenkalender und Bücher an, u.a. die Illustrationen für Basedows *Elementarwerk* (1769).[132] Chodowiecki verkehrte in den gesellschaftlichen Kreisen, die den Berliner Verleger Friedrich Nicolai umgaben, so dass er schnell mit dem Verlagsgewerbe in engen Kontakt kam. Seine Hauptauftraggeber und Abnehmer seiner Kunst fanden sich jedoch in der französischen Kolonie Berlins.[133] Hier fertigte Chodowiecki nach seiner Übersiedlung von Danzig die ersten Titelkupfer für Psalmenbücher und französische Grammatiken sowie von Ladenschildern.[134]

Chodowiecki bewegte sich in den Kreisen der Berliner Aufklärung, war Mitglied des Montagsklubs und der Mittwochgesellschaft und verwertete (als Sohn einer Danziger Gewürzkaufmannsfamilie) seine Kupferstechkunst unternehmerisch sehr geschickt, neben seiner Werkstatt betrieb er zugleich einen Kunsthandel in Berlin und bemühte sich darum, sich eine Stammkäuferschaft und eine Sammlerszene aufzubauen, die direkt in seinem Kunstladen kauften, nicht über den übrigen Berliner Buch- und Bilderhandel, dem er oh-

129 Beispiele hierzu vgl. im Beitrag von Wulf von Lucius im vorliegenden Band.

130 Willi Geismeier: Chodowiecki und Berlin. In: Daniel Chodowiecki (1726–1801). Kupferstecher – Illustrator – Kaufmann. Hrsg. von Ernst Hinrichs und Klaus Zernack. Tübingen: Niemeyer-Verlag 1997, S. 42–52, hier S. 42.

131 Ebd. S. 42–52, hier S. 46.

132 Ebd. S. 42–52, hier S. 49–50.

133 Stefi Jersch-Wenzel: Chodowiecki und die Französische Kolonie. In: Daniel Chodowiecki (1726–1801). Kupferstecher – Illustrator – Kaufmann. Hrsg. von Ernst Hinrichs und Klaus Zernack. Tübingen: Niemeyer Verlag 1997, S. 53–62, hier S. 60-61.

134 Ebd. S. 60–61.

nehin nur ungern Rabatte einräumte.[135] Neben der Illustration von Büchern betrieb Chodowiecki ein sehr einträgliches »fabrikmäßiges Dosenmalen«[136] und scheute auch vor dem »tändelndem Modekram der Romane« nicht zurück, so äußerte er sich am 6. März 1784 in einem Brief an Gräfin von Solms-Laubach.[137] 1760 / 1770 brachte die Illustrationskunst eine ganze Palette von neuen technisch-reproduktiven Standards hervor, die dazu führten, dass Original und Nachbildung kaum mehr zu unterscheiden waren. Mit den neuen Reproduktionstechniken wurden Buchillustrationen zunehmend zur Ware. Die Ausdifferenzierung der technischen und geschäftlichen Spezialisierungen, die am Beispiel von Daniel Chodowiecki besonders eindrücklich aufgezeigt werden kann, orientierten sich verstärkt an der Spezialisierung auch des Sammelns.[138] Auf diese Entwicklung, auf diesen Trend im Illustrationsgeschäft reagierte Ch. F. Himburg mit seiner Illustrationsstrategie.

Schnell hatte Chodowiecki in den technischen Möglichkeiten der Reproduktion eine lukrative Rationalisierung seines Geschäfts erkannt, zudem ging er verstärkt dazu über, seine Motive mehrfach zu verwerten. Bei den Verlegern galt er als selbstbewusster Verhandler, der um die absatzsteigernde Wirkung seiner Buchillustrationen wusste und sich stattliche Honorare ausbedingte. Seit den frühen 1770er Jahren arbeitete Chodowiecki im kaufmännischen Jahresrhythmus der Leipziger Messen, sein gesamter Arbeitsalltag organisierte sich nach und nach um den Termin der Leipziger Ostermesse.[139] Längst hatte sich Chodowiecki einen Namen außerhalb Preußens gemacht und ihn erreichten Aufträge von Verlegern aus dem gesamten deutschsprachigen Raum. Seine geschäftlichen Korrespondenzen mit Verlagen außerhalb Preußens funktionierten wie in dieser Zeit üblich, über Mittelsmänner aus dem Berliner Verlagsgewerbe. So übermittelte der Berliner Verleger Christian Friedrich Himburg Geschäftsbriefe und Paketsendungen des Frankfurter Verlegers Johann Konrad Deinet und eine andauernde professionelle Zusammenarbeit mit dem Verleger von ausländischer Romanliteratur in deutscher Übersetzung sowie von erotischen Lesestoffen drängte sich geradezu auf. Der protestantisch-betriebsame Chodowiecki lehnte durchaus Aufträge ab, schienen ihm die zu illustrierenden Werke zu religionskritisch.[140] Aber auch die Anfertigung von in seinen Augen zu drastischen erotischen Kupferstichen, was ein einträgliches Geschäft dargestellt hätte, verweigerte er seinen Kunden. Der Sekretär einer russischen Gesandtschaft, der bei Chodowiecki zwanzig erotisch-pornographische Kupferstiche in Auftrag geben wollte, wurde abgewiesen.[141] Chodowiecki engagierte sich aber im Bereich der Aufklärung über die Folgen von käuflicher Liebe und sexuellem Fehlverhalten im Bürgertum. So illustrierte er für den *Berliner Genealogischen Calender*

135 Pamela E. Selwyn: Daniel Chodowiecki: Der Künstler als Kaufmann. In: Daniel Chodowiecki (1726–1801). Kupferstecher – Illustrator – Kaufmann. Hrsg. von Ernst Hinrichs und Klaus Zernack. Tübingen: Niemeyer Verlag 1997, S. 11–21, hier S. 13–15.

136 Ebd. S. 13.

137 Ebd. S. 14.

138 Vgl. Ernst Rebel: Druckgrafik. Geschichte und Fachbegriffe. Stuttgart: Reclam 2009, S. 88–94.

139 Selwyn: Daniel Chodowiecki (wie Anm. 161), S. 16–17.

140 Ebd. S. 17.

141 Wilhelm Engelmann: Daniel Chodowieckis sämmtliche Kupferstiche. Im Anhang Nachträge und Berichtigungen von Robert Hirsch. Reprint der Ausgabe aus dem Jahr 1857 (Leipzig). Hildesheim: Olms Verlag 1969, S. XLII.

die Bildfolge *Das Leben eines schlecht erzogenen Frauenzimmers* und *Das Leben eines Lüderlichen*, wo er dem zeitgenössischen Bordellwesen und den Folgen der Lustseuche für die Sünderinnen ausgesprochen drastisch Ausdruck verlieh.[142] Gleichwohl: Die Berliner Verleger, unter ihnen Himburg, erkannten früh, dass »ein Meister, der geistreiche Zeichnungen lieferte, denselben Geist auch in seine Radierungen überzutragen im Stande sey«[143], sich somit von der in dieser Zeit üblichen Praxis, lediglich die Zeichnungen zu bestellen, die dann von anderen Künstlern nachgestochen wurden, abwandte. Verleger wie Ch. F. Himburg, die auf die Kaufkraft von illustrierten Büchern setzten, erkannten in der damit verbundenen Qualitätssteigerung ein neues Absatzpotenzial. Die von Chodowiecki selbst gestochenen Platten steigerten die Qualität und somit den Wert der Verlagsproduktion der Berliner Verleger in einem kaum zu unterschätzenden Maße. In der Folge entschieden sich immer mehr ausländische Verleger dazu, Zeichnung und Stich bei der Bebilderung ihrer Almanache und Bücher in eine Hand zu legen.

5. Fazit und Ausblick

Brandenburg-Preußen und seine territorialen Enklaven mit der Residenz- und Garnisonsstadt Berlin als entscheidendes Kommunikations- und Handelszentrum im 18. Jahrhundert bergen trotz der längst in diesem Feld geleisteten Pionierarbeit von Conrad Wiedemann und seinen Mitarbeitern im Akademieprojekt ›Berliner Klassik. Eine Großstadtkultur um 1800‹ noch vielfältige Forschungsfragen.[144]

Vor dem Hintergrund seiner geographisch-politischen Besonderheiten bietet Brandenburg-Preußen mit seinen zahlreichen Ländereien und seiner Residenz-, Handels- und Garnisonsstadt ideale Rahmenbedingungen für die Herausbildung subversiver Milieus, die längst noch nicht erschöpfend aufgearbeitet worden sind. Von Bedeutung scheint in diesem Kontext das Zusammenspiel verschiedener Submilieus insbesondere im Raum Potsdam-Berlin. Die Etablierung von grenzübergreifenden subversiven ›freien‹ Denk-räumen und literarischen Kommunikations- und Distributionskanälen nimmt ihren Anfang im frühen 18. Jahrhundert u.a. mit der großzügigen Aufnahme von hugenottischen Flüchtlingen in Berlin und dem verstärkten Import französischsprachiger radikalaufklärerischen

142 Entwürfe und zwei Radierungen zum Leben eines schlecht erzogenen Frauenzimmers für den Berliner Genealogischen Calender auf das Jahr 1780. Vgl. Daniel Chodowiecki. Hrsg. von Gisold Lammel. Berlin: Eulenspiegel Verlag 1987; und Ehler: Daniel Nikolaus Chodowiecki (wie Anm. 9), S. 157–158.

143 Engelmann: Daniel Chodowieckis sämmtliche Kupferstiche (wie Anm. 141), S. XLIII.

144 Vgl. hierzu die umfängliche Publikationsliste auf der Webseite: http://www.berliner-klassik.de/publikationen/conrad-wiedemann. Besondere Aufmerksamkeit verdient die ›Datenbank Berliner Klassik‹, in der auch zahlreiche Vertreter des Buchhandels- und Verlagsgewerbes geführt werden.http://berlinerklassik.bbaw.de/BK/personen/Suchergebnisse_global.html?search_qry=Voß&Suche=Go. Doch ist eine Geschichte von Berlin als Verlagsstadt zur Zeit der Aufklärung ebenso ein wichtiges Desiderat wie die wissenschaftliche Erschließung der zahlreichen Verlage der Residenzstadt im 18. Jahrhundert. Während diverse Studien zum wirkmächtigen Aufklärungsverleger Friedrich Nicolai bereits vorliegen (u.a. Horst Möller, Rainer Falk, Stefanie Stockhorst und Iwan Michelangelo D'Aprile), kennt man von vielen weniger namhaften Verlegern meist nicht einmal deren exakte Wirkungszeit in der preußischen Residenzstadt.

Schriften nach Preußen, die in den französischen Kolonien Preußens eine besondere Rezeption erfuhren. Die Entfaltung radikaler philosophischer, religionskritischer Diskurse in der preußischen Residenzstadt, deren literarische Produktivität und die Herausbildung eines subversiven Wirkungsfelds, das von radikalen Frühaufklärern besetzt worden war, sind bereits seit vielen Jahren Forschungsgegenstand der ideen- und philosophiegeschichtlich dominierten Clandestina-Forschung.[145] Die starke Präsenz von frühaufklärerischen radikalen Kommunikationsnetzwerken in Berlin, in die Verleger mit internationalen Geschäftsbeziehungen integriert waren (erinnert sei nur an das Verlagshaus Ambrosius Haude, das unter dem Firmenimpressum Haude & Spener in dieser Funktion über das gesamte 18. Jahrhundert weiter wirkte), legt nahe, dass sich die nachfolgende Generation an Buchhändlern und Verlegern derselben subversiven Distributionssysteme bediente. Es hatten sich vor dem Hintergrund des Zusammenwirkens unterschiedlicher subversiver Milieus Rahmenbedingungen herausgebildet, die Berlin als Handelsplatz für erotisch-pornographische Werke prädestinierten, zumal sich die preußische Residenz- und Garnisonsstadt zu einem der wichtigsten Stapelplätze des deutschsprachigen Buchmarkts in der zweiten Hälfte des 18. Jahrhunderts entwickelte, und Berliner Verleger die Erschließung des nordosteuropäischen Raums als neuen Absatzmarkt für die deutschsprachige Buchproduktion forcierten.

Die Entstehung von urbanen und kosmopolitischen Kulturen, wie sie im 18. Jahrhundert im gesamten Europa zu verzeichnen waren, förderten anonymes Agieren im literarischen Feld (vor allem in den europäischen Wirtschafts- und Handelszentren) wie auch die Herausbildung von Gemeinschaften und Netzwerken u.a. von sexuellen Minderheiten. Die jüngere Forschung verortete die Anfänge der modernen Homosexualitätsforschung im frühen 18. Jahrhundert, wo vormoderne gleichgeschichtliche Subkulturen die Entstehung von Minderheitenidentitäten befördert haben.[146] Bereits in der ersten Hälfte des 18. Jahrhunderts entstanden in den europäischen Zentren spezielle Etablissements, in London die sog. ›Molly Houses‹, heraus, die nur Homosexuellen zugänglich waren, und in den Niederlanden entfalteten sich eigene geheime sodomitische Netzwerke.[147] Die Herausbildung einer homosexuellen Subkultur mit eigenen Kaffee- und Wirtshäusern sowie Tanzböden war seit der zweiten Hälfte des 18. Jahrhunderts auch in Berlin zu beobachten. Ein prominenter Akteur homosexueller Submilieus des deutschen Sprachraums war der Schweizer Geschichtsschreiber und Publizist Johannes von Müller (1752–1809), der sich in den literarischen Kreisen von Johann Wilhelm Ludwig Gleim und Johann Georg Jacobi (1740–1814) bewegte, über diesen Kreis in Kontakt mit dem Berliner Verleger Friedrich

145 An dieser Stelle sei vor allem auf die bahnbrechenden Studien von Winfried Schröder und Martin Mulsow verwiesen. Vgl. Christine Haug: »Literatur aus dem Giftschrank« – Kontexte und Mythen. Buchmarkt- und zensurpolitische Strategien im literarischen Untergrund im Zeitalter der Aufklärung. Ein Forschungsbericht. In: Archiv für Geschichte des Buchwesens 71 (2016), S. 186–226. Mit Spannung darf die zweibändige Studie von Martin Mulsow: Radikale Frühaufklärung in Deutschland 1680–1720. Göttingen: Wallstein 2018 (Erscheinungstermin: Juni 2018) erwartet werden.

146 Vgl. hierzu die unlängst erschienene Studie von Robert Beachy: Das andere Berlin. Die Erfindung der Homosexualität. Eine deutsche Geschichte 1867–1933. München: Siedler 2015.

147 Ebd. S. 14.

Nicolai kam und an der *Allgemeinen Deutschen Bibliothek* mitwirkte. In Berlin wurde er von Friedrich II. empfangen und verkehrte in den einschlägigen Lokalen und Zirkeln der Hauptstadt, wo ihn u.a. die Brüder Schlegel als ›Subjekt‹ denunzierten, das »nach der Manier der Alten« zu lieben bevorzuge.[148] Mit Blick auf die Erforschung von Produktion, Distribution und Rezeption von erotisch-pornographischen Lesestoffen empfiehlt sich die Nutzbarmachung der Homosexualitätsforschung. Im Berlin des 18. Jahrhunderts, wo einerseits relativ frei europäische Bestseller wie *Portier des Chartreux* und *Fanny Hill* zirkulierten, andererseits diverse homosoziale Orte (Berlin war Garnisonstadt) aufwies, schienen homosexuelle Praktiken geduldet, doch weniger als Ausdruck von Toleranz als vielmehr von staatlich-aufgeklärter Rationalität.[149] Unkonventionelle, ja radikale Präventionsstrategien gegen den Ausbruch und die Verbreitung von Geschlechtskrankheiten, bspw. die dezidierte Verordnung von homosexuellen Praktiken im Militär oder die Legalisierung der Masturbation auf der einen Seite und das Erscheinen der frühen erotisch-pornographischen Romane in Frankreich in der zweiten Hälfte des 17. Jahrhunderts, wie bspw. *L'Academie des dames* oder *Aloisiae Sigaea satyra Sotadica*, die sämtlich in Berlin in Buchhandlungen und Winkelleihbüchereien unterm Ladentisch erhältlich waren, scheinen ebenso wenig Zufall wie die Wiederentdeckung der antiken Stadt Pompeij um 1750, eine archäologische Sensation, die mutmaßlich auch die Debatte über erotisch-pornographische Lesestoffe stimuliert hatte.[150]

Im Zentrum der grenzübergreifenden Handelsnetze für erotisch-pornographische Texte in Berlin stand zweifelsohne der Verleger Christian Friedrich Himburg. Dennoch – die Rolle der vielen mittleren und kleinen Verlagshandlungen, gegründet im Laufe der zweiten Hälfte des 18. Jahrhunderts, die im Kontext von Produktion, Vertrieb und Handel mit erotisch-pornographischen Schriften regelmäßig aufscheinen, ist längst noch nicht zusammenhängend erforscht. Zu dieser Gruppe gehörten u.a. die Verlagshandlungen Samuel Pitra, Joachim Pauli, C.H. Schöne, Gottlieb August Lange, Carl August Matzdorff und Johann Samuel Ferdinand Oehmigke. Gerade die kleinen Verlage galten oft als berüchtigte Nachdrucker, sie schlossen ihren Verlagsgeschäften zudem Leihbüchereien, Papier- und Bilderhandlungen an.[151] Es scheint kein Zufall, dass sich Georg Andreas Reimer gerade für das Konglomerat dieser Verlage interessierte und nach den Napoleonischen Kriegen und mit dem Ziel, mit seinem Unternehmen zu expandieren, deren Verlagsbestände nahezu vollständig erwarb.

Ebenfalls vollkommen unerforscht ist die Rolle von Leihbüchereien bei der Distribution von erotisch-pornographischen Lesestoffen. So verweisen Hayn / Gotendorf häufig auf

148 Vgl. hierzu den Beitrag von Wolfgang Burgdorf im vorliegenden Band sowie die zweibändige Ausgabe Johannes von Müller: »Einen Spiegel hast gefunden, der in allem Dich reflectirt«. Briefe an Graf Louis Batthyàny Szent-Iványi 1802–1803. Hrsg. von André Weibel. Göttingen: Wallstein 2014. An dieser Stelle sei auf das exzellente Nachwort des Herausgebers in Bd. 2 verwiesen, S. 7–177.

149 André Weibel: Nachwort. Ebd., S. 18–19.

150 Jauch: Jenseits der Maschine (wie Anm. 65), S. 72–73.

151 Vgl. die Hinweise in Johann Christian Gädicke: Lexicon von Berlin und der umliegenden Gegend. Enthaltend alles Merkwürdige und Wissenswerthe von dieser Königsstadt und deren Gegend. Ein Handbuch für Einheimische und Fremde. Berlin: Gebrüder Gädicke 1806.

die (Winkel)leihbücherei der Verlags-, Buch- und Musikalienhandlung Adolph Martin Schlesinger (1769–1838). 1810 zunächst als Buch- und Musikalienhandlung gegründet, erweitere Schlesinger seine Handlung 1811 um einen Verlag und firmierte seit 1823 mit seinen Geschäftsräumen unter der prominenten Adresse ›Unter den Linden 34‹. Schlesinger ist der Forschung hauptsächlich als Musikalienverleger, u.a. von Carl Maria von Weber, bekannt. Sein eigenes Verlagsgeschäft konnte Schlesinger wegen seiner jüdischen Abstammung jedoch erst nach dem ›Emanzipationsedikt zur Integration des preußischen Judentums‹ (1812) etablieren. Bereits seit 1795 betrieb Schlesinger allerdings in seiner Berliner Privatwohnung einen kleinen Buchhandel als Reisender. Daher scheint es nicht unwahrscheinlich, dass Schlesinger, wegen seiner Zugehörigkeit zur jüdischen Minderheit zunächst ins literarische Submilieu verbannt, dem lukrativen Geschäft mit erotisch-pornographischen Lesestoffen nicht abgeneigt war, und mit dieser Art Literatur einen einträglichen Hausierhandel betrieb, dem er eine kleine Winkelleihbücherei anschloss.[152]

Ebenfalls nur marginal erforscht ist das ökonomisch konstruktive Zusammenwirken von Verlags- und Bilderhandel, der Import von ausländischen Kupferstichen, der Handel mit Kupferstichen und deren Nachdrucke im europäischen Verlagsgewerbe, die Herausbildung von Illustratoren-Werkstätten (wie die von Daniel Chodowiecki) und deren Zusammenarbeit mit dem regionalen Verlagshandel.

Mit der Perspektivierung auf die Produktion, Vertrieb und Handel mit erotisch-pornographischen Lesestoffen im Europa des 18. Jahrhunderts, auf die Herausbildung eines Spezialmarkts für diese Art Lesestoffe im Zeitalter der europäischen Aufklärung scheint Brandenburg-Preußen mit seinem Zentrum Potsdam-Berlin jedenfalls eine kaum zu unterschätzende Position innegehabt zu haben. Das kreative und produktive Zusammenspiel von Akteuren innerhalb von subversiven und semi-öffentlichen Netzwerken, von Buch- und Verlagsgewerbe sowie Bilderhandel in Brandenburg-Preußen und im Raum Potsdam-Berlin gilt es im Kontext der Wirtschafts- und Handelsgeschichte sowie der Zensur- und Subversionsforschung allerdings noch umfassend aufzuarbeiten.

152 Vgl. den Artikel ›Schlesinger‹ in Musik in Geschichte und Gegenwart. Onlineressource: https://www.mgg-online.com/search?s=1&n=20&t=all&q=Schlesinger&within=all&dbScope=all, und Börsenblatt für den deutschen Buchhandel 77 (1910), S. 389–390. Hany / Gotendorf verweisen auf die mutmaßliche Existenz von zwei Leihbibliothekskatalogen von Schlesinger aus den Jahren 1799 und 1825, die bisher nicht bibliografisch recherchiert werden konnten.

Pornographie als Transzendenz
Theoretische Bruchstücke zu den Bezügen zwischen Pornographie, Perversion, Kapitalismus und Medien

Vincent Kaufmann

1. Adam Smith und De Sade haben sich schlussendlich doch getroffen

Auf Anhieb haben sie wenig miteinander zu tun, und obschon sie (fast) Zeitgenossen waren, haben sie einander zu Lebzeiten wohl grundsätzlich ignoriert. De Sade (1740–1814) ist nie ausdrücklich auf Smiths Theorien eingegangen, hätte sich bei deren Lektüre vermutlich zu Tode gelangweilt, und Smith (1723–1790) waren die meisten Schriften von De Sade schlicht nicht zugänglich, wobei sie ihn wahrscheinlich ohnehin entsetzt hätten.

Das Treffen musste also um zwei Jahrhunderte verschoben werden und konnte erst in der Wirklichkeit der gegenwärtigen kapitalistischen Gesellschaft zustande kommen. Es ist die Geschichte von diesem Treffen, die der französische Philosoph Dany-Robert Dufour in seinem Buch *La Cité perverse* erzählt, und in dieser Geschichte geht es nicht nur um Smith und De Sade, sondern eben um die kumulierten Effekte von deren ›Philosophien‹ in der Gegenwart: um eine perverse *Civitas* oder um die durch den Kapitalismus eingeleitete Perversion der *Civitas*, die manchmal auch als ›normale‹ Perversion beschrieben wird oder als eine Normalisierung der Perversion, von der z. B. der Erfolg von *Fifty Shades of Grey* sowie die unzähligen darüber abgegebenen Kommentare zu diesem neuen ›Trend‹ zeugen.[1] Überträgt man eine solche Begrifflichkeit auf das Gesellschaftliche, auf die konkreten Erscheinungsformen der normalen Perversion, stößt man sehr schnell auf weitere damit verbundene Begriffe wie z. B. »Pornographisierung«[2] der Gesellschaft, mit der wir nicht nur bei unserem Thema angekommen sind, sondern auch bei der ökonomischen Umsetzung der (normalen) Perversion, bei ihrer Vermarktung oder ihrer Integration in den gegenwärtigen Kapitalismus. Etymologisch bezieht sich Pornographie ja nicht in erster Linie auf die Darstellung von expliziten sexuellen Handlungen, sondern auf die Beschreibung von Prostitution, und genau das war auch die ursprüngliche Funktion der Pornographie in der Zeit der Aufklärung, als der Terminus überhaupt erfunden wurde. Bis spät ins 19. Jahrhundert ist dann Prostitution, mit medizinisch-soziologischen Vorwänden oder nicht, ein ›Must‹ oder zumindest eines der beliebtesten ›Settings‹ der Pornographie geblieben, als wäre die Darstellung von expliziter und oft obszöner sexueller Handlung notwendigerweise auch als

---

1 E. L. Vgl. James: Fifty Shades of Grey. München: Goldmann 2012; Dany-Robert Dufour: La Cité perverse. Paris: Denoël 2009; siehe auch ders.: Le Divin Marché. Paris: Denoël 2007.

2 Siehe dazu z. B. Laurie Penny: Meat Market. Female Flesh Under Capitalism. Winchester [u.a.]: Zero Books; sowie Jörg Metelmann (Hrsg.): Porno-Pop II. Würzburg: Königshausen & Neumann 2010.

ökonomische Transaktion aufzufassen bzw. durch ihre ökonomische Dimension strukturiert.[3] Entsprechend stellt sich im Blick auf die normale Perversion die Frage, inwiefern die sich davon ableitende Pornographisierung der Gesellschaft nicht zu einer grundlegenden Dimension des sozialen Austausches wird – so lautet jedenfalls die Frage oder die These von Dany-Robert Dufour.

Smith und De Sade: Es geht hier um die Geschichte eines verschobenen Treffens. Das heißt aber nicht, dass dieses Treffen nicht voraussehbar war und dass die beiden Autoren zweihundert Jahre später sozusagen zufällig zu Verbündeten wurden bzw. dass die von Dufour vorgenommene Angleichung willkürlich ist. Die beiden Autoren aus dem 18. Jahrhundert bauen auf gemeinsamen moralphilosophischen Prämissen auf, sie suchen nach Lösungen zu dem in der Neuzeit entstandenen Problem der (Nicht-)Übereinstimmung von privater und öffentlicher Moral. Bis ins 17. Jahrhundert, bis es überhaupt zu einer Trennung zwischen ›privat‹ und ›öffentlich‹ kommt und zu dem damit verbundenen Aufkommen des abendländischen Individualismus, stellt sich die Frage nicht: Zusammengefasst hatte man überall, zu Hause wie in der ›Öffentlichkeit‹ (die noch keine war), das christliche Ideal des Verzichts (auf Vergnügen, Wissen und Macht) als Vorbild zu nehmen. In anderen Worten: Gott, die Kirche und der Staat hatten zu jeder Zeit und überall Zugang zu meinen Geheimnissen und haben diesen Zugang auch nur sehr zögerlich und eher nolens als volens aus der Hand gegeben. Ab dem 17. Jahrhundert entwickeln sich Alternativen, Arrangements und Kompromisse, die das Leben etwas einfacher machen sollen und z. T. durch die Kirche sogar gefördert werden. Die Jesuiten, die damit heute noch in der Alltagssprache als Symbol für Heuchelei gelten, erklären diesbezüglich, dass die erwünschte Übereinstimmung zwischen privater und öffentlicher Moral verhandelbar sei, dass es vielleicht nicht so wichtig ist, wie man sich privat benimmt, solange davon nichts an die Öffentlichkeit sickere. Damit fängt man an, so etwas wie eine Doppelmoral zu legitimieren, und genau das empört einen Blaise Pascal (1623–1662), dessen jansenistische Moral auf die Wiederherstellung der Kontinuität zwischen der privaten und der öffentlichen Moral abzielt. Man weiss ja nie, wo, wann oder überhaupt ob Gott, unser lieber Big Brother, uns nicht doch sieht, und soll entsprechend kein Risiko eingehen.[4]

Interessant wird es mit Blick auf Smith und De Sade, wenn Pascals Position ihrerseits umgekehrt wird, d.h. wenn davon ausgegangen wird, wie zum Beispiel beim niederländischen Philosophen und Schriftsteller Bernard Mandeville (1670–1733), dass private Unsittlichkeit auch in der Öffentlichkeit positive Effekte erzeugen kann.[5] Statt Prostituierte aus Nächstenliebe oder ›Barmherzigkeit‹ in Anstalten einzusperren, die man in späteren Kontexten als Umerziehungsinstitutionen beschreiben sollte, soll der Staat selbst Bordelle betreiben, schlägt Mandeville vor. Von Smith weiss man, dass er Mandeville gelesen hatte und von seiner ›Unsittlichkeit‹ schockiert war.[6] Von De Sade ist anzunehmen, dass ihm dieser Vorschlag nur als gleichsam erster Schritt gefallen konnte. Mit Blick auf den umge-

---

3 Franz X. Eder: Kultur der Begierde. Eine Gechichte der Sexualität.München: C.H.Beck ^{2}2009.

4 Dufour: La Cité perverse (wie Anm. 1), S. 59–80.

5 Ebd., S. 110–117.

6 Michael J. Shapiro: »Eighteenth Century Intimations of Modernity: Adam Smith and the Marquis de Sade«. In: Political Theory, Vol. 2, No. 2, S. 273–293.

kehrten ›Pascalismus‹ von Mandeville, Smith und De Sade sind das aber Nuancen, denn grundsätzlich gehen eben Smith und De Sade von den gleichen Prämissen wie Mandeville aus.

Smiths »unsichtbare Hand« ist berühmt, sie steht seit langer Zeit für alles Gute, mit dem uns kapitalistisches ›Laisser-faire‹ beschert. Geht man aber in der im *Wohlstand der Nationen* (1776)[7] entwickelten Theorie einen Schritt weiter oder zurück, stößt man genau auf das oben beschriebene Problem, das sich von der »unsichtbaren Hand« nicht trennen lässt. Diese übernimmt die Funktion der christlichen Vorsehung, der Transzendenz, weil an ihr aus moralischer Sicht nichts auszusetzen ist. Es mag sein, dass ich meine Brötchen aus Gier oder aus verpönter ›Selbstliebe‹ backe, dass ich mir davon sogar verbotene Vergnügen erhoffe, aber wenn dabei meine Kunden ihre eigenen Bedürfnisse befriedigen, genau wie ich meine eigenen befriedige, ist alles in bester Ordnung bzw. in den gesegneten »unsichtbaren« Händen des Marktes. Wenn wir uns der Transzendenz des Marktes fügen, sind wir grundsätzlich auf der sicheren Seite, abgesehen von weiteren moralischen Einschränkungen, die Dany-Robert Dufour als den Kern des vor allem angelsächsischen und heute immer noch sehr verbreiteten perversen Puritanismus beschreibt: Der Markt funktioniert nur als Transzendenz, wenn sich diejenigen, die nichts davon haben, also die Armen, nicht beklagen und einsehen, dass sie es nicht verdient haben, reich zu sein, wenn sie es eben nicht sind.

De Sades Philosophie basiert auf den gleichen Prämissen, wobei die Brötchen durch Körperteile und -löcher ersetzt werden und die »unsichtbare Hand« durch eine dezidiert anti-rousseauistische transzendente Natur, gemäss derer sich jedermann wie ein wildes Tier benehmen kann. Gib mir für mein Vergnügen Deine Löcher, und ich leihe Dir für Dein Vergnügen meine eigenen Körperteile aus. Und wenn Du dabei umkommst, weil es mein Vergnügen ist, Dich zu demütigen, zu vergewaltigen, zu zerreißen oder in das Feuer zu werfen, solltest Du Dich nicht beklagen, denn so will es die Natur, die weder Mitleid noch Erbarmen kennt. In diesem Sinne lässt sich De Sades Position als eine perverse Radikalisierung der mit Smith vorgenommenen Ökonomisierung der menschlichen Beziehungen bezeichnen, als eine Radikalisierung, die auch die zum Schweigen verordneten ›Armen‹ bei Smith als Opfer der Mächtigen oder der Reichen entlarvt – wobei man sich dann fragen kann, wer eigentlich pervers ist: Smith, der die Opfer als solche sozusagen verdrängt, oder Sade, der eben die Opfer ohne jegliche Verschleierung inszeniert? Auf jeden Fall kann festgehalten werden, dass, wenn der Markt alle, aber wirklich alle, menschlichen Beziehungen prägt, die soziale Praxis einer alles umfassenden Praxis der Pornographie gleichzusetzen ist, deren industrieller Charakter bei De Sade übrigens nicht zu übersehen ist. Nicht nur entlarvt De Sade Smiths »unsichtbare Hand« und den Kapitalismus als pervers, bevor dieser überhaupt entsteht, er erfindet auch noch so etwas wie Fließbandsexualität, ein Jahrhundert vor dem Aufkommen des Taylorismus und fast zwei Jahrhunderte, bevor solche Formen der Sexualität insbesondere via Pornographie normalisiert worden sind.

7 Vgl. Adam Smith: Der Wohlstand der Nationen: eine Untersuchung seiner Natur und seiner Ursachen. München: C.H.Beck 1974.

Die Kongruenz zwischen den Systemen von Smith und De Sade wird durch einen zusätzlichen Punkt bestätigt: die Liebe, die nicht gebraucht wird. Der Markt funktioniert, ohne dass sich die durch ihn vereinigten Akteure lieben, und bei den durch De Sade inszenierten Orgien ist es selbstverständlich, wenn nicht eine Möglichkeitsbedingung, dass Liebe keine Rolle spielt. Man vergleiche diesbezüglich die beiden folgenden Aussagen, von De Sade einerseits und von Milton Friedman (1912–2006) andererseits (über Smith), der ja üblicherweise als der bekannteste Nachfolger von Smith in der Gegenwart beschrieben wird:

> Wieso gäbe es eine Notwendigkeit, werden sich alle vernünftigen Menschen fragen, dass der Verlust von etwas Samen mich mit einem Wesen verbindet, das ich nie lieben werde? Wieso würden mich meine Bedürfnisse mit hundert Unglücklichen liieren, die ich nicht einmal kenne?[8]

Das Preissystem erfüllt diese Aufgabe [die Verbesserung der Situation aller dank des eigenen Interesses] ohne zentrale Leitung und ohne dass es notwendig ist, dass die Leute miteinander sprechen oder sich lieben.[9]

In anderen Worten: bei Smiths Brötchen (oder bei Friedmans) wie bei De Sades ungeheuerlichen Ausschweifungen geht es um das, was man braucht, um *Bedürfnisse*. Liebe gehört nicht dazu, sie fällt nicht in die Kategorie der Bedürfnisse, man braucht sie nicht, man kann ohne sie überleben, zumindest wenn man für Perversion begabt ist. Um diesen Punkt zu erläutern und um entsprechend dem Bezug zwischen Kapitalismus und Perversion genauer auf die Spur zu kommen, nehmen wir jetzt einen doppelten Umweg über ein paar Grundbegriffe der Psychoanalyse, von dem wir uns eine Klärung des Bezuges zwischen Kapitalismus, Perversion und Pornographie erhoffen.

2. Psychoanalytische Umwege

Ich bin grundsätzlich bereit, die psychoanalytische Theorie als veraltet aufzugeben, sobald sich insbesondere zu Perversion eine bessere, überzeugendere Theorie finden lässt, die der sehr vielfältigen Gestaltung der Perversion und vor allem deren symbolischer Konfiguration gerecht wird. Solange das nicht der Fall ist, solange Sigmund Freud (1856–1939) und seine Nachfolger im Bereich der Beschreibung von subjektiven Strukturen nicht wirklich widerlegt worden sind, solange es z. B. keine besseren Erklärungen zu Phänomenen wie Fetischismus, Voyeurismus oder Sado-Masochismus gibt, scheint es mir möglich zu sein, mit dieser Begrifflichkeit noch etwas weiter zu kommen.

8 De Sade: Juliette et les prospérités du vice, Kap. 7; zitiert in Dufour: La Cité perverse (wie Anm 1), S. 144; Übersetzung durch den Verfasser.

9 Vgl. Milton Friedman / Rosen Friedman: Free to Choose. New York: Harcourt, Brace, Jovanovich 1980, S. 13–14; zitiert in Dufour: La Cité perverse (wie Anm.1), S. 146; Übersetzung durch den Verfasser.

Um Perversion theoretisch zu positionieren, muss man sie in Freuds allgemeine Theorie der subjektiven Strukturen einbetten. Es sei hier daran erinnert, dass Freud grundsätzlich zwischen den drei folgenden subjektiven Strukturen unterscheidet:[10]

Neurose: Hier geht es um den ›normalen‹ Zustand. Wir sind meistens mehr oder weniger neurotisch, d. h. wir leiden mehr oder weniger unter der Verdrängung unserer ursprünglichen Wünsche, auf die wir verzichtet haben, um als soziale Wesen (über)leben zu können. Sexualität wird demzufolge durch den Neurotiker zum größten Teil nicht ausgelebt, sondern verbleibt im Bereich des Fantasierens. Subjektivität entsteht mit der symbolischen Wiederholung der primären (verdrängten) Prozesse, wobei die Tatsache der Wiederholung auch unsere Fähigkeit zur psychoanalytischen Therapie ausmacht. Wir entstehen, in anderen Worten, als Subjekte in der Spannung oder in der Verhandlung zwischen dem Ich und dem Es (d. h. dem Verdrängten, das symbolisch wiederholt wird).

Psychose: Die Psychose, die uns hier nicht weiter beschäftigen wird, kann als ein Scheitern der Dialektik zwischen dem Ich und dem Es beschrieben werden und entsprechend auch als ein Scheitern der Subjektivierung oder der Symbolisierung. Der Psychotiker kann sich eben so wenig auf sein ›Es‹ beziehen wie mit anderen kommunizieren. Er kann zwar sprechen, aber seine Worte sind nicht wirklich ›seine‹, er ist nicht darin oder dabei, und entsprechend erreicht er damit auch nicht die anderen. Die Worte des Psychotikers bleiben ›leer‹, sie enthalten kein Subjekt, an dessen Stelle Wahnvorstellungen eben so gut wie der scheinbar völlig entgegengesetzte Hyper-Konformismus treten können.

Perversion: Die Perversion ist die Fähigkeit, Tabus zu übertreten, die Fähigkeit, die durch den Neurotiker verdrängten Wünsche auszuleben. Sie besteht in der unmittelbaren Umsetzung der primären Prozesse und hebt damit die Notwendigkeit der Symbolisierung oder der symbolischen Wiederholung auf. In der klassischen psychoanalytischen Theorie gilt Perverse deshalb als ungeeignet für die psychoanalytische Therapie: der Perverse hat nichts zu sagen oder zu wiederholen. Er braucht nichts zu sagen, weil er alles auslebt.

Diesen letzten Begriff müssen wir jetzt genauer erläutern: Woher kommt diese ›Fähigkeit‹? Freuds Erklärung dazu ist in seinem berühmten Aufsatz *Fetischismus* nachzulesen.[11] Perversion entsteht nicht durch Verdrängung wie die Neurose, sondern durch *Verleugnung*, die sich insbesondere auf die Entdeckung der sexuellen Differenz bezieht. Der Per-

---

10 Ich weise hier pauschal auf folgende Schriften von Sigmund Freud hin: »Das Unbewusste« (1915). In ders. Studienausgabe. Bd. III: Psychologische Schriften. Frankfurt am Main: Fischer 1975, S. 19–173; »Das Ich und das Es« (1923). Ebd., S. 273–330; »Neurose und Psychose« (1924). Ebd., S. 331–337; »Über einige neurotische Mechanismen bei Eifersucht, Paranoia und Homosexualität« (1922). In ders.: Studienausgabe. Bd. VII: Zwang, Paranoia und Perversion. Frankfurt am Main: Fischer 1973, S. 217-228; »Drei Abhandlungen zur Sexualtheorie« (1905). In ders. Studienausgabe. Bd. V: Sexualleben. Frankfurt am Main: Fischer 1972, S. 37–145; »Das Unbehagen in der Kultur« (1930). In: ders. Studienausgabe. Bd. IX: Fragen der Gesellschaft / Ursprünge der Religion, Frankfurt am Main: Fischer 1975 (1989), S. 187–294.

11 Sigmund Freud: »Fetischismus«. In: ders. Studienausgabe. Bd. III: Psychologische Schriften. Frankfurt am Main: Fischer 1927, S. 379–388.

verse sagt (sich): »Es stimmt nicht, dass es da etwas gibt, was mir fremd ist, was ich nicht weiß oder wusste.« Genau bei dieser Verleugnung entsteht der Fetisch, dessen Funktion es ist, das Fremde – und noch viel genauer: den abwesenden Phallus der Frau (der Mutter) – zu verschleiern. Als Verleugnung der sexuellen Differenz (die mir nicht bekannt war) lässt sich Perversion als Beziehung zur eigenen Sexualität, die auf Kosten des Fremden privilegiert wird, beschreiben. Die implizite Aussage des Perversen an seine ›Partner‹ ist immer so etwas wie: ›Du bist wie ich‹, was nicht nur Trans- oder Homosexualität zu erklären vermag, sondern auch z. B. Sado-Masochismus, bei dessen Praxis es grundsätzlich egal ist, wer Mann oder Frau ist, und der ferner auch durch die Möglichkeit des ›Rollentausches‹ gekennzeichnet ist.

Als Verleugnung, als Verschleierung des Fremden lässt sich Perversion als eine mit dem liberalen Ideal des allgemeinen ›Selfmanagements‹ sehr kompatible *Beherrschung* der Sexualität beschreiben, die sich als solche einerseits dauernd *inszenieren* muss. Ich brauche den Fetisch, die Inszenierung, das perverse Ritual, damit die Beherrschung überhaupt stattfinden kann – und damit entsteht freilich eine Kontinuität zwischen Perversion und Pornographie: Weil das Ausleben der Perversion grundsätzlich einer Inszenierung bedarf, ist sie Pornographie-affin. Andererseits kommt es bei der Reduzierung des Anderen auf das Gleiche (und des fremden Partners auf ein *alter Ego*) zu einer für die Perversion typischen *Instrumentalisierung* des Partners in der Beziehung, zu einer Asymmetrie, die durch Rollentausch nicht widerlegt, sondern im Gegenteil bestätigt wird: Du bist das Instrument meines (mir bekannten) Vergnügens, so wie ich das Instrument Deines Vergnügens bin. Damit sind wir erneut bei Smiths Brötchen und De Sades Körperteilen angekommen: die oben festgestellte allgemeine Funktionalisierung oder Instrumentalisierung der Beziehungen, die sowohl De Sade wie Smith (oder Friedman) beschreiben und befürworten, ist aus psychoanalytischer Sicht bzw. im Kontext von Überlegungen zur Struktur der Subjektivität auf das *Ethos* der Perversion zurückzuführen.

Mit der Tatsache, dass Perversion eine Inszenierung erfordert oder dass z.B. der Fetisch eine Inszenierung *ist*, kommt man auch der Beziehung zwischen Pornographie und Medien etwas genauer auf die Spur. Es ist entsprechend festzustellen, dass in der perversen Inszenierung das Visuelle bzw. der skopische Trieb (auch als Schaulust definiert) einen zentralen Stellenwert einnimmt. Perversion ist grundsätzlich mit Inszenierung und Schaulust verbunden.[12] Auf den Bereich der Beziehungen übertragen bedeutet das insbesondere, dass die *visuelle Unmittelbarkeit* im Vordergrund steht, im Gegensatz zum neurotischen Beziehungsmodell, das durch die Mittelbarkeit der Sprache, die Symbolisierung, gekennzeichnet ist. Ich bin durch das für mich sofort Sichtbare, durch das, wonach ich nicht fragen muss, unmittelbar erregt: so lässt sich der gemeinsame Kern von Perversion und Pornographie beschreiben.

Der Fetisch sowie allgemeiner die perversen Inszenierungen und Rituale lassen sich schließlich auch als *Bildschirme* beschreiben, und auch damit bewegt man sich im Bereich der Medien oder des Medialen, was auch bedeutet, dass die perverse Unmittelbarkeit kei-

12 Vgl. Jean Clavreul: »Le Couple pervers«. In: Piera Aulagnier / Jean Clavreul / Françoi Perrier / Guy Rosolatto / Jean-Paul Valabrega: Le Désir et la perversion. Paris: Editions du Seuil 1967, S. 92–126.

neswegs nur unmittelbar, sondern immer mittelbar ist, das heißt medial geprägt. Perversion funktioniert wie oder mit Bildschirme(n), die das Subjekt zwischen sich und dem, was es nicht wusste, aufbaut, oder eben als Verschleierung(en). Analog zu der oben erwähnten Dimension der Gleichheit der perversen Sexualität ist bei den genau gleichen Formen der Perversion (Sado-Masochismus, Voyeurismus, Homosexualität usw.) auch die visuelle Komponente zu unterstreichen: Was ich sehe, ist immer das Gleiche, und nur das Gleiche will ich sehen, nur das Gleiche fällt in die Kategorie des Sichtbaren.

3. Psycho-ökonomische Betrachtungen

Folgt man Jacques Lacan (1901–1981), dem berühmten französischen Psychoanalytiker, ist das Subjekt durch drei »Ordnungen« strukturiert: Erstens das Symbolische (S), das sich als den Bereich der Sprache oder allgemeiner als den Bereich des Sozialen (und entsprechend des Austausches) definieren lässt; zweitens das Imaginäre (I), das aus den Vorstellungen, Fantasien und Illusionen besteht, die so etwas wie ein bewusstes Ich ausmachen; drittens das Reale (R), das als die durch die Anpassung an das Symbolische verloren gegangene und entsprechend wünschbare Wirklichkeit zu verstehen ist oder, um es auf eine andere Weise auszudrücken, als eine verlorene Natur, auf die der Mensch verzichten muss, um Mensch zu werden.[13] De Sades extremste Erzählungen liessen sich in diesem Sinn als eine Rückkehr dieser verlorenen Natur definieren, als Möglichkeit eines direkten, nicht durch das Symbolische vermittelten Zugangs zum Realen. Und damit wären wir auch bei der extremsten Form der Perversion angekommen.

Mit diesen drei Ordnungen oder Dimensionen verknüpft Lacan drei Grundeinstellungen oder ›Aktivitäten‹ des Subjekts. Das Symbolische ist die Dimension der Bedürfnisse bzw. des (Aus)tausches. Hier sagt das Subjekt: ›Ich brauche etwas‹, und es ist leicht zu erkennen, dass sich die eingangs erwähnten Überlegungen von Adam Smith und De Sade auf dieser Ebene abspielen. Man könnte in diesem Sinne sagen, dass bei beiden Denkern das Subjekt durch und durch sozialisiert bzw. auf seine soziale Dimension reduziert wird (was schlussendlich einer Entsubjektivierung entspricht, durch die das Subjekt sich sozusagen unmittelbar und als einfache Funktion in das Reale versetzt sieht). Das Imaginäre ist die Dimension des Verlangens, mit der das Subjekt (das Ich) seine Gefühle ausdrückt – die Grundaussage ist hier tatsächlich: ›Ich verlange etwas, ich wünsche mir etwas (von Dir)‹, und zwar etwas, was ich nicht unbedingt brauche, um zu überleben, z.B. Liebe, für die es bei De Sade oder Milton Friedman keinen Platz gibt. Und schließlich ist das Reale als die Ebene der (verdrängten) Wünsche, des Begehrens zu verstehen. Hier sagt das Subjekt: ›Ich wünsche mir (auf eine mehr oder weniger unbewusste Weise) das Verlorene, das Unerreichbare.‹

13 Lacans Theorie lässt sich insbesondere anhand der drei grundlegenden Schriften rekonstruieren: »Das Seminar über E. A. Poes ›Der entwendete Brief‹«. In Jacques Lacan: Schriften 1. Frankfurt am Main: Suhrkamp Taschenbuch Verlag 1975 (erste deutschsprachige Ausgabe: Olten: Walter-Verlag 1973), S. 7–60; »Das Spiegelstadium als Bildner der Ichfunktion, wie sie uns in der psychoanalytischen Erfahrung erscheint«. Ebd., S. 61–70; »Funktion und Feld des Sprechens und der Sprache in der Psychoanalyse«. Ebd., S. 71–131.

Mit diesen Kategorien verbindet Lacan auch seine berühmten, aber schlussendlich einfachen ›Gleichungen‹. Das Reale ist als das zu verstehen, was bleibt, wenn man vom Imaginären das Symbolische subtrahiert (I – S = R). In anderen Worten, die Dimension des Begehrens entsteht in der Marge, in dem ›Saldo‹, der normalerweise zwischen dem Verlangen und den Bedürfnissen entsteht (ich verlange mehr, z.B. Liebe, als ich brauche). Normalerweise: das heißt im Fall der Neurose. Sollte kein Rest zwischen dem Verlangen und den Bedürfnissen bleiben (was sich als I – S = 0 notieren lässt), findet die Subjektivierung nicht statt: Ich kann als Subjekt nur in dieser Differenz entstehen, und wenn es die nicht gibt, ist von Entsubjektivierung bzw. Psychose zu sprechen. Im Fall der Perversion führt die gleiche Subtraktion nicht zu einer Nullsumme, sondern zu einem negativen ›Saldo‹ (der jedoch nicht einer Quantität, sondern einer qualitativen Differenz entspricht): der Perverse verfügt über die Kapazität, sexuelle Bedürfnisse auf eine mehr oder weniger unendliche Weise umzusetzen, ohne dass sie wie beim Neurotiker durch ein Verlangen unterstützt sein müssen (die Gleichung wäre also hier: I – S = -N).[14]

Interessant für die hier entwickelten Überlegungen werden Lacans Gleichungen, wenn man sie auf politisch-philosophische Systeme überträgt. Die philosophische Gleichung des kommunistischen Systems ließe sich auf folgende Weise notieren: I – S = 0, wobei sofort auffällt, dass die Gleichung hier wie diejenige der Psychose ausfällt. Kommunismus ist tatsächlich ein psychotisches System, das auf der Annahme beruht, dass alle Bedürfnisse einer Gesellschaft auf eine gerechte Weise befriedigt werden können, so dass es nichts mehr auszusetzen, nichts mehr zu verlangen gibt.[15] Ich bekomme, was ich brauche, und wenn ich damit nicht zufrieden bin, falle ich sehr schnell in die Kategorie der Hunderten von Millionen von asozialen Verrätern, die die verschiedenen kommunistischen Systeme mit der größten Grausamkeit und Regelmäßigkeit ›produziert‹ (und hingerichtet) haben. I – S = 0 entspricht in diesem Sinne genau dem marxistischen Grundpostulat, dass der Unterschied zwischen Nutz- und Tauschwert in einer idealen kommunistischen Gesellschaft verschwinden soll. Mit meinen Brötchen soll ich ja nichts mehr gewinnen können, sondern als Gegenleistung nur das bekommen, was ich brauche. Und weil der Austausch der Körperteile sich nur mit Mühe in die Kategorie der Bedürfnisse einordnen lässt, bleibt er in kommunistischen Systemen, deren Stärke das Vergnügen nie war, grundsätzlich untersagt.

Diesen ›Fehler‹ macht der Kapitalismus nicht, er ist sich im Gegenteil der Differenz zwischen dem Verlangen und den Bedürfnissen bewusst und setzt auf diesen Unterschied bzw. instrumentalisiert ihn, füllt ihn mit ›Pseudobedürfnissen‹ aus, wie es die (marxistischen) Soziologen seit Jahrzehnten ausdrücken. Ich habe den letzten und stärksten BMW gekauft und bin nicht glücklich, verlange noch mehr? Statt zu erkennen, dass es ein Jenseits der Bedürfnisse gibt, wo Subjektivierung als solche durch das Begehren von einem Unerreichbaren entsteht, empfiehlt der Kapitalismus den noch letzteren und stärkeren BMW.

14 Vgl. dazu Serge André: L'Imposture perverse. Paris: Editions du Seuil 1993, S. 9–87.

15 In anderen Worten: der Schlüssel des kommunistischen Systems ist viel weniger ein allmächtiger Vater, wie es die konkreten historischen Fälle (Stalin, Mao usw.) scheinbar implizieren, als eine allmächtige Mutter, die nicht nur in der Begrifflichkeit der Psychoanalyse, sondern z. B. auch in derjenigen der systemischen Psychiatrie als «Ursache» der Psychose identifiziert wird, insofern sie den Anspruch hat, *alle* Bedürfnisse, Wünsche und Verlangen des Kindes zu bestimmen und zu befriedigen.

Kapitalismus reduziert das N der qualitativen Differenz zwischen Verlangen und Bedürfnis auf eine quantitative Differenz. Sein Rezept heisst Konsum bzw. ›more of the same‹, und damit findet eine Instrumentalisierung des begehrenden Subjektes zugunsten der Befriedigung von (falschen) Bedürfnissen statt. Das Subjekt wird auf diese Weise zum reinen Agenten der Befriedigung seiner (Pseudo)Bedürfnisse, und genau so übernimmt es grundsätzlich im kapitalistischen System die genau gleiche Funktion wie im Bereich der Perversion: Schlussendlich ist es nur noch dazu da, um seine Bedürfnisse, alle seine Bedürfnisse zu befriedigen. Der gemeinsame Nenner von Kapitalismus und Pornographie (Perversion) ist dieses instrumentalisierte und letztlich entsubjektivierte Subjekt.

4. Konsum, Pornographie, Aufmerksamkeit

Das wäre die Hypothese, die hier zur Debatte steht: Die Geschichte der Entwicklung des Kapitalismus bzw. des Konsums und die Geschichte der Entwicklung der Pornographie bzw. der ›sexuellen Befreiung‹ gehen in einem gewissen Maße Hand in Hand. Es ist kein Zufall, wenn der Konsum in der Alltagssprache immer wieder als ›obszön‹ oder eben als pornographisch sowie manchmal als eine Sucht bezeichnet wird. Philosophisch wird dieser Bezug mit Smith und De Sade am Ende des 18. Jahrhunderts programmiert. Für die Umsetzung braucht es jedoch mehr Zeit. Das 19. Jahrhundert ist in diesem Sinne ein Jahrhundert der Latenz, in dem sich Smith und De Sade noch nicht treffen können. Der Kapitalismus ist noch in der Akkumulationsphase, noch nicht pervers, er durchläuft zuerst einmal eine neurotische Phase, beruht auf harter Arbeit (bzw. Ausbeutung der Proletarier), verzichtet auf Vergnügen (zumindest für die Proletarier) und setzt Verdrängung als moralische Norm und Neurose als dominantes Ethos durch. Erst mit der Großen Depression von 1929, die von vielen Wirtschaftshistorikern als eine Krise des Konsums beschrieben wird, fängt die seitdem unaufhaltbare Erotisierung des Konsums in den USA an, ohne aber Europa vor dem Zweiten Weltkrieg wirklich zu erreichen. Entscheidend sind ein paar Jahrzehnte später die 1960er Jahre, in denen sich einerseits die liberale und immer globalisiertere Konsumgesellschaft durchsetzt, andererseits die sexuelle ›Befreiung‹ – also, in De Sades Worten, der liberalisierte (und bald auch globale) Konsum der Körper stattfindet und spätestens in den 1970er Jahren eine systematische Liberalisierung der Pornographie sowie das Outsourcing von sexuellen Dienstleistungen in bestimmte Tourismus-Destinationen zur Folge hat. Seitdem ist festzustellen, dass sich Konsum und Pornographie immer enger verknüpfen: je mehr Bereiche des Lebens durch den die globale Wirtschaft kennzeichnenden Konsum erfasst werden, desto pornographischer wird das Leben – soviel lässt sich heute feststellen; wie auch zu beobachten ist, dass der Widerstand gegen den Kapitalismus in bestimmten Kulturräumen, insbesondere im islamischen, auch Hand in Hand mit dem Widerstand gegen Pornographie oder allgemeiner gegen den freien sexuellen Markt geht. Der Islam lässt sich diesbezüglich als strikter Protektionismus definieren.[16]

16 Siehe dazu Clemens Pornschlegel: »Wem gehören die Töchter. Zum sexuellen Machtanspruch der Konsumgesellschaften«. In: Jörg Metelmann (Hrsg.): Porno-Pop II (wie Anm. 2), S. 73–87. Als literarische Darstellung dieser Problematik empfiehlt sich u. a. der Bestseller von Michel Houellebecq: Plattform. Reinbek b. Hamburg: Rowohlt 2001. Im Roman, der ein paar Monate vor 9 / 11 erschienen

Es ließe sich jedoch einwenden, dass die eben beschriebene Verknüpfung als willkürlich einzustufen ist, dass der Bezug zwischen Konsum und Pornographie zufällig bleibt, wie es seine empirisch zu beobachtende unterschiedliche ›Intensität‹ zu belegen scheint. Sei es auf einer Makroebene oder auf Mikroebenen – es gibt Kulturräume, die bei gleich umfangreichem Konsum ganz unterschiedlich durch Pornographie geprägt sind, und umgekehrt. Jedoch bleiben Vergleiche in diesem Bereich extrem schwierig, weil auch der relativ variable Parameter der Zensur sehr unterschiedliche Auswirkungen haben mag.

Andererseits kann die Kongruenz der Geschichte des Konsums und der Geschichte der Pornographie durch eine dritte Geschichte untermauert werden: diejenige der Medien, die in diesem Sinne auch Hand in Hand mit den beiden ersten läuft. Es gibt zahlreiche Möglichkeiten, die Geschichte der Medien zu schreiben. Man kann sie zum Beispiel als die Geschichte einer ständigen und linearen Miniaturisierung schreiben. Vom Stein zum *microchip*: Immer mehr Speicherkapazitäten auf immer kleineren Trägern.[17] Oder, wenn man sich auf die Neuzeit und die Gegenwart bezieht, also davon ausgeht, dass im Bereich der schriftlichen Medien mit Gutenberg das Wesentliche stattgefunden und sich die Kulturtechnik Schreiben / Lesen grundsätzlich nicht mehr verändert hat, als die Geschichte des Fortschritts der Produktion von *visuellen* Medien. Ob man von Hand, mit Schreibmaschinen oder PCs schreibt – Schreiben und Lesen muss immer noch ungefähr auf die gleiche Weise gelernt werden, während sich die Produktions- und Nutzungsbedingungen von Bildern mit der Fotografie, dem Spielfilm, dann mit dem elektronischen TV-Bild, der Videotechnologie, der Videokassette und schließlich mit allen digitalen Technologien radikal verändert haben: mit einem einzigen Klick kann heute jedermann ein technisch hochwertiges Bild produzieren und es mit einem weiteren Klick in der ganzen Welt zirkulieren lassen.[18] Bei dieser zweiten Option lässt sich feststellen, dass sie aus Sicht der Medienwissenschaft genau den Entwicklungen der Pornographie entspricht, die nicht nur von jeder technologischen Verbesserung der Produktion von visuellem Material profitiert hat, um ihren Weg in eine immer breitere Öffentlichkeit zu finden, sich von der Zensur zu emanzipieren und sich so zu normalisieren, sondern selbst gewisse technologische Entwicklungen mitbestimmt hat: Man erinnere sich zum Beispiel an die Tatsache, dass die Porno-Industrie entscheidend dazu beigetragen hat, dass sich bei der Videokassette die VHS-Norm auf Kosten anderer Technologien durchgesetzt hat.

Eine dritte Option besteht darin, die Mediengeschichte aus einer ökonomischen Perspektive zu schreiben, d.h. als die Geschichte von den stets sinkenden Kosten der Produktion und des Konsums von Medien *aller Art* (also der schriftlichen, der visuellen, der audiovisuellen Medien usw.). Diese dritte Version einer Geschichte der Medien liest sich auch als Geschichte des Überganges von einer Ökonomie der Knappheit zu einer Ökonomie des Überflusses, der in den letzten Jahrzehnten immer maßloser geworden ist. Die gegenwärtigen Zeugnisse dieser Kostensenkung heißen Google (als Manager des Überflusses),

ist, wird die Entwicklung eines club-mediterrannée-artigen Swingerclubs und Bordells in Thailand dargestellt, der schlussendlich durch islamische Terroristen vernichtet wird.

17 Vgl. Régis Debray: Einführung in die Mediologie. Bern: Haupt 2003.

18 Régis Debray: Jenseits der Bilder. Eine Geschichte der Bildbetrachtung im Abendland. Hamburg: Avinus Verlag 1999.

Twitter, Facebook, YouTube oder Instagram: Jenseits der Zugangskosten zum Internet tendieren die Herstellungs- und Vervielfältigungskosten von visuellem oder schriftlichem Material gegen null. Ob das langfristig für die eigentliche Porno-Industrie, deren Business-Modell sehr lange auf einer durch die Zensur verstärkten Knappheit basiert hat, eine gute Nachricht ist, sollte zumindest eine offene Frage bleiben, wenn man zum Beispiel an das Phänomen der Amateur-Pornographie denkt. Aber gerade dieses Phänomen ist auch ein interessantes Symptom der mit der Ökonomie des Überflusses entstandenen Situation: Der nun ewige Kampf, in dem jedermann um jeden Preis – inklusive der Preisgabe jeglicher Intimität – bestehen muss, ist nicht mehr ein Kampf um Geld, das gemäß Georg Franck nicht mehr wirklich vermag, einen sozialen Unterschied zu machen, sondern der Kampf um Aufmerksamkeit[19] (oder um Sichtbarkeit)[20]. Die endlose mediale Inflation, das immer radikalere Ungleichgewicht zwischen dem Angebot an Informationen und der Nachfrage erhöht die Bereitschaft von vielen, alles zu unternehmen oder zu bezahlen, um Aufmerksamkeit zu erzeugen, und ›alles‹ heißt oft Pornographie. Freilich nicht unbedingt im wahren oder ersten Sinn des Wortes: wir sind nicht alle Amateur-Porno-Darsteller geworden, aber wir fügen uns grundsätzlich immer mehr einer Ökonomie der Aufmerksamkeit, die metaphorisch als pornographisch bezeichnet werden kann und weniger metaphorisch als pervers. Mit ihrer Normalisierung und ihrer inflationären Dynamik mag die wirkliche Pornographie mittelfristig unbedeutend oder irrelevant werden, aber zugleich setzt sie sich in allen gesellschaftlichen Bereichen durch, migriert in früher von ihr unangetastete Bereiche, mutiert wie ein Virus. Was ihr Kerngeschäft ausmacht – das Preisgeben jeglicher Intimität, aber gleichermaßen Demütigung, Aggression, Gewalt, Entsubjektivierung usw. –, prägt nicht nur relativ geschlossene Systeme wie Literatur, Kunst oder das klassische ›Showbusiness‹, sondern allmählich auch alle Formen des entsprechend immer spektakuläreren sozialen Austausches: von Reality-TV-Shows bis zu politischen Auftritten über die verschiedensten Talk-Shows oder ganz banales Marketing. Im 21. Jahrhundert geht es der unsichtbaren Hand des Marktes immer noch gut, oder sogar noch besser. Sie ist die ›unsichtbare Hand‹ der Ökonomie der Aufmerksamkeit oder der Sichtbarkeit geworden. Und damit übernimmt möglicherweise die nie aufzuhaltende Pornographie die Funktion einer modernen Transzendenz.

19 Georg Franck: Ökonomie der Aufmerksamkeit. Ein Entwurf. München: Hanser 1999.

20 Nathalie Heinich: De la Visibilité. Excellence et singularité en régime démocratique. Paris: Gallimard 2012.

Amor, Cythere, Polissonerien: Paratexte deutschsprachiger erotisch-pornographischer Lesestoffe 1690–1875

Helga Meise

Erotisch-pornographische Lesestoffe stellen die »menschliche Sexualität« dar »mit der Absicht, die Betrachtenden zu erregen, unter besonderer Beachtung der Genitalien«;[1] dass Darstellungen dieser Art auf Käuflichkeit, ein ebenso entscheidendes Merkmal, angelegt sind, blendet der Rückgriff auf diese »umgangssprachliche Verwendung« des Begriffes ›Pornografie‹ bereits aus.[2] Fragt man nach den Paratexten, mit denen solche Texte ausgestattet wurden, fällt bei den bislang in den Blick der Forschung getretenen Werken, die vom 17. bis zum 19. Jahrhundert in den deutschsprachigen Ländern als ›Original-Romane‹ auf den Markt kommen,[3] also keine Übersetzung oder leicht identifizierbare Adaptation von in England[4] und Frankreich[5] verbreiteten Erzähltexten dieser Art sind, zuerst auf, dass die

1 Hans-Edwin Friedrich / Sven Hanuschek / Christoph Rauen (Hg.): Vorbemerkung (2016). In: Dies. (Hg.): Pornographie in der deutschen Literatur. München: belleville 2016, S. IX. Vgl. auch N. Largier: Pornographie. In Reallexikon der deutschen Literaturwissenschaft. Neubearbeitung des Reallexikons der deutschen Literaturgeschichte gemeinsam mit Georg Braungart, Harald Fricke, Klaus Grubmüller, Friedrich Vollhardt und Klaus Weimar hrsg. von Jan-Dirk Müller. Berlin: de Gruyter 2007, Bd. 3, S. 127–131.

2 Friedrich / Hanuschek / Rauen (Hg.): Vorbemerkung (wie Anm. 1), S. IX. Das Merkmal der »Käuflichkeit« kann im Rahmen dieses Beitrags nicht weiter verfolgt werden; vgl. den Beitrag von Vincent Kaufmann in diesem Band. Ebenso Christine Haug / Johannes Frimmel / Anke Vogel: Erotisch-pornographische Lesestoffe. Das Geschäft mit Erotik und Pornographie im deutschen Sprachraum vom 18. Jahrhundert bis zur Gegenwart. Wiesbaden: Harrassowitz 2016.

3 Hans-Edwin Friedrich: Pornographie in der deutschsprachigen Literatur. Problemaufriss und Forschungsperspektiven. In: Friedrich / Hanuschek / Rauen (Hg.): Vorbemerkung (wie Anm. 1), S. 277–375.

4 Vgl. Toni Browers: Force or fraud: British seduction stories and the problem of resistance 1660-1760. Oxford: Oxford University Press 2011; Ros Balaster: Taking liberties: revisiting Behn's libertinism. In Women's writing 19 (2012), S. 165–176; Kathleen Lubey: Excitable imaginations: eroticism and reading in Britain 1660–1760. Lewisburg, Pa.: Bucknell University Press 2012; Bradford Keyes Mudge (Hg.): When Flesh Becomes Word. An Anthology of Early Eighteenth-Century Libertine Literature. Oxford: Oxford University Press 2004.

5 Vgl. Le Grand Siècle déshabillé. Anthologie érotique du XVIIe siècle. Edition établie, annotée et présentée par Jean-Paul Goujon. Paris: Laffont 2017 (Bouquins); Anthologie érotique: le XVIIIe siècle. Edition établie, présentée et annotée par Maurice Lever. Paris: Laffont 2003 (Bouquins); Yong-Mi Quester: Frivoler Import: die Rezeption freizügiger französischer Romane in Deutschland (1730–1800) mit einer kommentierten Übersetzungsbibliographie. Tübingen: Niemeyer 2006 (Frühe Neuzeit 116).

›Beigaben‹ zum Text[6] insgesamt abnehmen. Die Romane »um 1700«[7] haben wie die bis zur Mitte des 18. Jahrhunderts erscheinenden Texte[8] eine Vielzahl von Paratexten;[9] dies gilt auch für die, die Liebe, Erotik und sexuelle Handlungen thematisieren. Erotisch-pornographische Lesestoffe hingegen, deren Publikation in den deutschsprachigen Ländern allererst in den 1780er Jahren einzusetzen scheint, haben häufig nur einen Paratext, das Titelblatt. Sie unterscheiden sich damit nicht von anderen Publikationen der Zeit:

> Am Ende des 18. Jahrhunderts ist der Prozeß der Form- und Funktionsveränderung des Paratextes im Übergang von Früher Neuzeit zu Moderne weitgehend abgeschlossen. [...] Ist die einem Text beigemessene Bedeutung in der Frühen Neuzeit oft ablesbar an Qualität und Quantität des ihm beigegebenen Paratextes, so gilt in der Moderne *grosso modo* das Gegenteil – je weniger Paratext, desto gewichtiger, ›klassischer‹ ein Text.[10]

Parallel zur Reduktion der Paratexte lässt sich bei den erotisch-pornographischen Lesestoffen die Ablösung von mythologisch-allegorischen durch ›realistisch‹-eindeutige oder anspielungsreich-schlüpfrige Darstellungs- und Redeweisen verfolgen. Gleichzeitig unterliegen sie unabhängig von diesen beiden Momenten einem gleichsam hausgemachten Zwang. Denn ein derart einschlägiges Buch muss, so Goulemot für französischsprachige Texte des ausgehenden 18. Jahrhunderts, »kaum hat man es gesehen, sagen, was es ist, Farbe bekennen, zum Kauf und also zur Lektüre einladen«.[11] Die Paratexte werden von neuem wichtig: Sie »stellen eine Organisationseinheit dar, ein Ensemble von imaginären

6 Vgl. Gerard Genette: Paratexte: das Buch vom Beiwerk des Buches. Mit einem Vorwort von Harald Weinrich. Aus dem Französischen von Dieter Hornig. Frankfurt am Main: Suhrkamp 2001 (suhrkamp taschenbuch wissenschaft 1510).

7 Vgl. Daniel Fulda / Jörn Steigerwald (Hg.): Um 1700: Die Formierung der europäischen Aufklärung. Zwischen Öffnung und neuerlicher Schließung. In: Dies. (Hg.): Um 1700: Die Formierung der europäischen Aufklärung zwischen Öffnung und neuerlicher Schließung. Berlin: de Gruyter 2006 (Hallesche Beiträge zur Europäischen Aufklärung 55), S. 1–23; Daniel Fulda: Um 1700 begann die offene ›Zukunft‹. Zum Ausgang der Aufklärung von einer allgemeinen Unsicherheitserfahrung. In: ebd., S. 23–46.

8 Vgl. Olaf Simons: Verlagerte Problemhorizonte und produktive Problemlösungen. Alternativen zur Epochengeschichte. In: Fulda / Steigerwald (Hg.), Um 1700 (wie Anm. 7), S. 46–73, hier S. 52–56; Olaf Simons. Marteaus Europa oder Der Roman, bevor er Literatur wurde. Eine Untersuchung des deutschen und englischen Buchangebots der Jahre 1710–1720. Amsterdam: Atlanta 2001 (Internationale Forschungen zur Allgemeinen und Vergleichenden Literaturwissenschaft 52).

9 Vgl. Frieder von Ammon / Herfried Vögel: Einleitung. In: Dies. (Hg): Die Pluralisierung des Paratextes in der Frühen Neuzeit. Theorie, Formen, Funktionen. Berlin: LIT 2008 (Pluralisierung & Autorität 15), S. VII–XXI, hier S. VIIff. über den »insgesamt 317 Druckseiten umfassenden Paratext« der 1728 herausgegebenen Ausgabe der Gedichte Friedrich Rudolph Ludwig von Canitz' (1654–1699).

10 Ammon / Vögel: Einleitung (wie Anm. 9), S. XII.

11 Jean Marie Goulemot: Gefährliche Bücher: erotische Literatur, Pornographie, Leser und Zensur im 18. Jahrhundert. Reinbek b. Hamburg: Rowohlt 1993, S. 87.

Erscheinungsorten, einem scheinbar arglosen Werktitel mit provokanten Reiz- und Signalwörtern sowie einer erotischen Illustration.«[12]

Die folgende Untersuchung geht diesen Beobachtungen exemplarisch an dem Wandel von drei Paratexten nach, Titelkupfer, Titelblatt und Vorrede. Der Blick auf fünf galante Romane aus der Zeit um 1700 und je einen Roman aus den 1730er bzw. 40er Jahren resümiert zunächst die bis zur Mitte des 18. Jahrhunderts üblichen Präsentierweisen. Anschließend geht es am Beispiel von 13 erotisch-pornographischen Texten aus dem Zeitraum 1786–1875 um die Funktionszusammenhänge, in die Titelkupfer, -blätter und Vorreden am Beginn der Moderne treten.

1. Galante Romane 1690–1709: Frontispize, Titelblätter und Vorreden bei Bohse, Hunold und Gressel

Die deutschsprachigen galanten Romane des ausgehenden 17. und beginnenden 18. Jahrhunderts haben in der Regel mindestens vier Paratexte, neben Titelkupfer und Titelblatt auch Zuschrift und Vorrede.[13] Was für August Bohse alias Talander (1661–1740) bereits Stichproben belegen,[14] setzt sich bei Christian Friedrich Hunold alias Menantes (1680–1721) fort, kennzeichnet aber auch Texte von Johann Georg Gressel alias Celander (1675–

12 Christine Haug: »Die Gattung Schriften sind eine Pest die im Finstern schleicht.« Distributionsnetzwerke für erotisch-pornographische Lesestoffe im deutschsprachigen Raum um 1800. In: Friedrich / Hanuschek / Rauen (Hg.), Pornographie (wie Anm. 1), S. 187–211, hier S. 190.

13 Auf die Widmungen gehe ich im Rahmen dieses Aufsatzes nicht ein. – Die Forschung berücksichtigt Paratexte nur gelegentlich, vgl. Friedrich: Pornographie (wie Anm. 3); Simons: Marteaus Europa (wie Anm. 8); Ruth Florack / Rüdiger Singer (Hg.): Die Kunst der Galanterie: Facetten eines Verhaltensmodells in der Literatur der Frühen Neuzeit. Berlin: de Gruyter 2012 (Frühe Neuzeit 171); Dirk Rose: Conduite und Text: Paradigmen eines galanten Literaturmodells im Werk von Christian Friedrich Hunold (Menantes). Berlin: de Gruyter 2012 (Frühe Neuzeit 167); Florian Gelzer: Konversation, Galanterie und Abenteuer: romaneskes Erzählen zwischen Thomasius und Wieland. Tübingen: Niemeyer 2007 (Frühe Neuzeit 125). – Zum Forschungsstand vgl. Ammon / Vögel: Einleitung. (wie Anm. 9); Dietmar Peil: Titelkupfer / Titelblatt – ein Programm? Beobachtungen zur Funktion von Titelkupfer und Titelblatt in ausgewählten Beispielen aus dem 17. Jahrhundert. In: Ammon / Vögel (Hg.): Pluralisierung (wie Anm. 9), S. 301–337, hier S. 301ff.

14 Vgl. Katja Barthel: Gattung und Geschlecht: Weiblichkeitsnarrative im galanten Roman um 1700. Berlin: de Gruyter 2006 (Hallesche Beiträge zur europäischen Aufklärung 56), S. 35–45, zu Fragen von Autorschaft und Textbegriff, die in den Vorreden von den Autoren verhandelt werden. Zu den Vorreden vgl. Nicola Kaminski: Über die Schwelle der Un / Aufrichtigkeit. Die ›Wahrhafftigkeit‹ von Talanders »Liebeswürdige Europäerin Constantine«. In: Claudia Benthien / Steffen Martus (Hg.): Die Kunst der Aufrichtigkeit im 17. Jahrhundert. Tübingen: Niemeyer 2006 (Frühe Neuzeit 114), S. 311–327, hier S. 316ff.; Florian Gelzer: Nachahmung, Plagiat und Stil. Zum Roman zwischen Barock und Aufklärung am Beispiel von August Bohses »Amazoninnen aus dem Kloster« (1685–1696). In: Daphnis 34 (2005), S. 255–286.

1771) und anderen.[15] Dass eine »Materie«, nämlich »Liebes-Dinge«,[16] im Zentrum der Texte stehe, bekräftigt die Forschung bis heute. Bei Bohse, so Singer 1961, rückten »die amourösen Verwicklungen immer mehr in den Vordergrund«;[17] für Hunold, so Vogel 1897, sei »das Schwelgen in Erotik, in der breiten Ausmalung lüsterner Situationen« charakteristisch, bei dem »ein schmutziges Abenteuer nach dem anderen erzählt«[18] werde, und Gressels *Der Verliebte Studente* (1709)[19] stelle, so Simons 2001, »Menantes' ersten Wurf an Freizügigkeit kühn in den Schatten«.[20] Rose vermerkt indes auch die damit verbundenen Effekte: »Nichts hat der galanten Literatur in einer bürgerlichen Literaturgeschichtsschreibung mehr geschadet als ihre ostentative Erotik.«[21]

Bereits die Paratexte einiger ausgewählter galanter Romane erlauben, diese Befunde zu differenzieren. Da sind zunächst die Frontispize. Bohses *Der Liebe Irregarten* (1690)[22] ist der allegorischen Darstellungsweise der Liebe in Bild und Text verpflichtet. So zeigt das Frontispiz ein Labyrinth, das sich hinter einer schmalen Bühne im Vordergrund in die Bildtiefe erstreckt und hier einen zweiten Bühnenraum absteckt. Es ist einem Schloss vorgelagert, dessen Turm diesen Raum nach hinten abschließt; Baumreihen an der Rückseite und den beiden Längsseiten grenzen Labyrinth und Schloss nach außen ab. Im Zentrum

15 Olaf Simons: Zum Korpus ›galanter‹ Romane zwischen Bohse und Schnabel, Talander und Gisander. In: Günter Dammann / Dirk Sangmeister (Hg.): Das Werk Johann Gottfried Schnabels und die Romane und Diskurse des frühen 18. Jahrhunderts. Tübingen: Niemeyer (2004) (Hallesche Beiträge zur Europäischen Aufklärung 25), S. 1–35.

16 [C. F. Hunold] Die / Verliebte / und / Galante Welt / In vielen annehmlichen und wahrhaftigen / Liebes-Geschichten / Welche sich in etlichen Jahren her / in Teutschland zugetragen. Curieusen Gemüthern zu beliebter / Ergetzung / Itzo in zweyen Theilen / ans Licht gestellet / Von / Menantes. Hamburg [o. J.]. Zit. nach dem Faksimiledruck der Ausgabe von 1707, hg. und eingeleitet von Hans Wagener. Bern / Frankfurt am Main / New York / Paris: Peter Lang 1988 (Nachdrucke deutscher Literatur des 17. Jahrhunderts 67), Vorrede, unfol.: »[...] weil sich die Welt nicht allein in dergleichen Materien bey so grosser Überhäuffung vermuhtlich satt gelesen / [...]«. Vgl. Simons: Marteaus Europa (wie Anm. 8), S. 300: »Die Materie sind Liebes-Dinge.«

17 Herbert Singer: Der galante Roman. Stuttgart: Metzler 1966 ([1]1961, Sammlung Metzler 10), S. 35; vgl. auch Friedrich: Pornographie (wie Anm. 3), S. 340.

18 Zit. nach Hans Wagener: Einleitung. In: Hunold: Die Verliebte und Galante Welt (wie Anm. 16), S. 5–55, hier S. 15.

19 [J. G. Gressel]: Der Verliebte Studente / In einigen annehmlichen / und wahrhafftigen / Liebes-Geschichten / welche sich in einigen Jahren / in Teutschland zugetragen / Der galanten Welt / zu vergönter / Gemüths-Ergetzung / vorgestellt / von Celander / Cölln, Bey Pierre Martaux, 1709. Zit.nach Johann Georg Gressel (1969). Der verliebte Student oder Poussieren geht über Studieren: Eine erotische Posse des 18. Jahrhunderts. Neuausgabe anhand der Original-Ausgabe von 1709 bearbeitet und hrsg. von Helmut Fleskamp. München: Heyne (Exquisit Bücher 27). Vgl. Friedrich: Pornographie (wie Anm. 3), S. 339.

20 Olaf Simons: Marteaus Europa (wie Anm. 8), S. 303. Gemeint ist [Christian Friedrich Hunold]: Satyrischer Roman, In Unterschiedlichen / lustigen / lächerlichen und galanten Liebes-Begebenheiten von Menantes. Hamburg: Wedel 1706. Nachdruck hg. und eingeleitet von Hans Wagener. Bern u. a. 1973 (Nachdrucke deutscher Literatur des 17. Jahrhunderts 10).

21 Rose: Conduite (wie Anm. 13), S. 245.

22 [A. Bohse]: Der Liebe / Irregarten / In welchem Hoher Personen / unterschiedene Liebes-Geschich- / ten sam[m]t andern merckwürdigen Be- / gebenheiten auff das anmuthigste / vorgetragen werden / geöffnet / durch / Talandern. / Leipzig / Verlegts Johann Caspar / Meyer. / Anno 1690.

Abbildung 1: August Bohse: Der Liebe Irregarten ... Leipzig, Joh. C. Meyer 1690, Frontispiz. Bayerische Staatsbibliothek München, Res. P. o. germ. 2083 i

des Labyrinths steht der Liebesgott Amor auf einer hohen, reich verzierten Säule. Seine Augen sind verbunden, er stützt sich mit der Rechten auf seinen Bogen und hält mit der Linken zwei Seile, an denen ein Paar hängt. Die Irrenden sind schon weit ins Labyrinth vorgedrungen; ohne Amor und die Seile wahrzunehmen, scheinen sie gerade über den Weg zu beraten. Einander zugewandt, berührt die Dame ihren Kavalier; der Degen an seiner Seite wirkt wie eine Verlängerung seines Seils. Die perspektivisch entrückte Szene ist zugleich eine Szene in der Szene. Dies bleibt indes dem der höfischen Welt angehörigen Paar, das ganz vorne, auf der Bühne des Vordergrunds, zusammengetreten ist, verborgen, befinden sich doch Labyrinth und Schloss, Amor und Paar, in seinem Rücken. Allein die Betrachter übersehen die ganze Szene, zumindest solange der Vorhang, der den Bühnenhimmel bildet, hochgezogen bleibt. Ein rechts davor wehendes Schriftband trägt die Worte: »der Liebe Irre Garten«; es ist Titel und Resümee in einem. An der anderen Seite ragt eine Hand aus Wolken hervor. Die beiden Seile, die sie hält, führen zum Rücken des Kavaliers im Vordergrund. Beide Paare sind, so wird klar, ›fremdgeleitet‹; ob auch das Paar im Vordergrund den Eingang in das Labyrinth direkt hinter ihm nimmt, bleibt offen.

Auch das Frontispiz zu Hunolds *Die Verliebte und Galante Welt* (1700) rückt Amor ins Zentrum;[23] zwei Jahre später findet es in *Die Liebenswürdige Adalie* (1702) von neuem Verwendung.[24] Wieder erscheint der Gott in höfischem Kontext. Er steht nun im Garten eines im Hintergrund aufragenden Schlosses, vor einer gepolsterten Bank, deren Vorhang auf einen Baum hochgeschlagen ist. Wohl in aller Eile wurden hier ein Perlencollier und ein Helm mit Federzier abgelegt, das Collier ist noch geöffnet und hängt herab, der Helm steht auf der Kante. Zwischen beiden ragt ein Pfeil auf; er wurde gerade erst abgeschossen, Amor ist noch in voller Bewegung. Seine Flügel sind ausgestreckt, seine Linke hält den Bogen, seine Rechte schwingt einen Wedel, mit dem rechten Fuss tritt er auf ein Wappen, das unter dem Helm auf der Erde liegt. Überragte Amor als Statue bei Bohse die im Labyrinth Irrenden, agiert er hier auf gleicher Höhe mit ihnen. Die Liebenden sind indes nirgends zu sehen; während sie, so liegt nahe, in Liebeshandlungen begriffen sind, fegt Amor Reichtümer und Allianzen hinweg.

Wie die Titelkupfer sprechen auch die Titelblätter das Thema Liebe an. Bohse will sie in »merckwürdigen Begebenheiten« vorstellen:

> Der Liebe / Irregarten / In welchem Hoher Personen / unterschiedene Liebes-Geschich- / ten sam[m]t andern merckwürdigen Be- / gebenheiten auff das an-

23 Hunold: Die Verliebte und Galante Welt (wie Anm. 16). – Der Roman erlebte bis 1749 acht Auflagen, Wagener, Einleitung (wie Anm. 18), S. 13; Singer: Der galante Roman (wie Anm. 17), S. 37.

24 [Christian Friedrich Hunold]: Die / Liebens-Würdige / Adalie. / In einer annehmlichen und wahr- / hafftigen / Liebes-Geschichte / Der Galanten Welt zu vergönnter Gemühts-Ergetzung Heraus gegeben / Von / Menantes. / Hamburg / Verlegts Gottfried Liebernickel / Buchh. im Dohm / 1702. – Der Roman erlebte bis 1752 vier Auflagen, Singer: Der galante Roman (wie Anm. 17), S. 37. Das Titelkupfer wird übernommen, das Titelblatt der aktuellen Schreibweise angepaßt: [Christian Friedrich Hunold]: Die / Liebens-Würdige / Adalie, in einer annehmlichen und / wahrhafftigen / Liebes-Geschichte / der galanten Welt zu vergönnter Gemühts-Ergetzung / herausgegeben / Von / Menantes. Hamburg, bey Christian Wilhelm Brandt, Buchh. im Dohm 1752.

Abbildung 2: Christian Friedrich Hunold: Die Verliebte und Galante Welt ... Hamburg, Bey Gottfried Liebernickel 1707, Teil 1, Frontispiz. Herzog August Bibliothek Wolfenbüttel, M: Lo 3361

> muthigste / vorgetragen werden / geöffnet / durch / Talandern. / Leipzig / Verlegts Johann Caspar / Meyer. / Anno 1690.

Auch Hunold stellt die Schilderung einzelner Schicksale, den Einzelfall in Aussicht:

> Die / Verliebte / und / Galante Welt / In vielen annehmlichen und wahrhaftigen / Liebes-Geschichten / Welche sich in etlichen Jahren her / in Teutschland zugetragen. Curieusen Gemüthern zu beliebter / Ergetzung / Itzo in zweyen Theilen / ans Licht gestellet / Von / Menantes. Hamburg [o. J.].[25]

25 Vgl. Anm. 16.

Nimmt er in seinem ersten Roman *Die Verliebte und Galante Welt* als ganze in den Blick, um *viele annehmliche und wahrhaftige Liebes-Geschichten*[26] zu präsentieren, zoomt er in seinem zweiten Roman allein auf eine Protagonistin, auf *Adalie*.[27] Das Adjektiv *merckwürdig* fehlt; erst die Studentenromane der 1710er Jahre berufen sich ausdrücklich auch auf »die exemplarischen Novellen nach Cervantes«.[28] Lässt Bohse seine Protagonisten mehrmals zwischen Italien und Frankreich wechseln, unterstreicht Hunold zum einen das Vorkommen und die Herkunft der Geschichten in und aus Teutschland, zum anderen ihre ›Wahrhaftigkeit‹. Der Zusatz, *Die Verliebte und Galante Welt* sei *Curieusen Gemüthern zu beliebter Ergötzung [...] ans Licht gestellet*, schränkt deren Zugänglichkeit gleichzeitig bewusst ein – als Mittelsmann empfiehlt sich, wenig überraschend, der Autor. Sein Wissen über die ausgebreiteten *Liebes=Geschichten* wird als »geheime Offenbarung«[29] gehandelt, eine Verschlüsselung, die für *Adalie* von neuem aufgeboten wird.[30] Dass in ihrem Fall alle Bezüge zur Wirklichkeit längst über die Landesgrenzen hinweg bekannt sind, schlägt wiederum zugunsten der Unterhaltung aus: *Der Galanten Welt zu vergönnter Gemüths-Ergetzung herausgegeben*.[31] Gressels *Verliebter Studente* hat kein Frontispiz. Das Titelblatt nimmt Hunolds Vorgaben unumwunden auf:

> Der Verliebte Studente / in einigen annehmlichen / und wahrhaftigen / Liebes-Geschichten / welche sich in einigen Jahren / in Teutschland zugetragen / Der galanten Welt / zu vergönter / Gemüths-Ergetzung / vorgestellt / von Celander / Cölln, Bey Pierre Martaux, 1709.

Die »wahrhafftigen Liebes-Geschichten« des Romans hätten sich »in einigen Jahren in Teutschland« zugetragen, sie werden der »galanten Welt zu vergönter Gemüths-Ergetzung«[32] vorgelegt.

26 Hunold: Die Verliebte und Galante Welt (wie Anm. 16), Titelblatt.

27 Hunold: Die Liebens-würdige Adalie (wie Anm. 24).

28 Simons: *Marteaus Europa* (wie Anm. 8), S. 297.

29 Ebd.

30 Hunold: Die Liebens-würdige Adalie (wie Anm. 24), Vorrede, unfol.: »Das verborgene Schicksal spielet offt wunderbarer mit Menschen / als ein kluger Kopff mit Phantasien: und wer die Welt nicht als einen aller Augen geöffneten Platz / sondern als ein geheimes Liebes-Cabinett durchsehen / wird mir leichtlich Beyfall geben.«

31 Hunold: Die Liebens-würdige Adalie (wie Anm. 24), Titelblatt. Vgl. Singer: Der galante Roman (wie Anm. 17), S. 38ff.; vgl. Rose: Conduite (wie Anm. 13), S. 125–163, hier S. 133; Florian Gelzer: »hinter den Fürhang und Verdeckt«. Roman und Satire bei Christian Friedrich Hunold. In: Cornelia Hobohm (Hg.): Menantes. Ein Dichterleben zwischen Barock und Aufklärung. Bucha: quartus-Verlag 2006 (Palmbaum Texte. Kulturgeschichte 21), S. 50–70; zu Hunolds *Europäischer Höfe Liebes- und Helden-Geschichte* (1705) vgl. Gertrud Maria Rösch: Clavis Scientiae: Studien zum Verhältnis von Faktizität und Fiktionalität am Fall der Schlüsselliteratur. Tübingen: Niemeyer 2004 (Studien zur deutschen Literatur 170), S. 66–71; vgl. [C. F. Hunold]: Der Europäischen Höfe / Liebes- und Helden-Geschichte / Der Galanten Welt zur vergnügten Curiosité ans Licht gestellet. Von Menantes. Hamburg 1705. Nachdruck hg. und eingeleitet von Hans Wagener. Bern u. a. 1978 (Nachdrucke deutscher Literatur des 17. Jahrhunderts, 11, I–II).

32 Zu den »privaten Skandalromanen in deutscher Sprache – ein von (ehemaligen) Studenten beherrschter Markt« vgl. Simons: Marteaus Europa (wie Anm. 8), S. 295–321.

Alle Vorreden greifen die Formulierungen der Titel auf. Bohse gibt seine »Begebenheiten« als „meyne« Erfindungen aus, die »nichts geborgtes an sich«[33] haben. Als Exempel für die durchaus mögliche Überwindung des Affekts der Liebe durch die Vernunft gingen sie im Unterschied zu anderen Romanen »auff viel neuere Zeiten«,[34] was sich auch darin niederschlage, dass er ausländische Wörter benutze, die längst »Bürgerrecht«[35] in der deutschen Sprache hätten. Im Gegensatz zu Bohses ›eigener Erfindung‹ wie zu der »unendlichen Zahl derer in Buchladen liegenden Romanen«[36] bringt Hunold über die »neueren Zeiten« hinaus die »Warheit« in Stellung: »Wo aber die Warheit die Feder führet / und dem curieusen Leser folgends Licht in einer ihm etwas bekanten und artigen Affaire giebet / kan es so leicht keinen Eckel verursachen.«[37] Hunold holt die Liebe und ihre »seltzame Intrigven«[38] nah heran; er verspricht Einblick in das, was der Leser nur vage kennt, aber nur, um das Enthüllte im selben Atemzug neuerlicher Geheimhaltung zu überantworten:

> Denn wie ich mit Fleiß und aus Vorsicht keine honnete Dame zu beleidigen / mich einer kleinen Masque bedienet / so läuft es so wol wider meine Intention, als die kluge Politic, daß man versteckte Nahmen mit Gewalt heraus zwingen / und durch Eröffnung derselben jemanden bekandt oder intressiret nennen wil / sondern / wer ja seiner Meinung nach glücklich im Rahten ist / der erweiset ein Merckmal der raresten Tugend / wenn er verständig schweiget.[39]

Gressels Vorrede beruft sich sowohl auf »Talander« wie auf Hunolds Darstellungsstrategie, verwirft aber dessen Geheimhaltungspolitik:

> Ob aber alle Affären eine gleichmäßige Artigkeit an sich haben, kann ich nicht versichern, denn von unterschiedlichen Personen, deren eine jede ein anderes Naturell hat, ausgerichtete Dinge können nicht von jener Artigkeit sein, der mancher in seinen Handlungen anhängt. Also darf ich nicht ohne Beschuldigung des eigenen Ruhmes sie durchgehend artig nennen, denn wenn »Der Verliebte Studente« schon nicht meine Erfindungen, sondern fremder, ungalanter Personen Liebes-Avantüren entdeckt, so würde ich doch, wenn ich diese mit einer großen Lobrede herausstriche, eine große Torheit begehen, wobei ich ohnehin nicht sicher bin, ob nicht etliche störrische Köpfe mich durch die Hechel ziehen werden.[40]

Seine Verpflichtung als Autor, ihm bekannte Liebesgeschichten wahrhaft zu schildern, zwinge ihn gegen seinen Willen, die der »Artigkeit« gesetzten Grenzen zu überschreiten:

33 [Bohse]: Der Liebe Irregarten (wie Anm. 22), Zuschrift, fol. A3.
34 Ebd., Vorrede, fol. A5v. Vgl. oben, Anm. 22.
35 [Bohse]: Der Liebe Irregarten (wie Anm. 22), Vorrede, fol. A6.
36 Hunold: Die Verliebte und Galante Welt (wie Anm. 16), Vorrede, fol. [4v].
37 Ebd., Vorrede, S. [5r].
38 Ebd., Vorrede, S. [5r].
39 Ebd., Vorrede, S. [6r / v].
40 Gressel: Der Verliebte Studente (wie Anm. 19), S. 5f.

> Dabei möchte ich mir nur dieses ausbitten: Keiner möge sich allzu frühzeitig eines Urteils versehen und meiner Feder die Schuld geben, als hätte sie von einer Person, deren Identität er zu erraten vermeint, etwas wider die Ehrbarkeit geschrieben.[41]

Erstmals kommen damit »Liebes-Dinge« auch jenseits von Ehre und Anstand zur Sprache. Wie schon in Hunolds *Satyrischem Roman* (1706)[42] treten sexuelle Handlungen als solche in den Blick. Dies gilt nicht nur für eigentlich immer schon sanktionierte Ehebrüche zwischen hohen Standespersonen, sondern auch für voreheliche Beziehungen und für Beziehungen zwischen ständisch oder konfessionell ungleichen Personen, und zwar sowohl in städtisch-bürgerlichem wie akademischem Kontext. Hinzu kommt, dass Liebesbeziehungen wie sexuelle Handlungen von Frauen, Ehefrauen, Witwen oder Töchtern, ins Werk gesetzt werden.

2. Johann Gottfried Schnabel: *Der im / Irr-Garten der Liebe / herum taumelnde Cavalier* (1738) und Le Pensif: *Merckwürdiges / Leben / Einer / sehr schönen und weit und breit gereiseten Tyrolerin* (1744)

Wie ihre galanten Vorgänger haben Johann Gottfried Schnabels (1692–1758)

> Der im Irr-Garten der Liebe / herum taumelnde / Cavalier. / Oder / Reise- / Und / Liebes-Geschichte / Eines vornehmen Deutschen von Adel, / Herrn v. St.*** / Welcher nach vielen, sowohl auf Reisen, als auch bey andern Gelegenheiten verübten Liebes-Excessen, / endlich erfahren müssen, wie der Himmel die Sünden der Jugend im Alter zu bestraffen pflegt. / Ehedem zusammen getragen / durch den Herrn / E. v. H. / Nunmehro aber allen Wollüstigen zum Beyspiel und wohlmeinender Warnung in gehörige Ordnung gebracht, / und zum Drucke befördert / Von einem Ungenandten. / Warnungsstadt, / Verlegts Siegmund Friedrich Leberecht, / Anno 1738.[43]

und Jaques le Pensifs[44]

> Merckwürdiges / Leben / Einer / sehr schönen und weit und breit gereiseten / Tyrolerin, / Nebst vielen andern anmuthigen / Lebens- / und / Liebes-Geschichten / Vormahls von Ihr Selber / in Frantzösicher Sprache beschrieben, / Jetzo aber / wegen

41 Ebd., S. 6.

42 Vgl. [Hunold]: Satyrischer Roman (wie Anm. 20).

43 Zitiert nach Johann Gottfried Schnabel: Der im Irr-Garten der Liebe herum taumelnde Cavalier: der Text der Erstausgabe 1738 hg. von Marcus Czerwionka unter Mitarbeit von Robert Wohlleben. St. Ingbert: Röhrig 2014 (Schnabeliana-Sonderband). Vgl. Günter Dammann (Hg.): Johann Gottfried Schnabels *Cavalier*-Roman. Vermessung eines lange unterschätzten Werks. Würzburg: Königshausen & Neumann 2017; Friedrich: Pornographie (wie Anm. 3), S. 340f.

44 Das Pseudonym ist nicht enthüllt, Emil Weller: Index pseudonymorum. Wörterbuch der Pseudonymen oder Verzeichnis aller Autoren, die sich falscher Namen bedienten. Leipzig: Falcke u. Rössler 1856, S. 206: »Le Pensif, Jacques: Leben einer sehr schönen und weit und breit gereiseten Tyrolerin 1746.« Zu überprüfen bleibt, ob der Autor identisch ist mit: [Le Pansiv]: Poetische Grillen bey Müßigen Stunden. Erfurt 1729.

Abbildung 3: Johann Gottfried Schnabel: Der im Irr Garten der Liebe herum taumelnde Cavalier ... Warnungsstadt, Leberecht 1746, Frontispiz (identisch mit dem Frontispiz der Erstausgabe 1738). Bayerische Staatsbibliothek München, P. o. germ. 1317 qhf

Abbildung 4: Jacques Le Pensif: Merckwürdiges Leben einer sehr schönen ... Tyrolerin, Franckfurt und Leipzig 1744, Frontispiz. Sammlung Prof. Dr. Reinhard Wittmann, Abbildung mit freundlicher Genehmigung des Sammlers.

sonderbarer Artigkeit / In das Teutsche übersetzt / und / der Hochlöbl[ichen] Frey*maurer-Gesellschafft / dediciret* / von / Jaques Le Pensif. Franckfurt und Leipzig 1744.[45]

mehrere Paratexte. Diese Ausstattung sollte sich im deutschen Sprachraum noch bis zu den 1770er Jahren halten, wie etwa Maria Anna Sagers (1719–1805) 1774 in Prag veröffentlichter Roman *Karolinens Tagebuch ohne ausserordentliche Handlungen oder gerade so viel als gar keine*[46] bezeugt. Spielt Sager aber bereits ironisch-pointenreich – unter Verzicht auf Frontispiz und ornamentale Ausstattungsmittel – Titel und Vorwort gegeneinander aus,[47] nutzen Schnabels *Cavalier* und Le Pensifs *Tyrolerin* jeden einzelnen Paratext, zum einen, um die Anliegen von Werk, Autor und Verleger darzulegen,[48] zum anderen, um zu den von ihnen behandelten »Liebes-Dingen«[49] Stellung zu nehmen. Aber weitere Verschiebungen in der Behandlung von Liebe und Erotik werden sichtbar. Die erzählten Liebesgeschichten rücken weiter an die Gegenwart der Leser und ihre Erfahrungen heran;[50] die Paratexte stellen diese ›Aktualität‹ auf je unterschiedliche, ebenfalls ›aktuelle‹ Weise aus. Dies belegen zunächst die Titelkupfer: Beide rücken von der allegorischen Inszenierung der Liebe ab. Im Unterschied zu seinen alles beherrschenden Auftritten bei Bohse und Hunold ist Amor in Schnabels Titelkupfer zwar noch vorhanden, agiert aber nurmehr gefährlich aus dem Hinterhalt. Wieder spielt die Szene in einem Garten, nun vor einer Stadt. Amor steht hinter einem Kavalier, der einer Dame den Hof macht. Der Gott hält seinen Bogen hoch; er blickt die Betrachter an. Der Kavalier, im Zentrum des Bildes vor seiner Dame knieend, zeigt mit seiner Rechten nach rückwärts auf ihn, wendet sich sonst aber ganz der Dame zu, die zu allem bereit scheint. Mit der einen Hand hält sie die Linke des Cavaliers, mit

45 Zitiert nach der Neuausgabe: Merkwürdiges Leben einer sehr schönen und weit und breit gereisten Tirolerin [...] Jaques Le Pensif. Mit einem Nachwort von Peter J. Brenner und der Einrichtung des Textes von Hubertus Rabe. Frankfurt am Main / Berlin / Wien: Ullstein 1980 (Ullstein-Bücher 30108: Die Frau in der Literatur).

46 Maria Anna: Karolinens Tagebuch, ohne ausserordentliche Handlungen oder gerade so viel als gar keine. Nachdruck der Ausgabe Prag: Gerle 1774. Mit einem Nachwort von Helga Meise. Hildesheim: Olms 2003 (Frühe Frauenliteratur in Deutschland 27).

47 Vgl. Meise: Nachwort. In: Sager: Tagebuch (wie Anm. 46).

48 Ammon / Vögel (Hg.): Einleitung (wie Anm. 9), S. XII: »In der Frühen Neuzeit hingegen war der wichtigste Ort, um Bücher zu kommunizieren, das Buch selbst; die Funktionen der Epitexte [paratextuelle Elemente außerhalb des Buches, H. M.] mußten daher noch von den Peritexten [solchen innerhalb des Buches, H. M.] erfüllt werden [...].«

49 Vgl. Anm. 16; [Hunold, C. F.]: Die Verliebte und Galante Welt (s. Anm. 16), Vorrede, unfol.: »[...] weil sich die Welt nicht allein in dergleichen Materien bey so grosser Überhäuffung vermuhtlich satt gelesen / sondern auch selbsten so sinnreich ist / in den Gedancken / als auf dem besten Schau-Platz der Liebe sich allerhand seltzame Intrigven vorzustellen.«.

50 [Bohse]: Der Liebe Irregarten (s. Anm. 22), Zuschrift, fol. A5v: er beziehe sich »auff viel neuere Zeiten«; für Hunold vgl. Rose: Conduite (wie Anm. 13), S. 126–130: »›Aktualität‹ als Parameter«; für Schnabel vgl. F. Sondermann (2004): Alle Gärten sind grün. Natur und Landschaft in J. G. Schnabels *Insel Felsenburg* und *Cavalier*. In Dammann / Sangmeister (Hg.), Das Werk Schnabels (wie Anm. 15), S. 189–209, hier S. 205f.; Günter Dammann: Liebe und Ehe im deutschen Roman um 1730. In: Ebd., S. 35–91.

der anderen flößt sie ihm Wein ein; ihr Busen liegt offen, ihr Kleid ist hochgeschlagen, ihre Beine sind gespreizt. Auf einem Tischchen warten Köstlichkeiten. Die Bildlegende unterstreicht: »Der Venus Nektar kan der Jugend Lust erwecken.« Aber das Frontispiz ist zweigeteilt. Die untere Bildhälfte zeigt das Gegenbild zu der Gartenszene, den Trauerzug aufwendig gewandeter Damen, die bei Blitz und Donner der Kutsche mit dem Verstorbenen zu Kirche und Friedhof innerhalb der Stadtmauern vorausziehen. Die Unterschrift lautet: »Zuletzt macht dieser [der Venus Nektar, H. M.] Gift, Angst, Kum[m]er, Furcht u[nd] Schrecken.«[51] Amor ist aus der Szene getilgt; was bleibt, sind die verheerenden Folgen seines Auftritts.

Im Unterschied zu der Geschichte, die Schnabels doppeltes Titelkupfer verspricht, stellt das Titelkupfer zum *Leben einer Tyrolerin* eine einzige Figur ins Zentrum, die Protagonistin des Romans. Sie steht im Vordergrund; hinter ihr öffnet sich eine hügelige Landschaft mit Kirche, Schloss, Feldern, Wäldern und in der Ferne sichtbaren, teils befestigten Siedlungen. Obwohl die Protagonistin den Betrachtern frontal gegenüber steht, geht ihr Blick zur Seite. Bezierter Hut, geschnürtes Mieder und Schürze verweisen auf ihre Herkunft, Kiepe und Wanderstock auf ihren Beruf, den der Händlerin. Zwei Momente irritieren. Da sind einmal die spitzen Schuhe – die Protagonistin Clara, so der Text, ist auf Galanteriewaren spezialisiert und daher auch mit Modedingen fremder Regionen vertraut.[52] Da ist zum anderen die Geste, mit der Daumen und Zeigefinger ihrer linken Hand auf ihre makellos saubere Schürze deuten, genau dahin, wo sich ihr Geschlecht befindet. Legt diese Geste nahe, dass Claras Reisen auch Reisen in eroticis sind, erscheint die sich hinter ihr erstrekkende Landschaft plötzlich wie eine Ablenkung von diesem ›Zentrum‹.

Auch wenn die Titelkupfer von Bohse bis zur *Tyrolerin* von einer allegorischen zu einer gegenwartsbezogenen Darstellung der Liebe wechseln, die bei Hunold mit Zwei- und Mehrdeutigkeiten einhergeht[53] und bei der *Tyrolerin* mit einer anstößigen Anspielung, fungieren sie als »›Inhaltsangabe‹«[54], als »Spiegelbilder des Inhaltes der Werke«.[55] Wie die Texte ausführen, unterstehen Bohses[56] und Hunolds[57] Protagonisten sowohl der Herr-

---

51 Zu dem Frontispiz vgl. Uli Wunderlich(2004): Sexualität und Tod in Johann Gottfried Schnabels Roman *Der im Irr-Garten der Liebe herum taumelnde Cavalier*. In: Dammann / Sangmeister (Hg.): Das Werk Schnabels (wie Anm. 15), S. 257–273, hier S. 270ff.

52 Leben einer Tirolerin (wie Anm. 45), S. 16: »Ich ging nach Art der Tiroler Mädchen in die Kaffee- und anderen Häuser und bot dort meine Ware zum Kauf feil.« Vgl. Elena Esposito: Öffnung für das Vorläufige. Die Mode im 17. und 18. Jahrhundert. In: Fulda / Steigerwald (Hg): Um 1700 (wie Anm. 7), S. 73–83.

53 Rose: Conduite (wie Anm. 13), S. 248.

54 Vgl. Peil: Titelkupfer (wie Anm. 13), S. 303–309.

55 Martin Mulsow: Die Aufklärung der Dreiundzwanzigjährigen. Titelkupfer als Indikatoren für den publizistischen Hintergrund der Frühaufklärung. In: Fulda / Steigerwald (Hg.), Um 1700 (wie Anm. 7), S. 122–167, hier S. 123, mit Verweis auf Werner Schneiders (1990): Hoffnung auf Vernunft. Aufklärungsphilosophie in Deutschland. Hamburg: Meiner, S. 49–111: »Das Bild der Philosophie«.

56 *Der Liebe Irregarten* spinnt die im Frontispiz gezeigten Räume Labyrinth und Schloss weiter aus, ebenso die Herrschaft Amors, der etwa auf einem Triumphwagen als Sieger über das Glück und den Tod dargestellt ist, ebd., fol. [E9v].

57 Zumindest Hunolds Romananfänge rufen mythologische Figuren auf, vgl. Hunold: Die Verliebte und Galante Welt (wie Anm. 16), S. 1: »Daß das Glück der Tugend am meisten zuwider / und die Un-

schaft des Liebesgottes als auch der der willkürlichen Fortuna: ihre ›Irrfahrten‹ in Sachen Liebe erscheinen als Werk der beiden mythologischen Figuren. Bei Schnabel und Le Pensif hingegen werden ›wirkliche‹ Reisen zu Liebesabenteuern: »Schnabel bringt Hinweise auf Venus und Amor, Göttin und Bote der Liebe, in mancherlei Variationen im Text unter [...], ohne auch nur eine Statue für sie in einem Garten zu plazieren.«[58] In der *Tyrolerin* bringen Geldsorgen, Handel und der Zwang, sich schon bald dem ›käuflichen Gewerbe‹ zu verschreiben, Fortuna und Amor endgültig zum Verschwinden.

Dass Schnabels *Cavalier* auf Kavalierstour ist, geht aus dem Titelblatt nicht hervor; dass er sich in Italien aufhält, wird von Bohses Metapher vom *Irrgarten der Liebe*[59] immer schon überblendet. Die zu erzählenden Begebenheiten werden zwar als *Reise- und Liebes-Geschichte* angekündigt, aber umgehend als Abfolge von *Liebes-EXCESSEN* entlarvt, die *der Himmel* als *Sünden der Jugend im Alter zu bestraffen pflegt*. Die Geschichte soll *allen Wollüstigen zum Beyspiel und wohlmeinender Warnung* dienen. Die Titel der galanten Romane verwenden Pseudonyme für die Autornamen, geben aber Verleger und Verlagsort korrekt an.[60] Schnabels Roman dagegen erscheint anonym und unter fiktivem Verlagsnamen bzw. -ort: *Leberecht* in *Warnungsstadt* – die intendierte moralisch-didaktische Leseweise, die im Frontispiz ausgestellt ist, wird im Titelblatt zementiert. Auch bei der *Tyrolerin* erscheint der moralische Appell, der die *Liebes-* und *Reise-*Geschichte der Protagonistin beschließt,[61] erst am Ende des Titelblattes, im Namen des vorgeblichen Übersetzers und Herausgebers Jaques Le Pensif. Dieser zeichnet für die Übertragung des autobiographischen Berichtes Claras aus dem Französischen und deren Widmung an die Freimaurer. Der Name steht anders als der des Vorläufers Le Content[62] für Nachdenklichkeit, ja für Einkehr; ob sich die von Le Pensif reklamierte *sonderbare Artigkeit* auf Claras schließlich doch noch vollzogene Bekehrung zu einer vorbildlichen Lebensführung bezieht oder auf ihre Kenntnisse der französischen Sprache, bleibt unentschieden.

Titelkupfer und Titelblätter zielen darauf, die Leseweise der Texte zu steuern, eine Absicht, die die Vorreden unterstreichen. Schnabel stellt Fragen der Herstellung des Manuskriptes in den Vordergrund, der Form und der Autorschaft, zu der der Freund des Protagonisten genötigt wird, weil jenen moralische Erwägungen hindern:

---

schuld öffters die grösten Verfolgungen leiden müsse / wiese sich an Heraldo [...]«; ders.: Die Liebenswürdige Adalie (wie Anm. 24), S. 1f.: »Allein Amor, der allezeit in diesem Reich / und sonderlich in der Hauptstadt Pariß / eine unzehliche Menge Anbeter sich unterthan gemacht / [...]«.

58 Sondermann: Gärten (wie Anm. 50), S. 205.

59 Vgl. auch die Rede vom »Lust-Garten von Europa« bei Schnabel: Der herum taumelnde Cavalier (wie Anm. 43), S. 14. Bezeichnend, dass ein Labyrinth wie bei Bohse gar nicht mehr vorkommt, Sondermann: Gärten (wie Anm. 50), S. 206.

60 Zur »Modellfunktion« und »prinzipiellen Referentialisierbarkeit der Pseudonyme« vgl. Rose: Conduite (wie Anm. 13), S. 37–40

61 Leben einer Tirolerin (wie Anm. 45), S. 175: »Beachte dabei, geneigter Leser, daß Tugend stets über Laster triumphiert und lerne aus meinem Exempel, daß nichts Vortrefflicheres als die Tugend auf der Welt zu finden ist.«

62 Simons: Marteaus Europa (wie Anm. 8), S. 300: Le Content. Academischer Frauenzimmer-Spiegel. [s.l.]: 1718, das Titelblatt ebd., S. 305.

> Ich wollte 100. Thlr. drum geben, wenn ich so viel Zeit abmüßigen könnte, dieses alles in Forme zu bringen, nicht mir ein Gloir aus meinen Sünden der Jugend zu machen, sondern andern jungen Leuten, sie mögen Adeliche oder Unadeliche seyn, zum Spiegel und zur Warnung, sich vor den Lüsten des Fleisches zu hüten [...].[63]

Wie Schnabel erklärt auch Le Pensif das eigene Werk als »schlecht«.[64] Er ersetzt die Vorrede durch eine Widmung, in der er sein Werk, für das er »Wahrheit« reklamiert, der »berühmten Freimaurer-Gesellschaft« unterstellt, ihrem »Schutz« und »Schatten«, um so »Schmach und Haß, ja [der] Verachtung«[65] zu entgehen.

Während in den Texten wie schon bei Hunold und Gressel sexuelle Handlungen auch jenseits von religiösen und moralischen Normen in den Blick treten – Schnabels *Cavalier* geht auf das Begehren adeliger Damen ebenso bereitwillig ein wie auf das ihrer Bediensteten;[66] die Tirolerin bietet sich bei ihren Messegeschäften jedermann feil –, differenzieren sich die Aussagen in Frontispiz, Titelkupfer und -blatt. Schnabels Titelkupfer und Titelblatt rufen sexuelle Handlungen auf, aber nur, um diese umgehend moralischen Urteilen zu unterwerfen, die in der Vorrede im Spiegel poetologischer Begründungen weiter vertieft werden. Auch Le Pensif ruft die Moral auf, unterläuft dies aber durch ein anzügliches Titelkupfer und eine Widmung, in der die begangenen Übertretungen der »Wahrheit« zugeschlagen werden. Ob dieser Rekurs allein der Anpassung an gesellschaftliche Normen geschuldet ist, kann im Rahmen dieses Beitrags nicht geklärt werden. Festzuhalten ist jedenfalls, dass sich der Diskurs über Liebe, Erotik und Sexualität weiter verschiebt.

3. Erotisch-pornographische ›Original-Romane‹ im deutschen Sprachraum: Titelkupfer, Titelblätter, Vorreden 1786–1875

Nur 40 Jahre später haben sich Produktion, Distribution, Zirkulation und Rezeption von Büchern grundlegend gewandelt;[67] erotisch-pornographische Lesestoffe stehen fortan unter Generalverdacht.[68] Tatsächlich sehen sich die Leser auch in den deutschsprachigen Ländern häufig nur einem Titel gegenüber; Frontispiz, Zuschrift und Vorrede gehören nicht mehr zwangsläufig zur Ausstattung. Dies belegen die exemplarisch ausgewerteten 13 Texte aus dem Zeitraum 1786–1875. Lediglich ein Text, Scheffners *Ernst und Minette. Ein erotischer Roman mit einigen Beilagen und sieben lüsternen Kupfern* (1791),[69] hat außer Fron-

63 Gressel: Der Verliebte Studente (wie Anm. 19), S. 10.

64 Leben einer Tirolerin (wie Anm. 45), Widmung: »An die berühmte Freimaurer-Gesellschaft«, ebd., S. 7. Die Widmung ersetzt die Vorrede.

65 Ebd.

66 Vgl. Helga Meise: Räume der Wollust in J. G. Schnabels *Der im Irr-Garten der Liebe herum taumelnde Cavalier.* In Dammann (Hg.): Schnabels *Cavalier*-Roman (wie Anm. 43), S. 89–109.

67 Vgl. Steffen Martus: Aufklärung: das 18. Jahrhundert – ein Epochenbild. Berlin: Rowohlt 2015, S. 400–463; Reinhard Wittmann: Geschichte des deutschen Buchhandels. 3. Aufl., München: Beck 2011 ([1]1991), S. 121–218.

68 Vgl. Goulemot: Gefährliche Bücher (wie Anm. 11).

69 Zitiert nach J.G. Scheffner (1791): Ernst und Minette. Ein Roman mit einigen Beilagen. Mit sieben lüsternen Kupfertafeln. Hg., kommentiert und mit einem Nachwort von Simon Bunke. Hannover: Wehrhahn 2009 (Fundstücke 23). Vgl. Bunke, Nachwort, ebd., S. 93–118; Christoph Rauen: Krise

tispiz und Titel auch Motto und Vorrede. Acht Texte haben Titelkupfer, drei davon auch eine Vorrede; drei weitere Texte haben eine Vorrede, vier eine Widmung oder ein Motto. Neun erscheinen unter Autornamen, vier anonym.

Nur zweimal weisen Frontispiz und Titel als »Ganzes«[70] das Werk unmissverständlich als erotisch-pornographischen Lesestoff aus, bei Scheffners *Ernst und Minette* und *Lina's aufrichtigen Bekenntnissen oder die Freuden der Wollust* (1790er Jahre).[71] Satyr und Nymphe auf Scheffners Frontispiz sind dabei, sich zu vereinigen; dies korrespondiert mit der Titelangabe für den Ort des Verlages: *Cythere*. Die Vorrede greift den Bezug auf die Antike erneut auf, aber nur, um ihn direkt gegen die Zensur zu wenden: »Nahet euch diesen Blättern nicht, finstere Censoren! Sie sind nicht gemacht, die Feinde der Freude zu entzücken.«[72] Das Bekenntnis zu Sinnenfreuden und Genuss lässt den Sprecher gleich noch einmal in die Rolle des Satyrs vom Frontispiz schlüpfen: »Ein Satyr, dem es gelang, in den stillen, oft verrätherischen Schatten des Haynes, die Geheimnisse der aufkeimenden Liebe zu belauschen, weih'te sie der paphischen Göttinn und ihrem kleinen Liebling.«[73] Dazu passt, dass *Ernst und Minette* weitere Kupfer bietet, die der Titel ausdrücklich als »lüstern« klassifiziert.

Lina's aufrichtige Bekenntnisse verzichten auf jede Anspielung auf die Antike. Das Titelkupfer ist eindeutig: Im Mittelpunkt, vor einem unberührten Bett mit Vorhängen, umdrängen drei leicht bekleidete Frauen einen Mann in Uniform, dessen entblößter Schwanz vor ihm aufragt. Die rechts von ihm Stehende führt das erigierte Glied an die Scheide der ihm gegenüber Stehenden. Das Paar umfasst sich, die hinten stehende Frau schiebt ihrerseits das Paar auf einander zu.

Eine nach oben ausgestreckte Hand weist auf ein Sofa im Hintergrund, auf dem ein weiteres Liebespaar sitzt. Der Mann, korrekt gekleidet, fasst eine Brust der leicht bekleideten Frau; mit der anderen umfängt er sie von vorn. Ihre linke Hand liegt auf seinem Schenkel, den anderen Arm stützt sie auf die Sofalehne.

Beide Szenen sind gerahmt, durch die Türöffnung, durch die beiden Frauen, die das Paar im Zentrum vereinen, durch die am rechten Bildrand sitzende Frau, die mit vorgestrecktem Busen und geöffneten Beinen die vier Personen vor sich genau im Blick hat. Die sexuellen Handlungen, Bett und Sofa, die auf einem Schemel liegenden Kleidungsstücke, das mit Weinflasche und Glas gedeckte Tischchen deuten auf ein Bordell.

der Ideen-Pornographie? *Denkwürdigkeiten des Herrn von H. eines teutschen Edelmanns* und andere pornographische Romane der Spätaufklärung. In: Friedrich / Hanuschek Rauen: Pornographie (wie Anm. 1), S. 3–17; Friedrich: Pornographie (wie Anm. 3), S. 329, S. 342.

70 Goulemot: Gefährliche Bücher (wie Anm. 11), S. 118ff., mit Blick auf die Ausgaben von Vénus dans le cloître, Düsseldorf 1746; Mémoires de Suzon, London 1778; Ma Conversion, [s. l.] 1783, und Décret des sens, sanctionnés par la volupté, Rom 1793.

71 [Anonym]: Lina's aufrichtige Bekenntnisse oder die Freuden der Wollust. Mit zwei pornographischen Kupfern. Hg. von Matthias Luserke und Reiner Marx. Nachdruck der Ausgabe Padua: Tarone [1795] (s. a.) Bodenheim: Syndikat 1995. Vgl. Matthias Luserke: Lina's aufrichtige Bekenntnisse oder die Freuden der Wollust. Rhapsodie über Pornographie und Aufklärung. In: Lenz-Jahrbuch 20 (2013), S. 39–66; Friedrich: Pornographie (wie Anm. 3), S. 329.

72 Scheffner: Ernst und Minette (wie Anm. 69), S. 9.

73 Ebd., S. 9.

Abbildung 5: Johann George Scheffner: Ernst und Minette ..., Cythere 1791, Frontispiz. Niedersächsische Staats- und Universitätsbibliothek Göttingen, DD 91 A 33902

Abbildung 6: Lina's aufrichtige Bekenntnisse ... , Padua, bey Pietro Tarone, Frontispiz. Wienbibliothek im Rathaus, Secr. A. 103

Das Titelblatt selbst nennt den Titel sowie Verlagsort und Verleger: *Padua, bey Pietro Tarone.* Beide Angaben sind kaum verstellte Hinweise auf Italien bzw. Pietro Aretino. *Lina's aufrichtige Bekenntnisse* hat keine Vorrede, rückt aber ein ebenso eindeutiges zweites Kupfer an deren Stelle. Es zeigt zwei Damen und einen Herrn auf einem Bett, dessen Überwurf beiseite geworfen ist. Die Damen sind fast nackt, der Herr ist bekleidet. Diesmal steht nicht sein Glied im Zentrum, sondern seine Handlungen. Er sitzt auf der Bettkante; so kann er die hinter ihm breitbeinig Stehende lecken und mit seiner anderen Hand der vor ihm Hingestreckten zwischen die gespreizten Beine fassen.

Die Titel der 13 Texte aus dem Zeitraum 1786–1875 sind im Unterschied zu den Titeleien des späten 17. und frühen 18. Jahrhunderts wesentlich kürzer, bleiben aber im Verein mit den Untertiteln aussagekräftig. Vier Gruppen lassen sich unterscheiden.[74] Neben Scheffners *Ernst und Minette* und *Lina's aufrichtigen Bekenntnissen* rufen drei weitere Titel erotisch-pornographische Inhalte direkt auf, Timlichs *Priaps Normalschule. Die Folge guter Kinderzucht. Ein kleiner Roman in gefühlvollen und zärtlichen Briefen* (1789),[75] *Schwester Monika erzählt und erfährt. Eine erotisch-psychisch-physisch-philanthropisch-philanthropinische Urkunde des säcularisierten Klosters X. in S.* (1815)[76] und der *Augarten bey Wien* (1795), der in einem Heft mit dem Titel *Ausschweifungen*[77] erscheint. Eine zweite Gruppe umfasst Texte, die sich in die »Tradition der libertinen europäischen Bekenntnisliteratur«[78] stellen, neben *Lina's aufrichtigen Bekenntnissen* Friedrich Gustav Schillings (1766–1839) *Denkwürdigkeiten des Herrn v. H.* (1787)[79] und *Aus den Memoiren*

74 Vgl. Goulemot: *Gefährliche Bücher* (wie Anm. 11), S. 88–105.

75 Karl Timlich. Priaps Normalschule. Die Folge guter Kinderzucht. Ein kleiner Roman in gefühlvollen und zärtlichen Briefen. In: Anonymus: Schwester Monika. Carl Timlich. Priaps Normalschule. Die Folge guter Kinderzucht. Mit Kupferstichen von Antoine Borel und François-Rolland Elluin. Hg. und mit einem Nachwort von Hansjürgen Blinn. Berlin: Aufbau 2009 (Bibliotheca erotica), S. 145–249. Vgl. S. 329; Hansjürgen Blinn: Education Sexuelle. Nachwort, ebd., S. 253–265; Friedrich: Pornographie (wie Anm. 3); Kristin Eichhorn: Wo die Pornographie aufhört. Carl Timlichs Priaps Normalschule, die Folge guter Kinderzucht (1789). In Friedrich / Hanuschek / Rauen (Hg.): Pornographie (wie Anm. 1), S. 17–35.

76 [E. T. A. Hoffmann]: Schwester Monika erzählt und erfährt: eine erotisch-psychisch-physisch-philanthropisch-philantropinische Urkunde des säkularisierten Klosters X. in S.... Nachdruck der Ausgabe Posen 1815, neu hg., eingeleitet und mit Anmerkungen versehen von Gustav Gugitz. Wien: bey Dr. Rudolf Ludwig 1910 [»Privatdruck, in einer Auflage von 800 in der Maschine numerierten Exemplaren ausschließlich für Subskribenten hergestellt«]. Benutzte Ausgabe: Anonymus: Schwester Monika (wie Anm. 75), S. 5–145. Vgl. auch Friedrich: Pornographie (wie Anm. 3), S. 319–322, S. 331.

77 [Anonym]. Der Augarten bei Wien. Hg. und kommentiert von Simon Bunke: Hannover: Wehrhahn 2014 (Edition Wehrhahn 7), S. 162.

78 Matthias Luserke / Reiner Marx: Vorbemerkung. In [Anonym]: Lina's aufrichtige Bekenntnisse (wie Anm. 71), S. V–XI, hier S. VI; Peter H. Neumann: Anhang: Der kleine Heilsweg der Fanny Hill. In: Ders.: Der Preis der Mündigkeit. Über Lessings Dramen. Anhang: Über Fanny Hill. Wie kann ich mündig werden? Die Vater-Rolle im Widerstreit. Stuttgart: Klett-Cotta 1977, S. 76–93, hier S. 79ff.

79 [Friedrich Gustav Schilling]: Denkwürdigkeiten des Herrn von H., eines deutschen Edelmannes. Rom o. J. [Berlin: Himburg 1787]. Vgl. Rauen: Krise der Ideen-Pornographie. In Friedrich / Hanuschek / Rauen (Hg.): *Pornographie* (wie Anm. 1), S. 3–17; Friedrich: Pornographie (wie Anm. 3), S. 329.

einer Sängerin von 1866 / 1875.[80] Eine dritte Gruppe nutzt den Vornamen der Protagonistin [!]: *Mimili,* erstmals selbständig gedruckt 1819,[81] oder *Christinchen in tausend Gefahren, oder Mutter und Tochter im Kindbette. Roman in acht und fünfzig Kapiteln. Seitenstükk zu Hannchens Hin- und Herzüge. Mit einem Kupfer* (1806).[82] Die vierte Gruppe bedient sich zweideutiger, rätselhaft-verheißungsvoller Titel: Carl Gottlob Cramers (1758–1817) *Liebe und Rache, oder wohin führt oft weiblicher Leichtsinn. Eine wahre Geschichte vom Verfasser der Menschenschicksale* (1791)[83] und seine *Rasereyen der Liebe* (1802),[84] August Salomon Maurers *Leipzig im Taumel. Nach Originalbriefen eines reisenden Edelmannes* (1799),[85] Michael Kosmelis (1773–1844) *Die Zwei und vierzig jährige Äffin. Das vermaledeiteste Märchen unter der Sonne* (1800)[86] und Friedrich Wilhelm Bruckbräus (1792–1874) *Der Papst im Unterrocke. Ein historischer Roman* (1832).[87]

Titelbestandteile wie der Name des Autors, des Verlages oder des Verlagsortes fungieren ihrerseits als Signale. Scheffner macht mit dem Vermerk *Cythere* auf, Schillings *Denkwürdigkeiten* mit *Rom*; hinter der Angabe Wien und Berlin für Kosmelis *Äffin* steckt der be-

80 [Anonym]: Aus den Memoiren einer Sängerin. Hg., überarbeitet und mit einer Vorbemerkung versehen von Wolfgang Schneider. 2 Bde. Leipzig / Weimar: Kiepenheuer 1990 (Bibliotheca erotica). – Vgl. Friedrich: Pornographie (wie Anm. 3), S. 318f., S. 331; ders.: Aus den Memoiren einer Sängerin. Anatomie eines pornografischen Klassikers. In Haug / Frimmel / Vogel (Hg.): Erotisch-pornographische Lesestoffe (wie Anm. 2), S. 113–131.

81 Heinrich Clauren: Mimili. Eine Erzählung [1819]; Wilhelm Hauff: Kontrovers-Predigt über H. Clauren und den »Mann im Monde«. Hg. von Joachim Schöberl. Stuttgart: Reclam 1984 (Universal-Bibliothek 2055), S. 9–79.

82 [Anonym]. Christinchen in tausend Gefahren, oder Mutter und Tochter im Kindbette. Roman in acht und fünfzig Kapiteln. Seitenstükk zu Hannchens Hin- und Herzüge. Mit einem Kupfer. Lüneburg: Herold und Wahlstab 1806. Vgl. [Christian August Fischer alias Christian Althing] (1807). Hannchens Hin- und Herzüge nebst der Geschichte dreyer Hochzeitsnächte. 2 Teile. Leipzig: Heinrich Gräff, 2. verschönerte Auflage (Erotische Schriften von Christian Althing. Erstes und zweytes Bändchen. Mit einem Kupfer. Leipzig, 1807. In Commißion bey Heinrich Gräff.); vgl. Haug: Gattung. In: Friedrich / Hanuschek / Rauen (Hg.): Pornographie (wie Anm. 1), S. 198–203, hier S. 200; Friedrich: Pornographie (wie Anm. 3), S. 343; Josef Huerkamp / Georg Meyer-Thurow: »Die Einsamkeit, die Natur und meine Feder, dies ist mein einziger Genuß.« Christian August Fischer (1771–1829) – Schriftsteller und Universitätsprofessor. Bielefeld: Aisthesis 2011 (Bielefelder Schriften zur Linguistik und Literaturwissenschaft 15).

83 [Carl Gottlob Cramer]: Liebe und Rache, oder wohin führt oft weiblicher Leichtsinn. Eine wahre Geschichte vom Verfasser der Menschenschicksale. 2 Theile. Berlin: Christian Gottfried Schöne 1791. Zu seinem Leipziger Verleger Heinrich Gräff vgl. Haug: Gattung. In: Friedrich / Hanuschek / Rauen (Hg.): Pornographie (wie Anm. 1), S. 198.

84 Carl Gottlob Cramer: Rasereyen der Liebe. Wien [1802].

85 [A.S. Maurer]: Leipzig im Taumel. Nach Originalbriefen eines reisenden Edelmannes. Leipzig: Johann Wilhelm Cramer 1799. Vgl. Haug: Gattung. In: Friedrich / Hanuschek / Rauen (Hg.): Pornographie (wie Anm. 1), S. 195f.

86 [M. Kosmeli]: Die Zwei und vierzig jährige Äffin. Das vermaledeiteste Märchen unter der Sonne. 2 Bde. Wien, Berlin: [s. n.] 1800.

87 Friedrich Wilhelm Bruckbräu: Der Papst im Unterrocke. Ein historischer Roman. 2 Theile. Stuttgart: Fr[iedrich] Brodhag 1832. Vgl. Haug: Gattung . In: Friedrich / Hanuschek / Rauen (Hg.): Pornographie (wie Anm. 1), S. 204f.; Friedrich: Pornographie (wie. Anm. 3), S. 343.

kannte Verlag Hennings und Vollmer, Hamburg.[88] Ob das Fehlen des Autornamens mehr versprach als einschlägig eingeführte Namen oder ein Pseudonym – auszuwerten wäre neben der Textproduktion Cramers und Bruckbräus[89] auch die Johann Friedrich Ernst Albrechts (1752–1814)[90] und Christian August Fischers (1771–1829)[91] bzw. ihrer pseudonymen Veröffentlichungen –, bleibe dahingestellt.

Spielen die Titel auf verschiedenen Ebenen mit Zweideutigkeiten, können die Frontispize ihrerseits zweideutig sein: Cramers *Rasereyen der Liebe* zeigen den zaghaften Griff eines jungen Mannes an die Brust eines jungen Mädchens.[92] Der Besuch eines Mönches am Bett eines Mädchens stimmt auf Kosmelis *Äffin*[93] ein, das Brustbild der Protagonistin auf Heuns *Mimili*.[94] Drei Illustrationen greifen hingegen zu unverfänglichen, aus der Bebilderung der zeitgenössischen Romanliteratur vertrauten Szenen, einem Duell in Cramers *Liebe und Rache*[95] und einem Überfall im Wald in *Christinchen*.[96] Maurers *Leipzig im Taumel* zeigt zwei bürgerlich gekleidete Männer in einem Lager vor einer offensichtlich leeren Lade. In der Legende des Frontispizes heißt es:

> A. O Freund, wie bin ich heute so zerstreut;
> Gott, meiner warten Schimpf und Spott.
> B. Je, Narrchen, sei doch nur gescheut,
> Und mach wie ich bank-rott.[97]

Untersucht man die Vorreden – nur fünf der 13 Texte weisen eine Vorrede auf –, ist festzuhalten, dass durchweg Autorschafts- und Schreibstrategien thematisiert werden, zum einen

88 [Kosmeli]: Die Zwei und vierzig jährige Äffin (wie Anm. 86). Emil Weller. Die falschen und fingierten Druckorte: Repertorium der seit der Erfindung der Buchdruckerkunst unter falscher Firma erschienenen deutschen, lateinischen und französischen Schriften. Leipzig: Engelmann [2]1867 ([1]1858), 1. Bd, S. 187: »Aeffin, Die 42jährige, das vermaledeiteste Mährchen (von M. Kosmeli). 2 Thle. Wien und Berlin (Vollmer in Hamburg) «. Vgl. Franz Ulrich Jestädt / Thomas Kaminski: Verlagsverzeichnis Gottfried Vollmer: 1790–1806. Erfurt: Ulenspiegel 2011; Dirk Sangmeister / Martin Mulsow (Hg.): Subversive Literatur: Erfurter Autoren und Verlage im Zeitalter der Französischen Revolution (1780–1806). Göttingen: Wallstein 2014.

89 Bruckbräu: Papst im Unterrocke (wie Anm. 87).

90 J. F. E. A. Albrecht: Lauretta Pisana: Leben einer italienischen Buhlerin. Aus Rousseaus Schriften und Papieren. Dramatisch bearbeitet. 2 Bde. Leipzig: Walther 1789. Die Bayerische Staatsbibliothek München (BSB) verzeichnet 70 Einträge zu Albrecht. – Vgl. Jan Roidner: Johann Friedrich Ernst Albrechts »Lauretta Pisana«. Ein Seitenstück aus Rousseaus »Julie«. In: Rüdiger Schütt (Hg.). Verehrt – Verflucht – Vergessen. Leben und Werk von Sophie Albrecht und Johann Friedrich Ernst Albrecht. Hannover: Wehrhahn 2015, S. 189–233, S. 211 die Abbildung des Titelblattes. Es zeigt das Bett, in dem sie »mit dem Cardinal gelegen«, ebd., mit Verweis auf die Seitenzahl im ersten Band des Romans. Vgl. auch Friedrich: Pornographie (wie Anm. 3), S. 343.

91 Zu Fischer vgl. Anm. 82.

92 Vgl. die Abbildung bei Werner Fuld: Eine Geschichte des sinnlichen Schreibens. Berlin: Galiani 2014, S. 299.

93 Kosmeli: Die Zwei und vierzig jährige Äffin (wie Anm. 86), unpag.

94 Clauren: Mimili (wie Anm. 81), unpag.

95 Cramer : Liebe und Rache (wie Anm. 83), unpag.

96 [Anonym]: Christinchen (wie Anm. 82), unpag.

97 Maurer: Leipzig im Taumel (wie Anm. 85), unpag.

der drohenden staatlichen Zensur gegenüber, zum anderen in Auseinandersetzung mit sozialen Normen und Zwängen. Scheffner spielt die antiken Verhältnisse gegen die aktuellen Publikationsbedingungen aus; der Bezug auf die Antike wird selbst zum Signal – als »Kennwort«[98] für erotisch-pornographische Lesestoffe erlaubt es die Verständigung unter Kennern. Maurers Vorrede zu *Leipzig im Taumel* schlägt nur auf den ersten Blick in dieselbe Kerbe: »Nöthige Erinnerungen um den Herausgeber im voraus schon vor Rad und Galgen zu sichern!«[99] Es ist aber nicht die Antike, sondern die Aufklärung, die dem Herausgeber als Schutzwall dient. Ernestus Gotofredus Lagophthalmus, so der Name, mit dem er seine Vorrede unterzeichnet, schildert das Leben des Herrn v. N. N., eines reisenden Edelmanns, als Geschichte des rastlosen, ganz Leipzig ausforschenden Aufklärers: Er »drang in die geheimsten verborgensten Winkel [...] in das Schlafgemach der trostlosen Gattin, wie in die Unzuchtkammer des sodomitischen Buben«.[100] N. N. hielt seine Entdeckungen geheim, selbst vor seinem Busenfreund, dem adeligen Lebemann Baron v. H., einem »Hurer«,[101] der auf seine Berichte begierig ist, um wie schon in Berlin auch in Leipzigs »schmutzigste Höhlen«[102] zu kriechen. Erst N. N.s Tod »gab uns den Schlüssel zu diesem kostbaren Archive«,[103] so dass nun die Stadt in ihrer »Nackheit und Blöße«[104] kenntlich wird: »Dann erst wissen Sie was Welt und Menschen sind – was ihre Tollheit vermag!«[105] Die in Stellung gebrachte Dialektik von Aufdecken und Geheimhalten erinnert an Hunold. Sie charakterisiert nicht nur den Briefschreiber, sondern auch den Herausgeber, der sich selbst »scharfsehende Augen«[106] attestiert, selbst wenn er, wie sein Name »Ernestus Gotofredus Lagophtalmus“[107] andeutet, am »unvollständigen Lidschluss« leidet.[108] Das Sehen wird als privilegierter Sinn gepriesen; »alles zu sehen« und zu »durchschauen« erlaubt N. N., als »zweiter Abellino«[109] alles Unrecht zu ahnden. Dass das Sehen gleichzeitig den »Hurer«, ja die Briefe als erotisch-pornographische Lesestoffe selbst antreibt, kaschiert die Vorrede hinter dem öffentlich ausgestellten Kampf gegen das Laster, der die Zensur nicht zu scheuen brauche.

Dagegen scheint es den fiktiven Herausgeber von Kosmelis *Zwei und vierzig jähriger Äffin* – »aber [mein Landsmann, H. M.] versicherte mir feierlich, die Heldin sey ihre eigene Biographin«[110] – zu reizen, gegen sexuelle und sprachliche Tabus gleichzeitig zu ver-

98 Goulemot: Gefährliche Bücher (wie Anm. 11), S. 102f.
99 Maurer: Leipzig im Taumel (wie Anm. 85), S. 1.
100 Ebd., S. 4f.
101 Ebd., S. 6.
102 Ebd., S. 8.
103 Ebd., S. 4.
104 Ebd., S. 3.
105 Ebd.
106 Ebd., S. 1.
107 Ebd., S. 11.
108 Brockhaus Enzyklopädie in 24 Bänden. Mannheim: F. A. Brockhaus [19]1989, Bd. 9, S. 517.
109 Maurer: Leipzig im Taumel (wie Anm. 85), S. 5. – Gemeint ist Johann Heinrich Zschokke: Abaellino der große Bandit. Frankfurt und Leipzig; [s. n.] 1794. 1795 brachte Zschokke eine dramatisierte Fassung des Romans heraus.
110 Kosmeli: Die Zwei und vierzig jährige Äffin (wie Anm. 86), S. II.

stoßen. Er kündigt den »Hang« der Protagonistin, »Polissonerien zu sagen und auch zu thun«,[111] explizit an und fordert dann die Leser auf, selbst aktiv zu werden:

Wer weiß, ob nicht irgend ein Poet diffamatorische Verse auf das pikante Geschöpf zusammenskandieren wird; allein wenn man bedenkt, daß Verse niemanden totschlagen [...] so kann man gar nichts dagegen haben, wenn jemand seinen jungen Stachel ——— in beliebiger Form an ihr üben wollte.[112]

Die Grenzen zwischen Biographie und Fiktion, erregter Lektüre und Handlung, Porno-graphie und Porno-sophie verschwimmen – es ist kein Zufall, dass Kosmelis *Äffin* bei Hennings erscheint.[113]

Bruckbräu wiederum verschanzt sich für seinen *Papst im Unterrocke* hinter der Position des Historikers: »[...] habe ich mich darauf beschränkt, geschichtlich erwiesene Mitteilungen zu machen«.[114] Er versichert gleich mehrfach, dass sein »Werk« die schuldige Ehrerbietung der römisch-katholischen Religion und ihrem Oberhaupt gegenüber in keiner Weise verletzen wolle, und beglaubigt seine Vorrede – wie Bohse, Menantes, Celander und Schnabel, aber auch Lagopthalmus – mit Ort, Datum und Unterschrift.

Authentifizierung kennzeichnet auch die Vorrede der *Memoiren einer Sängerin*. Sie ist datiert: »D., den 7. Februar 1851«,[115] fungiert aber gleichzeitig als erstes Kapitel des ersten Teils. Allein das Bekenntnis, die Wahrheit über das eigene Begehren sagen zu wollen, scheint die *Memoiren*[116] zu motivieren. Gleichzeitig spaltet sich dieses Bekenntnis merkwürdig auf: Auf der einen Seite wird alles getan, um den Verfasser nicht zu nennen, auf der anderen wird seine Zugehörigkeit zum weiblichen Geschlecht durch die Einführung einer Ich-Erzählerin und den von ihr eingehaltenen autobiographischen Pakt permanent ausgestellt. Wieder fällt, so ist festzuhalten, die Grenze zwischen der Herausgabe oder der Autorschaft eines pornographischen Textes und den sexuellen Handlungen, die der Text bietet. Das Bekenntnis, der Wille zum Wissen, wird der ›AutorIn‹ zunächst aufgenötigt, und zwar durch einen Freund, der die Ich-Erzählerin in aller Verschwiegenheit vor dem

111 Ebd., S. III.

112 Ebd.

113 Ursula Pia Jauch: Als Deutschland in die Schule der Liebe ging. Einige Bemerkungen zum Schicksal des Chevaliers de Faublas, ausgehend vom Zweiten Schlesienkrieg, weiterführend zu einem clandestinen Erfurter Druck & endend bei einem pornosophischen Paradox. In: Sangmeister / Mulsow (Hg.): Subversive Literatur (wie Anm. 88), S. 435–454, hier S. 449f.

114 Bruckbräu: Papst im Unterrocke (wie Anm. 87), Vorrede, unpag.

115 [Anonym]: Memoiren einer Sängerin (wie Anm. 80), S. 13–20, hier S. 20.

116 Meine Ausführungen beziehen sich nur auf die als Kapitel I in den ersten Teil der Memoiren integrierte Vorrede, vgl. Anm. 115. Die strukturellen Unterschiede zwischen den beiden Bänden legen nahe, von zwei verschiedenen Verfassern auszugehen, vgl. Friedrich, Aus den Memoiren einer Sängerin. In: Haug / Frimmel / Vogel (Hg.): Erotisch-pornographische Lesestoffe (wie Anm. 80), S. 116ff. Vgl. auch Christine Haug / Johannes Frimmel: Zwischen Moral und Kommerz – Herausbildung, Expansion und Marktstrategien des erotisch-pornographischen Buchmarkts. Eine Einführung. In: ebd., S. 1–37, hier S. 21: »Während der erste Band die Einführung eines jungen Mädchens in die Sexualität im Sinne einer Ästhetik des Schönen darstellt, folgt der als Rückblick erzählte zweite Band dem Programm einer Ästhetik des Häßlichen.«

sozialen Absturz bewahrt hatte, ohne indes ihre Lage auszunutzen. Komplizenschaft und Intimität können sich damit ganz auf das Sagen der Begierden, auf das Schreiben verlagern:

> Warum sollte ich Ihnen etwas verhehlen? [...] Daß Sie ein so sonderbares Verlangen an mich gestellt haben, Ihnen aufrichtig und vor allen Dingen ohne weibliche Zurückhaltung, die ich Ihnen ja selbst oft genug Ziererei genannt habe, meine Erfahrungen und Anschauungen über das Fühlen und Denken der Frauen mit Bezug auf den wichtigsten Moment ihres Daseins, die Liebe und die Vereinigung mit dem Mann, mitzuteilen, setzte mich anfangs in Verlegenheit, denn – lassen Sie mich mein Bekenntnis gleich mit einem entscheidenden Charakterzug aller Frauen ohne Ausnahme beginnen – nichts wird uns schwerer als eine vollkommene Aufrichtigkeit gegen den Mann, [...].[117]

Nach der Scham, normverletzende sexuelle Handlungen auszuführen, fällt auch die Scham, darüber zu schreiben:

> Als ich erst die anfängliche Scheu besiegt, empfand ich bei der Schilderung dessen, was ich von anderen Frauen erfahren, ein ganz entschiedenes Vergnügen. Je ausführlicher ich wurde, je mehr kam mein Blut in Wallung. Es war mir wie ein Nachgeschmack der Freuden, die ich genossen und deren ich mich nicht schäme, wie Sie wissen.[118]

Bekenntnis und erotisch-pornographischer Text fallen in eins – die eigene Lust wird in der Erinnerung wiederholt, das Individuum erregt sich selbst – damit ist auch im Schreiben und in der Sprache die Geste vollzogen, die Begierde erweckt und den erotisch-pornographischen Text am Leben erhält.

Der Durchgang durch die hier ausgewerteten Paratexte zeigt, dass die erotisch-pornographischen Lesestoffe sich den zeitgenössischen Usancen der Buchpräsentation anpassen. Der Wechsel von mythologisch-allegorischen zu gegenwartsbezogenen Darstellungs- und Redeweisen in Bild und Text geht zwar mit Bemühungen einher, das Verhalten und die Reaktionen der Leser schon in den Paratexten zu steuern, vor Beginn jeder Lektüre, schließt aber deren Umgehung keineswegs aus, im Gegenteil. Die Platzierung von Anzüglichkeiten und damit Zweideutigkeiten prägt die Paratexte in zunehmendem Maße; die Strategie wird als solche zum Anreiz, das verbotene Buch endlich selbst in die Hand zu nehmen.

117 [Anonym]: Memoiren einer Sängerin (wie Anm. 80), S. 15f.
118 Ebd., S. 17.

Erotische Buchillustration 1750–1850[1]

Wulf D. von Lucius

1. Erste Vorbemerkung: Zur Materiallage

»Das erotische Verlags- und Buchhandelswesen ist bis heute weitgehend unerforscht, da es sich überwiegend dem Licht der Öffentlichkeit entzog«, stellt H. Walravens noch im Jahre 1989 in seinem Beitrag im LGB2 fest.[2] Das gilt natürlich ganz besonders für die gegenüber anstößigen Texten noch viel stärker ins Auge fallenden Illustrationen. Noch vor 50 Jahren hätte daher nur ein hochspezialisierter Wissenschaftler das Thema dieses Beitrags erarbeiten können. Er hätte dazu die verschiedenen sekretierten Spezialbestände großer Bibliotheken vor Ort in Paris, London, Berlin, München usw. zeitaufwändig aufarbeiten müssen, denn nur am Original waren die erotischen Illustrationen zu studieren. Die bibliografischen Verzeichnungen auf diesem Gebiet waren und sind lückenhaft und unzuverlässig, zumal es keine Pflichtstückablieferungen gab (wie hätte das für zensurbedrohte Publikationen funktionieren sollen?). H. Walravens ergänzt seine Beobachtung: »Als Ersatz dienen Kataloge einzelner Sammlungen«, wie etwa der Sammlung Galitzin, und er fährt fort: »die besten Sammlungen befinden sich in privater Hand«.[3]

Spezielle Sekundärliteratur zum Thema gab es relativ wenig, etwa das *Bilderlexikon der Erotik* mit einer dann doch eher schmalen Bildauswahl für unser Thema; die einschlägigen Bibliografien und die Sammlungskataloge um 1900 enthielten keinerlei Bildmaterial, auch nicht die berühmte von Guillaume Apollinaire (1880–1918) und anderen erarbeitete des *Enfer der Bibliothèque Nationale* von 1913. Aus solchen Unterlagen konnte man allenfalls erkennen, dass es das Phänomen der erotischen Illustration gab, und etwa auszählen, wie viele derartige Bücher und Illustrationen vorhanden waren. Die Verborgenheit des Themas war sehr groß, was seine geheimnisvolle Faszination gewiss erhöhte. Ein Sammler wie Hans Fürstenberg mit seiner eminenten Sammlung französischer Buchkunst des 18. Jahrhunderts umging in seinen Publikationen schamhaft diesen Bereich, Max Sander hatte in seine Bibliografie von 1926 immerhin einige einschlägige Werke aufgenommen – rein als Titelaufnahmen und nur dezent annotiert.

Zu diesem Phänomen hat Dietmar Polaczek im Jahr 2000 in der FAZ anlässlich der Wiedereröffnung des »gabinetto segreto« im Neapler Nationalmuseum sehr zutreffend geschrieben: »Die Eigenschaft des Obszönen entsteht, wie hier gelernt werden kann, durch

1 Der Beitrag basiert auf einem Workshop-Vortrag am Center for Advanced Studies der LMU München.

2 Hartmut Walravens: Erotische Bücher. In: Lexikon des gesamten Buchwesens. Bd.2: Buck–Foster. Hg. v. Severin Corsten. Stuttgart: Hiersemann 1989, S. 368–388.

3 Ebd.

ihren Begriff: erst dadurch, dass bei Grabungen anstößige Objekte ausgesondert wurden, bekommt die daraus entstehende geballte Ladung von Erotika den Charakter des Hemmungslosen, als hätte die antike Welt nur noch an Kopulation und Wollust gedacht.«[4] Eine ähnlich verzerrte Vorstellung vom Berichtszeitraum dieses Beitrags könnte entstehen, wenn man sich nicht die winzig kleinen Zahlen einschlägiger Titel vor Augen hielte. D.h. die sekretierende Verdichtung solcher Sondersammlungen erzeugt verzerrte Vorstellungen, die sich in der ewigen Diskussion um Verbergen oder Ausstellen spiegelt.

Die Materiallage ist heute deutlich anders und ermöglicht es, ohne eigene einschlägige Sammlung oder Studium in den Spezialkabinetten dieses Thema in Form eines kurzen Überblicks anzupacken. Der Grund liegt in dem – analog zur veränderten Einstellung der Gesellschaft zu sexuellen Darstellungen – völligen Wandel der Antiquariats- und Auktionskataloge, die heute als reich illustrierte Werke wie Kunstbücher auftreten – ich habe zu diesem Phänomen der Luxuskataloge vor einigen Jahren einen kleinen Aufsatz publiziert – und die in den letzten Jahrzehnten nun auch keinerlei Scheu vor drastischen erotischen Abbildungen mehr zeigen. Dieser Vortrag stützt sich insbesondere auf den zweibändigen, reich illustrierten Auktionskatalog der Sammlung Gerard Nordmann (Paris: Christie's 2006), mit insgesamt fast 1000 Lots und zahlreichen farbigen Abbildungen, einen geradezu wissenschaftlich detailreichen, wenn auch im Umfang wesentlich schmäleren Katalog des Pariser Antiquars Jean-Claude Vrain *Les delassements de boudoir* (Paris: Librairie Jean-Claude Vrain 2003), sowie die ebenfalls reich illustrierte Publikation der Pariser Nationalbibliothek zum Enfer *Eros au secret*, die sich auf die Forschungen von Pascal Pia stützt.[5] Das bibliographische Standardwerk zur französischen erotischen Literatur ist das dreibändige Verzeichnis von Jean-Pierre Dutel.[6] Die Übernahme der in diesem Beitrag gezeigten Abbildungen aus diesen Publikationen und einigen weiteren Auktionskatalogen führt zu deren teilweise mäßiger Qualität im vorliegenden Beitrag. Dieser möchte andererseits auch keine bibliografisch auch nur einigermaßen umfassende Darstellung geben, sondern anhand ausgewählter charakteristischer Beispiele einige Entwicklungstendenzen und Motive umrisshaft darstellen.

Die erwähnte Allverfügbarkeit entsprechender Bilder heutzutage macht es schwierig, sich ihre Verborgenheit, Strafbarkeit und die aus beidem herrührende Faszination solcher Abbildungen für Leser im 18. und 19. Jahrhundert richtig vorzustellen. Bei fast allen Abbildungen dieses Beitrags wird sich der Leser sagen: »Na und?« oder sogar: »eigentlich naiv und rührend«. Der heutige Betrachter muss ganz bewusst die Verborgenheit, die klandestine Existenz dieser Dinge im Blick haben, um deren Besonderheit für die damaligen Zeitgenossen zu begreifen.

4 Dietmar Polaczek: Hier wohnt die Freude. Neapels Geheimkabinett aus Pompeji ist wieder zugänglich. Frankfurter Allgemeine Zeitung. Bilder und Zeiten. September 2000.

5 L'Enfer de la Bibliotheque. Éros au secret. Sous la dir. de Marie-Françoise Quignard et Raymond-Josué Seckel. Paris: BnF 2007. Vgl. dazu Pascal Pia: Les livres de l'enfer. Bibliographie critique des ouvrages érotiques dans leurs différentes éditions du XVIe siècle à nos jours. Paris: Coulet et Faure 1978.

6 Jean-Pierre Dutel: Bibliographie des Ouvrages érotiques publiés clandestinement en Français entre 1880 et 1920. Paris: Chez l'Auteur 2002. Ders.: Bibliographie des ouvrages érotiques publiés clandestinement en français entre 1920 et 1970. Paris: Chez l'Auteur 2005. Ders.: Bibliographie des ouvrages érotiques publiés clandestinement en français entre 1650 et 1880. Paris: Chez l'Auteur 2009.

2. Zweite Vorbemerkung: Erotische Darstellungen früherer Epochen und anderer Kulturkreise

In sehr vielen Kulturen war das Zeigen explizit sexueller Handlungen verbreitet, wobei meist nicht eindeutig ist, in welchem Grad diese Darstellungen allgemein zugänglich waren oder eher im Verborgenen existierten. So etwa die zahlreichen griechischen Gefäße und Schalen mit kopulierenden Paaren, seien es Götter, Fabelwesen oder ganz lebensfrische Menschen. Dazu nur ein besonders charmantes Beispiel, die wohlbekannte kleine Vase aus der Berliner Antikensammlung im Alten Museum. (Abb. 1) Wer und bei welchen Gelegenheiten solche Geräte benutzte, wissen wir nicht. Eher schon bei dem Handspiegel mit gravierter erotischer Szene, der nun sicher dem täglichen Gebrauch einer wohlhabenden Dame diente – vielleicht war er aber auch für eine Hetäre bestimmt? Wir wissen es nicht. Ähnliches gilt für die Terrakottaschalen aus Arezzo, die freizügig erotische Szenen darstellen und irgendwie offen zugänglich waren. Eindeutig dem Verborgenen zuzuordnen sind die erotischen Wandbilder der Lupanare, wie sie besonders aus Pompeij überliefert sind (Abb. 1).

Wenn man Wilhelm Worringers These vom engen Zusammenhang von monumentaler Wandmalerei und Buchmalerei folgen mag (er handelte dabei von ottonischen Kunstwerken),[7] dann darf man sich die Frage stellen, ob es in der römischen Antike vielleicht derart illustrierte Buchrollen gegeben hat. Unwahrscheinlich ist es nicht, und geeignete Texte gab es ja genug, nicht nur die von Ovid (43 v. Chr.–?), Petronius (27–66) oder Sueton (69–130); allerdings ist nichts davon überliefert. Auch in der indischen Kultur treffen wir auf öffentlich sichtbare, drastisch sexuelle Szenarien wie etwa auf den Friesen der Tempel von Khajuraho, während die sehr drastischen Darstellungen der japanischen Kopfkissenbücher eher der privaten Verborgenheit zuzurechnen sind. In der nachantiken europäischen Welt gibt es jedenfalls eine mehr als tausendjährige Leere bezüglich explizit erotischer Darstellungen, die dann erst im 16. Jahrhundert wieder aufkommen, etwa den berühmten *Positiones* des Marcantonio Raimondi (1480–1534), die er auf Wunsch seines päpstlichen Auftraggebers Leo X. (1475–1521) schuf und zu denen später Pietro Aretino (1492–1556) die *Sonetti lussuriosi* (um 1525) verfasste (Abb. 2). Andere bedeutende Künstler wie Agostino Carracci (1557–1602) und Francesco Primaticcio (1504–1570) schufen Vergleichbares. Aber derartige Werke waren nicht zahlreich, sie traten häufiger erst im späten 17. Jahrhundert auf, um in der Mitte des 18. Jahrhunderts mengenmäßig deutlich anzuwachsen – sicher in Parallelität zum vorurteilsloseren Denken der Aufklärungsepoche, wenn auch beschränkt auf die Oberschicht und deren private Bibliotheken. In all diesen Beispielen bleibt das Verhältnis von Zeigen und Verbergen, von Öffentlichkeit oder Sekretieren nicht exakt bestimmbar – ein den Diskurs über Sexualität seit Jahrtausenden begleitendes Spannungsverhältnis.

3. Pornografie als soziales Phänomen

Diese nahezu alle Erdteile und Epochen umfassende Präsenz pornografischer Bilder bleibt im Berichtszeitraum dieses Beitrags, wie gesagt, lange im Verborgenen, und ist – zumindest im nachantiken Europa – ein der Oberschicht vorbehaltenes Phänomen, ähnlich den ero-

7 Vgl.: Wilhelm Worringer: Die altdeutsche Buchillustration. München: Piper 1912 (Klassische Illustratoren 9).

tischen, libertinen Privattheatern, wie sie insbesondere im 17. und 18. Jahrhundert in Paris und London gepflegt wurden. In einem sehr informativen, ausführlichen Beitrag in der *Brockhaus Enzyklopädie* (2006) wird darauf verwiesen, dass gerade verschärfte Anstandsregeln und Sprachzensur das Bedürfnis nach Pornografie intensivieren; diese verkörpert ihrerseits exhibitionistische und aggressive Elemente und dient zugleich als Instrument der Entlarvung gesellschaftlicher Scheinmoral. Pornografie ist ein Gebiet der Subversion. Das schlägt sich besonders deutlich auch in der Frontstellung gegen die Kirchen nieder (Abb. 7). Trotz weitgehend anonymer Autoren und getarnter Druckorte sind diese Bücher (in der Sprache der Aufklärung die ›livres philosophiques‹) also in vielfacher, nicht zuletzt politischer Perspektive ein wichtiger Forschungsgegenstand. Zu einem Massenphänomen wird Pornografie erst ab der zweiten Hälfte des 19. Jahrhunderts, insbesondere auch mit dem Aufkommen der Photografie (s. Abb. 16) und stark gesunkenen Vervielfältigungskosten.

4. Zur Definition erotischer Illustrationen

Wenn man als Abgrenzungskriterium der erotischen Illustration eine gewisse Kühnheit der Bilderfindung – natürlich in den Maßstäben der jeweiligen Epoche – nennen will, ist klar, dass züchtig bekleidete Liebespaare in einer Gartenlaube nicht dazu zählen – also all die ›blutarmen Küpferchen‹ von Daniel Chodowiecki (1726–1801) e tutti quanti. Deutsche Bücher des 18. und 19. Jahrhunderts zeigen meist emotional gewiss erotische Stimmungen, aber eben nur in wenigen Ausnahmefällen in körperlich direkter Weise, und auch da wirken sie eher steif und im Vergleich zu Darstellungen aus England und Frankreich beinahe ›keusch‹ (Abb. 13).[8] Auf der anderen Seite könnte man die Mehrzahl französischer Kupferstichillustrationen dieser Epoche durchaus als ›erotisch‹ klassifizieren: entblößte Brüste, halb aufgeknöpfte Hemden und Westen hätten in Deutschland gewiss schon als anstößig gegolten – in Paris eben nicht (Abb. 3).

Im *Dictionnaire Encyclopédique du Livre* (2005) gibt es zwei getrennte Beiträge zum *Livre erotique* und zum *Livre pornographique*. Die Autoren stellen fest, dass die Grenze stets unscharf bleibt. Was die Illustrationen betrifft, sind letztere nach der Feststellung von Jean de Goulemont meist qualitativ schlecht, selten von künstlerischer Qualität. Die meisten sind ohnehin unsigniert, obwohl – darauf werde ich noch zu sprechen kommen – auch bedeutende Künstler auf diesem Gebiet tätig wurden.

Ich möchte also den Terminus der ›Anstößigkeit‹ zur Eingrenzung des Themas im Sinne dieses Beitrags verwenden. Aber auch dann sind die Grenzen fließend, wie ein Text von Louis Sebastien Mercier (1740–1814), einem ansonsten kühnen, sich gegen alle Autoritäten auflehnenden Geist beweist, der hier bemerkenswerte Prüderie gegenüber offen ausgestellten (also sichtlich von der Polizei nicht beanstandeten) Kupfern zeigt. Ich zitiere aus seinem *Tableau de Paris* von 1781:

> Sie haben sich entlang der Quais und auf den Boulevards vervielfacht. Man sieht dort nur Nacktheiten, die das Schamgefühl alarmieren, laszive Haltungen und Stellungen, die der Jugend den Geist der Ausschweifung eingeben und selbst die

8 Zur deutschen erotischen Literatur vgl. u.a. den Auktionskatalog der Sammlung Leonhardt (Zisska & Schauer 2012).

Blicke von Kindern verderben. Es gibt so Unanständiges, dass meine Feder diesen Gegenstand hier nicht einmal andeuten kann. Es erreicht manchmal einen solchen Grad an Verderbtheit, der viel mehr empört als die pure Unzüchtigkeit. Man versteht mich. [...] Man ist vielfach streng gegen die philosophischen Bücher vorgegangen, die nur von einer kleinen Zahl gelesen wurden und die die Menge niemals verstehen würde. Der schlüpfrige Stich aber triumphiert hier öffentlich. Jedes Auge wird davon verletzt, das der Unschuldigen ist beunruhigt, die Schamhaftigkeit errötet. Es ist Zeit, entschieden die Mappen der Händler zu verbannen, die so unklug sind, sie vor ihren Läden auszustellen. Bedenkt, dass auch Jungfrauen und anständige Frauen auf den Straßen gehen. [9]

5. Voilé und Devoilé – erotische Bildvarianten

Eine Grenzlinie ist wie gesagt definitorisch nicht leicht zu ziehen, bestand aber in den Köpfen der Produzenten und Leser durchaus. So gab es Illustrationen in gemilderter Form (voilé) bzw. eindeutige Bilder (dévoilé) (Abb. 4). Daneben gibt es zahlreiche Bilder, die im Grunde sehr deutliche sexuelle Abenteuer darstellen, aber ohne dass ein Genital dabei sichtbar wäre. Wo Rosengirlanden und zierliche Putten um die Paare schweben, ist keine Anstößigkeit gegeben, es bedarf im Sinne dieses Beitrags der bewussten Grenzüberschreitung oder provokanten Absicht. Berühmte Beispiele sind die furiosen Bilderfindungen Jean-Honoré Fragonards (1732–1806) (Abb. 5).

Solche dévoilé-Bilder oder kesse Darstellungen der zweiten Art wurden oft als ›planches refusées‹ bezeichnet, die nur in einer kleineren Zahl von Exemplaren vorkommen. Es waren besondere Blätter für die ›amateurs‹, also in Wahrheit mitnichten zurückgewiesene, verworfene Bilder, sondern bewusst als besonders pikant und verdeckt zu handelnde Blätter produziert. Ein bekanntes Beispiel sind die 20 Blätter (*suite libre*) von Hubert-François Gravelot (1699–1773) zur *Decamerone*-Ausgabe von 1757. Wie bei französischen Bibliophilen seit dem 18. Jahrhundert oft praktiziert, wurden solche Blätter im 19. Jahrhundert in jahrelanger Mühe zusätzlich erworben, teils auch weitere pikante Bildfolgen dem ursprünglich maßvoller illustrierten Werk beigegeben. Derart angereicherte Exemplare, die ›exemplaires truffés‹, befinden sich daher heute oft in stilistisch angepassten Bänden des 19. Jahrhunderts, das diese Art des Sammelns besonders pflegte. Diese Stufung bildlicher Deutlichkeit wird heute von den Pariser Antiquaren mit den Termini érotique, libre, très libre bezeichnet, die Gattung insgesamt als ›livres curieux‹.

6. Das Enfer und der Private Case

Die beiden Spezialbestände der Bibliothèque Nationale in Paris bzw. des British Museum in London (heute British Library) haben geradezu legendären Ruf, an sie knüpfen sich weithin völlig übersteigerte Vorstellungen. In der Publikation zum Enfer aus dem Jahr 2007 weisen die Autoren betont darauf hin, dass das Enfer nicht durch staatliche Anordnung oder Zen-

9 Louis-Sebastien Mercier: Bücher, Literaten und Leser am Vorabend der Revolution. Auszüge aus dem »Tableau de Paris«. Ausgewählt und übersetzt von Wulf D. von Lucius. Göttingen: Wallstein 2012, S. 131 / 132.

surpolitik entstand, sondern durch bibliothekarische Praxis. Während des gesamten Ancien Régime wurden nur rund 50 Titel als ›romans licencieux‹ katalogisiert. Das Verzeichnis enthält ansonsten überwiegend gar nicht pornografische, sondern sonstige Werke, die aus religiösen oder politischen Gründen nicht allgemein zugänglich sein sollten. Pornografischer Natur sind im Enfer ca. 300 Werke des 18. und frühen 19. Jahrhunderts, der Private Case umfasst insgesamt ca. 2.000 Titel. Trotz der hohen Aufmerksamkeit, die diese Titel bei Sammlern und Kulturhistorikern genießen, handelt es sich also um den Bruchteil eines Promilles der Bestände – aber wie schon Dietmar Polaczek in seinem Text zu Pompeji betont, weckt das Geheime und Verbotene eben besonderes Interesse und wuchert in der Phantasie ins Übergroße. Das Enfer als Spezialsammlung der Französischen Nationalbibliothek wurde 1969 aufgelöst. In den davorliegenden 50 Jahren, also nach dem Erscheinen von Apollinaires Katalog im Jahr 1913, hatte es nur einen Zuwachs von 850 Exemplaren gehabt, einige davon aus Donationen von Privatsammlern, darunter auch Sammelalben mit Fotografien. Also wiederum eine mengenmäßig bescheidene Ausbeute für gedruckte erotische Illustrationen. 15 Jahre später, genau 1986, wurde das Enfer wieder eingerichtet, nun aber aus konservatorischen, bibliophilen Gründen. Es umfasst nun die seltenen alten und wertvolle neuere Werke – das Enfer wurde ›présentable‹. Aber insbesondere sehr explizit pornografisch illustrierte Bücher sind weiterhin unter Verschluss. Auch in den Staatsbibliotheken in München (Sammlung Krenner) und Berlin existieren solche Sonderbestände. Die philosophische Schlusspassage des *Enfer*-Buches von 2007 stellt fest: »Il y a toujours un enfer. Il y a toujours un autre monde à ce monde. [...] Qui a un secret a une âme.«[10]

7. Erotisch illustrierte Bücher vor 1789

Schon im 17. und frühen 18. Jahrhundert erschienen immer wieder vereinzelt Werke mit pornografischen Illustrationen. Auf die *Positiones* wurde bereits hingewiesen (S. 101). Solche Werke erfahren einen deutlichen Schub ab etwa 1740, wobei die Erstveröffentlichungen erotischer Texte oft nicht illustriert sind, sondern erst spätere Ausgaben. Als Beispiel dient uns die meist dem Marquis d'Argens (1704–1771) zugeschriebene berüchtigte *Thérèse philosophe*, die erstmals 1748 anonym erschien und zunächst ohne Illustrationen. Bereits 1749 erschien eine Ausgabe mit 16 teilweise recht expliziten Kupferstichen. Als ›philosophes‹ bezeichneten sich die Freigeister der Aufklärung, insbesondere auch die Enzyklopädisten, und die ›philosophische‹ Therese ist ein junges Mädchen, das von zwei erfahrenen Männern in deren Welt mit Gedanken ebenso wie (durchaus nicht ungern) mit Taten eingeführt wird, ähnlich wie 50 Jahre später die junge Eugénie in de Sades (1740–1814) *Philosophie dans le boudoir* (1791), die wie alle Werke de Sades erst nach 1789 erschien, dann allerdings in zahlreichen Auflagen.[11] Die Verschränkung atheistischer, von Sittengrenzen befreiter Philosophie als praktischer Lebensphilosophie mit recht extrem praktizierter Sexualität ist das Kernelement dieser beiden Bücher (Abb. 6). Das Aufrührerische

10 Pascal Quignard: Sur le secret. In: Quignard / Seckel (dir.): L'Enfer de la Bibliothèque, p. 433-438, hier p. 433.

11 Vgl.: Guillaume Apollinaire: L'Œuvre du Marquis de Sade, pages choisies, introduction, essai bibliographique et notes. Paris: Bibliothèque des Curieux 1909.

philosophischer Aufklärungstexte vermischt sich hier mit sexueller Grenzüberschreitung, wie ähnlich 200 Jahre später bei den ›68ern‹.

Ein weiteres frühes beispielhaftes Werk dieser Jahre ist die *Histoire de Dom B.*, erstmals erschienen 1741. Der Held dieser Geschichte, ein Mönch, wird entmannt, so dass das Titelkupfer mit dem kraftvollen Glied des Autors metaphorisch zu verstehen ist: die ihm abhanden gekommene Manneskraft repräsentiert im übertragenen Sinn seine Kraft als Autor (Abb. 7). Die *Histoire de Dom B.* ist zugleich prominentes Beispiel für eine Vielzahl pornografischer Texte und Bilder mit Priestern, Mönchen und Nonnen. Oft sind Klöster die Schauplätze dieser Ereignisse. Darin spiegelt sich die teils hasserfüllte Ablehnung der Kirche in breiten Kreisen der Bevölkerung. Ihr Personal soll als sittenlos und volksverderbend dargestellt werden und wird mit den hochgehobenen Kutten und der dargestellten Geilheit der Lächerlichkeit preisgegeben. Einige wenige Beispiele für Titel, die diesen antikirchlichen, bewusst politischen Aspekt einschlägiger Werke widerspiegeln, sind *Vénus dans le Cloître ou La Réligieuse en chemise (1683); Le premier acte du synode nocturne (1608, Sainte Nitouche ou histoire galante de la Tourriere des Carmelites (1776).* Dieser antikirchliche Impetus spielt – nach der Säkularisation – in den Werken des 19. Jahrhunderts eine sehr viel geringere Rolle.

Nicht selten werden die erotischen Darstellungen auch in den ›lüsternen‹ Orient verlegt. Ein besonders interessantes Beispiel der Maskierung pornografischer Darstellungen durch Versetzung in andere Epochen ist das Werk von Pierre-François Hugues d'Hancarville (1719–1805) *Monuments de la vie privée des douze Cesars* (1780) mit dem bezeichnenden fingierten Verlagsort »Caprée«, also der Villa des Tiberius, von der Sueton Schlimmes berichtet. Hancarville bezeichnet seine Sammlung als »suite des pierres gravées sous leur regne«, behauptet also, es seien antike Stücke– in Wahrheit sind alles freie Erfindungen entlang der antiken Klatschliteratur à la Sueton (Abb. 8). Aber lassen wir Hancarville Gerechtigkeit widerfahren: Er ist der Editor des grandiosen Tafelwerks der Vasensammlung von Sir William Hamilton (1730–1803), kannte sich also in authentischer antiker Kunst bestens aus. Nur hier bei der pornografischen Illustration tritt er als bewusster Fälscher auf.

Eine buchkünstlerische Besonderheit sei hier noch erwähnt: In einigen wenigen Fällen finden sich auch erotische Einbände, vergleichbare Dekore wurden in der zweiten Hälfte des 19. Jahrhunderts deutlich häufiger. (Abb. 9)

8. Die Revolution 1789

Während in der Buchkunst generell über den Bruch gesellschaftlicher Zustände nach 1789 hinweg sich eine hohe Kontinuität abzeichnet, so dass in den Jahren ab 1790 viele begonnene Werke der vorrevolutionären Zeit vollendet wurden und stilistisch und in Materialqualität nahezu unverändert auch neue Produkte entstehen, die in allem (bis hin zu den Einbänden) die Ästhetik der aristokratischen Gesellschaft fortsetzen, zeigt sich bei der erotischen Buchillustration der Revolutionsjahre eine deutliche Veränderung. Die Darstellungen werden kruder, geradezu paradigmatisch könnte man die zunehmende vollständige Nacktheit der Figuren ansehen: Sex pur anstelle ausgeklügelter Rollenspiele und Topoi der Adelswelt, Vulgarität statt eleganter Stilisierung.

Noch deutlicher als in der Zeit vor 1789 wird auch der politische Impetus der pornografischen Bilder – etwa das des bekanntlich an schweren Potenzstörungen leidenden Ludwig XVI. (1754–1793) mit seiner mätressenhaft dargestellten danebenstehenden Frau, der oft als ›putaine autrichienne‹ verunglimpften Marie Antoinette (1755–1793). In provozierendem Gegensatz dazu ein Flugblatt von 1794, in dem die revolutionäre Befreiung mit dreister Potenzgeste gefeiert wird (Abb. 10). In diesen Jahren treten auch englische Künstler mit Erotica dezidiert auf den Plan, so etwa der sehr erfolgreiche Illustrator und Karikaturist Thomas Rowlandson (1756–1827) (Abb. 11). Die erotische Illustration tritt aus den Salons und verborgenen Bücherregalen der Paläste hinaus, quasi auf die Straße: Beginn der populären Pornografie. Diese sich steigernde Drastik dauert auch in der bourbonischen Restauration, insbesondere nach der Julirevolution 1830 fort.

Nun findet sich auch in Deutschland in geringem Umfang Pornografie in Buchillustrationen – wie oben gesagt wirken sie zum Teil seltsam steif und unsinnlich, die drastische Illustration mit der verschlungenen Personengruppe ist ein Nachstich einer französischen Vorlage (Abb. 12).

9. Nach 1800 – Klassizismus und Romantik

Auch in der napoleonischen Epoche und den Jahren Ludwig XVIII. (1755–1824), also der Epoche des Klassizismus, finden sich sowohl sanft-erotische Bilder wie etwa die von François Gérard oder aus den 1820er Jahren eine pornografische Bildserie, in der einmal mehr die Maskerade der Antike gewählt wurde (Abb. 13). Die Darstellung bedient sich der zu dieser Zeit sehr geschätzten Umrissradierung, die ihrerseits ein antikes Formgefühl reflektierte.

Die neue Illustrationstechnik der Lithografie führt zu neuen, lebensnäheren Bildern, bereichert durch lebhaftes Kolorit. Sehr viele rein pornografische Bildserien erscheinen nun, teils von anonymen Künstlern, teils aber von ansonsten seriösen Lithografen wie etwa Henry Monnier (1799–1877) oder Achille Devéria (1800–1857). Von Letzterem ist überliefert, dass seine ganze Familie einschließlich der minderjährigen Töchter in deren Produktion, insbesondere die Kolorierung der Bilder einbezogen war. Kennzeichnend für den Hang zu drastischen Darstellungen ist schließlich eine Ausgabe der *Pucelle d'Orleans* aus dem Jahre 1840, in der die Erotik der Ausgaben früherer Jahre deutlich überboten wird, ganz so hatte es Voltaire (1694–1778) vielleicht nicht gemeint! (Abb. 15). In Übernahmen der besonders in Wien gepflegten Klappkarten entstehen Serien mit entweder wirklich aufklappbaren Fenstern oder Türen oder Darstellungen mit zwei Phasen – geschlossen und offen. In diesen Serien zeigt sich ein auch sonst in Bildern der romantischen Epoche verstärkt auftretendes Motiv, das des Voyeurs – Kinder, Heranwachsende, Dienstboten u.a. (Abb. 14). Nach der eher phantasielosen Nacktheit der Jahre der Revolution tritt wieder die Einbettung des Sexuellen in gesellschaftliche Situationen und Konstellationen, und es erweist sich, dass die bekleidete Sexualität wesentlich verführerischer wirken kann als die Nudität.

Gut zur Bildwelt der Romantik passt auch die oft gewählte Darstellung erotischer Szenen in verschiedenen Völkerschaften: Griechen, Spanier, Russen, mit einer eher naiven Zuschreibung bestimmter Gebräuche an diese. Besonders beliebt (wie teils schon im 18. Jahrhundert) sind Bilder, die Türken, andere Orientalen oder Chinesen darstellen – das Fremde soll das Delikate des Dargestellten steigern.

10. Vertriebswege

Noch schwerer zu analysieren als bei der sonstigen, von der Zensur bedrohten Buchproduktion ist die Herkunft pornografischer Produkte. Die Mehrzahl der Titel führt keinen Verlag auf (oft auch kein Erscheinungsjahr oder keinen Autor). Die Verlagsorte sind entweder fingiert oder ersichtliche poetische Tarnung. Wo Brüssel oder London, Amsterdam, Hamburg oder Venedig steht, ist oft Paris der wirkliche Verlagsort, umgekehrt steht nicht selten Paris für Erzeugnisse aus Brüssel oder London. Typenvergleiche, Papieranalysen oder Illustrationsstil können dann aber doch oft den wirklichen Verlagsort ermitteln lassen.

Die Wege der Verbreitung zensurbedrohter Literatur sind anderweits schon ausführlich beschrieben worden, so z. B. von Robert Darnton und Haug / Frimmel / Vogel.[12] Strukturell haben dabei Raubdrucke und verbotene Literatur viele Parallelen. Es existierte ein etabliertes Netzwerk von Schmugglern, Fuhrleuten, bestochenen Grenzbeamten, so dass alles – teils dezimiert durch Beschlagnahmungen – doch am Zielort eintraf. Teils wurden beschlagnahmte Exemplare auf verdecktem Weg doch in den Verkauf gebracht, daran verdienten dann die Beamten. Zensur und Grenzkontrollen waren also nur sehr bedingt wirksam, zumal es immer wieder auch Fälle der Protektion durch hochgestellte Persönlichkeiten gab. Der Kronzeuge für das Pariser Leben vor der Revolution, Louis Sebastien Mercier, hat dazu folgendes notiert:

> Königliche Zensoren
> Diese Menschen sind für ausländische Drucker überaus nützlich. Sie bereichern Holland, die Schweiz, die Niederlande und andere. Sie sind so bange, so kleinmütig, so penibel, dass sie eine Druckgenehmigung nur für gänzlich bedeutungslose Werke erteilen. So wie sie wider Willen ein unbequemes Joch tragen, so flattert das Manuskript davon und wird ein vernünftiges Land von weiser Freiheitlichkeit finden. Erst einmal gedruckt, öffnet man ihm in einem verblüffenden Widerspruch die Tore der Hauptstadt, und die verbotenen Bücher verkaufen sich, nach einer kleinen Zeremonie, viel schneller und eventuell sogar sicherer als diejenigen mit einer Druckgenehmigung; denn die Formalitäten sind selbst für eine erlaubte Druckschrift zahllos. [...]
> Wozu dienen die königlichen Zensoren? Um hin und wieder eine Spottschrift durchgehen zu lassen. Halten sie die frivolen oder freisinnigen Bücher zurück? Ach! – Es steht nicht mehr in der Macht des Königs, die Buchdruckerei zunichtezumachen.[13]

Diese Strukturen der vorrevolutionären Zeit setzten sich auch in den Jahrzehnten danach fort.

Das letzte Bild dieses Beitrags steht beispielhaft für eine neue Epoche: schon sehr bald nach der Erfindung der Fotografie wurde diese auch für pornografische Zwecke eingesetzt

12 Vgl. auch den Beitrag zur Zensur von Norbert Bachleitner in diesem Band. Von den zahlreichen Werken Darntons vgl. u.a. The Forbidden Best-Sellers of Prerevolutionary France. New York: Norton 1995. Vgl. Christine Haug, Johannes Frimmel, Anke Vogel (Hg.): Erotisch-pornografische Lesestoffe. Das Geschäft mit Erotik und Pornografie im deutschen Sprachraum vom 18. Jahrhundert bis zur Gegenwart. Wiesbaden: Harrassowitz 2015 (Buchwissenschaftliche Beiträge 88).

13 Mercier: Bücher, Literaten und Leser (wie Anm. 7), S. 34 / 35.

(Abb. 16) – es beginnt die Bilderflut dieses Genres unter gänzlich veränderten herstellungstechnischen und gesellschaftlichen Rahmenbedingungen. Die einhundert Jahre zwischen der *Thérèse philosophe* und der pornografischen Version der *Pucelle*-Illustrationen können also durchaus als eine relativ in sich geschlossene Phase der erotischen Illustration gesehen werden.

11. Resumé

Dieser Beitrag konnte nur eine sehr knapp gehaltene Umrisszeichnung des Phänomens der erotischen Illustrationen bieten, zudem beschränkt auf ihre Startphase ab der Mitte des 18. und im frühen 19. Jahrhundert. Seine wahre quantitative Explosion erfährt dieses Gebiet erst im 20. Jahrhundert. Für den betrachteten Zeitraum lassen sich einige zentrale Beobachtungen formulieren:

- In den deutschen Ländern existiert – mit einigen Ausnahmen insbesondere in Wien, Hamburg oder Berlin der Restaurationszeit – kaum eine derartige Produktion in diesen 100 Jahren. England hat eine geringere und oft ins Karikaturistische weisende Produktion erotischer Illustration. Diese bleibt – quasi ein verbreitetes Klischee über die französische Kultur stützend – weitestgehend auf Frankreich beschränkt.
- Die erotische Illustration entfaltet sich nach mehr als einem Jahrtausend der Enthaltsamkeit auf diesem Gebiet als eigenständiges Phänomen in dennoch recht geringer Zahl erst in der zweiten Phase der Aufklärungsepoche, dem Zeitalter der Enzyklopädisten. Sie ist deutlich mit der Freigeisterei der ›philosophes‹ verknüpft und verkörpert damit oft antiklerikale und antiaristokratische Tendenzen, obwohl ihre Autoren meist der Aristokratie angehören.
- Es ist daher konsequent, dass mit dem weitgehenden Wegfegen alter Konventionen ab 1790 eine beträchtliche Zahl sehr drastischer illustrierter Erotika erscheint – alle Werke de Sades sind nach 1790 erschienen, also nach den aristokratisch verorteten Szenerien vor 1789. In Deutschland erscheinen entsprechende Illustrationen erst ab diesem Epochenwandel.
- Umgekehrt beobachten wir in den Jahren der bourbonischen Restauration, also einer Epoche besonders ausgeprägter Frömmelei, ein deutliches Anwachsen der Produktion pornografischer Illustrationen und deren Drastik. Das führt zur Argumentationslinie, dass Prüderie und Zensur ihrerseits den Reiz des Verbotenen fördern und Produktionsimpulse auslösen. Das wird nicht zuletzt gefördert durch die leicht zu handhabende und höhere Auflagen ermöglichende Technik der (Farb)lithografie. Das gilt besonders für die Epoche Louis Philippes nach 1830, in der auch die Pornografie unter der wenig wirksamen Kontrolle konservativer Politik aufblühte.

Mit dem Blick in das 20. Jahrhundert und die Gegenwart kann also von einem langsamen Start im 18. Jahrhundert, einer allmählichen Beschleunigung im 19. Jahrhundert und einer Explosion in logarithmischem Maßstab im 20. und 21. Jahrhundert gesprochen werden. Dabei hat die pornografische Illustration spätestens seit den 80er Jahren des 20. Jahrhunderts allerdings jeden subversiven Charakter und ebenso den Charakter politischer Kampfgeste verloren. Nun ist sie nicht mehr verboten, sondern vielmehr omnipräsent. Sie dient nur noch dem Amüsement.

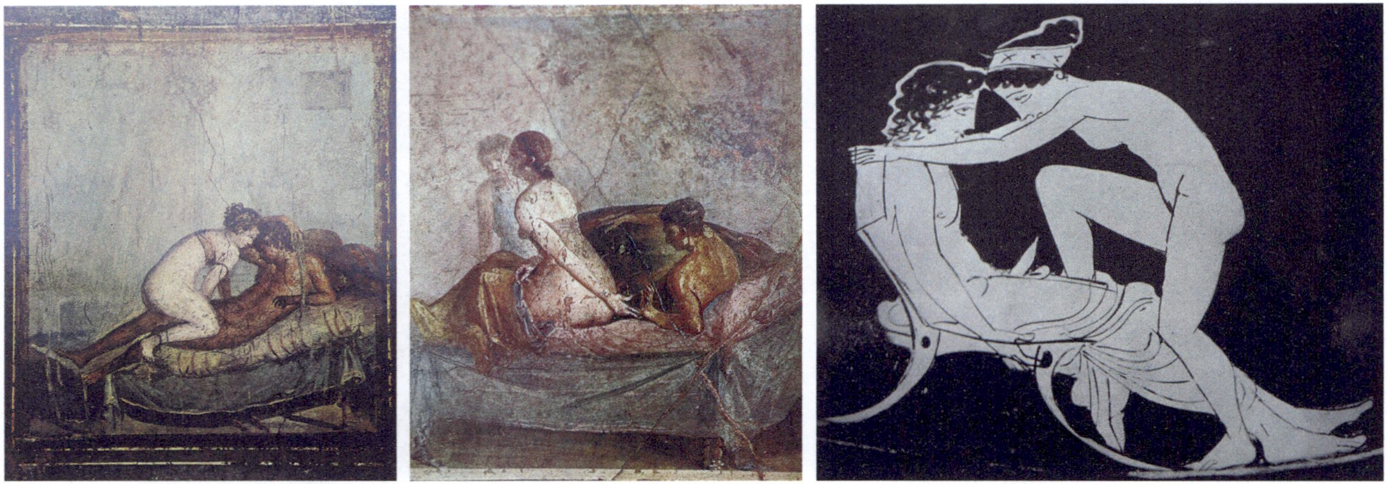

Abbildungen 1:
Erotische Darstellungen der Antike:
re. Oenochoe aus Athen, 4. Jahrhundert v. Chr., Berlin Altes Museum, li. Wandbilder aus Pompeij um 50 n. Chr.

Abbildung 2:
Ein Motiv der zahlreichen Nachstiche nach Marcantonio Raimondis *Positiones* (um 1800)

Abbildungen 3:
Erotische Buchillustrationen aus Frankreich:
li. Boccacio, *Il Decamerone*, London [Paris] 1757,
re. Lafontaine, *Contes et Nouvelles en Vers*, [Éd. Fermiers-Généraux] Amsterdam [Paris] 1764

Abbildungen 4:
Darstellung ›voilé‹ und ›dévoilé‹ von Gérard Vidal (1778)

Abbildungen 5:
Antiklerikale Pornografie: li. o. Frontispiz zu G. de la Touche, *Histoire de Dom B.* (1748); re. o. *Venus dans le Cloître* (1683); u. *Les Heures de Paphos, Contes Moraux* (1787)

Abbildungen 6.
Erfundene antike Pornographie:
d' Hancarville, *Monuments de la vie privée de Douze Césars* [Nancy] 1780

Abbildungen 7:
Erotisch-Pornografisches in der oberen Gesellschaft:
li. J. H. Fragonard zu Lafontaines *Contes* (1795); re. *Histoire de Mademoiselle Brion* (Paris 1753)

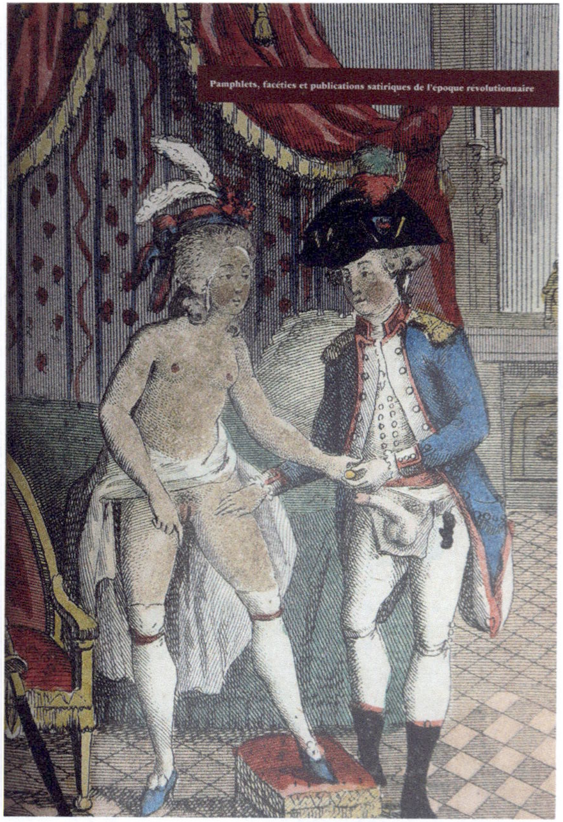

Abbildungen 8:
Politische Pornographie der Revolutionszeit aus Frankreich:
li. *Fureurs uterines de Marie Antoinette, femme de Louis XVI*, Paris (1791);
re. Frontispiz zu *Requête et Decret en faveur des Putains (se trouve à toutes les Fouteuses Nationales)* 1794

Abbildungen 9:
Pornographische Karikaturen aus England:
Kolorierte Radierungen von Thomas Rowlandson (ohne Titel, London 1799)

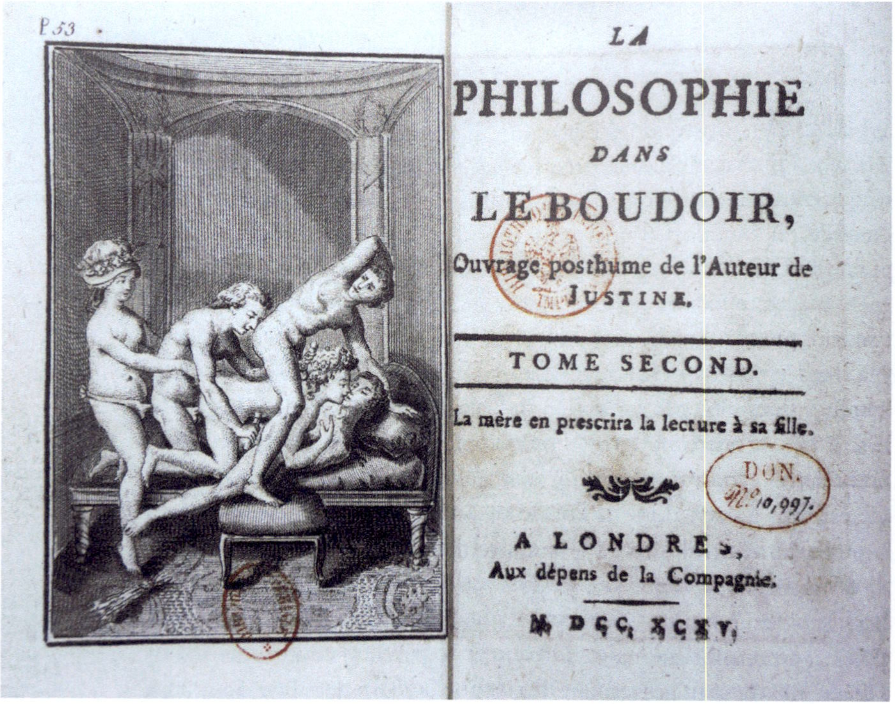

P 53

LA

PHILOSOPHIE

DANS

LE BOUDOIR,

Ouvrage posthume de l'Auteur de JUSTINE.

TOME SECOND.

La mère en prescrira la lecture à sa fille.

A LONDRES,

Aux dépens de la Compagnie.

M. DCC. XCXV.

Abbildungen 10:
Krude Pornographie nach 1789:
Illustrationen zu de Sade, *Philosophie dans le boudoir* London 1795 und *Aline et Valcour* Paris 1795

Abbildung 11:
Erotisch dekorierter Einband um 1760
(auf *Margot La ravaudeuse* von Fougeret de Montbron 1750)

Abbildung 12:
Erotik und Pornographie im Klassizismus:
li. Gérard zu Longus, *Daphnis et Chloé* (Paris 1800);
re. *Amusements de l'Innocence* (anonym, Paris, um 1820)

Abbildungen 13:
Pornographisches aus Deutschland um 1800: li. o.: J. G. Scheffner, *Ernst und Minette* (Berlin, 1791) ein Nachstich nach französicher Vorlage;
re. o.: Bolt u. Jury zu Grécourt, *Auserlesene Werke* [Paris]1797;
u.: Anonym, *Die reizenden Verkäuferinnen*, Baltimore, 1850 [Stuttgart um 1854]

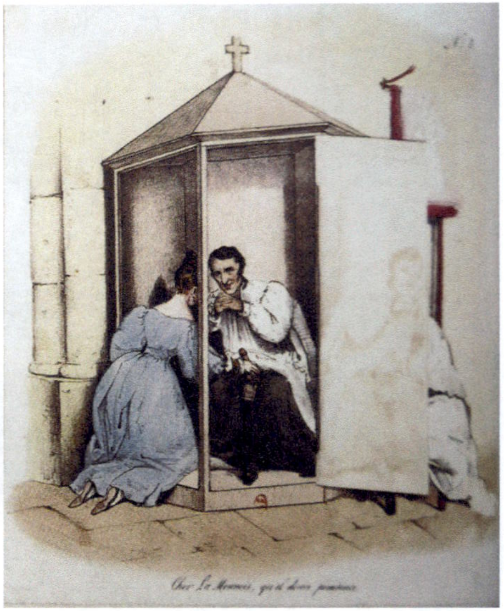

Abbildungen 14:
Pornographisches im Stil der Klappkarten des Wiener Biedermeier:
Les douze arrondissements de Paris (1840); *Portes et fenêtres* (um 1835)

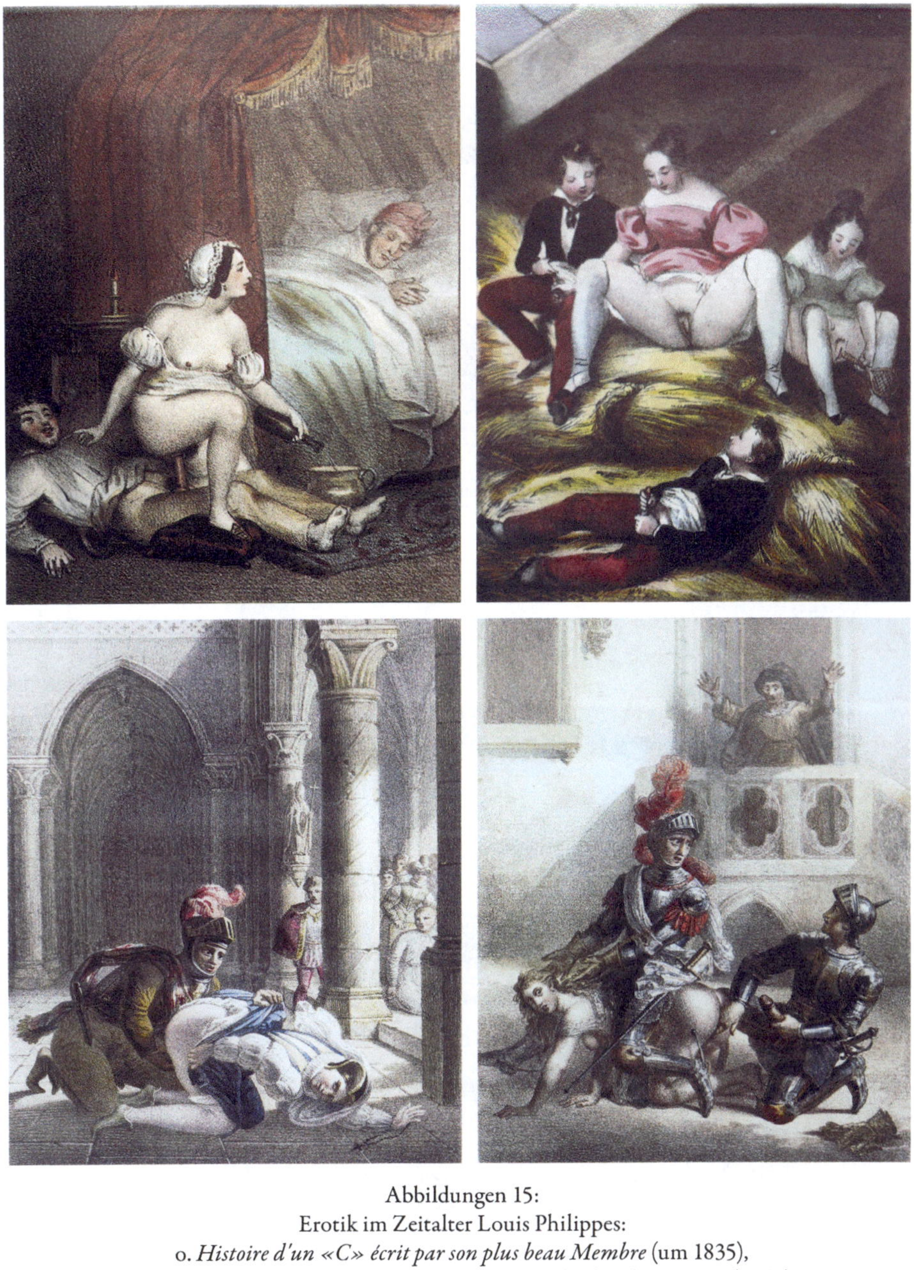

Abbildungen 15:
Erotik im Zeitalter Louis Philippes:
o. *Histoire d'un «C» écrit par son plus beau Membre* (um 1835),
u. Kolorierte Lithografien zu Voltaires *La Pucelle d'Orléans*, Paris (1840)

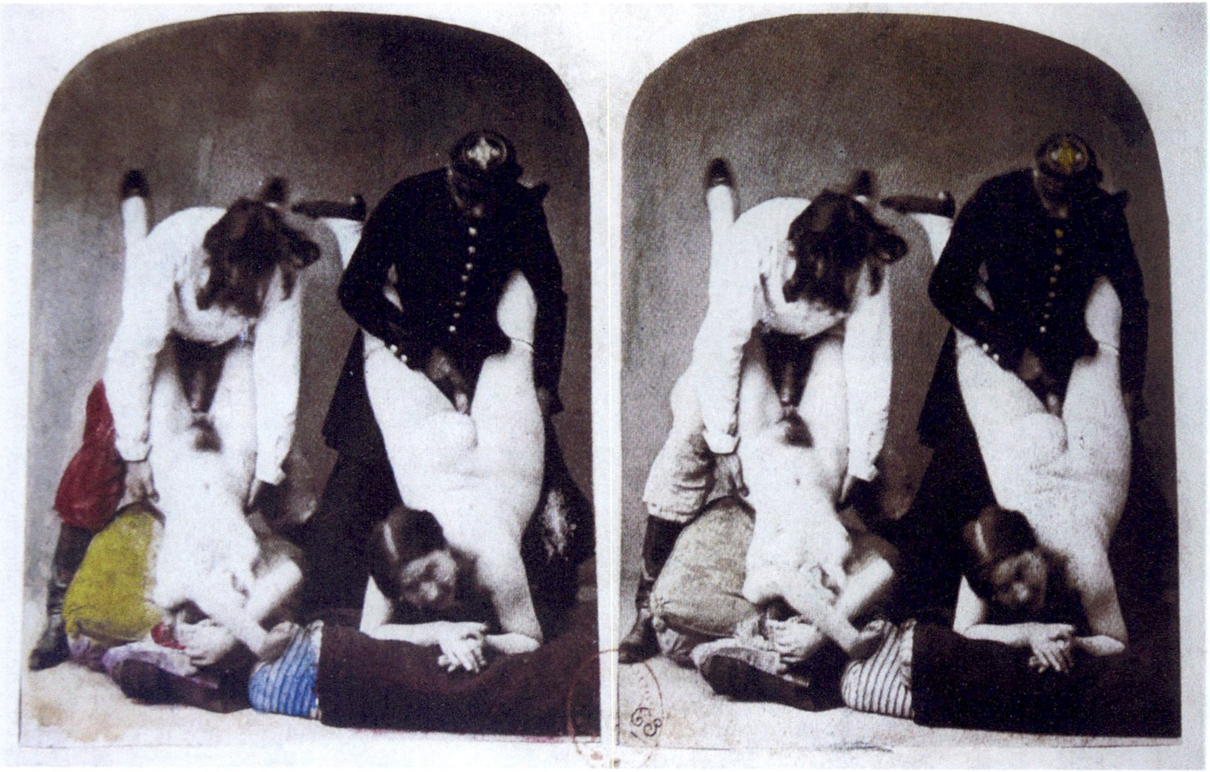

Abbildung 16:
Die neue Welt der pornographischen Photographie:
Stereophotographie, teilkoloriert (Frankreich, um 1860)

L'Affaire avec Lavater – Lavater und die Frauen

Ursula Caflisch-Schnetzler

Die Frage stellt sich, ob und wenn ja, wie sich der in der zweiten Hälfte des 18. Jahrhunderts in ganz Europa berühmte Zürcher Pfarrer und Autor Johann Caspar Lavater (1741–1801) mit erotisch-pornographischen Lesestoffen verbinden lässt. Wie sah dessen Welt- und Menschenbild aus? – und: Finden sich überhaupt Dokumente von und über Lavater zu dieser Thematik?

Ein Brief der wohl schönsten Frau des 18. Jahrhunderts[1] an Johann Caspar Lavater soll gleich einleitend zeigen, auf welche Art sich die Zeit und auch die Nachwelt mit Lavaters weiblicher Bekanntschaft auseinandergesetzt und dessen schriftlich festgehaltene Zeugnisse nicht nur im christlich-seelsorgerischen und freundschaftlichen Kontext gedeutet, sondern durchaus als erotisch interpretiert hat. Die Rede ist von dem Brief, welchen die damals 36 Jahre alte Marquise Antonia de Branconi am 22. Februar 1781 dem seit 1779 als Diakon an der St. Peters-Kirche in Zürich tätigen Lavater zukommen ließ:

> Quand je pense a toi mon ame se confond avec la tienne, et je ne vis plus qu'en toi. O toi cheri pour la vie, l'ame de mon ame! Il y a quatre semaines, o souvenir! – je t'envoye quelque chose qui te fera plaisir – je sais combien j'en ai quand je reçois quelque chose de toi. – Ton mouchoir, tes cheveux sont pour moi ce que mes jarretieres sont pour toi – Toi qui sait surprendre si agreablement, toi source de tout amour. Tu seul peut porter le nom d'Infinito – senza pari. – Comment es tu avec la Escher? as tu été avec elle comme avec moi?? Adio susta della mia vita![2]

---

1 Marquise Antonia de Branconi, geb. von Elsener (1746–1793); seit 1766 (mit 20 Jahren) Witwe des Francesco Pessina de Branconi; aus dieser Ehe stammen die Kinder Antonio de Branconi (1762–1828) und Antonia, geb. 1764; von 1767 bis 1777 Maitresse des Erbprinzen von Braunschweig (1735–1806), mit dem sie auch einen gemeinsamen Sohn hatte, den Grafen Carl Anton Ferdinand von Forstenberg (1767–1794). Vgl. Johann Wolfgang von Goethe an Johann Caspar Lavater, 28. Oktober 1779 (Goethe und Lavater. Briefe und Tagebücher. Hg. von Heinrich Funck. Weimar: Verlag der Goethe-Gesellschaft 1901, S. 86): »Mir ist herzlich lieb dass ich nicht an Matthäis Platz bin denn es ist ein verfluchter Posten das ganze Jahr par devoir wie Butter an der Sonne zu stehn.« Karl Johann Konrad Michael Matthaei (1744–1830) war Erzieher von Branconis Söhnen Antonio und Carl Anton Ferdinand.

2 Zit. nach Ulrich Hegner: Beiträge zur nähern Kenntniß und wahren Darstellung Johann Kaspar Lavater's. Aus Briefen seiner Freunde an ihn, und nach persönlichem Umgang. Leipzig: Weidmann'sche Buchhandlung 1836 (Reprint: Bern: Peter Lang 1975), S. 139. Vgl. auch S. 253–255 (»Freundinnen«): »Auch unter dem zärtern weiblichen Geschlechte war Lavater mit Freundinnen, liebenden Anhängerinnen, geistigen Verehrerinnen reichlich gesegnet. Er fand sie in allen Ständen, vom glänzenden Throne bis zur Hütte der Armuth, und verstand es, allen mit Anstand zu begegnen. [...] Mit jungen Mädchen war er bloß scherzhaft, mit Frauen bisweilen mehr, geistige Liebsamkeit

Lavater hatte Branconi am 24. und 25. Januar 1781 in Strassburg getroffen (»quatre semaines, o souvenir!«); [3] kennen gelernt haben sich die beiden bei einem Besuch Branconis in Zürich im Mai 1779.[4] 1836, als die *Beiträge* von Ulrich Hegner in Leipzig erschienen, waren Lavater und die Gräfin Branconi längst verstorben; es lebten jedoch noch die beiden Lavater-Töchter Anna (»Nette«, 1771–1852) und Anna Luise (1780–1854), die zusammen mit dem Schwiegersohn Georg Gessner (1765–1843) den Nachlass des Vaters verwalteten. – Man kann sich nun vorstellen, dass Lavaters »Mouchoir« (sein Taschentuch) und auch seine sich im Besitz von Branconi befindende Haarlocke (»les cheveux«) noch für die Nachkommen des Zürcher Pfarrers durchgingen. Die von Branconi zugeschickten »jarretieres«, ihre Strumpfbänder, waren dann aber doch für die Familie zu viel! Nicht der Umstand, dass Branconi 1781 Lavater ihre Strumpfbänder zugeschickt hatte (dies war interfamiliär vielleicht sogar bekannt) war der Skandal, sondern, dass diese Intimität nun *gedruckt* vorlag. Die Nachkommen hatten Grund zur Annahme, dass mit dieser publizierten Briefstelle das von ihnen sorgfältig aufgebaute und gehütete Bild von Lavater als einem geistigen und geistlichen Vorbild ins Wanken geraten könnte, da diese Briefstelle ihn nun auch als Menschen mit nicht nur geistigen und geistlichen Neigungen zeigte.

Was unternahm nun die durch diese Publikation entrüstete Familie Lavater? Nach Ludwig Hirzel (1838–1897), der 1877 unter dem Titel *Lavaters Briefe an die Marquise Branconi* die noch wenigen übrig gebliebenen Briefe *von* Lavater an Branconi herausgab, vernichtete »die damalige Besitzerin des Nachlasses von Lavater« nach Erscheinen von Hegners *Beiträgen* augenblicklich und systematisch alle sich noch im Familiennachlass befindenden Briefe von Branconi an Lavater.[5] Da der Druck von 1836 jedoch nicht mehr rückgängig gemacht werden konnte, versuchte man – und so auch Hirzel – diese Briefstelle über Lavaters Zuneigung zum andern Geschlecht entsprechend zu relativieren.[6]

---

schließt die körperliche nicht aus. [...] Zum Behuf des Gesagten spreche, statt weiterem, der Brief von der schönen Gräfin Branconi (Februar 1781), die solcher Gestalt zur Freundin zu haben kaum ein Heiliger verschmäht hätte. Ähnliche Äußerungen liebender Gluth sind mehrere vorhanden. – Doch manum de tabula! Wer ein reineres Gewissen hat, werfe den ersten Stein auf ihn.«

3 Johann Caspar Lavater. Ausgewählte Werke in historisch-kritischer Ausgabe (JCLW). Ergänzungsband Anna Barbara von Muralt (1727–1805). Anekdoten aus Lavaters Leben. Hg. von Ursula Caflisch-Schnetzler, Conrad Ulrich. 1. Bd. Text. Zürich: NZZ Verlag 2011, S. 132: »den 24. u. 25. [Januar 1781] blieben Sie dort – Meistens bey Branconi u. *Calliost<ro>*!«

4 JCLW (2011), S. 72: »den 10 [Mai 1779] kammen Fremde her [...] die Maitresse des herzogs von braunschweig, Ein Sohn Eine Tochter«.

5 In der Zentralbibliothek Zürich (ZBZ) findet sich im Nachlass Lavater unter der Signatur FA Lav Ms 593.18 ein Brief Branconis an Lavater aus dem Jahre 1784, jedoch ohne deren Unterschrift und mit einer unbekannten Beischrift. Die auch von Ludwig Hirzel herausgegebenen Briefe von Lavater an Branconi aus den Jahren 1779, 1781 und 1787 liegen in der ZBZ (unter der Signatur FA Lav Ms 553, Nr. 95–99). Zudem findet sich unter FA Lav Ms 589.3.16 ein Fragment (o.J.), unter FA Lav Ms 589i.4 vier Kopien aus dem Jahre 1779 und unter FA Lav Ms 592.2 fünf Brief-Exzerpte aus den Jahren 1779–1787; Ludwig Hirzel: Lavaters Briefe an die Marquise Branconi. In: Im neuen Reich: Wochenschrift für das Leben des deutschen Volkes II (1877), S. 681–687, hier S. 681-

6 Ebd.: »Im Grunde genommen waren die angeführten Worte nichts anderes als ein neuer Beweis für die altbekannte Thatsache, daß religiöse Schwärmerei und unbefriedigte oder überreizte Sinnlichkeit sehr häufig auf das innigste mit einander verbunden sind; und da die Reinheit von Lavaters Wandel

Nach Hegners Publikation der *Beiträge* durchliefen nun zumeist alle Publikationen von Lavater auch einen eigentlichen zensorisch->erotischen< Filter. Lavater war und blieb daher in der allgemeinen Wahrnehmung bis weit ins 20. Jahrhundert hinein der christliche Gottesmann und Physiognom, den man verehrte, aber auch als Pietist und Wundertäter oft abwertend belächelte. Um sein im Geiste der Aufklärung bewusst erschaffenes offenes Menschen- und Gottesbild, in dem sowohl Geist, Seele als auch der Körper integriert Platz fanden und welches Goethe erkannt und in *Dichtung und Wahrheit* festgehalten hatte,[7] bemühte sich auch die Forschung erst seit dem systematischen Aufarbeiten seiner gedruckten Texte und damit diesen zugrunde liegenden Autografen.[8] Zu Lavaters Beziehung zum weiblichen Geschlecht und damit auch zu dessen erotischer Liebe erschien jedoch bis heute gedruckt nichts mehr!

Sieht man sich jedoch die *Quellen* an, die zahlreichen Autografen und die allein in der Zentralbibliothek Zürich vorhandenen über 20.000 Briefe von und an Lavater,[9] so zeigt sich Lavater darin durchaus auch von dieser Seite. Hier finden sich, in Briefen und Autografen verborgen, auch sinnliche und erotisch gefärbte Texte, versteckt vor den Nachlass-verwaltern und über die Jahre hinweg in nicht genau beschriebenen Schachteln vergessen. Ob die Zeit *heute* für solche Texte und für deren Drucklegung schon reif ist, wird sich weisen.

In seinem Gedicht »Leben, Tod und Auferstehung«[10] vom 25. März 1782 beschreibt Lavater seine Vorstellung vom Leben als gläubigem Menschen im Dies- und danach im Jenseits. Im ersten Teil dieses Gedichtes zeigt er seine Vorstellung vom Diesseits, in welchem Körper, Geist und Sinne sich gegenseitig bedingen:

> Mein Ich ist durch den Leib und durch des Leibes Sinne;
> Wird der nicht mehr berührt, so werd' ich nichts mehr inne.
> Nein, ohne Sinnen kann kein Geist sich selbst geniessen;
> Er ist nicht, wär' er auch – Denn *Seyn* ohn' es zu wissen,
> Ist *Nichtseyn* für den Geist ... Wem Gott Empfindung schenket,
> Der wird durch einen Leib, durch Sinnen der beschränket.
> Unsterblich ist kein Geist, den nicht ein Körper kleide,
> Durch den drückt ihn der Schmerz, durch den beströmt ihn Freude.

---

denen, die ihn genau kannten, über alle Zweifel erhaben war, so hätte man immerhin die Veröffentlichung eines so excentrischen Wortes einer seiner Verehrerinnen, in dem Bewußtsein, daß dem Scheine die Wirklichkeit nicht entsprochen habe, mit Gleichmuth ertragen können.«

7 Johann Wolfgang von Goethe: Goethes Werke (WA). Bd. 32. Abt. 1. Bd. 28. Dichtung und Wahrheit. Theil 3. Band 28: Dichtung und Wahrheit. Vierzehntes Buch. Dritter Teil. Weimar: Böhlau 1890, S. 264.

8 Vgl. Johann Caspar Lavater: Ausgewählte Werke in historisch-kritischer Ausgabe. Im Auftr. der Forschungsstiftung und des Herausgeberkreises Johann Caspar Lavater. Zürich: NZZ Verl. 2001ff.

9 Seit Januar 2017 werden an der Universität Zürich, in Zusammenarbeit mit der ZBZ und dem Kompetenzzentrum für elektronische Erschließungs- und Publikationsverfahren in den Geisteswissenschaften in Trier Lavaters wichtigste Briefwechsel sowie dessen Netzwerkstruktur in einer hybriden Edition historisch-kritisch aufgearbeitet. www.lavater.com.

10 Johann Caspar Lavater: Vermischte Gereimte Gedichte vom Jahr 1766 bis 1785. Für Freunde des Verfassers. Winterthur: Heinrich Steiner und Comp. 1785, S. 74.

Der physische Körper ist in diesem ersten Teil des Gedichtes zentral für Lavaters Ich. Er ist jener Teil, der »berührt« wird und damit wichtiger Bestandteil des ganzen Menschen. Dem Leib sind Empfindungen eigen; er wird im klassischen Sinn vom Schmerz bedrückt, jedoch auch von Sinnlichkeit und Freude durchströmt. An die Marquise Branconi schreibt Lavater diesbezüglich am 31. Mai 1779: »Unsere Tage eilen, Brankoni! Die Reise ist kurz, das Ziel ist groß – laßt uns Tage zählen und Augenblicke wägen. Wie wir *sind*, *werden* wir *seyn*!«[11]

Branconi und Lavater trafen erstmals im Mai 1779 zusammen, als diese am Auffahrtstag mit Freunden »sehr bescheiden gekleidt« zur Predigt in die St. Peterskirche kam; beide reisten nach dem Fünfuhrtee weiter nach Baden.[12] Nach dieser ersten Begegnung setzte ein interessanter[13] und auch intensiver Briefwechsel ein.[14] Branconi und Lavater trafen sich dann erneut im Januar 1781 in Strassburg, wo sich auch der Arzt und Wunderheiler Cagliostro aufhielt;[15] im April 1784 sahen sie sich wiederum in der Limmat-Stadt und in Strassburg;[16] Ende Oktober bis Anfang November 1785 fand ein zweiter Besuch von Branconi in Zürich statt.[17] Auf seiner Reise nach Bremen 1786 verfehlten sich die beiden.[18] Ob sie sich danach nochmals gesehen haben, ist nicht bekannt.

Die überaus attraktive und geistvolle Branconi war als Maitresse des Erbprinzen von Braunschweig in der Gesellschaft immer wieder starken Anfeindungen ausgesetzt. So schrieb denn auch Lavater einem Freund, der Näheres von ihm zu deren Verteidigung »gegen schiefen tadel« verlangte, über die »von ihm so Geliebte persohn«: »wer Einmahl öffentliche verhältniße gebrochen, dürffe nicht Mehr öffentlich in Schuz genommen werden, Vor dem publikum Müße Sie nur als die Maitresse des ... bekanndt seyn – nur wennigen Edlen sey's vergönt Ihre reine schöne Seele ganz zu kennen – Ihren ganzen wehrt zu schäzen!! – – –«.[19]

11 Hirzel: Lavater, S. 684 (wie Anm. 6).
12 JCLW (2011), S. 72 (wie Anm. 3).
13 Vgl. ebd., S. 76: »den 9 bey Einem kleinen besuch bey Seiner Fr. u. Ihm, sagte Er aus anlahs Eines Vortrefflichen briefs der Mdmen Branconi wie schwehr es sey sich andern Mitzutheillen wie wennig Ihn nur wennige Menschen ganz verstehen, wie gewiß jeder Mensch etwas ganz Eignes individuelles habe – daß sonst kein anderer Mensch besize – Noch ganz von Ihm annehmen könne, eben daher entstehen di unendlichen grade u – Verschiedenheiten in der Freündschafft u. Liebe, Er Liebe keinen Sr. Freünde precis wie den andern, wenn schon alle herzlich u. aufrichtig! diese jdée mögt Er noch Einmahl entwikeln, u. in ihr Möglichstes licht sezen – u. dann mögte Er Noch selber Seine Eigne Lebensbeschreibung machen, weil sie doch gemacht, u dann unwahr gemacht werden würde!«
14 JCLW (2011), S. 78 (wie Anm. 3): »Fast alle posttage brfe – von der Brankoni mit aüßerrungen der zärtlichsten Freündschafft!«. S. 81: »Seit der abreise der *Branconi* schreibt Er Ihr – u. Sie Ihm, alle Posttage! herrliche briefe! doch fast zu Viel!!! – dann sie dürffen doch in keiner *briefsamlung* gedrukt, u. bekanndt gemacht werden! –«
15 Vgl. Anm. 3.
16 Vgl. JCLW (2011), S. 232–233 (wie Anm.2).
17 Vgl. ebenda, S. 319–322.
18 Vgl. ebenda, S. 376.
19 Vgl. ebenda, S. 129.

Lavater tat dies, denn nach ihrer ersten Begegnung im Mai 1779 schrieb er als einer der »nur wennigen Edlen«, dem es vergönnt war, Branconis »reine schöne Seele ganz zu kennen«, »Ein gebeth, für sich u. Branconi!«[20], das sich in privatem Besitz erhalten konnte:

an Branconi

Du *bist*, vergiss nicht, was du bist;
Gott ist; vergiss nicht, dass er ist;
Du bist, was ist, wird ewig seyn,
Du bist, und all was ist, ist dein!
Gott ist, und was Gott ist, bist du!
Im trüben Tropfen ... Sonne du!
In Dir ist Gottes Licht und Kraft,
die alles kennt, die alles schafft,
In Dir ist Erd',und Himmel! – Ist
Was *göttlich* heisst in Jesus-Christ;
Izt menschlich noch, izt Schattenbild
Bis Anschaun Deinem Blick entquillt;
O Männin! Mannlich! Wanke nie!
Such Wahrheit kühn und finde sie!
Schau alles frey und freüdig an!
Geh sorgenlos die hohe Bahn!
Sey Demuth! Liebe! Freude!... Sey
Der tiefgefyhlten Wahrheit treu!
Und fliege zur Vollkommenheit...
Du Tochter der Unsterblichkeit.
Den 28. Junius 1779.[21]

Blättert man weiter in Lavaters Leben zurück, schaut man auf seine Studenten- und Exspektantenjahre als junger Theologe und liest seine Briefe an Freunde, so ist man doch erstaunt über den Ton, welcher in diesen Briefwechseln herrscht. Lavaters Briefe an die Brüder Felix (1742–1768) und Heinrich Hess (1741–1770), seine beiden Herzensfreunde, leitet er zumeist mit »Mein allerliebster Seelenfreünd!«, »Mein Geliebter!« oder »Mein Lieber« ein, jedoch auch mit »Mein allerliebstes Herz! Meines Auges Jubel! Mein Schatz!«[22] Die Briefe zeugen denn auch von einer tiefen Liebe unter gleichgesinnten Jünglingen, die sich im Geiste der christlichen Religion gemeinsam und mit Hilfe von Lehrern und Mentoren auf den von der Aufklärung vorgegebenen, selbstbestimmten, jedoch noch

20 Vgl. ebenda, S. 80.

21 Karl Pestalozzi: »Von der Harmonie der moralischen und körperlichen Schönheit.« Lavaters Gedicht *an Branconi*. In *NOLI ME NOLLE*. Sammlung Johann Caspar Lavater. Jahresschrift 2016. Im Auftrag der Forschungsstiftung Johann Caspar Lavater und der Kirchgemeinde St. Peter. Red. Ursula Caflisch-Schnetzler. Zürich: Sammlung Johann Caspar Lavater 2016, S. 27–38.

22 Vgl. Ursula [Caflisch-]Schnetzler: Johann Caspar Lavaters Tagebuch aus dem Jahre 1761. Pfäffikon: Schellenberg Druck AG 1989, S. 121–250.

nicht säkularisierten Weg begeben. Immer schwingt darin jedoch die noch nicht gelebte körperliche Liebe mit. So schreibt Johann Heinrich Füssli in seiner Ode »Klagen«[23], die er 1763 an den zurückgelassenen Freund Lavater richtet, von »durchküßte[n] Wangen« von »geweihten Nächten [...] als dein Mund, vom Schlaf besiegt, erlosch«, vom »ungestümen Kusse«, und er bedauert auch, dass nach seinem Weggang nachts nun Felix Hess neben Lavater liegen dürfe. Dass diese Stellen jedoch nicht als homoerotische Liebe zu lesen sind,[24] zeigt Füssli selbst, der in der gleichen Ode mit Petrarca schreibt:

> so hielten sich, da reine Freündschaft noch
> die Herzen stärker band als Mädchenliebe
> im Palmenthal. Auf Hermons Balsamhügeln
> der Jüngling, Gott nach deinem Herzen! Und
> sein Jonathan umarmt! – – – –[25]

Mit 25 Jahren findet Lavater seine zukünftige Frau Anna Schinz (1742–1815), die er sich »lange schon gewünscht«, die ihm »Heß vor allen aus empfohlen hat« und welche ihm dann »par hazard« seine Mutter selbst vorschlägt.[26] Seinem Freund und Mentor, dem damals noch in Brugg, später in Hannover als königlich großbrittanischer Leibarzt tätigen Johann Georg Zimmermann (1728–1795), beschreibt er sie als eine Person, die zwar »keinen lebhaften erfindenden Verstand, aber eine *außerordentlich seltsame* Physionomie hat. Sie ist nichts weniger als schön; aber eine unerschöpfliche Gütigkeit und Demuth und Liebe ergießt sich aus jedem Punkt ihres Angesichts. Ihre Physionomie trägt die Spuren einer erhabnen Andacht.«[27]

---

23 Johann Heinrich Füssli. Sämtliche Gedichte. Hrsg. von Martin Bircher, Karl S. Guthke. Zürich: Orell Füssli Verlag 1973, S. 26–33.

24 Vgl. dazu Ursula Caflisch-Schnetzler: Fromme Freundschaften: Johann Caspar Lavater, Johann Heinrich Füssli und Felix Hess. In: Pietismus und Neuzeit 41 (2015), S. 112–125.

25 Füssli: Sämtliche Gedichte (wie Anm. 23), S. 28..

26 Zu Lavaters Brautwerbung vgl. auch Johann Caspar Lavater an Johann Georg Zimmermann, 31. Oktober 1765. FA Lav Ms 589b (August bis Dezember 1765, Brief Nr. 8): »Von der Jgfr. – – habe ich heüt 8 Seiten Briefe auch enthusiastische – aber nicht verliebte Briefe empfangen – – die ich Ihnen aber doch, so wenig als den lezten Brief der v. – –l zeigen darf.« Johann Caspar Lavater an Johann Georg Zimmermann, 28. November 1765. FA Lav Ms 589b (August bis Dezember 1765, Brief Nr. 18): »Ohne Zweifel wird Mme Bondeli der Mme Fels Character für mich entwerfen. Lassen Sie mich nicht gar zu lange darauf warten. – Ich bin nur in Ihre *Seele* verliebt – vielleicht würde ich es auch in ihre Physionomie seyn, wenn ich Sie sähe.« Johann Caspar Lavater an Johann Georg Zimmermann, 6. November 1765. FA Lav Ms 589b (August bis Dezember 1765, Brief Nr. 22): »Füßli hat Mme Fels nie gesehen; ich habe Mme Fels nie gesehen, und jeder von uns beiden da wir bey Anlaß Ihres Briefs an Jgf zu reden kamen, sagt in dem selbigen Augenblik zum andern – *ich bin verliebt in sie* – das war ein Enthusiasmus, den nur die Vernunft und der *Sens moral* nicht verlachen können. –«

27 Johann Caspar Lavater an Johann Georg Zimmermann. 2. Mai 1766. ZBZ. FA Lav Ms 589b (April bis September 1766. Brief Nr. 8). Im nächsten Brief an Zimmermann vom 8. Mai 1766 schreibt Lavater FA Lav Ms 589b (April bis September 1766, Brief Nr. 9): »Du wirst, wie ich hoffe, nach wenigen Tagen den glüklichsten Bräutigam umarmen. o Gott, wie sind auch die kühnsten Wünsche meiner *glaubenden* Seele mehr als erfüllt! – Gott, welch ein Herz, welche Tugend! welche erhabene Größe des Geistes – und welche Heiterkeit und Sanftmuth! – vor unaussprechlicher Hochachtung kann ich

Am 3. Juni (Brachmonat) 1766 heiratete er Anna Schinz im nahe Zürich gelegenen Städtchen Greifensee. Lavater hatte bereits als Student und Exspektant zu gewissen Zeiten (Reisen, Vorlesungen) ein Tagebuch für sich erstellt.[28] Die Hochzeitstage und -nächte vom 3. bis 5. Juni 1766 hält er nun aber akribisch genau in einem eigens dafür verfertigten Tagebuch fest.[29] Am Morgen nach der Trauung notierte er: »Wir erwachten beide nicht lange vor sieben Uhr; wir umarmten uns zärtlich; ich fühlte mit meiner Liebsten einen ziemlichen Reiz zum *Coitus*. Ich wollte es versuchen, aber ich konnte meiner Lust nicht entsprechen. Wir lagen hierauf sonst noch eine Weile ruhig und vergnügt neben einander.« Am Abend des gleichen Tages »machte [ich] die Loken, stieg ins Beth, betete mit meiner Liebsten. Vergnügt lag ich in ihren zärtlichen Armen, jedoch trat ich nicht zu ihr, weil ich fürchtete, der Samen mögte nicht gesund und balsamisch genug seyn, weil mir vorher eine beträchtliche Portion fruchtlos entgangen.« Der 5. Juni 1766 verstreicht mit Dankesvisiten, Tee bei der Mutter, Aufräumen etc. Als die beiden dann »um 10 Uhr zu Bethe« gehen, »ging ich zu meiner Frau, und löste das Band der Jungfrschaft [sic] glüklich auf.«[30]

Diese Tagebucheintragungen wie auch die Briefe zwischen den Freunden zeigen das hohe Interesse Lavaters auch an sexuellen Vorgängen, an Beziehungen sinnlicher oder körperlicher Art. All diese Begegnungen und Aufzeichnungen fanden im geschützten Rahmen der Freundschaft und der Ehe statt, drangen nicht nach außen und waren auch nicht für eine Publikation vorgesehen.

Ganz anders verhielt es sich Jahre später, als 1787 ein von Zimmermann verfasster Dialog auftauchte.[31] Der in Hannover tätige Arzt hatte ein angebliches Gespräch zwischen sich und einer Georgette van der Borch, geb. Villégas[32] aufgezeichnet, das Lavater aufs Schlimmste diffamierte, da es Intimitäten, ja angeblich auch Lavaters sexuelle Praktiken

---

nicht verliebt seyn. Ich empfand in ihrer Gegenwart ihre moralische Überlegenheit mit einer schamvollen Betaübung. Und ihre Aufrichtigkeit – Gott! Wie belügte und erhöhte die meine beschämte Seele!«

28 Vgl. Ursula [Caflisch-]Schnetzler: Tagebuch aus dem Jahre 1761 (wie Anm. 22); Johann Caspar Lavater: Reisetagebücher. 1. Teil. Tagebuch von der Studien- und Bildungsreise nach Deutschland 1763 und 1764. Hg. von Horst Weigelt. Göttingen: Vandenhoeck & Ruprecht 1997.

29 Ursula [Caflisch-]Schnetzler: Zentrierung und Zerstreuung. Die Identifikationsfindung und Entfremdung bei Johann Caspar Lavater. In: Andrea Fischbacher-Bosshardt (Hg.): Identität und Identitätskrise. Eine Festgabe für Hans Wysling. Bern: Peter Lang, S. 163–186.

30 Zitiert nach ebenda, S. 177–179.

31 Das von Zimmermann verfasste Gespräch liegt heute in einer Schachtel in der Handschriftenabteilung der ZBZ unter der Signatur FA Lav Ms 598g. Darin befindet sich eine Mappe, beschriftet mit »L'Affaire avec Lavater 1788–1790«. Die Schachtel wird dem Briefwechsel Lavater – Zimmermann zugeordnet. Diesem Umstand kann es zu verdanken sein, dass das Dokument nicht zerstört, aber auch bis jetzt nicht entdeckt wurde.

32 Vgl. dazu Johann Caspar Lavater an Georgette van der Borch, 21. September 1780. ZBZ. FA Lav Ms 585. Brief Nr. 12: »Ich arbeite eben an meinen *Reimfreyen Poesien*; ich bin besonnen sie hier auszugeben – u: die Hoffnung Ihnen vielleicht auch durch diese Arbeit, dann u: wann ein Gutes, oder beßres Viertelstündchen zumachen, macht mir zuweilen meine Arbeit leicht u: angenehm. Schon bey mancher Stelle dacht ich: ›Das wird der *van der Borch* wohl thun – Diese Zeilen wird sie sich anstreichen – ‹ Sie haben eine Probe davon in Händen; nämlich in dem oben berührten verschloßnen Papier.«

aufzeigt. Lavater setzte sich mit allen Mitteln gegen seinen ehemaligen Freund zur Wehr,[33] damit dieser Dialog nicht über den bereits schon verbreiteten Rahmen hinaus publik wurde.[34]

L'Affair avec Lavater

Der langjährige Freund und Mentor Johann Georg Zimmermann war der seit 1764 wohl beständigste Briefpartner Lavaters[35] und auch der Herausgeber von dessen Schrift *Von der Physiognomik*[36] sowie der Förderer von Lavaters vierbändigem Werk, den *Physiognomischen Fragmenten.*[37] Dieser philosophisch-poetische Arzt korrespondierte mit ganz Europa, so auch mit den grossen Höfen. Zimmermann, eine der wohl schillerndsten Figuren des 18. Jahrhunderts, war jedoch auch als Hypochonder, Melancholiker und Misanthrop bekannt. Der auch von Lavater zumeist geschätzte Arzt, Schriftsteller und Briefpartner verfasste in französischer Sprache einen auf den 24. November 1787 datierten Dialog zwischen sich (Z.) und Madame Van der Borch (B.), in welchem – wen wundert's – auch Marquise de Branconi vorkommt.

> Dialogue
> entre Moi et Madame van der Borch.
> 24. Novembre 1787.

---

33 Vgl. Anhang.

34 Bereits am 8. Juli 1773 schreibt Lavater an Johann Georg Zimmermann (FA Lav Ms 587. Brief Nr. 30): »Gewinne ich dich nicht, so mußt du mich verachten. Gewinne ich dich – so mußt du mich ebenfalls verachten. Was soll ich also thun? Es ist für die Eigenliebe nichts Kränkenderes, als von *Freünden* mißkennt zuseyn. Aber, noch unausprechlich schreklicher, wenn jede Vertheidigung – jede Bemühung, den Freünd in den rechten Gesichtspunkt zu stellen – neüer Grund der Verachtung, oder der Mißkennung werden muß – würklich kenne ich keine größere Grausamkeit und kann mir auch mit allem Reichtum meiner Phantasie – keine größren denken, als einem Freünde solche Vorwürfe machen, die äußerst ungerecht sind – und deren Ablehnung nothwenig nur dazu dienen muß – dem Vorwurfe einen neüen Schein von Gründlichkeit zugeben. Diese Art zu handeln habe ich nicht für möglich gehalten – und *Freünd Zimmermann* beweiset mir ihre *Würklichkeit* – und – beweiset sie durch *sich* und beweiset sie gegen *mich.*« Im Brief Lavaters an Jakob Ludwig Passavant (1751–1827) vom 20. März 1776 bestätigt Lavater die Freundschaft zu Zimmermann: »Zimmermann trau ich von Herzen.« Am 10. bzw. 31. Mai 1790 schreibt Johann Georg Zimmermann an Lavater (FA Lav Ms 589g.3): »Wir beyde waren bis zum Jahre 1775 die allerbesten Freünde in der Welt, einer vor dem andern zur möglichsten Hülfe, Erquickung, Trost und Freüde! Allmählig verschwand uns dieses Glück; du weist was uns im Jahre 1778 getrennt hat. Diese Trennung war unvermeidlich, denn wir konnten miteinander nicht mehr fortgehen. Unwillen und Abneigung fühlten wir seitdem wohl gegen einander, aber, soviel ich weiß, keinen Haß und keine Feindschaft.« Bereits 1785 hatte Lavater in einer gedruckten Anmerkung in den *Vermischten Gereimten Gedichten* ein ? hinter den »Freund? Zimmermann« gesetzt. Lavater: Vermischte Gereimte Gedichte (wie Anm 10), S. 87.

35 Vgl. Johann Caspar Lavater an Johann Georg Zimmermann. FA Lav Ms 587 (71 Briefe) und 589b-h (296 Briefe). Zimmermann an Lavater. FA Lav Ms 533 (217 Briefe) und 534 (51 Briefe). Zudem finden sich in verschiedenen Bibliotheken und Archiven weitere Briefe.

36 Johann Caspar Lavater: Von der Physiognomik. Leipzig: Weidmanns Erben und Reich 1772.

37 Johann Caspar Lavater: Physiognomische Fragmente, zur Beförderung der Menschenkenntniß und Menschenliebe. Bände 1–4. Leipzig: Weidmanns Erben und Reich 1775–1778.

Z. Madame, etes-vous toujour en correspondence avec Lavater?

B. Non. Il ne m'ecrit plus, que très rarement deux ou trois mots sur une carte. Mais je reçois toujours ses *Lettres circulaires*.

Z. Vos amours avec Lavater sont donc à la fin?

B. Ah je vous jure et vous proteste, Monsieur, que tandis que je logeai dans la maison de Lavater, et que nous nous embrassion, tous les jours de la vie, très très souvent: je n'ay jamais pensé que Lavater – etoit *homme*!

Z. Madame vous aviés raison; car quiconque a comme Lavater trop de Femmes, en a sûrement aussi trop à une. D'ailleurs je sai que | vous spiritualisés l'amour, et que chés Vous l'amour est la passion la plus sublime et la plus pure.

B. Il est vraï que Lavater s'est attaché à trop de Femmes. Mais celles qui l'ont le plus aimé, en ont aussi agi indignement avec Lui, l'ont mis souvent dans des embarras terribles: puisqu' elles coquettoient avec Lui – d'une maniére tout à *fait impardonnable*!

Z. Est-ce que Lui ne coquettoit jamais, un peu spirituellement, avec les Femmes?

B. Je dis que les *Femmes* coquettoient avec *Lui* – impardonnablement! Par exemple, un jour que Lavater mit la main dans le sien de Madame Branconi, et qu'il le pressa fortement, en faisant comme ça – | et comme ça – il demanda tendrement à Madame Branconi: Madame, m'aimés-vous autant que je vois aime? – Imaginés–vous ce que fit cette Coquine, cette Fripponne, cette Sorciére – Elle mit ses mains sur les yeux, courut ainsi par toute la chambre, et ne repondit rien – à *Lavater*!

Z. Ah que ne suis-je Peintre! Quel Tableau! Lavater, ce grand Apotre, ce grand Saint, qui presse la gorge de Madame Branconi, la plus belle de toutes les femme que j'ay vû en ma vie! – – – Mais je me flatte que ce saint homme a renoncé à ces extravagances?

B. L'avés-vous trouvé fort changé, lorsque vous le visites à Wörlitz en 1786?

Z. Je l'ay trouvé *cassé*. Je lui ai | trouvé l'air d'un viellard septuagenaire; et je n'ay pas eu de peine à en deviner la raison!

B. Croyés-vous qu'il a trop vécu avec *les Femmes*?

Z. Madame! Comment Diable, Vous croyés que *Lavater* a *vécu* avec plus *d'une* Femme?

B. Pas avec des Femmes comme il faut.

Z. Mais avec des Filles?? – Mon Dieu! Cela est impossible!

B. S'il a fait cela, il l'a fait avec la permission de sa Femme.

Z. Vous croyés donc, Madame, qu'une Femme a le droit de permettre à son Mari de violer les loix de Dieu? |

B. Le que je vous ai dit, et tiré des Lettres que Lavater m'a ecrit: et dont j'ay eu raison de conclure, qu'il se trouvoit dans des embarras – – *tout à fait singuliers*!

Z. Lavater m'a dit en 1775, qu'il couchoit avec sa Femme toutes les nuits sans exception; qu'il ne pouvoit pas vivre, qu'il n'avoit point de téte, sans ce Regime. Je lui ai repondu – que je ne connoissois pas de régime plus sûr pour perdre la téte que celui là! Aussi vous voyés Madame, comme il l'a perdüe! Au reste comme Madame

Lavater etoit hideusement laide [furchtbar hässlich] déjà allors, j'avois la curiosité de demander à Lavater: si, en couchant avec sa Femme, il ne pensoit pas quelques fois à une autre? Le saint homme m'avoua très honnétement, qu'il faisoit cela très souvent. |

B. Madame Lavater etant dévenue maladive dépuis (elle l'est dans ce moment plusque jamais) elle n'a plus pû supporter cette *coucherie eternelle*; Lavater n'a pas pû continuer *son Regime*: et vous comprennés à quoi cela a dû méner?

Z. Madame, je ne comprends rient à tout cela, si non: que Lavater en a imposé furieusement au Public; que son Christianisme est un feu folet; que sa Religion ne vaut pas les quatre fers d'un Chien; et que Lui, dans le vraï sens de ce terme, est *un Jésuite*!

Was suggeriert dieser Dialog?

1. Lavater habe eine Beziehung (»un amour«) mit Georgette van der Borch unterhalten, durch ihre Korrespondenz ausgelöst, jedoch bei ihrer Begegnung auch physisch durch Umarmungen.
2. Van der Borch sah in Lavater nie den ›Mann‹ (»homme«), was Zimmermann auf deren Reinheit und spirituelle Liebe zurückführt.
3. Lavater habe mit mehreren Frauen eine Beziehung unterhalten (»attaché à trop de Femmes«), wobei die Koketterie von den jeweiligen Frauen ausgegangen sei.
4. Marquise Antonia de Branconi habe sich jedoch unverzeihlich (»impardonnable«) gegenüber Lavater benommen.
5. Lavater sei 1786 bei der Fürstin Luise von Anhalt-Dessau (1767–1842) in Wörlitz verändert gewesen.
6. Lavater wird implizit unterstellt, dass er auch mit Mädchen Beziehungen unterhalten habe.
7. Lavater hätte dies alles mit Einwilligung seiner Frau getan, wobei sich die Frage stelle, ob dies eine Frau ihrem Mann erlauben dürfe, da damit das Gesetz Gottes gebrochen werde.
8. Lavater habe Zimmermann 1775 berichtet, dass er jede Nacht – ohne Ausnahme (»sans exception«) – mit seiner Frau schlafe und dass er nicht ohne dieses »Regime« leben könne. Da Lavaters Frau Anna so furchtbar hässlich sei (»hideusement laide«), denke Lavater beim Beischlaf oft an eine andere Frau.
9. Da Anna Lavater häufig krank sei und damit Lavater sein »Regime« des täglichen Beischlafs nicht habe aufrechterhalten können, so sei es zu andern Beziehungen gekommen.
10. Zimmermann meint, dass Lavaters christliche Religion nach all diesen Intimitäten keinen Pfifferling wert und Lavater im eigentlichen Sinne ein Jesuit sei.

Auf diesen Dialog mit den sehr schwerwiegenden Vorwürfen reagierte Lavater entsprechend heftig. Es finden sich in der Zentralbibliothek Zürich drei Briefe von Lavater an Zimmermann und einen an dessen Frau.[38] Angesprochen wird Zimmermann mit »Mein lieber Ritter!« oder »An den Ritter v. Zimmermann« (1786 wurde Zimmermann zum Ritter geschlagen). Lavater beschuldigt ihn darin der »infamsten Lüge«, die Zimmermann zudem »einem unsichern Papier« anvertraut habe: »Er hätt' es nicht *andern*, sondern *mir* – sagen sollen. Er hätte mich fragen sollen: »*Ist's wahr*!« – so find' ich die Sache vor Gott .... Himmelschreÿend hat Fr. v. B. wider mich gelogen. Hier zu verzeihen, ist schwer; aber noch schwerer – dem Manne, der dieß rechts und links auf die unwürdigste, unedelste Weise, mittheilt. Ich will keine *Schonung* – nur *Gerechtigkeit*.«[39] Lavater unterzeichnet seinen Brief an Zimmermann vom 24. Mai 1788 mit »Johann Caspar Immergleich«[40] und bittet den ehemaligen Freund zwei Jahre später am 14. April 1790, doch alles »von und über Lavatern, was du in deinen Händen hast!«, zu verbrennen: »oder, sende alles *geraden Weges* an Lavater! Erniedrige dich nie mehr in Deinem Leben, Anekdoten wider einen Freünd an einen Freünd zusenden, und unauslöschliche Flammen der Zweytracht zwischen edele Seelen anzufachen!«[41]

Zimmermann nun seinerseits ertrug nicht, dass ihn Lavater »für einen Teüfel« hielt und ihn auch entsprechend behandelte. Daher plädierte er in seinen Briefen auf »Unschuld« und »Missverständnis«, indem er sich folgendermassen erklärte: Als sich Lavater und er 1786 in Wörlitz nach langer Zeit wieder begegnet seien und er Lavaters Stimme gehört und ihn auch gesehen habe, sei seine Liebe und Zärtlichkeit zu Lavater neu entfacht.[42] Mit dem in Wörlitz amtierenden Pfarrer und gemeinsamen Freund Johann Caspar Häfeli (1754–1811) habe er über Lavaters »unvorsichtiges Benehmen« betreffend dessen »mystischen Praktiken« und »Betragen gegen schöne Weiber«[43] geredet und beschlossen, den Zürcher Pfarrer über Häfeli vor den Stimmen der Feinde zu warnen. Häfeli seinerseits teilte Zimmermann nun aber Lavaters eigene »Theorie« mit, die Lavater alles erlaube, wonach dessen »Sinnen lüstern«. Beim Besuch Häfelis sollte dieser daher zu Lavaters »Rettung und zur Rettung aller Religion und aller Tugend« mit Lavater diesbezüglich das Gespräch suchen, denn Zimmermann war überzeugt: »du verlaügnest in deinem Herzen alle Religion und alle Tugend, und opferst deinen Frieden mit Gott und deiner Seligkeit deinen Lüsten auf.«[44]

Zimmermanns Brief und auch Häfelis ausführliche Verteidigung[45] führten wohl dazu, dass Lavater – sollte er Zimmermann mit seiner Beschuldigung Unrecht getan haben – bereit war, diesem »möglichste Vergütung« zu tun. So schließt er den Brief mit den Worten:

38 ZBZ. FA Lav Ms 589g.2 [o.D.].

39 Johann Caspar Lavater an Frau Zimmermann [o.D.]. ZBZ. FA Lav Ms 589g.2.[1.]

40 Johann Caspar Lavater an Johann Georg Zimmermann, 24. Mai 1788. ZBZ. FA Lav Ms 589g.2.[3].

41 Johann Caspar Lavater an Johann Georg Zimmermann, 14. April 1790. ZBZ. FA Lav Ms 589g.2.[4].

42 Johann Georg Zimmermann an Johann Caspar Lavater, 10. Mai 1790. ZBZ. FA Lav Ms 589g.3.

43 Johann Caspar Häfeli an Johann Caspar Lavater, 13. November 1788. ZBZ. FA Lav Ms 589g.6.[1].

44 Johann Georg Zimmermann an Johann Caspar Lavater, 10. Mai 1790. ZBZ. FA Lav Ms 589g.3.

45 Auf diese Schreiben wie auch auf jene zwei Briefe von Friedrich Gedicke an Zimmermann von 1788 (FA Lav Ms 589g.4) und von Zimmermann an den Oberkonsistorialrat Gedicke vom 23. Juli 1788 (FA Lav Ms589g.5) kann hier nicht weiter eingegangen werden wie auch nicht auf den wahrscheinlich auf diesen Dialog zurückzuführenden Bruch zwischen der Fürstin Luise von Anhalt-Dessau und Lavater.

»*Wenn auch alles wahr wäre* – »Du hast mir *einseitig* gehört – Du hast *den Angeklagten nicht gehört, und nicht gefragt, und ungefragt und unverhöhrt – ihn verurtheilt.*« Sag' ich allso zuviel, wenn ich sage – »Mir ist unrecht geschehen! – Schrecklich unrecht!«[46]

Nicht bekannt ist bis jetzt, wie weit sich die Kreise rund um Zimmermanns *Dialogue* gezogen haben; sicher ist jedoch, dass einige Personen davon gewusst haben mussten, jedoch zumeist schwiegen. Gedruckt wurde er nicht!

Als zweite Person tritt in diesem *Dialogue* Georgette van der Borch auf. Sucht man nach ihr, so findet man sie zwar im Umfeld von Ludwig Friedrich August von Cölln (1766–1820) erwähnt und auch in Lavaters Korrespondenz; wer diese Frau jedoch genau gewesen ist, konnte bisher nicht sicher eruiert werden.

Dem *Dialogue* nach zu schließen, haben sich Lavater und Van der Borch häufig geschrieben. Schaut man sich nun die Korrespondenz in Lavaters Nachlass an, so finden sich von Georgette van der Borch, geb. de Villégas, an Lavater zwischen 1780 und 1791 44 Briefe; von Lavater an Van der Borch aus dem gleichen Zeitraum 17 Briefe.[47]

Van der Borchs Briefe an Lavater sind in jenem sich in zahlreichen Briefen von Frauen an Lavater gehaltenem Ton der herzinnigen Sinnlichkeit verfasst. Sie spricht ihn mit »Herzens Lavater« oder »herzlieber Lavater« an, den sie »aufs Innigste« an ihr Herz drücken will. Daneben schreibt sie aber auch an Frau Lavater, richtet Grüsse an die in Zürich getroffenen Personen aus und berichtet dem Zürcher Pfarrer von ihren Verlustängsten bezüglich ihres Mannes und ihres Vermögens.

Lavater seinerseits berichtet dem ständigen Begleiter Van der Borchs, Ludwig August von Cölln, vor seiner ersten Begegnung mit van der Borch, dass man in »Ansehung des Zusammenkommens« ruhig bleiben solle, »nichts vorgreifen – Einander *erscheinen*. Das heißt – *Sie* soll *mir* – ich kann ihr nicht erscheinen. Auf den durch*vanderborchten*, durch*cöllnten* Hoze [Johannes Hotze] harr' ich nun.«[48]

In den Briefen Lavaters an die *Van der Borg*, wie der Zürcher Pfarrer die Adlige zumeist anschreibt, ist von Branconi und Mattaei die Rede, von religiösen Dingen und von weltlichen Orten, an denen sie sich getroffen haben. Auch schickt er ihr zu »Georgettes Ehrenfest« im März 1781 (zu jenem Zeitpunkt, als Branconis Strumpfbänder in Zürich eintreffen) ein absolut belangloses, vor sich hin plätscherndes Gedicht[49] mit nicht *einer* Anspielung auf eine nähere Beziehung, wie dies im Gedicht an Branconi von 1779 der Fall gewesen ist. Zumeist schickt Lavater der nicht immer glücklichen, von ihrem Mann verlassenen van der Borch ein Stückchen Freude mit seinen Briefen mit. So meldet er ihr

46 Johann Caspar Lavater an Johann Georg Zimmermann. 19. Mai 1790. ZBZ. FA Lav Ms 589g.2.[5].

47 Georgette van der Borch an Johann Caspar Lavater. ZBZ. FA Lav Ms 529. ZBZ; Johann Caspar Lavater an Van der Borch. ZBZ Lav Ms 585.

48 Johann Caspar Lavater an Ludwig Friedrich August von Cölln. o.D. ZBZ. FA Lav Ms 556, Brief Nr. 45.

49 Johann Caspar Lavater an Georgette van der Borch. 6. März 1781. ZBZ. FA Lav Ms 585, Brief Nr. 16: »Wir feyren hier, so gut wir können, / der Georgette Ehrenfest – / Das heißt: wir rühmen Sie und nennen / Sie allerliebst und allerbest! / O daß wir unsrer Händen eine / Hinübersenden könnten dir – / Du Nahe, Ferne, Große, Kleine – / (denn, wen wir lieben, nennen wir / Mit allen alten, neüen Namen, / die niemals noch zusammen kamen) / Wir sendeten dir zwo für Eine – / Wir sendeten dir drey für zwo – / Dir hüpften, Schwester, die Gebeine, / Hälst du um dich uns alle froh.«

auch im August 1780, dass er momentan an seinen reimfreien *Poesieen*[50] arbeite und die Hoffnung habe: »Ihnen vielleicht auch durch diese Arbeit, dann u: wann ein Gutes, oder beßres Viertelstündchen zumachen [...]. Schon bey mancher Stelle dacht ich: ›Das wird der *van der Borch* wohl thun – Diese Zeilen wird sie sich anstreichen.‹ – Sie haben eine Probe davon in Händen; nämlich in dem oben berührten verschloßnen Papier.«

Vergleicht man diese Korrespondenz, so unterscheidet sie sich in keiner Weise von andern Korrespondenzen Lavaters mit Frauen![51] Es stellt sich daher die Frage, weshalb dieser *Dialogue*, diese »Affair avec Lavater« von Zimmermann geschrieben werden konnte. War es die überreizte Natur der von ihrem Mann verlassenen Van der Borch, die auch in Konkurrenz zur schönen und immer auch gern in Zürich gesehenen Branconi stand (diese wird im *Dialogue* diffamiert)? Den Briefen nach zu urteilen bestand jedenfalls keinerlei Anlass zu einer »Affaire« zwischen ihr und dem berühmten und charismatischen Autor und Pfarrer Lavater. Auch die heute noch fassbaren Dokumente rund um diese »Affaire« zeigen nicht eindeutig den Grund für die Entstehung von Zimmermanns *Dialogue*. War es daher nur ein Hirngespinst von Zimmermann, Häfeli und Van der Borch (falls diese überhaupt daran beteiligt war; was sich aus den Briefen nicht herauslesen lässt), eine verbohrte Idee von Zimmermann und Van der Borch oder aber Eifersucht auf den erfolgreichen und berühmten Pfarrer? Oder ist tatsächlich etwas Wahres an Lavaters »Regime«, an seinen »Lüsten« und seinem »Betragen gegen schöne Weiber«?

Sicher wirkte Lavater auf Frauen, da er – so meinen es Zeitzeugen – ein attraktiver Mann gewesen sein musste, gesegnet mit einem enormen Charisma. Er ging auf die Gefühlswelt der Frauen ein, hörte ihnen zu und erwiderte die im Zeitalter der Empfindsamkeit auch zwischen Männern geteilten Gefühle in seiner Korrespondenz und wahrscheinlich auch in der direkten Begegnung.

Lavater war bestimmt gerne von (schönen) Frauen umgeben. In den *Anekdoten* von Anna Barbara von Muralt[52] wimmelt es denn auch nur so von Eschers, Orellis, Hessen, Schulthessen und andern Frauen, die in Zürich einen Kreis um ihn bildeten; von den zahlreichen Besucherinnen, die einzig wegen ihm nach Zürich reisten und oft lange auch dort in seiner Gesellschaft Station machten, wollen wir gar nicht erst reden. Ob jedoch wirklich je etwas in der Art geschehen ist, wie dies im Dialogue suggeriert wird, kann man nach Kenntnis von Lavaters zahlreichen Schriften und Autografen wohl verneinen. Erotik und Sexualität haben Lavater sicher interessiert, wie ihn auch Theologie, Medizin, Philosophie, Pädagogik, Psychologie und Naturkunde interessiert hatten. Dass Branconis Strumpfbänder, ihre »jarretieres«, auch bei ihm sinnlich-erotische Gefühl auslösten, ist anzunehmen. Diese jedoch auszuleben, war für Lavater als einem gläubigen, selbstbestimmten, tugendhaft auf das Jenseits hin strebenden Menschen jedoch sicherlich keine Option. Liest man seine Texte, vertieft man sich in seine Schriften, so kristallisiert sich zunehmend ein Menschen- und Gottesbild heraus, welches den Menschen als ein aus Leib, Geist und Seele verbundenes selbstbestimmtes Wesen zeigt, das sich mit der Natur und mit Gott als oberstem

---

50 Poesieen von Johann Caspar Lavater 2 Bände. Leipzig: Weidmanns Erben und Reich 1781.
51 Vgl. Anm. 32.
52 Vgl. Anm. 3.

Ziel im Diesseits und Jenseits verbindet. In diesem Sinne schrieb er auch an Branconi: »Wie wir *sind*, *werden* wir *seyn*!« Das von Lavater kreierte Menschen- und Gottesbild schließt den Menschen als Ganzes ein und verpflichtet ihn im Sinne der Aufklärung zur Eigenverantwortung und besonders auch zu einem tugendhaften Verhalten. So kann Lavater denn der Marquise de Branconi in seinem Brief vom 8. Juni 1779 als Lektüre neben Spaldings und Ossians Werken besonders Goethes *Werther* empfehlen: »*Goethes Werther*, (mir ganz unschädlich) halt ich fürs beste lehrreichste Buch, das Deutschland für mich hervorgebracht hat.«[53]

In Eigenverantwortung, jedoch in der sozialen und epistolaren Gemeinschaft aufgehoben, entwickelt sich der Mensch nach Lavater zu seinem eigentlichen Ich. Beim gläubigen Lavater ist dieses Ziel die Auferstehung:

Mein Ich ist durch den Leib und durch des Leibes Sinne;
Wird der nicht mehr berührt, so werd' ich nichts mehr inne.
Nein, ohne Sinnen kann kein Geist sich selbst geniessen;
Er ist nicht, wär' er auch – Denn *Seyn* ohn' es zu wissen,
Ist *Nichtseyn* für den Geist ... Wem Gott Empfindung schenket,
Der wird durch einen Leib, durch Sinnen der beschränket.
Unsterblich ist kein Geist, den nicht ein Körper kleide,
Durch den drückt ihn der Schmerz, durch den beströmt ihn Freude.
Aus diesem Erdenleib entwindet sich ein feiner,
Ein Körper nicht von Staub, ein edler, lichter, reiner,
Der tausend Sinnen hat, die Wesen zu erkennen,
Die Erden-Namen nicht, nicht Menschensprachen nennen.
In diesem freyen Leib entschwingt der Geist sich höher
Dem Staub als kein Gedank' und als kein Blick der Seher,
Die Gottes Licht bestrahlt, da sie noch Erde waren;
In diesen naht er sich den Gottesnahen Schaaren.
Doch ferne schwebt er noch vom Licht des Throns der Thronen,
Bis über ihn entfloh'n viel läuternde Aeonen.
An jenem Feyertag der Sehnsucht aller Frommen,
Wann näher seinem Blick wird Jesus Christus kommen,
Empfängt er Gotteskraft, sein Antlitz anzuseh'n,
Und dieser Strom von Kraft – das ist sein Aufersteh'n.[54]

Erotisch-pornographische Texte als libertines Vermittlungsmedium können das Bild eines Menschen nach aussen stark beeinflussen. Man darf daher solche Texte bestimmt nicht zerstören, wie dies bei Lavaters Briefwechsel mit Maria Antonia de Branconi geschehen ist, da sie Teil der Lebensgeschichte eines Menschen und der Sozialgeschichte sind. Um die Intimität eines Menschen jedoch zu bewahren, muss bei der Veröffentlichung solcher Texte die nötige Sorgfalt gewährleistet und auch das Umfeld aufgearbeitet sein, in welchem

53 Hirzel: Lavater, S. 685 (wie Anm. 6).
54 Lavater: Vermischte gereimte Gedichte, S. 74 (wie Anm. 10).

sie entstanden sind. Ulrich Hegner wie auch Johann Georg Zimmermann hätten dies bei der Publikmachung sicher beachten müssen. Wir jedenfalls wollen es in der heutigen Forschung so mit den uns überlieferten Texten aus dem 18. Jahrhundert halten!

Anhang:

FA Lav Ms 589.g.2.[1]: Lavater an Frau Zimmermann. o.D.

Meine verehrenswürdige Frau Rittern! *Ihnen* send' ich beyliegende Zeilen an Zimmermann, von dessen unwürdigem Betragen gegen mich – der ich bis auf diese Stunde alle tausendfachen Behauptungen von seinem schlechten und falschen Herzen zuersticken suchte – ich täglich die dokumentiertesten und unglaublichsten Data erfahren muß. Finden Sie etwas Unsanftes, Unchristliches in diesem Blatte, so behalten sie's zurück. Ich will keinen Streit mit Ihm anfangen. Ich will nur evangelischbrüderlich warnen – Nur bitten: »Setze dich an meine Stelle!« .... Ich habe mir nichts gegen Ihn vorzuwerfen. – Wenn doch, was Er nach D. – aufgehascht von der Fr. v. B. und Fr. v. d. B. – schrieb, reine Wahrheit wäre – wie's, ich bezeüg' es ganz beherzt, die completeste, *infamste Lüge* ist – – er hätt' es nicht einem unsichern Papier vertrauen – Er hätt' es nicht *andern*, sondern *mir* – sagen sollen. Er hätte *mich* fragen sollen: *»Ist's wahr!«* – so find' *ich* die Sache vor Gott .... Himmelschreÿend hat Fr. v. B. wider mich gelogen. Hier zu verzeihen, ist schwer; aber noch schwerer – dem Manne, der dieß rechts und links auf die unwürdigste, unedelste Weise, mittheilt. Ich will keine *Schonung* – nur *Gerechtigkeit*. Liebe Frau Rittern! Ich verehre Sie aufrichtig, ich vertrau Ihnen herzlich – Ich will keine Weitläufigkeit. Ich suche den Frieden und jag' ihm nach. Warnen Sie Ihren Mann, vor Schritten – die gewiß Schande, Verachtung, Haß vor der Welt, und Gewissensängste nach sich ziehen. JCLavater.

FA Lav Ms 589g. 6.[1]: Johann Caspar Häfeli an Johann Georg Zimmermann. Donnerstag, 13. November 1788.

[...] Sie erzählten mir einige, nachher auch schriftlich wiederholte, Beyspiele von L. Unbedachtsamkeiten, Etourderieen und Indiscretionen; und in diesen Erzählungen kam denn besonders auch Etwas von dem vor, was Sie seine *mystischen Praktiken* nannten, von seiner Neigung zum andern Geschlecht und seinem Betragen gegen schöne Weiber – Was Sie mit allem Rechte für unwürdig, ungeistlich, unsittlich und, wenn es ins Publicum kommen sollte, der Ehre und bürgerlichen Existenz L. höchst gefährlich hielten. Von alle dem sprachen Sie mit freündschaftlicher Wehmuth und ganz übereinstimmend mit den Thränen, die ich Sie in meiner Stube in Woerlitz bey L. Ankunft, und in Hannover in der Stube Ihrer Frau bey Ihren Erzählungen von den ersten Jahren Ihrer Bekanntschaft mit L. weinen sahe. Ich sahe in Ihnen den vieljährigen Freünd von L. dem es aufrichtig nahe gieng, seinen Freünd auf einem Wege zu sehen, auf dem ihm so viele Unannehmlichkeiten und Gefahren drohten – und der nichts herzlicher wünschte, als ihn von diesem Wege abzulenken und den drohenden Gefahren zuvorzukommen. Dieses waren genau auch meine Gesinnungen in Absicht auf L. und da mich einige Ihrer angeführten Beyspiele frappirten, in dem ich mit Schreken sahe, daß das, was ich noch tief verborgen geglaubt hatte, lange nicht mehr so verborgen war; so konnte ich ohne sichtbare Verstellung und Verlegenheit nicht umhin, Ihnen zu sagen, was ich sonst noch keiner Seele gesagt und auch Ihnen nie gesagt haben würde, wenn ich Sie nicht von der Sache selbst bereits unterrichtet gesehen und auf eine freündschaftlich-wehmüthige Weise darüber sprechen gehöret hätte – nämlich: »Daß allerdings Wollust ein Hauptfeind sey, mit dem L. zu kämpfen habe; daß er sich manches

Unerlaubte erlaube und unter die Rubrik: *Freündschaft, innige Vertraulichkeit* setze, was sonst sittliche und tugendhafte Menschen nach jeder und besonders auch der christlichen Moral unter die Rubrik *Augen-* und *Fleischeslust* setzen; daß er Dinge für unschuldig, oder für gleichgültig halte, die nach meinem Gefühle niedrig-unedel und unanständig seÿen. [...]

Gewarnt muß er seyn. Ob wir es gleich beyde gut mit ihm meynen, so nimmt er doch wohl die Warnung von Ihnen als Amtsbruder besser als von mir. [...] Sagen Sie ihm, daß er erschrekliche Indiskretionen gegen Damen begangen habe, *die ich Ihnen nicht habe nennen dürfen!* Sagen Sie ihm, daß Frau von Berlepsch mir alles erzählt habe, was er ihr erzählte. – – Sagen Sie ihm, daß ich ihn um Gottes Willen bitte und beschwöre, daß er doch einmal aufhöre, der gröste Etourdi auf Erden zu seyn u.s.f.

[...] Am Ende Augusts kam ich nach Zürich. Ich hatte mit L. eine besondere und sehr lange Unterredung über die unter uns besprochenen, Ihre betreffenden Punkte. Ich sagte Ihm freündschaftlich, sanft und fest, was ich von seinen Unvorsichtigkeiten, Indiscretionen und seinem Betragen gegen das andere Geschlecht wußte; ich sagte Ihm daß er in dem letzern Punkte eine Denkart zeige, die ich von jeher für unverträglich mit Sittlichkeit und Religion, für unedel und niedrig gehalten habe und noch halte; ich bath ihn, er mögte sich doch um Gottes Willen in Acht nehmen, indem sonst seine Ehre und bürgerliche Existenz in die äusserste Gefahr komme. Um dieser Vorstellung und Warnung das nöthige Gewicht zu geben, erinnerte ich L. an verschiedene Dinge, die ich nicht *durch Sie* wußte und nicht *durch Sie* wissen konnte. – Zweitens sagte ich ihm, was mir einer seiner intimsten Freünde beÿ meinem Aufenthalt in Bremen erzählt hatte – und drittens las ich ihm aus Ihren Briefen dasjenige vor, was Sie mir so bestimmt *aufgetragen* hatten, ihm zu sagen. Ich that denn noch etwas aus dem Dialog zwischen Ihnen und der Frau v. d. B. hinzu, den Sie *mir* vergangenen Sommer in Ihrer Studierstube erzählt haben, weil Sie so viel ich mich erinnere, nicht ausdrüklich verlangt hatten, hievon nichts zu sagen, und weil ich glaubte, daß eine Rükerinnerung daran zwekmäßig sey.

Hierauf betheüerte L. mit vieler Heftigkeit, er habe sich keiner Indiscretion gegen die F. v. d. [B.] schuldig gemacht und die Briefe von ihr keiner Seele – einen einzigen an Leüchsenring ausgenommen – gezeiget; [...]

So wie ich aber nichts dagegen habe, daß Sie von meinen mündlichen und schriftlichen Aüsserungen über L. den zu Ihrer Rechtfertigung und seiner Warnung nöthigen Gebrauche machen; so sehr bitte ich mir es denn auch aus, daß von diesen meinen Aüsserungen nicht über diese Gränze hinaus Gebrauch gemacht werde und ja gegen keinen andern Menschen davon die Rede seÿ. Ich habe niemanden von L gesagt, was ich Ihnen sagte. Ich sagte es Ihnen als L. vieljährigem Freünde, als einem Vertrauten seiner Jugend, den ich Thränen der Freündschaft und Wehmuth über ihn vergiessen sahe. Ich sagte es Ihnen, um gemeinschaftlich mit Ihnen unsern Freünd zu warnen und der ihm drohenden Gefahr zu entreissen. [...]

A Lav Ms 589g. 6.[1]: Johann Caspar Häfeli an Johann Georg Zimmermann. Sonnabend, 22. Mai 1790.

Daß Sie von Lavatern mit *schreklicher Wuth* behandelt zu seyn glauben; daß Sie fragen: Ist jemals ein Mensch auf Erden von einem andern *teüflischer* behandelt worden, als Lavater mich u.s.f.? – Darüber mußte ich laut lachen, als ich es las. O lieber Zimmermann, ich wollte Ihnen einige Seiten in L. Briefen an mich zu lesen geben und Sie sollten gestehen, daß Sie *vergleichungsweise* von diesem Manne *sehr höflich* und *sanftmütig* behandelt worden sind; daß Sie alle Ursache haben, sich zu gratulieren, daß Sie noch so gut wegkommen.

An Ihrer Stelle würde ich mich bey diesen wiederholten Lavaterschen Beschuldigungen ganz kalt und ruhig auf die den 10. December 1788. durch Haefeli ertheilte Antwort berufen – – meine freündschaftliche warnende Absicht bey dem, was ich über L. nach Dessau geschrieben habe, declarieren – und die Declaration der Fürstin von Dessau vom 14. November 1788. abschriftlich beylegen. Was kann in Ansehung der Hauptbeschuldigung die L. Ihnen macht, rechtfertigender für Sie seyn, als diese Declaration? [...]

FA Lav Ms 589g.7: Fürstin Louse von Anhalt-Dessau an Johann Georg Zimmermann, 14. November 1788 [Deklaration].

[...] Je déclare à Vous et à Lavater que ce n'est pas Vous, ni Haefeli, ni les Anecdotes qu'on vous à[!] racontées à Hannover qui ont causée ma rupture avec Lavater, mais que cette volonté gérmoit dans mon Âme déjà depuis bien du tems, ou elle seroit parvenue à sa Maturite, sans Msr: de Zimmermann, et sans Msr: Haefeli, et que les Cas fortuits peuvent bien accélérer l'exsécution des Volontées mais ne pas les Créer; dumoin par chez moi.

FA Lav Ms 598g. 8: Aus einem Brief [von Zimmermann] an Dr. Johannes Hotze, Oktober 1791.

[...] Übrigens, liebster Hotze ist das Ultimatum Ihres Briefes vom 5. März 1791: »daß Sie dem Herrn *Johann Caspar Lavater*, als einem *christlichen Columbus* nicht anders als mit verstummendem Respect ansteueren.« – – Und mein Ultimatum ist: daß ich des Herrn *Johann Caspar Lavaters* Talente verehre, aber ihm (*auch nur wegen seines Betragens gegen mich*) als einen elenden Sophist und einen niedrigen Heüchler und Schurken längst verachtet habe und bis in meinen Tod verachten werde.

(Kein) Eros im Kloster? Anmerkungen zu den bayerischen Klosterromanen.[1]

Reinhard Wittmann

Eine grundsätzliche Aversion gegen die katholischen Klöster begleitet die Aufklärung seit ihrem Beginn. Diese Trutzburgen ihrer Widersacher galten als Haupthindernis religiöser und politischer Modernisierung; unter konfessionskontroversen Aspekten waren sie ohnehin seit des abtrünnigen Mönches Luther Zeiten verpönt. In Frankreich entwickelte sich unter solchen Vorzeichen eine besondere polemisch-satirische Gattung, getreu der Erkenntnis von Robert Darnton: »Die Pornographie ist eine umfassende Anklage gegen das Ancien régime [...]«.[2] Den geilen Kuttenträgern, insbesondere den vazierenden Bettelorden, wurde zumindest mentale Satyriasis zugeschrieben, subtilere Verführungskünste wurden den libertinen Jesuiten (insbesondere als Beichtväter) angedichtet. Diese Stereotype gipfelten in den bekannten Hauptschriften aufgeklärter Pornographie, allen voran der *Therèse philosophe*, der *Histoire de Dom Bougre, portier des Chartreux* oder der *Vénus dans le cloître*. Deutsche Originalwerke dieses Kalibers tauchen erst gegen Ende des 18. Jahrhunderts zögernd auf. Desto erfolgreicher waren einzelne Übersetzungen aus dem Französischen, beginnend bereits 1689 mit der *Venus im Kloster Oder Die biss aufs Hembd ausgezogene geistliche Nonne*. Schon der Vater des fanatischen Klosterhassers Friedrich Nicolai gab dem Sohn die Richtung vor: in seinem Berliner Verlag erschien das zunächst fünf Bände umfassende Opus von Antoine Gavin: *Le Passe-par-tout de l'Eglise Romaine. Der Dietrich, Dessen sich die Römische Kirche an statt der Schlüssel Petri bedienet; Oder: Die Betrügereyen derer Pfaffen und Mönche in Spanien. Aus dem Englischen in das Frantzösische, Und anietzo [...] ins Teutsche übersetzet*. Mit dem bissig fingierten Erscheinungsort »Cölln am Rhein« erreichte es, reich illustriert, 1730 bereits die zweite Auflage.[3] Ein sechster, nun

1 Für bibliographische und weitere Hinweise bin ich Herbert Schauer dankbar.

2 Robert Darnton: Denkende Wollust. Jean-Charles Gervaise de Latouche: Die Geschichte des Dom Bougre, Pförtner der Karthäuser. Jean-Baptiste d'Argens: Thérèse Philosophe oder Memoiren zu Ehren der Geschichte von Pater Dirrag und Mademoiselle Eradice. Aus dem Französischen von Eva Moldenhauer und aus dem Englischen von Jens Hagestedt. Die Andere Bibliothek. Frankfurt a. M: Eichborn Verlag 1996, S. 24.

3 Vgl. Hans Fromm: Bibliographie deutscher Übersetzungen aus dem Französischen, 1700–1948. 6 Bde. Baden-Baden: Verlag für Kunst u. Wissenschaft 1950–1953, Bd. 3, Nr. 10547; ursprünglich ein englisches Produkt, war der erste Band bereits 1696 von J. G. Beger ins Französische übertragen worden. Die Teile 4–5 stammen nicht von Gavin. Thematisiert werden Verfehlungen und Scandalosa der katholischen Kirche in Spanien (Missbrauch der Beichte, Betrug mit angeblich wundertätigen Heiligenbildern, Ablasshandel, Unzucht in Klöstern usw.). Teils handelt es sich um Übernahmen aus Cypriano de Valeras *Tratados* (vgl. Christian Gottlieb Jöcher: Allgemeines Gelehrten-Lexicon, darin-

ziemlich pornographischer Band folgte mit dem Titel *Die Jesuiten und Mönche bey guter Laune. Nebst einem Anhang Von den lustigen Mönchen. Aus dem Frantzösischen übersetzt.*[4] Bekanntlich setzte die vehemente Kritik der Aufklärung an der »Möncherey« im katholischen Süden des Reichs erst im letzten Drittel des 18. Jahrhunderts ein. Gerade in Kurbayern unter Max III. Joseph nahmen die staatskirchenrechtlichen Auseinandersetzungen zuvor ungekannte Schärfe an; die überfällige Modernisierung von Staat und Gesellschaft wurde von den Klöstern als territoriale und ökonomische Machtfaktoren aus der Sicht der Aufklärer behindert, die darüber lebhafte publizistische Kontroversen begannen (Ickstatt, Lori, Osterwald usw.).[5] In unserem Zusammenhang interessieren die konfessionellen Klopffechtereien und kirchenpolitischen Polemiken nicht. Doch die Debatte erreichte bald eine breitere Öffentlichkeit. Schließlich wurde das »Genre der Klostersatire [die] in den späten 1770er Jahren verbreitetste Satireform Bayerns«.[6] Diese pauschale These bedürfte allerdings dringend der Verifizierung; Kurbayerns polemisch-literarische Szene dieser Zeit ist erst in Ansätzen erforscht – auch bibliographisch.[7] Insbesondere wäre zu differenzieren: das im Rahmen der innerkirchlichen Reformbewegung bei aufgeklärten jungen Geistlichen beliebte Genre der Predigtsatire (Schuhbauer, Hahn u.a.) ist nicht

ne die Gelehrten aller Staende [...] in alphabetischer Ordnung beschrieben werden. Forts. u. Erg.Bd. 2. Leipzig: 1787, Sp. 1358). »Stellenweise sehr anstößig [...] äußerst freie Enthüllungen über die unglaubliche Sittenlosigkeit der Mönche und Nonnen, wie sie schlimmer nicht erdacht werden können«. (Hugo Hayn und Alfred N. Gotendorf: Bibliotheca Germanorum Erotica & Curiosa. Verzeichnis der gesamten deutschen erotischen Literatur mit Einschluß der Übersetzungen, nebst Beifügung der Originale. Bd. I–VIII. München: Georg Müller 1912–1914, Bd. II, S. 507 f.)

4 1736, dann 1744 am selben Ort. Vgl. Fromm: Bibliographie, Nr. 10543 (wie Anm. 3); Hayn / Gotendorf: Bibliotheca (wie Anm. 3), Bd. 3, S. 397 und 412 („Priapisches Machwerk, unsinniges, aber sehr pikantes Opus«); Bilderlexikon der Erotik. Unter Mitw. v. Max Bauer, Eberhard Buchner, Paul Englisch u. a. Bd. 1– 4. Wien: Verlag für Kulturforschung 1928–1931, Bd. 4, S. 548.

5 Vgl. zu diesem Problemfeld von Aufklärung und Gegenaufklärung in Bayern generell Hans Grassl: Aufbruch zur Romantik. Bayerns Beitrag zur deutschen Geistesgeschichte 1765–1785. München: Beck 1968 sowie die vorzügliche Studie von Michael Schaich: Staat und Öffentlichkeit im Kurfürstentum Bayern der Spätaufklärung. München: Beck 2001 (Schriftenreihe zur bayerischen Landesgeschichte 136).

6 Schaich: Staat und Öffentlichkeit (wie Anm. 5), S. 107. Möglicherweise war dies allein deshalb die meistverbreitete, weil es so gut wie keine anderen gab. Schaich bezieht sich wohl auf die These von Wilhelm Haefs: Aufklärung in Altbayern. Leben, Werk und Wirkung Lorenz Westenrieders. Neuried: Ars Una 1998, S. 363, dass »sogar der bis dahin unauffällige Münchner Buchmarkt mit antimönchischen Satiren und antiklerikalen Schriften beinahe überschwemmt« worden sei. Beispielsweise sind die Satiren Schuhbauers ausschließlich Travestien des Genres der Lob-, Ehren- und Trauerreden (auf die Inquisition, den Erzvater Benedikt, den Märtyrer Stephanus, eines Prälaten). Vgl. zum Thema auch Hans-Wolf Jäger: Mönchskritik und Klostersatire in der deutschen Spätaufklärung. In: Katholische Aufklärung. Hg. von Harm Klueting. Hamburg: Meiner 1993, S. 192–207.

7 Titellisten bieten Bonifaz Wöhrmüller: Literarische Sturmzeichen vor der Säkularisation. In: Studien und Mitteilungen zur Geschichte des Benediktinerordens und seiner Zweige, N. F. 14 (1927), S. 12–44 und Irmingard Böhm: Literarische Wegbereiter der Säkularisation. In: Studien und Mitteilungen zur Geschichte des Benediktinerordens 94 (1983), S. 518–537.

gleichzusetzen mit der deutlich derberen und radikaleren Polemik gegen die Prälaten- und Mendikantenorden.[8]

Dieser Beitrag richtet dem Rahmenthema entsprechend sein Augenmerk hauptsächlich darauf, ob und wie auch erotisch-sexuelle Stereotype beim antimonastischen bayerischen Schrifttum eine Rolle spielen. Das betrifft nicht zuletzt die Schriften der jungen aufklärerischen Literaten, die sich des klösterlichen Milieus mit autobiographischem Hintergrund in anonymen Satiren und sogenannten Klosterromanen annahmen zur Zeit der liberalen Frühphase der Herrschaft Kurfürst Karl Theodors und der kurzen Blütezeit der Illuminaten. Das kann hier nur in Form eines Überblicks untersucht werden, der sich weitgehend auf die Sammlung des Autors konzentriert und etwa die josefinische Mönchskritik von Ignaz von Born (1742–1791), Josef Valentin Eybel (1741–1805), Joseph Richter (1749–1813) usw. ausklammert.

Den Auftakt literarischer Klosterkritik in Süddeutschland machte bereits 1771 Georg Michael Frank von La Roche (1720–1788). Der seit 1763 mit Sophie La Roche vermählte und 1775 geadelte illegitime Sohn des Grafen Stadion lebte damals als kurmainzischer Rat und Sekretär in Warthausen und Ehrenbreitstein: Goethe hat seinen geselligen Kreis geschildert und seinen »unversöhnliche[n] Hass gegen das Pfafftum«[9] notiert. 1780 als kurtrierischer Kanzler gestürzt, weilte er dann in Speyer und Offenbach.

1771 erschienen anonym in Zürich bei Orell & Füßli seine *Briefe über das Mönchswesen von einem catholischen Pfarrer an einen Freund*.[10] Eine zweite Auflage kam schon im Folgejahr heraus. Der Band verriet Detailkenntnisse und erregte Aufsehen, dennoch ließ La Roche, der im Erscheinungsjahr nach Trier wechselte, keine Fortsetzung folgen. Erst 1780–81 brachte derselbe Verlag zum Missfallen La Roches drei weitere Bände heraus, ihr ebenfalls ungenannter Verfasser war Johann Caspar Riesbeck (1754–1786). Eigentlich hatte dieser geplant, sie durch Walliser, damals bei Mayer in Salzburg Faktor, drucken zu lassen, doch schrak dieser vor dem brisanten Auftrag zurück und verwies an Orell. Der geschäftstüchtige Münchner Verleger Johann Baptist Strobl (1748–1805) legte umgehend einen (natürlich nicht firmierten) Nachdruck des Scandalosums vor.[11]

Riesbeck, aus Höchst stammend, war Klosterschüler gewesen, studierte in Mainz und Gießen, reiste viel, traf in Frankfurt auch den jungen Goethe. Eine tätliche Auseinandersetzung mit einem Domherren zwang ihn, 1775 die Stadt Mainz zu verlassen, er lebte fortan in Salzburg und Wien als Schauspieler, Übersetzer, Journalist und Schriftsteller. Auf

8 Wilhelm Haefs konzentriert sich in seiner herausragenden Westenrieder-Monographie ausschließlich auf die Predigtsatire, vgl. Haefs: Aufklärung in Altbayern (wie Anm. 6), S. 134–139.

9 Johann Wolfgang von Goethe: Autobiographische Schriften. 8. überarb. Aufl. Hrsg. von Erich Trunz. München: Beck 1978(Goethes Werke 9), S. 560.

10 Die ÖNB vermerkt für die 2. vermehrte Auflage 1772 als Autor einen Franz Xaver Clavel, ziemlich sicher zu Unrecht, eine weitere Zuschreibung im KVK nennt Johann Jakob Brechter, einen protestantischen Pfarrer, der aber nur die Abschrift des Manuskripts gefertigt und nach Zürich vermittelt hatte. Vgl. dazu Thomas Bürger: Aufklärung in Zürich. Die Verlagsbuchhandlung Orell, Gessner, Füssli &Comp. In der zweiten Hälfte des 18. Jahrhunderts. In: Archiv für Geschichte des Buchwesens 48 (1997), S. 1–278, hier S. 85ff. Vgl. auch Hayn / Gotendorf: Bibliotheca, Bd. I (wie Anm. 3), S. 458.

11 Bürger: Aufklärung in Zürich (wie Anm. 10), S. 195f. verzeichnet mehrere unterschiedlich umfangreiche mutmaßliche Nachdruckausgaben.

Fürsprache Goethes wurde er der erste Redakteur der 1780 gegründeten *Zürcher Zeitung*. 1786 starb er vereinsamt und verbittert.

Das Genre der fingierten Briefe war für satirische Zwecke längst bewährt und beliebt. Auch für den Enthüllungsgestus des verbotenen Blicks hinter die hermetischen Klostermauern war es bestens geeignet. Hatte schon La Roches erster Band die Brieffiktion nur sehr oberflächlich wahrgenommen, so stellte Riesbecks Vorrede zum zweiten Band nochmals klar, »daß die Briefe als Briefe eine platte Erdichtung sind; wohlgemerkt – als Briefe; denn der Inhalt ist nichts weniger als Erdichtung«[12]. Tatsächlich sind kurze erzählende Passagen die Ausnahme, im Mittelpunkt steht vor allem im dritten Band eine vehemente Generalabrechnung mit den gesellschaftlichen Verhältnissen, konkret den verrotteten Strukturen in Bayern unter der geistlichen Knute. Neben den Mönchen ist der verdorbene Adel Hauptzielscheibe, ein längerer eingestreuter Dialog zwischen katholischem und lutherischem Schulmeister behandelt Jesuitenmoral sowie Toleranz und Intoleranz.[13] Der aufgeklärte junge Geistliche wird durch abscheulichste Intrigen der Kapuziner in einem Korrektionshaus interniert, doch der neue Regent bewirkt seine Befreiung und ernennt ihn zu seinem geistlichen Sekretär. Nun beginnt er ein umfassendes Reformprogramm, hebt nach Josefs Vorbild Mendikanten- und Nonnenklöster auf und plant eine grundstürzende Kirchenerneuerung. Die Satire mündet in einen utopischen Staats- und Gesellschaftsentwurf deutlich proto-illuminatistischer Tendenz.

Eher am Rande geht es freilich auch um das widernatürliche Zölibat. Dabei geraten auch Keuschheitsnöte und Anfechtungen ins Blickfeld, denen der Briefschreiber durch Kasteiungen mit dem Cilicium Einhalt zu gebieten sucht.[14] Widerpart des tugendsamen jungen Mönchs ist der intrigante Franziskanerpater Fulgentius, der ihm einen unverblümten Rat gibt: »Er empfahl mir, viele Casuisten zu lesen; da würde ich mich an alle Säuereyen – sein Ausdruck – gewöhnen, daß meine Augen und Ohren nicht mehr so leicht beleidigt würden.«[15]

Der Hinweis ist aufschlussreich. Denn tatsächlich ist die bisher unbeachtete sexualaufklärerische Wirkung der reichen kasuistischen Beichtliteratur in den Klosterbibliotheken nicht zu unterschätzen. Sie war wohl nicht sekretiert und dürfte auch den Novizen zugänglich gewesen sein. Nicht nur die moraltheologischen Klassiker wie Sanchez, Busenbaum, Delrio boten in ihren dickleibigen Folianten reiches Anschauungsmaterial. Beliebig herausgegriffen seien des elsässischen Franziskaners Sargar in Kempten 1699 erschienene *Conferentiae theologico-morales ex materia septem sacramentorum,* worin durchaus heikle Fragestellungen minuziös behandelt werden. So geht es etwa im Kapitel *De Matrimonio*

12 Briefe über das Mönchswesen, Bd. II, S. VI.

13 Ebenda, Bd. III, S. 86ff.

14 Die Folge solcher Restriktion zeigt sich bei einem Gewaltlauf: »es floß eine sehr starke Portion Saamenfeuchtigkeit von mir [...] ohne daß sich mein Fleischstachel dabey erhoben hätte« (Ebenda, Bd. II, S. 276).

15 Ebenda, Bd. II, S. 103.

(Conferentia lxxxii) um den weiblichen Orgasmus mittels Masturbation[16], um Analpenetration und dergleichen.

Pater Fulgentius gibt sich seinerseits abgeklärt: »Er [...] getraue sich einen coitum mit anzusehen, ohne Regung und Erröthung; das wäre ihm so gleichgültig, als wenn er zwo Fliegen auf einander sähe«. [17] Das ist allerdings gelogen, denn die einzige explizite Sexualszene des ganzen Werkes befasst sich mit Fulgentius' viehischen Instinkten: Er vergewaltigt eine Magd im Kuhstall.[18]

Bereits 1777 hatte, angeregt von La Roches erstem Band, Joseph Milbiller, gleichfalls anonym und ohne Druckort (eventuell beim Münchner Verleger Crätz), *Nachrichten von Klostersachen* herausgebracht.[19] Unter dem trockenen Titel enthält der Band eine Folge von Briefen, hier eines vorgeblichen weltlichen Reisenden, der mehrere (ungenannte, aber eindeutig bayerische) Klöster besucht und mit beißender Ironie die dortigen Verhältnisse schildert; erotische Geplänkel mit frommen Gattinnen, Töchtern und Mägden spielen nur eine Nebenrolle. In einem Anhang mit separatem Titel (S. 103–126) parodiert Milbiller im Voraus die konservative Replik: *Der aus der Pfütze heraus fliegende Goldkäfer, das ist Gründliche und heilsame Widerlegung aller gottlosen und ehrenrührischen Schriften wider die löblichen Gebräuche der Klosterleute, besonders der jüngst im Druck erschienenen Nachrichten von Klostersachen*. Tatsächlich kam 1778 eine ernstgemeinte Widerlegung mit ähnlichem Titel heraus: *Anmerkungen über die zu Ende des Jahrs 1777 gedruckte Nachrichten von Klostersachen. Von einem Leyen zur Vertheudigung der, wider Rechte und Billigkeit, schimpflich mishandelten Ordenspersonen gestellt an den Herrn Gottfried, Verlegern der anstößigen Briefen seines Freundes; Demselben zur heilsamen Wahrnungsschame übersändet*. Das wohl in Augsburg gedruckte Werk ist stilistisch merkwürdig obsolet, seine barocke Derbheit, seine Orthographie, sein Sprachstand erinnern eher an Weislingers Eiferertum der 1730er Jahre.

In diesem Jahr 1777 ist auch das wohl singuläre Beispiel eines bayerischen Klosterdramas zu verzeichnen. Johann Nepomuk Lengenfelder ließ anonym und ohne Verlagsort, also wohl an der Zensur vorbei, ein laut Untertitel *Schauspiel trochäischer Versart* erscheinen namens *Die Neuen Vestalinnen*.[20] Hinter dem unverfänglichen Titel verbirgt sich eine vehemente Anklage gegen die Institution der Nonnenklöster mit entsprechendem Perso-

---

16 Vgl. ebenda, S. 356f.: »Quaeritur, an, ubi vir semine intra recepto se retrahit, liceat feminae, quae nondum seminavit, tactibus se excitare donec & ipsa seminet ?«

17 Ebenda, Bd. II, S. 194.

18 Ebenda, S. 186f.

19 Vgl. Karl Goedeke: Grundrisz zur Geschichte der deutschen Dichtung aus den Quellen. Sechstes Buch: Vom siebenjährigen bis zum Weltkriege: Nationale Dichtung, Teil 1. 3. neubearb. Aufl. Dresden: Ehlermann 1916, S. 129. Vgl. dazu Friedrich W. Ebeling: Geschichte der *komischen Literatur* in Deutschland während der zweiten Hälfte des 18. Jahrhunderts. Bd. II. Leipzig: Haynel 1869, S. 170.

20 119 S. Eine kurze Charakteristik bei Paul Legband: Münchener Bühne und Litteratur im achtzehnten Jahrhundert. München: Verlag des Histor. Vereins von Oberbayern 1904 (Oberbayerisches Archiv für vaterländische Geschichte 51), S. 357–359. Vgl. Klement Alois Baader: Lexikon verstorbener Baierischer Schriftsteller des achtzehenten und neuzehnten Jahrhunderts. Des zweyten Bandes Erster Theil. A–P. Augsburg und Leipzig: In der von Jenisch- und Stage'schen Buchhandlung. 1825, S. 162,1; Goedeke: Grundrisz Bd. V, S. 359, 24, 1 (wie Anm. 19); Deutsches Anonymen-Lexikon 1501–1850. Band

nal wie schurkischer Oberin (Mutter zweier Kinder), lüsternem Beichtvater und dergleichen. Letzterer wird erschossen, erstere vergiftet irrtümlich ihre Tochter und richtet sich anschließend selbst. Eine Aufführung des turbulenten Sturm-und-Drang-Stückes dürfte kaum stattgefunden haben.

Riesbecks wohl durch Milbiller angeregte Fortsetzung der Briefe wurde umgehend in Kurbayern verboten (und zugleich nachgedruckt). Sie regte ihrerseits mehrere ähnliche Produkte radikalaufklärerischer Klosterpolemik an, so auch 1782 des Schwaben Johann Friedrich Gaum (1722–1814) *Neue Briefe für und wider das Mönchswesen*, auf dem Titelblatt ostentativ Kaiser Josef II. zugeeignet („Deutschlands Glück und Wonne«). Riesbeck hat seine polemischen Ausfälle gegen die Klöster im folgenden Jahr noch verschärft. Seine 1783 in Zürich veröffentlichten *Briefe eines reisenden Franzosen über Deutschland an seinen Bruder zu Paris* enthalten im besonders grimmigen Bayern-Kapitel Passagen wie die folgende: »Sehr seltsame moralische Karrikaturen liefern die bayerischen Mädchen. Da wühlt ein Pfaff mit der Hand in einem schönen Busen, der zur Hälfte mit einem Skapulier bedeckt ist. Dort sitzt ein schönes Kind, und hält in der einen Hand den Rosenkranz und in der andern einen Priap.«[21] Zur selben Zeit wie Riesbecks La Roche-Fortsetzung, 1780–1782, und im gleichen Zürcher Verlag erscheint in drei Bänden, wiederum anonym und ohne Ort und Verlag das Erstlingswerk von Johann Pezzl (1756–1823): die *Briefe aus dem Novizziat.* [22] Der radikale Aufklärer war Sohn des Klosterbäckers in Mallersdorf, besuchte das Benediktiner-Lyzeum in Freising und trat 1775 als Novize der Benediktiner im Kloster Oberalteich ein.[23] Er verließ den Orden aber nach dem Probejahr und studierte an der aufklärerisch orientierten Benediktineruniversität Salzburg Jura, wo er Riesbeck kennenlernte, der ihn in Illuminatenzirkel einführte und den Kontakt zum Verleger herstellte. Die *Briefe aus dem Novizziat* wurden in Kurbayern sofort verboten. Als 1780 auch in Salzburg eine Untersuchungskommission vom Autor einen förmlichen Widerruf forderte, ging dieser wie Riesbeck nach Zürich. Dort erschien 1783 auch sein Bestseller *Faustin oder das philosophische Jahrhundert*, der deutsche *Candide*, der als erster veritabler Illuminatenroman galt. Von einem Bayern geschrieben, in Zürich gedruckt, würdigt ihn Leslie Bodi als »ersten durchschlagenden Romanerfolg der österreichischen Aufklärung«.[24] Pezzl wechselte im selben Jahr nach Wien; dort endet sein Roman mit einer Eloge auf Joseph II. als Garant eines wahrhaft aufgeklärten, philoso-

IV. S–Z . Bearb. von Michael Holzmann und Hanns Bohatta. Weimar Gesellschaft der Bibliophilen 1907, Nr. 10108; Hayn / Gotendorf, Bibliotheca Bd. VIII (wie Anm. 3), S. 122.

21 Hier zitiert nach dem auszugsweisen Raubdruck im gleichen Jahr mit dem abweichenden Titel: Briefe eines Reisenden Franzosen durch Bayern, Pfalz und einen Theil von Schwaben an seinen Bruder zu Paris. [O. O. u. V.] MDCCLXXXIII, S. 135.

22 Zu Pezzl fehlt nach wie vor eine neuere Monographie. Das doppelte »z« im Titel des Erstdrucks wird im folgenden entsprechend dem heutigen Sprachgebrauch zum einfachen normalisiert.

23 Nur die *Neue Deutsche Biographie* entscheidet sich für Scheyern.

24 Leslie Bodi: Tauwetter in Wien. Zur Prosa der österreichischen Aufklärung 1781–1795. Frankfurt: S. Fischer 1977, S. 284. Auf Pezzls *Faustin* und seine *Reise durch den Baierischen Kreis* mit ihren zahlreichen Passagen über sexuelle Aktivitäten diverser Ordensleute sei in diesem Kontext nicht weiter eingegangen.

phischen Jahrhunderts. Im zweiten Band (1784), der vom ungenannten Peter Adolf Winkopp (1759–1813) verfasst wurde, wird dieser Enthusiasmus allerdings revidiert. Die Publikationsgeschichte des ersten Bandes der Pezzlschen *Briefe* ist noch nicht näher erforscht.[25] Es existieren zwei Ausgaben, die sich – dies eine Beobachtung von Herbert Schauer[26] – durch sprachliche Glättung / Standardisierung (Erchtag zu Dienstag; herentgegen zu hingegen) wie auch durch Textbearbeitung (unterdrückte Polemik gegen die unbefleckte Empfängnis) unterscheiden. Eine der beiden ist vermutlich ein sehr geschwinder Nachdruck des Münchner Verlegers Strobl. Auffallend ist das für alle drei Bände verwendete bläuliche Papier. Möglicherweise ist es ein ironischer Hinweis darauf, daß in den Klöstern verderbliche, konfiskable Schriften als »blaue Büchlein« klassifiziert wurden.[27] Der erste Band, munter und frisch geschrieben, schildert in Briefen wie sein Vorbild die Vorbereitungszeit und die ersten Klosterwochen in Oberalteich so anschaulich wie sarkastisch. Der schreibende Novize ist erstaunlich gut mit der zeitgenössischen Literatur vertraut, rühmt Gleim und Jacobi, Rost, Wieland (den *Goldenen Spiegel*), Ramler und Goethe (eine merkwürdige Mischung). Seine bisherige Bibliothek[28] schenkt er dem Brieffreund: neben Wieland (*Agathon*, *Goldener Spiegel*, *Diogenes von Sinope*) vereint sie Hermes (*Sophiens Reise*) mit Sterne (*Yoricks empfindsame Reise*), Goethe (*Werther*) mit Nicolai (*Sebaldus Nothanker*), Helvetius mit Horaz. Nun wird er konfrontiert mit den vielfach schockierenden klösterlichen Ritualen und Hierarchien: ausgiebig geschildert werden Kerkergreuel und Schlemmereien, Intrigantentum und Bigotterie, absonderliche Ordensregeln, Aberglauben, Reliquienkult und so fort. Die Erzählfiktion wird bald nur mehr vereinzelt bemüht. Die erotisch-sexuelle Thematik wird jedoch nur äußerst zurückhaltend behandelt. Ein Satyr wie Riesbecks Pater Fulgentius ist zwar nirgends zu finden, aber die Versuchungen, die »abzehrenden Flammen ungenossener Lust«[29] sind mannigfaltig. Da bedarf es nach der Lektüre des Hohen Liedes intensiver »Mortifikationen«, also Abtötungen des Fleisches, da streiten sich die Novizen um Kupferstiche der heiligen Magdalena und Katharina (»beyde mit etwas vollen und halbentblößten Busen gestochen«), »damit sie sich doch wieder einmal wenigstens an der Anschauung eines gemalten Mädgenbusens ihre brennende Sehnsucht stillen konnten«.[30] Pezzls hunderte Seiten umfassender Erfahrungsbericht war der erste authentische Einblick in die bisher hermetisch verschlossene, arkane Parallelwelt der Klöster und rief deshalb höchste Empörung bei den so Decouvrierten und deren Bundesgenossen in der Regierung hervor. Die Verbotsversuche brachten nichts,

---

25 Leider unpubliziert geblieben ist die aus den Quellen gezogene Darstellung von Wolfgang Griep: Johann Pezzls Jugendjahre. Diss. (masch.) Univ. Bremen 1983. Darin S. 47ff zu den *Briefen aus dem Novizziat*.

26 Vgl. seine Beschreibung des Exemplars im Auktionskatalog des Hauses Zisska & Kistner 33, Nr. 1603.

27 Briefe aus dem Noviziat, Bd. I, S. 69. Bemerkenswert ist, daß Papier und Druck des Originals und der vehementen Gegenschrift, die in meinem Exemplar beigebunden ist, nahezu identisch sind, also auf denselben Verlag deuten.

28 Ebenda, Bd. I, S. 48.

29 Ebenda, Bd. II, S. 174.

30 Ebenda, Bd. I, S. 209.

ebensowenig erbitterte Schmähkritiken in katholischen Rezensionsorganen oder gar der ungelenke, vergeblich um beißenden Sarkasmus bemühte Widerlegungsversuch.[31]

Die bei Pezzl nur relativ zurückhaltend behandelte sexuelle Problematik in den Klöstern und das Zölibat insgesamt wurden zur selben Zeit in der bayerischen Publizistik bei den gemäßigten Münchner Aufklärern umfänglich thematisiert. 1782 brachte der Münchner Verleger Strobl zunächst die Schrift Franz Xaver Hueters *Von dem Verfall der Weltpriester, samt einem freundschaftlichen Nachtrag* anonym heraus – wie vielfach legte er parallel einen Teil der Auflage mit, einen weiteren ohne Verlagsangabe vor. Im selben Jahr erscheinen dort, doch ohne Nennung von Ort und Verlag (also wohl an der Zensur vorbei) die mehr als 500 Seiten starken *Dringende Vorstellungen an Menschlichkeit, und Vernunft, um Aufhebung des ehelosen Standes der katholischen Geistlichkeit.* Es ist ein Gemeinschaftswerk von Lorenz Westenrieder (1748–1829), Anton von Bucher (1746–1817), Anton Nagel (1742–1812), Lorenz Hübner (1751–1807) und Joachim Schuhbauer (1743–1812), allesamt Geistliche. Haefs sieht darin »das vielleicht bedeutendste, weil fundierteste und sachlichste, in deutscher Sprache erschienene aufklärerische Plädoyer für die Abschaffung des Zölibats.«[32] Eindringlich, anschaulich und ungescheut widmen sich diese Protagonisten des Münchner Reformklerus dem heiklen Thema, referieren ganz konkret über den »gewaltigen Druck der übermäßigen Zeugungssäfte«[33] bei langer Abstinenz. Sie beschreiben unter Verweis auf medizinische Autoritäten die »scheußliche Wirkung der steten Enthaltsamkeit« eindringlich mit ebenjenen Symptomen, welche zur selben Zeit die Onaniedebatte vice versa als schreckliche Folgen der Masturbation anklagt. Ja, sie wenden sich provokant gegen die rigorose katholische Moraltheologie und tadeln »unsere katholischen Sittenlehrer, [die] aus jeder, mit Absicht beförderten, oder vollendeten Pollution [...] eine leidige Todsünde herausgrübeln«. Und sie fragen eindringlich: »Wo erfährt man unter dem verehelichten Klerus der Protestanten je nur den tausendsten Theil von allen den geistlichen Hurenprozessen, Ehebrüchen, und gräuslichen Sodomitereien, die bei uns Katholiken sehr gewöhnliche Vorfälle sind, und wovon die geheimen Klostergeschichten und Ordinariatskanzleyen voll sind?« Das ist eine damals nicht nur in der katholischen Debatte singuläre Deutlichkeit und Klarsicht der Diagnose. Das traurige Ergebnis solcher Sexualneurosen schilderte 1805 der entlaufene Benediktiner Johann Baptist Schad (1758–1834) in seiner Autobiographie,[34] nämlich die pathologische Verklemmtheit der jungen Novizen und Ordensleute:

31 Unpartheiliche Gedanken über die Briefe aus dem Noviziat. O. O. u. V. 1781.

32 Wilhelm Haefs: Aufklärung in Altbayern, S. 365 (wie Anm. 6).

33 Dieses und die folgenden Zitate siehe S. 29, 222, 219f., 283.

34 J. B. Schad: Lebens- und Klostergeschichte, von ihm selbst beschrieben. Mit einer freyen Charakteristik der Mönche zu Banz, und des Mönchsthumes überhaupt in Ansehung seines verderblichen Einflusses auf Erziehung, Staat und Religion. Erfurt: Hennings 1803, S. 246 f., 256. Zu Schad vgl. Guido Naschert: »Mit mir machst Du, o Rom, kein Glück«. Die ›Klosterromane‹ Johann Baptist Schads und ihre Religionsphilosophie. In: Subversive Literatur. Erfurter Autoren und Verlage im Zeitalter der Französischen Revolution (1780–1806). Hrsg. von Dirk Sangmeister, Martin Mulsow. Göttingen: Wallstein 2014, S. 395–434.

> Ich traute mir nicht nur kein weibliches Geschöpf, sondern auch nicht einmal ein Heiligenbild von weiblicher Gestalt, ja sogar nicht einen nackten Engel auf dem Althare anzusehen, um ja nicht zu dem Gedanken von dem Unterschiede der Geschlechter einige Veranlassung zu geben. Und gerade durch diese ängstliche, bedächtliche Furcht, durch dieses reflektierte Gegenstreben erregte ich unaufhörlich diesen fatalen Gedanken in mir, der mich um so fester umschlang, je mehr ich mich bemühete, demselben zu entfliehen.

Er berichtet von »den reinen Küßen, die ich im Geiste der heiligen Maria gab. Wenn mir in dieser heiligen Umarmung der Braut des heiligen Gottes einfiel, daß sie – Gott sey bey uns – gleich andern Damen einen Busen habe, da war meine ganze Entzückung dahin«. Jene Stellen im Brevier und den Stundengebeten, da von den ubera virginis die Rede ist, also die »gefährlichen Busenstellen« brachten nicht nur ihn aus dem seelischen Gleichgewicht, sondern manche Mönche in solche Gewissensnöte, daß sie solchen teuflischen Versuchungen beim Chorgebet durch Ausspucken zu begegnen suchten. Ein solcher »Teufelsspucker« manifestierte damit, daß er »die irdischen Brüste Mariens von ganzem Herzen verabscheute, und nur Sinn für ihren himmlischen Busen hätte«.

Man kann Pezzls *Briefe aus dem Novizziat* als Auftakt der bayerischen Klosterromane sehen, obgleich sie aufgrund ihres relativ geringen erzählerischen Anteils sicher einen Grenzfall darstellen. Die eigentlichen Vertreter dieses Genres jedoch stehen weniger unter dem Einfluss der satirisch-polemischen Invektiven von Frank, Riesbeck und Pezzl, sondern orientieren sich an einem anderen, spezifisch literarischen Vorbild. Es ist der Roman des Ulmer protestantischen Pfarrers Johann Martin Miller (1750–1814), den er mit 26 Jahren veröffentlicht hat: *Siegwart. Eine Klostergeschichte*. Erstmals in Leipzig bei Weygand 1776 erschienen, folgte bald die zweite Auflage nebst mehreren Nachdrucken. Der Bestseller könnte durchaus als der früheste bayerische Klosterroman gelten, denn er spielt im bayerischen Schwaben und in Ingolstadt. Den empfindsamen Titelhelden kümmert zunächst nicht, daß eine in ihn unglücklich Verliebte aus Verzweiflung ins Kloster geht, dort dahinsiecht und stirbt. Doch als er selbst um die schöne Marianne wirbt, wünscht deren Vater eine bessere Partie. Die Tochter wählt daraufhin lieber das Kloster. Siegwart plant, sich dort als Gärtner einzuschleichen, um sie zu entführen, aber man behauptet, diese sei gestorben. Darauf wird er seinerseits zum Mönch. Nach vielen Jahren als Beichtvater zum Sterbebett einer Nonne gerufen, erkennt er: es ist keine andere als Marianne. Er bricht auf ihrem Grabe zusammen – die beiden sind endlich im Tode vereint. Die krude Geschichte zeigt kein Interesse für das Innenleben der Klöster, sie hat, obgleich von einem Protestanten geschrieben, keinerlei polemischen Enthüllungsehrgeiz. Das Kloster erscheint eher als Zufluchtsort vor der schnöden Welt, nicht jedoch als Folter- oder gar Lasterstätte. Die kritischen Zeitgenossen amüsierten sich über die penetrante Sentimentalität des Romans und den Helden, den – so eine Satire – »auf dem Grabe seiner Geliebten jämmerlich verfrohrne[n] Kapuziner«.[35] Man hat gezählt, dass auf den 1179 Seiten ins-

35 [Friedrich Bernritter]: Siegwart, oder der auf dem Grab seiner Geliebten jämmerlich verfrohrne Kapuziner. Eine abentheuerliche aber wahrhafte Mord- und Kloster-Geschichte, die sich vor etlichen

gesamt 555mal geweint werde. Diese exaltierte Empfindsamkeit übernehmen die folgenden bayerischen Klosterromane kaum, allerdings folgen sie mehr oder minder exakt dem Handlungsmuster. Der *Siegwart* ist im übrigen bald nach Erscheinen auch in den Klöstern rezipiert worden. Franz Xaver Bronner (geboren 1758), der 1776 als Novize ins bayerische Benediktinerkloster Donauwörth eingetreten war, schildert in seiner 1795 (wiederum in Zürich publizierten) Autobiographie, wie der Pater Bibliothecarius den Band sorgfältig unter Verschluss hielt, dann aber doch einem Vertrauten auslieh, der ihn für einen Tag und eine Nacht an Bronner weitergab: »Nie glaubte ich etwas so hinreißendes gelesen zu haben, und die lieblichen Scenen, die darin gezeichnet waren, schwebten mir von nun an, ich mochte wachen oder träumen, beständig vor Augen.«[36] Die empfindsame Lektüre hatte das Erwachen diffuser erotischer Sehnsüchte zur Folge, die bald zu einer unschuldigen Schwärmerei, geheimem Briefwechsel und gar einem ersten Kuss führten. Die Realität eines pubertären »Eros im Kloster« ist nirgendwo sensibler beschrieben als bei Bronner, der 1783 den Illuminaten beitrat und 1785 den Orden verließ. Seine eindringlichen Schilderungen aus dem Noviziat verzichten aber im Gegensatz zu Pezzl, Winkopp oder Schad auf jeden Enthüllungsgestus. Übrigens bedürfte auch das Thema der tatsächlichen und vorgeblichen Lektüre in den Klöstern für beiderlei Geschlechter einer eigenen Behandlung. Die autobiographischen Berichte (Pezzl, Bronner, Schad usw.) belegen, dass es mannigfache Möglichkeiten auch für junge Mönche gab, an aktuelle literarische Kost zu gelangen, in den Satiren wird dagegen oft der Eindruck vermittelt, als bestünden die privaten Sammlungen der Konventsmitglieder hauptsächlich aus pornographischen Titeln.[37]

Nach der 1778 erschienenen *wirttembergischen Klostergeschichte* (so der Untertitel) *Hartmann* von David Christoph Seybold (1747–1804), die wiederum Weygand in Leipzig herausbrachte,[38] ist 1779 erstmals ein bayerischer Druck dieses Genres zu verzeichnen: *Aufgefangene Nonnenbriefe. Mit einem Anhang, Charlotte im Kerker, eine gefühlvolle Scene.* [München: Crätz] 1779.[39] Der kleine Briefroman wird in den Bibliothekskatalogen (und demzufolge bei Wikipedia) dem Sachsen Christian Leberecht Heyne alias Anton-Wall

Jahren im Fürstenthume Oetingen mit einem Amtmanns Sohn und eines Hofraths Tochter aus Ingolstadt zugetragen. [Mannheim] 1777.

36 Franz Xaver Bronner: Leben, von ihm selbst beschrieben. Erster Band. Zürich: Orell u. a. 1795, S. 373.

37 Vgl. etwa Friedrich Christian Laukhard: Wilhelm Steins Abentheuer, beschrieben von ihm selbst. Bd. 1. Altenburg: Richter 1810, S. 158f. Der Franziskaner Pater Damian (Wilhelm Stein) sitzt in einer Zelle im Arrest, weil er der Ketzerei schuldig befunden worden ist, langweilt sich und bittet um Bücher, um sich die Zeit zu vertreiben. Man bringt ihm einige lateinische Bücher des gerade verstorbenen Pater Reimund, der im Kloster »für einen sehr heiligen Mann«, ja »für einen Erzbetbruder« angesehen worden war. Es handelt sich um »1. Aloisiae Sigeae Toletanae Satira Sotadica. 2. Martialis Epigrammata. 3. Virgilii aliorumque Priapeia seu lusus in Priapum com notia C. Scioppii. 4. Cantharides pro effectis ac impotentibus. 5. Jocoseria Melandri, und endlich 6. Furnus ex Italico Casani Archiop., Benevent.«

38 Kulturhistorisch für die Zustände in Württembergs Geistlichkeit ergiebig, war ihr Vorbild das kurze Leben des Dichters Gottlob David Hartmann (1752–1775). 2005 sind diese »Leiden eines Stiftlers« in kommentierter Neuausgabe mit Nachwort von Ulrich Stolte in der Reihe »Bibliotheca Suevica« erschienen.

39 Das schmale Bändchen von 96 S. ist in der BSB digitalisiert und auch in Aschaffenburg vorhanden. Vgl. auch Ebeling: Geschichte der komischen Literatur, Bd. III (wie Anm. 19), S. 588.

zugeschrieben, was völlig abwegig ist; er ist zweifellos bayerisches Original. Hier wird nicht empfindelt oder getändelt. Es korrespondieren die ins Kloster gepresste, aufsässige Benedikta und ihre Jugendfreundin, die zunächst frömmelnde, dann bald gleichgesinnte Aloisia; beide sind vom »Kützel des Fleisches« befallen und beteiligen sich an den klosterinternen Rivalitäten um den visitierenden Doktor und den tätschelnden Beichtvater.[40] Benedikta liest auch begierig den *Siegwart*, doch die Korrespondenz endet abrupt mit der Aussicht auf Erlösung aus dem Klosterzwang durch den neuen Landesvater Karl Theodor. Der wenig passende Anhang beschreibt die letzten Stunden einer verführten Kindsmörderin im Kerker, die – durch lüsterne Lektüre wie Rost und Wieland verdorben – nun ihr Todesurteil überbracht bekommt. Der Band ist eine literarisch ungeschickte, strukturell plumpe Kombination aus Satire und Moritat.[41]

Riesbecks *Briefe über das Mönchswesen* und Pezzls *Briefe aus dem Noviziat* haben erhebliches Aufsehen erregt, führten zu heftigen Debatten und Verboten. Je intensiver um 1780 die publizistische Debatte um die Klöster wird, desto mehr scheint das breitere belletristische Lesepublikum an diesem Milieu Interesse zu finden – auch jenes im Süden des Reiches. Das war eine Einladung für spekulative Verleger, sich an dieser Skandalproduktion zu beteiligen. Vor allem Weygand in Leipzig tat sich dabei deutlich hervor, sehr schnell war auch der Ulmer Verlag Stettin auf dem Markt. 1766 hatte der aus Sachsen stammende August Lebrecht Stettin (1725-1779) die vormals Gaum'sche Buchhandlung erworben und umbenannt. Nach seinem Tod 1779 heiratete Johann Friedrich Gaum (1722-1814) die Witwe, wodurch er wieder in den Besitz der Buchhandlung kam.[42] Gaum, dessen Bruder Johann Ferdinand am Evangelischen Seminar in Blaubeuren lehrte, trat 1781 / 82 mit dem *Grab der Bettelmönche* und *Neuen Briefen für und wider das Mönchswesen* als Autor anonym an die Öffentlichkeit und ließ im eigenen Verlag eine Vielzahl kontroverspolemischer Traktate und Broschüren folgen, die den Toleranzkaiser Joseph II. verherrlichten und die Mendikanten wie Prälatenorden angriffen.[43] Damit nicht genug, brachte er 1782 einen anonymen Klosterroman ohne Angabe von Ort und Verlag heraus, durch ein Frontispiz als Erzähltext gekennzeichnet: *Biographie eines Mönchs, oder die Begebenheiten des Pater Hyacinths, in Briefen*. Der Titelheld, ein junger Kapuziner, hat sich in Johanna verliebt, die ihrerseits für eine Existenz als Nonne vorgesehen ist. Wie der Zufall es will, hängt ein Ge-

40 Vgl. Aufgefangene Nonnenbriefe, S. 50 f.

41 Nicht berücksichtigt ist hier der Erstlingsroman von Christian August Peschek: Die verkannte Nonne in der Geschichte der Caroline Henriette P... 2 Bände. Leipzig: Johann Philipp Haug 1781.

42 Diese bestand unter Beibehaltung des ursprünglichen Namens bis 1876 fort. Vgl. Annette Pozzo: Membra disiecta. Inhalt und Wirkung der Bibliothek des Göttinger Professors Lüder Kulenkamp (1724–1794). Berlin : Logos Berlin 2014, S. 172.

43 Die Zuschreibung nach: Das gelehrte Teutschland oder Lexikon der jetzt lebenden teutschen Schriftsteller / Angefangen von Georg Christoph Hamberger, fortgef. von Johann Georg Meusel. Bd. XXII / 2. Lemgo: Meyer 1831. U. a.: *Es leben die Prälaten! Beobachtungen auf einer kleinen Reise in verschiedenen Prälaturen in Bayern und Schwaben*; *In Briefen von einem Meklenburgischen Officier an seinen Freund in Westphalen*. (der KVK behauptet einen Druckort Stettin); zwei weitere Gaumsche Schriften im eigenen Verlag brachte er 1782 unter dem fiktiven Druckort »Mietau« [!] heraus: *Die Auferstehung der Bettelmönche und Nicht mehr, und Nicht weniger, als zwölf Apostel: ein Stük zur Bettel-Mönchs Geschichte.*

mälde der büßenden Magdalena in wenig sittsamer Stellung über seinem Bett. Es erinnert ihn lebhaft an seine Johanna – die dem Maler tatsächlich als Modell gedient hatte. Das ausführlich geschilderte bedrückende Dasein im Kloster unter Larven und Tölpeln wird für Hyacinth unerträglich – schon gar, als er, wie der Zufall wiederum will, seiner Johanna bei einer Überschwemmung das Leben retten kann. Nach Leidensjahren als Außenseiter, gequält von allerlei Intrigen im Konvent (ein Liebesbrieflein an einen anderen Mönch, der seine Affäre aber erst auf dem Totenbett gesteht,[44] wird ihm zugerechnet) erreichen es schließlich wohlmeinende adelige Gönner, sowohl ihm wie seiner Angebeteten die Freiheit zu verschaffen; sie werden ein glückliches Paar. Eingeflochten sind längere Räsonnements übe den Nutzen und die Schädlichkeit des mönchischen Lebens für die Gesellschaft. Explizite Kritik an den Eskapaden der geistlichen Schwerenöter findet sich nur an einer Stelle, da es um das »Terminieren« geht, also das bei den Bettelorden gebräuchliche Almosensammeln in einem bestimmten Bezirk:

> Sie haben so viele Gelegenheiten mit den andächtigen Bauerweibern, und den hübschen Mädchen mit vollen runden Baken auf den Dörfern, bey ihrem Terminiren, bekannt zu werden. Von den Leuten werden sie als Heilige verehrt, und können mit leichter Mühe, die Neigungen und Leidenschaften einer jeden erforschen. Es giebt noch starke, muntere Leute unter den Brüdern, die den Mädchen wohlgefallen. Man sucht sie zu Tertianerinnen zu machen, denn müssen sie ihre geheimsten Gedanken, ihrem Gewissensrathe offenbaren, und oft weis er denn, ihre Offenherzigkeit zu seiner Befriedigung anzuwenden.[45]

Es ist denkbar, dass der Verleger Gaum selbst auch der Verfasser des Klosterromans war. Das würde auch erklären, weshalb er ihm besondere Fürsorge angedeihen ließ. Denn im Folgejahr 1783 brachte er genau dasselbe Opus erneut heraus, nun aber mit völlig anderem Titel, nämlich: *Wie geht es dann eigentlich in den Klöstern der Bettelmönche zu? Gedruckt in Philadelphia*[46]. Nun ohne Vorwort und neugesetzt, ist der Band sonst text- und umfangsidentisch. Hatte sich der ursprüngliche Titel eher an ein konventionelles Romanpublikum gerichtet (die »Begebenheiten« waren um die Jahrhundertmitte en vogue gewesen), so spekulierte der neue wohl mit dem Kennwort der aktuellen Debatte („Bettelmönche«) auf den Sensationseffekt des Blicks hinter die Klostermauern. 1782 kommt ein weiterer bayerischer Klosterroman an die Öffentlichkeit – auch seine Anonymität ist bis heute nicht gelüftet. Vielleicht handelt es sich um einen Autor, der ähnlich wie Pezzl im klerikal-klösterlichen Milieu erzogen wurde und selbst für den geistlichen Stand bestimmt war. *Rosenberg, eine baierische Klostergeschichte in zwey Theilen* ist unter der Firmierung »Frankfurt und Leipzig« in Nürnberg bei Johann Adam Stein im Umfang

44 »Ich hatte Fleisch und Blut, das Mädchen auch [...] O Brüder! es ist nicht möglich, sich in unsrem Stande von allen Beflekungen rein zu erhalten [...] Ohnmöglich ist es, den von Gott gegebnen Natur-gesezen zu widerstreben; und aus dem gezwungen Coulibat [!] entstehet allerley Unreinigkeit, Beflekung, und tausend üble Folgen sind die Frucht davon.« (Biographie eines Mönchs, S. 245 f.)

45 Ebenda, S. 94f.

46 Diese Neuausgabe ist deutlich seltener als die vorherige, es gibt nur zwei Exemplare im KVK, keines in Bayern.

von 280 Seiten erschienen. Der Münchner Jungschriftsteller Peter Philipp Wolf (1761–1808) wurde in der Pasquillantenaffäre[47] als Verfasser vermutet, stritt dies jedoch ab (er war damals noch Gehilfe in Strobls Buchladen); tatsächlich sprechen stilistische Gründe eher dagegen. Auch der vom Gericht eruierte Verleger gab an, der Autor sei ihm unbekannt. Da das Werk über KVK und WorldCat in öffentlichen Bibliotheken nicht nachweisbar ist (das einstige Berliner Exemplar ist Kriegsverlust), sei hier ein kurzer Inhaltsabriss gegeben. Der Briefroman bemüht sich zunächst um differenzierte Zeichnung der Charaktere im und außerhalb des Klosters, lässt aber darin bald spürbar nach und wird recht konventionell, die satirischen Passagen wirken grobschlächtig, die heftige Aversion gegen das klösterliche Leben bleibt durchgängiger Grundton. Durch väterlichen Wunsch auf dem Totenbett ins Kloster gezwungen, muss der Held Rosenberg seinen keuschen Liebesbund mit Mariane (sie heißt wie Siegwarts Herzensfreundin) aufgeben. Der Novize trifft im Konvent auf ein Panoptikum: der Prior züchtet Ochsen, liebt das Jagen und Kegelscheiben, der Chorregent ist ein Trunkenbold, der Novizenmeister beschränkt, der Bibliothekar strohdumm. Einziger Trost ist der kluge Seelenfreund Marian. Rosenberg widersetzt sich der rigiden Disziplin, verteidigt Rousseau und Voltaire und verlässt das Kloster schnell wieder. Im zweiten Teil gerät der Held in schlechte Gesellschaft von Saufbrüdern und wandert schließlich aus. Er ahnt nicht, dass Mariane unterdessen reich geerbt hat, ihn heiraten wollte, sich aber nun mit einem anderen vermählt. Nach einem unvermittelten Einschub von 35 Seiten sozialkritischer Aufsätze und Gedichte Rosenbergs kehrt dieser Jahre später zurück und fristet seine Existenz als wackerer Dorfschulmeister (was dem moralisierenden Autor Gelegenheit zu einem länglichen Panegyricus auf das biedere Landvolk gibt). Wie im *Siegwart* gibt es hier kein happy end, allerdings auch keine Entleibungen, ebenso wenig ist von Eros inner- oder außerhalb des Klosters die Rede. Deutlich deftiger geht es zu in dem satirischen Opus: *Der goldene Esel. Beyträge zur Geschichte der Bettel-Orden aus alten Urkunden gezogen. Von einem reduzirten Bettler.* Es ist mit der fingierten Adresse des oberpfälzischen Sulzbach ebenfalls 1782 (möglicherweise bei Weygand, aber sprachlich doch eher im Süden) erschienen. Der titelgebende Esel, der mit Apuleius nichts gemein hat, berichtet von seinen Erlebnissen und Beobachtungen, vor allem als Last- und Reittier im Kloster, dessen Insassen er als Eunuchen persifliert. Eine typische Szene sei kurz zitiert: Die Mendikanten alias Eunuchen sind auf ihrer üblichen Betteltour über die Bauernhöfe und führen das Bild ihrer Göttin (also eine Marienstatue) auf dem erzählenden Esel mit sich. Die Combabusjünger (eine Wieland-Anspielung) treffen auf fleißige Mägde, die in der Sommerhitze recht leichtgeschürzt sind – zum hohen Wohlgefallen der geistlichen Herren. Ein Pater erklärt einer Bauerndirn rabulistisch:

> So ist deine Pflicht zu genießen, wenn du gern genießest – so wie es deine Pflicht ist, zu essen wenn du hungerst [...] Sieh' wie reitzend du bist – wie wollüstig dein rother Mund zum Küssen winkt – wie dein weisser emporstrebender Busen unersättliche Begierden erreget – und dein schöner Fuß – dein rundes Knie. – Hier wollte der be-

47 Vgl. dazu Schaich: Staat und Öffentlichkeit (wie Anm. 5) S. 178ff.; vgl. auch meinen Beitrag: Eine bayerische Inquisitionsgeschichte. In: Le Livre et l'Historien. Etudes offertes à Henri Jean Martin. Ed. Frédéric Barbier, François Dupuigrenet-Desroussilles. Genf: Droz 1997, S. 381–399.

> geisterte Lehrer weiter gehen; aber das Mädgen schrie – wollte sich aus dem frechen Arm des Eunuchen loswinden; allein er hatte es mit heiliger Miene bald wieder besänftiget – – beruhige dich sieh alle diese Schönheiten, dieser Reitz – und was du so schüchtern dem heisen begierigen Auge verhüllest – der Thron der Lust – die süsse nie versiegend Quelle des wonnevollen Entzükens; alles ist zum Genusse gemacht.[48]

Was die Romane in *Siegwarts* Tradition vermeiden, wird hier ungeniert-bissig präsentiert: die Klöster als Heimstatt lüsterner Scheinheiligkeit. Das Buch mündet, wenig überraschend, in einem Aufruf zur allgemeinen Säkularisation aller Orden nach dem Vorbilde der Jesuitenaufhebung.

Wie erwähnt, besaß der Leipziger Verleger Weygand, bei seinen Autoren als Geizhals berüchtigt, ein besonders feines Gespür für literarische Moden und Scandalosa – knapp zehn Jahre zuvor hatte er Hauptschriften des Sturm und Drang einschließlich des *Werther* herausgebracht, aber auch den *Siegwart*. Nun tat er sich in den Achtzigerjahren als ein Hauptproduzent antimonastischer Romane und Satiren hervor. 1782 begann seine Zusammenarbeit mit einem Autor, der sich ungewöhnlicherweise auf dem Titel seines einschlägigen Erstlingswerkes zu erkennen gab – es war der hartnäckigste und vehementeste Kritiker von Staat und Kirche in Kurbayern, der eine jahrelange, von Verboten und Prozessen begleitete publizistische Kampagne mit zahlreichen Münchner Gewährsleuten dirigierte, nämlich Peter Adolf Winkopp.[49] Als »ehemaliger Benediktinermönch im St. Peterskloster bey Erfurt« enthüllte er *Leben, Schiksale und Verfolgungen des Prior Hartungus. Oder geheime Philosophie und Karakteristik des Mönchswesens. Erster Theil.* Winkopp betont in seiner sehr ausführlichen, bekenntnishaft-larmoyanten Vorrede, es handle sich um eine wahre Geschichte, »die ich nur um dessentwillen erweiterte und kolorirte, damit sie zugleich zur angenehmen und unterrichtenden Lektüre dienen könnte«.[50]

Es gehe aber keinesfalls um sein Kloster in Erfurt, vielmehr um eine fränkische Abtei; die wahre Begebenheit spiele um 1600, er habe sie freilich in seine Gegenwart versetzt. Das Frontispiz, von keinem Geringeren als Chodowiecki gestochen, zeigt zwei Mönche auf einer Palaisveranda beim Schmause mit einer älteren und zwei jungen Frauen in reichem Putze. Der ältere Mönch ist beim galanten Plaudern, der junge Adept sitzt stocksteif und unbehaglich daneben, während ihm Wein nachgeschenkt wird. Dargestellt ist eine Schlüsselszene: der achtzehnjährige Hartungus wird vom freigeistigen, sehr vermögenden P. Karl unter seine Fittiche genommen. Dazu gehört auch, dass ihn

48 Der Goldene Esel, S. 104 ff.

49 Zu ihm siehe jetzt Wolfgang Griep: Täter und Opfer. Über Peter Adolph Winkopp und seine Inhaftierung in Mainz. In: Dirk Sangmeister / Martin Mulsow (Hg.): Subversive Literatur (wie Anm. 34), S. 296–328. Zu seiner Rolle in der antibayerischen Kampagne s. ausführlich Schaich passim (wie Anm. 5). In seiner Rezension des ›Hartungus‹ (gemeinsam mit der ›Biographie eines Mönchs‹) bemerkt J. K. A. Musäus in der *Allgemeinen deutschen Bibliothek* 57 / 2, S. 471: »Klostergeschichten und Mönchswesen gehören unter den litterarischen Modekram, davon itzt viel geredet und geschrieben wird, daher leicht zu erachten ist, daß die Romanschreiber einen so gangbaren Artikel nicht unbenutzt werden lassen.« In Band 2 werden weitere Abenteuer des inzwischen verehelichten Exmönchs ausgewalzt.

50 Hartungus, S. 22 der Vorrede.

dieser in ein Etablissement führt, dessen Entstehung und Betrieb er finanziert – nämlich ein luxuriöses Bordell, getarnt als weibliches Philanthropin, wo »keine gemeine Dirnen«, sondern anmutige Hetären sich aufhalten. Die allmähliche Verführung des unschuldigen Novizen durch die so anmutige wie ausgekochte Julia wird breitest ausgewalzt auf mehreren Dutzend digressionsreichen Seiten, anspielungsreich, jedoch weitgehend dezent geschildert.[51] Solch elegante, angenehm skandalöse Fiktion war im Unterschied zu den eher ungelenken, stilistisch wie kompositorisch holprigen bayerischen Produkten eine auch im Norden bestens goutierbare Lektüre, auch wenn die Kritik die »zu wilde Einbildungskraft« bei der Darstellung des Mönchs-Serails tadelte. Bereits im Folgejahr 1783 setzt Winkopp nach mit *Serafine eine Klostergeschichte*. Erschienen in Gera bei Christoph Friedrich Beckmann, wiederum teils in Briefdialogen, soll die krude Schauergeschichte, wie das Vorwort behauptet, auf Tatsachen beruhen.[52] Sie habe laut Winkopp zu förmlichen Erlassen in Bayern, der Pfalz, in Kurmainz und anderswo geführt, dass in Klöstern keine Kerkerstrafen mehr verhängt werden durften. Die Titelheldin ist von ihrem Geliebten Meier aus dem Kloster entführt worden, beide genießen ihr stilles Glück mit ihrem Kinde, als sie geraubt und erneut ins Kloster verschleppt wird, wo sie bald für tot erklärt wird. Daraufhin will Meier seinerseits Kartäuser werden, doch bemerkt der klösterliche Kaminkehrer, dass Serafine lebt und dort im Kerker schmachtet. Meiers erneuter Befreiungsversuch scheitert; auf frischer Tat ausweglos ertappt, erschießt Meier die Geliebte und darauf sich selbst. Mit dieser effektvollen Kolportage scheint das kurzlebige Genre der Klosterromane zur puren Schauergeschichte mutiert. Nicht mehr eigentlich zum Genre, aber doch zum Dunstkreis der bayerischen Klosterromane gehören die beiden skandalträchtigen Frühwerke von Peter Philipp Wolf (1761–1808).[53] Aus Pfaffenhofen an der Ilm gebürtig, war er Klosterzögling in Weihenstephan, trat dann aber wohl um 1781 / 82 als Gehilfe beim Münchner Buchhändler Strobl ein, der sich als Protagonist der kurbayerischen Aufklärung verstand und neben seinem offiziösen Geschäft auch Nachdrucke produzierte, vor allem aber heikle Produkte sowohl insgeheim verlegte wie auch in seinem Laden vertrieb – seine Kollegen führten Beschwerde, »wer etwa lustiges, und verbothenes kaufen will, der findet es nirgendts, als beym Strobl.«[54] Eine kritische Verlagsbibliographie ist nach wie vor ein Desiderat. Strobl hat sich später sehr abfällig über Wolf geäußert, der von ihm quasi aus dem Elend geholt, aber schnell vom

51 Ebenda, Bd. I, S. 130–239.

52 Im josefinischen Wien erschien im selben Jahr ein Nachdruck. Vgl. die ähnliche Geschichte bei Pezzl: Briefe aus dem Novizziat, Bd. III, S. 71ff. Vgl. auch den Fall der Virginia de Leyda, der »Nonne von Monza«.

53 Zu ihm s. Max Harrwitz: Verlorene Bücher und Peter Philipp Wolf, ein vergessener Schriftsteller. In Zeitschrift für Bücherfreunde 10 (1906 / 7), S. 433–452. Über Wolfs Rolle als Leipziger Verleger vgl. Mark Lehmstedts (leider für den Druck stark gekürzte) Studie: Über den Anteil des Leipziger Buchhandels am literarischen Austausch zwischen Frankreich und Deutschland: das Beispiel der Peter Philipp Wolfschen Buchhandlung in Leipzig (1795–1803). In: Kulturtransfer im Epochenumbruch: Frankreich – Deutschland 1770 – 1815. Hg. von Hans-Jürgen Lüsebrink und Rolf Reichardt. Leipzig: Leipziger Univ.-Verl. 1997 (Deutsch-Französische Kulturbibliothek 9), S. 402– 443.

54 Vgl. Wittmann: Eine bayerische Inquisitionsgeschichte (wie Anm. 47), S. 387.

»Authorkitzel« befallen worden sei, sich auch als liederlich und ausschweifend erwiesen habe und schließlich zu seinem Konkurrenten Crätz gewechselt sei.[55] Wohl bei diesem erschien Wolfs anonymer Erstling: *Lilienberg eine deutsche Originalgeschichte* (Frankfurt und Leipzig 1784).[56] Das Werk kann nur partiell als Klosterroman gelten, es ist eine weitschweifige, moralisierend-räsonierende Mischung aus Brief-, Erzähl- und Dialogroman, das mit den Initialen P. P. W. gezeichnete Vorwort ist hochtönend »An mein teutsches Vaterland« überschrieben. Der Vater Lilienberg übergibt den unschuldigen Sohn einem Münchner(?) Bürger zur Erziehung für die Welt und versieht den Musterjüngling mit umfangreichen Maximen und Ratschlägen. Der Autor selbst bedauert kokett, dass er »in Gefahr stünde, von den Lesern, besonders vom schönen Geschlechte, abermals in einen Winkel geworfen zu werden« und stattet auf Seite 45 Wieland als dem »größten Schriftsteller unseres Jahrhunderts« seine Reverenz ab. Wenige Seiten darauf beginnt unvermittelt ein höchst kritisches Porträt des Lehrherrn Strobl, das in weiteres handlungsloses Moralisieren mündet.[57] Endlich beginnt Lilienberg das Studium der Jurisprudenz, lernt seinen Seelenfreund Friedeburg kennen und erduldet empfindsame Liebeswehen mit Clotilde, danach mit Friedeburgs Schwester Babet. Diese soll anderweitig zwangsvermählt werden (unterdessen stirbt auch sein Vater), wird von Lilienberg entführt, doch bei einem Überfall auf beide kann sie fliehen und irrt umher, während er von einem altem Einsiedler gepflegt wird. Dieser säumt nicht, seine Lebensgeschichte zu erzählen: im Kloster verliebt er sich in ein »gesundes Landmädchen«, entflieht und berichtet über die dortige Moral: »Ich erfuhr, daß man die Enthaltsamkeit vom andern Geschlechte durch die unnatürlichsten Ausschweifungen ersetze. Ich wurde bald gewahr, daß man in Klöstern kein Bedenken trage, sodomitisch wider die Natur zu sündigen.«[58] Der genesene Lilienberg wird zum Amtmann ernannt, die irrende Babet dagegen verelendet: »Sie ließ ihr ganzes Wesen sinken und eilte der Verwesung entgegen«[59], wird jedoch kurz vor dem Selbstmord gerettet und mit ihrem Geliebten vereint. Der auch stilistisch schwächelnde Roman („Nur einzeln

55 Vgl. Ueber Publizität und Pasquill. Eine Denkschrift von Johann Baptist Strobel. München: Anton Franz 1785, S. 66ff.

56 (2) Bll., 216 S. VD18 (Verzeichnis der im deutschen Sprachraum erschienenen Drucke des 18. Jahrhunderts vgl. http://gso.gbv.de/DB=1.65/SET=1/TTL=1/START_WELCOME)Nr.14775557 [Zugriff 1.12. 2017]. Vorhanden nur in der Bayerischen Staatsbibliothek und der Dombibliothek Freising, Die KVK-Zuschreibung an K. A. Seidel ist völlig unhaltbar – nicht zuletzt hat ja Wolf die Vorrede mit seinen Initialen gezeichnet. Der Lilienberg war der Standort eines Frauenklosters in der Münchner Au. Ebenfalls im Jahr 1784 hat Wolf eine salbungsvoll moralisierende Sammlung von 21 Texten *Erzählungen zum Troste unglücklicher Menschen* unter seinem Namen bei Crätz veröffentlicht. Darin finden sich Sätze wie: »Sie war bis zum Närrischwerden empfindsam. Alle wahnsinnigen Romane hatte sie gelesen.« (S. 39). S. 123–135 enthalten die Geschichte »Der unglückliche Mönch«, bestehend aus dessen Schilderung, wie ihn aufgeklärte Lektüre in den Klosterkerker bringt. Welches der drei 1784 erschienenen Werke tatsächlich Wolfs Erstling gewesen ist, muss offenbleiben; die »Erzählungen« sind am wahrscheinlichsten.

57 Der kräftige Verriss der Allgemeinen deutschen Bibliothek 63 (1785), S. 127 f. bemerkt: »Freylich finden wir hin und wieder einen Brocken aus den neumodischen sogenannten Denkern, aber sie sind so ganz unverdaut und am unrechten Orte angebracht, daß uns der losen Speise ekelt.«

58 Lilienberg, S. 175.

59 Ebenda, S. 197.

sumsete ein einsames Insekt um die Ohren herum«[60]) verrät wenig erzählerisches Talent. Die heftigen Angriffe auf Strobl quittierte dieser im Pasquillantenstreit[61] damit, dass er Wolfs Produkt unter die »Exkremente ehrloser Vagabunden«[62] rechnete. Der 24-jährige Rebell floh nach seiner Freilassung nach Zürich. Im selben Jahr noch erschien sein zweiter Roman, wiederum anonym und ohne Angabe von Ort und Verlag: *Salvator, oder merkwürdige Beiträge zur Geschichte unsers Philosophischen Jahrhunderts* 1784. Das vielleicht von Grattenauer in Nürnberg verlegte[63] und mit 50 Gulden honorierte Opus umfasst 271 Seiten[64] und kann kaum noch als Roman gelten.[65] Die roh und wohl schnell gezimmerte Geschichte eines Jesuitensprösslings ist im Wesentlichen nur mehr Folie für ein illuminatistisch-antiklerikales Manifest gegen Intoleranz, Zensur, Bücherverbrennung und Verfolgung von Autoren. Es trug weit mehr noch als *Lilienberg* zur Inhaftierung Wolfs bei und ist letztlich nichts Geringeres als ein Aufruf zur allgemeinen Säkularisation mit protojakobinischen Angriffen gegen Thron und Altar, Adel und Geistlichkeit.[66]

Die kurze Hochphase des bayerischen Klosterromans ist damit im Wesentlichen beendet. Für die Frage nach der Rolle von Erotik und Sexualität hat sich die Durchmusterung als wenig ergiebig erwiesen. Das ist, blickt man auf die Eigenart dieses Genres, auch wenig überraschend. Anders als die polemisch-satirischen Schriften, die sich genüsslich der fast obligaten Stereotypen der geilen Mönche bedienen, sind die Klosterromane im engeren Sinn ihrem Gattungsprotagonisten *Siegwart* folgend empfindsame Liebesgeschichten in Briefform, mit Staffagefiguren wie hartherzigen Eltern, tückischen Oberen, Seelenfreunden, auf jeden Fall mit dramatischen Verläufen, vielfach auch mit tödlich-tragischem Ausgang. Die Erotik bleibt bei temperierter Leidenschaftlichkeit sittsam, die unterdrückte Sexualität wird zwar angedeutet, aber nicht explizit thematisiert, schon gar nicht in devianten Formen. Das ist auch dem Erwartungshorizont des intendierten Publikums geschuldet. Sogar Winkopp, der immerhin ein Edelbordell thematisiert, bleibt diesbezüglich sehr diskret – man vergleiche damit die libertinen *Pfaffengalanterien* (s.u.). In den folgenden Jahren, gar Jahrzehnten bleibt die Klosterszenerie ein vielfach benutztes

60 Ebenda, S. 102.

61 Dazu ausführlich Schaich, Staat und Öffentlichkeit (wie Anm. 5), S. 178ff.

62 Strobl: Ueber Publizität (wie Anm. 55), S. 63.

63 Möglich wäre zwar auch ein Erscheinen bei Crätz, in den Verhörsprotokollen ist die Rede von Grattenauer, der mehrere kurbayerische Oppositionsschriften sub rosa herausbrachte, aber die Publikation des *Salvator* in Abrede stellte. Der Druck wurde in Pappenheim ausgeführt.

64 Die Seiten 143–146 sind in der Paginierung übersprungen. Das einzige auf dem Antiquariatsmarkt (hochpreisig) nachweisbare Exemplar enthält nur den ersten Teil und endet mit S. 142. Dieses Manko wurde aber weder von dem Antiquar G. Kaldewey (Hehres und Triviales 8 / 107) noch vom Auktionshaus Bassenge (Auktion 55 / 2972) oder dem Antiquar Braecklein (Katalog 30 / 1600) einer Erwähnung für wert befunden.

65 Auch die Allgemeine deutsche Bibliothek 61 (1785), S. 598 klassifiziert das Werk als »patriotische Herzensergießungen [...] unter der Hülle eines Romans«.

66 Vgl. eingehend Grassl: Aufbruch zur Romantik (wie Anm. 5), S. 247–250. Grassl vertritt die gewagte These, der Roman habe auf den jungen Montgelas tiefen Eindruck gemacht und »bis in Einzelheiten hinein [...] die Säkularisation vorweg genommen, sie ist vielleicht sogar durch die Schrift mitbestimmt worden« (S. 247).

Sujet der trivialen, meist für Leihbibliotheken bestimmten Literatur. Anton Gross-Hoffinger konstatierte 1834:

> Die Bücherverzeichnisse jener Zeit sind angefüllt mit Schreckensgeschichten aus dem Pfaffenleben in Klöstern, mit romantischen Gemälden aus dem spanischen Leben, worin die Inquisition stets die größte Rolle spielte, mit skandalösen Geschichten der Jesuiten, Gemälden aus dem Nonnenleben. Diese Schriften, meist in das gefällige Gewand abentheuerlicher Romane gekleidet, haben dem Glauben mehr geschadet als die Theorien der Religionsphilosophen, welche von Wenigen gelesen und noch Wenigeren verstanden wurden.[67]

Davon können im Folgenden nur – mit dem Akzent auf die süddeutschen Erscheinungs- und Handlungsorte – eine Handvoll Beispiele bis zur Säkularisation skizziert werden. Die Auswahl ist dabei – wie im ganzen Aufsatz – der Sammlung des Verfassers geschuldet.

Explizit an ein weibliches Publikum richten sich 1783 *Rührende Nonnengeschichten zur Unterhaltung für empfindsame Schönen.* (Wien: Joseph Gerold).[68] Die Titelvignette zeigt Nonnen, die Amor im Ordenshabit ins Kloster führen. Nonnen eines von Joseph II. aufgehobenen Klosters erzählen einander abendlich ihre Lebensgeschichten, in denen das Kloster nicht als Schreckensort erscheint, sondern Rettung vor Liebesleiden bietet. Enthalten sind auch »Christinchen oder die gezwungene Nonne. Eine Klostergeschichte«, und »Angeline. Eine wahre Klostergeschichte« (S. 173–234), den Band beschließt ein »Nonnenlied auf Kaiser Joseph II.« (unpag.)

Wohl gleichfalls ein österreichisches Produkt ist 1785 *Gotthold und Christine, ein Beytrag zur Geschichte des geistlichen Fanatismus.*[69] Ein schurkischer Franziskaner betört die bigotte reiche Mutter, ihre Tochter Christine ins Kloster zu schicken und von ihrem geliebten Gotthold zu trennen. Doch dieser und der edle Pfarrer verständigen den ebenso redlichen Guardian des Klosters, der den Schurken bestraft. Dieser jedoch spinnt mit der Mutter ein Komplott und entführt erneut Christine ins Kloster, die dort als tot ausgegeben wird. Mutter und Franziskaner sterben jedoch elendiglich, Christine aber, aus dem Kloster entflohen, wird mit ihrem Gotthold vereinigt.

Ebenfalls 1785 legt Siegmund Immanuel Mathesius, ein dramenschreibender Advokat in Annaberg, bei Donatius in Lübeck einen Klosterroman vor, welcher thematisch der Gattung recht genau entspricht, jedoch in seinem launig-ironischen Ton zur dramatischen Handlung nicht recht passen will: *Kloster und Welt oder Welt und Kloster wie man will. Eine Geschichte im ächten Verstande.*[70] Der Jüngling Theodor, den ein Domherr adoptiert

67 Hans Normann [d.i. Anton Johann Gross-Hoffinger]: Memoiren eines ausgewanderten Oesterreichers über sein Vaterland und seine Zeit. Bd. 1 [Mehr nicht erschienen]. Altenburg. Hofbuchdruckerei 1834, S. 57.

68 Frontispiz, Titel mit gest. Vignette, 234 S., (1) Bl. Die ÖNB datiert ihr (einziges nachweisbares) Exemplar irrig 1788.

69 O.O. o. V, 166 S. Der KVK weist ein einziges Exemplar in der ÖNB nach.

70 Mir liegt nur der Nachdruck desselben Jahres mit (fingiertem?) Verlagsort Augsburg vor (461 S.). Hayn-Gotendorf, Bibliotheca III (wie Anm. 3), S. 577 f., charakterisieren das Opus zutreffend als »zahme Siegwartiade«.

hatte, und seine reiche, wohlgestalte Jugendliebe Blanka dürfen nicht zusammenkommen und werden jeweils ins Kloster gesteckt. Blanka findet dank einer verständigen Priorin Geschmack daran, Theodor jedoch gerät an einen schurkischen Prior, der den Unbotmäßigen einkerkert. Der brave Pater Marian steht ihm bei, Theodor kommt frei, doch Blanka will ihn nur noch platonisch aus der Ferne lieben und im Kloster bleiben. Daraufhin treiben Blankas böse Eltern ihre Tochter in den Tod, Theodor wird erneut ins Klostergefängnis geworfen, wo auch er sein Leben endet.

Auch Klostersatiren haben weiterhin Konjunktur. 1786 bringt wohl Weygand in Leipzig, möglicherweise auch Walliser in Klagenfurt eine ziemlich lederne Travestie im Stile des *Goldenen Esels* heraus: *Judas der Erzschelm. Ein politischer Roman aus dem Reiche der Todten.* (Straubingen [!] und Amberg).[71] Die satirische Titelvignette zeigt einen natürlich feisten Pfaffen bei der innigen Verabreichung von Walpurgisöl an eine Schöne. Die Faustiniade gegen das Mönchswesen besteht aus kurzen Kapiteln wie »Judas geht ins Kloster und vertreibt den Nonnen die lange Weile« (als Kanarienvogel). Der Held wird schließlich zum Papstkönig in der Unterwelt.

Von ganz anderem literarischem Format ist 1787 der klosterkritische Roman von Josef Milbiller, der zehn Jahre zuvor schon die *Nachrichten von Klostersachen* publiziert hatte und inzwischen zu einem der rührigsten oppositionellen Autoren der Münchner Szenerie avanciert war: *Sinzerus, der Reformator*. Anonym und mit der üblichen Leeradresse Frankfurt und Leipzig ist der Band bei Orell in Zürich erschienen.[72] Die Zuschreibung an Milbiller ist gesichert, auch wenn der KVK ebenso Bispink, Pezzl, Schad und Winkopp vorschlägt. Tatsächlich hatte Winkopp das Manuskript mit zahlreichen Einschüben und Ergänzungen versehen und es zunächst Weygand, dann Orell angeboten.[73] Der fulminante bayerische Bildungsroman ist in seiner literarischen Qualität den früheren Klosterromanen deutlich überlegen, anspielungsreich und pointiert geschrieben, mit zahlreichen namentlichen Verweisen auf die bayerischen Zustände gespickt. Sinzerus stammt aus dem Landstädtchen Kaufbeuren (»Kaufbaiern«), auch er ist vom Vater fürs Klosterleben bestimmt, verweigert sich allerdings, bereist freilich mehrere bayerische Konvente, insbesondere im Pfaffenwinkel. Er spart nicht mit vehementesten Angriffen gegen die »Möncherey«, lässt dabei allerdings den punctum sexti weitestgehend aus und spöttelt nur über

71 Titel mit großer gest. Vignette, 382 S. Die sehr ausführliche Besprechung der *Allgemeinen deutschen Bibliothek* Anh. 1771-91, Anh. zu Bd. 53-86, Abt. 4., S. 1929–1932 ist mit dem antikatholischen Affekt der Schrift (gegen »Mönchsunwesen« und »Pfafferey«) sehr einverstanden, die freilich »kein schulgerechter Roman« sei. Der Autor sei wohl »ein vernünftiger Katholik«; bei aller Begeisterung gesteht der Rezensent, er sei von diesem »regellosen Chaos« an Invektiven dann doch »zuweilen ein wenig ermüdet«. Die Bezeichnung als »politischer Roman« dürfte im übrigen wohl einer der frühesten Belege sein.

72 Mein Exemplar umfasst nach dem Frontispiz (Mönch nähert sich einer nackt schlafenden Schönen), Titel mit gest.Vignette, 471, (1) S., (1) Bl. Das Exemplar Weisstein umfasst nur 468 S. ohne das Frontispiz. Bürger: Aufklärung in Zürich (wie Anm. 10) verzeichnet als Nr. 472 in seiner Verlagsbibliographie nur eine Ausgabe mit nur 324 S. und kennt keine weitere.

73 Bürger: Aufklärung in Zürich (wie Anm. 10), S. 94 nimmt Winkopp als Autor an, vgl. jedoch Schaich (Anm. 74), S. 114. Schaichs Magisterarbeit über Milbiller ist leider ungedruckt geblieben, geht jedoch laut freundlicher Mitteilung des Autors auf den *Sinzerus* nur nebenbei ein.

»die frommen aszetischen Herren, die mit voll angestopften Magen, mit dicken, weitumfassenden Bäuchen und feurigen, vom Burgunder triefenden Köpfen Fasten, Abstinenz und Abtödtung predigen? Welche so laut über das heutige Verderbniß der Sitten jammern, und im Stillen zu der Frau Klosterrichterin schleichen, oder ehrliche, unschuldige Mädchen verführen, und ihre ganze Lebenszeit mit Fressen, Saufen und Spielen zubringen«.[74] Eine singuläre Rolle spielt in unserem Zusammenhang das 1792 erstmals erschienene Opus: *Pfaffen-Galanterien. Neue verbesserte Auflage. Frankfurt und Leipzig.* Es enthält »sotadische Erzählungen üppigster Art«[75] und gilt als markantes Beispiel deutscher Hardcore-Mönchspornographie. Tatsächlich dürfte es sich aber um eine sehr freie Bearbeitung und Motivübernahme aus den *Jesuiten und Mönchen bey guter Laune* handeln.[76] Ob zwischen 1792 und 1795 insgesamt drei oder vier Ausgaben erschienen, wie Hayn-Gotendorf vermuten, ist fraglich. In öffentlichen Bibliotheken nachgewiesen ist nur die 1792 datierte Edition in drei Exemplaren (ÖNB, Stadtbibliothek Wien, Sammlung Krenner der Bayerischen Staatsbibliothek)[77]. Der Autor versteht sein Metier, schreibt flüssig und amüsant, beherrscht den galant-erotischen Stil wie die detailreiche pornographische Deskription. Die sexuellen Abenteuer der drei Franziskanerpatres, allen voran der Guardian, beschränken sich nicht mehr wie in den üblichen Satiren auf so dralle wie naive Bauerntöchter und Mägde, sondern führen die zynischen Beichtväter in höchste Kreise. Die Verführungsszenen beginnen gern mit sophistischen Spitzfindigkeiten der überaus virilen Klostercasanovas über die Gottgefälligkeit der fleischlichen Liebe und münden dann in die einschlägigen Verrichtungen, bevorzugt mit sehr jungen und jungfräulichen Beichtkindern, aber auch der höchst erfahrenen Gattin des Präsidenten. Da der Guardian zuvor die Kammerzofe mit drei Angriffen attackiert hat, ist er bei der enttäuschten Präsidentin unvermögend; der Ehemann ertappt die beiden und erdolcht seine Frau, doch der Pater flüchtet. Anschließend vergnügt sich ein Mönchsquintett bei einem Landausflug intensiv mit seinen jungen Bettgenossinnen, aber Pater Gabriel muss im Nonnenkloster auch der alten Äbtissin zu Diensten sein. So geht dies über fast 300 (Kleinoktav-)Seiten, bis der Autor des Treibens endlich überdrüssig wird und den drei klösterlichen Wollüstlingen das verdiente böse Ende bereitet: sie fallen gemeinsam über eine brave Schustersfrau her und vergewaltigen

74 Sinzerus, S. 84.

75 Hayn / Gotendorf, Bibliotheca, Bd. VI, S. 159 (wie Anm. 3) . Eine Neuausgabe erschien mit dem Untertitel *Abenteuer liebestoller Mönche* 1979 als »erotisches Taschenbuch« im Heyne-Verlag. Vgl. dazu den Hinweis bei Sven Hanuschek: »Dieses Zapffenförmig Stück Fleisch« – Geschlechterdifferenz in der deutschsprachigen Pornografie um 1800. In: Der erotisch-pornografische Buchmarkt vom 18. Jahrhundert bis zur Gegenwart. Hg. von Christine Haug, Johannes Frimmel, Anke Vogel. Wiesbaden: Harrassowitz 2014 (Buchwissenschaftliche Beiträge 88), S. 97–111, hier S. 103.

76 Übernommen ist u.a. die Schlussszene mit der Notzucht an der Schustersfrau, jedoch ist in der Vorlage die Bestrafung nur Kasteiung des Fleisches. Natürlich musste die 1773 aufgelöste Gesellschaft Jesu eliminiert werden. In der Ausgabe von 1744 enden *Die Jesuiten bey guter Laune* bereits auf S. 94. Die Version von 1795 ist erheblich umfangreicher.

77 Alle drei nachgewiesenen Exemplare (das der BSB digitalisiert) tragen den Titel »Pfaffengalanterien« in einem Wort und die Jahreszahl 1792, mein Exemplar dagegen titelt *Pfaffen-Galanterien* und *Neue verbesserte Auflage* und ist undatiert. Während die Ausgabe von 1792 410 S. umfasst, beschränkt sich meine (textidentische) wohl von 1794 auf 406 Seiten.

diese bis zum Tode. Das Lebendig-Eingemauertwerden im Konventsverlies ist ihr gerechtes schreckliches Ende. Nichtsdestoweniger folgen ab Seite 303 die heiteren einschlägigen »Geständnisse des Paters Felix«. Ob die sehr schmale Überlieferung von drei Exemplaren (alle nur im bayerisch-österreichischen Raum) auf den Erscheinungsort hinweist, sei dahingestellt. Die Vermutung, bei dem Verleger handle es sich um den einschlägig vorbelasteten Schweinfurter Jakob Samuel Friedrich Riedel, ist schlüssig, aber bisher nicht zu belegen.[78] 1796 rächt sich wieder einmal ein einstiger Ordensangehöriger an seinen Konventsbrüdern: der ehemalige Benediktiner in Ensdorf, dann Hütten- und Hammerverwalter zu Hirzenhain bei Gedern, Wilhelm Krauss, veröffentlicht anonym unter der Deckadresse »Freyburg«: *Klostergeschichten für Jünglinge und Mädchen*.[79] Eigentlich ist der Band bei Montag in Regensburg erschienen. Die zehn trotz des Wahrheitstopos kolportagehaft überaus grellen Geschichten schildern ausschließlich tragisch endende monastische Liebesaffären und verunglückte Entführungen. Auch die beiden Hauptverleger der Radikalaufklärung und zugleich pikanter Scandalosa Vollmer und Hennings nehmen sich an der Schwelle der Säkularisation des Klosterthemas mehrfach an. 1803 legt Vollmer in Mainz und Hamburg *Reisen und Wallfahrten, Kreuz- und Querzüge Josephs des Bettlers, durch Franken, Schwaben und Bayern, kurz vor und während der allgemeinen Säcularisationsepoche* vor.[80] Es handelt sich um eine schnell geklitterte Candidiade in der Tradition von *Sinzerus* und *Faustin*, wohl auch von Matthew Lewis' Schauergeschichte *The Monk* beeinflusst. Unter anderem geht es um einen schurkischen Kapuziner, der zuerst die Mutter schwängert und dann der Tochter im Kloster als geistlicher Vormund nachstellt. Mehr als hundert Seiten sind zur Umfangserweiterung (S. 132–262) mit vorgeblichen Manuskripten von Nonnen gefüllt: empfindsamen Gedichten, Gruselgeschichten unglücklicher Lieben und dergleichen. Nachdem Hennings in Erfurt 1803 bereits die Skandal-Autobiographie des ehemaligen Banzer Benediktiners Johann Baptist Schad veröffentlicht hat, legt er 1804 dessen zweibändiges Werk *Das Paradies der Liebe. Ein Kloster-Roman* vor, der in Sachsen sofort verboten wird.[81] Schads Briefroman wiederholt (wohl kaum ein letztesmal) die bekannten Handlungsschemata: Der Mönch Hermann liebt die schöne Adelheid, beide werden lange in Klosterkerkern inhaftiert, doch es gibt trotz mannigfacher schurkischer Patres ein happy end. Offenbar besaß das Etikett »Klosterroman« zumindest für die Leihbibliotheken unverminderte Zugkraft, denn Hennings legte schnell nach. 1805 lieferte ihm sein bevorzugter Vielschreiber Friedrich Theodor Kajetan Arnold: *Pater Damian und die schöne*

78 Vgl. zu Riedel den Beitrag von Johannes Frimmel in diesem Band.

79 VI, 316 S. mit gestochener Titelvignette.

80 Frontispiz, Titel, 310 S. Vgl. Hayn-Gotendorf, Bibliotheca (wie Anm. 3), Bd. VI, S. 418; Franz-Ulrich Jestädt: Verlagsverzeichnis Gottfried Vollmer 1790–1806. Thomas Kaminski: Verlagsverzeichnis Wilhelm Hennings 1797–1806. Erfurt: Ulenspiegel-Verlag 2011, weisen Exemplare in Berlin, Bamberg und Privatbesitz nach (Jestädt Nr. 518).

81 Eine ausführliche Würdigung bei Naschert: Die ›Klosterromane‹ Johann Baptist Schads (wie Anm. 34), S. 419–423, der allerdings mangels Kenntnis der Vorläufer die fehlende Originalität der Handlung beziehungsweise Orientierung an den Vorbildern nicht verdeutlicht. Schad hatte bereits 1798 *Leben und Schicksale des ehrwürdigen Vaters Sincerus* veröffentlicht.

Kristel. Ein Klosterroman.[82] Keine Schauergeschichte, sondern ein ironisch plauderndes, zügig durcherzähltes, im Duodezformat sehr luftig gesetztes Romänchen mit Sonderlingsfiguren, worunter eben auch der Titelheld, ein epikuräischer, doch auch intriganter Franziskaner. Man scheut sich freilich, das Wort ›jeanpaulisierend‹ zu verwenden. Bevor wir in Gefahr geraten, auch die Schauerromantik bis zu den *Elixieren des Teufels* einzubeziehen, sei dieser kurze Streifzug beendet mit dem 1805 erschienenen Bändchen *Die Franciskaner zu M***. Eine wahre Begebenheit.*[83] Es versammelt nochmals alle Klischees über mönchische Kabalen einschließlich des Verschmachtens im Hungerturm eines liebenden Paars und lässt den Leser mit dem beruhigenden Gefühl zurück, dass das nunmehr endgültige Ende dieser »Möncherey« wahrlich eine Ruhmestat der Aufklärung gewesen sei.

---

82 Titel, 430 S. 12°. Kaminski: Verlagsverzeichnis Hennings (wie Anm. 80), Nr. 169; Hayn / Gotendorf, Bibliotheca (wie Anm. 3), Bd. II, S. 6; der KVK weist nur ein Exemplar in Trier nach, jenes in Berlin ist offenbar Kriegsverlust.

83 118 S. Kein Exemplar im KVK nachweisbar. Auch Hayn-Gotendorf, Bibliotheca, Bd. III, S. 353 (wie Anm. 3) verzeichnen den Titel nur nach einem alten Leihbibliothekskatalog. Ein bekanntes späteres Beispiel solcher Klosterpornographie, früher gar E. T. A. Hoffmann zugeschrieben, ist das wirre Werk: Schwester Monika, erzählt und erfährt. Eine erotisch-psychisch-philantropisch-philantropinische Urkunde des säcularisirten Klosters X. in S. 3 Tle. Kos und Loretto [d.i. Leipzig?: o.V.] 1815.

Witzspiele und Musenpicknicks. Inszenierungen erotischer Autorschaft zwischen Anonymität und Maskerade im späten 18. Jahrhundert

Simon Bunke

I.

Erotische Literatur spielt sich zumeist im Schutz der Anonymität ab, viele erotische Texte wurden im 18. Jahrhundert anonym oder pseudonym publiziert, da die moralische Verurteilung ihrer Inhalte auf den Autor zurückfallen würde. Erscheinen Texte doch einmal namentlich verbürgt, dann ruft dies umgehend – wie etwa im Falle von Johann Wolfgang von Goethes (1749–1832) *Römischen Elegien* (1795) – empörte Reaktionen hervor: So werden Friedrich Schillers (1759–1805) *Horen* (1795–1797), in welchen der Erstdruck erschienen ist, als ›Huren‹ bezeichnet, da man unterstellt, dass Goethe in den Gedichten persönliche erotische Abenteuer seiner italienischen Zeit versifiziert habe, weshalb in den Texten eine »bordellmäßige Nacktheit« vorherrsche.[1]

Diese Schutzfunktion des Anonymen wird bisweilen dadurch gesteigert, dass auch die Publikationsorte und Verlagsangaben maskiert werden; statt Königsberg wird »Franckfurt und Leipzig« angegeben,[2] aus Berlin wird Paris,[3] ein anderer Band sei hingegen in »Macedonien« erschienen.[4] Solche fingierten Verlage und Druckorte dienen nicht nur zur Absicherung des Autors (und des Verlegers), sondern erweisen sich zugleich auch als ein Marketinginstrument: Wenn Texte vorgeblich in Paphos oder Cythera erschienen sind oder von »Cupido« verfasst wurden, so verweist dies sogleich auf entsprechende Inhalte.[5] Dieser Situierung erotischer Literatur zwischen Anonymität einerseits und fingierten Orten, Verlagen und Namen andererseits möchten die folgenden Überlegungen am Beispiel der Texte von Johann George Scheffner (1736–1820) genauer nachgehen.

1 So die Überlieferung von Karl August Böttiger in einem Brief an Friedrich Schulz, 27.7.1795: »Es brennt eine genialische Dichterglut darinnen, und sie stehn in unserer Literatur *einzig*. Aber alle ehrbaren Frauen sind empört über die bordellmäßige Nacktheit. Herder sagte sehr schön, er habe der Frechheit ein kaiserliches Insigel aufgedrückt. Die ›Horen‹ müßten nun mit dem u gedruckt werden.« Zit. n. Johann Wolfgang von Goethe: Gedichte 1756–1799. Hg. v. Karl Eibl, Kommentarteil, Frankfurt / Main: Deutscher Klassikerverlag 1987, S. 1092.

2 Vgl. z. B. [Johann George Scheffner]: Gedichte im Geschmack des Grecourt. Frankfurt und Leipzig [i. e. Königsberg]: Dodsley [i. e. Kanter] 1771.

3 Vgl. etwa [Johann George Scheffner]: Gedichte nach dem Leben. Fünfte Auflage mit Kupfern. Paris [i. e. Berlin]: [Himburg] 1771.

4 Vgl. [Anonym.]: Priapische Dichterlaune. Erste Auflage. Macedonien [i. e. Wien] : [Mösle] 1788.

5 Vgl. etwa Almanach der Grazien auf das Jahr 1776. Von Cupido. Cythere, bey Ganymedes.

II.

Johann George Scheffner war ein Königsberger Autor und enger Freund von Theodor Gottlieb von Hippel (1741–1796) und Immanuel Kant (1724–1804); in seinem umfangreichen, vielfältigen Œuvre nehmen die erotischen Texte nur eine untergeordnete Rolle ein.[6] Denn Scheffner hat zahlreiche Texte verfasst: u.a. Gedichtbände über das Soldatenleben[7] und über die Liebe in Nachfolge von Goethes *Werther* (1774)[8] sowie späte Gedichte über die Freimaurerei[9]; ein Langgedicht, das das Thema von Schillers *Die Götter Griechenlands* (1788) variiert[10]; Aufsätze über den preußischen Beamtendienst[11]; eine Übertragung der *Basia* des Johannes Secundus (1511–1536)[12] wie auch eine Edition von Karl Wilhelm Ramlers (1725–1798) Gedichten[13]; eine Autobiographie[14]; sowie schließlich umfangreiche Briefwechsel mit zahlreichen Persönlichkeiten der Zeit, u.a. mit Christoph Martin Wieland (1733–1813), Johann Christoph Gottsched (1700–1766), Gotthold Ephraim Lessing (1729–1781), Johann Gottfried Herder (1744–1803), Johann Georg Hamann (1730–1788), Heinrich Friedrich Karl vom und zum Stein (1757–1831), Ernst Moritz Arndt (1769–1860), sogar mit Königin Luise von Preußen, geb. von Mecklenburg-Strelitz (1776–1810).[15]

Im Vergleich dazu ist der Anteil der erotischen Texte zwar überschaubar, aber zugleich bis heute mit Abstand am wirkungsmächtigsten. Zum einen hat Scheffner anonym die *Gedichte im Geschmack des Grecourt* (1771) publiziert, die in den folgenden knapp 30 Jahren mehrfach neu aufgelegt wurden und deren Titel zudem zu einer Art Markenzeichen des Erotischen avancierten.[16] Zum anderen stammt von Scheffner der erotische Kurzroman *Ernst und Minette* (1791), der das sexuelle Erwachen der beiden titelgebenden Protagoni-

6 Die einzige größere Studie zu Scheffners Leben und Werk ist nach wie vor die alte Dissertation von Plehwe, A. Johann George Scheffner, Diss. Königsberg 1788.

7 Vgl. [Johann George Scheffner]: Campagnen-Gedichte zum Zeitvertreib im Lager. Dresden 1761. [Johann George Scheffner]: Freundschaftliche Poesieen eines Soldaten. Berlin: s. n. [Birnstiel] 1764.

8 Vgl. [Johann George Scheffner]: Erotische Gedichte. Berlin: bey Christian Ludewig Stahlbaum 1780.

9 Vgl. [Johann George Scheffner]: Spätlinge. Königsberg: bey Friedrich Nicolovius 1803, bes. S. 349ff.

10 Vgl. [Johann George Scheffner]: Acheron und Anti-Acheron. Königsberg: bey Friedrich Nicolovius 1799.

11 Vgl. [Johann George Scheffner]: Gedanken und Meynungen über Manches im Dienst und über andere Gegenstände. [Königsberg: Friedrich Nicolovius] 1802.

12 Vgl. [Johann George Scheffner]: Die Küsse des Johannes Sekundus in drei Sprachen. In [ders.]. Natürlichkeiten der sinnlichen und empfindsamen Liebe. 4 Bde. [Königsberg]. Viertes Bändchen: o. O 1798.

13 Vgl. [Johann George Scheffner(Hg.)]: Gedichte, von Herrn Karl Wilhelm Ramler. [Königsberg] 1766.

14 Vgl. Johann George Scheffner: Mein Leben, wie ich, Johann George Scheffner, es selbst beschrieben. Leipzig: J. G. Neubert 1823.

15 Vgl. die umfassende Edition: Arthur Warda (Hg.): Briefe an und von Johann George Scheffner. 5 Bde. München: Duncker & Humblot (1916–1938).

16 So belegt etwa die anonym erschienene Anthologie *Neue Gedichte nach dem Leben und im Geschmack des Grecourt von den besten Dichtern Deutschlands* (Paris, um 1795), dass die hier zitieren Scheffner-Titel offenbar schon überaus geläufig waren und als Markenzeichen dienen konnten.

sten thematisiert.[17] Diese Texte sind in der Explizitheit ihrer Darstellung des Sexuellen im späten 18. Jahrhundert singulär; im Vergleich dazu sind etwa Goethes *Römische Elegien* überaus dezent. Herausragend sind Scheffners Erotika aber auch wegen ihrer ausgeprägten Metareflexivität: Die Texte thematisieren immer wieder auch ihre eigenen Konstitutionsbedingungen, d.h. sowohl die Produktion wie auch die Rezeption erotischer Literatur werden reflexiv eingeholt; sie werden zum Gegenstand eines ironisch-humorvollen Spiels, mit dem Scheffner nicht zuletzt typische Erwartungshaltungen an derartige Texte unterläuft.

Bedenkt man sowohl die gesellschaftliche Position Scheffners als auch seine umfassenden sonstigen schriftstellerischen Ambitionen, dann verwundert es nicht, dass er seine Erotika in strikte Anonymität gehüllt hat: Zeit seines Lebens hat sich Scheffner nie öffentlich zur Autorschaft der erotischen Texte bekannt, selbst in seiner späten Autobiographie, die erst auf eigenen Wunsch hin posthum erschienen ist, gibt er sich als Verfasser nicht zu erkennen.[18] Gleichwohl kann heute, besonders dank der positivistischen Forschung um 1900, Scheffners Verfasserschaft als gesichert gelten.[19]

Trotz dieser sorgfältigen und konsequenten Anonymität gab es offenbar schon bald nach der *Grecourt*-Erstauflage von 1771 Gerüchte, dass Scheffner der Verfasser dieser skandalösen Texte sei. So schreibt Hamann am 6. Oktober 1772 an Herder, dass Scheffner »unser Dichter à la Grecourt« sei;[20] hingegen nennt Hamann in einem Brief an Matthias Claudius (1740–1815) vom 22. Mai 1775 Scheffner wie selbstverständlich »unsern *Grecourt*«[21]. Und in einem anderen Brief wird Scheffner von Hamann als »Mann von Geschmack«[22] bezeichnet, also in ironischer Anspielung auf die Gedichte im »Geschmack des Grecourt«. Diese Gerüchte dürften freilich ihre Quelle nicht zuletzt in der Tatsache haben, dass Scheffner zwar nach außen hin durchweg die Anonymität gewahrt, privat aber durchaus mit einigen Freunden die erotischen Gedichte diskutiert hatte.[23]

17 Vgl. [Johann George Scheffner]: Ernst und Minette. Ein erotischer Roman mit einigen Beilagen und sieben lüsternen Kupfertafeln. Hg., kommentiert und mit einem Nachwort von Simon Bunke. Hannover: Wehrhahn 2009.

18 Dort spricht Scheffner nur davon, dass ihn »[v]iele [...] für den Verfasser dieser versificirten Ejaculationen gehalten« haben, ohne diese Zuschreibung zu bestätigen. Der wahre Verfasser sei Baron v. d. Goltz, mit dem er befreundet gewesen sei. Vgl. Mein Leben (wie Anm. 14), S. 93.

19 Die Argumente hierfür sind zahlreich, sie reichen u. a. von der Stilkritik (die erotischen Gedichte ähneln etwa stilistisch anderen, nicht-erotischen Gedichten, für die Scheffners Autorschaft gesichert ist) über zeitgenössische Zufallsfunde (so fanden E. T. A. Hoffmann (1776–1822) und Hippel in einem an Scheffner geliehenen Buch nach dessen Rückgabe einige erotische Gedichte von Scheffners Hand) bis hin zu autographen Belegen (in einem um 1900 noch vorhandenen, aber heute verschollenen Exemplar der Natürlichkeiten waren zahlreiche Korrekturen Scheffners eingetragen). Vgl. zu diesen Zusammenhängen Joahnnes Sembritzki: Freiherr v. d. Goltz oder Scheffner? In Euphorion 16 (1909), S. 716–732; Johannes Sembritzki: Scheffner-Studien. In Altpreußische Monatsschrift (1911), S. 351–377; sowie: die Übersicht bei Plehwe: Johann George Scheffner (wie Anm. 6), S. 44–58.

20 Johann Georg Hamann: Briefwechsel. Hg. v. Arthur Henkel. Bd. 3. Wiesbaden: Insel 1957, S. 17.

21 Ebd., Bd. 3, S. 183.

22 Ebd., Bd. 4, S. 254.

23 So hat sein enger Freund Hippel offenbar bereits 1770, also noch vor Erscheinen der Erstausgabe, von Scheffners Verleger Kanter die *Gedichte im Geschmack des Grecourt* erhalten, die er sogleich Scheffner zuschreibt. So heißt es in dem Brief vom März 1770 an Scheffner: »Sie erhalten [...] endlich die *Sotti-*

Dieses Zusammenspiel von anonymer Autorschaft und gleichzeitig kursierenden Gerüchten verweist auf eine grundlegende Paradoxie: Kann die Anonymität den Autor gegen moralische Kritik abschirmen, so schränkt sie zugleich seine Handlungsmöglichkeiten erheblich ein, da er nicht öffentlich etwa möglichen Zuschreibungen entgegentreten kann. Der im Schutz der Anonymität publizierende Autor Scheffner kann gegen solche Gerüchte nicht offiziell Stellung beziehen, ohne diesen in gewisser Hinsicht zugleich Nahrung zu geben. Schlaglichtartig deutlich wird dieser Zusammenhang bei einem kleinen Text, einer anonymen »Erklärung«, die am 2.12.1801 in der *Allgemeinen Literatur-Zeitung* abgedruckt wurde:

> Da ich weder der Verfasser noch der Herausgeber der *Natürlichkeiten* etc. bin, so kann ich dem Herrn N.N. seinen mir unterm 3. May c. wegen ihrer neuen Ausgabe gemachten Antrag mit nichts erwiedern als mit der Bitte, meine Thüre mit neuem Anklopfen zu verschonen.N.N.[24]

Wer ist dieses »ich«, das sich hier gegen die Zuschreibung der Verfasser- bzw. Herausgeberschaft der *Natürlichkeiten* verwahrt? Wessen »Thüre« soll fortan von neuen Anfragen verschont bleiben? Eine solche »Erklärung« kann nur ungezeichnet erfolgen, will der Verfasser nicht diese Anonymität preisgeben; zugleich aber läuft die »Erklärung« gerade wegen dieser Anonymität ins Leere, da niemand erkennen kann, wer sich hier gegen die Unterstellungen verwahren will. Das im Schutze der Anonymität operierende Autor-Ich kann sich nicht anders als mit solchen paradoxen, sich selbst widersprechenden Texten öffentlich äußern. Und auch die Literaturwissenschaft wird hier letztlich auf ihr Begehren, Texte bestimmten Autoren zuzuschreiben, zurückgeworfen: Ist dieses »ich« überhaupt Johann George Scheffner? Möglich, aber nicht mit Sicherheit festzustellen.

III.

Angesichts dieser Gerüchte um seine Verfasserschaft, die *trotz* der Anonymität kursierten und die zugleich *wegen* der Anonymität nicht ausgehebelt werden konnten, greift Scheffner auf andere textuelle Strategien zurück, um sich möglichst weit von den erotischen Gedichten zu distanzieren: Scheffner inszeniert ein komplexes Spiel mit Dislozierungen der Autorschaft, indem er seine erotischen Gedichte mit zusätzlichen, teils recht elaborierten Pseudonym- und Herausgeber-Fiktionen umgibt, die die Autorfunktion immer weiter auf-

sen à la Grecourt. [...] Was wußte ich, was sie enthielten. Ich nahm sie [...] in die Hand und las zwar, was der ehrliche Officier geschrieben hatte, allein ich fand in einigen Stellen – den *Scheffner*, und wurde durch die Nachlese noch mehr hierin bestärkt. Wenn es Niemand weiß, daß Sie es gemacht haben, so mag es immerhin in der Welt erscheinen. Weiß es aber sonst Jemand, wie ich beinahe vermuthe; so könnte es Ihnen doch wohl einmal ein Aergerniß werden.« (Th. G. v. Hippel's sämmtliche Werke. Bd. 13. Berlin: G. Reimer 1838, No. 37, S. 131–134, hier S. 132.). Später hat Scheffner zudem mit Hippel wie auch mit seinem Freund Nezker einige der erotischen Gedichte diskutiert (vgl. Plehwe: Scheffner [wie Anm. 6], S. 45–46.). Dies dürfte rasch für entsprechende Gerüchte in Scheffners Umkreis gesorgt haben.

24 Anonym. »IV. Erklärung.« In Intelligenzblatt der Allgemeinen Literatur-Zeitung, 2. Dezember 1801, No. 231, Sp. 1880. Es bleibt unklar, auf welchen »Antrag« hier angespielt wird; in der *Allgemeinen Literatur-Zeitung* jedenfalls findet sich unter diesem Datum kein entsprechender Eintrag.

spalten und verschieben. Wie nun in der Sequenz von Scheffners erotischen Gedichtbänden deutlich wird, führt die immer größere Anzahl an fiktiven Autoren- und Herausgeberinstanzen dazu, dass am Ende die erotischen Texte nicht mehr eindeutig einem Autor zugeschrieben werden können.

Scheffners erotisches Schreiben beginnt 1771 mit den anonym veröffentlichten *Gedichten im Geschmack des Grecourt*; diese Erstausgabe umfasst nur die Titelseite mit einem Motto sowie insgesamt 35 Gedichte, verzichtet aber fast gänzlich auf paratextuelle Rahmungen. Da also primär die erotischen Texte im Vordergrund stehen, repräsentiert dieser Band so etwas wie die Grundform einer anonymen erotischen Publikation. Lediglich das Motto sowie das erste und das letzte Gedicht des Bandes (»Zuschrift« bzw. »Zum Beschluß«) enthalten schon Momente, die auf die Inszenierung von Autorschaft abzielen. Besonders interessant ist dabei die »Zuschrift«:

> Rosts abgeschied'ner Schäferseele
> Und, *Wieland*, deiner, die noch lebt
> Und in den *Agathon* und *Idris* Wollust webt,
> Weih' ich mein Lied – Was ich sing und erzähle
> Sang und erzählte mir einst eine Muse vor,
> Die sich den allerfeinsten Flor,
> Der nicht Ein blaues Aderchen verheelt,
> Zum Morgenneglige erwählt:
> Froh wird sie seyn, wenn deine Musen,
> Mit bloßen Knie'n und ofnen Busen,
> Voll Laune, und selbst von der Glut beseelt,
> Die sie bey *Koxkox* Glück in Leserherzen hauchen
> Stiefschwesterlich sie nur, als Kammermädchen brauchen.[25]

Diese »Zuschrift« führt im vierten Vers zwar ein Autor-Ich ein, das aber innerhalb der übergreifenden Anonymität des Bandes nicht weiter konkretisiert wird. Diese Leerstelle des Verfassernamens füllen jedoch andere Instanzen: Zum einen wird der topische Musenanruf ironisch recodiert, indem nicht mehr die Musen der antiken Mythologie das lyrische Sprechen verbürgen sollen, sondern der kaum verhüllte Körper *einer* Muse, also die weibliche Körperlichkeit. Zum anderen wird der ungenannte Autorname durch Verweise auf andere Verfasser erotischer Texte substituiert: auf Johann Christoph Rost (1717–1765) und Christoph Martin Wieland. Rost hatte 1742 die *Schäfererzählungen* vorgelegt und später das erotische Langgedicht *Die schöne Nacht* (1754) publiziert; mit der Nennung von Wieland hingegen spielt Scheffner vor allem auf dessen *Comische Erzählungen* (1765) an.

Diese Substitutionsbewegung wird zudem von dem Motto auf der Titelseite ergänzt: Dieses Motto ist nur auf den ersten Blick ein griechischer Text, der sich bei näherer Betrachtung als ein französisches Zitat erweist, das lediglich in griechischen Lettern gesetzt wurde:

25 [Johann George Scheffner]: »Zuschrift«. In [ders.], Grecourt 1771 (wie Anm. 2), S. 7f.

Si ma verve est indiscrette
Je la condamne en effet:
Est-il un sage poëte
Est-il un amant discret?[26]

Dieses durch das Motto inszenierte Spiel setzt dasjenige des Musenanrufs fort; erneut wird eine vorgeblich antike Referenz des lyrischen Sprechens ironisch und erotisch unterlaufen, da sich die vermeintlich griechische Autorität als Maskerade der erotischen Autorität von Guillaume Amfrye de Chaulieu (1639–1720), einem libertinen Dichter, erweist. Das Motto stammt aus Chaulieus Gedicht *Portrait*, das an eine Frau adressiert ist und das deren erotische Reize preist; bei Scheffners Zitat handelt es sich um den Schluss des Gedichtes, der folglich Chaulieu dazu dient, die Legitimität des lyrischen Portraits zu diskutieren. Indem nun Scheffner aber diese Verse isoliert als Motto zitiert, verändert er durch diese Neukontextualisierung deren Bedeutung; sie erhalten poetologische Qualitäten, da sie nun die grundsätzliche Frage nach der Autorschaft des nachfolgenden Bandes stellen: So sei das »ich« der *Grecourt-Gedichte* in seinem lyrischen Sprechen von einer indiskreten Leidenschaft getragen. Aber wem ist diese Passion zuschreibbar? Steht dahinter ein weiser Dichter, ein *poeta doctus* also, oder aber ein Liebender, durch dessen *furor eroticus et poeticus* Intimes öffentlich wird?

Bereits in der vermeintlich nur anonymen Publikationsform der Erstausgabe inszeniert Scheffner also Substitutionsbewegungen, die in ironischer Weise vom namenlosen Sprecher-Ich ablenken und auf andere autoritative Instanzen verweisen: auf den nackten weiblichen Körper einer Muse als Inspirationsquelle sowie auf Rost, Wieland und Chaulieu als Autoritäten erotischen Schreibens. Hingegen macht das doppelbödige Motto die Unauslotbarkeit solcher Strategien der Beglaubigung sichtbar. Es deutet sich also hier ein subtiles Vexierspiel mit der Autorinstanz erotischer Texte, mit fingierten Autoritäten und ironischen Referenzen an.

Dieses Spiel mit der Autorisation verstärkt sich in den folgenden Auflagen substanziell. So behält die zweite Auflage von 1773 zwar die prinzipielle Anonymität wie auch das Chaulieu-Motto bei; aber zugleich wird nun die lyrische »Zuschrift« zu einem größeren Vorwort in Gestalt eines an einen gewissen »Baron v. d. –« gerichteten Briefes erweitert:

> Dank sey *Dir* für das überschikte Exemplar der *Gedichte a la Grecourt*. Wie warst Du aber auf den Einfall gekommen, ein solches Musenpiknik anzustellen, und so gar Stücke von unserm – beyzufügen? Am allermeisten befremdete mich das leztere. Warlich, hat Saul sich besser unter die Propheten geschikt, als seine Verse sich zu den unsrigen schicken? Solte etwa seine bürgerliche Unschuld unsern Reichsfreiherrlichen Verdiensten zum Licht oder Schatten dienen?[27]

26 Vgl. Guillaume Amfrye de Chaulieu: »Portrait«. In Oeuvres de l'Abbé de Chaulieu. Amsterdam und Paris 1757, S. 120–122; hier S. 122.

27 [Johann George Scheffner]: »Zuschrift an den Baron v. d. –«. In: [ders.], Gedichte im Geschmack des Grecourt. Frankfurt / Leipzig [i. e. Königsberg]: Dodsley und Compagnie [i. e. Kanter] 1773, unpag.

Dieser Text vollzieht einen ersten Schritt in der Dissoziation von Autorschaft, indem er retrospektiv die Fiktion etabliert, dass sich hinter dem vermeintlich einzelnen anonymen Sprecher-Ich der Erstausgabe tatsächlich drei Autorinstanzen verborgen haben, auf welche sich folglich die Autorfunktion verteile: erstens der adelige Verfasser dieses Briefes (im Folgenden »erster adeliger Autor«), zweitens ein »Baron v. d. –« als der ebenfalls adelige Adressat dieses Briefes (»Baron«) und drittens ein bürgerlicher Freund von diesen beiden adeligen Autoren (»bürgerlicher Autor«). Rückwirkend wird so die Rezeptionshaltung, hinter den persönlichsten Themen der erotischen Gedichte ein konsistentes Autor-Ich zu vermuten, desavouiert. Vielmehr erscheint nun die Verfasserschaft der Erstausgabe in drei Instanzen aufgespalten, wobei prinzipiell offen bleiben muss, welche Texte genau von welchem Autor stammen.

Diese Dissoziation gründet sich dabei in zwei verschiedenen Modellen der Autorisation: Zum einen wird behauptet, dass fast alle Gedichte der Erstausgabe 1771 von den beiden adeligen Offizieren gemeinsam verfasst worden seien; so ist ausdrücklich von »den unsrigen« Gedichten[28] wie auch von »unserer Manier«[29] die Rede. Dies impliziert eine Fiktion kollektiver Autorschaft, die zum einen im Widerspruch zur gängigen Genieästhetik der Zeit steht, die ja die Individualität des Autors und seiner Texte betont hatte, die zum anderen jedoch im fast zeitgleichen Göttinger Hain eine reale Entsprechung hat, da in diesem Kreis um Ludwig Christoph Hölty (1748–1776) lyrische Texte ebenfalls kollektiv verfasst wurden.[30]

Zum anderen steht dieser kollektiven Autorschaft eine (problematische) Herausgeberinstanz gegenüber, durch die der Gedichtband insgesamt autorisiert werden soll: Der Baron v. d. – habe ein »Musenpiknik«[31] veranstaltet, da er nicht nur die gemeinsam mit dem ersten adeligen Autor verfassten Texte, sondern auch einige Gedichte des bürgerlichen Freundes abgedruckt habe, ohne indes diese gesondert zu markieren und auch ohne sein Vorgehen mit dem Baron abzusprechen. Durch dieses editorische Vorgehen des Barons wird letztlich die gesamte Textgestalt fragwürdig, die Erstausgabe von 1771 erscheint nun als eine nicht autorisierte Ausgabe.

Dies bedeutet: Die Vorrede von 1773 spaltet nicht nur retrospektiv die Autorfunktion in drei verschiedene Autorisationsinstanzen auf, sondern verstärkt dies noch dadurch, dass diese Instanzen selbst als problematisch erscheinen: Die kollektive Autorschaft der Adeligen lassen einen Großteil der Gedichte nicht mehr einem einzelnen Autor zuschreiben; hingegen muss der Baron als ein *unreliable editor* gelten, da er ohne Autorisation und zudem unmarkiert die Texte eines dritten Autors aufgenommen hatte. Sowohl hinsichtlich der textuellen Zuschreibung als auch hinsichtlich der autoritativen Kraft der beteiligten Figuren wird mithin das solitäre Sprecher-Ich subvertiert.

Dabei sind diese dissoziativen Tendenzen jedoch nicht nur retrospektiv auf die Erstausgabe von 1771 gerichtet, sondern sie erstrecken sich auch auf die vorliegende Ausgabe

28 Ebd., unpag.

29 Ebd., unpag.

30 Vgl. etwa das Nachwort in: Ludwig Christoph Heinrich Hölty: Gesammelte Werke und Briefe. Kritische Studienausgabe. Hg. v. Walter Hettche. Göttingen: Wallstein 1998.

31 [Johann George Scheffner]: »Zuschrift« (wie Anm. 27), unpag.

von 1773. Denn im weiteren Verlauf seines Briefes behauptet der erste adelige Autor, dass er mit dieser neuen Ausgabe das »Musenpiknik« wieder rückgängig gemacht habe: »Unsers – Stücke sind weggelassen [...] weil seine und unsere Leyer zu verschieden gestimmt sind, und ein Schelm solche Musik aushalten mag.«[32] Diese Behauptung, nun zwischen der bürgerlichen und der kollektiven Autorschaft zu trennen, wird insofern mit dem Anschein des Authentischen belehnt, da tatsächlich in dieser zweiten Auflage einige Gedichte der Erstausgabe fehlen;[33] dem zeitgenössischen Leser, der beide Bände vergleicht, musste also diese Behauptung des ersten adeligen Autors unmittelbar plausibel erscheinen.

Diese faktische Nachprüfbarkeit solcher textuellen Veränderungen würde nun eigentlich dazu führen, dass diese zweite Ausgabe von 1773 an Autorisation gewinnt, da scheinbar nur noch die Texte des adeligen Kollektivs übrigbleiben. Daher durchkreuzt Scheffner sogleich diese Tendenz durch neue dissoziative Momente, indem er den ersten adeligen Autor behaupten lässt, dass er nun seinerseits eigenmächtig neue Gedichte von weiteren Verfassern aufgenommen habe:

> Zum Ersatz fürs Publikum [für die gestrichenen Gedichte] hab ich aber einige aus einer im Maltheserberuf in morgenländischen Gegenden verlohrnen Brieftasche, und ein Paar von einem Unbekannten, nachdem ich alles zuvor nach unserer Manier umgearbeitet, beygefügt.[34]

Ebenso wie der Baron in der Erstausgabe, so erwies sich auch hier der erste Adelige als ein unzuverlässiger Editor, da er nicht nur fremde Texte unmarkiert aufgenommen, sondern diese zudem »nach unserer Manier umgearbeitet« habe. Auf eine scheinbare Vereindeutigung der textuellen Autorisation folgt also sogleich deren Durchkreuzung.

Insgesamt ergibt sich aus dieser brieflichen Vorrede, dass die vermeintlich singuläre Instanz anonymer Autorschaft sowohl rückwirkend für die Ausgabe von 1771 als auch für die gegenwärtige zweite Ausgabe von 1773 in Frage gestellt wird: Durch insgesamt mindestens fünf beteiligte Autoren, durch nicht markierte und unautorisierte editorische Eingriffe sowie durch eine wesentlich kollektiv verstandene Autorschaft löst der Text die Autorfunktion auf.

Die Auflagen von 1780 bis 1798 führen diese Tendenzen konsequent fort, indem sie wiederum neue fiktive Personen einführen, die über die bislang fünf Personen hinaus ebenfalls an der Textgestalt des Bandes beteiligt seien. In der Auflage von 1780 wird die »Zuschrift an den Baron v. d. –« beibehalten, nun aber von einer kurzen »Nachschrift des neuen Herausgebers an die Verfasser« ergänzt:

> Sie haben Ihre poetischen Kinder wie Findlinge ohne Nahmen in die Welt gesezt, und können und werden es mir also nicht übel nehmen, daß ich mich ihrer Waysen

32 Ebd., unpag.

33 Es handelt sich um die Gedichte »Gespräch mit einer Statue der Venus« (S. 9f.), »Die Sehnsucht« (S. 99–101) und »Maylied« (S. 102–104). Diese Gedichte sind dann in Scheffners *Gedichte von dem Übersetzer des treuen Schäfers* (Mitau: [Hinz] 1773, S. 40f., 48f., 44f.) aufgenommen worden. Vgl. dazu Sembritzki: Scheffner-Studien (wie Anm. 19), S. 365f.

34 [Johann George Scheffner]: »Zuschrift« (wie Anm. 27), unpag.

> väterlich angenommen, ihnen einige Gespielen, sicher von eben der Mutter, vielleicht gar von eben den Vätern zugesellt, und sie standesmäßig gekleidet habe. Unächte Geburt muß so hübschen, lieben Wesen nicht präjudiciren, überdem hat sie der Beyfall der Leser ohne Vorurtheil schon legitimirt, und wer wollte sich um die andern bekümmern wenn er hoffen darf bey erstern Danck zu verdienen.[35]

Während die »Zuschrift« formal einen öffentlich gemachten Brief imitiert hatte, spielt diese »Nachschrift« nun ironisch mit der Form des Herausgeberstatements. Auch dieser neue Herausgeber fügt den bisherigen Gedichten (den »Waysen«) etliche neue Texte als »Gespielen« hinzu und kleidet diese »standesmäßig« ein, d.h. erneut werden fremde Gedichte hinzugefügt und zugleich an die übrigen Texte angeglichen. Dies impliziert nicht nur eine erneut unzuverlässige Herausgeberschaft, sondern auch die Fiktion weiterer beteiligter Autoren, da die neuen »Gespielen« nicht von den gleichen Eltern wie die bisherigen Texte stammen. Freilich liegt hier die Ironie darin, dass es im Fall von »Findlingen ohne Nahmen« gerade unmöglich wäre, andere Kinder der gleichen Eltern hinzuzufügen; gerade die Unauslotbarkeit der Anonymität lässt den Verweis auf die angeblich gesicherten gleichen Eltern als ironische Volte erscheinen.

Darüber hinaus führt diese »Nachschrift« das Thema der Anonymität fort und wendet es poetologisch, indem diese Anonymität der Autorschaft nun in das Bild der Legitimität bzw. Illegitimität von »Findlingen«, von »Waysen« übersetzt wird. Da die erotischen Texte des *Grecourt*-Bandes »ohne Nahmen« publiziert wurden, können sie nicht über die Autorisation eines Verfassers »legitimirt« worden sein. Metaphern wie »standesgemäß«, die »unächte Geburt«, »präjudiciren«, »Vorurtheil« und »legitimirt« verweisen auf den problematischen Status der anonymen erotischen Texte: Wie wirkliche »Waysen« aufgrund ihrer fehlenden verbürgten Herkunft keinen sozialen Ort haben, so besitzen auch die anonym publizierten Erotika als textuelle »Waysen« keinen Ort innerhalb der Literatur, sie sind aufgrund ihrer fehlenden autoritativen Legitimation gewissermaßen heimatlos.

»Unächte Geburt« meint aber auch eine Herkunft, die deshalb sozial nicht akzeptiert ist, weil sie über keine eheliche Legitimation verfügt, sondern auf außereheliche Sexualität zurückgeht. Da Scheffners erotische Texte die ehelichen Formen sexueller Reproduktivität oftmals deutlich überschreiten, verbindet dieses Bild der »unächten Geburt« die textuelle Illegimität der anonymen Publikationsform mit ihren sozial anstößigen Inhalten. Die »Geburt« wird somit als Produktivitätsphantasma aufgegriffen und mit den Textinhalten kombiniert: Die erotischen Gedichte sind nicht nur von »unächter Geburt«, sondern sie thematisieren auch sozusagen »unächte« Sexualität.

Während diese Nachschrift in den *Gedichten nach dem Leben* von 1786 und 1792 wieder getilgt wird, erweitert die vierbändige Ausgabe der *Natürlichkeiten der sinnlichen und empfindsamen Liebe* (1798) das bisherige Spiel mit den Maskeraden der Autorschaft substanziell. Dabei werden die bisherigen dissoziativen Tendenzen entsprechend fortgeschrie-

35 [Johann George Scheffner]: Gedichte im Geschmack des Grecourt. London [i.e. Danzig]: Dodsley [i.e. Flörke] (1780), unpag.

ben, wenn der »Vorbericht des Herausgebers« des ersten Bandes eine weitere unsichere Autorisationsinstanz ins Spiel bringt: Es bleibt unklar, ob es sich bei diesem Herausgeber, der nach dem Tode des Verfassers die Gedichte neu veröffentlicht, um eine neue Figur handelt oder ob er mit dem Herausgeber der Ausgabe von 1780 identisch ist.

Wie schon die anderen Herausgeberfiguren zuvor, so ist auch dieser Editor unzuverlässig, da er unmarkierte Eingriffe in die Textgestalt der Gedichte vorgenommen habe: Im ersten Band der *Natürlichkeiten* habe er »jedes Stück genau durchgesehen, und meinen möglichsten Fleiß auf ihre Aus- Ab- und Glattfeilung verwandt.«[36] In der Vorrede zum zweiten Band behauptet er, dass er aus den Gedichten »nach bestem Wissen [u]nd Gewissen die sauren Beeren abzulesen gesucht« habe;[37] dies wird mit »kritischen Noten« des Verfassers legitimiert, die zusammen mit den Texten in einem »Päckchen« gewesen seien und die entsprechende Korrekturhinweise beinhalten sollen.[38] Die Vorrede zum dritten Band schließlich bringt das Argument, dass der Herausgeber zwar mit dem »Revisionsmesser« eingegriffen, jedoch nicht alle Wiederholungen zum ersten Band »sammt und sonders« getilgt habe:[39] »Würd' ich mithin dem Dichter nicht zu viel von seinen Eigenthümlichkeiten genommen haben, wenn ich es nicht am Wegstreichen der *Idem per Idem* in manchen Gedichten hätte genug sein lassen?«[40] Auch diese Ausgabe schreibt also die Tendenz fort, die Textgestalt der Gedichte durch Eingriffe eines Dritten als unzuverlässig und unauslotbar darzustellen (wenngleich dies hier von der Fiktion einer angeblichen Legitimation durch Verfassernotizen ergänzt wird).

An diesem Punkt ist Scheffners Spiel mit der Auflösung von Autorschaft an ihrem äußersten Punkt angekommen. Im Rückblick wird die Konsequenz deutlich, mit der er in allen Gedichtbänden mit immer neuen Instanzen der Autorisation gespielt hat. Einschließlich dieser Auflage von 1798 hat Scheffner insgesamt sechs beteiligte Autoren eingeführt: die beiden Adeligen, der bürgerliche Freund, die (mindestens) zwei Autoren der 1773 hinzugefügten Texte sowie der Verfasser der zusätzlichen Texte von 1780. Zum anderen waren vier Herausgeberfiguren involviert: der Baron als Herausgeber der Erstauflage, der erste Adelige als Herausgeber von 1773, ein weiterer anonymer Herausgeber 1780 sowie eventuell ein vierter Herausgeber 1798. Diesen Herausgeberfiguren ist gemeinsam, dass sie nicht autorisierte Eingriffe in die Texte vorgenommen haben, vor allem durch nicht markierte Angleichungen der Textgestalt an die bisherigen Texte.

Damit wird das vermeintlich singuläre Ich von 1771 am Ende dieser Sequenz in insgesamt acht Personen (bzw. zehn Instanzen, wenn man die Doppelfunktion mancher Herausgeber bedenkt) aufgelöst. Nicht mehr ein individueller Sprecher verantwortet die intimen erotischen Texte, sondern eine ganze Gruppe an Autoren und Herausgebern, deren genaue Beteiligung an bestimmten Texten unklar bleibt. Die Texte sind nun geradezu maximal von einer individuellen Zuschreibbarkeit entfernt.

36 [Johann George Scheffner]: Natürlichkeiten der sinnlichen und empfindsamen Liebe, Bd. 1, S. IV–V.
37 Ebd., Bd. 2, unpag.
38 Ebd., Bd. 2, unpag.
39 Ebd., Bd. 3, S. III.
40 Ebd., Bd. 3, S. IV.

IV.

Jedoch: In der gleichen Ausgabe von 1798 annulliert Scheffner bemerkenswerterweise jene weitreichende Dissoziierung textueller Autorisation wieder fast vollständig, indem nun plötzlich *ein alleiniger Urheber* behauptet wird:

> Der Muthmaßung verschiedner Kunstrichter, als ob diese Gedichte mehr als Einen Verfasser hätten, kann ich ganz dreust widersprechen, sie gehören ihm ganz allein und selbst die Zuschrift an den Fr. v. d. G. ist ein bloßes Witzspiel.[41]

Damit werden die von den bisherigen Vorreden bzw. Briefen etablierten Autoren- und Herausgeberfiguren rückwirkend als unglaubwürdig, ja als fiktiv markiert. Denn alle Gedichtbände seien allein von einem Freiherrn bzw. Baron von der Goltz verfasst worden, der nun auch erstmals als »Freyherrn Fr. Wilh. v. d. G.« auf der Titelseite genannt wird. Allerdings stellt dies keinen gänzlichen Bruch mit den bisherigen Strategien dar, da dieser Name zugleich auf die »Zuschrift« der Auflage von 1773 zurückverweist, indem deren Adressierung an einen »Baron v. d. –« nun zum Baron von der Goltz konkretisiert wird.

Wurde bislang versucht, die Autorfunktion durch ihre Verteilung auf möglichst viele Instanzen diffus werden zu lassen, so erscheint nun die gegenläufige Strategie, alles der fiktiven Autorfigur von der Goltz zuzuschreiben, von ebenso gegenläufigen Tendenzen gestützt, diese neue Figur möglichst *authentisch* wirken zu lassen. Scheffner beschränkt sich also nicht bloß auf die Nennung eines Autornamens, sondern umgibt diese Fiktion des Barons von der Goltz mit umfassenden Inszenierungen, die diese Figur als vermeintlich reale Autorinstanz plausibilisieren und bekräftigen sollen.

Erstens skizziert Scheffner im Anhang des dritten Bandes eine kurze Biographie des Barons, die die Tatsächlichkeit von dessen Existenz beglaubigen soll:[42] Der Baron sei um 1738 geboren worden und erlangte dann 1760 den Offiziersrang; seine Liebesgedichte aus dem zweiten Band der *Natürlichkeiten* seien autobiographisch verbürgt, da von der Goltz 1772–74 tatsächlich eine Doris geliebt habe; später kehrte er aus dem Militärdienst in seine Heimat zurück und kam »bald hernach ins andre Leben«, d. h. er verstarb, was entsprechende Andeutungen der vorherigen Auflagen unterstreicht.[43] Auch der Charakter des Barons wird näher beschrieben, er sei eine Mischung von »verfeinerter Sinnlichkeit, schwärmerischer Weichheit, Schwermuth und Leichtsinn«[44] zusammen mit einer »Jovialität seines Humors«[45] gewesen. Beglaubigt wird diese fiktive Lebensbeschreibung schließlich dadurch, dass sie angeblich auf den »mündlichen Erzählungen eines Freundes [beruht], der mich versichert ihren Verfasser lange und genau gekannt zu haben«.[46]

41 Ebd., Bd. 3, S. 198.

42 Dieser beglaubigende Charakter der Biographie wird auch dadurch unterstrichen, dass im vierten Band ebenfalls eine Autorenbiographie eingerückt ist: diejenige von Johannes Secundus, dessen *Basia* in einer dreisprachigen Fassung in diesem vierten Band der *Natürlichkeiten* erscheinen. Diese Biographie eines realen Autors belehnt diejenige des Barons mit Plausibilität. Vgl. Anm. 12.

43 [Johann George Scheffner]: Natürlichkeiten (wie Anm. 36), Bd. 3, S. 196.

44 Ebd., Bd. 3, S. 197.

45 Ebd., Bd. 3, S. 195.

46 Ebd., Bd. 1, S. IV.

Dabei zeigt diese fiktive Biographie eine konstitutive Ambivalenz: Auf der einen Seite sollen möglichst detaillierte Informationen zu Lebenslauf und Charakter des Barons die Tatsächlichkeit seiner Existenz beglaubigen, auf der anderen Seite jedoch darf die Lebensbeschreibung nicht zu konkret werden, da dies dann von den Zeitgenossen womöglich leicht überprüft werden könnte. Es ist daher auffallend, dass Scheffner diesen biographischen Abriss insgesamt nur skizzenhaft ausführt und dabei besonders die Orte und Namen nicht genau angibt: Das Geburtsjahr des Barons wird lediglich geschätzt; als Geburtsort wird bloß »P.«[47] angegeben; ebenso wird nur gesagt, dass er zunächst in dem »Infanterie-Regiment v. K. in B.«[48] und später in einem namenlosen »Garnisonsregiment«[49] gedient habe; auch die späteren nachmilitärischen Tätigkeiten oder sein Todesdatum bleiben unklar. Somit werden die biographischen Daten nur soweit konkretisiert, wie es zur Authentifizierung notwendig ist, ohne indes die Informationen wirklich überprüfbar zu machen. In der Tat hat auch die positivistische Forschung um 1900 nachgewiesen, dass es zwar durchaus Personen mit dem Namen von der Goltz gab, jedoch keiner in den entsprechenden militärischen Verzeichnissen der Zeit nachweisbar ist.[50]

Zweitens lässt Scheffner über diese fiktive Biographie hinaus auch den Baron von der Goltz selbst in Dokumenten zu Wort kommen. Zu Beginn des drittens Bandes wird aus »einem Schreiben des Verfassers«[51] zitiert, ergänzt von einem Antwortbrief, der vermutlich vom Herausgeber selbst stammt.[52] Jener Brief des Autors unterstreicht nicht nur zusätzlich die Existenz des Barons, sondern wird zudem auch zur Legitimation der editorischen Eingriffe des Herausgebers funktionalisiert. Denn der Baron selbst räumt ein, dass seine in höchster Leidenschaft gedichteten Texte bisweilen verbesserungswürdig seien:

> Der größte Drang des Herzens fällt nicht immer in den glücklichsten Moment der Versification, und die Respiration der Empfindung, wenn ich's so nennen darf, macht oft den Ausdruck stolpernd, unkorrekt, mithin dem Leser anstößig, und wer kann, wer mag das alles glatt und blank feilen?[53]

Drittens schließlich wird diese Strategie der dokumentarischen Beglaubigung insofern zugespitzt, da nicht nur fiktive Briefwechsel des Barons abgedruckt werden, sondern auch *reale*. So hatte Scheffner bereits seit 1771 unter ebendiesem Pseudonym des Barons von der Goltz über einige Jahre hinweg mit Wieland korrespondiert, ohne indes seine wahre Identität zu enthüllen. Jetzt wird dieser Briefwechsel im Anhang zum dritten Band der *Natürlichkeiten* abgedruckt, wobei diese Korrespondenz mit einem wirklich lebenden und namentlich benannten Autor der Figur von der Goltz zusätzliche Authentizität verleiht, zumal dem Publikum bereits die in ersten Auflage enthaltene Dedikation an Wieland bekannt gewesen war.

47 Ebd., Bd. 3, S. 193.
48 Ebd., Bd. 3, S. 193.
49 Ebd., Bd. 3, S. 196.
50 Vgl. Sembritzki: Freiherr v. d. Goltz (wie Anm. 19), S. 718–719.
51 [Johann George Scheffner]: Natürlichkeiten (wie Anm. 36), Bd. 3, S. V–IX.
52 Ebd., Bd. 3, S. X–XI.
53 Ebd., Bd. 3, S. VI.

Damit steht am Ende von Scheffners Inszenierungen die mehrfach authentifizierte Fiktion des Barons als alleiniger Autorisationsinstanz der erotischen Texte. Dadurch werden zwar große Teile der bisherigen Dissoziationen und Spaltungen von Autorschaft widerrufen, aber zugleich lässt dieser Gestus des Widerrufs selbst auch die neue Figur des Barons als problematisch erscheinen: Wenn die bislang so elaboriert inszenierten Autoren- und Herausgeberfiguren allesamt bloß ein »Witzspiel« gewesen seien, wer bürgt dann dafür, dass dies nicht auch für den Baron von der Goltz zutrifft? Dies gilt umso mehr, da dieser Baron ja seinen textuellen Ursprung in der »Zuschrift« von 1773 und damit im »Witzspiel« selbst hat. Einmal ins Spiel gebrachte dissoziative Tendenzen lassen sich nicht – ähnlich wie das Autorschaftsgerücht in der *Allgemeinen Literatur-Zeitung* – durch ein Dementi annullieren.[54]

V.

Insgesamt inszeniert also Scheffner über mehr als 25 Jahre und mehrere Auflagen hinweg ein komplexes Spiel mit der Anonymität und der auktorialen Autorisation erotischer Texte. Zur Verschleierung seiner empirischen Urheberschaft beginnt Scheffner mit dem Schutz bloßer Anonymität (die jedoch bereits Momente auktorialer Inszenierung enthält); er erweitert diese Anonymität dann sukzessive um immer neue fiktive Autoren und Herausgeber, die allesamt in je ungeklärter Extension an den Texten beteiligt gewesen seien, was eindeutige Zuschreibungen und gesicherte Autorisationen unmöglich macht; und schließlich wird dann diese umfassende Dissoziierung von Autorschaft zugunsten einer mit elaborierten Texten authentifizierten Autorfigur wieder annulliert. Damit bringt Scheffner sowohl die Anonymität (in den Auflagen 1771–1792) als auch die Pseudonymität (in der Auflage 1798) als zwei wesentliche Modi erotischen Schreiben an ihre Grenzen. Letztlich führen diese permanenten Verschiebungen der Autorisationsinstanz dazu, dass das Erotische auf die *Textualität* selbst zurückgeworfen wird: Da alle Versuche, das intime Geschehen an reale Autoren als deren Verbürgungsinstanz rückzubinden, ad absurdum geführt werden, bleibt am Ende nur das erregende Gedicht selbst übrig, das nicht mehr auf Autoren verweist, sondern auf seine erregenden Zeichen. Auch darin ist Scheffners Spiel mit der erotischen Autorschaft nicht nur im späten 18. Jahrhundert singulär.

54 Eine etwas andere Wendung nimmt dieses Spiel, wenn man die oben zitierte Passage aus Scheffners Autobiographie einbezieht. In den 20 Jahren nach den *Natürlichkeiten* ist dies das einzige Mal, dass Scheffner das Goltz-Pseudonym wieder aufgreift: »An Freundschaft war in solchem Feldleben nicht zu denken. Ein Analogon von ihr entspann sich indessen doch zwischen mir und einem Baron v. d. Goltz, dessen kurze, aber bis auf Einen Punkt wahre, Lebensbeschreibung im 3ten Bändchen der Natürlichkeiten steht.« (Mein Leben [wie Anm. 14], S. 93) Dieser Satz verweist zurück auf die zweite Ausgabe der *Gedichte im Geschmack des Grecourt* von 1773: Wenn sich Scheffner nun als Freund des Barons bezeichnet, dann beglaubigt dieser Satz nichts anderes als die damalige Fiktion des bürgerlichen Freundes, dessen Gedichte ja zunächst – wie oben gezeigt – vorgeblich unautorisiert durch den Baron in den Gedichtband der beiden adeligen Freunde aufgenommen wurden, um dann später aussortiert zu werden und in einem von Scheffner autoritativ verbürgten Band zu erscheinen. Scheffner stilisiert sich also hier als jemand, der nur zufällig und unautorisiert mit den erotischen Texten in Verbindung gebracht wurde.

Der Historiker Johannes von Müller im Liebesrausch
Männer, die Männer begehren, um 1800

Wolfgang Burgdorf

»Ein beyspielloser Betrug, wobey alle Namen, welche im Himmel u. in der Welt die größten sind u. alle Gefühle, welche edlen Menschen die heiligsten zu seyn pflegen, zu meiner Täuschung mißbraucht worden, hat mich in einen allzugroßen Geldverlust gebracht«,[1] schrieb Johannes von Müller (1752–1807) im Mai 1803.

Die »Hartenberg-Affäre« ist eine der aufsehenerregendsten Skandalgeschichten der Goethezeit. Der 1802 als Kustos der kaiserlichen Bibliothek Wien lebende Gelehrte Johannes von Müller, der »Newton der Geschichte«, wie ihn Zeitgenossen nannten, wurde Opfer einer Intrige seines Zöglings Friedrich von Hartenberg (1781–1822). Hartenberg, ein Halbwaise hatte sich 1796 mit 15 Jahren in Wien in von Müllers Obhut begeben, der sich fortan väterlich um dessen Fortkommen bemühte.[2]

1803 wurde von Hartenberg wie folgend beschrieben: »Ein junger Mann von 22 Jahren, von überaus vorteilhaftem Wuchs, überhaupt sehr hübsch, voller Anmut, Geist und Talenten, der übrigens das Vergnügen liebt, gutes Essen, schöne Kleider«.[3] Hartenberg erfand einen ungarischen Grafen Louis Batthyány Szent-Iványi, fingierte in dessen Namen Liebesbriefe an von Müller, die dieser – naiv und von den Liebesschwüren überwältigt – begeistert beantwortete. Im Laufe der elfmonatigen Korrespondenz wechselte Müller nicht nur Briefe mit dem scheinbaren Grafen, sondern bald auch mit dessen Mutter und Kammerdiener.

Graf Louis, der Hartenberg angeblich 1802 kennengelernt hatte, erklärte, Hartenberg adoptieren und reich versorgen zu wollen. Gemeinsam mit von Müller werde er sich um dessen weiteren Lebensweg kümmern und vereint mit ihm und Louis' Mutter in familiärer Weise zusammenleben.

---

1 Johannes von Müller an Felix Lindinner in Zürich, Wien 7.5.1803. Vgl. Johannes von Müller: »Einen Spiegel hast Du gefunden, der in allem Dich reflectirt.« Briefe an Graf Louis Batthány Szent-Ivány 1802–1803. Hrsg. von André Weibel. Bd. 1: Briefe. Bd. 2: Nachwort und Kommentar. Göttingen: Wallstein 2014. Bd 1, S. 462 f. Dieser Beitrag beruht überwiegend auf der exzellenten 1100 Seiten umfassenden zweibändigen Briefedition von André Weibel. Vgl. auch Karl Schib: Johannes von Müller 1752–1809. Thayngen-Schaffhausen: Augustin 1967.

2 Zu den zeitgenössischen Wirkungen vgl. Paul Derks: Die Schande der Heiligen Päderastie. Homosexualität und Öffentlichkeit in der deutschen Literatur 1750–1850. Berlin: Rosa Winkel 1990, S. 295–369.

3 Johannes von Müller an Louis-Alexandré de Launay, Graf d'Antraigue, Wien 30.3 bis 2.4.1803. In: André Weibel: Johannes von Müller, Bd. 1 (wie Anm. 1), S. 429. Ähnlich an Gustaf Mauritz Armfelt, Wien 6.4.1803, ebenda. S. 449.

Im Abstand von wenigen Wochen wiederholte sich dieselbe Situation: Die bevorstehende Zusammenkunft und der Beginn des gemeinsamen Lebens wurden angekündigt, um im letzten Moment durch »höhere Gewalt verhindert zu werden: Seien es die Königin von Neapel oder der ungarische Landtag, Kabinettsminister Colloredo oder der neidische Vater von Louis, ein Sturz des Grafen vom Pferd oder eine dringende Güterinspektion, der Scheintod des Vaters, seine Wiederauferstehung und seine endgültige Beerdigung, die polizeiliche Auflösung eines [...] Geheimbunds von Freunden oder der Tod der Mutter, intrigante eifersüchtige Freunde, diebische und brieffälschende Diener, ein Giftanschlag auf Fritz [von Hartenberg], Louis' Wahnsinn oder eine Intervention der Kaiserin«: Müller blieb stets der geblendete ›mystifié‹, der immer gleich weit vom Glück entfernt gehaltene Tantalus, in einer Spielanordnung, »die nur eine Regel kannte: Zeit und Geld zu gewinnen, ohne dass Müller an Louis endgültig verzweifelte«.[4]

Angeblich war Louis der illegitime Sohn, ein Kind der Liebe, der Gräfin von Falkenstein, die wiederum eine natürliche Tochter der Kaiserin Maria Theresia sein sollte. Die Batthyány waren eines der verzweigtesten und mächtigsten Adelsgeschlechter Ungarns. Durch die enge Verwandtschaft des Grafen mit dem regierenden Kaiserhaus und die doppelt illegitime Abkunft wurden genauere Nachforschungen unmöglich gemacht. Von Müller stellte schnell fest, dass es einen Grafen Louis Batthyány Szent-Iványi in den Adelsverzeichnissen nicht gab, was ihn jedoch nicht an der Existenz seines Geliebten zweifeln ließ.

Als die Aufdeckung des Betruges unvermeidlich schien, sah von Hartenberg keine andere Möglichkeit, sich aus der Affäre zu winden, als von Müller umzubringen. Am 4. Mai 1803 wurde dieser von seinen Dienern, die schon lange überzeugt waren, dass es sich um einen Betrug handle, hinter dem Hartenberg stand, davon abgehalten, sich zu einem Rendezvous mit dem Tod in den nächtlichen Park von Laxenburg zu begeben.[5]

Als der Betrug aufflog – es ging auch um große Geldbeträge, die von Müller vorgestreckt hatte –, war beider Aufenthalt in Wien unmöglich geworden. Von offiziellen Stellen wurde der Skandal unterbunden. Wie ein Jahrhundert später in Berlin schien die Polizei hochgestellte Persönlichkeiten vor Erpressungen und öffentlicher Bloßstellung eher zu schützen.[6]

---

4 Ebenda, 2. Bd. (wie Anm.1), S. 113. Vgl. zu den Grundtexten zur mann-männlichen Liebe um 1800 in Deutschland ebenda., 2. Bd., S. 168 (wie Anm.1). Derks: Die Schande der Heiligen Päderastie (wie Anm. 2); Robert Tobin: Warm Brothers. Queer theory and the Age of Goethe. Philadelphia: Univ. of Pennsylvania Press 2000; Christoph Meiners: Betrachtungen über die Männerliebe der Griechen, nebst einem Auszuge aus dem Gastmahle des Plato. In: Ders.: Vermischte Philosophische Schriften. 3 Bde. Leipzig: Weygand 1775–1776, Bd. 1, S. 61-119; Friedrich Wilhelm Basilius von Ramdohr: Venus Urania. Ueber die Natur der Liebe, über ihre Veredlung und Verschönerung. 3 Tle. Leipzig: Göschen 1798; Wilhelm von Humboldt: Latium und Hellas oder Betrachtungen über das classische Alterthum (1806). In: Wilhelm von Humboldts Gesammelte Schriften. 3 Abt. 1. Werke 3. 1799–1818. Hrsg. von Albert Leitzmann. Berlin: Behr 1904, S. 136–170. Wayne R.,Dynes: Light in Hellas. How German Classical Philology Engendered Gay Scholarship. In: Journal of Homosexuality 49 (2005), S. 341–356.

5 André Weibel: Johannes von Müller (wie Anm. 1), 2. Bd., S. 131.

6 Vgl. Robert Beachy: Das andere Berlin: Die Erfindung der Homosexualität: Eine deutsche Geschichte 1867–1933. München: Siedler 2015.

Dennoch zog die Geschichte weite Kreise in der intellektuellen Welt Europas und führte zu einer kontroversen Auseinandersetzung über Männer, die Männer begehrten und die Person von Müllers. Karl Ludwig Woltmanns Müller-Biographie von 1810 wurde zur »Inkunabel der Homophobie im 19. Jahrhundert«.[7] Woltmanns Buch markiert das Ende des älteren theologischen Diskurses über männerbegehrende Männer. An dessen Stelle trat nun eine pseudowissenschaftliche Pathologisierung. Die preußische Kriegspartei diffamierte von Müller »als franzosenfreundlichen Griechling«.[8] Der keimende Nationalismus der napoleonischen Zeit brachte neben dem Antisemitismus auch die moderne Homophobie hervor.

Selbst Napoleon und Zar Alexander mussten sich mit der Affäre befassen. Bis zu seinem Tod wird sich von Müller nicht von den finanziellen Auswirkungen des Skandals erholen. Auch seine persönliche Reputation hatte nachhaltigen Schaden genommen.

Die Begegnung eines Schwindlers mit einem Historiker, dessen Metier die Wahrheit ist, macht die Geschichte zusätzlich pikant. [9] »Hier das ist das beste, findet keine Täuschung statt«,[10] schrieb von Müller an 22. August 1802 seinem geliebten Brieffreund, der jedoch war ein Avatar.

Im Weiteren sollen auf Grundlage der Edition von André Weibel sechs Themen behandelt werden: 1. Selbstbezeichnungen von Männern, die Männer begehren um 1800, 2. Fremdbezeichnungen für Männer, die Männer begehren, 3. Eigenbezeichnungen für mann-männliche Liebe, 4. Fremdbezeichnungen für mann-männliche Liebe, 5. die Bedeutung des Briefwechsels für von Müller und 6. das Konzept einer homophilen Theologie.

1. Selbstbezeichnungen von Männern, die Männer begehren, um 1800

Von Müllers Briefe an den Grafen geben Einblick, wie sich Männer, die Männer liebten, um 1800 selbst bezeichneten. Bei von Müller war es zunächst die Sprache der Liebe: »Du, mein anderes Ich«.[11] »Gefunden ist er, gefunden, der mir beschiedene!«[12] »Du Guter, u. Edler, u. was das schönste ist mein Louis! [...] Bedenke, Louis, daß Du meines Lebens Glück, mir alles bist.«[13] »Du Göttergabe, Du Crone aller meiner Wünsche«.[14] Von Müller bezeichnete Louis auch als seine »Laura« und stilisierte sich damit als zweiten Petrar-

7 Karl Ludwig Woltmann: Johannes von Müller. Berlin: Hitzig 1810.

8 Gustav Seibt: Der Betrogene. Johannes von Müllers Briefe an einen hochstaplerischen Geliebten erzählen ebenso rührend wie ergreifend die wohl irrwitzigste Liebes- und Kriminalgeschichte aus der Zeit der deutschen Klassik. In: Süddeutsche Zeitung vom 08.08.2014.Vgl. http://www.buecher.de/shop/buecher/einen-spiegel-hast-gefunden-der-in-allem-dich-reflectirt/mueller-johannes-von/products_products/detail/prod_id/40059162/ [Zugriff 1.12.2017]

9 André Weibel: Johannes von Müller (wie Anm. 1), 1. Bd., S. 31.

10 Wien 21. u. 22.8.1802, ebenda, 1. Bd., S. 223.

11 Wien 8.7.1802, ebenda, 1. Bd., S. 86. Auch 17.7.1802, ebenda. S. 121.

12 Wien 16.7.1802, ebenda, 1. Bd., S. 109.

13 Wien 19.7.1802, ebenda, 1. Bd., S. 127.

14 Wien 19.7.1802, ebenda, 1. Bd., S. 128, 130, 158, 166, 185, 215, 392.

ca.[15] »O Du lieber Mensch, der Du mich wieder zum Menschen machst, da ich beynahe zu einem Exzerptheft geworden wäre!«[16]

»Du bist wie ich, auch doppelseitig [...], ein Engel, u. dann wieder epikureisches Ferkel.«[17] Von Müller sprach Louis oft als Bruder oder geschworener Bruder an.[18] Dies verweist auf die mittelalterlichen Schwurbruderschaften, auf Männerorden und auf die Bibel, Jonathan und David. »Johann« fand sich sowohl in Batthyánys wie Müllers Namen. Bald wurde auch die entsprechende Bibelstelle zitiert: »Es ist mir Leid um dich, Jonathan, mein Bruder! Ja, wundervoll war unsere Liebe, und weit über die der Weiber!«[19]

Die gängigste Selbstbezeichnung war »Bruder«. So heißt es auch über Friedrich von Hartenberg, der seine Promiskuität zeitweise eingeschränkt hatte: »Er lebt nicht mehr mit den Brüdern«.[20] Bald heißt es jedoch wieder: »sie hat wieder etliche schöne Fische im Netz.«[21] An anderer Stelle: »Circe fährt in ihrem Lieblingsgeschäfte mit bestem Erfolge fort. Um keinen ihrer jetzigen Liebhaber wird sie sich todgrämen«.[22] Hartenberg wird in den Briefen immer wieder verweiblicht, aber auch als Antinous, wie der knabenhafte Geliebte Kaiser Hadrians, bezeichnet.[23]

Wurde in der Korrespondenz eine neue Person erwähnt, so folgte zuweilen der Hinweis »(des notres)«.[24] Im Laufe seines Lebens verliebte sich Müller mehrfach, doch immer wieder musste er feststellen, »auch er ist nicht von den unsern«,[25] einer: »dieser seltenen Menschen«.[26] Die ›schwule‹ Entourage Prinz Heinrichs von Preußens wurde sein »Cirkel« genannt.[27] Ebenso spricht von Müller von »unserem Cirkel«.[28] Seine Identität und die Identität seiner Wir-Gruppe beruhten auf sexueller Orientierung.

2. Fremdbezeichnungen für Männer, die Männer begehren

Untersuchungsakten, Briefe von Außenstehenden an von Müller anlässlich des Skandals sowie Briefe von Außenstehenden untereinander über die Affäre vermitteln, wie männerliebende Männer um 1800 von ihrer Umwelt wahrgenommen wurden. Erzherzog Johann nahm von Müllers Lebensplanung gelassen zur Kenntnis. Er hat »unseren Plan, zusammenzuleben, charmant gefunden«.[29] Der Theologe Johann Georg Müller, von Müllers leiblicher Bruder, klammerte sich hingegen bis zu seinem Tode an die Vorstellung, sein

15 Wien 25.7.1802, ebenda, 1. Bd., S. 157.
16 Wien 5. u. 6.8.1802, ebenda, 1. Bd., S. 192.
17 Wien 22.7.1802, ebenda, 1. Bd., S. 147.
18 Wien 3.10.1802, ebenda, 1. Bd., S. 303, 338, 429.
19 Wien 15.7.1802, ebenda, 1. Bd., S. 103. Vgl. 2. Samuel, 1 26-27.
20 Wien 22. 7.1802, ebenda, 1. Bd., S. 149.
21 Wien 23. bis 25.9.1802, ebenda, 1. Bd., S. 187.
22 Wien 14.10.1802, ebenda, 1. Bd., S. 327.
23 Wien 22.7.1802, ebenda, 1. Bd., S. 148.
24 Wien 21. u. 22.8.1802, ebenda, 1. Bd., S. 221. Ähnlich: Stannern 1.12.1802, ebenda, 1. Bd., S. 388.
25 Wien 16.10.1802, ebenda, 1. Bd., S. 331.
26 Wien 26.10.1802, ebenda, 1. Bd., S. 353.
27 Wien 11. bis 13.9.1802, ebenda, 1. Bd., S. 268.
28 Wien 30.10.1802, ebenda, 1. Bd., S. 363.
29 Wien 8.7.1802, ebenda, 1. Bd., S. 82.

Bruder habe den Wunsch, seinen Trieb körperlich auszuleben, seit 1782 unterdrückt.[30] Friedrich von Gentz bezeichnete von Müller in seinem berühmten Absagebrief von 1807 als »Mißgriff der Natur«.[31] Das ist besonders auffallend, da Gentz die Neigungen von Müllers teilte.[32]

»Grieche«[33] war um 1800 eine weitere gängige Selbst- und Fremdbezeichnung, ebenso »Sodomit« und »Bougres«.[34] Der Ausdruck »Bougre« ist aus dem Italienischen entlehnt und bezeichnete ursprünglich Bulgaren, die in Italien als Männer galten, die Sex mit Männern haben. Dieser Ausdruck war europaweit seit dem 12. bis ins 19. Jahrhundert üblich. Verwandt damit ist der englische Begriff »buggery«: Analverkehr. Gemäß dem Buggery Act von 1533 wurde Analverkehr zwischen Männern mit dem Tod durch Erhängen bestraft, der bloße Versuch mit Ausstellung am Pranger. Auch Hartenberg drohte in Wien der Pranger. Eine Intervention von Müllers auf Bitten von Hartenbergs Mutter verhinderte dies.

Überhaupt sind es Fremde gewesen, die eine welsche Hochzeit feierten oder florenzten. Florentiner jedoch sprachen von »neapolitanischer Liebe«. Rumänen sprachen von Türken und Türken von Persern. »Wenn die stumme Sünde überhaupt erwähnt werden durfte, dann nur als eine Sünde der Ausländer oder der Ketzer, ein Wort, das ursprünglich auch diejenigen bezeichnete, die sich sexuell anders verhalten«.[35] So wurden gleichgeschlechtlich veranlagte Männer auch Araber, Levantiner oder Sidonier genannt.

Passive männliche ›Homosexuelle‹ oder jene, die sich für Geld hingaben, wurden »bardache« oder »giton« genannt. Das war der Name einer Figur aus dem antiken Roman *Satyricon*. Bardache war der männliche Gegenbegriff zur Mätresse[36] und bezeichnet in sexueller Hinsicht den passiven Mann.

30 Ebenda, 2. Bd., S. 18.

31 Ebenda, S. 19.

32 Zu den Bezeichnungen vgl. ebenda sowie Bougres & tribades : recueil de miscellanées sur divers ordres et désordres de la nature ; Où seront nommés et explicités dans leur humeur bougres et tribades, aphrodites et hermaphrodites, Sodome et Gomorrhe. Textes recueillis par Patrick Cardon, Maguy Ly et Nicole Masson. Paris: Chêne 2012. Zur Wortgeschichte in Frankreich vgl. Claude Courouve: Vocabulaire de l'homosexualité masculine. Paris: Payot 1985; Jeremy Bentham: Essai sur la pédérastie = Essay on paederasty (ca. 1785). Traduction par Jean-Claude Bouyard du texte édité par Louis Crompton avec une introduction de l'éditeur et des notes du traducteur. Lille: GKC 2002; The Sciences of Homosexuality in Early Modern Europe. Ed. Kenneth Borris, George S. Rousseau. London: Routledge 2008.

33 André Weibel: Johannes von Müller, Wien 30. u. 31.8.1802, 1. Bd., S. 239 (wie Anm. 1).

34 Christine Thouzellier: Histoire des sectes dans l'occident médiéval. In: Annuaire de L'Ecole Practique des Hautes Etudes Ve section 86 (1978 / 1979), S. 385–388. Zur Beziehung der Begriffe »bougre« und »cathars« vgl. dies.: Etude du terme bougre, applique aux hérétiques cathares. In: Annuaire de L'Ecole Practique des Hautes Etudes Ve section 87 (1979 / 1980), S. 419–421.

35 Warme Brüder - Kesse Väter. Wie warm ist ein warmer Bruder, wie keß ein kesser Vater? Oder: Es gibt viel mehr Ausdrücke für das Homosexuelle im Deutschen, als man und frau denkt! http://www.lust-zeitschrift.de/artikel/archiv/44/warmbru.htm [Zugriff 1. 12. 2017]; Zusammenfassung von Jody Skinner: Warme Brüder Kesse Väter. Lexikon mit Ausdrücken für Lesben, Schwule und Homosexualität, Essen: Verlag Die Blaue Eule 1997.

36 André Weibel: Johannes von Müller (wie Anm. 1), 2. Bd., S. 87.

Auch der Terminus »Mollie« war üblich. Ein »molly hous« bezeichnete in England des 18. Jahrhunderts eine Gaststätte, wo gleichgeschlechtlich Gesinnte oder Transvestiten Gleichveranlagte treffen konnten.[37] Mollie, nach dem weiblichen Vornamen, bezeichnete insbesondere effeminierte Männer.

Erst im Laufe des 18. Jahrhunderts stößt man in der deutschen Sprache auf Ausdrücke, die nichts mit fremden Völkern zu tun haben. Friedrich ›der Große‹ wurde mit Anspielung auf Analverkehr als Aftokrator bezeichnet und die Wendung »warme Brüder« wurde geläufig.[38]

Die Überführung als Mann, der Männer körperlich liebte, war in der Frühen Neuzeit lebensgefährlich. In Deutschland galt seit der Einführung der »Constitutio Criminalis Carolina« 1532 die Todesstrafe durch Verbrennen. Das letzte Todesurteil in England wurde in den 1830er Jahren vollstreckt.[39] In von Müllers Geburtsstadt Schaffhausen wurden am 8. Juli 1739 zwei junge Männer, 19 und 13 Jahre alt, wegen Sodomie enthauptet.[40]

Eine entsprechende Beschuldigung konnte die soziale Existenz vernichten. Von Müller musste wegen entsprechender Skandale nicht nur die Schweiz und Wien, sondern wenig später auch Berlin verlassen. Müller führte das Doppelleben als großstädtischer Bougre. Immer wieder hatte er erklärt, sobald er den einen Freund gefunden habe, mit diesem in einer Schwurfreundschaft nach antikem Vorbild leben zu wollen.[41]

Die Selbst- und Fremdbezeichnungen zeigen, mann-männliches Begehren war auch um 1800 weit komplexer, als dass es sich jeweils sauber kategorisieren ließe.[42] Viele der Begriffe beziehen sich auf unterschiedliche sexuelle Praktiken mann-männlichen Sexes. Es gab um 1800 nicht den »Sodomiten«, sondern auch in diesem Bereich eine Vielzahl von sexuellen Identitäten, die sich auf unterschiedliche Praktiken stützten.

3. Eigenbezeichnungen für mann-männliche Liebe

Da Johannes von Müller schon als Jugendlicher feststellen musste, dass er anders war als die meisten Jungen und Männer seiner Umgebung, war er früh aufgefordert, über das Wesen dieser Besonderheit nachzudenken. Er kam zu dem Ergebnis, dass sie Teil des Schöpfungsplans sei und daher auch einen besonderen Wert habe, denn ungeteilte Liebe könne es nur zwischen Männern geben. Wenn man Frau und Kinder hat, »zerstreut sich die Liebe«.[43]

Zudem sah sich von Müller als Nachkomme einer imposanten Ahnenreihe. Denn schließlich liebte er »wie der größte aller Kaiser«, Cäsar, der größte aller Könige, Friedrich, Zar Peter der Große, der berühmte Gustav III. von Schweden, der weise Wilhelm von

---

37 Ebenda. S. 110.

38 Ebenda. Vgl. Hamann's Schriften. Hrsg. von Friedrich Roth. Vierter Theil. Berlin: Reimer 1823, S. 28.

39 André Weibel: Johannes von Müller, 2. Bd. (wie Anm. 1), S. 19.

40 Ebenda. S. 45.

41 Zur Schwurfreundschaft vgl. Alan Bray: Homosexuality in Renaissance England. London: Gay Men's Press 1982 (Neuausg. 1995); Alan Bray: The Friend, Chicago u.a.: Univ. of Chicago Press 2003; Love, Friendship and Faith in Europe 1300–1800. Ed. Michael Hunter, Miri Rubin, Miri, Laura Gowing. Basingstoke u.a.: Palgrave Macmillan 2005.

42 André Weibel: Johannes von Müller, 2. Bd, (wie Anm. 1), S. 77.

43 Wien 19.6.1802, ebenda, 1. Bd., S. 11.

Oranien, der gute Trajan, Alexander der Große, Titus, der Eroberer von Konstantinopel, Mehmet II., Epaminondas, der größte Staatsmann Thebens, Prinz Eugen, und der mutige Giuliano della Rovere, besser bekannt als Papst Julius II., Herodot, Sokrates, Xenophon, Vergil, Horaz »und so viele andere«.[44]

Denn es sei jene »göttliche Liebe«, die in der Seele der Griechen und Römer »zum Blühen brachte, was der Stolz der Menschheit ist.«[45] All jene bezeichnete von Müller als seine und die »Familie« seines Geliebten.[46] Man solle sich daran erinnern, dass die Vernichtung der Feinde Roms Scipio Africanus und Laelius nicht daran gehindert habe, »Freunde wie wir zu sein.«[47][...] »Wir erkennen die Familie durch die Aenlichkeit«.[48] Mit Bezug auf Alexander den Großen schrieb von Müller: »Mich freuen derley Züge, nicht als brauchte ich sie, um mir etwas zu beweisen oder Dir, wir kennen u. wir fühlen uns, aber gute Gesellschaft macht allezeit Freude.«[49]

Aber von Müller wollte mehr: Eine eigene Familie. »Du wirst mein sein und ich Dein, und unser Kind [von Hartenberg] wird von uns erzogen werden, um den Überlebenden zu trösten, wenn es kann. Was kann es Größeres geben?«[50] Hartenberg fungiert in den Briefen immer wieder als »der Sohn« bzw. »Kind unserer Liebe«.[51] Von Müller und Hartenberg ergänzten das heteronormative Familienbild ihrer Zeit. Dieser spezifische Familiensinn Johannes von Müllers schlug sich auch in seinem neuen Siegelstempel nieder.[52] Die Komposition erinnert an den Freundschaftstempel im Park von Sanssouci, dessen Säulen von mann-männlichen Freundespaaren geschmückt sind.

Von Müllers Briefe an Louis enthalten eine ›schwule‹ Weltgeschichte, ein Who-is-Who von den biblischen Zeiten an. Er war nicht der erste, der so ein Panorama entwarf. Friedrich der Große war ihm darin vor einem halben Jahrhundert 1750 mit seinem Werk *Palladion* voran gegangen.[53] Es war von Müllers feste Überzeugung, dass Männer, die Männer liebten, sich über die Zeiten hinweg verstanden. Mit Bezug auf Jonathan und David schrieb er: »So gantz wie wir fühlten sie«.[54]

Von Müller glaubte fest, dass die großen männerliebenden Männer der Vergangenheit, uns »für die Zukunft vorleuchtend freudige Hoffnung« gewähren und wir daher den Mut

44 Wien 19.6.1802, ebenda, 1. Bd., S. 11.
45 Wien 19.6.1802, ebenda, 1. Bd., S. 11 f.
46 Wien 23.6.1802, ebenda, 1. Bd., S. 19.
47 Wien 4.7.1802, ebenda, 1. Bd., S. 68.
48 Wien 21.10.1802, ebenda, 1. Bd., S. 340.
49 Wien 21. u. 22.8.1802, ebenda, 1. Bd., S. 219.
50 Wien 4.7.1802, ebenda, 1. Bd., S. 66.
51 Wien 13.8.1802, ebenda, 1. Bd., S. 206, bzw. Wien 4.7.1802, ebenda, S. 73.
52 Wien 9.12.1802, ebenda, 1. Bd., S. 400.
53 Vgl. Friedrich der Große: Das Palladion. Hrsg. von Jürgen Ziechmann. Bremen: Ed. Ziechmann 1985; Wolfgang Burgdorf: Friedrich der Große. Ein biografisches Porträt. 2. Aufl. Freiburg im Breisgau: Herder 2012, S. 90–93.
54 André Weibel: Johannes von Müller, Wien 16.7.1802, 1. Bd., S. 108 (wie Anm. 1).

nicht sinken lassen müssen.[55] Auch Männer, die Männer lieben, seien von großem Wert für die Gesellschaft. »Das ist unser Katechismus, unser Gesetzbuch.«[56]

Am 1. Juli 1802 reflektierte Johannes von Müller über Louis' Namenszusatz »Szent-Ivänyi«, zum Heiligen Johannes. »Ich sehe von Szent [der Heilige] ab, (obwohl wir es in Wahrheit weit mehr verdienen als tausend andere durch unsere Martern und unser Herz), aber Ivan heißt Johannes«.[57] Ihre Namensähnlichkeit legte auch den Bezug auf »Johann, welchen Jesus lieb hatte, den Apostel der Liebe« nah.[58]

Auch der Typus der ›Tunte‹, damals als Dandy, les Indestructibles oder Incroyables wahrgenommen, war bereits ausgebildet, wie von Müller Beschreibung seines Zöglings zeigt:

> Aber korrigieren muss er diese Fehler. Insbesondere zwei: die Lüsternheit und die Verschwendungssucht. Sie schaden seinem Ansehen und in der Folge seinem Vermögen: jedermann weiß, dass seine Mutter mittellos ist: wenn man ihn mit Rouge auf den Wangen und hochelegant gekleidet sieht, immer im Wagen, fehlt es eben nicht an bösen Zungen, die sich fragen, woher seine Mittel dafür stammen; und dieses fällt dann auf diejenigen zurück, die mit ihm leben und in den Ruch geraten, ihn auszuhalten.[59]

Als »Prototunte« wird Fritz von Hartenberg auch immer wieder feminisiert, z. B. als »Gräfin«, »Hofmarschallin«, »Hexe«, »Zauberin«, »die Kleine«, »liebe Braut«, »Prinzessin«.[60] Trotz der gängigen Verweiblichung von gleichgeschlechtlich empfindenden Männern in Selbst- und Fremdbezeichungen der Vormoderne wählten diese Männer häufig eine militärische Karriere, auch wenn das auf von Müller und von Hartenberg nicht zutrifft, sehr wohl aber auf Louis und andere Personen, die in den Briefen vorkommen.

Häufig ist in der Korrespondenz von »antiker Freundschaft«[61] oder »unsere Eigenheiten«[62], von »de notre gout«[63], »gusto«[64] oder von der »Sache«[65] die Rede. »Die Sache« liebt jemand oder sie wird abgelehnt.[66] Von Müller spricht auch von »Lieblingsneigung«, von »Seelenliebe«,[67] seiner »Lieblingstorheit«, seiner »passion«, den

55 Wien 16.7.1802, ebenda, 1. Bd., S. 108.
56 Wien 16.7.1802, ebenda, 1. Bd., S. 108.
57 Wien 1.7.1802, ebenda, 1. Bd., S. 48.
58 Wien 18.7.1802, ebenda, 1. Bd., S. 124.
59 Wien 23.6.1802, ebenda, 1. Bd., S. 20. Ähnlich: 18.7.1802, ebenda, 1. Bd., S. 124.
60 Ebenda, 1. Bd. S. 53, 274, 275, 341, S. 354; 2. Bd., S. 231, 241, 287.
61 Wien 2.7.1802, ebenda, 1. Bd., S. 54.
62 Wien 4.7.1802, ebenda, 1. Bd., S. 74.
63 Wien 16.8.1802, ebenda, 1. Bd., S. 208.
64 Wien 14.12.1802, ebenda, 1. Bd., S. 412.
65 Ebenda, 2. Bd., S. 163.
66 Wien 25.10.1802, ebenda, 1. Bd., S. 348.
67 Ebenda, 2. Bd., S. 29.

»étourderies« seiner Jugend.[68] »Unser süßes Geheimnis«[69], »unsere Freundschaft, für welche allein ich schwärme, ist im Grunde doch vernünftig u. natürlich«.[70]

Bei von Müller kann man von einer ›imitatio winckelmanni‹ sprechen. Er verglich sich zeitlebens mit Johann Joachim Winckelmann, der auch »griechisch liebte«.[71] Wie Winkelmann bereicherte von Müller seine Werke mit positiven Beispielen männerliebender Männer in der Geschichte. Neben Winckelmann war der letzte der Medici, Gian Gastone, ein oft zitiertes Vorbild, eine Ikone für gebildete gleichgeschlechtlich orientierte Männer im 18. und frühen 19. Jahrhundert.[72]

Das Jahr 1776 brachte mit der Hochzeit Karl Viktor von Bonstettens, von Müllers Jugendliebe, die Müller tief verletzte, und der sogenannten Solothurner Affäre eine Wende. 76 oder 1776 wurde von da an die Chiffre für Männerliebe in von Müllers Briefwechsel und Tagebüchern.[73] Ohne Chiffre sprach Fritz von Hartenberg 1797, er war gerade 16 Jahre, vom »göttlichen Genuß«. [74]

Gegenüber dem Oberpolizeidirektor von Wien sprach von Müller nur von »der Sache« bzw. von der »ihrer Natur nach unerweisliche[n] Sache«.[75] Mochte Hartenberg ihn der Sodomie beschuldigen. Wenn es keine Zeugen gab, war es nicht zu beweisen.

4. Fremdbezeichnungen für mann-männliche Liebe

Mann-männliche Liebe wurde damals oft als »Verbrechen wider die Natur« bezeichnet. Auch Johannes von Müller kannte ein solches »Verbrechen wider die Natur«. Doch für ihn bestand dieses darin, andere zu langweilen.[76]

Der Schriftsteller Karl August Böttiger nannte solche Handlungen das »Unheiligste, was die Zunge nennt«.[77] 1804 hatte von Müller in einem Gespräch mit Böttiger seine Neigungen dargelegt. Böttiger fasste es zusammen: »Griechische Seelen- und Schönheitsliebe. Unbegränzte und wahre Dienstfertigkeit. Völlige Entfernung von jeder schmutzigen Habsucht und Liebe zum Geld. Großherzige Aufopferung für Freunde«.[78]

Die Verortung heterosexueller Beziehungen als ökonomisch motiviert und gleichgeschlechtlicher männlicher Beziehungen als Ausdruck reiner Liebe stimmte auch damals nicht. Ein wiederkehrender Gegenstand der Korrespondenz zwischen von Müller und Louis war die Abfindung seines langjährigen eifersüchtigen Lebensgefährten, seines Kammerdieners Andreas Bellois. Die Ökonomie von Zweierbeziehungen war auch um 1800 nicht auf Mann-Frau-Beziehungen beschränkt.

68 Ebenda, S. 54.
69 Wien 23.7.1802, ebenda, 1. Bd., S. 150.
70 Wien 23.7.1802, ebenda, 1. Bd., S. 150.
71 Ebenda, 2. Bd., S. 46, 282.
72 Wien 21. u. 22.10.1802, ebenda, 1. Bd., S. 341. Ebenda, S. 337.
73 Ebenda, 2. Bd., S. 48.
74 Ebenda, S. 80.
75 Ebenda, S. 476.
76 Wien 23.6.1802, ebenda, 1. Bd., S. 22.
77 Karl August Böttiger: Johannes v. Müller. In: Allgemeine Zeitung München, Beilage Nr. 21 vom Juni 1809, S. 81–84, zitiert nach: Ebenda, 2. Bd., S. 13.
78 Ebenda, S. 14.

Auch später mochte Böttiger seinem verstorbenen Freund hinsichtlich der Bewertung mann-männlicher Liebe zwar »nicht beipflichten, ihn aber auch nicht verdammen«. Die »Sache« erregte bei ihm zwar »Ekel«, aber es wäre ihm nicht in den Sinn gekommen, von Müller für krank oder kriminell zu erklären.[79] Auch Christian Gottlob Heyne wollte in Müllers Männerliebe nichts anderes sehen als eine rar gewordene Spielart der »Liebe zum Schönen«, wie sie in der Antike verbreiteter gewesen sei und auch, persönlicher Geschmacksvorstellungen ungeachtet, als »Naturtrieb« klassiert werden müsse. »Beide Korrespondenten waren sich darin einig, dass niemand von Müller für sein Geschlechtsleben anzugreifen habe, welches allerdings auch nicht der zivilisatorischen Höhe des fortgeschrittenen Europa des 19. Jahrhunderts entspreche«.[80]

Die Brüder Schlegel meinten, Müllers Geschmack in der Liebe sei »antik«.[81] Von Müller selbst berichtet seinem Geliebten:

> In Berlin, wo ich mich [1780 / 81] überschwänglich zerstreut hatte, kostete ich von allen Vergnügungen, unter denen eine ist, die nicht jedermann verzeiht: mein Unstern wollte es, dass ein gewisser Prevost [...] mich nach meiner Abreise verdächtigte, ich liebe nach der Manier der Alten. Hätte ich [den Genfer Staatsmann] Tronchin vergiftet und Bonstetten erdolcht, Prevost hätte das kaum entsetzlicher gefunden. Was tat er? Er glaubte, dass ein so großer Verbrecher keine Schonung verdiene, und schrieb Bonstetten, meinem besten Freund, einen schrecklichen Brief über mich. Bonstetten, der nicht wusste, ob dieser Mann nicht dasselbe auch an andere geschrieben hatte, und der aufgrund des an ihn gerichteten Briefes glaubte; dass ich zumindest den letzten Großherzog übertroffen habe, wurde von dem Schaden, den ich mir verursacht hatte, empfindlich getroffen: überaus lebhaft, schrieb er mir einen Brief im Stil desjenigen von Prevost. Meine Einbildungskraft wurde ebenfalls entflammt: ich glaubte dass nicht nur Tronchin, der in dieser Hinsicht wie in anderen auch sehr über den gewöhnlichen Vorurteilen steht, [sondern auch andere bekannte Schweizer ähnliche Briefe erhalten hatten und] entschloss mich, nie wieder in die Schweiz zurückzukehren.[82]

Ab 1781 begab sich Müller dann unter dem Einfluss Martin Ernst von Schlieffens,[83] des langjährigen Lebensgefährten bzw. Generaladjutanten des preußischen Generalfeldmarschalls Ferdinand von Braunschweig-Wolfenbüttel,[84] in Kassel in die »Verlassenheit« eines selbst auferlegten Zölibats, nicht jedoch ohne gelegentliche Ausbrüche.[85]

---

79 Ebenda.

80 Ebenda, S. 14 f.

81 Wien 30. und 31.8.1802, ebenda, 1. Bd., S. 238.

82 Ebenda, 2. Bd., S. 52 f.

83 Ernst Friedländer: Schlieffen, Martin Ernst von: In: Allgemeine deutsche Biographie / auf Veranlassung ... hrsg. durch die Historische Commission bei der Königl. Akad. der Wiss. Bd. 31: Scheller - Karl Schmidt. Leipzig: Duncker & Humblodt 1890, S. 516f.

84 Walther Mediger: Ferdinand, Herzog von Braunschweig-Lüneburg (1721-1792). In: Neue Deutsche Biographie. Bd. 5. Falck – Fyner. Hrsg. von der Hist. Kommission der Bayr. Akademie der Wiss. Berlin: Duncker & Humblot 1961, S. 87 f.

85 André Weibel: Johannes von Müller (wie Anm. 1), 2. Bd. , S. 53.

Gerüchte über eine gleichgeschlechtliche sexuelle Orientierung konnten zum abrupten Karriereende führen. Friedrich von Gentz vermutete, dass er wegen seiner Konfession nicht zum österreichischen Staatsrat befördert wurde. Kaiser Franz II. erklärte, »das nicht, aber wohl, weil Sie Päderast« sind.[86] Auch Johannes von Müller wurde aufgrund von Gerüchten über seine sexuellen Vorlieben nicht mehr befördert. Trotz Tarnung war von Müllers Geheimnis bekannt geworden.[87]

Sein Freund Louis-Alexandre de Launay, Graf d' Antraigues kommentierte dies Ende 1800:

> Was für ein hübscher Vorwurf, um zu verhindern, dass einer Referendar wird, er platonisiere oder sokratisiere oder ficke eben in den Hintern, gewiss, ich liebe oder besser: ich liebte einst die Frauen, und von ganzem Herzen, aber wenn es darum geht, ein Königreich zu retten, ist es die vergnüglichste Sache, sich vorab zu erkundigen, ob demjenigen, den man um Hilfe bittet, Ärsche oder Fotzen gefallen.[88] Es geht in einem Staat nicht darum, ihn von vorne oder von hinten zu ficken, es geht darum, zu verhindern, dass die Schurkenvisagen ihn in Stücke hauen. Was für Leute!!! Die sind es, die den gesunden Menschenverstand ficken, und wenn Arschfikkerei die Reiche zerstört, so ist es Faßbender, der in diesem Augenblick Österreich in den Arsch fickt.[89]

Müller litt bis zu seinem Tod unter homophoben Innuendos.

Solche Gerüchte bedeuteten soziale Deklassierung und unter Umständen Kriminalisierung. Wie auch heute in homophoben Gesellschaften sahen auch um 1800 Betroffene mitunter keine andere Möglichkeit, als freiwillig aus dem Leben zu scheiden. Der Gedanke an Selbstmord begleitete auch von Müller seit seiner Jugend.[90] »Ich fand in jener unseligen Sünde, wider die ich so oft gekämpft u. deren Unbezwingbarkeit grossen Schriftstellern zu glauben, meine Erfahrung mich beinahe zwingt, einen würklich sehr guten Entschuldigungsgrund, mein Leben so oder anders abzubrechen«.[91] Als die Hartenberg-Affäre

86 Ebenda, S. 58.

87 Wien 22.12.1802, ebenda,, 1. Bd., S. 428.

88 Original: »aime les culs, ou les cons«.

89 Louis-Alexandré de Launay, Graf d'Antraigues an Johannes von Müller Ende 1800 (StadtB SH JM 208 / 2), züchtig-verschämt deutsch paraphrasiert auch in [Johann Heinrich Maurer-Constant:] Beiträge zur Geschichte Deutschlands in den Jahren 1805-1809 aus brieflichen Mittheilungen Friedrich Perthes', Johann von Müllers, General Freiherrn von Armfelt's und des Grafen d'Antraigues. Schaffhausen: Hurter, 1843, S. 137. Zu d'Antraigues, der Johannes von Müller nicht nur wegen seiner angeblichen intimen Freundschaft mit Rousseau faszinierte, siehe Erläuterung zu Brief 48, S. 258 f., hier nach: André Weibel: Johannes von Müller, 2. Bd., S. 60f (wie Anm. 1). Johann Matthias von Faßbender wurde 1802 Staats- und Konferenzrat im Kriegsministerium. Wahrscheinlich hatte er die Gerüchte in Umlauf gebracht.

90 Wien 11.8.1802, ebenda, 1. Bd., S. 200; ebd. 2. Bd., S. 254, 399, 434, 436, 438 f., 440, 455, 458, 462, 466, 468, 470, 485, 488 f.

91 1795 zit. nach: Ebenda, 2. Bd., S. 56. Wenig später sprach Müller von »jener bösen Lieblingsneigung«.

immer weitere Kreise zog, machte von Müller sein Testament und äußerte erneut Suizidabsichten.[92]

5. Die Bedeutung des Briefwechsels

Die Briefe von Müllers an seinen imaginären Freund bieten Einblicke in das gesellschaftliche und politische Leben Wiens in den Jahren 1802 und 1803. Es werden die Kämpfe zwischen der Kriegs- und Friedenspartei am Wiener Hof sichtbar. Vor allem aber bieten sie einen tiefen Einblick in das ›schwule‹ Leben der Zeit, eine Fernsicht, die sich durch Erinnerungen und Schilderungen von lange zurückliegenden Gesprächen mit älteren Gleichveranlagten bis in die erste Hälfte des 18. Jahrhunderts erstreckt. Es wird z. B. die »prickelnde Homosozialität« in den Garnisonen sichtbar, wo verschiedene Formen der Prostitution üblich waren.[93]

Von Müllers Briefe an Louis zeigen, sexuelle Orientierungen und Identitäten sind wissenschaftliche Schlüsselkategorien, die immer in Relation zu Kategorien wie Stand bzw. Klasse, Ethnie, Religion und Alter zu untersuchen sind. Für alle Fragen, die sich auf dieses Thema beziehen, ist für die Zeit um 1800 bislang keine vergleichbar ergiebige kulturgeschichtliche Quelle entdeckt worden.

Die Bedeutung des Briefwechsels bestand zunächst darin, dass er den einsamen von Müller am Leben erhält. »Du bist die letzte, aber dann festeste Verbindung (ganz von Magnet geschmiedet), die mich noch am Leben hält.«[94] Bald ging es aber um mehr. Von Müller wollte sich gegenüber der Nachwelt offenbaren. »Geliebtester – der Allwissende weiß, alle die mich kennen, sollen es wissen, die späten Geschlechter, die fernen Jahrhunderte sollen es erfahren, dass dies ein wahres Wort ist; Geliebtester«.[95] Wie sein neuer Siegelstempel sollte es der Briefwechsel der Welt und Nachwelt verkünden. Von Müller wollte ihn als literarisches Denkmal gestalten und verglich ihn gegenüber Freunden mit jenem von Abaelard und Héloïse.[96]

In seiner Korrespondenz mit Louis traf von Müller Vorkehrungen, die schon auf die Absicht der späteren Publikation verweisen. Allzu Anzügliches wurde auf »Beiblättchen« verbannt, wodurch druckfähige literarische Liebesbriefe blieben. »Aber nicht ohne Dich will ich auf die späte Nachwelt, nirgendhin ohne Dich.«[97] »Immer lebe ich in Gedanken viel bey der Nachwelt u. möchte gern Beweise hinterlassen dessen was in mir war. Das wird auch unsere Freundschaft ehren.«[98] Von Anfang an gestaltete von Müller seinen Briewechsel mit Louis als »ewiges Denkmal« der Liebe.[99]

92 André Weibel: Johannes von Müller, 2. Bd., S. 144 (wie Anm. 1).
93 Ebenda, S. 124.
94 Wien 30.6.1802, ebenda, 1. Bd., S. 40.
95 Wien 30.6.1802, ebenda, 1. Bd., S. 41. Ähnlich: Prag 26.11.1802, ebenda, 1. Bd., S. 376.
96 An Louis-Alexandré de Launay, Graf d'Antraigue, Wien 30.3. bis 2.4.1803, ebenda, 2. Bd., S. 433.
97 Wien 12. und 13.12.1802, ebenda, 1. Bd., S. 408.
98 Wien 12.7.1802, ebenda, 1. Bd., S. 100.
99 Wien 1.8.1802, ebenda, 1. Bd., S. 179.

Dadurch unterscheiden sie sich von jenen Briefen, die Friedrich der Große und Michael Gabriel Fredersdorf ein halbes Jahrhundert zuvor wechselten. Die Briefe Friedrichs und Fredersdorfs sind authentischer, weil sie nur für sich schrieben, nicht für die Nachwelt.[100]

»Jetzt bin ich mausestill; daß die öffentliche Stimme nachmals unsere Freündschaft als edels Beyspiel consacrire ist gut; dann müssen alle Partheyen sie respectiren, besonders weil sie liebenswürdig ist ohne jemandem im Wege zu seyn«.[101] Schon damals thematisierte von Müller, dass die Verbindung von zwei Männern niemandem schade. Die traditionelle Verbindung von Mann und Frau verliere dadurch nichts. »Uns zum Beispiel einer vollkommenden Freundschaft zu machen liegt mir mehr am Hertzen als das vortrefflichste Werk so ich schreiben könnte.«[102]

Jetzt seien seine Briefe »Conterbande«, da sie eine verbotene Liebe thematisieren. »Aber ein feüriger Jüngling im 22sten Jahrhundert wird uns nach fühlen, u. unsere Profils in sein Petschaft stechen lassen.«[103] Johannes von Müller fand sein Arkadien um 1800 nicht.[104] Er hatte aber ein unerschütterliches Vertrauen, dass sich die Menschenrechtssituation von gleichgeschlechtlich Veranlagten in Zukunft verbessern werde.

Durch den Briefwechsel werden männliche ›homosexuelle‹ Kulturen und Lebensentwürfe am Ende der Frühen Neuzeit deutlich.[105] Sie weichen nicht stark von heutigen Entwürfen ab. Es gab Codes in Kleidung und Verhalten, »die sich vom Erkennungszeichen unter Gleichgesinnten zu offensiven Manifestationen gleichgeschlechtlichen Verlangens in der Öffentlichkeit wandelten.«[106]

Mit der Beschwörung der großen Liebenden in älteren Zeiten geht der paradoxe Versuch einher, der Vergänglichkeit ein monumentales, den Wechsel und Niedergang der Generationen überdauerndes Werk entgegenzustellen. Antike und neuere Vorbilder sollten übertroffen werden. Seine didaktische Mission, das Zeitalter zu erziehen, zu erheben und so zu einer Renaissance der Akzeptanz gleichgeschlechtlicher Liebe zu führen, war für die Gestaltung der Briefe entscheidend. Mit den Briefen an Louis hatte von Müller den Kampf um Sichtbarkeit und Anerkennung gleichgeschlechtlich Liebender aufgenommen.

6. Homophile Theologie

Von Müller, bibelfest wie er war, litt am »Bewusstsein der Minderwertigkeit«.[107] In seiner Jugend quälte ihn, dass er den Vorgaben der calvinistischen Religion und seiner Familie nicht entsprach. Die Kultur des Christentums bewirkte bei ihm eine Selbstablehnung bis

100 Die Briefe Friedrichs des Großen an seinen vormaligen Kammerdiener Fredersdorf. Hrsg. von Johannes Richter. Reprint [der Ausg.] Berlin-Grunewald: Klemm [1926].

101 André Weibel: Johannes von Müller, Wien 24.9.1802, ebenda (wie Anm. 1), 1. Bd., S. 291.

102 Wien 9.10.1802, ebenda, 1. Bd., S. 318.

103 Brief vom 25–28.9.1802, ebenda, 1. Bd., S. 294.

104 Ebenda, 2. Bd., S. 172.

105 Üblicherweise wird Vergleichbares erst im 20. Jahrhundert sichtbar: Vgl. die Ausstellung Homosexualität_en. Eine Ausstellung des Schwulen Museums, und des Deutschen Historischen Museums gemeinsam gefördert von der Kulturstiftung des Bundes und der Kulturstiftung der Länder, 26.6.2015–1.12.2015.

106 http:// www.schwulesmuseum.de/ausstellungen/view/homosexualitaet-en/[Zugriff 1.12.2017].

107 André Weibel: Johannes von Müller (wie Anm. 1), 2. Bd., S. 152.

zum Selbsthass. Galt doch die Vorstellung, dass sich die Gnade Gottes nur auf die im Sinne der Mehrheit rechtschaffend Glaubenden richte. Dies bewirkte bei ihm eine kulturell-religiös generierte internalisierte Abwehr gegen sich selbst. Er fürchtete, verdammt zu sein, einsam leben zu müssen, ausgeschlossen vom intimen Glück der Zweisamkeit.

Er fand sich jedoch nicht damit ab. Er wollte sich nicht hassen. Der Versuch einer Ehrenrettung mann-männlicher Liebe zieht sich wie ein roter Faden durch das gesamte Werk des Historikers von Müller. Die Rechtfertigung seiner Existenz und Veranlagung vor Gott beschäftigte ihn sein Leben lang. 1772 wandte er sich von der Kirche ab und vertrat deistische Positionen.

> So hatte ich etwa die Schwachheit zu murren mit dem der mich so geschaffen [...]. Dann sah ich umher, u. fand an keinem Hof, in keiner Republik, Stoff zu besserer Hofnung. Das schmertzte mich oft sehr. Gott aber wußte wen er mir vorbehielt, mit welchem Geschenk er mich beschämen wollte. Jetzt bete ich an. Deine Liebe ist Rechtfertigung aller seiner Wege mit mir. Mein gantzes Leben sey eine Hymne dankbaren Lobs.[108]

1782 fand er zurück zum Offenbarungsglauben, jedoch nicht zur Kirche, gleichwohl zeigen seine religiösen Vorstellungen nun katholische Anklänge. Müller glaubte an eine »Urreligion«, welche, von »abergläubischen Zusätzen gereinigt«, glaubenswert sei.[109] Seit dieser Zeit war er allen dogmatischen Ordnungen abhold.[110] Seine Aussagen über Gott waren nicht konfessionsgebunden.[111] Sie waren sehr persönlich und in zeitloser Schönheit zutiefst menschlich. Alles, was die Menschen in ihrer Beziehung zu Gott trennte, war für ihn ein Adiaphoron, auch die Bewertung von sexueller Orientierung.

Von Müllers homophile Theologie, wie sie sich in den Briefen an Louis findet, diente der eigenen Aufwertung. Im Mittelpunkt steht eine Theologie der Liebe, der Liebe Gottes zu seiner Schöpfung einschließlich der Menschen, die so veranlagt waren wie er.

Es war tröstlich für von Müller, dass er die entscheidenden Liebesgebote in jenem Evangelium fand, das seinen Namen trug. Zumal damals der Evangelist noch mit dem Jünger Johannes, den Jesus besonders liebte, gleichgesetzt wurde. Auch auf Jonathan, den Sohn Sauls, wird immer wieder verwiesen.[112] Im Zentrum stand das Gebot der Liebe, z. B. Johannes 15.12. Speziell das Gebot der Bruderliebe kam Müller entgegen,[113] da er sich ein gelungenes Leben in Form einer Schwurbruderschaft, einer auf die Dauer des Lebens angelegten Partnerschaft mit einem anderen Mann vorstellte. Dazu wurde der »Apostel der Liebe«, Johannes, angerufen: »Das höre mein heiliger Namensgenosse u. bitte deinen Freund, dem alle Gewalt gegeben ist im Himmel und auf Erden, daß er mit unserer Freundschaft sey, ewig!«[114]

108 Wien 21. u. 22.8.1802, ebenda, 1. Bd., S. 221.
109 Wien 22.12.1802, ebenda, 1. Bd., S. 428.
110 Wien 16.7.1802, ebenda, 1. Bd., S. 114.
111 Wien 18. bis 20.9.1802, ebenda, 1. Bd., S. 278.
112 Ebenda. 2. Bd., S. 247.
113 1. Johannes 4,16-21.
114 André Weibel: Johannes von Müller (wie Anm. 1), Wien 20. bis 22.9.1802, 1. Bd., S. 285.

Dieser Mann sollte Louis sein, »den Gott mir gegeben hat«.[115] »Louis, Gott ist mit uns. Ist es Gebet meines tugendhaften Großvaters oder meiner so guten Mutter oder Deines verehrungswürdigen Gustavs, welches den Blick der Höchsten Güte auf unsere so oft verkannten, zertretenen, zerrissenen Herzen aufmerksam gemacht hat, die einander brauchen?«[116] Gustav, Offizier wie Louis, war dessen ehemaliger Partner, der angeblich zu Beginn der Revolutionskriege gefallen war.

> [Ich sehe ein,] dass der Himmel mir einige Wohltaten, die ich in meinem Leben erwiesen habe, eine Belohnung zugedacht hatte und dass die zärtliche Liebe meiner verstorbenen Eltern von Jenem nicht vergessen worden ist, der so viele Male sah, dass meine Mutter [wegen meiner Veranlagung] Tränen um mich vergoss. Im Himmel (ich kann nicht daran zweifeln, denn niemals in meinem Leben sind mir so deutliche Beweise dafür gleichzeitig erschienen) ist meine Freundschaft mit Louis geschlossen und gutgeheißen worden.[117]

»Er, der richten soll, ist Vater der Liebe, Kundiger unserer Herzen [...], soll der Allerhöchste unsere Liebe segnen.«[118] Am Ende eines Briefes schrieb von Müller: »Adieu; ich empfehle Dich dem Gott unserer Liebe.«[119] Mit Bezug auf einen Kranken, den er zur Pflege aufgenommen hatte, schrieb er: »Aber mit guten Handlungen muß man vom Himmel sich den Louis verdienen.«[120]

> Es freüt mich gantz unendlich, daß die Mutter [von Louis] für uns betet; ich halte für die höchste Würde der Menschheit, sich zu dem Allmächtigen in trauliches Verhältniß zu setzen, u. es ist der höchste Genuß des Allerbarmers, daß kein stiller Seüfzer seiner Creatur ihm unbewußt verfliegen kann. Das ist auch mein Trost so oft ich sonst keinen weiß; das oft geschieht. Auch hat die Vorsehung die Bestimmung meines Lebens immer aufs besonderste u. schönste entschieden – nachdem sie mich warten ließ.[121]

»Wer weiß die liebevollen Geheimnisse des Allguten der uns einander gab?«[122] [...] »Wenn Gott die Liebe ist, wie sollte er nicht mit uns sein!«[123] Denn seine Liebe ist »allgewaltig«.[124] Gott ist der, »der uns für einander schuf«, in »ihm sind wir beide«.[125] Der »Allwissende« »sprach (durch alle Himmel fuhr sein Wort u. wurde geschrieben in die Jahrbücher der Ewigkeit): darum daß Ihr einander geliebt habt u. nicht verlassen habt, bis in den Tod,

115 Wien 4.7.1802, ebenda, 1. Bd., S. 66.
116 Ebd.
117 Wien 4.7.1802, ebenda, 1. Bd., S. 72.
118 Wien 18.7.1802, ebenda, 1. Bd., S. 122.
119 Wien 19.7.1802, ebenda, 1. Bd., S. 129.
120 Wien 20.7.1802, ebenda, 1. Bd., S. 134.
121 Wien 23.7.1802, ebenda, 1. Bd., S. 151. »Allerbarmer« vgl. 30.7.1802, ebenda, 2. Bd., S. 246.
122 Wien 24.7.1802, ebenda, 1. Bd., S. 154 f.
123 Wien 7.8.1802, ebenda, 1. Bd., S. 198.
124 Wien 7.8.1802, ebenda, 1. Bd., S. 198.
125 Wien 11.8.1802, ebenda, 1. Bd., S. 201.

ist alle Sünde weggenohmen von dem Spiegel Eürer Seele«.[126] Gott ist mit unserer Liebe, weil Gott immer mit der Liebe ist.[127]

Von Müller, Spross einer calvinistischen Predigerfamilie, glaubte an die Prädestination: »So ists geschrieben mit Gottes Finger auf die unwiderruflichen Tafeln des ewigen Schicksals, welche pränotiert haben, was für Menschen an Leib u. Seele wir seyn sollten.«[128] Offensichtlich war von Müller nach vielen Zweifeln zu dem Glauben gelangt, dass auch seine Veranlagung von Gott herrührte und gutgeheißen wurde und zwar schon vom Moment der Schöpfung an. »7500 Jahre [...] seit Gott den Trieb der Liebe in die Seele des ersten Vorvaters legte sind verflossen«, seit der »Vater der Liebe dieß freundlichste seiner Geschenke« mir gab.[129] Gott habe die beiden Brüder vor ihrer Begegnung mit »allerdelicatester Liebessorgfalt« leiden lassen, um ihr endliches Glück zu vergrößern.[130] Er kann sein scheinbares Glück kaum fassen. Immer wieder heißt es: »Dank! Dem Leiter aller Schicksale«.[131]

> Ich kann nicht leiden, daß man, was wir glauben oder haben, ohne Herabsetzung alles andern nicht glaubt rühmen zu können. Ich bin der toleranteste der Menschen, als der ich weiß, daß im Garten Gottes der schönen Blumen viele manigfaltige zugleich seyn müssen. Das ist der umfassende Geist, welcher der Gute überall herauszufinden weiß. [...] ich halte mit jenen dafür, daß Gott will, wir sollen unser Leben lang Menschen seyn, was er uns giebt geniessen, u. besonders den höchsten Genuß uns sichern, welcher darinn besteht, anderen zu seyn was Er uns, nämlich wohlthätig, hülfreich. Bist Du auch dieser Religion? Unser Katechismus ist wohl von der gleichen Edition.[132]

»Es soll nie ein Mensch [über] uns sich zu beklagen haben, u. nie fühlloser Undank der Theilnahme des Himmels uns entziehen. So vergiebt er uns; u. wann wir niemand verführen, viele aber zu hohen Gefühlen wecken.«[133] Das Wesen Gottes ist die »holde Vergebung des Vaters der Erbarmungen«.[134]

Insgesamt war von Müller überzeugt, dass der »Vater der Liebe« sich über »das Frohseyn seiner liebenden Kinder« erheitere.[135] Über den Genuss der Liebe wollte er nie denjenigen vergessen, der die Liebe und die Liebenden aneinander gegeben hat, auch nicht die daraus folgende Pflicht, »Glück zu verbreiten.«[136]

»Daß der ursprüngliche Bildner unserer Seelen u. Führer unserer Schiksale, der aus erbarmender Hinsicht auf unsere redliche Denkungsart u. auf die Theilnahme so vieler guten Menschen, mit Vergebung unserer Unregelmässigkeiten, unsere treüen Hände u. Hertzen

126 Wien 13.8.1802, ebenda, 1. Bd., S. 207.
127 Wien 18.8.1802, ebenda, 1. Bd., S. 211.
128 Wien 3.9.1802, ebenda, 1. Bd., S. 247.
129 Wien 7.9.1802, ebenda, 1. Bd., S. 249.
130 Wien 16.9.1802, ebenda, 1. Bd., S. 271.
131 Wien 9.9.1802, ebenda, 1. Bd., S. 254.
132 Wien 25.9.1802, ebenda, 1. Bd., S. 292.
133 Wien 12.10.1802, ebenda, 1. Bd., S. 324.
134 Wien 14.10.1802, ebenda, 1. Bd., S. 326.
135 Wien 27.10.1802, ebenda, 1. Bd., S. 354.
136 Wien 27.10.1802, ebenda, 1. Bd., S. 355.

zu diesem Bunde verband – jetzt mit Wohlgefallen erwartet, daß wir uns unseres Glüks würdig beweisen werden.«[137] Gott ist jener, der uns »einen dem anderen« gegeben hat.[138]

In der Einsamkeit seiner Jugend fand von Müller Trost in der Bibel und wählte das Christuswort Lukas 8,50 zu seinem Wahlspruch: »Fürchte Dich nicht, glaube nur, u. Du wirst gerettet werden.« »Es erfüllt sich; mein Vertrauen auf dieses Wort erwarb vom Vater der Liebe mir den Freund, welchen ich abermals durch Vertrauen verdienen mußte.«[139] »Lass uns glauben, an den, der uns einander gab, u. ohne Furcht noch Zweifel aus seiner Hand einander annehmen.« [140] Er zweifelte nicht, dass »der Allerbarmer die liebenden Brüder gantz segnet.«[141] Wie von Müllers Entwurf eines ›schwulen‹ Who-is-Who der Weltgeschichte sind auch seine theologischen Überlegungen Ausdruck einer spezifischen Resilienz in einer feindlichen Umgebung.

In von Müllers Entwurf einer homophilen Theologie wird sexuelle Selbstbestimmung zu einem Menschenrecht, das in der göttlichen Schöpfung gründet. Gott hat auch ihn und seinesgleichen geschaffen. Vor allem aber war es ein gütiger Gott, der seine Schöpfung liebte. Von Müller war der Überzeugung, alle Menschen seien vor Gott gleich, ungeachtet ihrer sexuellen Orientierung.

7. Resümee

Von Müller lebte zwar kein erfülltes, aber ein durchaus abwechslungsreiches und reflektiertes ›schwules‹ Leben, in das er auch seinen Bruder Johann Georg Müller und verschiedene Vertraute mit einbezog, nachdem er sich vor der Familie und diesen Freunden ›geoutet‹ und dramatische Auseinandersetzungen, auch einen Selbstmordversuch, überlebt hatte.

Der Gelehrte, der sich in Genf, Göttingen, Kassel, und den Metropolen Rom, Wien und Berlin durchaus seine ›schwulen‹ Gegenwelten zu suchen verstand, wollte trotzdem immer wieder dagegen kämpfen, abnorm zu sein, versuchte sich seine Leidenschaft aus dem Herzen zu reißen, scheiterte und gab sich ihnen wieder hin. Johannes von Müller litt darunter, dass er als Mann, der Männer begehrte, dem von der christlichen Mehrheitsgesellschaft vorgegebenen heteronormativem Geschlechtermodell nicht entsprach. Er hatte nicht das Glück, im 18. Jahrhundert in einer Gesellschaft zu leben, in der die Grenzen zwischen Hetero- und Homosexualität fließend gewesen wären. Er selbst hatte schon zu Beginn des letzten Drittels des 18. Jahrhunderts ein klares Bewusstsein seiner sexuellen Identität. Das Zusammenleben mit einer Frau, wie Freunde es ihm immer wieder rieten, kam für ihn nicht in Frage.

Er lebte dabei stets unter der Bedrohung der Vernichtung seiner sozialen Existenz. Anderseits sehnte er sich zutiefst danach, der ganzen Welt zuzurufen: Seht: so bin ich, und es ist gut so, denn auch ich und meinesgleichen sind Teil der göttlichen Schöpfung und Vorsehung!

137 Wien 28. u. 29.10.1802, ebenda, 1. Bd., S. 358 f.
138 Wien 14.12.1802, ebenda, 1. Bd., S. 412.
139 Wien 20. u. 21.12.1802, ebenda, 1. Bd., S. 418.
140 Wien 20. u. 21.12.1802, ebenda, 1. Bd., S. 418.
141 Wien 25.1.1803, ebenda, 1. Bd., S. 449.

Von Müllers größter Wunsch war ein gleichgesinnter Lebenspartner, der auch seinen emotionalen und intellektuellen Bedürfnissen entsprach. Darüber hinaus sehnte er sich nach gleichberechtigter Anerkennung der, von der Mehrheitsgesellschaft abweichenden, Lebensform, ein familiengleiches Leben mit einem Mann und einem Adoptivsohn. Er wollte durch sein beispielhaftes künftiges Leben mit Louis, aber insbesondere auch durch sein später zu veröffentlichendes Briefwerk dazu beitragen, dass dies in der Zukunft allen offenstand, die seine Veranlagung teilten. Die Selbstzeugnisse von Müllers zeigen ganz unmissverständlich, wie schon ein halbes Jahrhundert zuvor die Briefe des Prinzen Heinrich von Preußen oder Friedrichs ›des Großen‹ und Michael Gabriel Fredersdorfs, eine Identität,[142] ein Selbstverständnis, das ganz wesentlich auf ihrer sexuellen Orientierung beruhte. Fürsten hatten die Möglichkeit, ihr Leben und ihre Umgebung nach ihrem »gusto« zu gestalten. Auch von Müller wünschte, in dieser Hinsicht »ungeniert«; wie die »Fürsten«, leben zu können.[143] Darüber hinaus wollte er dazu beitragen, dass auch Menschen wie ihm, in einer fernen Zukunft, die gleiche Würde zugesprochen werde wie der Mehrheit ihrer Mitmenschen.

Johannes von Müllers Fernziel war, dass ›Homosexualität‹ als Lebensform, die das gesamte Erwachsenenalter prägt, als Gegenentwurf zur heterosexuellen Norm, als Veranlagung, nicht kriminalisiert, nicht pathologisiert und nicht mit einem kirchlichen Bann belegt wird.[144] Und von Müller sollte, was die Fernwirkung seiner Briefe an Louis betrifft, Recht behalten. Durch die Edition von André Weibel wurde er, das oft verspottete »Gehirntier«,[145] im 21. Jahrhundert zu einem Helden der Emanzipation.[146]

142 Vgl. Wolfgang Burgdorf: Friedrich der Große (wie Anm. 53).

143 André Weibel: Johannes von Müller, Wien 24.10.1802, 1. Bd., S. 347 (wie Anm. 1).

144 Tilman Krause: Die Deutschen haben das Schwulsein erfunden. Homosexualität als Lebensform gab es zuerst in Deutschland. Und die Deutschen haben es geschafft, sie zu exportieren. Sogar Goethe und Schiller waren irgendwie schwul. Eine queere Erfolgsgeschichte. In: Die Welt, 21.06.2015. http://www.welt.de/kultur/article142836781/Die-Deutschen-haben-das-Schwulsein-erfunden.html [Zugriff 1.12. 2017]

145 Arno Schmidt: Johannes von Müller oder Vom Gehirntier. [Radio-Essay aus dem Jahr 1959]. Nachrichten von Büchern und Menschen. 2. Sieben originale Radio-Essays. CD 3. Georgsmarienhütte : cpo 2006.

146 Gustav Seibt: Der Betrogene (wie Anm. 8).

Wilhelm Heinses *Ardinghello* (1787). Zur Konzeption und Rezeption erotischer Motive im 18. und 19. Jahrhundert

Leonhard Herrmann

Fast wäre er von der Literaturgeschichte vergessen worden. Der Roman *Ardinghello und die glückseligen Inseln* (1787) des in Langewiesen in Thüringen geborenen Autors Wilhelm Heinse (1746–1803) ist heute außerhalb der Germanistik kaum mehr bekannt; das übrige, weit über den Roman hinausgehende Werk Heinses wird auch innerhalb der Disziplin nur äußerst selten behandelt. Dennoch hat sich – insbesondere dank einer umfangreichen Nachlassedition[1] – seit etwa zehn Jahren ein engagiert betriebener Forschungsdiskurs zu Wilhelm Heinse etabliert,[2] der wertvolle Erkenntnisse zu Person und Werk erschlossen hat.

Heinses *Ardinghello* ist das literarische Ergebnis einer Italienreise, die der weitgehend mittellose Autor 1780–1783 unternahm. Der Roman erzählt die Geschichte des Protagonisten Ardinghello, eines Florentiner Adligen der Renaissancezeit, der, von den Medici verfolgt, im Inkognito eines Malers durch das Italien der Renaissance streift. Indem die fiktive Geschichte exakt in historische Ereignisse eingebettet wird, lässt sich die Romanhandlung auf die Jahre 1574–1578 datieren.[3] Insbesondere von heutigen Leserinnen und Lesern wird Heinses Romanpoetik als erhebliche Herausforderung erlebt:[4] Zwischen schier endlosen Stadt-, Landschafts-, Gemälde- und Antikenbeschreibungen, Liebesabenteuern, Seeschlachten und philosophischen Debatten ist eine stringente Handlung nur schwer erkennbar. Der Roman, der den Untertitel *Eine Italiänische Geschichte aus dem sechszehnten Jahrhundert* trägt, stellt die Fiktion einer italienischen Renaissancenovelle dar: Ein fiktiver Herausgeber des 18. Jahrhunderts gibt in einem Vorwort vor, den Text als Handschrift in einer verfallenen Villa aufgefunden zu haben und nun für zeitgenössische Leser zu überset-

---

1 Wilhelm Heinse: Die Aufzeichnungen. Frankfurter Nachlass. Hg. v. Markus Bernauer u. a. 5 Bde. München: Hanser 2003–2005. Im Folgenden zitiert unter der Sigle: FN.

2 Zur jüngeren Heinse-Forschung vgl. Cord-Friedrich Berghahn: »Zu weiterm Gebrauch für künftige poetische Werke«. Wilhelm Heinse: Forschung und Philologie 2002–2010. In: Zeitschrift für Germanistik. NF. Bd. 21 (2011), S. 345–356; Almut Hüfler: Vermittlung und Unvermittelbarkeit. Wilhelm Heinses Romanpoetik zwischen Leben und Literatur. Heidelberg: Winter 2012, S. 17–22.

3 Gerhard Sauder: Fiktive Renaissance. Kunstbeschreibungen in Wilhelm Heinses Roman »Ardinghello«. In: Silvio Vietta (Hg.). Romantik und Renaissance. Die Rezeption der italienischen Renaissance in der deutschen Romantik. Stuttgart / Weimar: Metzler 1994, S. 61–73, hier S. 63.

4 Hüfler: Vermittlung und Unvermittelbarkeit (wie Anm. 2), S. 8 deutet Heinses montageartiges Erzählverfahren, das »Narration und Belehrung oft scheinbar unverbunden nebeneinander« stelle, als Konsequenz einer »dynamischen Konstellation von Erlebnis und Verschriftlichung« (S. 9), die Heinses Romanpoetik im Kern bestimme und die auf die Konstitution der eigenen Subjektivität verweise.

zen und zu edieren. Entsprechend richtet sich der Text nicht nach den Gattungsmustern des deutschsprachigen Romans des ausgehenden 18. Jahrhunderts, sondern nach denen der italienischen Renaissance-Novelle des späten 16. Jahrhunderts – oder vielmehr: Er liefert das, was aus Sicht seines Autors Leserinnen und Lesern des 18. Jahrhunderts als typisch für die italienische Renaissance betrachten.[5]

Das hat erhebliche Konsequenzen für die geschilderten Handlungsmotive: Liebe und Eifersucht, Verfolgung und Rache sind die zentralen Handlungsmomente, für deren Schilderung der Roman gegenüber den Moralvorstellungen des ausgehenden 18. Jahrhunderts erhebliche Freiheiten in Anspruch nimmt – und die unmittelbare Wirkung in der zeitgenössischen Literaturkritik zeigt, dass er diese Freiheiten auch zugestanden bekommt. Das gilt insbesondere für erotische Motive. Heinses *Ardinghello* schildert sexuelle Begierden, Promiskuität und außereheliche Sexualität in einer Offenheit und Plasitizität[6] wie kaum ein zweiter literarischer Text innerhalb des deutschsprachigen Diskurses der Zeit.

Ziel der folgenden Ausführungen ist es, die Funktionen dieser erotischen Momente für den Roman selbst und für seine wechselhafte Rezeptionsgeschichte deutlich zu machen.[7] Ein erster Abschnitt widmet sich der Entstehungs- und Publikationsgeschichte des *Ardinghello*, wobei deutlich wird, dass es für Heinse Mitte der 1780er Jahre zwar kein ganz einfaches Unterfangen, nicht aber unmöglich war, einen Verlag für einen später als Skandalroman apostrophierten Text zu finden. Ein zweiter Teil untersucht die Funktion von Erotik innerhalb von Heinses Roman, wobei deutlich wird, dass diese nicht allein auf der Handlungsoberfläche, sondern auch für die im Roman entfaltete neo-vorsokratische Metaphysik eine elementare Bedeutung besitzt. In einer im Roman entwickelten, neo-antiken Kosmogonie ist erotische Anziehung das Band, das die Elemente der Welt zusammenhält. In einem dritten Teil soll deutlich werden, dass die erotischen Motive die Rezeption des Romans ganz maßgeblich steuerten. Das gilt für zeitgenössische Leserinnen und Leser ebenso wie für spätere Leserschaften: In Abhängigkeit von deren moralisch-sittlichen Vorstellungen ist die Erotik des Textes mal ein hoch attraktives Rezeptionspotenzial, mal eine unüberwindbare Lektürebarriere. Diese wechselnde Bedeutung des *Ardinghello* eröffnet exemplarische Einblicke in die Moralgeschichte vom späten 18. bis ins frühe 20. Jahrhundert. Im Umfeld des ›Jungen Deutschland‹ etwa stellte der Text ein libertinäres Faszinosum dar, dessen Existenz man wohl im 18. Jahrhundert, nicht aber in der eigenen, in moralischen Belangen als deutlich restriktiver erlebten Zeit für möglich hielt. Doch für weite Teile des Bildungsbürgertums im 19. Jahrhundert wird Heinses Roman durch seinen erotischen Libertinismus zu einem Problem – mit der Folge, dass ihm die Literaturge-

5 Zu Heinses Epochenkonstruktion der Renaissance vgl. Markus Bernauer: Natur als Kunst – Kunst als Natur. Heinses Entwurf einer italienischen Renaissance. In Gert Theile (Hrsg.). Das Maß des Bacchanten. Wilhelm Heinses Über-Lebenskunst. München: Fink 1998, S. 91–124, hier S. 93–95.

6 Bernauer bezeichnet Heinse in diesem Sinne als das vermeintliche »Schmuddelkind« (ebd., S. 91) der deutschsprachigen Literaturgeschichte.

7 Zur Konzeption und Rezeptionsgeschichte des Romans vgl. bereits Leonhard Herrmann: Klassiker jenseits der Klassik. W. Heinses »Ardinghello« – Individualitätskonzeption und Rezeptionsgeschichte. Berlin / New York: de Gruyter 2010.

schichtsschreibung schließlich einen Standort außerhalb des bildungsbürgerlichen Kanons zuweist. Dies gilt, wenngleich aus anderen Gründen, letztlich bis heute.

1. Vorgeschichte, Entstehung und Publikation des *Ardinghello*

Bereits vor Entstehung und Publikation des *Ardinghello* gilt Heinse im Literaturbetrieb seiner Zeit als latent frivoler, erotischen Dingen sehr zugewandter Autor.[8] Der Übersetzung erotischer Schriften ins Deutsche verdankt Heinse seine Bekanntheit unter den Zeitgenossen. Auch wenn sie – wie auch später der *Ardinghello* – anonym erschienen, war man innerhalb des Literaturbetriebs der Zeit bestens über die Urheberschaft Heinses informiert. 1773 erscheinen Heinses *Begebenheiten des Enkolp. Aus dem Satyricon des Petron* bei Mitzler in Schwabach, eine Übersetzung des fragmentarisch überlieferten Romans *Satyricon* des Titus Petronius Arbiter aus dem ersten nachchristlichen Jahrhundert.[9] Ebenfalls 1773 erscheint, gedruckt bei Johann Heinrich Groß in Halberstadt, *Die Kirschen*, eine Übersetzung Heinses von Claude-Joseph Dorats Versdichtung *Les Cérises et la double méprise* (1769). Mit beiden Übersetzungen verband Heinse womöglich Auswege aus seiner finanziellen Not, indem er sich gerade durch die erotischen Gehalte der Texte einen breiten Absatzmarkt versprach. Und auch Heinses erster Roman *Laidion oder die eleusinischen Geheimnisse* (1774) ist stark erotisch konnotiert – er umfasst die postmortalen Bekenntnisse der griechischen Hetäre Lais. Insbesondere Heinses Petronius-Übersetzung ist paratextuell – insbesondere durch das Titelkupfer – als dezidiert erotischer Text markiert worden. In erheblicher Weise von erotischen Motiven geprägt ist der zu Heinses Lebzeiten vermutlich niemandem bekannte Nachlass. Im ausgehenden 19. Jahrhundert wird er einigen wenigen Literaturwissenschaftlern bekannt, wird Anfang des 20. Jahrhunderts in wenigen Auszügen publiziert, zu großen Teilen 1924 ediert und liegt erst seit 2003 vollständig vor. Privatissime entwickelt Heinse hier eine lustvolle »Reproduktionsästhetik«,[10] die künstlerische Autorschaft als wechselseitige sexuelle Aktivität begreift.

Heinses *Ardinghello* entsteht, nachdem erste Pläne vermutlich bereits in Italien entwickelt werden (FN 5, 280),[11] spätestens seit Ende 1784[12] und ist im Sommer 1786 abgeschlossen. Wie seinen ersten Roman überlässt Heinse den *Ardinghello* Christian Friedrich Helwing (1725–1800) zur Veröffentlichung in der Meyerschen Hofbuchhandlung in Lemgo. Anders als Heinse geplant hat, erscheint der Roman in zwei Bänden – der erste zur

8 Vgl. Franziska Mayer: Adaptierte Erotik. Wilhelm Heinse als Übersetzer von Petron und Dorat. In: Christine Haug / Franziska Mayer / Winfried Schröder (Hg.): Geheimliteratur und Geheimbuchhandel in Europa im 18. Jahrhundert. Wiesbaden: Harrassowitz 2011, S. 257–283, hier S. 261–262.

9 Zur erotisch-pornografischen Wirkung der Heinseschen Übersetzung, die als Text den im Text geschilderten Praktiken gleich komme, vgl. Simon Richter: Heinse, Sexualität und Öffentlichkeit. In: Theile (Hrsg.): Das Maß des Bacchanten (wie Anm.5), S. 125–138, hier S. 128–129. Zu den Folgen dieser Übersetzung für die Stellung Heinses im Literaturbetrieb der Zeit vgl. ebd., S. 132–138.

10 Michael Dönike: Von Dichtern und Vögeln. Anmerkungen zu Heinses Reproduktionsästhetik. In: Markus Bernauer / Norbert Miller (Hrsg.): Wilhelm Heinse. Der andere Klassizismus. Göttingen: Wallstein 2007, S. 75–85. Vgl. auch Markus Bernauer: Heinse Libertin. In: ebd., S. 28–54.

11 Zu weiteren Romanplänen vgl. auch Hüfler: Vermittlung und Unvermittelbarkeit (wie Anm. 2), S. 59–65.

12 Ebd., S. 98.

Ostermesse, der zweite zur Michaelismesse 1787. In einem Brief an Jacobi bereut Heinse die Wahl des Verlegers – das Zerteilen des Textes in zwei Bände sei ohne Absprache erfolgt, zudem beklagt er zahllose Druckfehler, »die den Sinn verunstalten, hier und da kindisch und einmal barbarisch obscön machen« (zit. nach FN 5, 305). Drei kurze Abschnitte des Romans erschienen bereits vorab im *Deutschen Museum* – das sog. ›Künstlerbacchanal‹ (s. u.) im Juni 1785, im September 1785 und Februar 1786 zwei weitere Passagen, die als Kunstbetrachtungen Ardinghellos in den Roman eingehen. Sie beziehen sich auf Gemälde Raphaels sowie antike Skulpturen, die in Analogie zu Johann Joachim Winckelmann (1717–1768) im Titel als »Antiken vom ersten Rang« bezeichnet werden (vgl. FN 5, 304).

Über die Gründe dafür, dass Heinses Romane in der Meyerschen Hofbuchhandlung erschienen, lässt sich derzeit nur spekulieren – Materialien zum Verhältnis zwischen Verlag und Autoren sind nur sporadisch überliefert.[13] Heinses Erstkontakt zu Helwing rührt vermutlich von dessen Bemühungen um ein literaturgeschichtliches Programm seines Verlags her. 1774, 1776 und 1778 erschien die dreibändige Petrarca-Biografie *Nachrichten zu dem Leben des Franz Petrarca, aus seinen Werken und den gleichzeitigen Schriftstellern*, herausgegeben von Heinse, Klamer Schmidt (1746–1824) und Johann Lorenz Benzler (1747–1817), 1774 Heinses *Laidion*, 1775 Heinses Anthologie *Erzählungen für junge Damen und Dichter*. Schon aus diesen Gründen lag es nahe, sich auch für die Publikation des *Ardinghello* an seinen Hausverlag zu wenden. Für den Verleger entwickelt sich der Roman zu einer publizistischen und vermutlich auch finanziellen Erfolgsgeschichte: Heinses *Ardinghello* war eines »der erfolgreichsten Werke aus dem Verlag der Meyerschen Hofbuchhandlung«.[14] Der oben erwähnten Klage Heinses gegenüber Jacobi muss keine grundsätzliche Entzweiung von Autor und Verleger zugrunde gelegen haben – Heinses Beschwerden könnten auch dazu gedient haben, den in moralischen Dingen stets um Heinse (und den eigenen Ruf) besorgten Jacobi zu beruhigen. Dass Heinse nach dem großen Erfolg des *Ardinghello* Helwing verließ, wird vermutlich schlicht auf bessere Honorarbedingungen zurückzuführen sein, die Helwing ihm im Vergleich zu größeren Verlagen nicht bieten konnte.[15] Weitere Auflagen des *Ardinghello* erscheinen 1794, 1820 und 1838 noch bei Helwing, Heinses dritter Roman *Hildegard von Hohenthal* 1795 und 1796 dagegen in der Vossischen Buchhandlung in Berlin.[16]

Der wichtigste Kontaktmann zwischen Verlag und Autor dürfte Heinses Mentor und Förderer Johann Wilhelm Ludwig Gleim (1719–1803) gewesen sein. Insgesamt vier Schützlinge Gleims publizierten bei Meyer.[17] Gleim war einer jener Vertrauensleute, über die Helwing seit 1774 die Subskription der von ihm vertriebenen Bücher organisierte[18] – eine Art Vertriebspartnerschaft, die Gleim in die Lage versetzt haben dürfte, Helwing

13 Anne-Margarete Brenker: Die Meyersche Hofbuchhandlung in Lemgo in der zweiten Hälfte des 18. Jahrhunderts. Bielefeld: Westfalen-Verlag 1996, S. 36.

14 Ebd., S. 82.

15 Ebd., S. 83.

16 Zu sämtlichen Auflagen und Ausgaben der Werke Heinses vgl. die Heinse-Bibliografie in FN, Bd. 5, S. 83–149.

17 Brenker: Die Meyersche Hofbuchhandlung (wie Anm. 13), S. 81.

18 Ebd., S. 92.

gegenüber Texte zur Publikation zu empfehlen. Neben Gleim könnte auch Heinrich Christian Boie (1744–1806), in dessen *Deutsch[em] Museum* (1776–1788) 1785 drei Abschnitte des späteren Romans erschienen waren, die Verlagskontakte Heinses befördert haben. Denn auch Boie stand in Kontakt mit Helwing: Auf seinen Einfluss hin erschienen dort Jakob Michael Reinhold Lenz' (1751–1792) Satire *Die Wolken* sowie dessen gegen Christoph Martin Wieland (1733–1813) und Friedrich Nicolai (1733–1811) gerichtete Polemik zu deren Verteidigung.[19] Boie wiederum dürfte mit Heinses Frivolität kein Problem gehabt haben: Zu den Teilen der von ihm im *Deutschen Museum* veröffentlichten Abschnitte zählte auch jenes ›Künstlerbacchanal‹, das den Roman zum moralischen Skandalon werden ließ. Und auch nach der Publikation erweist sich Boie als begeisterter Heinse-Leser. Gegenüber Gerhard Anton von Halem (1752–1819), der in Oldenburg eine literarische Gesellschaft gründet, lobt Boie den Text als »Meisterstück der üppigsten Philosophie und Phantasie«, er selbst »möchte dies Stück geschrieben haben und doch nicht geschrieben haben«.[20]

Kontext für die Aufnahme des *Ardinghello* in das Programm der Meyerschen Hofbuchhandlung ist deren Programmpolitik, die sich – gedeckt vom dortigen Fürstenhof – in den 1770er Jahren entwickelt. Unter den Einfluss der Fürstin Casimire zu Lippe-Detmold, Fürstin von Anhalt-Dessau (1749–1778) entwickelte sich das Programm der Meyerschen Hofbuchhandlung in Richtung der »Poetik eines Haller, Wieland, Gellert und Klopstock«[21] – und stand damit einer in gewisser Hinsicht rokokohaften Schreibweise Heinses nicht sehr fern.

Der Verlag ist nicht einschlägig für die Produktion und Vertrieb belletristischer Bücher bekannt: Unter der Ägide Helwings erschienen lediglich 48 Titel, die der Belletristik zugeordnet werden können (7,1 Prozent des Verlagsprogramms), 32 davon waren Romane, deren Anteil im Programm ab 1770 steigt, um wirtschaftlich von der steigenden Nachfrage zu profitieren.[22] Aber er stand – offenbar nicht allein aus der Sicht Heinses – im Ruf einer sehr freiheitlichen Programmgestaltung. Dass seine *Laidion* nicht in Leipzig erscheinen könnte, war Heinse schon früh klar. Er hatte als Publikationsort seiner Dorat-Übersetzung bereits Lemgo als »das westfälische Leipzig«[23] im Kopf: Als die Übersetzung anonym in Halberstadt erschienen war und die Gefahr bestand, dass sie auf den Kreis um Gleim, der die Übersetzung finanziert hatte, zurückgeführt werden würde, erwog Heinse in einem Brief an Klamer Schmidt vom März 1773, die gedruckten Werke außer Landes zu schaffen und Helwing zum Verkauf zu überlassen, war sich aber sicher, dass das zu lange dauern würde. Der Brief an Klamer Schmidt legt nahe, dass Heinse erwartete, Helwing würde

---

19 Ebd., S. 55.

20 Heinrich Christian Boie an Gerhard Anton von Halem, 24. September 1787. In: Albert Leitzmann (1938). Wilhelm Heinse in Zeugnissen seiner Zeitgenossen. Jena: Frommann 1938, S. 25. Im Folgenden zitiert unter der Sigle: ZZ.

21 Brenker: Die Meyersche Hofbuchhandlung (wie Anm. 13), S. 36.

22 Ebd., S. 78.

23 Vgl. Karl Meier-Lemgo: Lemgo, das westfälische Leipzig. In: Ders.: Geschichte der Stadt Lemgo. Lemgo: Naturwissenschaftlicher Verein für das Land Lippe 1962, S. 160–163.

ohnehin persönlich nach Halberstadt kommen,[24] was sich durch den Umstand, dass Gleim seit 1774 für Helwing buchhändlerisch tätig war, erhärtet. Dass Heinse Helwing verließ, ließe sich auch damit in Verbindung bringen, dass die Bindung zwischen Autor und Verleger im ausgehenden 18. Jahrhundert eher lose und projektgebunden war und weniger auf gemeinsamen strategischen und poetologisch-programmatischen Zielen beruhte.

2. Heinses *Ardinghello*: Erotik und Metaphysik

Der Handlungskern von Heinses Romans lässt sich in wenigen Strichen skizzieren – allerdings ohne dass damit dem Roman als Ganzem auch nur annäherungsweise Genüge getan wäre. Unter dem Pseudonym Ardinghello streift der Adlige Antonio Frescobaldi im Inkognito eines Malers durch Norditalien. Der Grund für seine Flucht liegt in der Vorgeschichte, die der Roman sukzessive enthüllt: Ardinghellos Vater hatte ein Verhältnis mit einer Tochter des Medici-Fürsten Cosimo I., das ruchbar geworden war. Der Vater wurde ermordet, alle Güter und Titel der Familie eingezogen, der Sohn fürchtet nun ebenfalls die Blutrache des mächtigen Herrscherhauses.

Nach dem Tode Cosimos I. gelingt Ardinghello die Aussöhnung mit den Medici und der Aufstieg am Florentiner Hof, an dem er als eine Art Bildungsminister fungiert. Auch Besitz und Ehre der Familie sind wieder hergestellt. Kampfkraft, Mut und Tapferkeit sind dafür ausschlaggebend. Doch der gesellschaftliche Wiederaufstieg Ardinghellos hat Grenzen: Beim Versuch, Inkompetenz und Korruption, Dekadenz und Trägheit aus dem politischen Leben zu verbannen und eine effiziente, bürgerliche Verwaltung aufzubauen, scheitert Ardinghello. Erneut in Liebesabenteuer verstrickt, tötet er aus Notwehr einen Verwandten des Papstes, der sich mit seiner Geliebten Fiordimona eingelassen hatte, und muss aus Italien fliehen. Gemeinsam mit einem gleichgesonnenen Griechen gründet er auf den griechischen Inseln Paros und Naxos einen utopischen Inselstaat nach dem Vorbild der antiken Polis.

Nicht nur die Romanhandlung, sondern auch der utopische Schluss des Romans steht mit Heinses Italienreise in enger Verbindung: Liefert die Handlung immer wieder fiktionalisierte Beschreibungen von Städten, Landschaften, Bauwerken und Kunstwerken, die Heinse selbst in Anschauung nehmen konnte – wobei bereits für den Reisenden der Fokus nicht allein auf der Antike, sondern auch auf der italienischen Renaissance lag –, so ist der Romanschluss Substitut für eine Reise nach Griechenland, die Heinse ebenso wie den meisten Italienreisenden des 18. Jahrhunderts nicht möglich war. Heinse betritt nur ganz kurz jenen Boden, der einst von Griechen besiedelt worden war – und zwar auf der Hinreise, die von Marseille aus mit dem Schiff erfolgt –, und kehrt schon in Rom um, ohne seinen Plan, bis nach Sizilien zu reisen, verwirklichen zu können. Die beschreibenden Passagen des Romans – seitenlang werden Gemälde der Renaissance, Kirchen, antike Ruinen und Plastiken beschrieben und in Bezug zueinander gesetzt – sind hinsichtlich hypothetischer Intentionalität als faktuales Erzählen zu begreifen, das Leserinnen und Leser weniger über eine fiktive Romanhandlung als vielmehr über ein wirkliches Italien informieren möch-

24 Vgl. dazu Mayer: Adaptierte Erotik (wie Anm. 8), S. 227.

te: Im Sinne des enzyklopädischen Erzählens[25] verfolgt Heinse mit seinen nur durch lose Handlungsfäden verbundenen Beschreibungen das Ziel, seinen Leserinnen und Lesern Städte, Bauwerke, Landschaften und Kunstwerke Italiens nahe zu bringen.[26] Dass der Fokus dieser Italienbeschreibungen weniger auf der eigenen Gegenwart als vielmehr auf Zeugnissen aus der Antike und der Renaissance liegt, ist in der Geschichtsphilosophie des ausgehenden 18. Jahrhunderts begründet, die Heinses eigentümlicher Sensualismus ästhetisch, aber auch erotisch erweitert: Beide Zeiträume sind für Heinse historische Momente, die die Entfaltung der natürlichen Sinnlichkeit des Menschen ermöglicht haben. Antike und Renaissance werden für Heinse zum Maßstab der Kritik der eigenen Zeit und ihrer sozialen Verfasstheit. Diese gelten als moralisierend, einengend und durch leer gewordene religiöse Dogmen beherrscht. Diese eigene, die Sinnlichkeit des Menschen beschränkende Zeit im Medium der Fiktion hypothetisch durch eine alternative Gesellschaftsstruktur zu beenden, ist das zentrale Vorhaben der abschließenden Insel-Utopie, die nicht zufällig auf zwei griechischen Inseln situiert wird: Die griechische Antike ist für Heinse ein Zeitraum, in welchem die sinnlich-triebhaften und die gesellschaftlichen Bedürfnisse des Menschen keinen Widerspruch darstellten, sondern eine Einheit.

Die Erzählung von Ardinghellos Abenteuern ist in zwei Rahmenhandlungen eingebettet und wird durch zwei Herausgeberfiktionen vermittelt.[27] Ein erster fiktiver Herausgeber des 18. Jahrhunderts gibt in einem Vorwort vor, den Text in einer verfallenen toskanischen Villa als Manuskript aus dem 16. Jahrhundert gefunden zu haben und nun in Übersetzung zu edieren. Der fiktiv herausgegebene Text wiederum ist ein Briefroman, der von Benedikt, einem Freund und Vertrauten Ardinghellos, zusammengestellt und durch eigene Berichte ergänzt wird. Dieser zunächst anonyme Freund – Intimus und Briefpartner Ardinghellos sowie Mitgründer des utopischen Insel-Reiches – ist damit der fiktive Urheber des gesamten Romans. Damit ist nicht nur die Romanhandlung, sondern bereits die Textproduktion fiktiv in die Renaissance verlagert.

Mit dieser Romananlage unternimmt Heinse eine Quellenfiktion. Er fingiert eine im Italien des 16. Jahrhunderts in Handschriften zirkulierende, stark erotisch-amourös konnotierte Quellengattung, die der fiktive Herausgeber des 18. Jahrhunderts gefunden zu haben vorgibt. Entsprechend verfährt der Roman – der eher eklektizistisch wirkenden Romankomposition zum Trotz – durchaus exakt mit historischen Daten: Die Handlung ist in die Jahre 1574 bis 1578 zu datieren und nutzt politische Ereignisse dieser Zeit als Handlungselemente. Walther Brecht hat 1911 exakt nachgewiesen, aus welchen schriftlichen Überlieferungen des 16. Jahrhunderts Heinse seine Handlung extrapoliert und mit

25 Vgl. die von Mathias Herweg, Klaus Kipf und Dirk Werle 2015 in der Herzog August Bibliothek Wolfenbüttel veranstaltete Konferenz »Enzyklopädisches Erzählen« sowie den Konferenzbericht von Frank Jasper Noll (2015), online abrufbar unter http://www.hsozkult.de/conferencereport/id/tagungsberichte-6314 (Stand: 14.03.17).

26 Hüfler: Vermittlung und Unvermittelbarkeit (wie Anm. 2), S. 38–41.

27 Auch Heinses Übersetzungen betreiben ein »raffiniertes Spiel mit den Sprechebenen«, vgl. Mayer: Adaptierte Erotik (wie Anm. 8), S. 282.

fiktiven Elementen anreichert.[28] Über Brechts Ergebnisse hinaus konnte eine weitere Quelle ermittelt werden, die den Namen Ardinghello historisch belegt: In den *Lettere Familiari del Commendatore Annibal Caro*[29] taucht als Briefpartner des Dichters, Übersetzers und fürstlichen Sekretärs Annibal Caro (1507–1566) eine historische Persönlichkeit mit dem Namen Ardinghello auf. Den entscheidenden Hinweis darauf lieferte eine vermutlich auf den Leipziger Literaturwissenschaftler Theodor Denzel zurückgehende handschriftliche Notiz in einem in der Universitätsbibliothek Leipzig verwahrten Exemplars von Gervinus' *Handbuch der Geschichte der poetischen National-Literatur der Deutschen*.[30]

Der Romananlage entsprechend ist der Protagonist Ardinghello nicht allein durch dessen eigene Innensicht, sondern auch aus der Perspektive Benedikts präsent: Benedikt berichtet als Ich-Erzähler von gemeinsamen Erlebnissen mit Ardinghello – seine Berichte machen den Anfang und den Schluss des Romans aus. Dies ist insofern relevant, als Benedikt einen moralistischen Kontrapunkt zur Unbefangenheit und Sinnlichkeit Ardinghellos liefert,[31] diesen immer wieder zum Maßhalten mahnt und seine Distanz zum Ausdruck bringt. Als sich die Wege der beiden Romanfiguren schließlich trennen, erfolgt die Wiedergabe der Erlebnisse Ardinghellos durch die Herausgabe von dessen Briefen – hier berichtet Ardinghello in fiktiver Unmittelbarkeit und ohne moralisierende Eingriffe durch Benedikt.

Heinses Quellenfiktion dient, ganz im Sinne des mimetischen Romankonzepts der Spätaufklärung, der Legitimierung poetischer Freiheiten: In der legendenhaften Gattung der »fatti tragici«[32] findet Heinse ein Milieu, wie es für die Exemplifizierung seiner anthropologischen Vorstellungen ideal ist: Liebe, Eifersucht und Rache, Mord, Ehebruch und freizügige Sexualität werden zu legitimen, weil in der Quellenfiktion begründeten Romanmotiven, die ohne die moralischen Bedenken der eigenen Zeit verwendet werden dürfen – und dies, wie ein Blick in die Rezeptionsgeschichte des Textes zeigt – sehr zum Vergnügen seiner zeitgenössischen Leserinnen und Leser und toleriert von zentralen Instanzen der Literaturkritik.

Eine Fülle erotischer Begierden und Kontakte, die den moralischen Normen der Zeit fundamental widersprechen, durchzieht den Roman. Durch die Berufung auf die Natur als Ordnungskategorie des Menschen fordert Ardinghello, ein *Uomo Universale* und selbst erklärter »Kernmensch«, eine von bürgerlichen Normen befreite Sexualität:

28 Walther Brecht: Heinse und der ästhetische Immoralismus. Zur Geschichte der italienischen Renaissance in Deutschland. Nebst Mitteilungen aus Heinses Nachlass. Berlin: Weidmann 1911.

29 Antonfrederigo Seghezzi: Delle Lettere Familiari del Commendatore Annibal Caro. Volume Primo. Colla Vita dell'Autore scrittada da Antonfrederigo Seghezzi. e da lui rivirduta ed amplaiata. Impressione novissima fefattamente corretta, ed arricchita di trenta Lettere Di Negozj del medesimo Autore, von altre illustrazioni, in Brassani, MDCCLXXXII.

30 Georg Gottfried Gervinus: Handbuch der Geschichte der poetischen National-Literatur der Deutschen. Leipzig: Engelmann 1842. Das genannte Exemplar aus der Bibliothek Theodor Denzels, in welchem sich der handschriftliche Hinweis auf der Innenseite des Rückumschlags befindet, wird in der Universitätsbibliothek Leipzig unter der Signatur Lit.germ.A.295 verwahrt.

31 Bernauer: Natur als Kunst (wie Anm. 5), S. 97.

32 Zu dieser italienischen Quellengattung sowie zu ihrer Verwendung und Nachdichtung durch Heinse vgl. Brecht: Heinse und der ästhetische Immoralismus (wie Anm. 28), S. 17.

> Wie, bin ich strafbar, daß ich mich mit dem Schönen zu vereinigen suche, wo ich's finde? Ist dies nicht der edelste Trieb unseres Geistes? Ist der nicht ein Elender, ein von Gott Verworfner, der diesen Trieb nicht hat, nicht ausübt? In was für einer Welt bin ich, wo dies Naturlaster sein soll? Den Menschen zerrüttende bloße bürgerliche Ordnung ist es. Komm, göttlicher Plato, und stürz alle die barbarische Gesetzgebung über den Haufen, und führe eine Republik ein, wo wenigstens Mann und Weib mit ihrer Liebe heilig und frei sind.[33]

Ardinghello beklagt Benedikt gegenüber die Unnatürlichkeit kirchlicher wie staatlicher Moralkonventionen und nutzt den Bewertungsmaßstab der ›Natur‹ zunächst ganz im Sinne Rousseaus: Was dieser Natur nicht entspricht, hat keine Rechtfertigung. Seine ganz eigene, individuelle Natur ist von großer Sinnlichkeit geprägt – ihre Beschränkung durch eine menschengemachte Moral gehört entsprechend beseitigt.

Mit seinem Ziel einer radikalen Befreiung von Sinnlichkeit ist Heinse in den anthropologischen Diskursen der Spätaufklärung ein Außenseiter. Michael Hofmann bezeichnet Heinse als radikalen Sensualisten,[34] Charis Goer nennt Heinse einen Kritiker des Humanitätsideals der beginnenden ›Weimarer Klassik‹, dessen anthropologische Vorstellungen nicht von der Mäßigung, sondern der Steigerung, nicht von der Verallgemeinerung, sondern der Individualisierung des Einzelnen geprägt seien. Um Kritik an den entsprechenden Tendenzen seiner eigenen Zeit zu formulieren, setzt er ihr ein in vielerlei Hinsicht konträres Renaissance-Bild entgegen.[35] Das Bedürfnis der Selbstbefreiung und Enthemmung von Sinnlichkeit steht bei Heinse über dem Bedürfnis der Allgemeinheit nach Ordnung.[36]

Die sicher bekannteste erotische Szene des Romans ist das sog. ›Künstlerbacchanal‹,[37] mit dem der erste Band schließt. Bereits die Leser des *Deutschen Museums* hatte der Auszug auf einen entstehenden Roman aufmerksam gemacht. Intendiert nicht durch Heinse, sondern durch seinen Verleger Helwing, kommt der Passage im Roman die Funktion eines Cliffhangers zu, der zum Kauf des zweiten Bandes animieren sollte und für die im Titel versprochenen ›glückseligen Inseln‹ sehr spezifische Erwartungen weckte. Sowohl motivisch als auch in Bezug auf die zugrunde liegenden philosophischen Konzepte verweist die

---

33 Wilhelm Heinse: Ardinghello und die glückseligen Inseln. Kritische Studienausgabe. Hg. v. Max L. Baeumer: Bibliographisch ergänzte Ausgabe. Stuttgart: Reclam 1998, S. 106. Im Folgenden zitiert unter der Sigle: A.

34 Michael Hofmann: Radikaler Sensualismus. Entsublimierung als Grundimpuls in Heinses »Ardinghello«. In Lenz-Jahrbuch 8 / 9 (1998), S. 229–254.

35 Charis Goer: »... und endlich ist gar alles individuell.« Humanismus-Kritik in Wilhelm Heinses Ästhetik und Anthropologie. In: Volker C. Dörr / Michael Hofmann (Hg.): »Verteufelt human«? Zum Humanitätsideal der Weimarer Klassik. Berlin: Erich Schmidt 2008, S. 85–99, hier S. 91.

36 Charis Goer: Radikale Individualität. Wilhelm Heinses Ästhetik des Selbstseins. In: Wolfgang Braungart / Helena Köhler (Hg.): Subjekt und Subjektivität 1800 / 1900. München: Iudicium 2015, S. 70–83, hier S. 75.

37 Historisches Vorbild für Heinses Schilderung könnte eine Veranstaltung des schwedischen Bildhauers Johan Tobias Sergel (1740–1814) in Rom gewesen sein, vgl. Bernauer: Heinse Libertin (wie Anm. 10), S. 28–54, hier S. 32.

Szene auf die Inselutopie am Schluss des Bandes.[38] In Rom versammelt Ardinghello nächtens eine Gruppe Künstler um sich, zu der sich eine gleichstarke Gruppe Mädchen gesellt, »echte Römerinnen an Wuchs und Gestalt, mit der erhabenen antiken, noch republikanischen Gesichtsbildung, die auch auf fremde Fürsten wie nur Barbaren herunterschaut« (A 195). Das Künstlertum der Beteiligten legitimiert erste erotische Kontakte: »Paar und Paar standen im vertrauten Umgang miteinander; die reizenden Geschöpfe ließen sich von ihren Geliebten als Modelle brauchen und gaben ihre Schönheiten deren Kunst preis« (ebd.). Doch bald wird das Künstlertum aufgegeben. Die Beteiligten – Ardinghello steht als Zither-Spieler außen vor –

> machen sich selbst Musik und tanzten lauter Nationaltänze. [...] Nach Mitternacht ging es in ein echtes Bacchanal aus; das erhitzte Leben blieb nicht mehr in den gewohnten Schranken, und jedes tobte nach seinem Gefühl und seiner Regung. [...] Man entkleidete die Jungfrauen, die, Glut in allen Adern, sich nicht sehr sträubten, zuerst bis auf die Hemder, und schlitzte diese an beiden Seiten auf bis auf die Hüften; und die Haare wurden losgeflochten. (A 196–197)

Schließlich rauschte »der höchste bacchantische Sturm durch den Saal, der alles Gefühl unaufhaltbar ergriff, wie donnerbrausende Katarakten, vom Senegal und Rhein, wo man von sich selbst nichts mehr weiß und groß und allmächtig in die ewige Herrlichkeit zurückkehrt« (A 197). Bevor das Fest beginnt, schließt man einen »feierlichen Vertrag, nichts Schändliches zu beginnen und die Leidenschaften bis ans lange Ziel gleich olympischen Siegern im Zügel zu halten, wie's braven Künstlern gezieme« (A 196). Ob dieser Vertrag bis zum Ende Gültigkeit hat oder aber wie alle anderen ›gewohnten Schranken‹ ebenfalls ungültig ist, wird der Fantasie von Leserinnen und Lesern überlassen.

Die geschilderte Szene folgt der Steigerungslogik erotischer Romane – ein zunächst unschuldiges, zufälliges Treffen entfesselt peu à peu die Sinnlichkeit. Doch Erotik ist hier nicht nur das Bindeglied zwischen Text und Leserschaft, deren eigene Triebhaftigkeit integriert wird, sondern auch ein zentraler Teil der anthropologisch-philosophischen Dimension des Romans. Sexualität ist für Ardinghello die Umsetzung des epikureischen Genuss-Prinzips, das den gesamten Kosmos durchwallt, durch den Menschen. In ihr zeigt sich dessen Natürlichkeit und dessen Zugehörigkeit zum Kosmos. Erotik ist damit Bestandteil der Ästhetik Heinses – sie beeinflusst die Art, wie über Kunst und Natur, über das Altertum und die eigene Gegenwart geurteilt wird, entscheidend.[39] Dabei werden nicht allein erotische Bilder zum Gegenstand einer sexualisierenden Lektüre, sondern auch ganz und gar unschuldige Sujets wie Heilige oder Madonnen.[40] Inwieweit die Erotik des Romans

38 Gernot Frankhäuser: Das Bacchanal im Ardinghello – ein imaginiertes ballet en action? In: Bernauer / Miller (Hg.): Wilhelm Heinse (wie Anm. 10), S. 246–267, hier S. 266, vermutet im Bacchanal zu recht eine »Präfiguration der Gesellschaftsutopie« am Schluss des Romans und erörtert ballett- und theatergeschichtliche Parallelen.

39 Vgl. dazu Gerhard Sauder: Die Sexualisierung des Ästhetischen bei Heinse. In: Theile (Hrsg.): Das Maß des Bacchanten (wie Anm. 5), S. 77–90.

40 Juliane Blank: »Ein rechtes Wollustferkel«. Erotisierung und Selbstzensur in Wilhelm Heinses italienischen Kunstbeschreibungen. In Lenz-Jahrbuch 17 (2010), S. 45–73, hier S. 57.

auf ein Sublimationsbedürfnis des Autors verweist,[41] ist eine Frage, die sich letztlich nicht beantworten lässt, auch wenn Passagen in den nachgelassenen Aufzeichnungen Heinses dieser Vermutung Nahrung bieten.

Gegen Ende entwickelt der Roman in Form eines langen Dialogs ein eigenes metaphysisches System, das die grundlegend erotische Verfasstheit des Kosmos und – aus dieser abgeleitet – die absolute Freiheit des sinnlichen Einzelnen begründen soll. Mit dem Diskursinventar des 18. Jahrhunderts ist dieses Unterfangen unmöglich – die Anthropologie bestimmt den Menschen zwar als sinnlich, aber als unfrei, die Transzendentalphilosophie bestimmt ihr Subjekt zwar als frei, aber nicht als sinnlich. Heinse will aber beides und nutzt zur Plausibilisierung eines in der Systematik der eigenen Zeit unmöglichen Unterfangens die Quellenfiktion.

In der Sexualität – gleiches gilt für den Genuss von Kunst und Natur – vollzieht sich für Ardinghello, hier ganz Sprachrohr für entsprechende Überlegungen des Autors Heinse – die Einswerdung des Menschen mit der Natur und dem Kosmos, denen er zugehörig ist. Doch die bürgerliche Moral hat ihn von beiden entfremdet. Empfunden wird diese Vereinigung mit der Natur als Vollkommenheit, die im Sexualpartner gesucht wird (vgl. A 225). Die Forderung nach einer freien Sexualmoral ist für Heinse Ausdruck und Konsequenz der absoluten Freiheit des Individuums und steht – wie die nachgelassenen Aufzeichnungen zeigen – in engem Zusammenhang mit dem künstlerischen, speziell dem literarischen Schaffensprozess. Der Maler Ardinghello will die Vollkommenheit der Natur in seinen Bildern darstellen; doch ist die Kunst für ihn nur eine vorübergehende Bildungsstufe, von der er sich bald verabschiedet, um sinnliche Erfüllung im echten Leben zu empfinden.

Entsprechend dieses Vollkommenheits-Ethos' ist die Auswahl der Sexualpartner für Ardinghello nicht beliebig oder zufällig. Sexualität und Ehe werden zwar getrennt. Ist aber die im Sexualpartner gesuchte Vollkommenheit der Natur einmal gefunden, bleibt der Bund zwischen Mann und Frau stabil. Im Laufe der Romanhandlung hat Ardinghello zumindest mit drei verschiedenen Frauen Beischlaf (Cäcilia, Fulvia und Fiordimona) und begehrt eine weitere (Lucinde). Eine Reihe weiterer Kontakte wird nur angedeutet: »Überall weiß mein edler Führer, wo die neuern Helenen, Aspasien und Phrynen stecken, und hat mit mancher schon in Korsarenehe gelebt; Liebesgötter umgaukeln uns, sooft wir einlaufen« (A 365), heißt es von der zwischenzeitlichen Piraten-Existenz Ardinghellos. Und da ist noch jene Jugendliebe, mit der Ardinghello im Alter von 15 Jahren einen Sohn gezeugt hat.

Cäcilias anfängliche moralische Vorbehalte sind für Ardinghello kein Hindernis; mit dem Erweis ihrer »letzten Gunst« kann sie nur so lange zurückhalten, bis sie mit »heißen Wollustküssen und Gewalttätigkeiten« (A 63) erobert wird. Fulvia vereinigt sich mit Ardinghello bereitwillig und ohne moralische Bedenken; sie möchte diesen Genuss auch ihrer Freundin Lucinde zuteilwerden lassen, deren »allzugroße Frömmigkeit, Eingezo-

41 Zur Erotik als Moment der Synästhesie vgl. Barbara Rodt: Die poetische – geglückte, missglückte – Sublimation sexueller Präferenzen in der Prosa von Heinse. In: Gislinde Seybert (Hrsg.): »Das Liebeskonzil« / »Le Concile d'amour«. Literarische Liebe und metaphorisches Begehren / Amour littéraire et désir métaphorique. Bielefeld: Aisthesis 2004, S. 75–88.

genheit und Kälte« (A 115) sie beklagt. An Lucinde dagegen scheitert auch Ardinghello: Durch einen Verstellungstrick in ihr Schlafzimmer, jenen »Tempel der Keuschheit« (A 110), vorgedrungen, sieht er sich von einem komplexen System aus Metaphern und Symbolen umgeben, die sowohl auf die geistige wie auf die sinnliche Liebe verweisen und Lucinde als einen zwischen religiöser Moral und Sinnlichkeit zerrissenen Charakter ausweisen. Weil er »das himmlische Mädchen zu hoch schätze, um es zu verführen und unglücklich zu machen« (A 115), verzichtet Ardinghello auf den Beischlaf mit Lucinde. Doch sichert ihm diese in einem schriftlichen Vertrag das ius primae noctis zu, sofern es ihm gelinge, ihren Verlobten aus der Kriegsgefangenschaft zu befreien. Diesen Lohn in Aussicht, gelingt Ardinghello die Befreiung natürlich spielend. Aus Ehrenmut verzichtet er aber auf die Einlösung des Vertrags. Als Lucinde aufgrund ihrer Seelennot in eine Depression verfällt, sieht Ardinghello die Ursache dafür nicht etwa in seinem eigenen Handeln, sondern in der bürgerlichen Moral: »Auch Du bist schuld daran! Lucinde ist von Sinnen gekommen« (A 130), schreibt er an seinen moralisierenden Brieffreund Benedikt, der ihn gelegentlich zum Einhalten mahnt.

Mit Fiordimona findet Ardinghello schließlich den weiblichen Gegenpart, der seine Suche vollendet. Zunächst macht Fiordimona deutlich, dass aus der von beiden verkörperten Liebessemantik nicht allein eine freie Sexualität resultiert, sondern Promiskuität und Polyamorie: »Brüder und Helden, jeder wert, ein Mann zu sein, sollten sich eine Freude daraus machen, ein schönes Weib gemeinschaftlich zu lieben. Der geringste Genuß wird durch Anteilnehmung mehrerer verstärkt und gewinnt dadurch erst seinen vollen Gehalt« (A 224).

Doch so weit will Ardinghello nicht gehen. Trotz der prinzipiell bestehenden, absoluten Freiheit des Einzelnen stehen Liebe und Sexualität in Heinses Roman immer im Spannungsfeld von Freiheit und Verbindlichkeit – hat sich einmal ein Paar aus ›großen Einzelnen‹, zwischen denen zu jedem Zeitpunkt alles erlaubt ist, gefunden, dann ist diese Bindung zunächst nicht aufhebbar: »Fiordimona und ich sind nun völlig ein Wesen, so zusammengeschmolzen von tausendfachem Entzücken; alles Hohe und Schöne, Kühne und heroisch Erduldete der menschlichen Natur ist in ihr vereint« (A 348).

Das gilt auch für das Zusammenleben zwischen den wenigen, auserwählten ›Kernmenschen‹, die auf den Inseln Paros und Naxos das utopische Staatswesen gründen. Grundsätzlich herrscht freie Sexualität. ›Glückselig‹ sind die Inseln damit nicht allein im Sinne des aufklärerischen Eudämonie-Konzepts. ›Höchste Glückseligkeit‹ herrscht zwischen den in ganz Italien ausgewählten Staatsbürgern, die eine neo-antike Gemeinschaft wieder auferstehen lassen wollen, auch in erotischer Hinsicht. Ausführlich schildert Benedikt die aufgestellte Verfassung:

> Ferner waren die Weiber nach dem erhabenen Schüler des Sokrates, jedoch auch nur gewissermaßen, gemeinschaftlich, und so die Männer; das ist: jedes hatte völlige Freiheit seiner Person, und alle Gewalttätigkeit wurde hart bestraft. Für gute Ordnung war dabei wohl gesorgt: Männer und Weiber wohnten voneinander abgesondert (A 371).

Die Liebe schwang daher »in allerhöchster Freiheit ihre Flügel, jedes beeiferte sich, schön und liebenswürdig zu sein, und konnte sich weder auf Geld und Gut noch Pflicht und Schuldigkeit verlassen« (A 372). »[H]öchste Freiheit, süßes Ergötzen und frohe Geschäftigkeit« (A 373) bestimmen das Leben im Inneren des Staatswesens, während die Verhältnisse nach außen durch »[k]riegerische Seefahrt und Handlung zwischen Kleinasien, dem Schwarzen Meer und den westlichen Ländern« (A 373) bestimmt sind.

Zur allgemeinen Verwunderung bleiben Fiordimona und Ardinghello einander treu – dies jedoch nicht, weil sie müssen, sondern weil sie wollen. Das Ziel der ›vollendeten Liebe‹, die dem Menschen eine Einheit von Leib- und Sinnlichkeit, von Seelenliebe und leiblicher Liebe ermöglicht, bleibt wie im empfindsamen oder im späteren romantischen Diskurs erhalten. Doch darf keine Konvention oder Moral die Suche nach dieser vollkommenen Liebe einschränken. Das Konzept der vollkommenen Liebe erhebt die Liebenden zugleich über den als Werden und Vergehen begriffenen Prozess der Natur hinaus und schafft einen Zustand der Ewigkeit, der auf die ursprüngliche Totalität der Welt verweist. In ihr hat der Einzelne das höchste Erkenntnisziel erreicht, das jenseits von ›Natur‹ liegt. Eine entgrenzte Sexualität, die weit häufiger potenziell ist als sie tatsächlich praktiziert wird, ist bei Heinse keine reine Pornografie – wenngleich die freizügigen Schilderungen durchaus zur Bindung von Leserinnen und Lesern genutzt werden –, sondern besitzt im dionysischen Akt der Verschmelzung eine epistemische Funktion.

3. Zur Rezeptionsgeschichte von Heinses *Ardinghello*

Entsprechend bietet der Roman nicht allein Potenziale für eine frivol-erotisierende Lektüre, sondern lässt sich auch als eine aus dem Diskursrahmen des 18. Jahrhunderts ausscherende, konsequent sensualistische Antwort auf die anthropologischen, theologischen, ethischen, natur- und geschichtsphilosophischen Fragen der Zeit deuten. Vor allem für die letztgenannte Deutungsvariante finden sich im 19. und 20. Jahrhundert zahllose Deutungsbelege. Seine erotischen Gehalte sind dabei einerseits Anlass, andererseits Barriere für eine Rezeption und Kanonisierung.

Zur Zeit seines Erscheinens ist Heinses *Ardinghello* ein weithin bekannter und viel gelesener Roman. Eine zweite Auflage[42] und ein unrechtmäßiger Nachdruck,[43] zahlreiche Rezensionen sowie die versuchte Fälschung eines Nachfolgeromans[44] – diese wiederum mit sieben Neuauflagen, von denen einige den Text explizit Heinse zuschreiben – zeugen für eine Bekanntheit des anonym erschienenen Romans, die der seines Autors weit überlegen

---

42 [Anon.]: Ardinghello und die glückseeligen Inseln. Eine Italiänische Reise aus dem sechszehnten Jahrhundert. Zweyte, rechtmäßige, verbesserte Auflage. 2 Bde. Lemgo: Meyersche Buchhandlung 1794. Die zweite Auflage dürfte – gemessen an der Zahl der verfügbaren Bibliotheksexemplare – noch einmal deutlich höher gewesen sein als die erste.

43 [Anon.]: Ardinghello und die glückseeligen Inseln. Eine Italiänische Reise aus dem sechszehnten Jahrhundert. 2 Bde. Frankfurt und Leipzig: s. n.1792.

44 [Anon.]: Fiormona oder Briefe aus Italien. Berlin, bei Gottfried Carl Nauck 1794. Verfasser ist Gottlob Christian Heinse (1766–1813). Der Briefroman nimmt in vielerlei Hinsicht Bezug auf den *Ardinghello* und zielt offenkundig auf dessen Leserschaft. Die Liebeskonzeption Fiormonas entspricht dabei exakt jener Fiordimonas. Noch für Heinrich Heine und Heinrich Laube galt Wilhelm Heinse als der Verfasser der *Fiormona*.

ist: Wem Heinse unbekannt ist, dem wird er als der »Autor des Ardinghello«[45] vorgestellt. Doch die breite Rezeption des Romans im privaten Rahmen und außerhalb des literarischen Diskurses seiner Zeit zog eine – wie Hans Mayer betont – »heimliche[ ]« Wirkung[46] nach sich, die von der öffentlichen, textlich nachweisbaren Rezeption zu unterscheiden sei. Eine Lektüre im Modus des Privaten, Verborgenen und Intimen, das Lesen aus erotischem Vergnügen, Neugierde und Lust am ›Verbotenen‹ ist durch die Veröffentlichungspraxis des Textes offenbar gezielt vorbereitet worden.

Aus heutiger Sicht ist diese Rezeption umso erstaunlicher, als Wilhelm Heinse bei Erscheinen seines Romans Bibliothekar des Mainzer Erzbischofs Friedrich Karl Joseph von Erthal (1719–1802) war – und damit Bediensteter nicht allein eines Kurfürsten, sondern des Erzkanzlers des Heiligen Römischen Reichs Deutscher Nation. In seinem Tagebucheintrag zum 7. Oktober 1788 berichtet der Protestant Wilhelm von Humboldt (1767–1835) entsetzt über die Zustände am katholischen Hof: »Ardinghello ist in Mainz ein gelesenes Buch und, was aber zugleich von der moralischen Delikatesse seiner Kurfürstlichen Gnaden keinen hohen Begriff gibt, der Kurfürst hat ihn den Damen des Hofes selbst vorgelesen« (zitiert nach: ZZ 33).

Zunächst hatte Heinse befürchtet, dass sein Roman – der zwar anonym erschien, aber trotzdem schnell ihm zugerechnet wurde – seine Stellung am Hof in Mainz gefährden würde, die er als über Vierzigjähriger nach langem Suchen endlich gefunden hatte.[47] Ein Brief Friedrich Heinrich Jacobis (1743–1819) an Hamann belegt, dass offenbar das Gegenteil der Fall war. Karl Franz Alexander Graf von Nesselrode (1752–1822) habe ihm mitgeteilt, so Jacobi gegenüber Hamann, Heinse habe zunächst gezögert, dem Kurfürsten ein Exemplar seines *Ardinghello* zu übergeben; dieser habe ihn ob seiner Geheimniskrämerei gescholten, sehr nach einem verlangt, schließlich den zunächst so schüchternen Autor mit Lobpreisungen überhäuft und mit 20 Carolinen belohnt.[48]

Auch am Weimarer Hof ist der *Ardinghello* alles andere als unbekannt. Gegenüber Wieland beklagt Herzog Karl August von Sachsen-Weimar-Eisenach (1757–1828) einzig die Uneinheitlichkeit und den mangelnden inhaltlichen Zusammenhang von Heinses Roman, fürchtet jedoch, dass dieses Urteil »für große Freygeisterey gehalten wird«.[49]

Friedrich Schiller schreibt an seinen Freund Ludwig Ferdinand Huber (1764–1804) im Oktober 1787: »Wenn Du ein Buch von Heinse, das sich Ardinghello nennt, noch nicht

---

45 Vgl. z. B. Ludwig Ferdinand Huber an Friedrich Schiller, 9. Juli 1788. In Leitzmann: Wilhelm Heinse in Zeugnissen seiner Zeitgenossen (wie Anm. 20), S. 32ff. Im Folgenden zitiert unter der Sigle: ZZ. – Von Heinse als dem »berühmten Verfasser des Ardinghello« spricht auch Hölderlin (ZZ 37).

46 Hans Mayer: Versuche über die Oper. Frankfurt am Main: Suhrkamp 1981, S. 30.

47 Friedrich Heinrich Jacobi an Johannes Müller, 4. Oktober 1786. In: Friedrich Heinrich Jacobi. Briefwechsel. Hg. v. Micheal Brüggen und Walter Jaeschke, 7 Bde. Stuttgart / Bad Cannstatt: Frommann-Holzboog 1981–2005, Bd. 1, S. 358.

48 Friedrich Heinrich Jacobi an Johann Georg Hamann, 25. Februar 1787. In Johann Georg Hamann: *Briefwechsel.* Hg. v. Walther Ziesemer und Arthur Henkel, 8 Bde. Wiesbaden, ab Bd. 5 Frankfurt am Main: Insel 1955–1979, Bd. 7, S. 390.

49 Karl August von Sachsen-Weimar und Eisenach an Christoph Martin Wieland, 23. Januar 1788. In: Christoph Maria Wieland: Briefwechsel. Hg. von Hans Werner Seiffert und Siegfried Scheibe, 12 Bde. Berlin: Akademie-Verlag 1963–1993. Bd. 9 / 1, S. 391.

gelesen hast, so lies es und lass es lesen. Hier ist es ganz erstaunlich in Circle geraten. Du wirst ihm bald anriechen, warum. Die Damen von den Herzöginnen herunter vergöttern es.« (ZZ 26) Dieses Zeugnis offenbart auch Herzogin Anna Amalia von Sachsen-Weimar-Eisenach, geb. Herzogin von Braunschweig-Wolfenbütttel (1739–1807) als begeisterte Leserin des *Ardinghello*.

Der Weimarer Prinzenerzieher Karl Ludwig von Knebel (1744–1834) sendet den *Ardinghello* seiner Schwester Henriette von Knebel (1755–1813) und tauscht sich mit dieser über den Roman aus (vgl. ZZ 26–27). Christian Gottfried Körner (1756–1831) schreibt an Schiller, den *Ardinghello* zusammen mit Huber gelesen zu haben. Beide hätte Heinses Roman »äußert interessirt«, sie hätten »alles, was darin tauglich war«, vorgelesen, nachdem sie das Werk »glücklicherweise« zuerst bekamen. Der *Ardinghello* könne »ein Pendant zum Werther« sein und habe »Geist und Kraft im Schwelgen wie jener im Leiden« (ZZ 29). Auch im Gleim-Kreis, dem Heinse entstammt und Zeit seines Lebens verbunden bleibt, wird der *Ardinghello* begeistert rezipiert.

Und nicht nur privatim, auch im öffentlichen literarischen Diskurs der ausgehenden 1780er Jahre hat der *Ardinghello* seinen Platz, wobei Heinses Strategie, auf Basis eines mimetischen Kunstkonzepts moralisch Unaussprechliches als fiktives Originaldokument aus der italienischen Renaissance auszugeben, perfekt aufgeht. Wer einen Roman über das Italien des 16. Jahrhunderts schreibe, müsse Szenen schildern, wie Heinse das tue, um glaubwürdig zu sein, und sei daher jeder moralischen Kritik prinzipiell enthoben, schreibt Friedrich Ludwig Wilhelm Meyer (1758–1840) in den *Göttingischen Gelehrten Anzeigen* (1753–1801).[50] Die *Allgemeine Deutsche Bibliothek* (1765–1806) hält den *Ardinghello* – ebenfalls unter den Maßstäben der Genieästhetik – gar für uneingeschränkt kanonfähig. Der »in allem Betrachte außerordentliche Roman« zeichne sich »unter dem großen Haufen seiner Brüder ungemein vorteilhaft aus«, vor allem durch

> »die kraftvolle üppige Diction, die starcken und feurigen Schilderungen und die kühnen Gedanken, welche alle oft mit solcher Täuschung auf ihn [den Leser, L. H.] würken, daß er sich aus der würklichen Welt in jenes schöne Zeitalter der italienischen Geschichte hinübergezaubert glaubt.«[51]

Moralische Bedenken artikulieren sich unmittelbar nach Erscheinen des Romans nur selten – etwa durch Friedrich Leopold von Stolberg (1750–1819).

Doch wenige Jahre später wird Heinses *Ardinghello* zu einem Problem – und zwar im Zusammenhang mit der Durchsetzung jener ästhetischen Normen, wie sie im beginnenden ›Klassiker‹-Kanon verkörpert sind. Paradigmatisch dafür steht Goethes kurzes Notat *Glückliches Ereignis* (1817), das die erste Begegnung mit Schiller schildert.

---

50 Meyer, F. L. W.: [Rezension zu: Ardinghello (1787)]. In: Göttingische Gelehrte Anzeigen, 125. Stück, den 6. August 1787, S. 1252–1253. Meyer, von 1785 bis 1788 Bibliothekar in Göttingen, gilt zuweilen als der Autor von Fiormona, oder Briefe aus Italien, vgl. ADB 21, 573, vgl. Anm. 44.

51 Aph.: [Rezension zu: Ardinghello (1787)]. In: Allgemeine deutsche Bibliothek, Bd. 104, Stück 1, S. 177–179, hier S. 178.

> Nach meiner Rückkehr aus Italien, wo ich mich zu größerer Bestimmtheit und Reinheit in allen Kunstfächern auszubilden gesucht hatte, unbekümmert, was während der Zeit in Deutschland vorgegangen, fand ich neuere und ältere Dichterwerke in größerem Ansehen, von ausgebreiteter Wirkung, leider solche, die mich äußerst anwiderten. Ich nenne nur Heinses Ardinghello und Schillers Räuber. Jener war mir verhaßt, weil er Sinnlichkeit und abstruse Denkweisen durch bildende Kunst zu veredeln und aufzustutzen unternahm, dieser, weil ein kraftvolles, aber unreifes Talent gerade die ethischen und theatralischen Paradoxen, von denen ich mich zu reinigen gestrebt, recht im vollen hinreißenden Strome über das Vaterland ausgegossen hatte. Ich glaubte all mein Bemühen völlig verloren zu sehen. Die Gegenstände, zu welchen, die Art und Weise, wie ich mich gebildet hatte, schienen mir beseitigt und gelähmt. [...] Die reinsten Anschauungen suchte ich zu nähren und mitzuteilen und nun fand ich mich zwischen Ardinghello und Karl Moor eingeklemmt.[52]

Auffällig kontrastiert diese autobiografische Notiz Goethes mit früheren Aufzeichnungen Heinse betreffend: Bei Friedrich Heinrich Jacobi treffen sich beide persönlich und stehen anschließend in brieflichem Kontakt miteinander. Doch bedingt durch neue philosophische, ästhetische und poetologische Konzepte ist dem Goethe des ›ersten Weimarer Jahrzehnts‹ und der nachitalienischen Zeit der *Ardinghello* ein Fremdkörper – in der Inszenierung der eigenen Biografie als Läuterung und Reifung war die Figur Heinse wenig dienlich. Die Literaturgeschichtsschreibung des 19. Jahrhunderts, die diese Läuterungsgeschichte zum Zentrum der Konstruktion einer ›Deutschen Klassik‹ machte, hatte durch dieses Notat leichtes Spiel, Heinse aus dem Kanon zu verbannen.

Ähnlich wirkungsmächtig ist eine Fußnote in Schillers *Über naive und sentimentalische Dichtung* (1795), die den *Ardinghello* weder als naiv noch als sentimentalisch, sondern vielmehr als erotisierenden Klamauk kritisiert: »[B]ei aller sinnlichen Energie und allem Feuer des Kolorits« bleibe der Roman »immer nur eine sinnliche Karikatur, ohne Wahrheit und ohne ästhetische Würde. Doch wird diese seltsame Produktion immer als ein Beyspiel des beynahe poetischen Schwungs den die bloße Begier zu nehmen fähig war, merkwürdig bleiben.«[53]

In der Romantik dagegen erfährt Heinse eine partielle Renaissance. Auch wenn Heinses Radikalsensualismus keinesfalls der frühromantischen Programmatik entspricht, so dient der *Ardinghello* als Chiffre für die ›eine Seite‹ eines transzendentalpoetisch zu läuternden Menschen. In ihrer Zerrissenheit zwischen Sinnlichkeit und Moralität ist Heinses Lucinde vermutlich die Namensgeberin von Friedrich Schlegels (1772–1829) gleichnami-

52 Johann Wolfgang Goethe: Sämtliche Werke, Briefe, Tagebücher und Gespräche. Hg. v. Hendrik Birus, Dieter Borchmeyer und Karl Eibl. 40 Bde., Frankfurt am Main: Deutscher Klassiker Verlag 1985–2013, Bd. 24, S. 434–435.

53 Friedrich Schiller: Schillers Werke. Begründet von Julius Petersen, fortgeführt von Lieselotte Blumenthal und Benno v. Wiese. Hg. im Auftrag der Stiftung Weimarer Klassik und des Schiller-Nationalmuseums in Marbach von Norbert Oellers. Nationalausgabe. Bisl. 41 Bde., Weimar 1943–2006, Bd. 20, S. 464.

ger Romanprotagonistin *Lucinde* (1799). Friedrich von Hardenberg / Novalis (1772–1801) schreibt an Caroline Schlegel, verw. Böhmer, geb. Michaelis (1763–1809), der *Ardinghello* sei der »Milchbruder« von Schlegels Roman, anders als dieser jedoch nur »eine Lektüre nur für den Meistergrad in der Loge der Sittlichkeit«.[54] Die ›Milch‹, von der beide Romane zehren, dürfte ihre gemeinsame Liebessemantik sein: Beiden gilt die freie Liebe als Medium einer der menschlichen Primärerfahrung verborgenen Ur-Existenz. Dass für Schlegel diese Liebe jedoch nicht nur sinnlich, sondern auch geistig ist, wird durch den Bezug auf Heinses strenge Katholikin Lucinde deutlich. Novalis selbst wusste genau, wovon er sprach – nachgelassene Aufzeichnung weisen auch ihn als Besitzer des *Ardinghello* aus,[55] auf den er in privaten Notizen immer wieder Bezug nimmt.

Auch Ludwig Tiecks (1773–1853) *William Lovell* (1795 / 96) spielt durch Zitate auf Heinses *Ardinghello* an und konnotiert die schiere Sinnlichkeit, wie sie für den Romanhelden Italien verkörpert, als gefährlich. Entsprechend schreibt Tieck an Wilhelm Heinrich Wackenroder (1773–1798): »Liß doch den Ardinghello, wenn Du ihn bekommen kannst, es ist zwar alles sehr einseitig darinn, aber du wirst viele schöne Stellen finden, und man bekömmt auch in mancher Rücksicht neue Ideen« (ZZ 35).

Intensiv und Zeit seines Lebens positiv bezieht sich Friedrich Hölderlin (1770–1843) auf Heinses Roman. Die Elegie *Brod und Wein* (vollständiger Erstdruck 1884) ist an Heinse adressiert – die hier verwendete Wendung »Vater Äther« stammt aus dem metaphysischen Gespräch des *Ardinghello*, wo er eine beseelte Ur-Materie als gemeinsamen Ursprung der sinnlichen und geistigen Natur des Menschen bezeichnet. Hölderlin nutzt den Begriff für eine anvisierte Synthese von Heinseschem Panentheismus und christlicher Mysterienreligion. Immer wieder bezeichnet Hölderlin, der als Hofmeister der Familie Gontard 1797 etwa zwei Wochen zusammen mit Heinse verbringt – diesen als seinen »ehrlich Meister«.[56]

Literaturgeschichtliche Studien Friedrich Schlegels belegen eine schleichende Dekanonisierung von Heinses Roman – dies geschieht im Zuge der romantischen Grundlegung dessen, was später der Kanon der ›deutschen Klassik‹ werden sollte. Die Literaturgeschichtsschreibung des 19. Jahrhunderts greift diese Tendenz auf – am einflussreichsten Georg Gottfried Gervinus (1805–1871), der in der Fortsetzung der *Geschichte der poetischen National-Literatur der Deutschen* Heinses *Ardinghello* in Bausch und Bogen verdammt und dazu sowohl ästhetische als auch moralische Kriterien heranzieht.[57]

Wer sich jedoch kritisch gegenüber dem entstehenden ›klassizistischen‹ Klassiker-Kanon positioniert, für den ist Heinses Roman ein wichtiger Bezugspunkt. Insbesonde-

54 Novalis an Caroline von Schlegel, 27. Februar 1799. In: Novalis. Schriften. Die Werke Friedrich von Hardenbergs. Begr. v. Paul Kluckhohn und Richard H. Samuel, in Zusammenarbeit mit Hans-Joachim Mähl und Gerhard Schulz. Historisch-kritische Ausgabe in 4 Bdn. [...]. Stuttgart: Kohlhammer 1960–2006, Bd. 4, S. 278–280.

55 Ebd., S. 1034.

56 Friedrich Hölderlin: Sämtliche Werke. Stuttgarter Hölderlin-Ausgabe im Auftrag des Kultusministeriums Baden-Württemberg hg. von Friedrich Beißner, 8 Bde. Stuttgart: Cotta, Bd. 2 / 1, S. 252.

57 Georg Gottfried Gervinus: Neuere Geschichte der poetischen National-Literatur der Deutschen. Bd. 2. Von Goethe's Jugend bis zur Zeit der Befreiungskriege. Leipzig: Engelmann 1844, S. 13–14.

re im Jungen Deutschland, für das die Befreiung der Sinnlichkeit eine explizit politische Dimension besitzt, ist Heinse ein bedeutender Gewährsmann. Heinrich Heine (1797–1856) bezieht sich immer wieder auf ihn. Heinrich Laube (1806–1884) wird zum Herausgeber einer ersten Werkausgabe Heinses.[58] In den Literaturgeschichten im Umfeld von 1848 wird Heinses Inselrepublik emanzipatorisch gedeutet und in Zusammenhang mit Schillers Ästhetischem Staat gerückt. Dennoch ist ein Klassiker-Kanon als solcher noch kein hinreichender Grund für eine De-Kanonisierung Heinses. Werden etwa die Texte des jungen Goethe dessen Bestandteil, dann ist in der ersten Hälfte des 19. Jahrhunderts eine Integration Heinses noch möglich. Das zeigt sich etwa in den literaturgeschichtlichen Projekten Ludwig Tiecks oder im Jungen Deutschland. Ausgaben wie die der *Etui-Bibliothek der deutschen Classiker* von 1819 oder Auszüge in *Meyer's Groschenbibliothek der deutschen Classiker* von 1852 popularisieren Heinses Texte erheblich.

Kanonintegrierend wirkte insbesondere die Edition des Briefwerks Heinses,[59] die im frühen 19. Jahrhundert erfolgte. Mit zentralen Figuren seiner Zeit in Kontakt stehend, dabei stets um Anerkennung bemüht, zeigen die Briefe das Bild eines kunstbegeisterten, universell gebildeten Geistes, der sich in emphatischen Gemälde- und Naturbeschreibungen artikuliert. Heinse habe, so schreibt Clemens von Brentano (1778–1842) an Achim von Arnim (1781–1831) als Reaktion auf die Briefausgabe, »klassischer gelebt als gedichtet«.[60] Die Wirkung der Briefe überlagert bald diejenige des *Ardinghello* – von den übrigen Werken Heinses ganz zu schweigen.

Befeuert wird die Rezeption der Briefe durch einen in der breiten Öffentlichkeit ausgetragenen Streit zwischen dem Editor Wilhelm Körte (1776–1846), einem Neffen Gleims, und Friedrich Heinrich Jacobi. Hintergrund sind Befürchtungen Jacobis, Stellen in den Briefen gefährdeten seine gerade erworbene Stellung am bayerischen Hof. Ob diese Befürchtungen berechtigt waren, wissen wir nicht. Aber 30 Jahre später, im Jahr 1842, nimmt König Ludwig I. von Bayern (1786–1868) Heinse in die von ihm errichtete Ruhmeshalle Walhalla auf – als einen von »fünfzig rühmlichst ausgezeichneten Deutschen«.[61] Lassen Heinses Briefe ihren Autor als Bestandteil des Literatursystems seiner Zeit erscheinen, so bewirken seine Aufzeichnungen das Gegenteil. Ihre Existenz wird in der zweiten Hälfte des 19. Jahrhunderts ignoriert, 1911 werden sie durch Walther Brecht in Auszügen, 1924 in einer größeren Auswahl und erst 2003 vollständig ediert. Sie bestärken das Bild eines libertinären, an der Erotik interessierten Denkers, der in diesen Fragen vermutlich Zeit seines Lebens reiner Theoretiker blieb.

58 Wilhelm Heinse's sämmtliche Schriften. Hrsg. v. Heinrich Laube, 10 in 5 Bdn. Leipzig: Volckmar 1837–1838.

59 Vgl. Wilhelm Körte (Hg.): Briefe zwischen Gleim, Wilhelm Heinse und Johann von Müller. Aus Gleims litterarischem Nachlasse. 2 Bde. Zürich: Geßner 1806.

60 Clemens Brentano an Achim von Arnim, 18. März 1806. In: Clemens Brentano. Sämtliche Werke und Briefe. Historisch-kritische Ausgabe. Hg. v. Jürgen Behrens, J, Wolfgang Frühwald & Detlev Lüders, 32 Bde. Stuttgart u. a.: Kohlhammer 1975–1996, Bd. 31, S. 506.

61 Ludwig I. von Bayern: Walhalla's Genossen. Geschildert durch König Ludwig den Ersten von Bayern, den Gründer Walhalla's. München: Literarisch-artistische Anstalt 1842, S. V.

Als ein eben solcher wird Heinse für die ›klassische Moderne‹ interessant, für die er schließlich zum ›Klassiker jenseits der Klassik‹ wird. Heinses Werke finden zwischen 1902 und 1924 eine groß angelegte Gesamtausgabe im Insel-Verlag, verantwortet durch Carl Schüddekopf (1861–1917), den späteren Leiter des Goethe- und Schiller-Archivs. Bis heute ist sie die letzte Ausgabe von Heinses Werken. Maßgeblich für die moderne Faszination an Heinse ist Walther Brechts Stichwort des ›Ästhetischen Immoralismus‹, den, so Brecht, Heinse in der italienischen Renaissance entdecke, aufgreife und in die eigene Gegenwart transferiere. Die zeitgenössische Kritik nimmt die Ausgabe begeistert zur Kenntnis – wenngleich eingestanden wird, dass er für »Mädchenpensionate [...] keine Lektüre«[62] sei, gilt Heinse als Vorläufer des Ästhetizismus. Einer Zeit, die nach »Renaissance-Menschen oder Vollmenschen« suche und sich »jenseits von Gut und Böse zu stellen trachtet«, müsse Heinse eine »willkommene Persönlichkeit« sein, schreibt etwa Jakob Minor (1855–1912) in den *Göttingischen Gelehrten Anzeigen*.[63]

Der Briefwechsel zwischen Anton Kippenberg (1874–1950) und Carl Schüddekopf[64] erlaubt Rückschlüsse auf die Vermarktungsstrategie dieses für den jungen Insel-Verlag finanziell äußerst riskanten Unterfangens. Der Verlag wollte die Ausgabe sehr gezielt im Umfeld der Avantgarde positionieren, als deren Stammhaus er wahrgenommen wurde. Zentrales Marketinginstrument dazu ist der Insel-Almanach: Der »moderne Ästhetizismus, der in Schönheit leben will und deshalb l'art pour l'art preist«, besitze im *Ardinghello* ein »Ahnenbuch«,[65] schreibt etwa Wilhelm Weigand (1862–1949) im *Insel-Almanach auf das Jahr 1906*. Auch Bibliophile sind eine wichtige Zielgruppe für den Verlag, allen voran die *Zeitschrift für Bücherfreunde* (1897–1936). Aus den Briefen zwischen Kippenberg und Schüddekopf lässt sich auch die Auflagenhöhe der Ausgabe abschätzen – zwischen 1902 und 1916 werden durchschnittlich 400 Exemplare jährlich verkauft, der *Ardinghello* ist dabei das wichtigste Zugpferd; der Roman erlebt innerhalb der Werkausgabe noch drei weitere Neuauflagen, die ersten beiden mit 1000, die letzte mit 2000 Exemplaren. Auch in anderen Verlagen erscheint der *Ardinghello*, zuweilen in bibliophiler Ausstattung. Wenn auch kein finanzieller, so ist die Ausgabe publizistisch ein großer Erfolg.

Bereits im 19. Jahrhundert ist Heinse jenseits des konventionellen Kanons eine bekannte Bezugsgröße für nicht-konformistische Kunst. Vermittelt durch seinen Jugendfreund Richard Laube lernt Richard Wagner (1813–1883) Heinses Texte früh kennen; er erwähnt ihn immer wieder als Wegweiser und Vorbild. Friedrich Nietzsche (1844–1900) hat zumindest von ihm gehört.[66] Hugo von Hofmannsthal (1874–1929) ist ein äußerst interes-

62 F. Sandvoß: Wilhelm Heinse. In: Preußische Jahrbücher, Bd. 114, H. 2 (1903), S. 334–335, hier S. 334.

63 J. Minor: [Rezension zu: Wilhelm Heinse: Sämtliche Werke, Bd. 4 u. 5]. In: Göttingische Gelehrte Anzeigen, 165. Jahrgang Nr. 9 (1903), S. 736–739, hier S. 736.

64 Vgl. insbes. Goethe- und Schiller-Archiv Weimar (GSA) 50 / 3133; zu den Kontexten der Ausgabe vgl. auch GSA 50 / 45; GSA 50 / 49j; GSA 50 / 58,1–7.

65 W. Weigand: Glossen zum Neudruck des Ardinghello. In: Insel-Almanach auf das Jahr 1906. Leipzig: Insel 1906, S. 28–36, hier S. 36.

66 Es ist nachweisbar, dass Nietzsche im Zuge seiner literaturgeschichtlichen Studien nicht allein Kritisches, sondern auch Positives über Heinse gelesen haben muss. Vgl. Leonhard Herrmann: Begegnung

sierter Heinse-Leser, und auch Rudolf Borchardt (1877–1945) kannte ihn – insbesondere als begeisterten Italienreisenden und Landschaftsbeschreiber[67], möglicherweise aber auch, wie wir heute wissen, vor dem Hintergrund eigener Arbeiten an einem erotischen Roman.

Deutlich wird an der Rezeptionsgeschichte von Heinses *Ardinghello*: Die Literaturgeschichte erotischer Freiheiten verläuft alles andere als monodirektional. Zur Zeit seines Erscheinens stellte die Erotik in Heinses *Ardinghello* kein größeres Problem dar; in vielen Fällen war sie durch die mimetische Poetik der Spätaufklärung und deren Interesse an Sinnlichkeit und Leidenschaft gedeckt. Problematisch wird sie erst am Wechsel vom 18. zum 19. Jahrhundert, zum Skandalon in den 1830er Jahren, einem Zeitraum, in welchem vergleichsweise harmlose Romane wie *Wally, die Zweiflerin* (1835) des Heinse-Lesers Karl Gutzkow (1811–1878) geeignet waren, das politische System der Restaurationszeit ins Wanken zu bringen. Der Versuch, dieses System durch die Restriktionen der Sinnlichkeit zu legitimieren, kehrte sich dabei in ihr Gegenteil um: Allein die Andeutung freier Sinnlichkeit innerhalb eines fiktiven Romans war ein politisch revolutionärer Akt, da er das Bündnis von Thron und Altar infrage stellte. In diesem Sinne war Heinses Roman für Karl Gutzkow ein Vorläufer des eigenen, revolutionären Unterfangens und ein subversives Instrument, das die Strukturen der Repression unterläuft und aufzeigt. In diesem Sinne bezeichnet er Heinses Roman als eine »Blendlaterne des Ideenschmuggels«.[68] Und Heinrich Heine, der Heinses *Ardinghello* in einem dezidiert politischen Kontext liest, schreibt an seinen Vertrauten Johann Hermann Detmold (1807–1856): »Ich bitte Sie, wenn Sie etwa den ganzen Heinse gelesen haben schreiben Sie mir Ihre ganze Meinung über diesen Schrifftsteller. Er ist einer jener Dämonen, die ich vielleicht jetzt repräsentiere, zu denen auch Sie gehören, und die einst den Olymp stürmen werden.«[69]

im Kanon? Die ›Kulturen‹ Nietzsches und Heinse. In: Andreas Sommer (Hg.): Nietzsche – Ein Philosoph der Kultur(en)? Berlin / New York: de Gruyter 2008, S. 103–112.

67 Vgl. dazu Leonhard Herrmann: Ein Klassiker für die Moderne? Wilhelm Heinse bei Rudolf Borchardt und Hugo von Hofmannsthal. In: Dieter Burdorf / Thorsten Valk (Hg.): Rudolf Borchardt und die Klassik. Berlin / Boston: de Gruyter 2016, S. 101–120.

68 Karl Gutzkow: Der deutsche Roman. In: Phönix. Frühlings-Zeitung für Deutschland. Nr. 72 (1835), S. 285–287, hier S. 285.

69 Heinrich Heine an Johann Hermann Detmold, 15. Februar 1828. In: Heinrich Heine: Werke, Briefwechsel, Lebenszeugnisse. Säkularausgabe, 27 Bde. Berlin: Akademie-Verl. 1970–2001, Bd. 20, S. 319.

Vierte Idylle: *Die Brautnacht*
Ein Beitrag zur Rezeptionsgeschichte von Vossens *Luise* (1795)

Sven Hanuschek

1.

Johann Heinrich Voß (1751–1826) muss hier nicht vorgestellt werden, der Hainbündler, Aufklärer, *Ilias*- und *Odyssee*-Übersetzer ist ein kanonischer Autor, Philologe, Polemiker, Übersetzer auch zahlreicher anderer griechischer und lateinischer Klassiker, selbst Lyriker, Dichter von Liedern und Idyllen, als Gesamterscheinung hat ihn in letzter Zeit Kerstin Gräfin von Stein porträtiert.[1] Sein neben den Homer-Übersetzungen populärstes Werk war *Luise. Ein ländliches Gedicht in drei Idyllen*, als Buch zuerst 1795 publiziert und für spätere Auflagen noch geringfügig überarbeitet. Vorausgegangen waren Veröffentlichungen der einzelnen Idyllen in Voß‘ *Musenalmanachen*, (1783 / 84), und eine Gesamtveröffentlichung in Christoph Martin Wielands (1733–1813) *Teutschem Merkur* (1784). Diesem Epos gilt der folgende Beitrag, bzw. dem Fund einer vierten – pornographischen – Idylle in der Wienbibliothek. Ich werde skizzieren, inwiefern die Existenz eines solchen Textes von einem Autor, der Theologie und Philologie studiert hat, nicht so unwahrscheinlich ist, wie es zunächst klingen mag (2.); ich stelle den Text kurz vor, was dann zu einigen Fragen und Zweifeln führt (3.); schließlich will ich Mutmaßungen darüber anstellen, warum dieser Text, der angeblich aus dem Jahr 1796 stammt, erst 1946 gedruckt worden ist – der am stärksten buchwissenschaftliche Teil des Beitrags (4.); abschließend will ich noch eine wenn auch hypothetische Antwort darauf geben, warum ein solcher Text überhaupt existieren mag (5.).

2.

Luise ist ein Erfolgsbuch vor allem des 19. Jahrhunderts, ohne das Goethes Epos *Hermann und Dorothea* (1797), wohl noch ein bisschen populärer, nicht vorstellbar gewesen wäre.[2] Nach der ersten Buchausgabe 1795 erlebte Voß‘ Text zahllose verschiedene Auflagen, Raubdrucke, er wurde von Daniel Chodowiecki (1726–1801) illustriert, danach biedermeierlich von Paul Thumann (1834–1908), nach ihm von vielen anderen. 1859 ist das Epos in Hempels Klassikerausgaben gelandet, 1868 in Reclams Universalbibliothek, es gibt Goldschnitt-, Diamant-, großformatige Pracht-Ausgaben ebenso wie Billigausgaben,

1 Vgl. Kerstin Gräfin von Schwerin: Johann Heinrich Voß. Hannover: Wehrhahn 2013 (= Meteore; 13).

2 Goethe schrieb an Schiller (28.2.1798), er sei durch *Luise* »in diese Gattung gelockt« worden, zit. n. Gräfin von Schwerin: Voß (Anm. 1), S. 93. Schiller ist noch weiter gegangen und hat seine Tochter (1799–1850) nach Voß‘ Epos Luise genannt (ebd., S. 114).

Bearbeitungen für die Schule und zahllose Nachahmungen.[3] Illustrationen und einzelne Verse erschienen auf Stammbuchblättern und in Almanachen, *Luise* wurde zum beliebten Geschenk an »Konfirmandinnen und Verlobungspaare[.]«.[4] Das Hexameter-Epos feierte »Ideale wie die christliche, harmonische, patriarchalische Familie, bürgerliche Tugenden und häusliche Beschaulichkeit«;[5] zudem gefeiert wurden die »zentralen und glücklichsten Stationen des idealen Lebenszyklus der Frauen jener Zeit [...]: Verlobung, Hochzeit, die gute Ehe und Verheiratung des geliebten Kindes«.[6]

Die erste Idylle, *Ein Fest im Walde*, erzählt vom Geburtstag Luises. Ihr Vater, der beharrlich als weißhaariger »Greis« bezeichnet wird, ist der »Pfarrer von Grünau«; ihm zur Seite steht die ehrbare Hausfrau, Luises Mutter. Luise wünscht sich ein Picknick im Wald, an einem Flüsschen, auch der Knecht fährt mit, und Luises Verlobter Walter, seinerseits Kandidat der Theologie. Der Ausflug wird detailliert beschrieben, wir erfahren genau, was gegessen wird und dass die Mutter die Löffel vergessen hat. Die zweite Idylle, *Der Besuch*, erzählt von einem morgendlichen Besuch Walters, inzwischen Pfarrer in einem Nachbardorf, bei seiner künftigen Schwiegerfamilie, während Luise noch schläft und erst in den letzten Versen, überrascht, hinzukommt; in der dritten, *Die Vermählung*, geht es um die Trauung, die der Vater, entzückt von der Anprobe des Brautkleids durch seine Tochter, schon am Vorabend des eigentlichen Termins vor den wenigen anwesenden Gästen im Wohnzimmer vollzieht. Die Idylle endet damit, dass die »gute, verständige Hausfrau« das Brautbett zurechtmacht,[7] nun auch einen Tag früher als gedacht.

Den Romantikern galt *Luise* als philiströses, pedantisches, biederes Werk; Günter Häntzschel hat darauf hingewiesen, dass es sich keineswegs um ein *Abbild* handelt, sondern, der Gattung der Idylle entsprechend, um ein »Wunschbild gegenüber der als schlecht und inhuman empfundenen Wirklichkeit«.[8] Der Horizont ist mitnichten so eng, wie es scheint, der Vater ist ein aufgeklärter, auch weltoffener Protestant, er beruft sich auf Moses, Petrus, Jesus, aber auch auf Homer, Sokrates, Konfuzius, Zoroaster, aus jüngerer Zeit auf Franklin und Washington. Anlässlich eines türkischen Pfeifenrohrs aus Rosenholz, das er geschenkt bekommt, ruft er gar »Bei Muhamet!« aus und denkt an den geläuterten »Muslim«, der im »Rosenhain der Huri«[9] an einer paradiesischen Quelle lagert, wenn auch hier etwas scherzhaft. (Voß belehrt in seinen Erläuterungen die Leser, dass es »Muslim« hei-

3 Vgl. Günter Häntzschel: Idyllisch-bürgerliche Epen homerischer Provenienz. In: Heinz Ludwig Arnold (Hg.): Homer und die deutsche Literatur. München: ed. text + kritik im Richard-Boorberg-Verl. 2010 (= Text + Kritik; 2010), S. 198–207, hier S. 200.

4 Christina Prauss: Werkverzeichnis Johann Heinrich Voß. In: Elmar Mittler / Inka Tappenbeck (Hg.): Johann Heinrich Voß. 1751-1826. Idylle, Polemik und Wohllaut. Göttingen: Niedersächsische Staats- und Univ.-Bibliothek 2001 (= Göttinger Bibliotheksschriften; 18), S. 9–127, hier S. 37.

5 Ebd.

6 Ebd., S. 38. – Speziell zur Rezeption im 19. Jahrhundert vgl. Heidi Ritter: Resonanz und Popularität der *Luise* im 19. Jahrhundert. In: Andrea Rudolph (Hg.): Johann Heinrich Voß. Kulturräume in Dichtung und Wirkung. Dettelbach 1999, S. 215–236.

7 Johann Heinrich Voß: Luise. Ein ländliches Gedicht in drei Idyllen. In: J. H. V.: Poetische Werke in fünf Theilen. Erster Theil: Luise, ein ländliches Gedicht. Berlin 1859, hier S. 99.

8 Häntzschel: Idyllisch-bürgerliche Epen (wie Anm. 3), S. 199.

9 Voß: Luise (wie Anm. 7), S. 41.

ßen muss und »Muselmann« eine verderbte Fassung sei.[10]) Voß' erträumter Landpfarrer und die Seinen haben nicht in erster Linie mit dem Ausmalen konkreter Details im Leben dieser Figuren zu tun, sondern mindestens ebenso sehr mit »sozialkritische[n] Utopien«[11] – ein derart unentfremdetes und auch freies Leben, wie es hier vorgeführt wird, soll jeder führen können. ‚Realistisch' wirkt das Epos nicht nur durch den Reichtum von Alltagsdetails, sondern auch durch angedeutete Einschränkungen und Verluste: Natürlich hat der Pfarrer eine Dienstherrin, eine Gräfin, die bereits Witwe ist und mitsamt ihrer Tochter zudem eine enge Familienfreundin; und Luise ist das einzige Kind, weil die andern im »blumigen Grabe« liegen.[12]

Das heißt natürlich nicht, dass ein Großteil des Erfolgs gerade von der ausgemalten behaglich-eingezogenen Idylle, allein wortwörtlich genommen, herrühren mochte; der beschwingte, durchweg scherzhafte Umgangston der Figuren untereinander mag auch eine große Rolle gespielt haben, er nimmt den pedantischen Details entschieden die Schwere und auch Spießigkeit: die »Mama« ist vergesslich und wird entsprechend aufgezogen (die Löffel), die Braut fragt den Knecht neckisch, ob nicht er sie freien wolle, und verschläft die Ankunft des Bräutigams.[13] Und dann gibt es in diesem Epos erotische Elemente, durchaus subtil, ähnlich entspannt wie der scherzhafte Umgangston, aber doch nicht zu übersehen. Vater und Tochter gehen *sehr* zärtlich miteinander um: »es küßt ihn umarmend die rosenwangige Tochter; / Dann an die Wang' ihm geschmiegt, liebkoste sie. Aber mit Inbrunst / Herzte der Greis sein freundliches Kind, auf dem Schooße sie wiegend.«[14] Das geht über das zeitübliche Maß schon hinaus, und der »Greis« ist Vater einer Achtzehnjährigen, dürfte also die Fünfzig kaum überschritten haben (Voß selbst war bei Erscheinen des Buchs 44, seine ‚gute verständige Hausfrau' 39; der älteste Sohn, schon im Kindesalter verstorben, hätte in etwa Luises Alter gehabt). Auf dem Waldspaziergang mit ihrem Bräutigam muss Luise über einen Zaun klettern, »daß enthüllet die Zwickelblume hervorschien«,[15] sie ordnet ihr Gewand danach »schnell«, auf derselben Seite kommen dann gleich der Storch und die Bienen, sie möchte nach großmächtigen Erdbeeren suchen und wird von ihrem Jüngling geküsst. Sie lächelt und errötet, bricht ein »unscheinbares Blümchen«, bis sie ein Junge zu den Erdbeeren ruft, »röther als Scharlach«, woraufhin Walter und Luise »kamen und sahn die geschwollenen Beeren«.[16] Am Ende der zweiten Idylle, als Luise nun doch endlich wach ist und hinunter zu ihrem Bräutigam springen will, rügt sie ihre Mutter: »Zum Bräutigam geht man ehrbar, / So wars Sitte vordem […] Schwärmerin, willst du

10 Johann Heinrich Voß: Anmerkungen zur Luise. In: J. H. V. (Hg.): Poetische Werke. Dritter Theil. Lieder. Nebst einer Biographie des Dichters und Anmerkungen zur Luise, zu den Idyllen und Liedern. Berlin 1859, S. 73–79, hier S. 76.

11 Häntzschel: Idyllisch-bürgerliche Epen (wie Anm. 3), S. 200.

12 Voß: Luise (wie Anm. 7), S. 67.

13 Vgl. Günter Oesterle: Idylle und Schwank. Eine ungewöhnliche Konstellation in Eduard Mörikes *Idylle vom Bodensee*. In: Carsten Jakobi / Christine Waldschmidt (Hg.): Witz und Wirklichkeit. Komik als Form ästhetischer Weltaneignung. Bielefeld: transcript 2015 (= Mainzer historische Kulturwissenschaften; 23), S. 275–292, hier S. 280 f.

14 Voß: Luise (wie Anm. 7), S. 3.

15 Ebd., S. 6.

16 Ebd., S. 7.

auf Socken hinabgeh'n? Ziehe die Schuh' an! / Und wie das Halstuch hängt! Ei, schäme dich, garstige Dirne!« »[L]ieblich erröthend« ordnet Luise daraufhin »die Umhüllung des schön aufwallenden Busens«, richtet ihr Haar und zieht sich Schuhe an;[17] wie viel oder wenig sie anhatte, bleibt weitgehend der Phantasie der Leserinnen und Leser überlassen. Der Bräutigam gibt ihr einen »langen und bebenden Kuß«,[18] überwältigt von der Schönheit seiner Braut im Brautkleid. Am Ende der dritten Idylle, wie schon angedeutet, macht die Brautmutter dem Brautpaar das Bett, das »köstliche Bettzeug«[19] wird wie das Möbel selbst eingehend beschrieben, auch der Bräutigams-Schlafrock (samt Mütze und Pantoffeln, hier sind wir doch wieder bei den Philistern). Allerdings denkt die Mutter, als sie fertig ist, »des schicksalkeimenden Abends«, als sie ihren eigenen Namen auf ihrer Hochzeit verloren hat, legt dem Bräutigam die Hand auf die Schulter und flüstert ihm zu: »Jetzt, mein Sohn, nach Belieben; das Brautbett haben wir fertig.«[20] Ich will das hier abbrechen, es lassen sich viele weitere Details dieser Art finden; es dürfte klar geworden sein, dass diese erotische Unterströmung auch ihren Teil am Erfolg des Epos hatte.

Von der feministischen Forschung ist darauf hingewiesen worden, dass »Sinnlichkeit« für die Zeit um 1800 wichtig war, die Frau ist »für das körperliche Wohlbefinden des Mannes, für Essen, Behaglichkeit und Pflege zuständig«; die Erotik ist für sie nicht mehr ‚ziemlich', daher wird die Tochter »nicht selten Objekt des mehr oder weniger unbewußten erotischen Begehrens des Vaters«.[21] Genau das spielt sich auch in der *Luise* ab; Mutter und Bräutigam haben nur Nebenrollen, die erotische Tochter und ihre Nähe zum Vater nehmen weit mehr Raum ein. Helga Kraft hat darauf hingewiesen,[22] dass in der Frage der wirklichen Macht der Patriarch den Kürzeren zieht. »Wohl vorstehen dem Hause? Der Mann soll's, aber das Weib thut's!«,[23] belehrt Luises Mutter ihre Tochter, sie bringt ihr sozusagen bei, wie man hinterrücks seinen eigenen Willen durchsetzt. Der »Pfarrer von Grünau« hat nur eine »Scheinherrschaft«,[24] weiß das auch und verwendet das Wort ausdrücklich gegen seine Frau; wenigstens die solle ihm doch gegönnt werden. Auch seine humanistischen Ansprachen werden von den Frauen kaum angehört, eher durch Alltagsverrichtungen unterbrochen. Er verharrt unglaublich statisch auf seinen vier Buchstaben, während sie um ihn herumwirbeln, das Fenster aufmachen, die Pfeife anzünden, das Waschwasser eingießen. Die Tochter ist für eine (nur voyeuristische) Erotik da, die Mutter für die Versorgung – Kraft deutet in ihrer biographistischen Lesart an, der Autor habe sich selbst in dem Vater gesehen (tatsächlich verlangt der Vater an einer Stelle, ein Lied von »Unser[em] Gast von Eutin« zu singen, die Ehefrau Ernestine ist explizit genannt![25]),

17 Ebd., S. 54.

18 Ebd., S. 65.

19 Ebd., S. 97.

20 Ebd., S. 99.

21 Helga Kraft: Idylle mit kleinen Fehlern. Zwei Frauen brauch ich, ach, in meinem Haus. *Luise* von Voß und *Stella* von Goethe. In: Helga Kraft / Elke Liebs (Hg.): Mütter – Töchter – Frauen. Weiblichkeitsbilder in der Literatur. Stuttgart, Weimar: Metzler 1993, S. 73–89, hier S. 73 f.

22 Vgl. ebd., S. 78.

23 Voß: Luise (wie Anm. 7), S. 83.

24 Ebd., S. 84.

25 Ebd., S. 18.

und er habe sich in eine Nichte von Gleim verliebt, die Luise hieß. Krafts etwas – wohl *zu* – düstere Zusammenfassung:

> Eine Idylle, in der keiner so recht gewinnt. Der Mann erscheint impotent, voll unerfüllter, lüsterner Wünsche und ist nur scheinbar Herrscher; das junge Mädchen dient als Liebesobjekt; die alte Hausfrau, ihrer Sexualität beraubt, wird zum Arbeitstier.[26]

Nun hat Johann Heinrich Voß tatsächlich Gedichte geschrieben, die die zeitüblichen Schamgrenzen gesprengt haben; es gibt ein skatologisches Gedicht, *Schwergereimte Ode an einen Dukaten Scheisser*, das als echt gilt und wohl ein Studentenscherz ist, gedruckt erst 1997 im Lichtenberg-Jahrbuch; ein Fund von Ulrich Joost:

> Heil dir Fortunens Sohn, Dukaten Scheisser!
> Dein helles Arschlitz deckt mit goldner Cron
> Regenten Häupter, hochgelahrte Possenreisser
> Mit Gold Pränumeration.
>
> Wie herrlich strahlt dein goldbedecktes Scheishaus!
> In dick und dünn matscht dort der Goldwardein.
> Du sprudelst Fürsten Köpf' als goldnes Arschgeschmeiß aus,
> Nur ist das Gold nicht immer rein.[27]

Außerdem soll Voß sich an Priapea des Göttinger Hain beteiligt haben: Drei priapische Oden sind mehrfach gedruckt worden, nach 1784, angeblich das Ergebnis eines Dichterstreits zwischen Bürger (1747–1797), Stolberg (1750–1819) und Voß; Stolberg soll der Gewinner gewesen sein. Voß' Beitrag, *An Priap*, würde sich auch noch in dieser Gattung durch seine aufklärerische Haltung auszeichnen:

> Zufrieden und entfernt vom Neide,
> Seh ich in meinem schlechten Kleide,
> Die Pracht der großen Herren an,
> Weil der, der auf dem Throne sitzet,
> Wenn er den Saamen von sich sprützet,
> Nicht mehr als ich, empfinden kann.[28]

Allerdings handelt es sich hier um eine Fälschung; die Texte des Bändchens weisen zwar stilistische Anklänge an die angeblichen Autoren auf, es geht aber wohl um einen parodistischen Zugriff auf Autoren des Hainbundes, die selbst nicht zimperlich gewesen sind, wenn man an ihren Umgang mit dem Werk Christoph Martin Wielands denkt.[29]

---

26 Kraft: Idylle (wie Anm. 21), S. 85.

27 Es folgen noch neun weitere Strophen. Johann Heinrich Voß: Schwergereimte Ode an einen Dukaten Scheisser. Mitgeteilt von Ulrich Joost. In: Lichtenberg-Jahrbuch 1997, S. 232–241, hier S. 232.

28 Priapische Oden. Ein Erotikon um 1800. Berlin: hochroth Verlag 2013, S. 11.

29 Detailliert zu diesem Bändchen Ulrich Joost: Jünglinge im (unedlen) Wettstreit, oder: Der Mythos von den *Phantasien in drei priapischen Oden*. Eine Ermittlung. In: Bodo Plachta (Hg.): Literarische

3.

Nach diesem Spektrum kann es nicht wirklich überraschen, dass es eine *Vierte Idylle* der *Luise* gibt, die nun explizit die *Brautnacht* ausmalt und auch so heißt: *Luise. Ein ländliches Gedicht in vier Idyllen von Johann Heinrich Voss. Vierte Idylle. Die Brautnacht. 1796/1946 Wien*. Zwei Gesänge, vom Umfang her – knapp 40 Druckseiten – der dritten Idylle vergleichbar; sie schließen direkt ans Ende der dritten Idylle an: Walter und Luise gehen, eng aneinandergepresst, ins Schlafzimmer, dessen Vorbereitung ja zuvor geschildert worden ist. Auch Walter ist ‚unschuldig', aber nicht ahnungslos: Es wird mitgeteilt, was er alles gelesen hat seit der Antike, »vor allem die Schriften der geilen / Alten, die trefflich uns schildern die Lieb' zwischen Männern und Weibern«,[30] von der Bibel bis zu Aretino und den Gesprächen der Sigaea. Es wird detailliert beschrieben, wie er Luise auszieht, die sich sträubt, wie er sie zur Erfüllung der ehelichen Pflichten auffordert und sich der »edle[.] bescheidene[.] Jüngling« nun »plötzlich / So zum frechen, wollustheischenden Faun ward gewandelt«.[31] Wie in den ersten Idyllen führt auch dieser Pfarrer ständig einschlägige Sätze der Bibel im Munde, zum Teil dieselben (»Liebt, Kindlein, liebt euch einander [...] Seid fruchtbar und mehrt euch!«[32]), der Bräutigam wird dafür mit deutlichem Vergnügen des Verfassers immer wieder als »wollüstiger Pfarrer von Seldorf« bezeichnet.[33] Die Entjungferung wird gewissermaßen in Zeitlupe beschrieben, haarklein in die Anatomie hinein, wie sich der Mann die Frau zurechtlegt, schließlich: »Jetzt mit kräftigem Stoß begann er die Eichel / Zwischen die zuckenden Lippen der Muschel zu zwängen. Ganz langsam / Bohrte das stählerne Glied sich in die jungfräuliche Scheide, / Laut schrie die Jungfrau vor Schmerz. Ein weiterer Stoß war die Antwort, / Die statt des Herrn ihr das unerbittliche Werkzeug erteilte.«[34] Das geht so über Seiten, bis Luise ohnmächtig wird; Ende des ersten Gesangs: »Die wogenden Brüste allein nur / Zeigten von Leben. Doch Walter, den Becher der göttlichen Wollust / Leerend bis auf den Grund, erhob sich vom Leibe des Weibes / Erst, als sein Glied erschlafft aus der blutenden Scheide geschlüpft war«.[35]

Der zweite Gesang beginnt mit einem Scherz, als Walter sich neben Luise niederlegen will, fährt er mit einem Aufschrei hoch: die »gute verständige Hausfrau« hat ihm ein Hochzeitsgeschenk, »das Buch von Garten- und Baumzucht«, »schalkhaft« aufs Nachtkästchen gelegt,[36] ein Hausbuch, das im Eifer des Gefechts heruntergefallen ist und auf seiner Matratze liegt: tatsächlich ein Detail aus dem dritten Idyll, »[a]ufgeklappt«, »zur Belustigung«[37]. Nachdem Luise der erste Beischlaf vor allem Schmerz zugefügt hat, wird ein zweiter beschrieben, ebenso detailliert, an dem sie nun zunehmend Vergnügen findet,

Zusammenarbeit. Tübingen: Niemeyer 2001, S. 49–100.

30 Luise. Ein ländliches Gedicht in vier Idyllen von Johann Heinrich Voß. Vierte Idylle. Die Brautnacht. Hg. F. B. 1796/1946 Wien [Erstmaliger Druck nach der Handschrift des Dichters in hundert gezählten Exemplaren. Dieses ist Nr. 70], S. 9.

31 Ebd., S. 13.

32 Ebd., S. 14.

33 Ebd.

34 Ebd., S. 22.

35 Ebd., S. 23.

36 Ebd., S. 24.

37 Voß: Luise (wie Anm. 7), S. 98.

bis endlich beide ganz enthemmt sind: »Sie wälzten / Sich, die nackenden Körper auf vielerlei Weise verschlingend, Trunken vor üppigster Sinnlichkeit auf dem schwellenden Bett und / Trieben, von tollen Begierden gestachelt, die wildeste Unzucht. / Ihre entzündeten Zeugungsglieder vereinigten sie von / Vorn und von hinten in den verschiedensten Stellungen.«[38] Am Ende steht der gemeinsame Orgasmus.[39] Die beiden schlafen ein, das ‚abgeschaltete' Bewusstsein ist mit Querstrichen über die ganze Satzbreite markiert, bekannt aus Arthur Schnitzlers *Reigen* (1903), nicht aus Texten um 1800. Die letzten zwei Seiten schildern das Erwachen: Der Bräutigam zieht seinen beblümten Schlafrock an und verlässt das Zimmer, die Hausfrau kommt wieder, um ihre Tochter zu wecken wie am Ende der zweiten Idylle – nun nach der Hochzeitsnacht, sie mustert das zerwühlte Bett und kommentiert kenntnisreich, was sie sieht.

So viel als Vorstellung des Textes; der Druck im Quartformat stammt von 1946 und enthält einen vierseitigen Herausgeberbericht: Nachdem Voß »gewohnt war, *kleinste* Vorgänge mit jener hingebenden *Ausführlichkeit* zu schildern wie er sie im Homer gefunden hatte«, habe er in der *Brautnacht* den »Schleier, mit welchem die Idealisierungssucht das *Leben* vernebelt, abgeworfen« und durch ein »*naturtreues* Bild ersetzt«.[40] Nach der Vollendung sei der 45-Jährige am 6. Dezember 1796 ohnmächtig in einen neuntägigen Schlummer gesunken. Der Herausgeber, »F. B.«, habe »vor vierzig Jahren«, also 1906, in Halberstadt im »Gleimschen Freundschaftstempel« die streng sekretierte »Reinschrift des Dichters« abgeschrieben (das Gleimhaus mit seinen Handschriftensammlungen gibt es bis heute). Der Druck gebe »wortgetreu, nur in erneuerter Orthographie« diese Reinschrift wieder. Am Ende des Drucks habe der Herausgeber eine »Übersicht über die stehenden Verse« beigefügt,[41] tatsächlich findet sich dort eine Liste, in der zeilengenau Voß-Verse aus anderen Werken – der *Luise*, anderen Idyllen, der Theokrit-Übersetzung – nachgewiesen werden.[42]

4.

Damit wird aber klar, was schon länger zu vermuten war: Wie die hainbündlerischen Priapea ist dieser Text eine – in Teilen gut gemachte – Fälschung, ein Fake. Einige Figuren aus der echten *Luise* werden übernommen, der Pfarrer von Seldorf, Luise selber, ihre Mutter; allerdings heißt der Pfarrer mal Walter, wie bei Voß, und mal Ludwig, Luise schreit ihn mit diesem Namen an.[43] Die Voß-Camouflage wird durch die einmontierten Verse und Halbverse erreicht; auf die ersten 100 Verse der *Brautnacht* kommen 27 Verse oder Halb-

38 Voß / F.B.: Brautnacht (wie Anm. 30), S. 32.

39 Vgl. ebd., S. 38: »Laut girrte die Gattin, / Seufzend und zitternd in ungeduldiger Geilheit, bis ihre / Muschel mit glühendem Taue das Mannsglied beströmte. Nicht lange / Ließest die Gattin du warten, ehrwürdiger Pfarrer von Seldorf; reichlich die Wonnen vergeltend, die dir die Begattung bereitet, / Spritzte reichlichen Samen dein Schlauch in die Spalte des Weibes, / Daß es vor Wollust sich wand und stöhnte in süßer Entzückung.«

40 F.B.: [Herausgeber-Bericht, o. T.]. In: Voß / F.B.: Brautnacht (wie Anm. 30), S. 3–6, hier S. 5.

41 Ebd., S. 6.

42 Vgl. ebd., S. 41–43.

43 Sein vollständiger Name, bei Voß einmal genannt, ist »Arnold Ludewig Walter«, Voß: Luise (wie Anm. 7), S. 69.

verse, die tatsächlich von Voß stammen und die natürlich unverfängliche Details bieten – aus »Draußen in luftiger Kühle der zwei breitlaubigen Linden« wird hier »Draußen in luftiger Kühle der minder erhelleten Hausflur«. Die Hexameter werden einigermaßen gehalten, die zahlreichen Bibelzitate fortgeführt, auch sie z. T. übernommen. Komplexer ist es mit der patriarchalen Haltung; dass die angeblich so traditionelle Familienkonstellation bei Voß sehr brüchig ist, wurde angedeutet, der Herr im Haus ist im Original mitnichten der Patriarch. Das ist im vierten Idyll nicht der Fall: Der junge Pfarrer wird nicht müde zu sagen, nach der Trauung »gehöret dein Leib nicht / Dir mehr allein; er wird Besitztum des Mannes, der seiner / Sich nach Belieben bedient«,[44] »dies Röslein gehöret nun mir, wie dein übriger Körper«[45] usf.

Nicht nur dieser zeittypische Rückschritt verrät die Fälschung schnell. Wenn man den Text genauer und vor allem vollständig liest, kommen sofort weitere Fragen auf; es gibt Teile, die bei aller großenteils gelungenen Mimikry schlechterdings nicht von Voß stammen können. Am Auffälligsten ist der penetrant sadistische, auch flagellantische Zug des Gedichts; es gibt zwei längere Beschreibungen sadistischer Phantasien des Pfarrers von Seldorf, eine davon trägt er seiner Braut vor als angeblich fremde Sitten, die zeigen sollen, wie christlich und zugewandt doch seine eigenen seien.[46] In einer Passage legt der Bräutigam tatsächlich Luise übers Knie und versohlt sie,[47] auch schon die Entjungferung selbst ist mit dezidiert sadistischem Blick beschrieben.[48] Es gibt auch einzelne Worte, die eher nach den frühen vierziger Jahren klingen als nach 1796; »stählern« ist zwar vereinzelt schon seit Luther nachgewiesen, ist aber doch vor allem ein typisches NS-Wort (Voß hätte eher »eisern« verwendet); und dass der christliche Geist den Mann »aus der Entartung« heraushebt[49] – gemeint: aus der ‚Entartung' der anderen Völker und ihrer Hochzeitssitten –, hat nun gerade gar nichts mit einer aufklärerischen Haltung zu tun, ich erinnere an die weltoffenen Kronzeugen, die Voß seinen Pfarrer von Grünau aufzählen lässt. Schließlich ist der Herausgeber »F. B.« zu stolz auf sein Werk, um die Fiktion auch in den Nebentexten seines Privatdrucks aufrechterhalten zu können – er hängt eine Liste der originalen Voß-Verse bzw. Teil-Verse an.

Wer war »F.B.«? Auf der Bibliothekskarte und in einem Aufsatz von Andreas Brunner im Katalog zum 150. Bestehen der Wienbibliothek im Rathaus wird das Geheimnis gelüftet; es handelt sich um den Sammler Felix Batsy (1877–1952), dessen Spezialsammlung erst 1979 nach dem Ableben seiner Witwe an die Bibliothek ging. Interessant ist die Sammlung besonders aus sozial- und verlagsgeschichtlichen Gründen, Batsys eigenen ‚Werken' wurde kaum Beachtung geschenkt, handelt es sich doch um Privatdrucke mit den immergleichen Obsessionen. Brunner bezeichnet zwar die *Luise. Brautnacht*-Idylle ein bisschen spöttisch als »Opus Magnum« von Batsy, stellt es aber nur einen Absatz lang vor; außerdem hat

44 Voß / F.B.: Brautnacht (wie Anm. 30), S. 11, ähnlich S. 18.
45 Ebd., S. 21.
46 Vgl. ebd., S. 28, vgl. auch S. 34.
47 Vgl. ebd., S. 37 (»Erst ganz sanft nur, doch kräftiger bald in erwachender Geilheit, / Klatschte der Frau auf den Hintern der edle bescheidene Jüngling«).
48 Vgl. ebd., S. 10 (»Walter als Priester / [sollte sie] Schlachten mit grausamem Speere«).
49 Vgl. ebd., S. 29.

Batsy noch unter dem Anagramm Bixy Taelfs die psychologischen Novellen *Jungfrauen* (1942) drucken lassen, ein Bändchen mit Sonetten über den Verlust der Jungfernschaft, einen 16-seitigen Gedichtzyklus mit dem Thema *Brautnacht* (1944); im Nachlass gibt es außerdem nicht erotische Jugendgedichte und ein Blankversdrama *Vercingetorix*. Alle Erotica sind Brunner zufolge flagellantisch ‚dominiert'.

Felix Batsy ist 1877 in Wien geboren und im Januar 1952 auch dort gestorben; bis 1930 war er Bezirkshauptmann der Wiener Neustadt, die Jahre bis 1938 sind nicht belegt; ab 1939 wird er als »wirklicher Hofrat i. R.« tituliert. Sein eigentliches Lebenswerk ist die Sammlung: Allgemeine, juridische, Wiener Literatur und eine umfangreiche Erotica-Sammlung. Batsy hat einen handschriftlichen Katalog seiner Bibliothek geführt, der bis zur Nummer 2000 auch erhalten ist. Ein großer Teil der sexual- und pseudowissenschaftlichen Werke, der Pornographica (darunter zahlreiche Privatdrucke) der Wienbibliothek stammen aus Batsys Sammlung, die damit einen ähnlichen Stellenwert für die ersten Jahrzehnte des 20. Jahrhunderts innehat wie die Krenner-Sammlung der Bayerischen Staatsbibliothek für die Zeit um 1800. Spezialbestände gibt es zum Flagellantismus, nicht weiter überraschend, und zum Rhein-Verlag, schon eher überraschend, der erste deutschsprachige *Ulysses*-Verlag. Batsy hat eine Reihe von Verlagsprospekten aufgehoben (Anakreon-Verlag, Regina-Verlag, Eos-Verlag), die entsprechend der Sammlung Fotos und »freigeistige Herrenlektüre« vertrieben,[50] mit einem der Verleger gibt es auch eine Korrespondenz. Seine Materialsammlung zur Sittengeschichte hat er Brunner zufolge selbst strukturiert nach »1. Ehe – Ehebruch – Verführung – Vaterschaft – Sterilisation – Verjüngung – Curiosa«, »2. Juden – Rassenschande – Ehrvergessene Frauen / 3. Mädchenhandel / 4. Nacktkultur / 5. Sadismus – Flagellantismus / 6. Sittlichkeitsdelikte«.[51] Man weiß sehr wenig über Batsy, kann auch seine politische Haltung nicht ernsthaft benennen; er hat Bücher prominenter Nationalsozialisten ebenso gesammelt wie verbotene Bücher von Bertolt Brecht und Karl Kraus. Seine Fälscher-Leidenschaft, zu der die *Luise* ja gehört, ging so weit, dass er zeitweilig in einem Internationalen Korrespondenzzirkel Mitglied war und dort eine Reihe von Inseraten aufgegeben hat: »Junge Dame, elegant und sehr anpassungsfähig sucht anregende Korr. mit wirklichem Herrn oder gleichgesinnter Dame«[52] – ein klarer Code; es gab auch schon vor dem Internet Möglichkeiten, sich andere Identitäten, Geschlechtsidentitäten aufzubauen. Batsy hat tatsächlich einige, z. T. umfangreiche Korrespondenzen erotischen, meist sadomasochistischen Inhalts mit jungen Frauen und mit Männern geführt, Brunner vermutet, um Einblicke in die »sexuelle Fantasiewelt seiner Korrespondenzpartner« zu erlangen.[53]

50 Ebd., S. 161.
51 Ebd., S. 167.
52 Ebd., S. 168.
53 Ebd.

5.

Es scheint also, als hätte der pensionierte Beamte Felix Batsy ohne Einschränkungen während Diktatur- und Kriegsjahren seine Sammelleidenschaft weiter betrieben. Die Frage, warum es einen solchen Text wie die vierte Idylle zur *Luise* gibt und ob die Leute Mitte der vierziger Jahre des vergangenen Jahrhunderts nichts Wichtigeres zu tun hatten, ist kaum seriös zu beantworten. Über den Verfasser ist herzlich wenig bekannt. Der Mechanismus, dass die Anzahl historischer Romane besonders in Zeiten zunimmt, wo die Verfasserinnen und Verfasser ihrer eigenen Zeit entkommen wollen, ist freilich vertraut; solche Texte können Kassiber sein, wie die historischen Romane im Nationalsozialismus und in der Exilliteratur – Versuche, die Themen und Anliegen, die man eigentlich verhandeln will, so zu verpacken, dass sie auch ein nichtdeutsches Lesepublikum interessieren (Exilliteratur), oder so, dass sie die Zensoren nicht weiter beunruhigen und trotz ihres kritischen Anspruchs erscheinen können (‚Innere' Emigration). Sie können auch einem Fluchtreflex nachkommen; das muss nicht einmal als Eskapismus kritisiert werden, wie das in den Nach-68er-Jahren sehr verbreitet war, historische Romane können auch grundlegende menschliche Themen verhandeln – psychoanalytische Grundkonstellationen analysieren, Gattungsreflexion leisten, eine Ästhetik formulieren und dergleichen mehr, ich denke etwa an Wolfgang Hildesheimers *Marbot. Eine Biographie* (1981); Hildesheimer hat seine vier Jahre Arbeit an diesem Buch mehrfach auch als Rückzug aus der Gegenwart bezeichnet. Ich kann nicht finden, dass Eskapismus als Vorwurf taugt, wir alle brauchen das, von Zeit zu Zeit.

Es ist naheliegend, Ähnliches im vorliegenden Fall zu vermuten; ein knapp Siebzigjähriger, der sich seine sexuellen Wünsche womöglich nur noch auf Papier ausmalen kann, der mit BDSM auch noch eine Minderheiten-Sexualität vertritt und der Kunst als Ersatz braucht (Sublimierung, heißt das bei Freud). Schließlich gab es noch die Zeitläufte – die Bombardierung Wiens, den Mangel nach Kriegsende, die Ungewissheit, wie es weitergehen würde. Dass jemand seine sexuellen Fantasien niederschreibt, in einer derart aufwendigen Bastelei, und dann auch an die Öffentlichkeit bringen und anerkannt wissen will, wenn auch nur im engeren Freundeskreis (Auflage: 100 Exemplare), ist in diesen Kontexten schon bemerkenswert.

Noch eine Fußnote zum Sadomasochismus: Hier steuert Batsy ja einen ganz anderen Kurs als das schwächelnde, sich mählich dekonstruierende Patriarchat bei Voß. In ihren mühsam gebastelten Hexametern liest sich die vierte Idylle als Rückfall in ein unbezweifelt rigides, auch gewalttätiges Patriarchat. Die feministische Debatte über das Thema BDSM verläuft nicht konsensuell, im Gegenteil spricht hier eine Fraktion von einer Verstärkung patriarchaler Strukturen, dem Aufzwingen von Rollen, in Batsys Text mühelos identifizierbar; eine andere Fraktion begrüßt das Spiel mit Rollenerwartungen, die Auflösung herkömmlicher Machtstrukturen gerade, die hier auch stattfänden. Dafür ließen sich in *Luise. Vierte Idylle* allerdings keine Beispiele finden; eher ließe sich fragen, ob Batsy hier nur eine weitere *Luise* dem Sarg von Johann Heinrich Voß hinterhergeworfen hat, und kaum eine erwünschte.[54]

54 Auf Voß' Sarg lag »ein aufgeschlagenes Exemplar der *Luise* in einem Lorbeerkranz mit Trockenblumen«, Gräfin von Schwerin: Voß (wie Anm. 1), S. 128.

Ein Hamburger Kuriosum aus dem Jahr 1847: »Memoiren einer Prostituirten oder die Prostitution in Hamburg«

Urszula Bonter

1. Prostitution als soziale Frage in der ersten Hälfte des 19. Jahrhunderts

Die moderne wissenschaftliche Auseinandersetzung mit der Prostitution beginnt im Jahre 1836 mit der Studie des Pariser Arztes und Hygienikers Alexandre Parent-Duchâtelet zu seiner Vaterstadt. Diesem Vorbild folgten dann im schnellen Takt weitere Arbeiten zur Prostitution in großen Städten Europas, etwa London (1839), Lissabon (1841) oder Lyon (1842).[1] Eine deutsche Übersetzung von Parent-Duchâtelet erschien Anfang 1837 in Leipzig unter dem Titel *Die Sittenverderbniß des weiblichen Geschlechts in Paris. Aus dem Gesichtspunkte der Polizei, öffentlicher Gesundheitspflege und Sittlichkeit.* Im Vorwort bezeichnet der Übersetzer G. W. Becker sein Werk als »einzig in seiner Art«: »[D]enn wo giebt es wohl eines, das einen dem Scheine nach frivolen Gegenstand so ernst behandelt, von allen Seiten betrachtet, und ihm Resultate abgewonnen hätte, wie sich im gegenwärtigen in jedem Kapitel, in jedem Abschnitte befinden?«[2] Dennoch fand diese internationale Mode zunächst keine Nachahmer auf deutschem Boden. Die deutsche Debatte über diese spezielle soziale Frage belebte sich erst infolge der Schließung der Berliner Bordelle Anfang 1846. Noch im selben Jahr erschien anonym *Die Prostitution in Berlin und ihre Opfer* aus der Feder des Polizeimannes Wilhelm Stieber.[3] Der angemessene Umgang mit diesem »Krebsschaden« der Gesellschaft wurde öffentlich in der politischen Presse diskutiert; es

1 Zum Pioniercharakter von Parent-Duchâtelet Iwan Bloch: Das Sexualleben unserer Zeit in seinen Beziehungen zur modernen Kultur. Berlin: Marcus 1919, S. 322–329.

2 Vorwort des Uebersetzers, in: Alexandre Jean-Baptiste Parent-Duchâtelet: Die Sittenverderbniß (la Prostitution) des weiblichen Geschlechts in Paris: Aus dem Gesichtspunkte der Polizei, öffentlicher Gesundheitspflege und Sittlichkeit: Mit vielen Tabellen und statistischen Belegen; nebst der kurzen Biographie des Verfassers von F. Leuret (1. Bd.). Leipzig: Friedrich Fleischer 1837, S. III.

3 Wilhelm Stieber: Die Prostitution in Berlin und ihre Opfer: Nach amtlichen Quellen und Erfahrungen: In historischer, sittlicher, medizinischer und polizeilicher Beziehung beleuchtet. Berlin: A. Hofmann & Comp. 1846, S. 2. Auf Stieber folgte wenige Monate später eine Gegenschrift, diesmal aus der Feder eines ehemaligen Kriminalkommissars: Carl Röhrmann: Der sittliche Zustand von Berlin nach Aufhebung der geduldeten Prostitution des weiblichen Geschlechts: Ein Beitrag zur Geschichte der Gegenwart, unterstützt durch die vollständigen und freimüthigen Biographien der bekanntesten prostituirten Frauenzimmer in Berlin. Leipzig: Röhrmann's Verlags-Expedition 1846. Zum Verhältnis zwischen beiden Schriften und Autoren (Röhrmann ist nur ein Pseudonym) und zur Veröffentlichungsgeschichte A. Forker: Nachwort. In: Carl Röhrmann. Der sittliche Zustand von Berlin nach Aufhebung der geduldeten Prostitution. Reprint. Leipzig: Zentralantiquariat der DDR 1981, S. 239–261.

folgten immer neue Wortmeldungen zu diesem Thema. 1848 lieferte der praktische Arzt Dr. Heinrich Lippert ein paralleles Sittengemälde für Hamburg und hoffte auf einen raschen Nachzug der Wiener zur Vervollständigung des Bildes: »Die Sittlichkeitsverhältnisse der Stadt Berlin sind uns durch eine jüngst erschienene Arbeit aufgedeckt: es bedurfte dann nur noch einer analogen Mittheilung von Seiten Wien's, und die erforderliche Statistik der drei Hauptstädte und Hauptfactoren deutscher Prostitution wäre beisammen.«[4] Insgesamt kamen zwischen 1846 und 1860 zahlreiche größere oder kleinere Schriften auf den Markt, die sich der Prostitution in diversen Städten widmeten. Die meisten wurden von milieukundigen Medizinern oder Polizisten verfasst.[5]

2. *Memoiren einer Prostituirten* – Eine Mystifikation

Auf dieser Welle der lokalen Bestandsaufnahmen zu einem heiklen Thema schwamm früh auch ein Buch mit, welches sich äußerlich als dazugehörend gab, aber über weite Strecken einer anderen Tradition folgte: *Memoiren einer Prostituirten oder die Prostitution in Hamburg* aus dem Jahre 1847.[6] Die Angaben auf dem Titelblatt sollten ganz bewusst den Anschein der Ernsthaftigkeit, oder sogar Wissenschaftlichkeit, erwecken: »Nach dem Original-Manuscript bearbeitet von Dr. J. Zeisig«. Wohl aufgrund dieses Hinweises wurde das Buch dann auch tatsächlich in der Berliner *Literarischen Zeitung* unter den Novitäten aus dem Bereich Medizin verzeichnet.[7] Auch der Verfasser einer frühen rechts- und staatswissenschaftlichen Dissertation zu diesem Thema, die auf intensiver Quellenarbeit fußte, hielt sie für echt: »Wir besitzen Memoiren eines in Hamburg eingeschrieben gewesenen Mädchens, das nach einigen Jugendabenteuern durch Beauftragte eines Hamburger Bordellwirts aus seiner süddeutschen Heimat unter falschen Vorspiegelungen nach Hamburg verkuppelt wurde.«[8] Selbst die spätere Forschung neigt im Prinzip dazu, weder die Autorschaft noch den Wahrheitsgehalt dieser Lebensbeichte anzuzweifeln.[9]

Für Kenner aus den ersten Jahrzehnten des 20. Jahrhunderts, in denen die Beschäftigung mit Erotika eine erste Hochkonjunktur erlebte, war der fiktive Charakter der *Memoiren* offensichtlich. Gustav Gugitz qualifizierte das Werk im *Bilder-Lexikon der Erotik* von 1929 eindeutig als einen »wertvolle[n] Prostitutionsroman«:

---

4 Heinrich Lippert: Die Prostitution in Hamburg in ihren eigenthümlichen Verhältnissen. Hamburg: B.S. Berendsohn 1848, S. III–IV. Sowohl Stieber als auch Lippert bekannten sich in ihren Einleitungen offen zu Parent-Duchâtelet als ihrem großen Vorbild.

5 Bloch: Das Sexualleben unserer Zeit (wie Anm. 1), S. 330–334.

6 J. Zeisig: Memoiren einer Prostituirten oder die Prostitution in Hamburg: Nach dem Original-Manuscript bearbeitet. Hamburg: Hamburg-Altonaer Volksbuchhandlung in St. Pauli 1847.

7 Literarische Zeitung: In Verbindung mit mehreren Gelehrten herausgegeben von Dr. Karl Heinrich Brandes, Nr. 47, 9.7.1847, Sp. 755.

8 Alfred Urban: Staat und Prostitution in Hamburg vom Beginn der Reglementierung bis zur Aufhebung der Kasernierung (1807–1922). Hamburg: Behre 1927, S. 30.

9 Klaus Bergmann: Lebensgeschichte als Appell: Autobiographische Schriften der »kleinen Leute« und Außenseiter. Opladen: Westdeutscher Verlag 1991, S. 37; Richard J. Evans: Szenen aus der deutschen Unterwelt: Verbrechen und Strafe, 1800–1914. Reinbek bei Hamburg: Rowohlt 1997, S. 193, 239–261; Schönfeld: Introduction. In: Christiane Schönfeld (Hg.): Commodities of desire: The prostitute in modern German literature. Rochester, NY: Camden House 2000, S. 1–30, hier S. 9.

> Sehr interessante, wohl vielfach auf Tatsachen beruhende Lebensgeschichte einer Prostituierten, die von einem Kenner der Hamburger Verhältnisse herrührend, für deren Geschichte als wertvolles und eingehendes Dokument dienen kann. Neben genauen Schilderungen des täglichen Lebens und Treibens in den Hamburger Bordellen, die stellenweise einer wahren Hölle gleichen, der niederträchtigen Kniffe der Bordellwirte und der Plackereien der Sittenpolizei werden merkwürdige Einzelheiten über flagellantische, masochistische und sadistische Gelüste der Kunden [...] geboten. Psychologisch und menschlich fesselnde Lebensbilder einzelner Mädchen aus allen Schattierungen der Hamburger Prostitutionswelt werden aufgerollt und lassen einen traurigen Blick in die Abgründe der menschlichen Gesellschaft werfen. Die Fabel des Romans ist ziemlich einfach und dient eigentlich nur dazu, das anschauliche Bild der Hamburger Prostitution zu entwickeln.[10]

Fast sechzig Jahre nach seinem ersten Erscheinen begann die zweite Karriere des sonderbaren Buches. An der Spitze der Bestsellerliste des Jahres 1905 stand das von der Schriftstellerin Margarete Böhme herausgegebene *Tagebuch einer Verlorenen. Von einer Toten.*[11] Der Sensationserfolg dieser vermeintlich nachgelassenen Lebenserinnerungen einer Prostituierten zog einen Schwall ähnlicher Titel auf dem Buchmarkt nach sich. Mit tollkühner Dreistigkeit ging dabei der Leipziger Verlag von Walther Fiedler ans Werk, als er schon im Frühjahr 1906 ein Buch mit dem Titel »Tagebuch einer andern Verlorenen. Auch von einer Toten. Nach dem Original-Manuscript herausgegeben von Rudolf Felseck« erscheinen ließ. Nicht nur in der werbewirksamen Betitelung, sondern auch im Vorwort bezieht sich der fiktive Herausgeber auf das Buch Böhmes. Um einer Echtheitsdebatte wie im Falle des Böhmeschen Werkes zuvorzukommen, wurde das Buch auch noch mit einem Streifband ausgeliefert, auf dem eine notarielle Beglaubigung abgedruckt war, die die Übereinstimmung des Buchtextes mit dem Original bezeugt. Für den Zweifelsfall wurden sogar juristische Schritte vorgesehen: »Ausserdem bin ich bereit, auf gerichtlichem Wege zu beweisen, daß weder ich, noch ein von mir oder vom Verleger Beauftragter der Verfasser des Buches ist.«[12] Zur Blamage für alle Feuilletonisten, die dieser fabrizierten Version folgten, wurde schließlich eine Enthüllung des Wiener Journalisten Hans Kufahl, dem aufgefallen war, dass es sich bei dem Text um ein schnödes Plagiat handelte. Die einst von einem »Dr. Zeisig« edierten *Memoiren einer Prostituirten* waren einfach noch einmal neu herausgegeben worden.[13]

---

10 Gustav Gugitz: J. Zeisig: Die Memoiren einer Prostituierten. In: Bilder-Lexikon der Erotik (Bd. 2: Literatur und Kunst: Ein bibliographisches und biographisches Nachschlagwerk, eine Kunst- und Literaturgeschichte für die Gebiete der erotischen Belletristik, der galanten, skandalösen und sotadischen Literaturen, der Facetien, folkloristischen und skatologischen Curiosa von der Antike bis zur Gegenwart). Wien / Leipzig: Verlag für Kulturforschung 1929, S. 919–920, hier S. 920.

11 Margarete Böhme (Hg.): Tagebuch einer Verlorenen: Von einer Toten. Berlin: Fontane 1905.

12 Rudolf Felseck: Tagebuch einer andern Verlorenen: Auch von einer Toten: Nach dem Original-Manuscript herausgegeben. Leipzig: Walther Fiedler 1906, S. 12.

13 Zum Plagiatsskandal Arno Bammé: Einleitung. In: Ders. (Hg.): Margarete Böhme: Die Erfolgsschriftstellerin aus Husum. München / Wien: Profil 1994, S. 42–45. Im hinteren Teil des Bandes fin-

3. Der wahre Autor und die Physiognomie seines Werks

Hinter »Dr. Zeisig« versteckte sich der Autodidakt und Pionier der Telegraphie in Deutschland, Friedrich Clemens Gerke (1801–1888), wie die Hamburger Lokalhistorie inzwischen aufgedeckt hat, ohne dem dubiosen Werk selbst größere Aufmerksamkeit zu schenken.[14] In Osnabrück geboren, lebte Gerke seit 1816 in subalterner Stellung bei zwei Hamburger Honoratioren. Dem gescheiterten Versuch, sich mit einem Hutgeschäft zu etablieren, folgte ein zweijähriger Aufenthalt in Kanada als Söldner beim britischen Militär. Ab 1823 lebte Gerke wieder in Hamburg und verdiente 16 Jahre lang sein Geld als Musiker im berüchtigsten Tanzbordell St. Paulis, den »Vier Löwen«. Parallel dazu betätigte er sich als Schriftsteller und Publizist. 1841 erlangte er eine Anstellung als Inspektor beim optischen Telegraphen. 1848 wechselte Gerke zum moderneren elektromagnetischen Telegraphen, dessen Morse-Alphabet er umgehend modernisierte und auf seine heutige Form reduzierte.

Mit seinem Roman schloss sich Gerke einerseits an die aktuelle Prostitutionsdebatte an, zielte aber andererseits auf die Befriedigung der Unterhaltungs- und Sensationsgelüste eines breiten Publikums. Am Anfang des Buches steht ein »Vorwort des Herausgebers«, das die Umstände der Manuskriptübergabe schildert. Dieser, »ein bemittelter Schriftsteller, oder doch Gelehrter«, will im Sommer 1846 in Bremerhaven der ehemaligen Prostituierten Pauline begegnet sein, welche gemeinsam mit ihrem Mann auf ein Schiff nach Amerika wartete. Das Paar soll ihm am Abend vor der Abreise die Lebenserinnerungen der Frau gegen Geld überlassen haben.[15] Nun lege er diese Blätter nur wenig durch die eigene Hand verbessert vor. Mit Blick auf die in der Öffentlichkeit tobende Auseinandersetzung um die Prostitution empfiehlt der Herausgeber sie ausdrücklich als Werk von der anderen Seite, das die Position der betroffenen Frau festhält: »Ich hoffe, man wird Interesse daran nehmen, und finden, daß dieses Thema sich auch noch anders, als in der vulgären Manier der Berliner Polizisten behandeln läßt. – In dem großen Prozeß: Polizei und Moral contra Prostitution hat man bis jetzt immer nur die Ankläger, nie die Beklagten gehört.«[16] Entgegen der Ankündigung im Titel spielt aber Hamburg im ersten Drittel des Buches überhaupt keine Rolle. Es braucht hundert Seiten, bis die Protagonistin in die Stadt gelangt.

det sich auch das Faksimile einer Werbeanzeige des Verlags von Walther Fiedler für das 21. Tausend seines Werks. Ebd., S. 721.

14 Zu Gerke vgl. Hans Brecht: Friedrich Clemens Gerke, ein fast vergessener Hamburger Schriftsteller und Erfinder. In: Zeitschrift des Vereins für Hamburgische Geschichte, Bd. 86 (2000), S. 43–88. Außerdem das umfangreiche nachgelassene Manuskript im Staatsarchiv Hamburg: Hans Brecht: »Stets der Welt die Stirn geboten«: Leben und Zeiten des Hamburger Schriftstellers Friedrich Clemens Gerke 1801–1888. Manuskript, 4 Bde., Staatsarchiv Hamburg, Bibliothek 2003, A 757 / 0808.

15 Zeisig: Memoiren (wie Anm. 6), S. VI.

16 Ebd., S. XI. Einen weiteren Seitenhieb legt der Autor seiner Heldin in den Mund. Pauline schreibt ihre Erlebnisse demnach aus Protest gegen die Berliner Schilderungen nieder: »Noch mehr wurde ich in diesem Entschluß bestärkt, als mir mein Edward ein Buch über die Berliner Prostitution brachte, dessen bodenlose Gemeinheit mich in dem Bewußtsein, selbst zu der darin geschilderten Klasse von Verworfenen gezählt zu haben, so tief erschütterte, wie ich es im Leben jemals gewesen zu sein mich nicht erinnerte«. Ebd., S. 274–275.

Paulines Lebensgeschichte folgt der klassischen Struktur erotisch-pornographischer Romane mit Bekenntnischarakter, angefangen mit der Kindheit als Stieftochter eines begüterten Gastwirtes über die Verführung und die Ausschweifung bis hin zur obligatorischen Läuterung und glücklichen Verheiratung. Für die Phase vor dem Einstieg in das Prostitutionsgewerbe in der Hansestadt greift der Autor gerne in die bewährte Trickkiste des Sensationsromans. So ist die Rheinländerin Pauline im zarten Alter von 9 Jahren nicht ganz unschuldig am Ertrinken ihrer kleinen Freundin und wird von dieser im letzten Moment noch verflucht. Daraufhin beteiligt sie sich kurz an dem spektakulären Versuch, die trauernde Mutter zu therapieren: »[D]ie Aerzte fanden es zweckmäßig, daß man die Kranke zu täuschen suche, wozu ich abermals, obgleich mir vor der ganzen Begebenheit zu grauen begann, das Mittel sein mußte, indem ich mich, mit Bewilligung meiner Mutter, in die Garderobe der Verstorbenen kleiden lassen, und so im Zimmer tändelnd und spielend mich ergehen mußte.«[17] Ab ihrem zwölften Lebensjahr ist die Heldin systematischen Verführungsverssuchen seitens ihres Stiefbruders Albert ausgesetzt, welcher den Französischunterricht dazu missbraucht, sie »in das Wörterbuch der geheimsten Sinnlichkeit in beiden Sprachen« einzuweihen.[18] Im Alter von 15 Jahren ist Pauline reif für die Verführung, nachdem Albert in ihrem Kommunionsbuch einige Bilder platziert hat, »wie sie von Frankreich aus durch alle Welt verbreitet werden, um die Sinne zur Wollust zu reizen.«[19] Im Anschluss lässt sich das Mädchen tatsächlich bereitwillig verführen, allerdings nicht von ihrem Stiefbruder, sondern von einem eben in der Stadt angelangten jungen Offizier. Bei der Schilderung des »Sündenfalls« hält sich der Autor noch zurück, dieser wird angedeutet, aber nicht plastisch ausgemalt. Pauline liegt in den Armen des attraktiven Mannes, der seine Liebkosungen einige Male unterbricht, um ihre Schönheit aus einer gewissen Distanz bewundern zu können. Schließlich zeigt sie sich ängstlich, dass ihr längeres Ausbleiben ihren guten Ruf schädigen könne, und animiert damit ihren Liebhaber zum nächsten Schritt: »Du hast Recht, Pauline, sagte er mit lachendem Hohne, ich merke, Dir wird die Zeit lang und du wirst ungeduldig; wir wollen zum Dessert schreiten.«[20] Diese narrative Zurückhaltung ist allerdings schon in der nächsten Episode verschwunden. Pauline schleppt sich »entweiht, ermattet, zerrissen« und »unter unsäglichen Schmerzen« nach Hause zurück und wird kurz darauf von ihrem Bruder aufgesucht. Sie gesteht ihm den ganzen Vorfall und klagt über ihre Beschwerden. Daraufhin bietet Albert seine Hilfe an:

> [E]r drang darauf, die Ursache meines Schmerzes zu untersuchen und etwas Linderndes dafür zu thun. Auf sein inständiges Bitten gab ich endlich nach, denn mein Zustand war zum Verzweifeln, und nachdem er meine Wunde mit großer Inbrunst geküßt hatte, holte er mir ein linderndes Wasser, mit dem er mich wusch, und in meiner Dankbarkeit verzieh ich ihm alles das Leid, das er mir angethan.[21]

---

17 Ebd., S. 12–13.

18 Ebd., S. 17.

19 Ebd., S. 36.

20 Ebd., S. 43–44.

21 Ebd., S. 45–46. Interessanterweise fehlen sowohl der »Sündenfall« selbst als auch die darauffolgende Heilung durch den Stiefbruder im Plagiat von 1906. Ansonsten wird der Text getreu übernommen.

In rascher Folge reihen sich die spektakulären Episoden aneinander: Entdeckung der Schwangerschaft durch die Mutter und Auslieferung des Mädchens an die Polizei durch den Stiefvater, ein Selbstmordversuch auf dem Wege in die Korrektionsanstalt, die Flucht, der achttägige Aufenthalt als Konkubine ihres alten Pastors und schließlich der Verkauf an eine erfahrene Menschenhändlerin, welche mit »Höllentropfen« bei Pauline eine Frühgeburt herbeiführt und den Fötus im Walde liegen lässt. Die an dieser Stelle erstmals eingestreuten kritischen Bemerkungen über die Ausbeutung der Prostituierten durch die Kuppler und Vermittler ändern nichts am Charakter dieser Pikanterienerzählung. Kurz vor Hamburg prügeln Pauline und ihre Leidensgefährtin plötzlich ungehemmt auf ihre Kupplerin ein. Widerstrebend gibt die Erzählerin nachträglich den Grund für diese Attacke preis, es gehe darum, »ein durchaus treues Gemälde der Prostitution« zu präsentieren. Die alte Frau verletzte demnach das Schamgefühl der angehenden Freudenmädchen mit einem Ratschlag, wie kleine Gegenstände wirksam zu verstecken seien:

> Ich selbst [...] habe auf diese Weise einmal eine geschossene Uhr verborgen, während ich in polizeilicher Untersuchung war, und wenn nicht unglücklicherweise die verfluchte Kette, die hervor rutschte, mich verrathen hätte, so hätte ich dem naseweisen Weibe, das mich untersuchte, doch eine Nase gedreht.[22]

Mit der Ankunft Paulines in Hamburg ändert sich der Duktus des Textes merklich. Gerke stellt ab jetzt seine langjährige Erfahrung und seine tatsächliche Vertrautheit mit dem Alltag der Hamburger Prostitution unter Beweis. Es entsteht ein mehrdimensionales Bild im Stile der vorangegangenen Prostitutionsschriften in der Nachfolge von Parent-Duchâtelet,[23] wie schon die Kapitelüberschriften deutlich machen, die nicht mehr um die Protagonistin kreisen: »Näheres Verhältniß der Prostituirten zu ihrer Umgebung«, »Nähere Beschauung der Prostitution in Hamburg«, »Allgemeine Uebersicht der Prostitutions-Verhältnisse in Hamburg«. Im Hamburg-Teil seines Romans liefert Gerke Fakten und präzise Details, welche sowohl in älteren als auch neueren Studien zur Hamburger Prostitution ihre Bestätigung finden. Insofern ist die Verwechslung mit einer authentischen Quelle nicht grundlos.[24]

Aus der Sicht Paulines lernt der Leser schrittweise den Alltag und die Abgründe des Gewerbes kennen: die obligatorische medizinische Untersuchung und die Registrierung der neuen Prostituierten bei der Polizei, die gängigen Anwerbungsmethoden in der Provinz und die Ausnutzung der Mädchen durch die Bordellwirte sowie die Mechanismen des perfiden Verschuldungssystems, das die Mädchen in Abhängigkeit hält. Dabei zitiert der

---

22 Ebd., S. 92–93.

23 Von deren statistischen Methoden hielt Gerke allerdings nicht viel. Im Vorwort des Herausgebers lesen wir: »Das Kapitel der Hamburger Prostitution ist hier mit einer Genauigkeit abgehandelt, die – insofern man von nichts bedeutenden Zahlen und Polizeiregistern absieht – Nichts zu wünschen übrig läßt«. Ebd., S. XI.

24 Dies ergab sich aus der Parallellektüre von Lippert: Die Prostitution in Hamburg (wie Anm. 4); Urban: Staat und Prostitution in Hamburg (wie Anm. 8); Frank Hatje: Money makes the world go round. Prostitution in Hamburg (1780–1870). In: Hamburger Wirtschafts-Chronik. N.F.2 (2001 / 2002), S. 59–94.

Autor an zwei Stellen seitenlang sich selbst. Als Publizist hatte sich Gerke Anfang 1846 an der Debatte um die Richtigkeit und die Folgen der Berliner Bordellschließung beteiligt und in den Hamburger Blättern einige Beiträge zu diesem Thema veröffentlicht.[25] Nun tauchen sie als von Pauline aus der Presse herausgeschnittene »Trostworte« in den Erinnerungen wieder auf. Das erste längere Zitat beleuchtet kritisch die zwanghafte Ausweisung der Hamburger Dirnen aus Berlin. Gerke opponiert gegen diese heuchlerische Maßnahme der Preußen und wundert sich, »wie man in den höchsten Kreisen der Intelligenz den durchaus falschen Ansichten Raum geben kann, ein Krebsschaden sei dadurch zu beseitigen, daß man ihn dem Anblick und der ärztlichen Aufsicht entzieht«.[26] In der zweiten ausgiebigen Selbstreferenz macht Gerke direkt die sozialen Verhältnisse für das Schicksal der Mädchen verantwortlich und verlangt nach einer angemessenen Resozialisierungsmöglichkeit für die Aussteigerinnen: »Also: keine Predigt, keine Traktätchen! – aber Gelegenheit bieten zur Rückkehr in das bürgerliche Leben. Unglückliche retten, das ist der wahre Gottesdienst«.[27] Seine Überzeugung von der sozialen Determiniertheit beim Abstieg ins Milieu illustriert der Verfasser in zahlreichen Prostituierten-Viten aus dem Umkreis von Pauline. So verschwindet die eigentliche Heldin über weite Strecken aus der Geschichte. Zugleich erhält der Leser anhand ihrer Karriere einen weitgehenden Einblick in die Topographie der Hamburger Prostitution in all ihren sozialen Abstufungen. Pauline arbeitet zunächst in einem noblen Bordell, macht sich dann als Stubendirne selbständig, geht für ein paar Wochen in ein berüchtigtes Tanzbordell in St. Pauli und lässt sich schließlich von einem Engländer als Maitresse aushalten.

Die Befriedigung der Sexualgier der Leserschaft kommt nicht zu kurz, wenn der Alltag der Prostituierten geschildert wird. Denn soziale Skizzen und kritische Reflexionen wechseln ständig mit konkreten Erlebnissen der Frauen. Ein Paradebeispiel bildet die fünfseitige Darstellung der bevorzugten perversen Praktiken der männlichen Kunden. Ausgangspunkt ist das Referat Paulines:

> Die gewöhnlichste derartige Erscheinung ist die Geißelung mit Birkenruthen, für welche Execution aber jeder Lüstling sein eignes Exercir-Reglement besitzt, das er der ausübenden Executantin eigens einübt, und das große Aufmerksamkeit erfordert, um es dem Herrn Empfänger zu Danke zu machen. [...] Der Schlag selbst ist in der Regel schräg, und zwar abwechselnd, einen Schlag von der linken zur rechten und dann wieder umgekehrt, die Zeit oft bis zu einer Viertelstunde, selten viel länger, und das Commando hört gewöhnlich nie dabei auf.[28]

Im Anschluss erzählt eine andere Prostituierte aus ihren Erfahrungen mit einem Stammkunden. Dieser pflegte stets Sonntagsabends mit einer Rute und einem Katechismus aus-

25 Brecht: Friedrich Clemens Gerke (wie Anm. 14), S. 65–66.

26 Zeisig: Memoiren (wie Anm. 6), S. 180–181. Zunächst unter der Überschrift »Prostitution«. In: Hamburger Beobachter und das Archiv für Wissenschaften und Künste, Nr. 3, 17.1.1846, S. 22.

27 Zeisig: Memoiren (wie Anm. 6), S. 184. Zunächst unter der Überschrift »Lokal-Reflexion«. In: Hamburger Beobachter und das Archiv für Wissenschaften und Künste, Nr. 5, 31.1.1846, S. 38.

28 Ebd., S. 132–133.

gestattet bei ihr zu erscheinen und zu verlangen, ihn in einer genau vorgegebenen biederen Aufmachung zu empfangen. Jede Woche wiederholte sich dasselbe Ritual:

> Ich mußte ihm nun eine Lection aus dem Katechismus überhören, und ihn bei jedem Fehler, den er machte durch einen Ruthenhieb auf eine angewiesene Stelle bestrafen, und da eben diese Strafe sein Amusement war, so pudelte er ungemein viel, und dennoch währte es gewöhnlich lange, bis das Ende seiner Lection und meine Bestrafung seiner Dummheit da war.[29]

Nach dieser Schilderung wird ein weiteres extremes Fallbeispiel eines Gelüstes angeführt: »Es bestand darin, junge Mädchen mit dem Barbiermesser auf dem Arme, oder wenn sich Eine dazu verstehen wollte, an einem andern geheimen Ort scheeren zu lassen.«[30] An dieser Stelle legt Gerke seiner Heldin ein scharfes Urteil über die Männerwelt in den Mund, um sodann mit der Beschreibung einer verschärften Variante des Flagellantismus fortzufahren: »[E]s lassen sich manche Geisler die Ruthe, mit der geschlagen wird, mit spitzen, nadelartigen Wiederhäkchen versehen, so daß mit jedem Schlage Blut fließen müsse: eine Sache, die ich jedoch nicht verbürgen kann, da ich es nicht gesehen habe.«[31]

Paulines Geschichte endet – wieder ganz im Sinne der klassischen pornographischen Literatur – mit einem märchenhaften Happy End, das jedoch in einem krassen Widerspruch zu den zeitgenössischen Verhältnissen steht. Durch kluges Wirtschaften kann sich die Protagonistin aus eigener Kraft aus ihrer Abhängigkeit befreien und sieht nun an der Seite eines ehrlichen Ehemannes erwartungsvoll einem neuen Leben in der Fremde entgegen:

> Ich bin jetzt eine glückliche Frau, und werde es hoffentlich bleiben, denn durch Fleiß und Treue will ich das Opfer vergelten, das mein Julius mir gebracht, und der Himmel wird uns segnen, denn ich habe menschlich gefehlt, aber ich fühle jetzt Kraft in mir besser zu sein, als mein Ruf, der mich mit Gottes Hülfe nach Amerika nicht begleiten wird.[32]

Am Ende des Buches tritt Gerke in seiner Eigenschaft als Herausgeber mit einer Anklage gegen die vermeintlich bessere Gesellschaft hervor. Zu Mitschuldigen am Elend der

29 Ebd., S. 134. Nach Evans eroberte sich die lustvolle körperliche Züchtigung bereits am Ende des 18. Jahrhunderts einen festen Platz in der englischen Pornographie. In der deutschen Literatur stieg die Bedeutung dieses Motivs vor allem in den 1840er Jahren an, »als die liberale Kampagne gegen die Rute« ihren Höhepunkt erreichte; Evans: Szenen aus der deutschen Unterwelt (wie Anm. 9), S. 193.

30 Zeisig: Memoiren (wie Anm. 6), S. 134.

31 Ebd., S. 135.

32 Ebd., S. 291. Dabei hatte Gerke selbst keine Illusionen über die Freiräume der Aussteigerinnen, denn kaum eine konnte sich ohne »rettende Hand« befreien. Der Regelfall sah vielfach brutal aus: »Was nun aber das Entlassen betrifft, so hat es damit eine eigne Bewandniß, und zwar vergleichungsweise die, als wenn man einem Canarienvogel am Weihnachtstage seine Freiheit schenkt. – Von aller irgend noch Werth habenden Kleidung entblößt, im leichtesten, schlechtesten Anzuge wird die Hamburgerin auf die Straße gesetzt, die Ausländerin aber per Schub über die Grenze gebracht.« Ebd., S. 182–183, früher unter der Überschrift »Lokal-Reflexion«. In: Hamburger Beobachter und das Archiv für Wissenschaften und Künste, Nr. 5, 31.1.1846, S. 38.

Prostituierten werden in seinen Augen sowohl die in ihrer Überlegenheit passiv zuschauenden Frauen aus den höheren Schichten als auch die zuständigen Behörden. Im Falle der letzteren geht Gerke ohnehin von einer kalkulierten Unterlassung aus:

> [U]nd es wäre gar nicht erklärlich, daß die Kuppelei so unverschämt betrieben wird, wenn das Verbrechen nicht von oben her tolerirt, ja einzeln vielleicht sogar begünstigt würde; und hierin und in der Schwierigkeit des Loskommens der Mädchen von ihren Wirthen liegt wohl vornehmlich der Wucherstoff der Prostitution, die mindestens zu verringern, die Aufgabe jedes humanen Strebens sein sollte. Möge sich wenigstens Hamburg diese Worte gesagt sein lassen, denn an Berlin ist Hopfen und Malz verloren.[33]

Mit dieser Mahnung wäre eigentlich ein runder Abschluss des Buches erreicht. Im Rahmen seiner Authentifizierungsbemühungen lässt Gerke jedoch noch einen separaten Anhang folgen. Dieser enthält Briefe von Weggefährtinnen und Verehrern, die der Herausgeber eingelegt in den Notizen von Pauline gefunden haben will.

4. *Memoiren einer Prostituirten* und der Buchhandel der Hansestadt

Gerkes Werk wurde in Hamburg zu einem Skandal. Selbst das liberale Blatt *Der Tagwächter* brachte im Juni 1847 einen längeren Schimpfartikel. Der Unterzeichnete Dr. Evers hielt es nicht für Notizen einer Prostituierten und brach schon im allerersten Satz den Stab über den Autor:

> Wenn ich den Ekel zu überwinden versuche, welcher mich bei dem Lesen dieses die deutsche Literatur besudelnden, ja infamirenden Machwerkes ergriffen hat, [...] so geschieht es, um der maßlosesten Empörung über die Frechheit eines Menschen Worte zu geben, der es gewagt hat, jedes Gefühl für sittliche Würde mit Füßen tretend, ein solches von Gemeinheiten der niedrigsten Art überfließendes Produkt der Oeffentlichkeit zu übergeben.[34]

Der hybride Charakter des Textes ist dem Rezensenten durchaus nicht entgangen, aber er traut weder dem Engagement noch dem sozialkritischen Gestus des Verfassers. Würde dieser mit seinem Werk nämlich auf eine »Radikalreform« der Verhältnisse zielen, so standen ihm »für dieses ergiebige, verhältnißmäßig wenig beackerte Feld Materialien genug zu Gebote«. Stattdessen ergehe sich der Autor aber nur behaglich »im tieffsten Schlamme der entartesten, widernatürlichsten Entsittlichung«.[35] Für Evers besteht der einzige Sinn des Buches darin, »Regungen abgelebter, verachtungswerther Lüstlinge« zu stimulieren. Die Empörung des Rezensenten speiste sich allerdings noch aus einer anderen Quelle: In der Hamburger Gerüchteküche galten die *Memoiren* längst als Auftragswerk, welches von einem lokalen Publizisten für ein hohes Honorar verfasst worden wäre. Angesichts dieses vermeintlichen Sittenverfalls in der eigenen Zunft zeigte sich Evers bereit, auch weitrei-

---

33 Zeisig: Memoiren (wie Anm. 6), S. 293.
34 Der Tagwächter, Nr. 24, 17.6.1847, S. 189.
35 Ebd.

chende außerliterarische Konsequenzen zu ziehen, um den Urheber aus der Anonymität zu locken: »[V]or allem aber wünsche ich, daß der wirkliche Verfasser, wenn er sich durch meine Worte verletzt fühlen sollte, mich deshalb zur Rechenschaft ziehen möge: Ich werde ihm, trotz seiner gemeinen Sudelei, Rede und Antwort stehen und genügende Satisfaktion nicht verweigern.«[36]

Auf dieses Spiel ließ Gerke sich nicht ein. Sein Leben lang hat er sich nicht zu den *Memoiren einer Prostituirten* bekannt. Auf den obigen Artikel reagierte er aber trotzdem, indem er zwei Tage später im Konkurrenzblatt *Der Hamburger Beobachter* seine eigene ›Rezension‹ veröffentlichte. Diese nahm keinen direkten Bezug auf den *Tagwächter*-Artikel und polemisierte nur unterschwellig gegen die Verdammung durch Evers.[37] Die Autorschaft Gerkes wurde trotzdem 1848 am Rande einer lokalen Fehde im publizistischen Milieu aufgedeckt, nachdem sich der Autor mit seinem ehemaligen Vertrauten, dem Dichter Wilhelm Hocker (1812–1850), überworfen hatte. Der Kampf zwischen dem alten optischen und dem neuen elektromagnetischen Telegraphen stand gerade in voller Blüte; Gerke war von der amerikanischen Erfindung auf Anhieb fasziniert und wechselte entsprechend schnell die Fronten zu der moderneren Technik. Zugleich lag ihm viel daran, nicht zum Überläufer aus finanziellen Gründen abgestempelt zu werden. So ließ er eine Selbstcharakteristik erscheinen, in der er sich zum selbstlosen Idealisten stilisierte. Daraufhin schlug der erboste Hocker unter der Überschrift »Bescheidene Anfrage an Friedrich Clemens Gerke« richtig zu und gab sogar weitgehende Interna preis:

> Hat Herr Friedrich Clemens Gerke, der in No. 158 der w[öchentlichen] g[emeinnützigen] Nachrichten ganz gewaltig mit ›einem mühevollen, aber vorwurfsfreien Leben‹ prunkt, auch im vorigen Jahre an sein ›mühevolles, nicht glänzendes, aber allezeit selbständiges, redliches und darum ehrenvolles Ringen um des Lebens Nothdurft‹ gedacht, als er eingehüllt in feige Anonymität, das Verbrechen an der öffentlichen Moral beging, die gemeinen und nichtswürdigen ›Memoiren einer Prostituirten‹ um den Sündenlohn von 28 Friedrichsd'or für eine hiesige Buchhandlung zusammenzusudeln???[38]

36 Ebd.

37 Das Echo der Argumentationslinie aus dem Vorwort des Herausgebers hallt hier unmissverständlich wider: »Erwägt man ferner, daß alles, was bisher über dieses verfängliche Thema z. B. in Paris und Berlin geschrieben wurde, von Aerzten oder Polizeibeamten ausging, die mehr oder weniger als die directen Feinde der Prostitution zu betrachten sind, so kann es nicht anders als für die Sache wichtig und gerecht betrachtet werden, auch die beklagte Partei zu hören, und wie hier die Defension derselben aus dem Munde einer Repräsentantin vernommen wird, ist es nicht ohne besondere Bedeutung, daß die mittheilende ›Pauline‹ sich durchgängig mit glühendem Haß gegen die Prostitution erklärt, und nur die Opfer derselben, zu denen sie selbst gehört, in Schutz nimmt, während sie zunächst Männer und schlechte Weiber, Kupplerinnen im weitern Sinne aber auch den sociellen Verhältnissen die Schuld zuschiebt.« In: Der Hamburger Beobachter und das Archiv für Wissenschaften und Künste, Nr. 25, 19.6.1847, S. 196.

38 Der Tagwächter, Nr. 27, 8.7.1848, S. 206. Zum Kontext auch Joseph Heckscher: Erinnerungen an den Hamburgischen Dichter Wilhelm Hocker. In: Zeitschrift des Vereins für Hamburgische Geschichte, Bd. 12 (1908), S. 343–408, hier S. 358–359. Gerkes vorherige Selbsterhöhung: C. Gerke: Nothgedrungene Entgegnung. In: Privilegirte wöchentliche gemeinnützige Nachrichten, Nr. 158, 4.7.1848.

Um welche Hamburger Buchhandlung geht es, die der Insider Hocker gerade nicht namentlich nannte? Auf dem Titelblatt der *Memoiren einer Prostituirten* wird der Verlag mit »Hamburg-Altonaer Volksbuchhandlung in St. Pauli« angegeben. Doch das ist nur eine weitere Tarnung. Der Verlag existierte zwar tatsächlich, war aber in diesem Fall nur für den Vertrieb zuständig. Die Hinweise auf den wahren Verleger des Buches sind allerdings dem Buchtext selbst zu entnehmen. Laut Pauline zählten die Dichter zu den besonderen Lieblingen der Hamburger Dirnen, weil diese ihrem Gewerbe »immer ein so schönes romantisches Mäntelchen umzuhängen«[39] wissen. In dieser Gruppe befindet sich auch »ein guter dicker Junge, recht witzig und pläsirlich«, dem eine Prostituierte gegen seinen Willen ein Gedicht entwendete. Dieses besingt die Frauen selbst und wird deswegen in einer größeren Runde vorgelesen:

Sie trug eine weiße Tunika
Bis auf die Waden reichend,
Und welche Waden! Das Fußgestell
Zwei dorischen Säulen gleichend.
Die ordinärste Natürlichkeit
Konnt' man in den Zügen lesen;
Jedoch der übermenschliche Steiß
Verrieth ein höheres Wesen.[40]

Unverkennbar handelt es sich bei diesem Anfang um Verse aus Heinrich Heines *Deutschland ein Wintermärchen*. Die unten zitierte Fortsetzung dürfte dem normalen Heine-Leser allerdings unbekannt sein. Bei der Überarbeitung seines Textes hatte der Autor im Mai 1844 in einem Akt der Selbstzensur acht Strophen über die Hamburger Prostituierten gestrichen. Dieser sogenannte »Dirnenkatalog« wurde erst drei Jahre später, eben im Roman von Gerke, ungekürzt abgedruckt.[41] Der nach 13 Jahren zurückkehrende Exilant und einstige Kenner der lokalen Halbwelt kann das vertraute Milieu kaum wiedererkennen:

Du suchst die schönen Seelen vielleicht,
Die Dir so oft begegnet,
Und mit Dir geschwärmt die Nacht hindurch,
In dieser schönen Gegend.

Du suchst vergebens, Du findest nicht mehr
Die lange Male, die dicke,
Posaunenengel-Hannchen, Du findest auch nicht
Die Braunschweiger Mummen-Friederike.

---

39 Zeisig: Memoiren (wie Anm. 6), S. 149.

40 Ebd., S. 150.

41 Hans Böhm (Bearb.): Heinrich Heine. Säkularausgabe (Bd. 2: Gedichte 1827–1844 und Versepen. Kommentar, Teilband 3: Deutschland ein Wintermärchen). Berlin: Akademie Verlag 1998, S. 52, 205.

Du suchst vergebens, Du findest nicht mehr,
Den Schimmel, die falsche Marianne,
Pique-As-Luise, die rothe Sophie,
Auch nicht die keusche Susanne.

Du findest die Strohpuppen-Jette nicht mehr,
Nicht mehr die große Malwine,
Auch nicht die Kuddelmuddel-Marie,
Auch nicht die Dragoner-Catharine.[42]

Heines Manuskript blieb wie üblich in den Händen des Verlegers Julius Campe, der die Verse dann offenbar für *Memoiren einer Prostituirten* zur Verfügung stellte. Campe tat dies allerdings in seinem eigenen Interesse, denn er war der wahre Verleger des Buches. Heine wurde zu keinem Zeitpunkt über die nachträgliche Verwendung seiner getilgten Strophen informiert.[43] Diese abenteuerliche Episode ist der Heine-Forschung nur eine kleine Fußnote wert; in die Verlagsannalen des Hoffmann und Campe-Verlags ist das obskure Buch wiederum gar nicht eingegangen.[44]

42 Zeisig: Memoiren (wie Anm. 6), S. 151.

43 Heinrich Heine: Historisch-kritische Gesamtausgabe der Werke. In Verbindung mit dem Heinrich-Heine-Institut hg. von Manfred Windfuhr (DHA). Bd. 1–16. Hamburg: Hoffmann und Campe, 1973–1997, hier Bd. 4: Atta Troll. Ein Sommernachtstraum. Deutschland. Ein Wintermärchen. Bearbeitet von Winfried Woesler. Hamburg: Hoffmann und Campe 1985, S. 1197.

44 Nur der Apparat der Düsseldorfer Heine Ausgabe beschäftigt sich eingehender mit dieser Geschichte, ohne sich dem Werk selbst näher widmen zu können; DHA, S. 1196–1197. Der Titel fehlt im letzten Gesamtverlagskatalog anläßlich des 200-jährigen Jubiläums des Verlages; Bernd Steinbrink: Hoffmann und Campe. Bibliographie 1781–1981, zusammengestellt und mit e. Vorwort verseh. Hamburg: Hoffmann und Campe 1893. Gut hundert Jahre zuvor stand er allerdings in einem Verzeichnis »werthvoller, älterer und neuerer Werke« aus dem Jahre 1875. Die erste Auflage der *Memoiren* wurde in Höhe von 750 Exemplaren bei Oskar Leiner in Leipzig gedruckt; DHA, S. 1196–1197. Der zeitgenössische Buchhandel hat sich allerdings in dieser Hinsicht nicht lange täuschen lassen. In einer Novitätenauflistung von 1847 wird der Verlag von *Memoiren einer Prostituirten* bereits mit »Hamburg, Hoffmann u. Campe« samt dem Verkaufspreis von 1 ½ Taler angegeben; Literarische Zeitung. In Verbindung mit mehreren Gelehrten, Nr. 47 v. 9.6.1847, Sp. 755. Auch im ›Russell‹ wird der Titel unter Hoffmann & Campe verzeichnet: Adolph Russell: Gesammt-Verlags-Katalog des Deutschen Buchhandels und des mit ihm im direkten Verkehr stehenden Auslandes: Buch- und Kunst-Katalog (Bd. V). Münster i / W.: Adolph Russell ' Verlag 1881, S. 462.

Naturalistische Kraft, Sozialkritik, sexueller Missbrauch. Zur Deutungsgeschichte der *Josefine Mutzenbacher*

Hans-Edwin Friedrich

In einer einmaligen Auflage von 1.000 nummerierten Exemplaren erschien 1906 als Privatdruck *Josefine Mutzenbacher oder Die Geschichte einer Wiener Dirne von ihr selbst erzählt.* Noch im selben Jahr gab es eine korrigierte zweite Ausgabe, das Buch wurde rasch ein »(g)esuchtes Sotadikum«,[1] und ein nicht mehr abreißender Strom von Neudrucken, Bearbeitungen,[2] Fortsetzungen und Verfilmungen folgte.[3] Der unbekannte Verfasser hat damit das erfolgreichste pornographische Buch der deutschen Literatur geschrieben. Der Roman erschien erstmals 1969 außerhalb des grauen Marktes in der Reihe *Bibliotheca erotica et curiosa* des Verlages Rogner & Bernhard; die Reihe übernahm das seit etwa 1900 für solche Publikationen verwendete Modell der Privatdruckreihe für Bibliophile.[4] Das Buch war paratextuell reichhaltig ausgestattet, die Kanonisierungsanstrengungen unternahm vor allem Oswald Wiener, als radikaler Avantgardist für derlei Himmelfahrtskommandos bestens geeignet, der dem Autor attestierte, er habe »vielleicht den einzigen sogenannten pornographischen roman eines deutschsprachigen autors, den man zur weltliteratur zählen muß«,[5] geschrieben.

Im Gegensatz zu den üblichen Gepflogenheiten hat *Josefine Mutzenbacher* auch ein breites publizistisches und wissenschaftliches Echo erlebt. Sieht man einmal von den Fra-

1 Hugo Hayn / Alfred N. Gotendorf: Bibliotheca germanorum erotica et curiosa. Bd. 8. München: G. Müller 1914, S. 477.

2 Vgl. den skurrilen Fall einer um 2 / 3 Druckseiten entschärften Fassung: Murray G. Hall: Josef und Josefine Mutzenbacher: Oder Recycling der Pornographie. In: Christine Haug / Johannes Frimmel / Anke Vogel (Hg.): Erotisch-pornographische Lesestoffe: Das Geschäft mit Erotik und Pornographie im deutschen Sprachraum vom 18. Jahrhundert bis zur Gegenwart. Wiesbaden: Harrassowitz 2015, S. 159–181.

3 Vgl. das Verzeichnis von Michael Farin: Die letzten Illusionen: Josefine Mutzenbacher vor Gericht. Ein Dossier. In: Hans-Edwin Friedrich / Sven Hanuschek / Christoph Rauen (Hg.): Pornographie in der deutschen Literatur: Texte, Themen, Institutionen. München: belleville 2016, S. 35–72, hier S. 57ff.

4 Vgl. Paul Englisch: Geschichte der erotischen Literatur (3. Aufl.). Wiesbaden: Fourier 1987, S. 279–287.

5 Oswald Wiener: Der obszöne Wortschatz Wiens: Beiträge zu einer Ädöologie des Wienerischen. In: Michael Farin (Hg.): Josefine Mutzenbacher oder Die Geschichte einer Wienerischen Dirne von ihr selbst erzählt: Ungekürzter Nachdruck der Erstausgabe aus dem Jahr 1906. München: Schneekluth 1990, S. 361–461, hier S. 361. – Zitate aus dieser Ausgabe werden künftig mit »JM« und Seitenzahl nachgewiesen.

gen der Verfasserschaft[6] und der Zensur[7] ab, bei denen es weniger um textanalytische als um literatursoziologische und juristische Fragen geht, lassen sich drei Deutungstopoi benennen: der Roman wird als realistisch und sozialkritisch gelobt. In jüngerer Zeit verfällt er dem scharfen Verdikt, er sei kinderpornographisch. Alle drei Punkte sind schon früh vermerkt worden, jedoch scheint die Karriere des dritten, der lange nicht weiter bewertet worden war, darauf hinzudeuten, dass es sich weniger um textanalytisch gestützte Beobachtungen, sondern eher um den historischen Wandel der Rezeptionsperspektive handelt.

I.

Der erste Rezensent der *Josefine Mutzenbacher*, der selbst als Autor in diesem Feld aktive Richard Werther – das Pseudonym von Ernst Klein[8] – lobte den Roman 1908 als »Meisterwerk«:

> Es ist mit einer naturalistischen Kraft geschrieben, die es weit über den Durchschnitt aller erotischen Werke erhebt, und hätte die Öffentlichkeit nur den Mut, rücksichtlos anzuerkennen, was aus der Hand eines Meisters stammt, [...] die [Josefine Mutzenbacher] müßte unbedingt an die Spitze der gesamten modernen Literatur gesetzt werden, deren neueste, vertretene, unwahre, tüftelnde, asthmatische Bücher sich dagegen ausnehmen wie schwankende Erlenbüsche gegen eine kraftstrotzende Eiche.[9]

Was Klein als Vermögen des Autors lobt, begegnet bei Hayn und Gotendorf bereits konkret als »äußerst naturalistische Schilderung des Lebenslaufes einer Dirne«.[10] Paul Englisch pflichtete bei, der Roman sei »flott und lebenswahr geschrieben«.[11]

Im liberalen Klima der 1960er Jahre wurde dieses Urteil zum Qualitätssiegel. Curt Riess hatte dem vorgearbeitet: Der Roman sei »etwas besonderes [...]. Nicht nur eine Schilderung von Unanständigkeiten, sondern eine Schilderung der Wirklichkeit.«[12] Hellmuth Karasek bescheinigte ihm einen »nichts verschönernden«, »großen Realismus«;[13]

---

6 Vgl. dazu Farin: Die letzten Illusionen (wie Anm. 3), S. 39ff.; Hans-Edwin Friedrich: Pornographie in der deutschsprachigen Literatur: Problemaufriss und Forschungsperspektiven. In: Friedrich / Hanuschek / Rauen (Hg.): Pornographie (wie Anm. 3), S. 277–375, hier S. 322ff.

7 Vgl. Farin: Die letzten Illusionen (wie Anm. 3), S. 49ff.; dort weitere bibliographische Hinweise.

8 Vgl. Paul Englisch: Irrgarten der Erotik: Eine Sittengeschichte über das gesamte Gebiet der Welt-Pornographie. Leipzig: Lykeion 1931, S. 84; JM 550. – Zu Richard Werther vgl. Englisch: Geschichte der erotischen Literatur (wie Anm. 4), S. 288f.; einzelne Artikel in: Almut Oetjen. (Hrsg.): Lexikon der erotischen Literatur: Autoren – Werke – Themen. Hg. der Grund- und 1.–4. Lieferung: Klaus Pietrek. Meitingen: Corian Verl. Wimmer 1992–2006.

9 R. Werther: Zur Mutzenbacher. Blätter für Bibliophilen 1 (1908), H. 2, S. 98–100; zitiert nach JM 467–469, hier S. 467f.

10 Hayn & Gotendorf: Bibliotheca germanorum erotica et curiosa, Bd. 8 (wie Anm. 1), S. 477; vgl. Farin: Die letzten Illusionen (wie Anm. 3), S. 36.

11 Englisch: Geschichte der erotischen Literatur (wie Anm. 4), S. 292.

12 Curt Riess: Erotica! Erotica! Das Buch der verbotenen Bücher. Hamburg: Hoffmann und Campe 1967, S. 434.

13 Hellmuth Karasek: Vom Realismus der Pornographie (1969), JM 7–17, hier 9, 16.

Georg Hensel lobte »die Realistik der Milieuschilderungen«.[14] Eine andere Variante brachte Reinhard Priessnitz. »die realistische komponente, freilich mit einschränkungen, scheint mir im buch selbst evident genug, vor allem, was das milieu und dessen umsetzung in sprache betrifft.«[15] Diese hebe den Roman aus der konventionellen Pornographie heraus, indem sie »eine nuance des wienerischen zu verstehen« helfe. Priessnitz knüpfte an die Überlegungen Oswald Wieners an, der den Roman »als schilderung des wienerischen milieus [...] singulär«[16] befunden hatte, und las ihn weniger als realistische Schilderung der Wiener Vorstadt, vielmehr sei »das mentale bild einer stadt« hier »prägnant«[17] wiedergegeben worden.

Nur wenige scherten hier aus. Robert Neumann fand weniger Realismus, eher die »Darstellung einer grandios exklusiven Märchenwelt«, in der »zur Sache ununterbrochen [...] aufs Naturalistischste«[18] gesprochen werde. In diesem Sinne fasste Klaus Göbel knapp zusammen: »der Text reiht ausschließlich Kopulation an Kopulation, ausgeschmückt mit ein wenig Wiener Lokalkolorit.«[19]

Nun ist die Beurteilung eines Textes als »realistisch« oder »naturalistisch« eher eine naive, intuitive Wahrnehmung, die, einmal abgesehen von den theoretischen Komplikationen des Realismus-Begriffs,[20] sowohl von Textsignalen wie von individuellen wie kulturellen Präsuppositionen abhängt. Bezogen wird der Realismus einmal auf die Schematisierung des Lebenslaufs der Hauptfigur, dann auf das geschilderte Milieu, schließlich auf die Beschreibung der Sexualakte, wobei die ›Schilderung der Unanständigkeiten‹, wie Riess sie umschreibt, obwohl gattungskonstitutiv, durchweg nicht gelobt wird.

Die Beschreibungen der sexuellen Akte folgen dezidiert einer Programmatik, die auf die genaue Erfassung des Details zielt. Dies wird geschickt als Eigenschaft der Erzählerin ausgewiesen, wie ein Beispiel zeigen kann: »Ich sah, wie Poldls Schweif gänzlich in dem schwarzen Haarbüschel seiner Schwester verschwand, und griff selbst hin, um mich zu überzeugen, ob er wirklich in ihrem Leib steckte.« (JM 51) Die mimetische Strategie reicht bis zu den Figurenreden, die ihre sexuelle Exstase verbalisieren.[21] Gleichzeitig ten-

14 G. Hensel: Unordnung und frühe Freud: Leben, Lieben und Meinungen der Mutzenbacherin. In: Süddeutsche Zeitung, 4.12.1969.

15 Reinhard Priessnitz: freudenkelch und gnadenspender. In: Reinhard Priessnitz: R. literatur, gesellschaft etc. aufsätze. werkausgabe, bd. 3 / 2. Graz: Droschl 1993, S. 134–138, hier S. 135.

16 Wiener: Der obszöne Wortschatz (wie Anm. 5), JM 362.

17 Priessnitz: freudenkelch und gnadenspender (wie Anm. 15), S. 137.

18 Robert Neumann: Tagebuch. »Eine wirklich schöne Pornographie ...«. In *Konkret*, Nr. 25 (1969), S. 55.

19 Klaus Göbel: Literatur und Medienschutz und das Beispiel »Josefine Mutzenbacher«. In: Arnulf Krause / Regina Claussen (Hrsg.). Die beschwerliche Ehe: Eine Lebensform in Literatur und Film. Bonn: Bouvier 1996, S. 177–187, S. 181; vgl. auch »Mit knappen Strichen skizziert der Autor einen sozialen Hintergrund, vor dem als Überlebenskraft nur die Sexualität möglich scheint.« (Georg Seeßlen: Lexikon der erotischen Literatur. München: Heyne 1984, S. 167).

20 Vgl. W. Klein, W.: Realismus / realistisch. In: Karlheinz Barck / Martin Fontius / Dieter Schlenstedt & al. (Hg.): Ästhetische Grundbegriffe. Bd. 5: Postmoderne – Synästhesie. Stuttgart / Weimar: Metzler 2003, S. 149–197.

21 Vgl. Claudia Liebrand / Franziska Schößler: Fragmente einer Sprache der Pornographie. Die ›Klassiker‹ Memoirs of a Woman of Pleasure (Fanny Hill) und Josefine Mutzenbacher. In: Meike Penk-

dieren diese Szenen auch zur genreüblichen Hyperbolik – »[...] am Boden liegend, machte Mizzi die siebente Partie, die wohl die ausgiebigste war, weil sie mehr als eine halbe Stunde dauerte« (JM 55).

Dass der Lebenslauf der Dirne realistisch wiedergegeben sei, ist vor allem Annahme der frühen Rezeption. Obwohl der Roman buchstäblich Pornographie ist und damit ein dezidiert literarisches Signal gegeben wird, wirkten sich die Authentifizierungsstrategien des Herausgebers aus: die Behauptung, es handele sich um »Bekenntnisse«, also Konfessionen, mit der Implikation, der autobiographische Pakt sei eingehalten;[22] die Angabe, der Name habe »in Wirklichkeit ein wenig anders« (JM 37) gelautet, Personen des öffentlichen Lebens seien durch Namensänderung unkenntlich geworden; der Hinweis auf professionelle Verbesserungen des Textes einer schreibenden Dilettantin; die Angaben zu Leben und Lebensende der ›realen‹ Mutzenbacher. Obwohl die Übergabe des Manuskripts an den Arzt eine Reminiszenz an die *Memoiren einer Sängerin* darstellt,[23] zielen die Nachrichten über die Textüberlieferung in die gleiche Richtung.

In toto wird der Text als »Dokument seelischer Aufrichtigkeit, als ein wertvolles und sonderbares Bekenntnis, das auch kulturgeschichtlich für das Liebesleben der Gegenwart Interesse verdient« (JM 38), vorgestellt. Dieser Hinweis auf den kulturhistorischen Quellenwert greift ein schon im 19. Jahrhundert verbreitetes Interpretationsmodell auf. Oskar Ludwig Bernhard Wolff begriff den libertinistischen Roman »als geschichtliche Urkunde«,[24] und das lieferte zum einen das Paradigma für den wissenschaftlichen Umgang mit der Gattung,[25] aber auch eine brauchbare Legitimationsstrategie.

---

witt (Hg.). Entfesselung des Imaginären? Zur neuen Debatte um Pornografie. Freiburg: Fritz 2004, S. 107–129, hier S. 117; Claudia Liebrand: »Josefine Mutzenbacher«. Die Komödie der Sexualität. In: Siegfried Mattl / Werner Michael Schwarz (Hg.): Felix Salten: Schriftsteller – Journalist – Exilant. Wien: Holzhausen 2006, S. 87–92, hier S. 88.

22 Vgl. Philippe Lejeune: Der autobiographische Pakt. Frankfurt am Main: Suhrkamp 1994, S. 13.

23 Vgl. Aus den Memoiren einer Sängerin. Ungekürzte Originalfassung. Nachwort von Paul Englisch. München: Rogner & Bernhard 1970, S. 5–6.

24 Oskar Ludwig Bernhard Wolff: Allgemeine Geschichte des Romans, von dessen Ursprung bis zur neuesten Zeit. Zweite vermehrte Auflage. Jena: Mauke 1850, S. 323.

25 Vgl. die Auswertung als Quelle bei Ivan Bloch / Eugen Dühren: Eugen Dühren: Der Marquis de Sade und seine Zeit: Ein Beitrag zur Cultur- und Sittengeschichte des 18. Jahrhunderts. Mit besonderer Beziehung auf die Lehre von der Psychopathia Sexualis. Zweite Auflage. Berlin / Leipzig 1900, S. 380: »Jeder, der die soziologische Bedeutung der Liebe untersuchen will, muß die Hauptwerke des Marquis *de Sade* gelesen haben.« Ähnlich auch die Texte Sacher-Masochs bei Krafft-Ebing; vgl. Porto, P.: »Anfangs las ich das Werk mit zweifellos lascivem Interesse«. Die pornographische Rezeption der Psychopathia sexualis. In: Friedrich, Hanuschek & Rauen (Hg.), Pornographie (wie Anm. 3), S. 103–119.

Das war in den 1960ern nicht mehr plausibel. Oswald Wiener hat die »bedauerliche unsicherheit der urteilskraft«[26] in der Figurenpsychologie der Heldin dem »soziologischen realismus«[27] kontrastiert und damit die geltende communis opinio formuliert.

II.

Der ›soziologische Realismus‹ ist in den Reaktionen auf die Neuausgabe im Verlag Rogner & Bernhard der entscheidende Hebel zur Kanonisierung des Textes. Der Roman souffliert die Leitformeln: Vom »Dreck der Vorstädte« (JM 39) ist die Rede, vom Familienleben in der Ottakringer »Zinskaserne, die von oben bis unten mit armen Leuten angefüllt war« (JM 40); die eigene Wohnung besteht aus »einer Küche und einem Zimmer« (JM 40), das sich die fünfköpfige Familie auch noch mit einem Bettgeher teilt. Folglich, so Paul Englisch, schildere der Verfasser »die Mißstände des Schlafburschenwesens, des Zusammenpferchens vieler Bewohner in einem Hause, und die daraus entstehende sittliche Verwahrlosung.«[28] Auffällig ist aber, dass die Ausführungen zum sozialen Milieu sich im wesentlichen auf die Eingangspassagen des Romans beschränken, der sich fortan dominant dem sexuellen Gewusel widmet. Robert Neumann war ein genauerer Leser als manch anderer; ihm fiel genau das bei der erneuten Lektüre auf:

> Ich [...] dachte, zwar trieben es die Leute miteinander alle zwei, drei Seiten, aber dazwischen gebe es, wenn auch noch so dürftige, »epische Brücken« von Situation zu Situation. Das war eine Fehlerinnerung. Es gibt gar keine epischen Brücken. Irgendwelche Leute treiben es miteinander ununterbrochen[.][29]

Was Neumann meint, liest sich etwa so:

> Sie unterbrach mich: »Halts Maul«, und damit war die Sache beendigt.
> Ein paar Tage später traf ich den Herrn Horak, wie er eben in den Keller ging. (JM 88)

Wie es sich für einen pornographischen Roman ziemt, steht die Schilderung sexueller Aktivitäten im Vordergrund. Das soziale Milieu wird am Anfang eingeführt – die Wohnraumenge erleichtert das Zustandekommen sexueller Begegnungen –, es spielt aber im Grunde nur die Rolle einer Kulisse, die für die ersten bibliophilen Käufer des Privatdrucks, die Kunden des Wiener Verlags von Fritz Freund, dem Initiator des Romans,[30] wohl eher exotischen Reiz hatte.

---

26 »es ist ein bezeichnender Irrtum, die prostitution für eine karriere jener weiber zu halten, denen der geschlechtsgenuss viel bedeutet, und überhaupt geht der autor zu wenig auf wichtige spezifische züge des weiblichen ein, zum beispiel fehlt jeder hinweis auf die menstruation und sie begleitende persönliche und umständliche differenzierungen. als person, scheint es, ist die JOSEFINE MUTZENBACHER bloss die idealfigur eines provinziellen lüstlings.« (Wiener: Der obszöne Wortschatz (wie Anm. 5), JM 362).

27 Ebd.

28 Englisch: Geschichte der erotischen Literatur (wie Anm. 4), S. 292.

29 Neumann: Tagebuch (wie Anm. 18), S. 55.

30 Vgl. Englisch: Irrgarten der Erotik (wie Anm. 8), S. 85ff.; Marianne Fischer: Erotische Literatur vor Gericht: Der Schmutzliteraturkampf im Wien des beginnenden 20. Jahrhunderts. Wien: Braumüller 2003, S. 53ff.

Englischs Lob des Mutzenbacherschen Realismus gibt dem jedoch noch eine andere Stoßrichtung, indem sie der Schilderung, besser: Skizzierung des Milieus eine kritische Funktion unterstellt. Daran knüpfte man in den 1960er Jahren an. Curt Riess führte aus:

> Das Mindeste, was man von der »Mutzenbacher« sagen muß: sie ist jugendgefährdend. Sie ist es wie kaum ein zweites Buch der Weltliteratur. Denn sie beschreibt ja die Gefährdung der Jugend, der Wiener proletarischen Jugend in den Mietskasernen der Proletarierviertel, die um die Mitte des vorigen Jahrhunderts mehr als nur gefährdet war. Sie war in sittlicher Hinsicht schon seit der Geburt verdammt. Die Mädchen, die Jungen mußten verlottern. Es war ihr Schicksal.[31]
> Die Figuren des Romans bewegen sich nicht im luftleeren Raum. [...]
> Sie sind bitter arm. Sie leben in Mietskasernen, und sie können sich meist nur ein Schlafzimmer und eine Küche leisten. Selbst wenn sie Kinder haben. Ja, in der Küche schläft manchmal noch ein Untermieter. Sie riechen nach ungelüfteten Räumen, nach Kohl und anderem billigen Essen. Sie haben kein Geld, um sich zu parfümieren, und sie reden auch nicht parfümiert.[32]
> Die Leser der »Mutzenbacher« aber spürten, daß dieses Buch etwas Besonderes war.
> Nicht nur eine Schilderung von Unanständigkeiten, sondern eine Schilderung der Wirklichkeit. Dokument, Sozialkritik, Enthüllung – nicht der sexuellen Triebe des Proletariats, sondern dessen, was in diesen Mietskasernen auf den Dachböden und in den Kellern vor sich ging. So war es eben. Dies mußte festgehalten werden. Aber davon Aufhebens machen?[33]

Der anonyme Rezensent des *Spiegel* formulierte die Schlagworte: es gehe um »die Entlarvung bürgerlicher Wohlanständigkeit als totale Pornographie«, eine fundamentale »Kritik der bürgerlichen Gesellschaft«.[34] Hellmuth Karasek lobte den »durchdringenden Wohnküchengeruch«; das Buch zeige die »Kehrseite einer Wiener Medaille der vorgeschützten Hochanständigkeit« in »unparfümierte [r] Anschaulichkeit«.[35] *Josefine Mutzenbacher* lasse sich »als eine einzige zynische gesellschaftskritische Allegorie verstehen: das ›unschuldige‹ Kind als Opfer und zugleich Beherrscher einer obszönen Sozietät.«[36]

Der Autor hatte das jedoch nicht beabsichtigt; der sozialkritische Blick war allein Ergebnis seines realistischen Programms. Schon Riess hatte postuliert, dem Autor sei »unter der Hand«[37] aus dem geplanten Erotikon ein ›kulturgeschichtliches Dokument‹ geworden. Den zugrundeliegenden Mechanismus beschrieb Reinhard Priessnitz:

---

31 Riess: Erotica! (wie Anm. 12), S. 426.
32 Ebd. S. 428.
33 Ebd. S. 434.
34 Drossel mit dreizehn. In: Der Spiegel, Nr. 51, 1969, S. 166–167, hier S. 166–167, 167.
35 Karasek: Vom Realismus der Pornographie (wie Anm. 13), JM 9, 11, 16.
36 J. Kolbe: Pornographie, eine bitterernste Sache. Frankfurter Allgemeine Zeitung, 11.11.1969; zit. nach JM 486.
37 Riess: Erotica! (wie Anm. 12), S. 428.

ich meine damit, die perspektive, auf die alles geschehen letztlich reduziert worden ist und die meines erachtens weniger in der gattung pornographie, sondern auf einer realistik fusst, die dem autor selbst vielleicht nicht ganz bewusst wurde. es ist nicht anzunehmen, dass die »mutzenbacher« mit der absicht einer sittenschilderung geschrieben wurde – gewiss stand bei der abfassung das genre bereits fest; aber eben dies musste über den kanal der sprache in einer wiedergabe der realität münden, die weit über den rahmen solcher literatur hinaus reicht.[38]

III.

Josefine Mutzenbacher sei »eine Vision, die ein Dichter aus dem Jahrhundert der Devise ›Alles für's Kind!‹ geschöpft«[39] habe, mokierte sich Karl Kraus. Die éducation sexuelle der Hauptfigur beginnt schon sehr früh: mit fünf Jahren betrachtet ein Bettgeher ihr ›nacktes Mittelstück‹, die Spiele der siebenjährigen Josefine mit den Nachbarskindern gehen zwanglos ins Sexuelle über, ein Nachbarsjunge wird von seiner Stiefmutter, der Sohn des Hausherrn von seinem Kindermädchen verführt, ein anderer muss seiner Mutter und seinen Schwestern zu Willen sein – kurz: jeder treibt es mit jedem, Väter mit Töchtern, Söhne mit Müttern, Geschwister untereinander. Für die 1960er: ein libertäres Utopia.

Zum Problem ist das erst spät geworden. Mit Blick auf die Aufhebung der Indizierung durch die Bundesprüfstelle 1990 hatte Klaus Göbel auf die Perspektive der Indizierungsbefürworter hingewiesen, die den Roman als »Kinderpornographie schlimmster Art«[40] aus dem Verkehr gezogen wissen wollten. Clemens Ruthner hat diesen Aspekt ausbuchstabiert:

> Aus der sensibilisierten Sicht unserer Gegenwart bleibt […] der Skandal dieses Romans, der darin besteht, dass sich die erzählte éducation sexuelle der Ich-Erzählerin im Alter von 7–14 Jahren abspielt; damit werden wir in die Abgründe der Wiener Fin-de-siècle-Kultur gestoßen […]
> Im Roman […] besteht ihre »Erziehung« im Wesentlichen aus einer Serie von Akten sexuellen Mißbrauchs durch Mitbewohner / innen aus dem Proletarier-Zinshaus, aber auch durch männliche Familienmitglieder wie den Vater, der letztlich mehr oder weniger zum Zuhälter seiner Tochter wird. Man könnte dahinter ein sozialkritisches Erklärungsmodell für die Prostitution sehen […]. Der lustig naive

38 Priessnitz: freudenkelch und gnadenspender (wie Anm. 15), S. 135. – Vgl. allgemeiner: »Diese gezielte Verfolgung hat die Pornographie in eine Rolle gedrängt, die sie zumeist gedankenlos und gewissenhaft erfüllt. Die erotische Literatur ist offensichtlich ein letztes Gebiet der Literatur, wo es so etwas wie die ›Macht des Wortes‹, von der die ›Dichter‹ so träumen, noch gibt. Dadurch bekommt die Pornographie einen politischen, anarchistischen Zug, sie läßt ahnen, daß tabuisierte, aus dem Leben der Gesellschaft verdrängte Bereiche stärker sein können als die Kontrollen und Schranken, die diese Gesellschaft sich errichtet hat. Dadurch ist jede pornographische Literatur automatisch schon eine politische Literatur.« (Urs Widmer: Wer hat Angst vor Pornographie? (1970), JM 17–25, hier S. 18).

39 Karl Kraus: Zwei, die etwas gegen mich haben. Die Fackel 26, Nr. 657–667 (1924), S. 178–188, hier S. 182.

40 Göbel: Literatur und Medienschutz (wie Anm. 19), S. 181.

> Ton und die immer wieder nahe gelegte »Freiwilligkeit« der Protagonistin, die Situationen der sexuellen Benutzung förmlich sucht, widersprechen freilich einer solchen Sicht.
> Von naturalistischen Milieustudien unterscheidet sich der Roman zudem – trotz seines Schauplatzes im Wiener Arbeiterbezirk Ottakring – durch eine Pose der Reuelosigkeit, in der ein Wille zur Lust mit gesellschaftlichem Aufstieg, also Macht, scheinbar selbstverständlich einhergeht [...].[41]

Dem Argument liegt ein Ebenenkurzschluss zugrunde. Im Roman sind alle Figuren immer zur Sexualität aufgelegt, für den ideologiekritischen Blick verweist jedoch gerade dieser Zuschnitt der fiktionalen Welt auf »einen Projektionsraum männlichen Begehrens, in dem kindliche Unschuld, zügellose proletarische Sexualität und Exotik unbeschadet jedes moralischen Zolls ihre sexuelle Faszination entfalten können«,[42] der, wie Ruthner pointiert, »eine Propagandaschrift des Proletariats«, eine »berühmt-berüchtigte Kinderpornographie«[43] zur Folge hat. Fürwahr, der Weg der Josefine, die sich via Sexualität »emanzipiert«,[44] war weit.

Sexualität ist die Domäne der Pornographie; ihre Modellierung in deren fiktionalen Welten folgt Gattungsregeln, aber auch dem jeweiligen kulturellen Rahmen und individuellen Akzentsetzungen und Selektionen. In der *Josefine Mutzenbacher* ist Sexualität als Bestandteil der menschlichen Natur so stark ausgeprägt, dass sie überall und jederzeit praktiziert wird. So berichtet Josefine über die Nachbarskinder: »Freilich waren alle diese Buben ebenso verdorben wie ich und mein Bruder, und sie alle vögelten ganz wie selbstverständlich ihre Schwestern, ihre Freundinnen, kurz was sie eben kriegen konnten.« (JM 97) Als ihre Mutter stirbt und damit eine kurzzeitige Unterbrechung eintritt, resümiert sie die letzten sechs Jahre: »Ich hatte die ganze Zeit, bis zum Tode meiner Mutter, fortwährend gevögelt, und wenn ich es überschlage, vielleicht mit zwei Dutzend Männern Unzucht getrieben.« (JM 155) Und aus dem Blickwinkel der lebenserfahrenen Dirne urteilt sie:

> Sonst aber, und auch das muß ich hier, um der Wahrheit die Ehre zu geben, wiederholt feststellen, sonst aber führen Tausende und Tausende Mädchen aus den unteren, ja selbst – wie ich heute weiß – aus den besten Gesellschaftsschichten in ihrer Kindheit ein so geschlechtliches Dasein, treiben ahnungslos, verführt von ihren

41 Clemens Ruthner: Geschwätzige Liebe, unlautere Utopien. Josefine Mutzenbacher – ein bedenkliches Buch wird 100 Jahre alt. In: Literatur und Kritik 42 (2007), Nr. 415–416, S. 5–7, hier S. 6; vgl. Clemens Ruthner: Gegen-Pornographie? Albert Drachs bleibende Antwort auf »Josefine Mutzenbacher«. In: Bart Philipsen / Clemens Ruthner / Daniel de Vin (Hg.): Was bleibt? Ex-Territorialisierung in der deutschsprachigen Prosa seit 1945. Tübingen / Basel: Francke 2000, S. 67–87; Clemens Ruthner: Frühreif oder straffällig? Versuch über die Kehrseite der »Mutzenbacher«. In: Doris Moser / Kalian Kupczyńska (Hg.): Die Lust am Text: Eros in Sprache und Literatur. Wien: Praesens 2009, S. 207–218.

42 Bettina Rabelhofer: Symptom, Sexualität, Trauma: Kohärenzlinien des Ästhetischen um 1900. Würzburg; Königshausen & Neumann 2006, S. 171.

43 Ruthner: Geschwätzige Liebe (wie Anm. 41), S. 7.

44 Widmer: Wer hat Angst vor Pornographie? (wie Anm. 38), JM 21.

> Gespielen und Gespielinnen, alle erdenkliche Unzucht und werden später sittsame, keusche und anständige Mädchen, Frauen und Mütter, die sich ihrer Kinderfehler gar nicht erinnern. (JM 200f.)

Die Lebenserzählung mündet denn auch in das gern zitierte Axiom: »Sie liegen oben, wir liegen unten. Sie stoßen und wir werden gestoßen. Das ist der ganze Unterschied.« (JM 306)

Josefine durchläuft einen sexuellen Reifungsprozess. Als Fünfjährige begreift sie noch nicht, was es mit dem Verhalten des Bettgehers auf sich hat. Im Alter von sieben Jahren zeigen ihr die Nachbarskinder, wie Kinder gemacht werden. Josefine reagiert darauf mit »Neugierde, Staunen, Entsetzen und noch einer besonderen, mir bisher fremden Erregung« (JM 43). Sie beteiligt sich daran, und obwohl ihr das Getue des 13-jährigen Ferdl »unsinnig und lächerlich« vorkommt, bemerkt sie »eine kleine Aufregung [...] in mir, und nur dieser allein ist es wohl zuzuschreiben, daß ich liegen blieb, ja sogar ernsthaft wurde.« (JM 43) In diesem Alter kommt also die »Geschlechtlichkeit« (JM 48) zum Ausbruch mit der Folge, dass nunmehr alles, was sich nicht wehrt, ins sexuelle Spiel einbezogen wird.

Der nächste Einschnitt erfolgt mit 13 Jahren, als ihre Mutter stirbt. Durch diesen Tod kommen die Sozialisationsinstanzen ins Spiel, zunächst die Religion, deren irdische Vertreter jedoch im geheimen Konsens mit der menschlichen Sexualität agieren, dann Justiz und Polizei, die die sexualfeindlichen kulturellen Normen durchsetzen. Josefine vollzieht die entscheidende Weichenstellung, indem sie sich gegen die geltende Norm entscheidet und zur Hure wird. Das gilt aber nicht für alle. Der Eintritt in die kulturelle Ordnung bewirkt bei denen, die nicht zur Dirne werden, eine Domestizierung der Sexualität.

> [...] trotz dieser Kindergeschichten wäre ich vielleicht eine brave Frau geworden, wie Melanie es wurde, die heute mit einer Schar von Kindern im Gasthaus ihres Vaters sitzt, oder wie manche andere von meinen damaligen Genossinnen, denen diese frühzeitigen Ausschreitungen nichts geschadet haben.
> Sie hielten sich, als das Jungfrauengefühl in ihren erwachte, und als besonders die Angst vor dem Kinderkriegen sich einstellte, vom Geschlechtsverkehr zurück, wurden keusch, wurden dann von einem ernsthaften Geliebten, der nichts ahnte, wie viele Wenzel schon an dieser Stelle gewetzt hatten, ernsthaft entjungfert, wurden geheiratet und sind, wenn sie auch hie und da einer Versuchung nicht widerstehen konnten, wie meine Mutter, doch keine Hure geworden wie ich. (JM 200)

Für das Kind gilt eine Latenzphase für die ersten sechs Lebensjahre, der eine sexuell aktive Phase folgt, in der es polymorph-pervers ist. Sein Sexualtrieb nimmt auch auf engste verwandtschaftliche Bindungen keine Rücksicht. Erst mit der Pubertät wird diese Phase abgeschlossen. Die Entscheidung, auch als Erwachsene die sexuellen Gewohnheiten der Kindheit fortzusetzen, bedingt ein Leben außerhalb der gesellschaftlichen Normen, eben als Hure. Auffällig ist der allfällige Inzest, der zur sexuellen Konvention gehört und erst durch die gesellschaftlichen Normen verboten und sanktioniert wird. Inzest ist in Josefines Welt eine kulturelle, keine biologische Norm. In dieser Hinsicht zeigt sich eine wohl auf die Wiener Literatenszene zurückgehende Verwandtschaft mit vergleichbar abstrusen

Annahmen Sigmund Freuds. Der Roman geht in sexualibus von einem scharfen Antagonismus von Natur und Kultur aus.

IV.

Die libertinen französischen Romane des 18. Jahrhunderts weisen teils ausführliche Diskursivierungen auf, die den expliziten Beschreibungen der auf sexuelle Erregung von Leserinnen und Lesern abzielenden Vorgänge beigegeben sind.[45] Sie sind dort als argumentierende Passagen, als Figurenrede, als narrative Strukturierung realisiert. Ihnen geht es um die kulturelle Modellierung von Sexualität, ihre anthropologischen Grundlagen, philosophische Fragen, für die die dargestellten Handlungen als Exempel dienen. Die *Mutzenbacher* enthält kaum Diskursivierungen, so dass die expliziten Darstellungen nicht Mittel in einem Diskurs, sondern Zweck des Textes sind.

Die Rezeption des Romans unterstellte stets einen professionellen Autor, der etabliertes Mitglied der Wiener Literatenszene war und sich in der *Mutzenbacher* als Könner erwiesen habe – dem Roman komme »klassische Bedeutung«[46] zu, er gehöre zur »weltliteratur«.[47] Der erste Publikationsort verweist auf das Milieu bibliophiler Sammler, die an anspruchsvoller, aber eben auch einschlägiger Ware interessiert sind. Folgerichtig erschien die erwähnte, erste Rezension von Richard Werther auch in den von Willy Schindler herausgegebenen *Blättern für Bibliophilen*.[48]

Der Roman bietet eine der Lebenschronologie der Figur Josefine Mutzenbacher folgende, kaum unterbrochene Abfolge sexueller Szenen, lässt jedoch eine klare Anordnung erkennen. Die knappe Vorbemerkung bietet eine Herausgeberfiktion, die Narration selbst ist in zwei Kapitel untergliedert, das zweite etwas umfangreicher als das erste. Die episodische, kumulative Reihung der verschiedenen Sexualakte, die eigentlich endlos fortgesetzt werden könnte, erzählerisch unabschließbar scheint, ist geschickt mit dem Thema der Vorbemerkung verknüpft, das für ein formal zufriedenstellendes Ende sorgt. Erzählt wird der Werdegang des Mädchens aus Hernals: »So endete der erste Tag meines Hurenlebens. Ich war nun käuflich, war ein Ding für jedermann.« (JM 304). Das Ziel einer teleologisch ausgerichteten Lebenserzählung ist erreicht, alles andere wäre mehr des gleichen.[49]

Diese Teleologie strukturiert die Abfolge der Sexualakte, die dem Mädchen immer wieder neue Erfahrungen vermitteln, seien es Sexualpraktiken, seien es unterschiedliche Sexualhabitus, seien es verschiedene soziale Einbettungen von Sexualität. Demzufolge wird etwa im Anschluss an die erste einschlägige Erfahrung der Abstand zwischen erzählendem

45 Vgl. grundlegend Michael Titzmann: Sexualität und Anthropologie in der französischen Aufklärung: Der philosophisch-pornographische Roman. In: Ders.: Anthropologie der Goethezeit: Studien zur Literatur und Wissensgeschichte. Hrsg. von Wolfang Lukas und Michael Ort. Berlin / Boston: de Gruyter 2012 S. 433–483.

46 So Karl Kraus: Die Hundspeitsche! Die Fackel 21 (1929), Nr. 811–819, S. 49–58, hier S. 50.

47 Wiener: Der obszöne Wortschatz (wie Anm. 5), S. 361.

48 Vgl. Anm. 8 und 9.

49 Das wird schon am Erzählbeginn angesprochen: » [...] ich habe alles erlebt, was ein Weib im Bett, auf Tischen, Stühlen, Bänken, an kahle Mauerecken gelehnt, im Grase liegend, im Winkel dunkler Haustore, in chambres séparées, im Eisenbahnzug, in der Kaserne, im Bordell und im Gefängnis überhaupt nur erleben kann, aber ich bereue nichts von alledem.« (JM 39).

und erzähltem Ich markiert: »Ich begriff nichts davon, und machte mir auch, nach Kinderart, keine Gedanken darüber. Heute weiß ich, was das bedeutet hat [...]« (JM 41). Die sexuellen Erlebnisse werden mit dem Modus des Lernens und Erfahrens verknüpft. Ferdl, der große Bruder des Nachbarmädchens Anna, die wenig älter als Josefine ist, ist ein bereits »Ausgelernter« (JM 45). Die ersten Erfahrungen mit den Nachbarskindern bewirken, dass das siebenjährige Mädchen seit »jenem Tage [...] Kinder und Erwachsene, Männer und Frauen mit völlig veränderten Blicken« (48) betrachtet. In der nächsten Station beobachtet Josefine erstmals einen Koitus und greift wissbegierig »selbst hin, um mich zu überzeugen, ob er wirklich in ihrem Leib steckte« (JM 51). Quintessenz der Episoden ist, was Josefine gelernt hat.[50]

Verknüpft wird das mit einer Sexualerziehung des Körpers – der Schlossergeselle lässt es mit der »Betrachtung meines nackten Mittelstückes« (JM 41) sein Bewenden haben, wohl weil Josefine »damals fünf Jahre alt« (JM 41) war. Dass sie ihn rückblickend ›heute‹ »meinen ersten Geliebten« (JM 41) nennt, zeigt an, dass seinerzeit sexuelle Betätigung noch nicht möglich war und es wohl deswegen auch beim Anschauen blieb. Die nächste Stufe ist das sexuelle Spiel mit den Nachbarskindern in den Grenzen der körperlichen Entwicklung. Ferdl »sagte uns Mädchen, daß unsere Fut noch zugewachsen sei, daß man deshalb nur von außen daran herumwetzen könne.« (JM 45) Später versucht der Soldat, vorerst noch nicht zur Gänze erfolgreich, »mit Gewalt« in »meine Spalte« (JM 73) zu kommen. Der Bierversilberer Herr Horak findet Josefine immer noch »zu klein dazu« (JM 89), behilft sich jedoch anderweitig. Den ersten Koitus kann sie mit dem Sohn des Hausherren absolvieren (vgl. JM 100).

Diese Stufen der individuellen Sexualentwicklung, bei der es um die Einübung von Sexualität geht – was im übrigen erklärt, dass das Spektrum der im Roman vorkommenden Sexualpraktiken, etwa verglichen mit den *Memoiren einer Sängerin*,[51] konventionell ist – sind ihrerseits mit dem Entwicklungsziel verknüpft. Die Bereitschaft des Mädchens, sich immer wieder in sexuelle Begegnungen einzulassen, entspricht einer bestimmten Eigenschaft, die Josefine nicht selbst beobachten, aber in ihren Auswirkungen erschließen kann:

> Ich war erst sieben Jahre als, aber meine Geschlechtlichkeit kam voll zum Ausbruch. Sie muß in meinen Augen zu lesen gewesen sein, mein ganzes Gesicht, mein Mund, mein Gang muß eine einzige Aufforderung gewesen sein, mich anzupacken und hinzuschmeißen. Nur so kann ich mir die Wirkung erklären, die damals schon von mir ausging, die ich in der Folge übte, und die es zustande brachte, daß fremde und wie mir scheint, besonnene Männer gleich bei der ersten Begegnung mit mir alle Vorsicht außer Acht ließen und unbedenklich alles wagten. Diese Wirkung kann ich auch jetzt noch bemerken, wo ich weder jung bin noch schön und wo mein Körper welk geworden und die Spuren meines Wandels greifbar zu erkennen gibt.

50 Vgl.: »Es war ein ereignisreicher Tag für mich gewesen, fast so wie jener, an dem uns Robert das richtige Vögeln und Schlecken beigebracht hatte.« (JM 76)

51 Vgl. Hans-Edwin Friedrich: »Aus den Memoiren einer Sängerin«. Anatomie eines pornografischen Klassikers. In Haug / Frimmel / Vogel (Hg.): Erotisch-pornografische Lesestoffe (wie Anm. 2), S. 113–130, hier S. 127–129.

> Trotzdem gibt es noch Männer, die auf den ersten Blick von mir in Flammen geraten und sich dann in meinem Schoß wie die Rasenden gebärden. Diese Wirkung mag schon viel früher tätig gewesen sein, als ich noch wahrhaft unschuldig war, und vielleicht ist sie es gewesen, die den Schlossergesellen dazu trieb, die Scham der Fünfjährigen zu entblößen. (JM 48f.)[52]

Diese Eigenschaft ist als Motivierung natürlich praktisch, weil sie begründet, warum der Weg zur sexuellen Betätigung in einer sexualitätsfeindlichen Kultur so überaus kurz ist. Darüber hinaus exponiert sie in der Biographie Josefines die innere Disposition, die sie zur Hurerei inklinieren lässt. Im ersten Kapitel dominiert die éducation sexuelle, die sich in dem Moment ihrem Abschluss zu nähern beginnt, als der Bierversilberer Horak, von der sexuellen Forschheit und Ausgebufftheit Josefines überrascht, ihr bescheinigt, sie sei »wie eine ausg'lernte Hur ... So was ist mir noch nicht unterkommen ...«. (JM 93)

Jetzt ist sie auch soweit, dass sie sich aus dem niederen Sozialmilieu nach oben orientieren kann. Eine Ahnung vom besseren Leben der oberen Schichten kommt ihr, als unter den »sechs oder sieben Buben«, mit denen sie es in der Ära Horak »so getrieben« (JM 98) hat, sich Alois, »der Sohn unseres Hausherrn, ein feiner Bursch mit schönen blonden Haaren, mit einem dunkelbraunen Samtanzug« (JM 98) befindet. Die soziale Distinktion ist deutlich:

> Er schien mir so stolz und fein und brav, und ich schämte mich sehr vor ihm, mußte ihn aber immer ansehen. Er schaute mir immer mit einem kurzen Blick ins Gesicht und wandte sich dann mit hochmütiger Gleichgültigkeit von mir ab.
> Man konnte mit ihm nicht sprechen, denn er war immer von einem kleinen, furchtbar dicken Stubenmädchen begleitet [...] (JM 98)

Sexualität, so zeigt sich, ist für Josefine das Mittel zur Durchstoßung der sozialen Schranke:

> Zufällig traf ich ihn aber einmal an einem Nachmittag allein im Parterrekorridor vor der Kellertüre, um die ich geil herumschlich und auf einen Buben, gleichviel auf welchen, wartete. Ich zitterte vor Achtung und Sehnsucht, als ich ihn so unvermutet und allein vor mir erblickte. Er war ohne Hut, hatte aber seinen großen weiten Schillerkragen und seinen Samtanzug an. Alois blieb vor mir stehen und sah mich an. Ich traute mich nicht, ein Wort zu sprechen, wollte aber, daß er mit mir in den Keller gehen solle. Da er nichts redete, lächelte ich. Er blieb ernst. Ich wagte es endlich, ihn zu fragen: »Warst schon einmal im Keller unten ...?« »Nein«, erwiderte er ernst. »Aber gehen wir zusammen herunter.« (JM 99)

Mit ihm, und nicht mit den anderen Proletarierkindern, vollzieht sie den ersten Koitus.

---

52 Vgl.: »Bei einigen Buben aus unserem Haus und aus der Gasse, in der wir wohnten, war ich jetzt sehr bekannt. Wieder muß ich es wohl meinem Gesichtsausdruck und der unwillkürlichen Beredsamkeit meiner Augen zuschreiben, daß sie alle so ohne weiteres annahmen, ich lasse mich vögeln, und man brauche mich nur anzugreifen.« (JM 97)

Im zweiten Kapitel wird der Weg zur Prostitution konsequent nachgezeichnet. Die Erfahrung, dass auch der Klerus, der ja eigentlich des Zölibats wegen aus dem sexuellen Reigen ausgeschlossen sein müsste, fröhlich dabei ist, hebt die letzte moralische Schranke, zumal dessen Vertreter in der sozialen Hierarchie ebenfalls zu den feineren Herrschaften gehören. »Ich lag da mit einem Gefühl, in das sich Staunen, Wollust, Freude und Lachlust mengten und in dem meine Befangenheit sich endlich löste. Ich fing an zu begreifen, daß der Herr Kooperator eine Komödie spielte, und es einfach darauf abgesehen hatte, mich zu pudern.« (JM 169). Die egalitäre Folgerung: »Gevögelt war eben gevögelt, der Kooperator war für mich jetzt wie der Herr Horak oder der Herr Ekhard.« (JM 172)

Die Episode mit dem Katecheten, der schwer für das büßen muss, was alle tun, wird von Josefine als entscheidender Wendepunkt markiert. »Die Geschichte mit dem Katecheten ist aber für mein ganzes Leben entscheidend geworden« (JM 200). Von dort an geht es im Detail darum, wie Josefine allmählich zur Hure wurde. »Nur die Ereignisse, von denen ich jetzt berichten werde, haben mich zur Dirne gemacht, nur sie sind Veranlassung gewesen, daß ich den Weg ging, den man den ›Weg des Lasters‹ nennt.« (JM 200) Der Weg zur Prostitution ist eine dezidierte Abwendung von den geltenden Normen. Nicht umsonst beginnt er mit dem extrem normwidrigen Schwergewicht des Inzests, in dem Josefine verführend verführt wird (vgl. JM 207ff.). Der neue Bettgeher Rudolf, »ein Kaffeehauskellner [...] in einem jener anrüchigen Lokale, die man Tschecherl nennt« (JM 212), der Josefine »höchst unsympathisch« (JM 213) ist und dessen Annäherungen sie schroff zurückweist, ertappt Vater und Tochter auf frischer Tat.

> [...] er war es, der zuletzt lachte. (JM 213)
> »So ...? [«] grinste er, »jetzt möchtest du dich von mir vögeln lassen ...?« Mir war es die einzige Rettung: »Ja, Herr Rudolf.« (JM 220)

Da es bei der Hurerei darauf ankommt, Sexualpartner ohne Rücksicht auf Neigung anzunehmen, erweist dies Josefines berufliche Eignung. »Ich verabscheute ihn, ich haßte ihn, aber ich konnte mir nicht helfen, ich wurde geil.« (JM 221) Rudolf, der sich als Strizzi herausstellt, bringt seine Geliebte Zenzi in eine ménage à quatre ein (vgl. JM 233ff.), und als Josefines Vater aus Geldverlegenheiten nicht mehr herauskommt, fragt er: »Warum verdient die Peperl nichts ...?« (JM 249) Angeleitet von Zenzi, die Josefine vor der Praxis mit der Theorie, ihrer Hurenkarriere, vertraut macht (vgl. JM 288ff.), beginnt Josefine als Grabennymphe, wo sie unter anderem von einem Fotografen für pornographische Aufnahmen angeheuert wird. Das Ergebnis des Tages ist ermutigend:

> Ich gab dem Vater fünf Gulden. Er sagte nichts, aber er nahm das Geld und holte Wein. Zenzi mußte Rudolf beichten, wie ich mich angestellt hätte. Er lobte mich. Dann begann das übliche Saufgelage, und ich lag in dieser Nacht wieder unter meinem Vater.
> So endete der erste Tag meines Hurenlebens. Ich war nun käuflich, war ein Ding für jedermann. (JM 304)

Ihr Beruf wird sie, wie der Herausgeber berichtet hat, nach einer Abwesenheit aus Wien »wohlhabend und glänzend ausgestattet in ihre Vaterstadt« (JM 37) zurückbringen.

Josefine Mutzenbacher folgt dem Formmuster des Entwicklungsromans, der »das Problem der Auseinandersetzung des Einzelnen mit der jeweils vorgefundenen Welt, seines allmählichen Reifens und seines Heranwachsens in die Welt zum Gegenstand« hat, »wie immer Voraussetzung und Ziel dieses Weges beschaffen sein mag«.[53] Das zum Zeitpunkt der Niederschrift längst erreichte »Ziel« wird im ersten Satz der Erzählung benannt: »Ich bin frühzeitig zur Hure geworden« (JM 39). Die Entwicklungsgeschichte ist eine Aufstiegsgeschichte.

> Aus Armut und Elend wie ich entstammt bin, habe ich alles meinem Körper zu verdanken. Ohne diesen gierigen, zu jeder Sinneslust frühzeitig entzündeten, in jedem Laster von Kindheit auf geübten Körper, wäre ich verkommen, wie meine Gespielinnen, die im Findelhaus starben oder als abgerackerte, stumpfsinnige Proletarierfrauen zugrunde gingen. Ich bin nicht im Dreck der Vororte erstickt. Ich habe mir eine schöne Bildung erworben, die ich nur und einzig und allein der Hurerei verdanke, denn diese war es, die mich in Verkehr mit vornehmen und gelehrten Männern brachte. Ich habe mich aufklären lassen und gefunden, daß wir armen, niedrig geborenen Weiber nicht so viel Schuld haben, als man uns einreden möchte. Ich habe die Welt gesehen und meinen Gesichtskreis erweitert, und alles verdanke ich meinem Lebenswandel, den man einen »lasterhaften« nennt. (JM 39f.)

Ein Stichwort in diesem Passus hat die Forschung veranlasst, Verbindungen zum Bildungsroman zu ziehen.[54] Jedoch zeigt sich bei genauem Hinsehen, dass der Erwerb von Bildung gerade nicht der Erzählgegenstand ist. Die »schöne Bildung«, worin auch immer sie bestanden haben mag, verdankt sie der Hurerei, während der Roman lediglich den Weg dorthin nachzeichnet. Exponiert wird ein Verhältnis von sinnenlustigem und geübtem Körper und erst später gebildetem und aufgeklärtem Geist, bei dem der Sexualität das Primat zukommt.

Weitere Schlüsselworte des Romananfangs führen den zentralen strukturierenden Gegensatz ein: »ich bereue nichts« und »Schuld« (JM 39). Verwiesen wird hier auf die geltenden kulturellen Normen, die Sexualität mit Schuld belegen, so dass die Prostituierte zum moralisch verworfenen, schuldigen Wesen per se wird. Daher ist aufschlussreich, dass die sexuellen Spiele der Kinder neutral erzählt werden, ohne »moralische Überbaubedenken«,[55] »ganz ohne Anklage«.[56] Josefine resümiert, dass alle »ebenso verdorben wie ich« (JM 97) seien, ja, dass es auch bei den Bessergestellten nicht anders ist, so dass es eigentlich keinen Grund gibt, nicht damit fortzufahren.

Das ändert sich am Ende des ersten Kapitels mit dem Tod der Mutter:

---

53 Melitta Gerhard: Der deutsche Entwicklungsroman bis zu Goethes »Wilhelm Meister«. Halle: Max Niemeyer 1926, S. 1.

54 Vgl. Verena Holler: Promenade dans les faubourgs de la modernité viennoise. »Josefine Mutzenbacher«, l'amour et le désir. In: Ingrid Haag (Hg.): L'amour autour de 1900. Aix-en-Provence: Université de Provence 2006, S. 241–255.

55 Karasek: Vom Realismus der Pornographie (wie Anm. 13), JM 11.

56 Neumann: Tagebuch (wie Anm. 18), S. 55.

> Mein Bruder Lorenz sagte damals zu mir: »Das ist die Strafe Gottes für eure Sünden, für den Franzl seine und für deine …« Ich war tief erschüttert von diesen Worten und glaubte ihm.
> Deshalb enthielt ich mich auch nach dem Tod meiner Mutter jeglicher Unzucht. Ich gelobte mir, mich nie wieder vögeln zu lassen, und der Anblick des Herrn Eckhard war mir unerträglich. […]
> Dieser Todesfall bildete einen Abschnitt in meinem Leben. Ich hätte mich vielleicht noch gebessert, aber es kam anders. (JM 157)

Lorenz bringt das herrschende Normsystem in Erinnerung mit der Folge, dass Josefine brav, fleißig, keusch (vgl. JM 159) wird und ihre »Todsünde« (JM 159) – nicht die sexuellen Ausschweifungen, sondern dass sie ihre »Verfehlungen bei den früheren Beichten verschwiegen« (JM 159) hatte – zu beichten gedenkt. Der Beichtvater reagiert, wie Geistliche in pornografischen Texten schon immer reagieren mussten, weil sie die Norm repräsentieren, gegen die der pornografische Roman gattungskonstitutiv verstößt. Er hört zu, bestellt sie dann – »Da muß ich alles wissen, hörst du? Alles!« (JM 161) – zu sich, damit sie ihm ihre Verfehlung zu besserer Buße auch vorführe. Natürlich inszeniert er die unvermeidliche Verführung Josefines als pseudolegitimiertes Schmierentheater:

> Stehend schob er mir seine geweihte Kerze, die ganz warm war, an die Öffnung. Ich mußte, als ich das verspürte, ihm entgegenstoßen. Langsam, sehr langsam drang er ein. Der Kooperator, dessen Gesicht ich nicht sah, keuchte laut. Ich hielt mit meiner Muschel seinen Stil umklammert, der ziemlich weit eingedrungen war. Jetzt wollte ich auch gevögelt sein. Da es keine Sünde war, erst recht. Ich lag da mit einem Gefühl, in das sich Staunen, Wollust, Freude und Lachlust mengten und in dem meine Befangenheit sich endlich löste. Ich fing an zu begreifen, daß der Herr Kooperator eine Komödie spielte, und es einfach darauf abgesehen hatte, mich zu pudern. Aber ich war entschlossen, diese Komödie mitzumachen, mir nichts merken zu lassen, und im übrigen glaubte ich doch daran, daß der Herr Kooperator die Macht habe, mich von meinen Sünden zu absolvieren. (JM 169 f.)

Noch bleibt die christliche Norm in Geltung; der Beichtvater hat für sie »den Vorzug […], mich doppelt zu erfreuen, erstens durch seinen Gnadenhammer und zweitens durch seinen Sündenablaß, an den ich noch immer glaubte« (JM 172), zumal er den Cunnilingus bei seinen Beichtkindern als Ritual der »Reinigung« (JM 177) von Sünden durchführt. Aus deren Blickwinkel ist weiter nichts dabei; zum Skandal wird es erst, als ein Mädchen zu Hause plaudert (vgl. JM 194). Die Justiz wird eingeschaltet und sorgt für die Durchsetzung der Norm:

> »Herr Mutzelbecher«, sagte der Kommissär zu meinem Vater im ernsten Ton, »es tut mir leid, daß Sie so Trauriges haben hören müssen. Es ist sehr beklagenswert, daß ein gewissenloser und verirrter Priester Ihrer Tochter die Unschuld genommen hat, aber trösten Sie sich, die Kleine ist jung, niemand wird etwas davon erfahren

> und durch eine streng moralische Erziehung können Sie böse Folgen hoffentlich verhindern.«
> Wir gingen nach Hause. Ich war in diesem Moment überzeugt, daß der Katechet mir meine Unschuld genommen hat. Er ist zu einer schweren Strafe verurteilt worden, und es wurde ihm besonders hart angerechnet, daß er Melanie und mich verführt hatte. Wenn ich bedenke, daß an uns nichts mehr zu verderben war und daß er gewiß bei noch vielen anderen Mädchen nicht der erste gewesen ist, der ihnen einen Schwanz zu spielen gab, tut er mir herzlich leid. (JM 199f.)

Die Bewertung lässt eine unerwartete Stoßrichtung deutlich werden. Die Angehörigen des Klerus werden, obwohl sie die christliche Sexualfeindlichkeit verkörpern, nicht kritisch gesehen. Zum einen beteiligen sie sich am allgemeinen Reigen. Sie nutzen zwar ihre Stellung, um an Sexualpartner zu kommen, das ist aber (im internen Normsystem des Textes) unproblematisch, weil die Gegenstände ihrer Begierden nicht wider Willen verführt werden. Beide teilen unabhängig vom jeweiligen sozialen Standort das gleiche sexuelle Wertsystem. Die Episode mit dem Kooperator zeigt, dass sie für ihre Schäfchen darüber hinaus auch noch den positiven Effekt haben, durch das Sakrament der Beichte die Sündenabsolution erteilen und damit den sexuellen Ausschweifungen ihre Sündhaftigkeit nehmen zu können. Die Geistlichkeit spielt zwar Komödie, aber sie entlastet die Sünder.

Die Vertreter der staatlichen Ordnung stören diese Verhältnisse, indem sie für die Bestrafung des Katecheten sorgen. Die implizite Norm besagt, dass die Natur des Menschen sexuell ausschweifend ist. Der Katechet verhält sich entsprechend dieser Norm. Die Religion hat eine Vermittlungsfunktion: Sie vertritt die naturwidrige Norm der Sexualfeindlichkeit, hat aber zugleich mit der Beichte einen exkulpierenden, entlastenden Mechanismus ausgebildet, der die Norm gelten lässt, gleichzeitig Normverstöße ermöglicht. Die Staatsmacht vertritt die offizielle, gesetzlich kodifizierte Moral und setzt sie durch. Staatsmacht und Untertanen sind einander entfremdet; der Kommissär merkt sich nicht einmal den richtigen Namen von Josefines Vater. Dass die Geschichte mit dem Katecheten für Josefine eine für ihren Lebensweg entscheidende Weiche stellte und sie »zur Dirne« (JM 200) werden ließ, ist nur konsequent. Sie schlägt sich auf die Seite der Natur. – Wie der Herausgeber berichtet, geriet sie »frühzeitig unter sittenpolizeiliche Kontrolle« (JM 37).

Personen- und Werkregister